本書為河南省高校哲學社會科學創新團隊『黄河文學文獻整理與文化研究』（2021-CXTD-06）與黄河文明省部共建協同創新中心重大項目『黄河文化研究叢書』（2020M13）結項成果

◎清代中州名家叢書

吴玉綸集

上

〔清〕吴玉綸　著
馬予静　點校

中州古籍出版社
·鄭州·

圖書在版編目（CIP）數據

吴玉綸集 /（清）吴玉綸著；馬予静點校 . —鄭州：中州古籍出版社，2022. 9
（清代中州名家叢書）
ISBN 978-7-5738-0330-6

Ⅰ . ①吴… Ⅱ . ①吴… ②馬… Ⅲ . 中國文學 - 古典文學 - 作品綜合集 - 清代 Ⅳ . ① I214.92

中國版本圖書館 CIP 數據核字（2022）第 174467 號

WU YULUN JI
吴玉纶集

策劃編輯：馬　達
統　　籌：劉　曉
責任編輯：何慧婷
責任校對：牛冰岩
裝幀設計：曾晶晶

出 版 社　中州古籍出版社（地址：鄭州市鄭東新區祥盛街 27 號 6 層
郵編：450016　電話：0371-65723280）
發行單位　河南省新華書店發行集團有限公司
承印單位　河南瑞之光印刷股份有限公司
開　　本　890 mm × 1240 mm　1/32
印　　張　25
字　　數　523 千字
印　　數　1—1 000 套
版　　次　2022 年 9 月第 1 版
印　　次　2023 年 3 月第 1 次印刷
定　　價　98.00 元（上下）

前言

吴玉綸（一七三二—一八〇二），初名琦，字廷韓，一字廷五，號香亭，一號慎堂，暮年常自名宜園叟。河南固始人，隸籍光州。乾隆二十六年（一七六一）辛巳恩科進士，選翰林院庶吉士，散館授檢討。遷貴州道監察御史，歷任内閣侍讀學士、光禄寺卿、太常寺卿、左副都御史等職。乾隆四十八年（一七八三），充任浙江鄉試主考官，旋授福建學政。期滿還京，擢兵部右侍郎，兼署吏部左侍郎。五十三年（一七八八），因故左遷内閣學士，次年再降檢討，直至乾隆六十年（一七九五）致仕。嘉慶七年（一八〇二）卒於家，享年七十一歲。

吴玉綸身歷三朝，但主要活動時間是在乾隆中後期。自入仕以後，『由詞苑擢臺諫，躋身卿貳，屢奉馳驅之命，七膺衡鑒之司』（錢棨《香亭先生年譜》）。由於身居華要，多歷清職，便經常與莊存與、錢載、翁方綱、德保、劉墉、紀昀、王昶、蔣士銓、曹仁虎、陸錫熊、馮應榴、褚廷璋、程晋芳、阮葵生等文人學者詩酒往還，活躍於京城文壇。只是由於科場事件，與其師謝墉共遭貶斥，終老鄉里，而逐漸淡出人們的視綫。從《國朝耆獻類徵初編》和《滿漢名臣傳》可知，清國史館有《吴玉綸傳》，而到《清史列传》《清史稿》，則僅剩寥寥數語附於《吴士功傳》之後。至如今，學界對他更是少有提及。幾部著名清代詩文集書目或是相關作家研究中，涉及吴玉綸的情况介紹，或官職不清，或將地望作爲字號，或與同字號人物相混淆，各種舛誤疏漏不一而足。所幸除詩文集之外，還有錢榮編撰的《香亭先生年譜》抄本、吴貽棠編輯的《光州吴氏家墨》刻印本保留下來。一些地方志文獻以及《清代朱卷集成》收録的吴學曾、吴敬修和吴雲翯鄉會試卷中，也都保存了相關材料，使我們對這位一度在清代文壇頗有聲名的文學家，能够有進一步的了解和掌握。

一　家世和仕歷

吴玉綸先世爲江西鄱陽瓦屑壩人。明洪武初，遠祖吴文盛以白馬馱家譜，偕兄文貴避亂，至武昌遇流寇，譜失馬死，遂定居於河南商城金岡臺。自九世祖吴巍始，遷居於固始張莊，後代子孫以耕讀、孝友傳家，積善鄉里，逐漸成爲中州的名門望族。高祖吴自榮、曾祖吴宏緒，以厚德稱於鄉里，事迹載於《固始縣志》《光州志》和《河南省志》。祖吴用烈深通理學，教授鄉里，人稱南長先生。父吴士功，雍正癸丑科進士，官至福建巡撫。母任氏，息縣人，鎮筸鎮總兵任宣勛孫女，山海關同知任秉權女；　繼母李氏，天津望族，少失怙，養於舅氏陳德華家。吴玉綸有兄妹各一：兄吴玉衡以父官入貲爲郎，仕至肅州兵備道；　妹爲繼母所生，嫁孔子七十世孫孔廣柞長子孔昭烜。

吴氏家族世重儒業，里式孝友，謹庠序之教，立有嚴格家訓：凡歲除前一日解館，正月朔四日開館；平時不飲酒，非入泮不著絲縷，管弦之音不入後堂，喪祭事僧道不入門。劉墉《贈中大夫力堂吴公傳》言：『凡循循雅飭，寧朴毋華，望而識爲張莊吴氏子弟也。』（謝聘《重修固始縣志》卷二十六）吴玉綸祖父吴用烈，字南長，號牧伯，康熙三年（一六六四）歲貢生，學識廣博，以敦善鄉里、襄助義學，受人愛戴。乾隆《大清一統志》卷一百七十六記載他仗義疏財、救危扶困的事迹：『康熙己亥，淮水漲，用大舟二，載錢米，拯溺哺飢，全活甚衆。』其後代子孫皆務本讀書，人文崛起，『登科第、列仕版者濟濟一堂』（高兆煌纂修《光州志》卷五十八『善行列傳二』）。其中僅進士就有十餘名，而以忠烈仕賢見載於《縣志》《州志》《省志》乃至國史館者，則多達一二十人，如勞瘁公事卒於官署的吴士恒、遠宦臺灣造福山民的吴士元、卓有才幹善决疑獄的吴珣、任職理事舉重若輕的吴鼎雯、不避危亂拔舉人才的吴保泰，以及爲國捐軀建有專祠的吴鉞、吴葆晋、吴寶卿（歸宗後改名李卿穀）等。程晋芳《贈通奉大夫吴南長先生傳》曰：『由明以來，河南甲族推新安吕氏。今吕氏浸衰矣，而固始吴氏盛焉。同時光山胡氏亦以經學起家，然彼以晚年而遇，吴氏則遲之又久而後發。』（謝聘《重修固始縣志》卷二十六）這個家族的第一位進士是吴玉綸之父吴士功，他不僅『以名卿負郡偉望』（高兆煌纂修《光州志》卷五十四《仕賢列傳五》），而且也是吴氏家族的標志性人物。

吴士功（一六九九—一七六五），字惟亮，號凌雲，一號湛山。其學以博贍稱，爲人則沉毅有大略。雍正十年（一七三二）鄉試中舉，十一年（一七三三）聯捷成進士，選庶吉士，散館改吏部。由主事纍遷至郎中，復擢監察御史，在任數上章言事，有直聲。自乾隆七年（一七四二）外放，直至二十六年（一七六一）革職，吴士功二十餘年的外任生涯，可分三個階段。第一階段主要任職於山東。先授济东泰武道，服闋後補直隸大名道，乾隆皇帝對他的評價是『甚可造就也』（《清代官員履歷檔案全編》第二册第七頁下）。不久即調任山東兖沂曹道，转督山東粮儲道，遷山東鹽運使。在此期間，他盡全力賑灾救荒，顯示了出色的才幹。如乾隆十二年（一七四七）任兖沂曹道不久，山東地區先旱後澇，他周行六十餘州縣，竭盡全力賑濟灾民，使百姓免於流離失所。當朝廷欲將他調任湖南時，巡撫阿里衮『以士功端方練達、熟悉民情，奏留山東』。[一] 又如乾隆十七年（一七五二）夏擔任山東鹽運使期間，部分地區發生蝗灾，一些縣令捕蝗不力，巡撫鄂容安欲悉劾罷去。吴士功加以勸阻，并請親往。六七十日之間，烈日酷暑，他晝夜奔馳，所至蝗盡，終於避免蝗灾蔓延全省。只是這樣的辛勞使其身體大受損傷，自此得痼疾，遇炎暑則發作。任職鹽運使五載，吴士功兩度被舉薦卓异。第二階段，從乾隆十九年（一七五四）開始，主要往來於湖北、直隸、陕西，歷任按察使、布政使等職，常攝巡撫事。無論是治獄察吏、賑灾安民，还是援救鄰省灾情、供給西北軍需，吴士功都積極作爲，措施得當，肅清積弊，成效顯著。不僅他本人屢受議叙褒獎，而且所上奏疏俱爲報可，甚至著爲律例。清末陳康祺《郎潛紀聞三筆》『吴湛山中丞一歲九遷』條記載：『固始吴湛山中丞士功起家部屬，自乾隆丁丑暨戊寅，僅一載，由楚臬而護楚撫，升陝藩，護陝撫，既調直藩，再調陝藩，再護陝撫，旋授閩撫，仍留陝撫，兼管陝藩。古所稱一歲九遷其官者，蔑或過之。』可見在這一時期，吴士功任職如此頻繁地調動，表明他憑藉非凡卓越的才幹，已成為朝廷倚重的地方要員。第三階段，自乾隆二十三年（一七五八）開始擔任福建巡撫，敕加兵部右侍郎、都察院副都御史、提督軍門。福建地處海疆，又有臺灣孤懸海外，閩粤兩地百姓流移，番民雜處，民風悍厲。乾隆皇帝每簡員赴閩，所諭必稱『難治』。吴士功撫閩四載，安民緝盗，悉心經營。鄭虎文《吴公墓志銘》稱贊他在福建巡撫任上，『凡有便於民者必奏，奏必得俞旨。刑德并流，民彝安之』（《吞松閣集》卷三十三）。當時吴士功一入閩中，便遇臺灣風灾及多地旱灾，他火速奏報朝廷，發粟、緩租、貸種，使民用完備，不致流亡。不久又相繼平定海盗劉良福、林成功之亂，使福建百姓能够安居樂業。在福建巡撫任上，吴士功還根據當地實情，奏議防盗規條四款，乾隆諭旨『立法可謂詳明，行之尤宜實力』；復奏寬臺灣私渡之禁，准臺民搬眷過臺，使遷者安居樂業，百年之後閩地百姓尚有感頌者。『他若試武闈兩次必嚴，得干城也；署學政録遺必慎，廣掄才也；酌私鑄情罪輕重，恤民命也；改邵武兵糧白米爲糙米，令漳、泉富商運買延、建各府陳穀平糶，寬臺、厦商船米禁，買補倉穀四十六萬餘石，撥運十萬石以濟浙賑，重民食也；　減承辦限期以清案牘，暨設州縣自理詞訟審報格式以免拖累，計每年通省所結一萬七八千餘件，所存不及二千件，勤民事也。』（吴玉綸《先考湛山公行狀》）然而在那個『勤在於臣，恩出自上』的時代，吴士功一篇篇詳明剴切的奏疏馳驛八千里抵達京城時，已漸漸導致乾隆皇帝對他生出沽名釣譽的不良印象。乾隆二十五年（一七六〇）六月，便以『吴士功自任巡撫以來，辦理事件，時露沽名習氣』（《清高宗實録》卷六百十四），命閩浙總督楊廷璋留心查探。於是在乾隆二十六年（一七六一）六月，僅僅以審理福建提督馬龍圖侵餉一案擬議減等定罪，吴士功被乾隆皇帝視爲有心欺瞞而遭革職，并發往新疆巴里坤效力。次年五月，允准回籍。三年後吴士功便溘然長逝，終年六十七歲。

董邦達《吴中丞士功傳》稱『公所至，以民食爲根本，尤重救荒』，并評價説：『公之爲政，剛而不殘，仁而不弛。爲外吏二十年，持是道不變。』（《碑傳集》卷七十一『乾隆朝督撫上之下』）吴士功立於朝則剛正直言，爲外任則端方練達，成爲忠職愛民的『善吏』，其事迹叙入國史，采諸省志。今所見阿思哈《續河南通志》卷五十六、高兆煌《光州志》卷四十五、謝聘《重修固始縣志》卷三十四、陳壽祺《重纂福建通志》卷一百四十、錢儀吉《碑傳集》卷七十一、李桓《國朝耆獻類徵初編》卷一百七十四及《滿漢名臣傳》卷之上、《清史列傳》卷二十三、《清史稿》卷三百九等，均有其傳。二子玉衡、玉綸，俱入朝爲官，皆能恪守庭訓。

吴玉衡（一七二九—一七七九），原名瑗，字非九，號惺齋。乾隆二十二年（一七五七）以父任入貲爲郎，擢刑部郎中。乾隆三十年（一七六五）出知永州，引見時乾隆皇帝對他的評語是『似有出息』（《清代官員履歷檔案全編》第二册第一百二十四頁）。剛上任不久，即遭父卒。服闋後補甘肅寧夏府知府，遷肅州兵備道。在刑部任上，吴玉衡『遇事慎而能斷，争是非甚堅，雖長官，無所撓』（董誥《吴觀察傳》）。而在西陲邊地，他又勤於公事，政績彰顯，成爲大吏倚重的官員。寧夏是回、漢等多民族雜居之地，又是軍事重鎮，兵民共處，地方事務極其繁雜。吴玉衡在任期間，能够預爲調劑措置，保一方安寧。擢任肅州兵備道後，兼轄關内外，又不辭辛苦，遠赴新疆巴里坤勘察屯田事宜。紀昀在《書吴觀察家傳後》一文中，深情追憶他在烏魯木齊時得吴玉衡公牒，以及二人相遇於闊石嶺對床竟夕之事，以親見親歷而贊之爲『良吏』。或許是積勞成疾，又或許是在巴里坤親眼見到父親遭流放時的居處而感觸良多，年僅四十餘歲的吴士衡便引疾告退，於乾隆三十七年（一七七二）挈義子吴鼎新歸里。自此以後，他杜門謝客，静心讀書，撫育子侄，行善鄉里。七年後，卒於家。義子鼎新歸宗李姓以守備從戎，命次子寳卿仍從姓吴，爲吴玉衡承嗣孫，以示不背義父之恩。後吴寳卿鄉試獲中解元，通籍分發四川後歸宗李姓，改名李卿穀。至咸豐時，李卿穀、李孟群父子位至藩撫，相繼死於國事，追謚愍肅、武愍。他們的才學以及爲國獻身的勇氣精神，未嘗不與吳玉衡及其家族的培養造就有密切關係。至於吳玉衡親生三女，則由吳玉綸接至京城撫養，成人後嫁與望族。

吳玉綸七歲喪母，與兄玉衡隨父奔宦於各地。乾隆十四年（一七四九）回鄉應童子試，受學政蔡新賞識，入光州州學。乾隆十八年（一七五三），赴汴梁應試，中副榜第二名。二十一年（一七五六），肄業大梁書院；當年九月，鄉試中舉，榜名吳琦。遂於二十二年（一七五七）、二十五年（一七六〇）兩次抵京會試，皆落第。乾隆二十六年（一七六一）改名玉綸，參加辛巳恩科會試，成進士，選庶吉士，時年三十歲。可就在他入選翰林院的第三日，父親吳士功便遭革職流放。其年冬，吳玉綸爲皇太后七旬萬壽獻賦，授文林郎，復充武英殿纂修官。乾隆二十八年（一七六三），散館授檢討。三十年（一七六五），充任順天鄉試同考官。旋遭父喪，丁憂歸鄉。

自三十七歲服闋入京供職，吳玉綸開始了仕宦生涯的上升期。乾隆三十三年（一七六八）五月，遷貴州道監察御史；八月，攝京畿道事；九月，監試武闈，稽查南新倉。次年四月，奉命鞫事江寧，偕刑部主事阿揚阿馳驛前往，會同兩江總督高晉徹查民人李自臣所控命案等事。三十五年（一七七〇），攝江南道監察御史，升刑科給事中。御史任三年，吳玉綸恪守言官職分，勤勉公事，多次條陳奏事，如上奏順天鄉試除領房以及復核落卷、秋審班改陳正八等罪、改驗放月選官例、秋審班改絞犯徐恒等罪及簽改劉見有罪、分別鬥毆人數多寡秋審酌改情實以儆群凶等，皆可謂通達時務之論。之後十餘年的時間，則多任禮官之職。三十五年（一七七〇）五月，遷鴻臚寺少卿；十一月，再升光禄寺少卿。乾隆皇帝準備巡幸山東，或許因妹妹嫁入孔府已長達十餘年，兄妹難得相見，所以吴玉綸便專折奏請，於次年春扈蹕東巡。回京不久，遷通政司參議。三十七年（一七七二），遷内閣侍讀學士。三十八年（一七七三）遷光禄寺卿，十月再升太常寺卿，官階晋至三品。吴玉綸任職更加勤謹，或受命稽察右翼覺羅學，監督八旗子弟的教育培養；或充任順天鄉試同考官，爲國家選拔人才；或留住貢院，爲《四庫全書》和《四庫薈要》的編纂挑選謄録人員。還被派往孔府演習禮樂，爲皇上東巡告功闕里預做準備，并時時受派内閣批本，幫助處理繁忙政務。與此同時，又針對武善射教習常有缺員而不利於培養諸生嫻熟弓馬的弊情，不惜連上奏摺，懇請補武善射教習，并督促執行。可見他於恪盡職守之外，還不忘爲國家武備長謀深慮。中間雖發生過因地壇神位托座年久未修，部議太常寺堂官革職之事，但最終也得旨從寬留任。乾隆四十四年己亥（一七七九）三月，敕建熱河文廟竣工，吴玉綸被派往承德典習禮樂，擔任朝廷祭孔重任。好友蔣士銓對他如此受朝廷重視而歡欣鼓舞，作《送吴香亭太常赴承德府學襄釋菜大禮二首》，不僅將他與春秋時期吴國公子季札相提并論，而且還把他比作爲漢朝制定禮儀的叔孫通：『免著戎衣陪羽獵，邊人争認叔孫通。』（《忠雅堂詩集》卷二十五）這期間，家族之事悲喜交叠。所悲在於他唯一的兄長吴玉衡離世，所喜是桐孫、蘭孫兩個孫子出生，外甥孔憲奎迎娶了錢載的孫女，以及兩個侄子貽桂、鼎雯相繼成進士，吴氏家族愈加榮耀。到了乾隆四十五年（一七八〇），又領派扈蹕南巡。先是於太常卿任内加二級，領正二品誥命三軸，然後帶著這份榮耀衣錦還鄉，祭掃先墓。隨後，受派至各地先賢祠拈香，途中又擢升左副都御史。五十歲，乾隆四十六年（一七八一）三月，充會試副考官。本年科考號稱得人，既有日後政壇要員秦承業、曹振鏞、盧蔭溥、方維甸、萬承風、蔣予蒲等，也有著名學人才子如陈萬青、汪學金、玉保、馮集梧、曾燠、王友亮、翁元圻等，而榜中狀元，就是清朝開國以來連中三元的第一人錢棨。後來在吴玉綸沉淪寂寥即將還鄉之時，爲報答先生『親承提命』之恩，錢棨毅然擔負起爲他編訂年譜的工作。

五十二歲至五十六歲，是吴玉綸外任閩浙學官時期。乾隆四十八年（一七八三）被派往浙江任鄉試正考官，旋即受命擔任福建學政。經過他的精心培養和選拔，一些優秀人才脱穎而出。顧宗泰《懷師友詩》中稱贊『司馬聲名大雅才，持衡往往倚鴻裁』（《月滿樓詩别集》卷七，《讀畫齋叢書》庚集），指的就是吴玉綸的掄才造士之功。主持浙江鄉試期間，由於他精於制藝，刻稿通行已久，恐學子們揣摩迎合，先期布告《試諭一則》：『爾多士持滿而發，各盡所長。非詭於道，皆所必録。天下繩墨同，而製造不同。斷未有强人就我，使運斤成風者，束手於匠氏之門也。』他帶領副考官邱庭漋及各位同考官恪禀規條，殫心校閲，從學政竇光鼐所選録的八千士子中，拔取舉人九十四名，副榜貢生十八名。解元陳錦的墨卷，被梁章鉅評爲『近科元墨似無能出其右者』（《制義叢話》卷之十二）。還有多人如吴五鳳、張桓、茅豫、吴於宣等相繼中進士，其中就包括人稱『驢車尚書』的戴敦元。而福建一地對於吴玉綸來説，更有著非同一般的意義。二十多年前，其父吴士功巡撫福建；三十多年前，叔父吴士元任武平知縣，百姓爲其建生祠；五十多年前，外舅亦是岳父的任焕爲邵武知府，治績爲八閩第一，曾受到雍正皇帝的贊許，乾隆初病卒於閩地。父輩們的流風餘韻，激勵著他立名振業。於是取父親代管學政時所作『文兼行貴核其真』的詩句，題學使署堂額爲『貴核其真』，用以自勵。在他看來，『核真之道，在於能明，公以生之，勤以濟之』（《貴核其真堂額説》），方能盡學政之責。受知師蔡新對他這番心情深有會解，稱其『承先訓、答主知、酬物望』三者并包。自乾隆四十九年（一七八四）正月開始，吴玉綸便跋山涉水，周行八閩，依次按臨各棚，進行歲試，期以實心實政而倡行實學。當時乾隆皇帝在其奏摺上批復：『好實力，妥爲之。』較爲不幸的是，正當再一輪周行舉科試時，其原配夫人任氏於乾隆五十年（一七八五）夏，病卒於閩地。由於身肩掄才重任，他只能含悲茹痛繼續前行，而『衡校之餘，漏殘燈灺，哀愉忻戚，往來於懷不能去』（《答任澄源書》）。門生陶鑒追隨學幕三年，後回憶説：『吾師每閲卷，至漏下三四十刻，仍與鑒等權衡於幾微毫忽間。至獎賞佳篇，則當堂背誦，不錯一字。蓋論文務核其真，猶遇事必求其實。』（《示録遺諸生一則》評語）科試既竣，又課鰲峰書院肄業諸生，并在最後録遺之際，將因貧苦而即將棄學經商的陳若霖等人簡拔出來。福建巡撫徐嗣曾《題鼓山觀海圖詩》自注曰：『丙午秋賦，得人最盛，皆公素所識拔。』其中丙午榜解元謝淑元以及應丹詔、陳若霖等皆高中進士。百年之後，閩人對學使吴玉綸的評價是『所取多真才』（郭柏蒼《竹間十日話》卷四）。提督學政期間，他優撫諸生，愛惜人才，行事『公肅清明』（鄭虎文《與福建吴學使書》，《吞松閣集》卷十九）。曾爲遭受欺壓誣陷的士子廖芳洲、蔣鵬翀、楊焯平反昭雪，處理了一些士紳官吏；同時嚴格約束生員，執法亦不寬貸，對於有劣迹及冒考作弊者據例停考，對於違法教職人員嚴厲處罰。三年學政期滿，吴玉綸携幼子弱孫，回京復命。却不料在乾隆末年朝綱混亂的時局下，一場大灾難正在等待著他。

自五十七歲至六十四歲，是吴玉綸仕宦由頂峰走下坡路時期。乾隆五十二年（一七八七）正月回京陛見，二月即授兵部右侍郎，三月又兼署吏部左侍郎。尚書劉墉以二人相孚於道，謂吴玉綸『鐵面冰心』，其自號爲石庵，爲署堂額『鐵石同心』。僅僅一年有餘，吴玉綸便遭遇仕途上的大反轉。五十三年（一七八八）七月扈蹕熱河之際，吴玉綸與其房師謝墉同受流言，改降内閣學士。事起八年前辛丑會試，『先生與德宗伯、謝少宰、沈少司馬充會試考官。命甫下，在朝候旨。諸公有改《寄園寄所寄》中語爲先生誦者，蓋紀宗伯昀戲語也』（錢棨《香亭先生年譜》『戊申，先生年五十七歲』譜）。謝墉又『兩任江蘇學政，士有不得志者，以偶語譏誚』（《清史稿・謝墉傳》)。至本年則爲阿桂所利用,彈劾宿敵謝墉。謝墉與吴玉綸本有師生之誼,辛丑會試同爲主考官之後,又在同一年爲鄉試主考,同一年擔任學政,因此阿桂所奏,辭連吴玉綸。乾隆命江蘇巡撫閔鶚元、閩浙總督李侍堯分别調查謝、吴二人在地方爲學政的情况。閔鶚元奏言謝墉此届無事,李侍堯則奏稱風聞吴玉綸在學政任内聲名狼藉,而查無確證。就在言事者、查辦者皆稱有蜚語無實據的情况下,年届八十的乾隆皇帝却再也没有他早年的那種英明縝密,草草將謝、吴二人降爲内閣學士了事。次年,吴玉綸官品一路下滑。三月京察,降三品京堂;四月,梁肯堂又密摺上奏其鄉里家人李朝聘私開溝渠等事,致使吴玉綸再降四品京堂;十月,乾隆皇帝竟又以『謝墉業經降授編修,而吴玉綸仍以四品京堂開列,不足以示懲儆而昭平允』(《清高宗實録》卷一千三百四十)的理由,令吴玉綸降至檢討,在武英殿修書處效力行走。於是,五十八歲的吴玉綸又回到了初仕起點。與此同時,家門亦接二連三遭遇不幸。長子鼎颺因丁母憂而得瘋病,在家中引起一場火災;次子鼎枚年甫弱冠,新婚不久便與其婦同時死亡。未幾,尚未成年的兩個子女、嫁入韋謙恒家的孫女,以及唯一的妹妹,也都一個個相繼病逝。復有姻家任承恩以福建林爽文事件幾遭處決,同門好友陸錫熊病卒於奉天,遺有側室所生幼女,爲吴玉綸所收養。此時的吴玉綸已是心灰意冷,對於種種過往,不免産生『電光泡影』『五藴皆空』(《與閔中丞書》,《香亭文稿》卷八)之念。儘管在這一時期不斷有老友門生給予他支持和幫助,如親家胡季堂、鄭宗彝贈藥饋金，門生錢棨、曹振鏞、盧蔭溥、錢楷等爲其置辦六十壽辰慶典，劉墉贈『松以凌霜還益壽，鶴因警露更高飛』聯語加以精神鼓勵，弟子萬承風介紹新的雲南文友王子音，然而，他的政治生命一蹶不振已成定局。此間雖有充任咸安宮總裁的經歷，但主要工作只是在武英殿纂校書籍，還曾因老邁乏力，於翰詹考試時成績不佳，被罰俸一年。就這樣勉强支撑到乾隆六十年（一七九五），六十四歲的吳玉綸與其師謝墉俱以原品休致。謝墉不久病逝，吳玉綸則因國政時局留京近三載。嘉慶元年（一七九六），參加了乾隆皇帝舉辦的千叟宴。次年秋，辭别春明故舊，回到故鄉。此後五年鄉居，他一面倡修義學聖廟，與戚友優游宜園，詩酒往來；一面深懷世臣之心，關切著國政時局。他以三十多年的從政經驗，料知更大的戰亂在所難免，於是『白髮蕭蕭，扶杖而談世務』（陳文煜《香亭先生年譜續編跋》），規勸鄉人講武備亂，守護家園。『山林廊廟相關也，嘆我飛霜染鬢毛』（《和游宜園詩七律三首》）。嘉慶七年（一八〇二）秋末，吳玉綸帶著這份對國政時局的牽挂離開人世，終年七十一歲。

吳玉綸在入仕初期與其父吳士功相似，皆中進士，選翰林院庶吉士。雖然散館後吳士功轉入吏部，而吳玉綸選入詞曹，然而期滿後又都擔任過都察院御史。只是御史任之後，父子二人內升外轉之途有别，吳士功外放地方，最後走上封疆大吏之途；而吳玉綸則依舊任職京城，在詞曹、臺諫、禮職、衡校任上調轉，任職兵、吏二部這種實權部門不久，便遭遇飛來橫禍。或言吳玉綸一生『特無作爲』，這應是與其父救灾濟民的事功相比較而言，但也不排除是對清國史館《吴士功傳》後『曾任福建學政，聲名平常』一語的誤讀曲解。從國史館《吴玉綸傳》可以看出，他一生由詞林而臺諫，歷祀職而膺樞部，無論何時何地，皆恪守職責，頗著政績，不能説是『特無作爲』。例如在諫官任，對於吏治、刑律和人才選拔等事關國之大體者皆有建白，并多被采納，著爲例令；在禮官任，闕里致祭、陪祀天地、拈香祀祠、典習禮樂；在衡校任，則敦本崇實，爲國優選真才，惠及廣大士子。而其詩文制義，更是以淹貫博通之學，成雅潔雍容之風。至於科場事件中遭到的不白之冤，早經當時文士進行過揭示。不僅錢棨《香亭先生年譜》講述了來龍去脉，而且石韞玉也在《謝東墅先生食味雜咏詩後序》中，將真實情况做過詳細叙述：『抽身即討』『倒口即吞』之語出自前朝稗官小説，『兩公之姓適相合，故毷氉者移易其詞以騰口説耳』。并進一步指明李侍堯有幕客李三俊，乃辛丑落第者，代李起草奏章時趁機『文致其詞』，先稱吴玉綸聲名狼藉，復言時隔年久查無確證（《獨學廬四稿》二）。事件起因已然明瞭，言者無據亦是事實，而結果就是晚年的乾隆皇帝處理草率，再加上别有用心者落井下石，致使謝墉、吴玉綸遭受『無妄之咎』而一挫不起。親見親歷的兩科狀元細述此事經過，後來浙人陸以湉《冷廬雜識》、閩人梁恭辰《巧對續録》也均有轉述，目的不外乎求真求實，『恐他時後生摭耳食之言，而妄生擬議』。可惜的是，這些文士們還是低估了官方上諭在歷史話語權上的權威性。日後以拆字巧對爲笑料者有之，以拔取商賈斥其不稱職者有之。或緣不知其起因於同僚調笑，或是不出具實證而妄生揣度。時至今日，儘管事件真相早經揭櫫，相關文獻資料也并不難尋覓，然而將流言當事實、以上諭爲定讞者，依舊不乏其人。

二　從師與交游

乾嘉時代是清朝學術的昌明期，也是文學發展的一個重要階段。吴玉綸少隨父宦而游歷各地，學無常師；入朝後由詞林漸躋卿貳，又屢膺衡文之命，一度成爲京城文壇的活躍分子。其師從名儒，結交名流的經歷，一方面對其文學創作産生巨大影響，另一方面也使其交游情況具有較高的文獻史料價值。但因其晚年沉淪，又終老鄉里，所以有關他的生平及創作情況，在現代通行的清代正史文獻中已是少之又少。這不僅導致吴玉綸的文學業績爲清代文學研究領域所忽視，而且也多少影響到對於其他文人的研究。例如，有關錢載、蔣士銓、楊述曾、吴鼎、王昶、莊存與、翁方綱、袁枚、武億、周守一、章學誠的研究，要麽是因爲對吴玉綸缺乏了解而將相關問題付之闕如，要麽是因爲同號香亭，而將吴玉綸之事誤系爲袁樹。筆者就點校《吴玉綸集》之便，將其交游狀況略加勾稽考證，名重者僅述其交集，不顯者略事考校，以供學界同仁參考。

（一）轉益多師

吴玉綸自幼離開家鄉生活於京城，六歲出就外傅，十三歲開始學舉業，十八歲應童子試入州學，二十一歲鄉試中舉，至三十歲會試得中進士，二十多年的時間裏隨父任自京輾轉遷移於山東、河北、陝西、湖北、福建各地。他學無常師，廣泛吸納文學、經學知識，增進學問，砥勵修養。所從教者當中，有正式拜師的武紹周、王今遠、周守一、桑調元、楊述曾、沈起元、王昶、莊大中諸名家，也有一些是曾給他指點的父執前輩，如沈廷芳、金德瑛、莊培因等，還有參加科舉鄉試、會試的房師、座師，如蔡新、鄭虎文、羅典、仇然、劉統勛、謝墉等。這些有才華的飽學之士，對於吴玉綸學問的養成和人格的培養，産生了重要的影響。

1 授業之師

童年時代的吴玉綸，依次学《毛詩》《尚書》《周易》《禮記》。九歲從師理學家武紹周，先學《春秋》諸傳，次讀性理之學與諸子之書。武紹周（一六八八—一七六一），字夢卜，河南偃師人。雍正元年（一七二三）癸卯科進士，歷任山西汾西、臨晋和安徽東流知縣。調任回京後，任職於大理寺、光禄寺、吏部、刑部等，官至郎中。乾隆二十二年（一七五七）致仕歸里，曾教授於二程書院。有子武億（一七四五—一七九九），是乾嘉時期著名學者，《清史稿》有傳。據錢枀《香亭先生年譜》記載，吴玉綸師從武紹周的時間是在乾隆五年（一七四〇），『從師武比部郎中紹周先生，敏於誦讀』。武紹周博學稽古，『通《毛詩》《左氏春秋》』（朱筠《笥河文集》卷十一《奉政大夫吏部驗封司郎中偃師武氏神道碑銘》）。吴玉綸一邊接受父親訓誨，一邊跟隨武紹周讀《春秋左氏傳》《公羊傳》《穀梁傳》《胡氏傳》，學習性理、諸子之書，從而打下深厚的學業基礎。

十二歲隨父任至山東，又接觸到《史記》《漢書》和唐宋八大家古文。旋隨父丁艱回到故里，與諸從兄弟讀書於張莊本宅，開始專門學舉業。先是從師明經李遠，讀書能見其大，作文多至性語。如解讀『君子不重』一章，能够推及立身處世之道：『重與不重，視所自爲。如以在外爲重輕，是待人敬我，我乃榮；人不敬我，我即辱。輿臺僕隸皆可操我之榮辱，毋乃自視太輕？』（錢棨《香亭先生年譜》）吴士功丁憂多暇，也『日召子侄輩察館政，每至夜分』（《香亭文稿》卷十《謝宜人行略擬稿》）。父親服闋先行赴京，吴玉綸又讀書於族叔吴慶周之古蓼書屋，師從明經劉眉壽。

從十五歲開始，吴玉綸隨父宦不斷更换學師。在此期間，所從之師有進士王今遠、劉思忠、周守一，及明經馮方鄴、孝廉曹鋐，更有一些是聞名天下的碩師大儒，如桑調元、楊述曾、沈起元、王昶、莊大中等。今舉其生平可考者如下：

王今遠（一七〇六——一七六〇），字乘黄，號用晦，直隸曲周人。乾隆元年（一七三六）進士，歸班待選期間先是館於各家，後被學使錢陳群延爲毓英書院講席。謁選後任山西垣曲縣令，歷經山東長山、鄒平知縣，東平州、濟寧州知州等職。他爲政清廉，亦能詩文，曾纂修《曲周縣志》，詩文結集爲《清白堂文存》。乾隆十一年（一七四六）十月，吴玉綸來到父親所在的直隸大名道官署。王今遠時解任丁憂，葬父之後，『館大名觀察吴公士功署中，其子琦、瑷從學』（王今遥《清詩人王用晦先生年譜》）〔二〕。吴玉綸師從王今遠，開始學作詩及散體文。而父親則告誡他：『詩以平性情，亦足蕩心志。慷慨悲歌之音，尤非聖世所宜。汝學之，寧少言，勿多言也。』次年三月，吴士功調往山東，王今遠亦自大名府歸里。乾隆十九年（一七五四），王今遠爲濟寧州知州時，吴玉綸兄弟歸鄉葬母，途過濟寧，師生再次晤面，徹夜話舊，講論文章。王今遠爲玉綸作詩叙。乾隆二十年（一七五五），王今遠以疾罷歸，『家居，絶不與外事』，『故人吴公士功任直隸方伯，亦未嘗遣使致賀。非公不至，澹臺子之風也』（《清詩人王用晦先生年譜》『五十四歲』譜）。

劉思忠，山東高密人，生卒年不詳。乾隆七年（一七四二）壬戌科進士，曾任兖州教諭。錢廷熊、張乃史《高密縣志》編刻於乾隆十九年（一七五四），當時劉思忠還處於教職候補期。吴士功於十二年（一七四七）調任兖沂曹道後，吴玉綸師從劉思忠，行文遂精通先輩『緊』字訣，時間大約有一年半。次年八月，吴士功調任德州糧道，又調濟南任山東鹽運使，其間爲吴玉綸相繼更換了明經馮方鄴、進士周守一、孝廉曹鋐爲業師。後馮方鄴以病離去，曹鋐病卒，對吴玉綸影響較大的是周守一。

周守一（一七〇四—一七六一），字季和，號分岳，山東登州府萊陽人。據桑調元《弢甫集》卷十八《進士知縣改教授分岳周君墓志銘》，周守一出身世家，乾隆十年（一七四五）進士，曾任四川南部知縣，因廉直而遭攻訐，改濟南府教授，監濼源書院，二十六年（一七六一）卒於書院。周守一詩文俱佳，金德瑛《輓周季和教授次弢甫山長韻》，稱其『文章鴻筆多源真』（《隱拙齋集》卷二十七）。周守一被吳士功延至家館，是在他任職四川之前的乾隆十六年（一七五一）正月。吳玉綸從師周守一學作詩文，當時他酷愛明末復社諸公，爲文多雄健語，間或鬥奇於章雲李、李石臺一派，爲文雕鏤琢煉。父親對他力加約束，使之歸於制義正途，不過在這一過程中，其作文水平日益見長。次年四月，吳玉綸獨自讀書佛峪，周守一謁選後至四川任職。後來周守一任濟南府教授時，師徒二人應當有過見面的機會，因爲吳玉綸在西安所作的《蟬説二則》，文末還附有『周季和先生』評語。

自乾隆十八年（一七五三）七月到汴梁應試，直至完成學業，吳玉綸所師從者盡爲來自南方的名儒碩師，如桑調元、沈起元、王昶、莊大中等。

桑調元（一六九五—一七七一），字伊佐，一字弢甫，號五岳詩人，浙江錢塘人，清代著名學者、文學家和教育家。他師從餘山學派的創始人勞史，精於史學與性理之學，强調通群經、知史法，博研象緯、山川、器數。曾歷主河南大梁、福建道山、江西濂溪、山東濼源諸書院講席，其中在大梁書院時間最長。所至皆編有《學規》，并專顔一堂爲『須友堂』，以示對勞餘山師紀念。其詩文集也卷帙浩繁，有《五岳集》《弢甫集》及《續集》等。桑調元與吴士功爲雍正癸丑科同年，乾隆十八年（一七五三）七月，吴玉綸赴汴應試，習静於大梁書院，執年家子禮拜見。桑調元見其可堪造就，便許爲入門正派，并贈《游五岳》諸集，鼓勵他潛心古體。桑調元立下八法一戒的學規（《弢甫集》卷十七《大梁書院學規》），嚴格約束諸生。當時從游者衆多，諸人年齒懸殊，常有論文析義的商討争論。這樣濃厚的學習氛圍對於吴玉綸來説，是一種極大的砥礪。他曾對人説：『余自謁弢甫先生，詩格稍進。至制舉之文，務尚詞華，與先生上下其議論指趣往往不同，然亦走札相質，往復無倦。』（錢棨《香亭先生年譜》）可惜的是這些書札没有被保存下來。

沈起元（一六八五—一七六三），字子大，一作仔大，號敬亭，江南太倉人。康熙六十年（一七二一）進士，選庶吉士。雍正間曾出任興化知府，官至光禄寺卿，致仕後又執掌多所書院。著有《周易禮義集説》《敬亭文稿》《敬亭詩草》等。《清史列傳》《清史稿》等俱有傳。乾隆十七年（一七五二）吴玉綸讀書於佛峪時，沈起元曾過訪吴玉綸的愛山廬，作竟日長談，教之以山居清景宜於作詩，對他所作《重修佛峪般若寺碑記》大加贊賞。十九年（一七五四）正月，吴玉綸正式拜沈起元爲師。沈起元稱其『能讀古書，文亦奇矯，與言正學，亦勃勃有向上志。此爲佳子弟也』（沈起元自編《敬亭公年譜》）。沈起元對吴玉綸用心培養，除讀書作詩法門外，還諄諄教誨於人品、心術之際，要求他先經學而後文藝，并手書《新吾語録》一册相贈。吴玉綸將此册終生保留於身邊，直至嘉慶五年（一八〇〇）還節書原册，題於座右，意在重申前訓并勉勵後昆。乾隆十九年（一七五四）秋，沈起元辭去書院講席南歸，吴玉綸作《送沈敬亭先生歸里》詩，在『春風』『秋雨』的唱嘆中，寫出從師受教之感和依戀不捨之情。

王昶（一七二五—一八〇六），字德甫，號述庵，又號蘭泉，松江青浦人，乾隆十九年（一七五四）進士。二十二年（一七五七）乾隆南巡，召試一等，入朝供職，仕至刑部右侍郎。乾隆五十七年（一七九二）以病乞歸，又主婁東、敷文書院講席。王昶才華横溢，早年即被沈德潛列入『吴中七子』，并且學問淹博，是清代著名作家和學者。著有《春融堂集》六十卷，編纂《金石萃編》《湖海詩傳》《湖海文傳》《明詞綜》《國朝詞綜》等。《清史稿》《漢學師承記》等皆有傳。王昶早年并不得志，成進士後歸班候選，經金德瑛、秦蕙田等人推薦，到濟南爲吴玉綸授館。秋日至歷下，教授吴玉綸及其好友楊懷棟，『暇日則偕其徒遍游大明湖、歷下亭、鵲華橋、柳絮諸泉之勝』（嚴榮《述庵先生年譜》卷上）。雖然身在异鄉，但好客的主人『爰載之以方舟兮，復申之以飲饌。遂褰裳而嘯侣兮，肆心期之蕭散』（《春融堂集》卷五十《游歷下亭辭同吴玉綸楊廷標作》），師徒游筵唱和，其樂融融。此時也是王昶創作的高産期，著名散文《珍珠泉記》就是作於濟南，『偕門人吴琦、楊懷棟游焉』。不久吴士功便調任陝西按察使，命玉綸兄弟先行回鄉葬母，王昶也隨即歸里丁繼母憂。吴玉綸從師王昶時間并不長，然而自此以後的五十年中，二人情在師友之間，往來不斷。吴玉綸隨父在陝西時，王昶心中挂念這位相差不幾歲的學生，寫信教以散體文源流及制藝門法；吴玉綸則覆書寄詩敬請斧削。數年後，吴玉綸禮闈中式，二人握手相慶。同朝爲官後，雖聚散不定，但也時常有詩文唱和，二人别集中俱有載録。吴玉綸辭世後，王昶爲作《墓志銘》曰：『其德也，温而恭；其行也，謙而冲；其發爲文也，雅潔而雍容。』多年的師友之情，王昶可謂知之者深，言之者確。

莊大中（一七一四—一七七七），字正子，號鏡塘，元和人，乾隆二年（一七三七）進士。歷任廣東東安、陽江知縣，十二年（一七四七）因事革職。（《清高宗實録》卷二百八十八）著有《織雲樓集》[三]。莊大中與吴玉綸伯父吴士恒爲進士同年，吴玉綸在從師之前，已拜讀過其文，其《楊硯耕學圃圖序》言：『鏡塘莊年丈有《借畦説》，曾快讀之，謂不禁於取也。』乾隆二十年（一七五五），吴玉綸省父於陝西按察司署，在西安拜莊大中爲師。在其指導下，所作窗課《曲江春宴賦》，以『逼真唐音』（莊大中評語）而致關中傳誦。莊大中任職廣東時，曾有《花嶼讀書圖》小照，後遍邀同人題咏。（《織雲樓詩集》卷八《初秋送禄侯歸里十首》自注）今《香亭詩稿》卷三存有《題花嶼讀書圖》一詩，應當就是爲莊大中所題。詩中『傲骨偏戾俗，清言每忘詮。十年脱宦海，遠放終南巔。邂逅一相見，騷壇欣執鞭』之語，正可作爲這一段師生關係的註脚。

楊述曾（一六九八—一七六七），字二思，號企山，江蘇陽湖人。乾隆七年（一七四二）壬戌科榜眼，授編修，擢侍讀，充《通鑑輯覽》館纂修官，垂成而卒。楊述曾與其父楊椿是清代著名學者，各史傳文獻俱記其行述，而有關大梁書院者則缺載。劉綸《贈中憲大夫翰林院侍讀企山楊君墓志銘》中，僅提及其弟楊承曾以同縣蔣炳有連被遣而道卒（《繩庵外集》卷七），對楊述曾在大梁書院的經歷只字未提。考述曾於乾隆十八年（一七五三）底丁父憂（齊召南《日講官起居注翰林院侍講學士楊公椿墓志銘》，《碑傳集》卷四十七），時蔣炳任河南巡撫。桑調元於二十年（一七五五）春離汴（《五岳集·泰山集序》），相繼至道山、濂溪兩書院，至二十二年（一七五七）再入大梁書院（《弢甫集》卷十《季子繩篪傳》）。這中间有一段空档，未知是桑調元推薦，還是蔣炳邀請，在家丁憂的楊述曾應是在此時接任主持大梁書院的。乾隆二十一年（一七五六）七月，吴玉綸肄業大梁書院，九月鄉試中舉，故《香亭先生年譜》『丙子，先生年二十五歲』譜有『從師楊學士述曾』的記載。楊述曾少承家學，綜核群籍，尤精於諸史。曾在史局助父親楊椿編纂《明史綱目》，方苞稱之爲『史才』。師從這樣的學者，對於吴玉綸的學業增進大有裨益，而楊述曾對其文也高度贊賞，稱其爲『一代作手』。

2 座師房師

除正式拜師之外，還有參加鄉、會試時的座師、房師，也不同程度給予吳玉綸學業文章方面的指導或鼓勵。其中對他影響較大的是蔡新、鄭虎文、劉統勛，以及房師謝墉。

蔡新（一七〇七—一七九九），字次明，號葛山，別號緝齋，福建漳浦人。乾隆元年（一七三六）進士，選庶吉士，散館授編修。纍官兵部、禮部、吏部尚書，文華殿大學士、太子太師，謚文恭。著有《緝齋文集》。《清史列傳》《清史稿》等均有傳。乾隆十四年（一七四九），吳玉綸自山東歸鄉應童子試，時蔡新督學河南，受其選拔而入光州州學。辛巳成進士後，二人又長期同朝爲官。副都御史傅爲詝是蔡新好友，乾隆三十五年（一七七〇）離世後，蔡新爲其撰《墓志銘》，而吳玉綸亦作有《傅中丞傳》。蔡新致仕回鄉，時吳玉綸正任福建學政，作有《貴核其真堂額説》一文，蔡新的點評切中肯綮：『承先訓、答主知、酬物望，言簡義賅。』後來吳玉綸致仕歸里，修治宜園時，夜夢葛山先生賜『如如』二字，便將園中一亭命名爲『如如亭』，并作《如如亭跋》。

鄭虎文（一七一四—一七八四），字炳也，號誠齋，浙江秀水人。乾隆七年（一七四二）壬戌科進士，改庶吉士，散館授編修，遷贊善。曾多次充衡校之任，致仕後主講紫陽、崇文兩書院。鄭虎文博學多通，尤工詩文，善爲排律，『至者乃自見性靈之作』（法式善《梧門詩話》）。著有《吞松閣集》。事迹俱見《清史列傳》《國朝耆獻類徵初編》等。乾隆二十一年（一七五六），鄭虎文主河南鄉試時，吴玉綸於本年中舉，受到鄭虎文的特别賞識，『不待以衆人，而期以國士』。次年吴玉綸赴京參加會試期間，又受到鄭虎文的指導。『今年春，追隨左右，商量舊學，辨晰毫芒，如《鄜州》一首，以得新解；　辨宋人用杜句，看茱萸之謬，以細法律，大抵皆聞所未聞。』（《香亭文稿》卷六《上炳也先生書》）除了詩學，在古文寫作方面，鄭虎文也給予他細緻具體的指點和鼓勵。如《戰淝水論》一文，鄭批點云：『「八萬之衆」一段，文氣一泄如注，有嫌其太盡處。删却四十七字，渾如也。』《學書説》一文，鄭虎文批點：『刻意鞭辟，所謂常惺惺法也。别來十八回圓月，而勇猛如此，知足下進於道矣。』在吴玉綸入仕之後，又有一段時間得與先生同朝爲官，其父吴士功諸傳銘便是由鄭虎文撰寫的。鄭虎文女婿盧文弨來京時，也爲吴玉綸的《引藤書屋圖》題詩。鄭虎文致仕歸鄉後，依然經常寄信給吴玉綸，在讀書做人方面對其諄諄教誨。吴玉綸把先生來信彙抄一册收藏起來，并把自己的詩文稿寄給鄭虎文批定後準備刊刻。可惜的是，由於要遠至福建督學，他將這些書札及批定好的文集寄存在侄子吴鼎雯寓，不料盡毁於火。其往來書札，今存兩三通，分别收録於《香亭文稿》和《吞松閣集》。

劉統勛（一六九八—一七七三），字延清，號爾鈍，山東諸城人，雍正二年（一七二四）進士。爲政四十餘年，清廉正直，官至内閣大學士，謚文正。劉統勛既是吴士功的鄉試座師，又是吴玉綸的會試座師。他曾教誨吴玉綸説：『人非聖賢，孰能無過？不足之症小，有餘之症大。』在吴玉綸回鄉丁憂期間，還轉述此言以教導子侄戒除驕奢。後吴玉綸與劉統勛子劉墉同朝爲官，兩人成爲密友，常有詩酒唱和。劉墉爲吴玉綸《引藤書屋圖》題詩稱『愛汝風標似昔賢，論文握手憶當年』（《香亭詩稿》卷四），還爲吴玉綸曾祖作傳，贊賞吴氏『循循雅飭，寧朴毋華』的家風。吴玉綸由福建返京，劉墉寄意於『鐵石同心』四字中。一直由劉墉撫養的侄子劉鐶之，也與吴家結爲姻親。劉鐶之《光州吴氏家墨序》所言『蔭南五兄』，便是吴玉綸侄吴貽棠。劉墉所贈『松以凌霜還益壽，鶴因警露更高飛』之聯，吴玉綸直至暮年還奉爲箴言，常以自警。筆者走訪固始，聽到吴氏後人口中至今還流傳著關於吴、劉二人交誼深厚的一些故事傳説。

謝墉（一七一九—一七九五），字昆城，號金圃，一號東墅，浙江嘉善人。乾隆十六年（一七五一）皇帝南巡，以優貢生召試，賜舉人，授内閣中書。次年成進士，改庶吉士，散館授編修。升侍讀學士，歷任工、禮、吏等六部侍郎，國史館副總裁，四庫全書館總閲，充任上書房總師傅。相比於其他職任，謝墉在學官上做得最爲出色。阮元《吏部左侍郎謝公墓志銘》説：『公九掌文衡，而江南典試者再，督學者再。論文不拘一格，皆衷於典雅，經義策問，尤急甄拔。』（《揅經室二集》卷四）時稱其爲得士。然而有不得選拔的士人，也以怨懟而出語譏誚。大學士阿桂舊與謝墉有隙，以此上聞，降授内閣學士，次年復降編修，在修書處效力。乾隆六十年（一七九五）休致，尋卒。著有《安雅堂詩文集》。嘉慶皇帝繼位掌權後，念及師恩，追贈三品卿銜，賜祭葬。謝墉於乾隆二十六年(一七六一)充辛巳恩科會試同考官,吴玉綸卷出自其房,時稱房師。二十年後,謝墉與吴玉綸又同任辛丑科會試主考官,選拔出清代第一位三元狀元錢棨。後二人又同緣此次衡校而遭浮言被貶官,從此『一挫不振』,『晚節偃蹇』(石韞玉《獨學廬四稿》卷二《謝東墅先生食味雜咏詩後序》)。

3　父執前輩

吴士功以科第起家,爲官幾三十年,故舊中不乏才子學人。這些父執前輩日後有不少與吴玉綸也保持著來往,有些更是在其通籍前就曾予以指點獎掖。今所能考者,有金德瑛、沈廷芳、莊培因、陳浩、陳兆侖和德保兄弟等。

金德瑛(一七〇一—一七六二),字汝白,號檜門,浙江仁和人。乾隆元年(一七三六)丙辰科狀元,授翰林院修撰。歷任右庶子、太常寺卿,官至左都御史。金德瑛工書法,喜戲曲,多歷衡校之任,蔣士銓就是他在江西學政任上選拔出的得意門生。乾隆十五年(一七五〇),金德瑛任福建鄉試主考官時,吴玉綸叔父吴士元任同考官;十七年(一七五二),金德瑛代德保爲山東學政,蔣士銓也隨游學使幕,當時吴玉綸正讀書於佛峪。金德瑛來游,作有《佛峪》詩,其中『聞有好學徒,載書留此讀』(金德瑛《詩存》卷三),即謂吴玉綸。兩年之後,他又向吴士功推薦王昶來授學館。此外,金德瑛對於吴玉綸所作古文,也曾有過批點,如謂《戰泚水論》『有筆有識』,評

《秦中記庭訓》『熟於龍門傳序』，這應該是吴玉綸中進士前後的事了。

沈廷芳（一七〇二—一七七二），字畹叔，一字荻林，号椒園，浙江仁和人。乾隆元年（一七三六）舉博學鴻詞科，授編修。歷任諸道御史，官至山東按察使。沈廷芳工詩善文，曾隨查慎行、方苞學作詩文，書法亦有名於時，著有《隱拙齋集》。吴士功任職山東期間，沈廷芳先以御史參與山東賑災，復任登萊青道，二人長期同僚。休致以後，沈廷芳於乾隆三十五年（一七七〇）來京，還爲吴玉綸作《題吴香亭鴻臚藤陰書屋圖》詩中『讀書佛峪古藤下，題壁猶傳墨流翠』（《隱拙齋續集》卷三），也追憶到了乾隆十七年（一七五二）吴玉綸讀書佛峪之時。

莊培因（一七二三—一七五九），字本淳，號仲醇，江南陽湖人。乾隆十九年（一七五四）甲戌科狀元，授職翰林院修撰，官至翰林院侍讀學士。二十三年（一七五八），出任福建學政，次年病卒於任上。莊培因才華横溢，工於書法，詩文兼善，著有《虚一齋集》。在莊培因任職福建學政時，吴玉綸正隨父宦至閩署。莊培因對這位青年學子不吝溢美之辭，稱『香亭兄年方弱冠，夙慧若此，可以卜終身之藴量』。尤其是對其散體文大加贊賞，并對其早年所作文章一一點評，時有心得感嘆，如言《楊古愚詩鈔序》『文特清婉，能移我情』，《庚午除夕記》『從至性中自在流露，其感人者深矣』，《戰淝水論》『真乃識高於頂』，《上鄭炳也先生書》『學愈實則心愈虚，品愈高則情愈摯，於斯文見之』。此後吴玉綸又與其兄莊存與同朝爲官，多有交往。莊存與（一七一九—

一七八八），字方耕，號養恬。乾隆十年（一七四五）乙丑科榜眼，曾在上書房授成親王經史，官至禮部左侍郎。五十一年（一七八六），以衰老休致。莊存與『學貫六藝，才超九能』（朱珪《春秋正辭序》，見《味經齋遺書》），清代常州學派宗師，所著經學著作輯入《味經齋遺書》。莊存與在京時曾與吴玉綸詩酒往來，其詩句『與君宴語嘗懷舊，閩嶠知交氣誼深』（《香亭詩稿》卷三附録《春郊歸省圖》題句），寫出了兄弟兩人與吴玉綸的深厚情誼。此外，兩家與劉綸之子劉躍雲、劉召揚共爲親婭，而劉躍雲子劉逢運入贅吴氏爲婿，又使這種關係更加親密了一層。

德保（一七一九—一七八九），字仲容，一字潤亭，號定圃，滿州正白旗人，觀保堂弟。乾隆二年（一七三七）丁巳恩科進士。歷任工部侍郎，廣東、福建巡撫，署兩廣總督、閩浙總督，官至禮部尚書，卒謚文莊。著有《思賢堂集》。德保和從兄觀保作爲旗人中學問較優者，与吴玉綸伯父吴士恒爲同年，并多次充鄉、會試考官。觀保是吴玉綸中進士的主考官之一，只是在現有資料中，發現德保與吴玉綸交往更頻繁一些。乾隆十五年（一七五〇），德保任山東學政時，吴玉綸也正隨父宦在山東。德保讀其《重修佛峪般若寺碑記》後給予極大贊許，評曰：『一片蒼烟離合中，有仙人來往。文境之妙似之。』此後兩人又長期同朝爲官，特別是乾隆四十六年（一七八一）同爲辛丑科會試考官，吴玉綸作《辛丑蒙恩校試禮闈和德定圃宗伯韻二首》。德保還爲吴玉綸《古藤詩思圖》《春郊歸省圖》題詩，見存於《思賢堂集》卷下。

有『南北二陳』之稱的陳浩、陳兆侖是當時有名的詩人、書法家，也都是吴士功故交。吴玉綸年輕時所作《蟬説二則》《上鄭炳也先生書》，也得到了他們的點評。後來二人爲吴士功所作的輓詩輓聯，吴玉綸裝裱成册并邀人題句。此後還與陳浩子陳本忠、陳兆侖女陳長生有文字往來，而陳長生夫婿葉紹楏又受業於吴玉綸（見《養生論》等評語）。

此外，董邦達、曹秀先、程景伊、羅源漢、劉綸、周煌等人，也作爲父執故舊，對吴玉綸有過幫助和支持，包括政事文章。

在吴玉綸求學所遇指導者中，值得一提的還有經學家吴鼎。吴鼎（一七〇〇—一七六八），字尊彝，号易堂，江蘇金匱人。乾隆九年（一七四四）舉人，授司業。擢翰林院侍講學士，轉侍讀學士。大考降左春坊左贊善，遷翰林院侍講，旋休致。撰有《易堂問目》四卷、《易例舉要》二卷、《十家易象集説》九十卷。其兄吴鼐（一六九六—一七四七）也是著名經學家，尤精於《易》《三禮》。吴玉綸與吴鼎的交往始於乾隆十九年（一七五四）。據錢棨《香亭先生年譜》『甲戌，先生年二十三歲』譜，吴玉綸兄弟回鄉葬母後，由張莊遷家於固始縣城，偕城中親戚好友，包括『書院掌教家學士鼎、葛國學開齡，詩酒過從，探幽選勝』。又『庚辰，先生年二十九歲』譜記載，乾隆二十五年（一七六〇）吴玉綸會試落第後便留在京城讀書，與方煒、王世麟一道準備明年恩科考試，『與學士鼎研窮經學』。當時吴鼎已年届六旬，經學方面早已是大有造詣，又擔任翰林院學士之職，所謂『研窮經學』，當然是由他指導吴玉綸，只不過不一定以師生相稱而已。同時在古文寫作方面，吴玉綸也少不了得到吴鼎的指教，其《孫孝子合傳》一文後附有吴鼎評語，即是明證。

總而言之，學無常師使吴玉綸學業進步明顯，文學興趣得到了培養。而其創作水平的提高，除了諸多才子學人的精心指導外，還得益於他隨任游歷、與大自然的親密接觸。無論是各處奔波，還是山林静讀，都使其眼界得到擴展，心性得到滋養。例如錢棨《香亭先生年譜》戊寅一年的記載：『是年，先生由西安隨任保定，視兄於京；由京而保定、而西安，取道里門赴閩。凡水陸計程萬二千餘里。北臨上谷，攬金臺、易水之奇；西至扶風，選藍田、紫閣之勝；循龍門而東，則嵩高、黄卷，河山兩戒之雄也；泝吴江而南，則梅塢、金碕，福安八閩之秀也。先生爲文猶古人歷覽名山大川，進而彌上。』因此，經各種歷練和培養造就，成長起來的不僅僅是一位進士官員，還是一位創作上卓有成就的文學家。

（二）名輩往來

吴玉綸自入仕以後，自詞臣、諫臣，到禮臣、學臣，幾乎無不與筆墨文苑有關。政事之餘，常與京師文士以觴以咏，擊鉢飛箋。與其有文字交往者，也多是一時名流。在吴玉綸詩文集中，除了題咏贈答、書信序跋能够顯示其交游範圍外，也附録了不少其他人的詩詞曲文，保留了大量師友門生對其散文的評跋。這些材料不僅有助於我們了解吴玉綸的文字交游狀况，對於了解當時整個文壇和學界動向，也具有一定的史料學價值。比如戴震，凌廷堪《戴東原先生事略狀》説：『先生於讀書知條貫者，就其學之淺深高下，或引而友之，或進而教之，循循如不及。非是族也，雖負理學盛名及以詩古文自雄者，悉揮斥之，未嘗少假辭色焉。』（《校禮堂文集》卷三十五）如今我們看到，在《香亭文稿》中保留有五條戴震評語，從立意、結構到韻味，都有點評。如評《秦中記庭訓》一文『寫家風、寫鄉俗、寫官箴，從惻隱之實結根，曲折及之。仁人之言，入人心脾。意藴、意境、叙次，允臻古作者極則矣』。評《有意爲善雖善亦惡辨示汪漳川》：『儒以文亂法，其言似精而實謬，破之使無剩義。』吴玉綸在整體思想上持儒家正統觀念，但對待具體問題又常從實際人情出發，提出一些獨到看法，因而常被點評者稱爲『有識』。《有意爲善雖善亦惡辨示汪漳川》一文作於乾隆三十二年（一七六七），對於這個議題，他的看法是『此説未可衡人，即以之律己，亦非醇儒之論』。我們知道，戴震作为考据学大家成名较早，而转入义理之學则有個过程，晚年在《原善》基礎上撰成《孟子字義疏證》，明確提出『後儒以理殺人』。那麽，他與吴玉綸就『爲善』這個問題所作的交流以及『破之』的評語，對於研究戴震來説，應該不失爲有價值的參考材料。

吴玉綸自言『生平篤於交，擇交亦嚴』(《楊古愚詩鈔序》)，但畢竟父子『兩代顯宦，交納甚廣』(柯愈春《清人詩文集總目提要》)。從目前能够掌握的情况來看，與吴玉綸有文字往還的人物大都是一時名選，其中多有文集傳世。就關係身份而言，有些屬於文壇前輩，如錢陳羣、彭啓豐，包括上面所提到的父執故舊諸人；有些是進士同年，如王杰、胡高望、嵇承謙、孫士毅、秦承恩、胡翹元、謝啓昆、馮應榴、儲秘書、曹仁虎、陸錫熊、邵庾曾、沈士駿、張燾、阮葵生等；更多的則是前後科進士或同僚，如錢維城、李友棠、梁國治、李中簡、錢汝誠、盧文弨、翁方綱、吉夢熊、錢載、王鳴盛、紀昀、曹秀先、朱筠、朱珪、錢大昕、曹學閔、趙佑、申甫、汪新、蔣士銓、王文治、曹文埴、童鳳三、金士松、蔣曰綸、彭元瑞、譚尚忠、沈初、韋謙恒、董誥、褚廷璋、吴省欽、程晋芳、邵晋涵、戴震、汪孟鋗、張若渟、吴錫麒、胡季堂、梁上國、黄景仁、徐嗣曾、閔鶚元、邱庭漋、任承恩等。此外，還包括一些門生後學以及幕僚，如錢棨、陳萬青、汪學金、萬承風、秦承業、曹振鏞、馮集梧、蔣予蒲、盧蔭溥、潘紹觀、玉保、曾燠、寇賚言、翁元圻、王友亮、吴紹昱、戚學標、顧宗泰、邵玉清、錢楷、錢塘、陳崇本、葉紹楏等。甚至當時女詩人陳長生、黄婉，也在這個範圍中。總而言之，僅以文字之交論，這就是一個相當龐大的人物名單。柯愈春《清人詩文集總目提要》、袁水云《清人詩集叙録》對於吴玉綸別集的介紹，均特意强調其交游廣、『附和詩盈卷』的特點。限於篇幅，在此不能盡述，僅以幾次重要的文字交游活動爲例，以窺其一斑。

京師琉璃廠北巷，時稱古海王村，此處有王漁洋故宅，錢陳群更是言之鑿鑿地説：『予年十六七時，隨先王父客京師，曾過漁洋此寓。』（《古藤詩思圖》題詩自注，《香亭詩稿》卷三附録題句）乾隆二十二年（一七五七）春，吴玉綸第一次參加會試時來此訪友，正值藤花盛開，『友人指檐前藤花顧余曰：此蜿蜒飛香者，漁洋手植也。因盤桓不忍去』（《香亭文稿》卷五《竹窗聽雨圖記》）。清初著名詩人王士禛（一六三四—一七一一），號阮亭，又號漁洋山人，新城人，詩倡『神韻説』，與朱彝尊齊名，有『南朱北王』之稱。吴玉綸隨父宦居山左幾達十年，有關王漁洋的遺聞舊迹處處可見可聞，仰慕前賢之情自然更切，正如盧文弨題詩中所言，『觀物都含無盡意，懷人彌覺有餘思』。乾隆二十七年（一七六二），終得卜居此宅，而原有古藤修竹，已遭翦伐枯敗。次年，枯藤舊本忽引蔓開花，於是藤陰之下就成了他仰溯前徽、讀書會友之處。而好景不長，乾隆三十年（一七六五）便因父喪而離京歸鄉。至三十四年（一七六九）復寓此宅，次年紫藤抽蔓開花，這裏便又成爲結緣風雅之處。『古槐修竹静者居，置身花下晨夕娱。』（錢大昕《題吴香亭鴻臚古藤詩思圖》，《潛研堂詩集》卷十）一墻之隔的程晋芳『躡屐屢敲門』，深情雅意的紀曉嵐『乘興偶訪過』，親朋舊好，共數晨夕，宴客藤陰，裁詩花下。爲追漁洋盛軌，志交游氣誼，吴玉綸請畫家繪制《古藤詩思圖》一卷，作記題詩，請陳浩書額，并廣邀衆人陸續題詩於其上。甚至來京爲皇上、太后祝壽的錢陳群、彭啓豐、沈廷芳、秦大士以及百餘歲高齡的王世芳等，都留下了墨迹。

中間不少詩人都把這次題詩保留在自己的文集裏，錢載『畫人只畫夾衣寒，畫花并畫雕欄曲』，更是爲後人所稱道。蔣士銓是吴玉綸早年舊友，此次受邀題句，在久不作南曲難免手澀的創作狀態下，也一口氣寫出十三首南音套曲。其中『舊騷壇詩人散亡，恰有個鴻臚繼響，暢好發延陵高唱』（《忠雅堂詩集》稿本《銅弦詞》下卷附《樂府南曲》），寫出當時這一批詩人繼踵前賢的美意。

到了乾隆三十七年（一七七二），吴玉綸移寓横街，復分舊本引種新居，號其居爲『引藤書屋』。次年藤花盛開，新陰舊緑，友朋詩酒過從，風雅之興不減當年。曹仁虎《引藤書屋圖題句》注曰：『香亭與諸同年每歲有消寒之會。壬辰歲，引藤書屋初落成時，招同人小集分韻。』於是吴玉綸又繪《引藤書屋圖》，照舊作記題詩，遍邀同人題句。『清思應從新境起，勝情還比舊圖詩』（《香亭詩稿》卷四附録王杰題句），『引藤』二字又增添了新的含藴。居引藤書屋期間，吴玉綸又兩次參與校士，選拔出不少優秀人才。所以，其門生盧蔭溥題《引藤書屋圖》詩中稱：『引藤能作百年花，蔓延何殊樹喬木！當時移植森萌芽，栽培蒙養殷勤加。試看成陰十載後，夭矯勢已盤龍蛇。』

《古藤詩思》《引藤書屋》二圖，引出大量題咏之作，成爲當年京師文壇一大盛事。僅是收入《香亭詩稿》者就多達六七十人次，詩、詞、曲各體作品不下百餘篇。這還不是題詩的全部，直到今天我們還能從金士松《喬羽書巢詩外集》、趙佑《清獻堂集》、汪學金《静厓詩初稿》等現存清人別集中，發現一些未經收録或未被盡數收録的相關題詩。此漁洋舊宅古藤，經吴玉綸悉心培護，復盛又引，正如王昶《古藤詩思卷跋》所言：『今太常方以文學受知，駸駸乎枋用，於以集友朋、門詩酒於下，使人如見文簡當年，而相忘於盛衰之感。且繪之以圖畫，播之以聲詩，是花又爲京師增一故事。』（《春融堂集》卷四十五）從文學角度來看，它不僅是藤花的故事舊典，也是當時文壇活動狀況的一個記録，更是對清代詩壇的貢獻。數十年以後，詩人張維屏在吴玉綸二子吴俊民、吴葆晋處觀賞『一時名流題咏殆遍』的圖卷，不由得感嘆『圖中佳句不可勝采』（張維屏《國朝詩人徵略》卷三十八）。

除以上兩次題畫活動外，吴玉綸還將父親生前好友、著名書法家南北二陳（陳兆侖、陳浩）所作輓詩輓聯裝訂成册，曹秀先、李中簡、吉夢熊、胡高望、謝啓昆、褚廷璋、陸費墀、宋思仁、胡翹元、汪新、董誥等人均爲題詩作跋。乾隆四十五年（一七八〇）回鄉祭墓，作《春郊歸省圖》；乾隆五十一年（一七八六）督學福建，又作《鼓山觀海圖》，也同樣有衆人題詩或序跋，成爲當時文人交往的一個記録。

從琉璃廠的古藤書屋，到横街的引藤書屋，吴玉綸長期寓居京師宣南。這一地區自清初施行『滿漢分城而居』的政策後，就成爲漢族文人的聚集地，文士們常有一些雅集活動。特别是乾隆一朝，承平已久，科舉考試之外，又有大規模的《四庫全書》等編纂事務，全國各地的文人會聚京城者更多，裁詩作文的雅集活動也更盛。吴玉綸參加過不少名目繁多的文學活動，諸如法源寺、陶然亭、通惠河的游賞，咬春、消夏、吟秋、消寒的四季酒會等。例如乾隆四十五年（一七八〇），辛巳同年曾連續八次舉辦消寒會，阮葵生《七録齋詩鈔·聽鴻集》以詩紀事，完整記録各次集會的情形。參與者輪流做東，或對酒賞花，或品詩賞畫，或擊鉢分韻，或鼓舌争辯。豐富多樣的集會活動，激發了众人的創作熱情。《香亭詩稿》中的《陶然亭看月》《小齋盆桂已吐萼矣詩以催之》等，都是在這種情形下寫出的。《香亭文稿》中的《通惠河游记》《養生論》《擬師説》《友説》《原藝》等，也是這类活動的産物。

不可諱言的是，通過這種方式産出的篇章，其應酬交際意味，有時要大過文學創作本身；繁華熱鬧的同時，或許會損傷文學作品的質量。這也是某些作家會在編訂文集時將應酬文字删去不收的原因。只是我們也不得不承認，密集的群體性創作活動，確實能够起到强化創作興趣的作用；各地方文人的交流，也必然會帶來藝術表現方面的進步。至於新生作家由此而得到培養，則自不待言。《續修四庫全書總目提要（稿本）》言『吴氏家世顯仕，鮮以文采見稱。玉綸是編，尚非庸庸院體』，雖然語出褒揚，却也在材料掌握上顯得捉襟見肘。反倒是晚清吴棠因與光州吴氏相交而了解更深，所言『湛山中丞以甲第起家，香亭侍郎繼之經術文詞，雄視海内，學者奉爲斗山。一時群從聯翩，後先輝映」（《光州吴氏家墨序》），若是剥離掉過譽的華詞，就不難看出其中揭示了一個文化世家發生的轉向調整。科舉以經術爲主，而「文詞」則不必專指程墨試帖。「香亭先生句云『梅花清極本無詩』，七字爲梅花掃多少荆棘」（張維屏《聽松廬詩話》），「其思表纖旨，文外曲致，言短而味長，言止而意不盡，與言在此而意在彼者，恒使人黯然有思，罣然高望」（紀昀《香亭文稿序》），都是對其詩文創作的肯定。也就是説，自吴玉綸開始，吴氏家族成員除科舉經術之外，在文學上也有了可喜景象。單揀最近便的説，他兩個兒子俊民、葆晋，都是詩詞兼擅，在京城與不少文人有過酬唱。吴葆晋成進士後與龔自珍最爲投合，「事事相同」，「如鶼如蝶」（《己亥雜詩》其三十），今存《半舫館剩稿二卷附填詞一卷》。家庭中的幾位女性成員，在吴玉綸與衆多文士淺斟低唱的文學氛圍中深受熏染，也都表現出不俗的詩才。如吴玉綸姬妾顧有容，在吴玉綸亲自指導下，能作詩，工書畫（陳崇本《顧孺人傳》），詩歌入選《晚晴簃詩彙》，今《香亭詩稿》附有《香圃詩》二十餘首。吴玉綸女兒之學、之秀自小便學作詩，吴之學十五歲所作《嘉慶丁巳七夕之秀姊邀邵葆暈引珍素珍畹玉亭玉五姊妹聯吟乞巧步韻奉和》一詩，被收入《國朝閨秀正始集》卷十七中。吴之秀（一七七九—一八四〇），「十二歲能詩。侍郎命學古文，議論多越常識」（馮桂芬《吴恭人家傳》，《顯志堂稿》卷六）。她幼生華門，長隨落寞老父返鄉，出嫁後又隨夫至京，最終隨子之任而病歿他鄉。一生顛簸的她没有間斷文學創作，撰有《萩藕齋詩文集》（林昌彝《海天琴思續録》卷五）。今所見有《香亭先生年譜》載録的《于歸詩》五首，如：『曾識有方戒遠游，如何子女不同儔？家分内外情無盡，道是蘋蘩禮待修。』『紅藥翻階爛熳開，宜園榴火又新催。小鬟記取眉亭月，幾度輪圓我未迴。』以男女境遇不同的嗔怨，寫出對父母的依戀；以對宜园风光的懸想，抒發對親人的思念。其見理之精，用筆之巧，頗有乃父之風。如此才情，也難怪由她親自課讀的長子方鍇，於弱冠之年便中進士入翰林了。

三　詩文創作特色

吴玉綸曾有詩文集三十二卷，尚未刊刻而寄存在侄子吴鼎雯寓所，結果毁於火災。幸運的是，後來對仕途經濟的心灰意冷，并没有導致他放棄文學，除了繼續寫詩作文，他還四處搜集以往之作，重新結集，付梓刊行。雖散佚者過半，但幸在各體兼俱。經過數次刊刻，目前存世作品自其十九歲開始到六十八歲爲止，記録了他五十年的創作歷程。曾經的他也是當時文壇的活躍分子，無論是文學思想還是文體風格，透过他的創作，我們都可以看到乾嘉文學的一個側影。因其晚年的寂寥，再加上清代文獻整理進展較爲緩慢，所以有關吴玉綸文學創作的情況，迄今爲止還没能真正進入清代文學研究者的視野。筆者因整理其文集而不忍任其湮没，所以這裏暫作簡述，以期抛磚引玉，能够引起更多的關注和更加深入的研究。

（一）詩歌

《香亭詩稿》六卷，共收詩三百多首，其中附録衆人題句和顧有容《香圃詩》幾占半數。目前加上輯佚和《香亭文稿》卷一中的頌詩在内，吴玉綸存詩總數約有二百餘首。據錢棨《香亭先生年譜》所載，編入《香亭詩稿》中的詩歌，只不過是原來的十分之二。此後增補續刻當不止一次，但至今也未搜尋到。童鳳三《香亭詩稿序》説：『則所燼而在，固不爲多；即所餘僅存，亦未爲少也。』話雖如此，但在多如恒河沙數的清人詩歌中，這個數字畢竟太不起眼。就算在詩歌成就的評判中，數量不能説明一切，可畢竟在他那個時代出現過衆多優秀詩人，在他自己所作諸文體中，詩歌一體也是其弱項。每位作家往往都有自己的創作個性，文體運用自然也包含在其中。吴玉綸『能詩，然不多作』（王昶《吴君墓志銘》），恐怕與他的文學成長經歷大有關係。就目前所掌握的材料來看，吴玉綸在作詩的起步階段，就不斷受到兩種作用力的影響：一面是其師之鼓勵引導，一面是其父之限制約束。在這種狀况下，年輕的吴玉綸既充滿著創作激情，又不能隨性而爲，『不多作』，也就很可能漸漸發展爲不擅長作了。好在作詩功底還在，興之所至，機緣凑泊，也能寫出一些譽滿人口的佳作。在科舉大興的清代，這應該是一個值得討論的典型案例。

要説起來，吴士功一生雖然『志存開濟』，但他畢竟是進士出身，也曾入翰林，於詩家『緣情遺興』之事，并非棄而不爲，身後有其子校刻的《湛山詩鈔》就是明證。今《湛山詩鈔》不存，法式善《同館試律彙鈔》卷二選録《水始冰》《目無全牛》二首試律，楊淮《國朝中州詩鈔》卷中選録一首《山居》。觀其『水當秋月涸，冰逐曉霜嚴』（《水始冰》）、『客來相醉飲，烹茶子當僕』（《山居》）等句，也是詩味悠然。然而他對於求學時代的兒子學習作詩，却持另一種態度。吴玉綸自幼喪母，父親由於父兼母道，而不免慈威并下。在這種環境中成長起來的孩子，通常性情敏感，内心有著極强的感受力。并且在讀書學習過程中，所遇業師自王今遠、周守一、桑弢甫，到沈起元、王昶、莊大中、鄭虎文，無不是當時有一定名氣的詩人，由此不難培養出他對詩歌的極大興趣。然而在他的學詩過程中，却時常會受到來自父親的干預。有幾個事例，很能説明問題。前面在業師介紹中，曾提到吴玉綸師從王今遠作詩的情形。王今遠的詩，據汪師韓稱，乃『李長吉、陸龜蒙一派』（《清詩人王用晦先生年譜》『五十三歲』譜）。吴士功在意的是兒子的仕進前程，自然不贊同他學這種愁怨不平風格的詩歌。錢棨《香亭先生年譜》的主要依據是吴玉綸自己所編的《生平紀略》，這個記載足以説明他一生都牢記著父親『慷慨悲歌之音，尤非聖世所宜』的教誨。又如他跟隨周守一學作詩文，因年輕而更喜歡在文辭上雕鏤琢煉，也是父親大加干預，使之歸於時藝正途。此外，沈起元自編《敬亭公年譜》中也記述了一件在他看來饒有趣味的事情：

玉綸能文，嘗讀書佛峪。峪在萬山中，人迹罕至。有小寺，倚絶壁，旁屋一楹，爲讀書處。壬申秋，諸生邀余游龍洞回，聞佛峪有瀑布，因往，則聞讀書聲。入其室，繞窗山色，群松舞翠。閱案頭皆時墨也，余因笑謂曰：『對此清景，正宜作詩耳。』後吴公見余，述其子『不好時藝，而妄作詩。余不知其所作何物，公其索而觀之』。余曰：『此爲余昔年一言所激耳。』

年輕時代的吴玉綸獨居佛峪，與山風林月爲伴，對大自然充滿喜愛之情，專門將讀書處取名愛山廬。此情此景，的確是最宜作詩。沈起元、沈廷芳、金德瑛等詩人的相繼造訪和鼓勵，更是增添了他寫詩的動力。所以，山中讀書的一段時間内，儘管父親嚴格要求他專心學制義備科舉，但吴玉綸還是創作了不少詩歌。從吴士功對兒子『妄作詩』的不滿態度中，從沈廷芳『讀書佛峪古藤下，題壁猶傳墨流翠』的追憶中，都可以看到他以極大的熱情，不斷衝破來自父親的阻力，而創作出一些優秀作品。當時所作詩歌，如《老槐》：『鐵幹彎環有神鬼，虬枝翔舞驚鴻鸞。秋凉漏永空谷静，枝頭葉戰聞層巒。』《冬夜懷友》：『月色近三更，寒光浸虚碧。夢中驚見君，空谷聞履屐。皜若鸞鶴姿，青桐高百尺。覺來不可得，風林起蕭槭。』咏物貼切生動，抒情則深摯動人，因此沈起元稱道：『閲其詩，雖初學，而筆致清逸挺秀，已自不凡。』（《敬亭公年譜》『七十歲』譜）稍後他離開父親，赴大梁書院學習，經桑調元培養，又『詩格稍進』；待返回山左師從沈起元後，除濼源書院課藝外，也受教作詩法門。

隨後『吴中七子』之一王昶的到來，對於吴玉綸來説，應當是産生了更大影響。王昶之來濟南，名爲教授時藝，實則師徒經常一起各處游賞，吟詩作文。可惜的是《香亭詩稿》中此時之作僅存有《題三泖漁莊圖》一首，其他創作還可從王昶《春融堂集》中看出一些消息。與其他業師相比，王昶與他年紀相差不遠，更容易産生情感志趣的互通和影響。所以在相處不長的時間內，名爲師徒，情同友朋。與王昶的這次相遇，對於吴玉綸的詩歌創作産生了巨大的促進作用。自離開山東，到回鄉葬母，再到西安省父，僅僅一年時間，他便創作了大量作品。其中有長篇五古《甲戌秋杪奉父命歸里葬母慟而有述》，七律組詩咏固始八景、光州十景，還有入秦時所作《自大山鋪旅次寄里中諸友》，以及《潼關》《太華》《曲江》《鳳臺》《雲棧》諸作，或以深切見長，或有雄健之風。詩作累積已多，便在别後次年『清商四起，旅雁驚寒』之時，將這批詩歌結集爲《香亭近草》一册，郵寄給王昶乞加斧削。（《上王述庵先生書》）而王昶也一直保存着，并且未辜負他『未審《江湖萬古集》中，容一芥舟否』的期望。因此，我們現在看到《湖海詩集》所收吴玉綸諸詩，俱爲其前期作品。

除早期詩歌外，《香亭詩稿》中保留了一些奉和應制、試律賦得體和酬唱贈答之作。其奉和詩主要作於乾隆三十六年（一七七一）扈從東巡、四十五年（一七八〇）扈蹕南巡、五十三年（一七八八）扈蹕熱河之時。這類詩歌由於寫作的特殊性，往往需要步原詩之韻，且以醇雅之詞出頌聖之意，所以文學價值并不高。如被選入《皇朝文穎》的《恭和御製題晏子祠元韻》：『齊相祠邊鳳蹕留，重將往事費研搜。聖經筆削尊姬室，才士功名佐列侯。忻慕有心嬰合仲，折衷定論魯開鄒。「春王」大義昭然在，宸斷群欽識最周。』詩中并非歌咏齊相晏嬰，而是滿篇頌聖之語。試律雖然有限題限韻的要求，但由於需要展示才華以期待選拔，所以往往能够自出機杼，借題寄意。如：《賦得天驥呈才》：『戀棧緣懷主，空群尚待年。蒙恩榮立仗，駑馬肯相先。』《賦得五月榴花照眼明》：『密葉千翻開灼灼，雕欄四映綻離離。偏於緑暗紅稀後，又看霞蒸火噴時。』在豐詞麗藻中也顯得饒有趣味。入仕之後，吴玉綸結識更多的著名詩人，他一方面自嘆弗如，『諸公雄才盡齊楚，愧我邾鄅空周旋』（《題古藤詩思圖後》），一方面事此更勤。蔣士銓《題吴香亭太常古藤詩思圖》稱其『在文字堆中跌宕』；鄰居程晋芳看到他寫詩作文，或『主人匝月慵他出』，或『漏滴殘聲燈脱罣』（《勉行堂詩集》卷二十四《題吴通參玉綸古藤詩思小影》）。於是自服闋入都，居住在琉璃廠北巷的三年間，所作詩已結集爲《藤花書屋集》（阮葵生《七録齋詩鈔》稿本卷十九《題吴香亭奉常古藤詩思圖》其二『一樣題詩集裏編』自注）。遷至横街後，與文人雅士交往更爲頻繁。錢棨《香亭先生年譜》記載：『先生自移寓横街後，稍事增葺，曲徑長廊，綴以花木，招集同人於引藤書屋，爲探春、消寒之會，詩酒聯歡，殆無虚日。』這時的詩歌作品，如《小齋盆桂已吐萼矣詩以催之》其四：『向來花月屬詩家，得句先教擊鉢誇。香過木犀能悟否，廣寒高處本無花。』八月金風已起，九月飛霜未下，正當天高氣爽之秋，不待盆桂盛開，詩人飛箋擊鉢之興已起，預作詩欲以催花開放，奇思妙想，饒有趣味。又如《邀同人看菊分得歸字》之作，緣起曹學閔招聚友朋法源寺看菊，吴玉綸因有客先歸，分韻賦詩時朋友們就别出心裁地給他留下一個『歸』韻。而其所賦之詩，也確實可圈可點。詩云：

遠天來明月，當筵照我衣。畫檻香馥郁，霜葉影依稀。節物换今古，興到共忘機。遥知法源寺，此時人未歸。

詩中以月光寄意，但一般都有著懸隔較遠的距離，而引藤書屋與法源寺之間，即在鍾聲可聞的不遠處，若非真情牽挂，則難起明月寄意之思。詩一開頭就引入明月，月光流溢，由近及遠，最後天衣無縫地將宴客家中與看菊寺院兩相關聯。寫法上，不言自己先歸，而是倒轉過來寫朋友們未歸，以此應對，構思實在巧妙。而且月與情的相關處，自始至終没有説破，愈加顯得趣味横生，耐人品味。

致仕以後的晚年，再也没有了官場戒律的約束，吴玉綸天性更加解放，作詩一派高華灑脱，愈見其真。如《登高同趙司空佑叠韻》二首，其一言：

亭連高閣挹青山，應節登臨任去還。縹緲雲霄三殿迥，蕭疏風物一鷗閑。吟成白雪傳新句，品到黄花認舊顔。對坐陶然茶話久，江湖廊廟兩相關。

其二再言：

邱垤學山未至山，多君吟嘯句頻還。識高於頂千層上，人淡如秋半日閑。自有黄花榮晚節，却慚緑野駐頽顔。明年此日鴻泥判，風雨瀟瀟正掩關。

詩中從灑脱的『閑』字，逗引出『品到黄花認舊顔』；由高曠的『淡』字，延伸到『自有黄花榮晚節，却慚緑野駐頽顔』。人世滄桑與風物流轉，使他的詩在悠閑中包藴深情至意，淡曠中勃郁骨骾之氣。如此以口道心，内藴豐富，却又不失屬對精嚴，一氣流貫，很難説不是詩歌中的上乘之作。

總體來看，吴玉綸的詩歌與當時所結交的詩壇巨擘相比，確實存在著很大差距，但有時所作也是『新詩滿人口』。所以德保《題吴香亭副憲古藤詩思圖》稱『香亭先生今詩史』（《樂賢堂詩鈔》卷下），鄭虎文來信説『聞嗣主壇坫者，公與魚門、覃溪、二雲諸公，宏奬風流，翔譽京華』（《香亭文稿》卷八附録），雖也難免友朋酬唱中的過譽或是爲師者對弟子的護愛，但都不可作無根之談看。無論是其詩歌創作的成長經歷、以詩會友的創作方式，還是詩風的醇篤清雅，在清代詩學中都有值得研究的價值。

（二）散文

散文一體是吴玉綸的長項，有時衆人聚會作詩，而他則出之以文。（見《香亭文稿》卷五《游通惠河記》）同治八年（一八六九），林昌彝在方濬師處見到《香亭文稿》，一下就爲其文章所折服，稱『光州吴香亭先生玉綸，能古文章。己巳游端州，於子嚴同年處見之，覺簡潔似龍門，樸茂似淮南，雄厚似昌黎，平和似永叔。子嚴以其文選入《本朝八家古文鈔》』（《海天琴思樓續録》卷八）。今存《香亭文稿》十二卷，總數約在一百五十篇左右。所收之文按體分卷，與古代文體劃分的總體情况一樣，存在著异名同實或同名异實的情况，如卷三、卷四所收『序』類之文，即書序、傳序、贈序、壽序等互有交叉。這裏暫且根據内容，大致歸納爲五個大類來介紹其古文創作情况。此外，吴玉綸制藝名重一時，當時即有『宗匠』之譽。只不過在其觀念中雖然時文與古文是一體的，但畢竟時文寫作有固定格式，不便作爲文學來探討。作爲資料，此次整理已盡量搜集了一些篇章，以供讀者參考。

1　進册公文

《香亭文稿》前兩卷爲應制進册、封事奏摺。另外，卷十二中《試諭》《示録遺諸生》二篇，亦爲公牘，只是屬於下行公文。對於吴玉綸此類文章，相關書目提要有『館閣常語』『非有特別建白』『所見甚小』之評，甚或直言於諸體中爲最遜。持此論者雖不能説毫無道理，但若僅憑印象一概而論，不加細察，恐亦有失偏頗。

《香亭文稿》卷一所收四篇进獻之作，包括賦一篇、頌詩序三篇，内容不外歌頌乾隆皇帝時期武功光顯、文教昌明。如《聖母崇慶慈宣康惠敦和裕壽純禧恭懿皇太后七旬萬壽恭賦》，以律體大賦表頌聖之意：『香爇御爐，飄祥烟於上苑；霞飛仙仗，接紫氣於層闉。登殿陛以列冠裳，拜舞則八荒盡萃；絢乾坤而成錦繡，謳歌則百戲俱陳。珠斗月華，光同不夜；花城香海，國是長春。』駢语麗藻，花團錦簇，典事運用，亦恰切精當。此類進獻之作，雖不免如《續修四庫全書提要（稿本）》所言『應制進册，乃館閣中常語』，然觀其賦中所言『拜蠲租之闓澤，化日常依；戴宥罪之宏恩，慈雲高罩』，以及《聖駕三巡江浙恭紀七言長律五十韻謹序》中『臣，豫省一介之士，行能無算，幸遇恩科，濫登秘館。伏念往歲駕幸中州，湛恩汪濊，沉潛匝洽，罔弗周暨；迄今望幸之情，雲霓飢渴，莫以言喻。欣遇鑾馭還都，載賡盛美。誠知扣轅聲缶，不足以宣揚皇猷；藻被金石，顧兹區區之心』，考慮到乾隆二十六（一七六一）、二十七（一七六二）兩年，正是其父吴士功革職流放又奉敕赦回時期，而剛入仕途的吴玉綸也并未沾染多少官場習氣，謂其不出衷心，而僅以『常語』予評，亦恐未必符合實情。

吴玉綸所寫奏章表疏，多是針對有違典章或刑律不當者，指事當物，見理明徹。如《香亭文稿》卷二所收的三篇封事，以御史之任而行糾劾之責，於科考、銓選及刑律等各種弊端皆有糾舉，并提出解決定案，奏上多被采納施行。《上封事第一摺》主要針對的是順天鄉試『領房』陋習。科舉考試是國家掄才大典，其中鄉試一級競争最爲激烈。而順天秋闈因爲屬於京畿地區的鄉試，所以尤爲重要，主考官往往由包括大學士在内的要員擔任。吴玉綸於乾隆三十年（一七六五）充順天鄉試同考官時，發現有『領房』陋習，即同考官入闈後，先以官階最高之一二人坐分《易經》《詩經》第一房，名曰『領房』，其餘才拈鬮分配。衆人早已視此爲常規，而吴玉綸認爲這不符合十八房考官一體鬮分的科場條例，易滋舞弊，『應請嗣後鄉試房考，無論官階大小，悉令拈鬮分校，以昭公慎』。同摺内還奏請於薦卷之後，由考官對於落卷再行查核，以免遺珠之憾，使『衡量益歸允當』。奏入，得以下部議行。

長年跟隨父親在科道、藩臬、巡撫之任的經歷，使吴玉綸諳熟治事察吏，所上封事也能够體現這一點。如《上封事第二摺》，糾舉地方官員在吏部驗放月官時的舞弊行爲。州縣銓除因任所遠近不同而有官缺優劣之分，朝廷按期甄材調缺，目的原爲量才而用。只是放缺時間恰與乾隆皇帝避暑熱河之期相近，這便給一些州縣官員提供了鉆空子的機會。對此官場伎倆，吴玉綸洞若觀火：『惟是得缺高下之分，天淵懸絶，而人情趨避之巧，乘隙而生。』他犀利地指出，一些優缺知縣爲規避調任邊遠省份，便托病遷延，以避開引見面聖這道流程，從而『可以卸六月引見之班，可以附七月驗放之例，可以坐獲原掣美缺，可以規避調用雲南』。在分析弊端産生的原因并彈劾相關地方官吏之後，吴玉綸還提出具體解决辦法，使『銓選益昭公慎』。乾隆皇帝認爲『所奏甚是』，下旨著爲令。類似這樣的彈劾奏請，雖然不比其父吴士功當年指陳督撫大員的勇氣膽識，但期望澄肅官場惡劣風氣的初衷實相一致。比照乾隆元年（一七三六）朝廷要求呈奏『有切於國政民依、官方吏弊』而不可徒有陳奏之名的規定（《清高宗實録》卷十三），吴玉綸的奏章并非『瑣屑而昧於大體』，也不是『空言而無補於國事』，所以奏上便立即得到采納。似此見理明徹、通達時務之論，豈可以一句『所見甚小』而全然否定！詳察『所見甚小』一語，其實也并非評者杜撰，而是其來有自。《國朝耆獻類徵初編》卷九十六《吴玉綸傳》載乾隆四十六年（一七八一）上諭：『據吴玉綸條奏，甘省自三十九年以後報捐監生，每名令其補繳銀六十兩。所見甚小。』條奏甘肅科場報捐一摺，本起因於王亶望、王廷贊等地方大員貪腐，士子爲求進階而不得已違禁折色報捐。對於違禁報捐士子以什麼方式處罰，既然是皇上下令，都察院正、副都御史不會不經商討。吴玉綸先議以罰銀補繳作爲示儆手段，乾隆皇帝認爲有錙銖較利之嫌，有損朝廷顔面，是『所見甚小』。然後汪承霈再奏勒限二年，將原照呈銷，另行報捐應試，便得到了采納。此奏此論著實讓吴玉綸吃了不小苦頭，李侍堯幕僚李三俊『文致其詞』時，便曾借上諭中『較利』一詞爲口實，所以在編定文集時，吴玉綸已將此奏黜落不收。如果還以這一次上諭所謂『所見甚小』來評判《香亭文稿》中的奏章，則未免一葉障目，有失偏頗。

《上封事第三摺》是一篇未被朝廷采納的奏疏，内容是陳請區别鬥毆人數多寡，從而在秋審時酌改情實以懲凶横。當時吴玉綸作爲御史，在悉心閲勘情實案卷時，發現内陸省份械鬥案件中暴露出隱含社會危機的不良現象。他以安徽、湖南四起械鬥案例與福建、廣東類似案情相比對，以事實證明内陸省份械鬥案發情况比邊遠省份更爲嚴重。所以對於糾衆鬥毆者，他的看法是『非嚴立科條，無以禁强悍而安愚懦』。爲此，他秉持『使糾衆逞凶，不與尋常鬥毆一例入緩』的原則，提出區别參與鬥毆人數多寡，細化刑律條文。雖然在具體措施上以九人爲限的建議顯得過於刻板，被刑部駁回（《清高宗實録》卷八百三十九），但是其『法在持平』的理念，以及『不但獷悍之徒有所儆戢，即於地方風俗民情，似亦稍有裨益』的認識，顯示出政治上的深謀遠慮。錢棨之所以評價此奏『言近旨遠，洵通達時務之論』（《香亭先生年譜》『己丑，先生年三十八歲』譜），就是充分理解了吴玉綸的議政之文不僅在於使『獷悍之徒』有所畏懼，而且也旨在促使地方『健鬥惡習』得到扭轉，從而有利於維護社會的穩定。因此，即使此奏未如以往那樣受到認可采納，即使『九人之限』曾遭刑部的反駁嘲諷，但吴玉綸晚年編定文集時，依然堅定地把此奏收入其中，而彼時民變四起，社會已開始進入一個動蕩年代了。

吴玉綸的奏疏不僅通曉時務，而且頗具行文之美，更能顯示一個翰林出身的御史思致綿密，筆鋒犀利，令人不禁拍案叫絕。例如：

> 天下豈有好勇鬥狠，糾約六七人至十數人，而其心不欲傷人者乎？豈有糾約六七人至十數人，持刀挾杖，而其勢能不殺人者乎？其心非不欲傷人，即不得與無心傷人者等；其勢不能不殺人，即宜與情同有心殺人者等。如此而猶以傷由互毆、殺出無心一概入緩，未免情重法輕。

從一般情理和事態發展兩方面進行深入剖析，闡明刑法原則，指出籠統處置『一概入緩』，其實就是執法的不公。這種深刻、周密、透徹的分析，輔之以整齊對仗的句式、層層遞轉的行文，體現了吴玉綸咨政建言的高漲熱情，也使其文章如排山倒海一般富有氣勢。升任副都御史後所奏《請酌定司員回堂之例》《請定京畿道御史承辦堂稿處分》兩摺，也是透過層層分析，指陳京師衙門積弊。如司員回堂，『恐傳述之際，或瞻顧囁嚅不能曉暢，或依違迎合增減其詞，甚至乘間徇私，轉於公事滋弊』；而都察院本堂公文，一向由京畿道御史代堂辦事，若遇舛錯，向例是僅處分堂官，承辦人員反而可以置身事外。他由官場一貫規則，推及法度條例的不周密處，洞幽燭微，揭示弊端。阮葵生『閣門昨夜陳封事，一疏堂堂獨抗顔』（《七録齋詩鈔》卷二十二《吴香亭舉第三會》），稱贊的就是他這種膽魄和見識。

由此可見，任職於都察院的吴玉綸，無論是御史，還是副都御史，都能够勇於建言，慷慨陳奏。劉墉稱其『鐵面冰心』，外孫方鍇以『鐵君』自號，不爲無由。而《香亭文稿》中的奏章，雖有科場、刑律、吏治、衙門等不同事務的區分，但詳察其大要，核心所在，皆出於公忠治事的理念，而於國事政體亦非無關宏旨。清國史館本傳多録其奏疏，王昶《吴君墓志銘》所述『每有條奏，奉旨嘉獎，敕部議覆施行』，應該能説明一定問題。且其行文浩浩蕩蕩而精氣盤旋，與其論説文的析理深刻、思致綿密并無二致。因此，無論是斥其議事『瑣屑』，還是評其『在諸體中爲最遜』，在筆者看來，都不免有失察之虞。

《辛丑科會試録序》《浙江鄉試録序》，以及《試諭一則》《示録遺諸生一則》，皆作於學官任上，用於奏報朝廷或曉諭士子。其中對於掄才之任的慎重、『文以載道』思想的闡述，以及『崇實黜華』的取士理念，與一般學官并無兩樣。不過在闡發衡士原則的過程中，吴玉綸旗幟鮮明地表達了他時文與古文相同的文學觀；在『即道衡文，因文程材』的剖析中，文與道、言與文、文與才、才與自然環境的關係，也得到簡明透徹、絲絲入扣的闡述。這些内容對於研究清代文學思想，或是科舉制度，也有一定的材料價值。如《辛丑科會試録序》：

夫言以明道，各隨所見分量以修詞，有淺深而無异同也。不獨古文與時文异流同源，即時文中風檐遇合，與先正流傳之作，體裁微有不同，皆以有裨於道者爲貴。故其義如日月江河，其辭如布帛菽粟，其實必本於講明義理。根柢經術，博參史傳，而又運以氣，馭以法，無軼乎清真雅正之軌。若夫矜揣摩以博取科名，爲剿説，爲雷同，是言不文矣；或抽秘騁妍，精意不存，文矣而何裨於道！昔之人所以擬諸好音過耳，重戒夫虛車之飾也。

時文有『載道』的要求，但是對於『道』，則極力强調必須有獨到的見解領會，反對剿説雷同；對於文詞，反對抽秘騁妍而空洞無物，這與他『言有物，言有序』的古文觀是一致的。《浙江鄉試録序》又借用韓愈以水喻文之理，言『天下之水，莫奇於浙；天下之文，莫盛於浙』，『爲文者疏瀹以暢其勢，堤防以正其趨，謹持於濫觴之始，而曲達乎歸墟之大。研經窮理，百變不離其宗』。所以，水清文醇、文清人正，浙江士子有其得天獨厚之處。因爲科考是銓選的組成部分，并非用於評價文學才華，所以他也告誡『詞尚其華』的浙江考生，『文以載道』是根本，『皆以見道淺深，定文章優絀』（《試諭一則》），『而新奇艱僻詭於道者，弗與焉』。從這裏不難看出吴玉綸取士的標準。

福建録遺是士子獲得鄉試資格的最後時刻，也是舞弊行爲高發階段。吴玉綸針對考場作弊和關係請托兩大難題，采取彌封姓名和正備案并發的有力措施，同時出布告先行曉諭，即《示録遺諸生一則》。文中反復諄訓，曉之以理，動之以情。諸生讀後，有爲之感泣者。其中有言：

前之馳驅八府二州，持衡鑒於風辰月夕，尚不至失騏驥而瓦礫并登。區區之心，已見信於科、歲兩試矣。今爾多士，未必不冀録遺從寬，見收則奮飛有路，被放則潦倒先歸，圖倖獲於萬一也。獨不念録遺緣科場，而起科名爲進身之始？得科名者，當思何以爲不負科名之人。試遺才者，乃先爲有玷科名之事，此稍知自好所不爲，而謂服習於楊龜山、李延平、朱考亭諸先賢遺訓而可爲之乎？勿於風雨争飛、魚龍百變之會，以觀光念切，誤入歧途也！

在以學官身份對士子們進行訓誡的同時，吴玉綸也教之以時文發展及爲文要領。如《試諭一則》中説：『制義一途，初本渾噩，變而尚體要，再變尚機法，三變尚才華。要其命意遣辭、宅句安章，皆有行乎不得不行、止乎不得不止之勢，未聞以篇幅短長論工拙者。』此科所録舉子趙士霖説：『是篇不特唤醒揣摩家，一片婆心，直當作古今文體總論讀。』

2　序跋雜記

吴玉綸有關詩文字畫的序跋，内容和寫法與其他學人序跋多做考據不同，是在藝文經術之外，多叙交誼，記情事，所以與雜記一體并論。

紀昀《香亭文稿序》論吴玉綸之文時，圍繞一個『巧』字展開評説。而他所謂『巧』，雖然總論時涵蓋甚廣，『根本《六經》，旁參以史、子、集，使理之疑似、事之經權了然於心』的含藴，『縱横伸縮，惟意所如』的筆致，一并包羅無遺，但在專指時，稱贊的只是吴玉綸文的自然、意境、韻味。原話如下：

其思表纖旨，文外曲緻，言短而味長，言止而意不盡，與言在此而意在彼者，恒使人黯然有思，罕然高望。余嘗泛舟嚴瀨，浮嵐掩映，清波見底，一樵一漁，一花一草，皆寥蕭有世外意，以爲勝西湖金碧山水，故有『何須更説烟嵐好，老屋疏林亦自殊』之句。今於香亭之文，殆作如是觀矣。

此評不可謂不高，然與諸人所評之『崇論宏議』『天風海濤』『慮周法密』『峭削』『雄拔』等語則不甚相合，甚至與他本人所點評的『真輪心誓臆之文』『字字具大神力』，語亦相左。原因就在於吴玉綸之文并非只有寥蕭疏野這樣單面的藝術面貌，紀昀一序自然不能包舉無遺。當然，這裏面也不排除『一千個讀者就有一千個哈姆雷特』的因素，比如同一篇《任勇烈公傳後序》，褚廷璋看到的是『文境亦如蘇海韓潮，渾灝流轉』，而紀昀看到的却是『如神龍變化，出没烟雲，一爪一鱗，倏忽隱見，而本旨即在於隱現間』。諸如『沉博雄厚』（翁方綱語）、『嚴整潔浄』（韋謙恒語），還有『峭勁之句，拗折之調』（曾燠語），也同樣是《香亭文稿》中較爲突出的風格特點，只不過内容題材不一，文體功能有别，所以表現方式也多種多樣，要之，清雅醇厚乃其核心要素。而序跋雜記往往由序藝文而推及情事，因記情事而言及性理，情、景、事、理融合一体，在表現『巧』的一面上更突出一些。如《曹習庵刻燭集序》先述『聯句詩』的發展，然後回想『曩時從容游燕，游戲於筆墨間』，最終落脚於抒发今昔之感：『今習庵出是集而余爲之叙其緣起也，聚散存殁之感，各有深焉者也。』收録詩友聯句唱和的《刻燭集》，其實就是珍貴友情的記録，如此还何須計較事功與藝文、詩歌與聯句孰輕孰重呢！

宋思仁是吴玉綸一生的知己，又是兒孫親家，與之相關的書序有《宋汝和有方詩草序》《才調集箋釋序》《宋况梅少農制義序》三篇，記則有《宋文傑公祠記》一篇。有關宋邦綏的兩篇，因關涉前輩文章學問，所以多談藝文，以制義而述德業，或由選本箋釋而論及文學批評。而於宋思仁本人的詩集，既以『有方』題名，便涉父母之思，於是情感無以克制：『余兩家先大夫相繼卒世，從此孤露飄萍，長抱痛於東西南北之人，求如曩者備官京内外，以有方之游，遥慰白雲親舍，而都不可得，余又奚能讀汝和集而不怦怦動也！』對於宋思仁先人德行的嘆美：『嗚呼！觀於祠之立，而文傑公捍大患、禦大灾，足以孚輿情而邀令典，如此其昭昭也；觀於奉祀之誠，而諸君子文章勛業，足以廣敦本睦族之願，如此其綿綿而翼翼者，大抵守成易，創始難也。』（《宋文傑公祠記》）以深摯情感驅遣言事説理，具有很强的藝術感染力。這樣的寫法，也體現在《春郊歸省圖序》中。歸鄉省墓，旁人只見其太常位重、扈蹕恩榮，似乎『山川草樹皆光寵』，但又怎知其内心深處的苦痛：

嗚呼！歸省之義何居乎？人子之職，問寒燠，視膳飲，所謂省也。有事於四方，思吾親之寒燠膳飲而不得見，於是乎歸省。歸省者，省親也。故曰：『一日之養，三公不易。』『椎牛而祭，不如鷄豚之逮存也。』今之歸，將安省乎？幼不及事祖父母，兩母見背；中年哭父，惟伯氏相依；去歲，又傷徂謝。嗚呼！今之歸，將安省乎？省墓而已矣！

《雨後小記》是其早年在山東時所作，業師王昶評爲『仙品』。大旱之後喜雨而至，兄弟共坐回憶前情：『此泠泠者，非竹聲昔鳴於墻角東耶？盈盈者，非伊夕月色下照耶？今雨舊雨，不啻樂意相關耶？自今以往，其將登瀛洲歌《湛露》耶？將不崇朝而遍甘霖耶？抑將占田園之甲子，潤草木於春秋，終身皆樂境耶？』輕快的心境，活泛的思緒，由自然景象而跳躍到爲學之理思和求學之意足，『吾與兄值天喜之候，愜素位之懷，惟是在今言今，在雨言雨，總以不離乎在學言學者，寓其樂於「緑滿窗前，新流活潑」中也。其即古人以「喜」名亭意乎！』情真意篤而又不失靈性，筆端變化，又處處隨手現成。難怪才子莊培因一讀此文便嘆服『文之能事觀止矣』，言此文『可以卜終身之藴量』。

《秦中記庭訓》一文，寫乾隆二十年（一七五五）三月二十八日這天夜晚，父親在西安臬署對吴玉綸兩兄弟的訓誨。開頭叙述到達秦中面見父親的情景，『大人方秉燭治官書。訖，漏三下矣。古廨凄寂，檻外風敲竹，微有夏意。命坐，歷詢家事，忽而笑，忽而感傷，忽從中論斷之』。然後父親從鄉俗到家風，從昔日貧寒時兄弟易衣到妻亡後以嫁衣入殮，以種種情事爲例，諄諄告誡兒子『在家則儉，在官則清』。末尾寫父親『語畢立，立語且嘆，與鐘漏相應答。月色窺户，空明如積水。窗外隱雜鷄犬聲，童子倚屏卧。呼起，取果餅一盤，猶度歲所遺也，食之而睡』。此次庭訓從夜半到鷄鳴，屋外月光風竹，室内燭火鐘漏，與父親的話語聲，曲折錯落地交織在一起。而居官治事至深更半夜，位在三品尚於春末食用年下果餅。——一位言傳身教的父親形象，定格在作者腦海中。其他如《修方家橋碑記》的寫景，『田繞以溪，溪通以溝，溝達以橋。凡一鄉之内，數里之間，十步一灣，五步一登，流水小橋，迴環於漁村茅舍間者，相續也』；還有《宜園記》的議論，『惟益修余身以宜余家，俾余子孫恒爲士，恒爲農，不至降爲皂隸，栖息於頹垣敗瓦間』，或輕盈，或典重，皆情長意深，耐人品味。

有些序跋雜記，往往見理明性，或因題而詳述其理，或就事而逗出一二，足以發人深思，耐人咀嚼，『巧』之一端即寓其中。

《竹窗聽雨圖記》作於乾隆二十八年（一七六三），正是其父吳士功遠謫歸鄉不久。文中提到『余自丁丑以來，上下六七年間耳，榮落完毀，因物觀變，又復如是』。然而人生還依然在路上，眼下之事，無以開懷，將來何去何從，也在思考中探索。所以文尾説：

孝廉之聽雨，得諸性情，而寓之圖；余之聽雨，亦得諸性情，而寓之物。寓之圖者，無而寓諸有；寓之物者，有而寓諸無。有無之間，余不知孰爲寓，而孰爲非寓也！

迴環往復中，寫出精言奧旨。《安拙窩記》爲汪啓淑而作，以别有會解之心，造析理高妙之語。其中言：『老氏「大巧若拙」，特善用其巧耳；莊子「以不材終其天年」，恐人見其拙耳。要皆非能安拙者！』以閎通之觀發誅心之論，一針見血地指出老莊哲學未能使人愜心的根源。在此基礎上，再闡發他個人對於『安拙』的認識：『安拙之道有二：曰守拙，曰養拙。拙何以守？有定識，有定力焉。拙何以養？無畔援，無歆羨焉。能守，以培拙之本；能養，以得拙之趣；又能勤，以盡拙之用，拙也而大適於道。推之天下拙，而天下人無不安矣，然則拙乃人之安宅也哉！』《記病》一文，由生活中事，推繹出『存心養性』之理。文中説：『惟余返而自思，呻吟斗室六七十日之久，瀕於危者屢矣，而有觸輒動，猶拳拳於所憾者而抱痛、所受者而知感。病於身，不病於心，殆天理流行，生機之未息乎！罔以私情擾吾真性，是病聽命於心，心不爲病所役，静而存之，裕如也。』沉疴纏身，心中却瑩然獨照，有感知，有動心，有自制，不失爲心理學的活教材。

有關文學方面的見解，或輾轉反覆，或反破爲立，意之所指，也引人深思。如《任畏齋詩序》談詩歌：『詩自《三百篇》，下逮漢魏，歷朝分門别體，屢變而法不變。非學焉，猶面墻也。其教温柔敦厚，或失之愚，而善言詩者，思以睿而托諸愚，猶記「八愚」於柳州，仿古愚公谷之虚懷耶。夫人不能有智而無愚，與愚之不可不進以學也，所關者大矣，而詩其一端。』由詩歌變遷歷程和創作規律，談論學與心性在詩歌中的關聯，將任承恩詩集『學稿』『愚稿』之名，做深透一步的闡發。所以翁方綱稱『香亭一序，足以傳神』。〔四〕《宧拾録序》談古文，以『有物有序』爲核心，闡發古文寫作的心得體會：『有序則法備，有物則藴宏，達之以盛氣，而古文之能事畢矣。』吴玉綸站在古文立場上，對近來流行的以考據爲文、以駢儷爲能事的時風進行了批評：『近日文人之習有二：曰尚考據，曰造字句。夫徵書數典，瑣碎零星，迹也。』他的看法是，『清』與『真』才是文境之至，而言有序方能『清』，言有物便可『真且厚』。所以他說：

今夫廬山九疊，面目自有真也；黄河發源於星宿，挾沙走石，罔非清氣盤旋也。淵源有自，景仰從心。古未有言有序而不清者也，未有言有物而不真且厚者也，未有言以清且真、真且厚者爲貴，而後之君子但鰓鰓焉矜考據之詳，與餖飣於一字一句之奇，徇外遺內，就粗捨精，而能優而游之、沛然莫禦，以大適於文之路也！

自古以來，言有序方能清，言有物方能真且厚。他認爲那種小心翼翼地進行詳盡考據、七拼八湊地堆砌奇句巧字，皆爲捨本逐末，不能有真厚之宏蘊，不能有清氣之盤旋，也就背離了爲文之道。其門生許鴻磐指出：『有序有物，實乃自道所得。』

《方懷園文稿序》又深透一層，通過對鄉里三前輩的文風辨析，進一步探幽抉微，闡發『清』的不同呈現：『庶子之文清而肆』，『西獵之文清而奧』，『懷園之文，則清而醇』。在吴玉綸看來，肆、奧、醇三者之間既有區別，也相互關聯。他說：

蓋嘗取三君子稿而悉心參之，非不謂肆焉、奧焉者，較諸醇者，而力似優也，夫亦謂肆焉、奧焉者，釀之以醇，而文彌粹矣；非不謂醇焉者能闢其途於奧與肆，而矢諸正鵠也，夫亦謂醇焉者，必觀其化於奧與肆，而底於大醇矣。

肆與奧用筆有力，醇則運筆從容，各有所長。而『言非有序不能清，非有物不能醇』，歸根結底，文章之用在於言有物，如同弧矢之用在中正鵠。所以相比之下，醇爲正宗，而『肆者，醇之外見也；奧者，醇之變態也』。但三者之間聯繫緊密，具有相互作用的辯證關係。肆與奧從醇中升華，才能使其特色更爲精粹；醇者師於肆、奧，才能達到大醇。分而言之，三者自具面目；合而觀之，則是相輔相成。

正身爲官之道，并非多麽高深的道理，但吴玉綸言必切實，理必愜當。其理與事、事與情貫通一氣，所以顯得含蘊豐厚。如《儲玉函詩稿第三卷序》：『玉函將出守矣，惟能貧，必能爲賢太守；由太守而進之，玉函其常留此貧乎哉！諸葛武侯以淡泊明志，不使外有嬴財；范文正公作秀才時以天下爲己任，此中得力，與子輿氏「降大任」之旨，實相貫通。他如立大功、成令名，而又享厚福，殆有天幸，人不能學，亦不必學。下此者朱門酒肉，無論矣。』文中夾叙夾議，將儲秘書的生活境況與爲官之道一并托出。《和張壽雪紀恩詩序》則借賓陪主，通過蔡世遠爲張廷玉作序所言『詩與人并重』『父與子并重』之語，將題中『紀恩』和自己對張若渟的期望挽合在一起。《澹我襟懷齋跋》寫得更加警拔。兩江總督高晋曾是吴玉綸父親在山東時的同僚，話舊間爲其『澹我襟懷齋』題跋。全篇没有冗雜之語，只抓住一個『澹』字進行剖解：『竊謂謹慎者，澹之所從出；寧静者，澹之所見端。隆中一生抱負，不外「澹」之一字。羽扇綸巾，欲心平則天機深也。』作爲封疆大吏，非理事、任氣事不做，才能達到魂夢俱恬的『澹』。文章虚實兼到，理周語簡，梁國治贊道：『妙於空際著筆，汁味自腴。』

胡季堂是吴玉綸的同鄉，也是兒女親家。與之有關聯的《任子自鏡録序》和《書胡雲坡司寇訓子説後》，都是吴玉綸晚年思想成熟、文筆老到之作。《讀史任子自鏡録》是胡季堂專就史書所載『任子』一事而作的讀書筆記，吴玉綸爲之作序，一邊叙其緣起，一邊穿插爲官與修身的道理。序文首先縷析任子制度的『學』與『政』，然後細解胡季堂讀史的『鏡』與『觀』。於前者有云：『自虞庭有揚言之典，後之由科目入官者，皆從讀書中來。漢唐而下，代有任子。蓋仿世禄世官之義，錫及勛舊，亦以閥閲之家，諳練典故，學而後入政，非以政學也。』於後者有云：『鏡之爲言觀也。觀，有自近及遠之勢，其道也，利用明，耀於外者也。鏡，有由彼返此之形，其於物也，如月，如止水；其取義也，如暮鼓，如晨鐘，如座右銘，省諸内者也。觀以目，不如鏡以心，未有不自己求之者。』鏡與觀同，皆用目力，但作用又不同，觀是自近及遠，利於『耀於外』；而鏡爲由彼返此，用以『省諸内』。遠觀其外，不如返求諸己，『觀以目，不如鏡以心』。最後挽結到胡季堂既家學深厚，又企慕前賢，以奉職勤恪而光大門楣，而自己雖然『同叨賜杖之榮，未邀陰子之例』，但是『心懷廊廟，家課詩書』。彼我之間，『通於經爲待用之具，與鑒諸史得致用之方，道固一以貫也』。所思所念，確實如他人所稱道的，是二人『相知以心』。全文思理綿密深厚，行文蕩氣迴腸，所以紀昀一方面稱胡季堂之書，『足補千古之闕』，一方面嘆吴玉綸之序『渟泓演漾，有歐陽子之風』。《書胡雲坡司寇訓子説後》是一篇較長的後跋，對原作訓子之意，做進一步發揮。文中以其博学來説理，以其盛气而行文，頗有藝術感染力。如：

> 神農、黄帝以天縱之聖，開衣食之源。後世因事制宜，《禮經》備載。衣則有『負繩抱方』，應規、應平、應時，左宫右徵之利用也；飯則有『舂揄簸蹂、釋叟烝浮』，七精八鑿之殊科也。凡宴享籩豆，藻采章施，莫不有公、卿、大夫、士及世族、世官之别。至於擊鼓吹豳、滌場載績、躋堂介壽之情，依然如昨。故粗而言之，問耕問織，不過愚夫婦之知能；精而按之，重農重桑，歷代聖君賢相未易竟其量。然而萬物皆備，人欲無涯。不矯於物而素位焉，絲何妨五絨五總，食不必厭精厭細，君子固不廢養身之論也。列鼎重茵，任其所爲，暴殄久則生意盡，二氏所以有惜福田之説也。

由朝章儀制而歸結到惜福節儉，经史古诗、典语舊事，隨手拈來，俯拾即是；行文如风行水上，伸缩自如，的确是得文中之『巧』。

吴玉綸幾篇寫讀後感的記序之文，主要内容是對人物行事的評價，皆以論説之筆行文。《書列女傳魯秋胡妻後》專論秋胡妻，家塾課題『溺以成潔』，他認爲此題理不允當，故作此文以示兒女輩。對於婦女問題的認識，吴玉綸自然有其時代局限，認爲『三綱五常』是理所當然，但對於旌表節婦烈婦，對於具體人事的評説，他却往往從人情人性出發，提供一些超越世俗觀念的看法。劉向叙述秋胡妻溺於沂的故事，稱之爲『潔婦』，世人不察，往往盲目跟風。吴玉綸則采取分析的方法，觀點是『吾與其潔也，不與其溺也』。通過分析推論，認爲秋胡妻之死實出於負氣，性質屬於夫婦『相賊以情』。他一方面接受綱常倫紀，但另一方面又認爲綱常倫紀有常有變，『非事處萬不獲已，不可輕於一擲』。所以，他認可秋胡妻人品的冰清玉潔，但對劉向憑其投水而死便表彰爲『潔婦』是不贊同的。在他的一些節婦傳中，也同樣表現出對於婦女旌表的個人看法。有這樣一位很有見解的父親作文以示，其子女所受影響也可見一斑。所以馮桂芬説其女吴之秀受教於父親時『議論多越常識』，自然也是情理中的事了。《讀韓文公讀荀及蘇文忠荀卿論》是對學人的評價。全文合觀韓愈和蘇軾評議荀子，從蘇軾思路方法上出現的錯誤，批評其力詆荀卿的做法非常過分；又以事實分析將韓愈所論荀子分爲兩面，一是其所言荀子『大醇而小疵』，有一定道理，二是其將荀子與揚雄相提并論，則理有未當。他的看法是『大抵荀與揚皆有擇焉不精、語焉不詳之弊。荀之言毗於陽，高談异論，吐棄一切，君子之過也；揚之言毗於陰，曼衍而不斷，優柔而不决，小人之過也』。因此，他對唐宋人評價荀子過刻和評價揚雄過恕的看法都不贊同。翁方綱稱贊此文『持論光明，如引星辰而上；行文渾灝，如决江河而下。準理揆事，皆精當之至矣』。

《任勇烈公傳後序》堪稱吴玉綸晚年的一篇精熟之作，它不是傳而有傳的活色生香，不是論而有論的深邃厚重。李桓所輯《國朝耆獻類徵初編》在國史館《任舉傳》之後，選録了吴玉綸這篇『書傳後』的文章。文以描寫任舉事迹爲中心，『美其功，嘉其節』，又以揭示藎臣忠心爲旨歸，同時還藴含著一個『君臣遇合』的沉重話題。任舉先在固原以平叛立功，後來在金川殉國，謚爲勇烈。在吴玉綸看來，二者不是各自孤立的事件，而是『節顯金川，由功奠固原』。探究事理，討論事物的來龍去脉，是吴玉綸最爲得心應手的寫法。他由立功與顯節的關係，又抽取出一個更深刻的問題，即任舉爲何『死於金川而不死於固原』。爲了給出這個問題的答案，他先用奇突之筆，描述平叛和殉國過程，之後便蕩開思路，爲解答問題做鋪墊。寫備員史館時『讀公列傳』；扈蹕山左時，『晤公子承恩』；督學福建時，又讀其詩文集。在了解任舉的『韜略宏深』，以及其學與志之後，吴玉綸找出他顯節的源泉：『學邃，故識定；識定，故利害交而不亂。』隨後又調轉筆墨，再回沙場。『固原軍譟』時，與其夫人已準備好闔門而死，但却未死；而金川禦敵時，已自定步步圍城之法，本可以此取勝，不料又必須聽命於將軍的催戰。結論是『其死於金川而不死於固原者，固原事起倉卒，勇以御變，公自主之。若感激於知遇之隆，受節制於將軍之令，蜀師利鈍，非所逆睹』，而學邃識定的任舉，重『死綏之義』，所以毅然選擇了死。這裏，『受節制於將軍之令』而致敗，揭示了主將的無能；『惟於不能自主中以死主之』，展現了任勇烈公精神境界的高度。最後，文中又寫了三夫人、二子之事，特意提到皇太后召諭施夫人，其長子任承恩的主動請命，次子任承緒的死於公事，『俱勤王事，秉公訓也』。這些頗費筆墨的記述，如果沒有任承恩曾被關押刑部大牢已擬處斬的事件背景，都可以當作恭維的套話。然而，從議論『不能自主』，到複述太后諭『二子成立，亦忠臣』，再到感慨『始終遇合之奇』，都是一次次在向讀者發出信號，即任承恩由林爽文事件而受到的對待是不是應該重新認識。再聯繫到他自身以及其父吴士功的大起大落，這個『遇合』中的『始終』一語，是否還包含更多的嘆息呢？文章一唱三嘆，從起筆『天之成忠烈士，奇矣哉』，中段『天所以成烈丈夫者，大而奇也』，直至最後『嘆其始終遇合之奇於天』。用筆或實寫，或虚設，縱横排宕，不斷變化。沙場的緊促，朝中的和緩，相互交織，文氣渾灝流轉。所以褚廷璋諸人嘆其文筆，如『蘇海韓潮』，是『大文章』，有『大力量』，而紀昀則察其深心，稱其『本旨即在於隱現間』，這才是『别出一奇』。

3　論説考辨

『鈷堅求通，鈎深取極』（《文心雕龍·論説》）的論説考辨之文，確實是吴玉綸文中特别出色的一體。他的論説往往精心運思，闡發新見新解，深識妙理，給人以很大啓發。并且『不論何等題，總有一番切實透闢之論』（秦承業評語）。其持論閎通，本於儒而不闢佛老；思理綿密，持法度而又多變化，呈現出或雄豪或雍容，或雅潔或簡峭的不同面貌。

(1)史論

《戰淝水論》是他早期所作的一篇史論，旨在對歷史做翻案評説。文章以『不輕忽以圖功，在誠敬以集業』爲論點，闡發『秦不能取勝於晋，桓冲計之熟矣，豈獨一謝安』的歷史見解。他一方面論桓冲，一方面論謝安。論桓冲，著眼於『國家多難，事關社稷安危，不徒鎮之以静，而必善慮所動』，提出『老臣謀國，根本是圖』的基本認識。桓冲『遣精鋭入援』之舉，爲的是穩固求勝，爲國家做長遠打算。遭謝安拒絶之後，只好對著佐吏慨嘆，批評謝安的軍事安排。至淝水大捷，桓冲病卒，而《晋書》本傳却言其聽説苻堅被謝安擊敗，『加以慚耻，發病而卒』(《晋書》卷七十四)。吴玉綸認爲桓冲之卒，不過是偶然的『會逢其適』，而『史臣乃文而致之，誣其失言而抱恨以終』，説明『書不可盡信』。論謝安，則以諸葛亮『戒懼惕厲』『慎以行師』爲例，指出謝安雄才大略的不足。最後借朱熹『苻堅之不善，非晋人之善』一語，有力地收束全文。文章剖析透徹，運筆雙管齊下，波濤洶涌，氣勢强大。例如：

嚮使晋宰相有智勇深沉，具文武大略，其人者當此天心效順，福德在吴，用桓氏精鋭三千，賈二謝餘勇，乘其外寇内亂，過關逾鄴，挽大江之水以洗河洛烽烟，克圖西京，徐匡故物，豈不甚盛？安即力度不能，當亦强爲善以俟之。何遽借以糧、助以兵，舉大仇不報，而更親昵焉？誰司國柄者？中原曾奏請開拓矣，所張弛固如是乎？

東晋的偏安一隅，未能匡復中原，與司國柄者缺乏文武大略不無關聯。如此見識，如此行文，其師鄭虎文給予了高度評價：『蒼蒼莽莽，目大如箕，在古人中有數文字。』金德瑛也稱贊説：『論體固在攻辨盡情，非熟於擒縱進退之法，論必不快，筆必不横。此文得其秘鑰矣。』

《陶朱公論》一文評論歷史人物范蠡。《越世家》記載陶朱公次子被殺，故事性很强，所以被殺的原因，就引起不少人的興趣。吴玉綸首先從近人文集中梳理出陶朱公之過在遣長子和交友不慎兩種説法，然後以二説皆似是而非，逐次加以反駁。對於遣長子去一説，他從情理上去考量，即使『長男以自殺之言挾母要其父』，作爲父親，陶朱公怎會明知長子去必致『殺弟』而遣之呢？這事在道理上説不通。所以根本原因不在遣與不遣，而是『别有致敗之處』。對於交友不慎一説，他從性質上論述，認爲既然奉金用智，就是以利相交，根本談不上交友之道。在攻破兩種説法之後，再從根本上做深入分析。首先，陶朱公起初不遣長子而欲遣少子，是著眼於財的問題，這個出發點本就是錯誤的。當年陶朱公棄浮名散資財，而後來不能堅守其志，『隱退猶希豐厚，濃於外者危機也』。危險在此時已隱伏下了。其次，如此情形下，又培養出長子愛財計較、次子驕盈殺人，危機就已顯露了。再次，『機動於此，而事應於彼』，竟然又采用以金救子之法，使其次子陷入危險之中。當次子喪歸，他人悲哀而陶朱公發笑，不過是知其子而不自知罷了，與他當年泛扁舟、歸相印時的灑脱安然怎能相比！文章最後得出結論：『論者每以范蠡三徙成名，爲天下艷稱，而吾究惜其以陶朱公終也。』范蠡被稱陶朱公，豈止是姓名稱呼的改變，立身處世原則也改變了，這才是其次子被殺的根本原因。由此可見，前面兩種説法不過是就事論事，而吴玉綸則是直探本原，不僅論史極有見地，而且還可用以警世，深得前人史論借古喻今的精神。《西施説》則是就泛舟西湖事爲范蠡正名，裏面對婦女帶有一定程度的歧視，但是對於《吴越春秋》《越絶書》記載的荒誕不經，以及後人詩歌的穿鑿附會，却是剖析得深入透徹。如言『論者因夫差溺色而亡，遂以施爲越功首，而施於越究何厚也？以施爲吴罪魁，而施之亡吴？吴自亡耳，豈施薄於吴而果有亡吴心哉？彼子胥忠吴，而太宰嚭黨越者也，不聞施助嚭，與讒子胥也，是亡吴誠非施願！而更謂從蠡以終，此《吴越》等書墮後人於疑網，誤咏歌而穢雜記，豈非艷其美者之好議論，而施之大不幸哉』。吴之亡是其自亡，并非西施亡之；太宰嚭讒害伍子胥時，没見書裏寫西施參與。因此，於事於理，都説明吴之亡與西施無關，至於終隨范蠡，更是無稽之談。這番快論，得到戚學標稱贊：『以西子爲泛湖情女，固非；即以西子爲霸越忠臣，亦謬。前人議論不根，似此甚多，安得明眼快論如吾師者，一一正之。』

(2) 文論

《香亭文稿》有關文學方面的闡述，見於不少散文中，包括序跋、書信等。而《文論》一篇，體現得最爲直接完整。這是專門針對袁枚而寫的一篇駁論性質的文章，寫作緣起是袁枚在寫給程晋芳的一封信中，對古文大張撻伐，且出語刻毒，言古文家『將終其身得人之得，而不自得其得矣』（此信後來見收於《小倉山房集》卷十九，題爲《答友人論文第二書》）。原文篇幅较长，僅是『文之與道離也久矣』一段也多達百餘言。吴玉綸先将其概括爲二三十言樹起靶子：『或曰：三代以後，文與道離也久矣；學究習氣，動曰明道，將認門面語爲真諦，持論必庸。』接著便以『斯言也，賢知之過也』一句，開門見山，亮明觀點，指出其錯誤在於『過猶不及』。然後分三步對其説法一一批駁。

第一，反駁袁枚『文與道離也久矣』的觀點。他從辨析道以及文與道的關係入手，指出不知文者，是先不懂道。道即是理，而『理』既有其當然，也有其所以然。如果只看當然，而不懂得去看所以然，只能説明是對『道』有所不知，那麽知不知文也就很難説了。爲此，他就事實而做分析，説：

裕其理於文之先，曰『修詞立其誠』；通其理於文之中，曰『情見乎詞』。詞以達情，情以積誠，誠以窮理，理以明道。如日月麗天，江河行地，布帛菽粟之於日用飲食，『六經』皆載道文也。後世體製紛紛，而論説詞序源於《易》，詔策疏奏源於《書》，賦頌歌贊源於《詩》，銘誄箴祝以及紀傳檄之屬，源於《禮》與《春秋》。蓋以宗經爲貴，準乎理與情而已。大抵周

> 秦、兩漢、八家散體文，多以理勝；《騷》《選》駢麗之習，多以情勝。情勝者詞附之，而情裁諸理，弗傷於艷；理勝者氣充之，而理衷諸道，弗病於雜。是以論文者每慨於由漢魏及六朝三變愈下，與唐三變愈上，皆以言有物爲斷也。

雖然這段話大旨不離『宗經』，但是闡述的核心不在『宗』與『不宗』的問題上，而在對『道』本身應當如何認識。在吴玉綸看來，情、理、道實相貫通而非離析。雖時代不同，體制有別，但只要言有物，也就有『道』在其中了。因此，即使如袁枚所説『三代後聖人不生』，而文與道其實也從未相離。

第二，針對袁枚提倡駢文反對古文進行反駁。他以秦漢、唐宋古文爲事實依據，説明『深者言深，精者言精，是文以道重也』。以此爲準則，『如見之淺而故深言之，見之粗而故精言之，語雖工妙，義藴無多，道之醞釀有限，文之品題可知矣』。真正懂文者應該知道，這才是作文真正的弊端。從中不難看出，其矛頭所嚮正是袁枚信中所提倡的駢文。

第三，反駁其『門面語』的提法：

> 凡物物而不物於物，不以迹而以神也，文尤神明而變化者乎！然不滯於迹以得其神，亦不能離乎迹以求其神。若以則古稱先爲『門面語』，而以厭故喜新爲真諦，是捨形體而求精神也。古今有好奇之文，天下無不庸之道。吾不知或所謂『得人之得』與『自得其得』，所得

於文，果安在耶！

這段話裏包含非常强的思辨性。吴玉綸認爲，作文當然以『神』爲重，但在强調『神』的同時，既不能局限於形式，也不能捨棄形式。『則古稱先』既是古文特色，也是其必要的話語方式，若譏其爲『門面語』，而片面强調新造語句才算作文真諦，這種偏頗本身就是捨棄形式而妄求精神。袁枚倡導『性靈説』，并不限於詩歌，而是其整個的文學思想。當他認識二十多年的好友程晋芳到京以後，與朱筠、翁方綱、吴玉綸這些古文家因住處近而交往多，文學觀發生一定變化，這使得袁枚十分惱火。爲了扭轉朋友的思想認識，便對古文家出語較爲刻薄，如『門面語』之外，還有『文人學士必有所挾持以占地步』的定性、『時時作學究塾師之狀』的嘲訕。相比之下，儘管吴玉綸《文論》是駁論性文章，行文却不徐不迫，步步爲營，顯示出一種典重雅正之風。不過，他對袁枚文學觀的批評雖没有後來的章學誠那麽激烈，却也是綿里藏針。觀其『賢知之過』的提法，對於熟讀『四書』『五經』的人來説，其中隱含朱子所謂『足以欺世而盜名』之意是不言而喻的。尤其是文尾一句反問，更是大可品味。『得人之得』與『自得其得』，并没有出現在《文論》開端所概括的靶子中，衹是袁枚信中原話。吴玉綸在一步步反駁到『門面語』時，順勢一扫，對此也做出了有力回擊。評語中門生曹振鏞所言『裝頭蓋面』，則更是明顯的反唇相譏了。

(3)經論

這裏的經論，不限於經書，也包括儒家經學的衍生話題討論。吴玉綸在這方面展開的考辨論説，自然離不開乾嘉之學興盛的大背景。但與古文寫作上反對『鰓鰓焉矜考據之詳』一樣，他也反對治學態度上遠離主旨大義，而『鰓鰓焉辨文詞於疑似之間，分格制於微茫之際』。從其《原藝》《北斗魁類考》《春王正月辨》《逸經答問》《鄉飲酒説》《墓祭説》《釋教問答》《養生論》《友説》《續師説》等篇章可以看出，他對於經書六藝、禮義教化、求道問學、修養心性等問題的思考，注重從人情世理出發，以『理之所是』而説經，以『心之所安』而立論。

《春王正月辨》針對宋代胡安國所提出的『夏時冠周月』之説，以及由此而來的其他説法，都表達了自己的看法。他本於《春秋》，參以他書，廣證博引，認爲《春秋》『春王正月』的表述體現的是『以王法正天下』『以天道統王道』；各代曆法改月改時，目的不外乎『興民事、利民用』。而『夏時冠周月』之説，包括反對派的諸種不當説法，要麽是『啓天下後世以僭亂之端』，要麽是『授异己者以柄而助之攻』，由此而近乎冬春莫辨，皆於大義有所未當。《逸經答問》是爲兒孫課讀解疑答惑的一篇文章，裏面包含他對逸經的四個觀點，即『逸經可考也，僞經宜辨也，古文之存者不能廢也，逸篇之缺者無庸補也』。有關逸經可考的闡述，主要是臚陳經書具體篇目的存亡，以及亡佚者散見各書的情況。對於僞經之辨，討論的是緯書對經的引申發揮以及所謂朝鮮本、倭國本的荒誕不經。而古文之存者一事，是專就梅賾所上《古文尚書》《孔安國傳》進行的考辨，對閻若璩以及更早之前批評梅賾僞書一事，提出不同看法。他認爲應當將經與傳分别對待，『説經者當求之於經，不當求之於傳』，不贊成梅賾所上《古文尚書》全是僞經的説法。文中從研究方法，到文獻事實，再到語言文風，廣泛地展開討論，指出僞書一説在立場、方法、情理上的漏洞，從而提出《古文尚書》不可廢的觀點。最後圍繞『逸篇之缺者無庸補』論點，闡明對待逸經的態度。文中説『君子讀書論世，當求其遠者大者，勿務其小者近者』，對於《詩》《書》《禮》等典籍，應當從中觀史求理，如果僅僅『鰓鰓焉辨文詞於疑似之間，分格制於微茫之際，就令所言多中，抑末矣』。文末補説對諸儒傳經的感慨：『余嘗反覆於劉子駿《讓太常博士之書》，概想全經，而又未嘗不嘆漢唐諸儒抱殘守缺，逸之而不忍逸，補之而莫敢補，以致篇之散見者仍其目，書之歧途者絀其僞，經之後出者久而存之，以附其真。當時慎重師傳，纍世而垂一綫之緒，庶無戾於述而不作之義云。』正如吴省欽指出的，此文『元元本本，議論環生，是宋儒説經的派，弗徒以徵引見賅洽也』。全篇雖引證富博，但論得有立場，説得合情理，也可以爲考據家提供一些思路。

吴玉綸的考據文章，非爲考據而考據，也不執一端而嚴立門户，而是堅持實學，持論宏通，説理透徹，形式方法也靈活多變。乾隆四十四年（一七七九）在太常卿任上，吴玉綸請假回鄉省墓。有人以『古不墓祭』相詢，於是作《墓祭説》，反對陋儒附會之説，明確提出『墓祭之禮古已有之，於今尤宜』的觀點。其所爲考據，臚陳文獻，推理論證，勝義令人目不暇接。而最觸動人心的是據實情以説理：

今過一城、一鄉、一邑之中，試望平岡蔓草，若堂、若斧、若覆夏屋者，纍纍也。問有能建廟者，萬家不一二；能立祠者，千家不一二；能設主者，百家不一二。如神依主而不依墓，是百千萬家之若堂、若斧、若覆夏屋之纍纍者，反爲漂泊無依之游魂也。有是理乎？

他以實情實理反詰『古不墓祭』説，認爲無論是祭於廟、祭於寢，還是祭於墓，『大抵皆處於事之所當然，發於情之不容已』。他以思辨方式批駁『章句之儒』强分墓祭廟祭之高下，是將先人體魄所藏之墳墓棄置於無何有之鄉，『而謂祭於廟可以得君蒿凄愴之象，祭於墓無以慰僾聞愾見之思也。其誰信之！』在他看來，凡祭皆出於仁人孝子之一心，『無在無不在，無分於廟與墓也』。如果真要做出區分，也只是『祭之禮，於廟爲重；祭之情，於墓爲真』。如此見識，如此氣度格局，除了博學精思之外，恐怕還與他長年擔任掌管祭祀禮儀的太常寺卿大有關係。這番崇論宏議，被門生王友亮推爲『不朽文字』。然而此文在重新搜集整理尚未刊刻之時，吴玉綸自己却已被編排爲墓中人了。這事當然非舊友紀昀莫屬。他借用《墓祭説》編了一個《博山書生》的鬼怪故事，而以益都李生做鋪墊。其實《墓祭説》初成時，連托紀昀寫墓志銘的李南澗本人也已病卒廣西，爲之『因舉所聞一事』者，自屬子虛烏有。在謝墉、吴玉綸因其戲言而遭貶斥之後，何以托李生爲説，如何『毋爲竪儒所惑』，恐怕是紀昀留給後人的一道謎題。

吴玉綸在《釋教問答》一文中梳理了唐宋時期的儒佛之争，認爲『大抵闢佛之説，宋儒最精，唐之昌黎較實。昌黎所闢，檀施供養之佛，爲愚夫婦言之也；宋儒所闢，明心見性之佛，爲士大夫言之也』。自此以後，佛儒兩家各行所知，各有分量。佛教一方面有益於世道人心，既『足以息馳騖、排憂愁』，又能以果報之説，『警動下愚』；另一方面蔓延中國兩千餘年，與儒家兩不相害。所以很多時候的論争，不過是『釋之徒欲援儒以自衛，儒之徒因衛道而流於好名』，甚而至於互相詬厲，則儒不見得是真儒，釋也不見得是真釋。何爲真儒真釋呢？文中説：

爲釋者，須從忉利天中下脚踏實地工夫，馴之以色象俱離。花自照鏡，鏡不知花；月自映水，水不知月。推而極諸花亦無花，月亦無月，鏡亦無鏡，水亦無水。乃無色無相，無離不離，爲自在廣大神通。爲儒者，從致知力行得入學之門，以立德、立功、立言，歷之於士希賢、賢希聖、聖希天之候。此真儒也，真釋也。理可相通，教不相妨也。

真儒與真釋其實是不相妨害，而各有分量的。由此可見，吴氏家族由以往的『喪葬事僧道不入門』，發展爲吴玉綸不忍違背妻子臨終遺愿而爲之作水懺，并非其儒業立場發生了改變，而只是由鄉曲進入廟堂後，所見者廣，在問題的認識上更精進一層，能够『以真實相作平等觀』。全文由『闢』字切入這一寫法，也可以證明這一點。文中將施與受雙方做出區分，以比喻展開論説，

『夫儒道之持世久矣，如居室中有主人也』，而佛教進入中國，如『挾技之食客』。胸中既有此定識定見，所以論證過程中便以儒釋并論，不僅見理明徹，不露破綻，而且行文氣脉貫通，『每於對勘處見精義，寫來面面皆圓，頭頭是道』（譚尚忠評語）。《北斗魁類考》一文則形式更加活潑，以問答體結構全篇，如：『問：「魁有形與？」曰：「鬼神無形，人形其形，説有可通，儒者弗禁。何獨於魁乎疑也？」問：「圖魁星，何以跂？」曰：「《莊子》云『人見其跂，猶之魁然』故也。」問：「足何以跳？」曰：「蓬頭故跳足，以類也。」』一問一答，生動有趣。

《原藝》推原古之六藝變遷，論證藝與道的關係：『道，形而上者也；器，形而下者也。藝非道不貫，道非藝無所麗。藝者，所以適於道之路也。道之精微者如室，高明者如堂；而藝，則如入道之門。』有關『藝』以及『道』與『路』之喻，或許也關涉袁枚來信，不過主要還是京城諸人集體活動的産物。《續師説》《友説》《養生論》等，相關作家文集中同有此題。《續師説》連作兩篇，皆分别由『師』與『學』兩方面立論。頭一篇是有感於韓愈《師説》一文在『尊師重道』和『修己治人』兩方面不够深切著明，所以進一步闡述『師教之隆』，指斥近世『師道之壞』，説明師之責在於使受業者『自完其身心性命，至於化成天下』，如此則『自鄉人而可馴致於聖人之道』。《續師説二》從『尊師』與『師範』的角度展開論説，批判社會上爲學者不能擇師、敬師，爲師者不能自重、重道的不良現象。相比其他人同題之作的瑣屑，吴玉綸兩篇《續師説》不僅立足於實際，而且探源知本，立論正大。《友説》全面完整地闡述友道，朱筠不僅贊其文章『平和處似永叔，簡括處似子固』，而且稱道其得力於自我修養之功，『涵養而出之，乃能亹亹如是』。文中從辨析『友』與『師』的不同入手，説明『友』的不可或缺，『師之道近乎君父，尊而不親；友之道近乎昆弟夫婦，親而不尊』。再從『友』爲『師』之助闡述交友之道：『苟以市交，非友也；以貌交，非友也；以意氣交，非友也。否則，空談性命，無勸善規過之實，高而不切也；抑或拒人太峻，責人也重以周，不能磨礱攻錯以底於有成，猶刻而無當也。然則居今日而言友，盖必有道。』最後從人的稟性不同，説明擇友宜尚中行之士：

天之生人不齊，人所交亦不齊，中行之士尚矣。下之則有南北風會之殊，而剛柔分焉。剛者厚重質實，緩急可恃；若毗於剛，則見理不精，而氣暴矣。柔者巽順文明，相觀而善；若毗於柔，則信道不篤，而氣餒矣。

《養生論》同樣是一篇大力闡發儒家思想學説的論説文。文中説：『君子不言養生，未嘗不自重其生。夫性也，心也，與生俱來者也。不生則性滅，而心無所麗。』他以『養性養心』爲養生正途，主張生活上要『處約能安，履滿思覆，凡事留其有餘』，内心世界也要莊敬日强、易直子諒，從而使六氣不得侵，七情得其正。有同題之作的翁方綱不禁嘆服説：『所見者大，故有此沉博雄厚之作。』

(4)雜論

《香亭文稿》中一些以『説』命名的短章小品，如《學書説》《蟬説二則柬楊古愚》《鹿説》《閩省試院堂額説》《名義女之信説》《名元婿閶説》《代張伯魁名子振路説》《眉亭説》等，往往托物起興，借物言事，言簡意賅，意味深永。如《蟬説》『亭樹蕭蕭，風生暑退。聽蟬曳林梢，斷續過墻而去，胸有鬱結，豁然盡釋』，起筆寥寥幾句，就勾畫出一種爽朗的境界。《眉亭説》以古賦『却月如眉』兩相關照，以景喻學，另闢新境：『月乃闕而不闕，釐然於弦晦朔望，而太陰之精貞諸天；眉以無用爲用，超然於耳目口鼻，而百體之華睟於面。』『卿士惟月』，士之爲學師月師眉，使此光不泄，此粹不雜，終可獲『圓如印月之神明』『皎若列眉之學識』。

自三歲離鄉，除了幾次治葬省墓外，吴玉綸長年在外生活，特别是居於京城三十多年，眼中繁華，往來俊彦，所以回鄉後有過一段不太適應的日子。《答趙鹿泉少宰書》曾自嘆『惟是栖遲田野，不獨鄉曲中無一二可道素心之人，即欲求二三老友共數晨夕，都不可得』。但不久他就適應了鄉里生活，親見蠶桑，也有一些明經、秀才之類的讀書人共相談樂，使他回歸到切切實實的生活。在《看菊説》中，他寫家鄉風土，『我固邑自清、堪、急、曲，水利代興，以迄於今。有大豐，鮮有大歉之歲；無甚富，亦無甚貧之家。是以稻獲千村，菊開三徑，醖釀秋光，人易爲樂』。也寫與友人往來，『語曰禮尚往來，對花如對諸君也！酌諸君酒，報酒并報花也。凡花與酒，與非花非酒之樂，無不與諸同人同樂其樂，暢性情而忘形骸也。何嫌於乞諸其鄰，貽笑黄花耶！』以黄花晚節寄托其『猶有不荒者在』的情懷和『物以質而彌淡，品以淡而足珍』的志趣。

4 贈序書信

此類散文爲親朋師友而作，寫情、言事、説理，情感真摯，餘味綿長。如《送弋山二兄南旋序》寫送行歸來的當晚，『街鼓逢逢，星月窺户牖，寢不成寐。忽若頻呼阿弟者，謂日已高矣，胡弗速起！蓋平時連床情思，復驚於夢也，而窗猶未曉』。因思念兄長而夜不成寐，不知不覺中沉沉昏睡，忽聽兄長連聲喊自己起床，原來只是夢一場。在叙述刻畫中，對兄長的依賴與不捨之情溢於言表。《送謝藴山序》是同年謝啓昆授山西布政使時所作，他一方面就山西的地理風土，提醒舊友身兼重任；一方面就餞别之宴回憶三十五年前進士簪花盛會，『昔日壯顔，今成白首』。而同科進士中既有目前在位的大學士王杰、少宰胡高望，也有像他這樣的賜歸之人，更有早已離開人世的同年好友，時勢不同，雲泥兩判，不禁令人生出許多感慨。所以此文既是爲謝藴山送行的贈序，也是他自己將歸時給同年舊友的寄語，一往而情深，不作客套應酬。他心中百感交集，筆下却沉著從容：『從來科名爲進身之始，敷奏以言，明試以功，大抵有進而日上之勢。然而上焉者勿矜也，有上乎上者，股肱心腹之寄，高位難稱也；下焉者勿頽也，有下乎下者，疏附後先之班，庶官易曠也。至於上而復下，反躬修省，不敢因中道之睽，啓畔援之漸也。』不太長的一篇贈序，令紀昀大爲嘆服：『精理名言，出以平心和氣，間以别致閑情，讀之使人心醉。』還特意交代説：『中間叙餞行諸友姓名、官階，不知者必以爲冗瑣，豈知年歲之遷流，友朋之聚散，仕宦之升沉，俯仰今昔，百端交集，俱在此一段中哉！可爲知者道耳。』

壽序的寫作一般容易落入俗套，而吴玉綸在這方面却往往能够以精妙的理思開出新境。如《曹慕堂六十壽序》一文，拈出《易經》中的《需卦》爲曹學閔驅除仕途不順的惡劣心情。吴玉綸曾隨吴鼎學習，談《易》卦不是難事，難的是别有悟解而又能愜服人心。他起筆便從總體上闡述《需卦》，『《需》之大象曰：「雲上於天。」言將雨之時，待其自至可也。夫時者，當其可之謂也；將者，未然之辭也； 待，則優游以養正耳矣』。一開頭便抓住《易經》的通變精神，用心擇取詞語加以解釋，引入『待』義，希望年届六旬的曹學閔能够飲食宴樂保養好自己。然後拓開思路，講述爲官之道，又叙兩人交情，直至最後依然落脚在『需』字上。文中説：

余今春過翔鶴堂，嘗言於慕堂先生，曰：『君子之道，各行其素。余忝太常，司祀典，祀典而外非所問也； 先生官太僕，司馬政，馬政而外非所問也。其當《易》之《需》乎？學者知《謙卦》六爻皆吉，不知《需》之六爻無凶悔吝之占。』語未竟，先生起捉余臂，曰：『然哉，然哉！』蓋先生爲余館前輩，爲忘年交，而先生所居翔鶴堂，即錢文敏宣武坊舊第，距余横街之引藤書屋相近也。法源寺之梵鐘，黑窑廠之秋月荻花，相與招尋於咫尺間。每過從，必作竟日談。竊附於相知之深，而以道相勖也，類如此。

抽象言理之外，又暢叙交誼，回憶談過的話題，文字之外的情與理足够回味。返回《需卦》後再進一層：『且夫「需」之爲義也，非旅進旅退，無定見也；非委心任運，而日即於頹靡也。君子居上下之間，在盡其官守之常。』『需在恒，恒在敬。用恒者無咎，敬慎者不敗。所爲「有孚」而「光亨」者，此之謂也。』竇光鼐稱此文『析義甚精』；張騰蛟更是十分佩服，稱其『通篇筆致游衍，又若晴絲裊裊空際，問幾人到此境界』。

給老輩人寫壽序，吴玉綸則往往采取叙事法，將恭祝心意落到實處，再輔之以一二議論，將一篇壽人之序寫得韻味十足。如《吴澹軒少宰七十壽序》是代人所作，裏面專門寫了老河督吴錫爵的一段事迹：『維時己巳秋七月，洪澤湖泛漲，高堰一帶，石工勢甚危。在事諸員弁望公早至，疏通以救險工，聲洶洶如出一口。而公抵壩上，相度良久，慨然曰：「此壩若開，誠足減暴漲，其如下河各州縣數十萬生靈何？」堅守不啓堤，亦卒保無水患。』山東齊河馬氏是吴玉綸同年姻家，《馬元圃六十壽序》寫一位以仁心行仁術的醫者，記其事迹外，再加以議論：『夫今之醫師，株守古人成書，重以鹵莽滅裂，往往不效。無他，醫者意也。醫如不通其意，則以病試藥，耗之久而生氣盡矣；意如能通於醫，則以藥去病，驗之速而生理得矣。』《馬母吴太恭人八十壽序》也是既叙其事，又按其理。如在略述吴太恭人收養殘疾人二三事後，論曰：『今夫煢獨孤寡，與夫殘疾顛連之輩，皆困於天而無可如何者。君子所以有「矜不成人」之説，發政施仁所必先也。……然則太恭人非心厚於仁者而能若是乎？厚則久，久則徵其得壽也，固宜！』夾敘夾議，平實中見醇厚。《羅星定封翁雙壽序》爲一對老人賀壽，應是代羅源漢爲羅國俊父母而作。文中敘事，插入一段議論，『每見士大夫家，服用起居，備極整麗，而設塾授餐，類多缺略。初無忠敬之心，卒不收師友之益。公卿之後，降爲皂隸，非一朝夕之故也。噫嘻！其所以教子弟者如此，其他家政尚何言哉？』爲突出老人培養兒子羅國俊成材，特意强調尊師重教的人倫之理，與其《續師説二》的觀點相同，確實是以樸素之語，道出切實之理。《凌母袁孺人八十壽序》，是爲寒士家老人作序，一則言『外父母望婿之行成名立也，猶父母之望子，以真誠不以文貌接也』；一則言『夫外父母與父母一也，古稱萬里尋親之孝子，不傳數千里祝嘏之佳婿』。奉勸門生陳震不必拘泥虚禮，以單寒公車往返致祝，待會試後行成名立，應該能使老人更加欣慰。文後自記中說這位門生已離開人世，寒士辛酸令人唏嘘。而《曹母朱太夫人九十壽序》爲曹文埴母賀壽，則又是另外一番光景。因爲母以子貴，朱太夫人八十壽時，乾隆皇帝御書賜匾『南陔衍福』；待曹文埴告養，又賜『春暉延慶』；曹來京爲皇上祝壽，皇上又以其母即將九十壽而預頒匾額『期頤延祐』。如此榮光，也是朱太夫人平日孝敬仁慈積纍下的福分。作者以細節描寫朱太夫人的慈善平和：『太夫人問三黨之困窮，周連枝之姻婭，嘗往來於竹溪村頭，飲水一甌，體甚適，意甚慰也。』家有賢母，内治克修，直接影響著家族的興旺。《捷三侄雙壽序》又是鄉曲詩禮之家的真實寫照：『捷三三歲失怙，四歲失恃，婦歸不及事舅姑，伶仃孱弱，門户難支也。而捷三奉父遺囑，奮志於學，日涵以肆； 孺人見有姑可事者，黯然神傷，淚下不自止，孝思之純也。捷三事伯父如父，孺人事伯母如姑，經分之産，多寡厚薄不忍計，悌長之義也。捷三遇親族以急告，必傾囊相與； 孺人迎姑之妹養於家，兄姊之貧者周恤之無或間，錫類之仁也。』他們夫婦二人齊心合力修身齊家，『其息甚深，其光彌遠』，從而使其家族振興，呈現一派祥和興旺的景象。

《香亭文稿》中寫給師友親戚的十五通書信，或叙友情，或談藝文，或勸諫，或挂念，寫得都很真摯。《上鄭炳也先生書》《上王蘭泉先生書》《覆王心葷書》等主要討論的是藝文學業。無論是對恩重如山的業師座師，還是對遠在萬里未曾謀面的文友，吴玉綸都能够敞開心扉，表達自己的熱忱。如《覆王心葷書》就來信所言願『執贄門下，益聞所不聞』，鼓勵王子音繼續從事古文創作。其中對於古文的看法，可以與其《文論》《宦拾録序》對讀，説明二十年的時間中，其文學信念并没有改變。覆信中依舊站在古文立場上，對時風進行批判。他説：

世之横騖别驅，翹然好异者，陽則謂自立門户，陰則嘆古人不易到，假以覆其所短。獨不思兩漢而下，文起八代之衰惟昌黎，不逾時而有柳州，又有李習之、孫可之； 後二百年而起者惟廬陵，不逾時而有南豐，又有眉山蘇氏父子。前賢畏後生，猶今人愛古人也。人苦不爲耳，苟志乎此，雖所造淺深不必同，其不戾於古則一也。

正如其《宧拾録序》倡導古文一樣，希望能够『循古法而挽時趨』。信中道明他自己的心志：『余今扶杖而歸矣，栖敝廬以擁琴書，老力頑健，乃得專一心慮，求古人所爲。大抵用捨行藏，一息尚存，皆非無事之時。不僅以文貴，而文其一也。』晚年的偃蹇，使其畢生勤勉從事的事功全都化成泡影，若是再因此而導致其『以文貴』的願望落空，我們豈不是辜負了一位曾經對文學付出那麼大熱情的作家！

《致蔣心餘太史書》《致周司馬爲從兄立傳書》《與閔中丞書》等寫給友人，如蔣士銓是至性至情之人，以吴玉綸對他的了解，母亡的打擊肯定使他難以承受，所以信中便以自身『養生送死毫未親承』的深深愧恨，來安慰已經爲母親養老送終的蔣士銓。還有幾封寫給親戚的書信，也是景與情、情與理交織融合。如《答諸兄委董輯家譜書》：『采之不廣，則應附不附，是棄親也，不仁也；收之不確，則非附而附，是誣親也，不義也。仁至義盡，古人所以觀於族譜，孝弟之心油然以生。』説明遵循規則編纂，才能發揮家譜的作用。《答任澄源書》：『前邵武歲試竣，拜汝曾祖遺像。詢及老諸生，猶有能言先太守遺事至泣下者。』以祖先事迹，諄諄教導後輩。《答方耐齋書》：『閩重形家言，而汀爲甚。諸所見墓門安置，備極精整。前由邵而汀也，在清明之後三日，翠華、蓮峰間，冢上挂紙錢者纍纍矣，頗觸春露秋霜之感。』方熙是一位堪輿家，所以這裏以福建風土人情，寫自己妻亡後的心情。《致孔雲楣書》《覆孔雲楣書》兩篇，作於妹亡之時。前一書用於報喪，重在言事，『吾妹病革時，向東揮淚，以不及與姑言别爲恨。囑寄銀十兩，奉甘旨，作遺念』。後一書用作叮囑妹夫孔昭烜，情意更濃，『接讀手書，一字一淚。大弟以多年伉儷，未及視含，惻焉腸斷。矧先以投杖之感，繼以期功之喪，聞兹噩耗，爲增凄然』。妻死没能最後見面，家中叠遭親人喪亡，妹夫遭遇到這樣的不幸，也使他更增悲傷。『吾妹殁後，大弟閨中少一直言匡助之人，總以遇事詳審，脚踏實地爲承家經久之計。』『溯自閨中迎娶，輾轉於悲愉欣戚，忽已黄花暮影。附於姻婭關情愛德贈言之例，由扶柩諸事而瑣及之。願大弟勿馳想於聲華，益敦篤於倫理，即亡妹亦當含笑地下耳。』從内室到外甥，到兄弟，事事叮嚀，苦口婆心，難怪紀昀以其逐層關念，愈轉愈深，而稱『真輸心誓臆之文』。

吴玉綸致仕歸里後，京城老友趙佑來信慰問，他在《答趙鹿泉少宰書》中表明心志：『來教「不惟忘人，且以忘我」，誠屬知己之言。第忘人而非以絶人，忘我而未敢喪我，此又吾輩切實工夫。』喀爾吉善的孫子光州知州台倫馳札問政，他作《覆台刺史書》，把自己爲政之道的經驗毫無保留地傳授給故人：『大抵爲政之道，本之以誠，受之以漸。漸則張馳無欲速之心，誠則人己有交孚之象，此乃徹上徹下實在經綸。刺史他日撫兩河，今日治五屬，皆可操此道，以利有攸往耳。』從中皆可看出，無論經歷何等遭遇，吴氏儒素家風不墜，世臣報國之心未變。

5 傳狀碑銘

這一類文章在《香亭文稿》中占了三卷，包括傳狀行略、碑銘哀祭。涉及的人物也很多，既有父母親族，也有大吏同僚，還有旌表節孝或鄉曲善士。記人飽含誠摯的情感和深刻的思考，叙事注重裁剪和點染烘托，所以形象生動，意藴深厚。

《先考湛山公行狀》和《先母任太夫人暨繼母李太夫人行略》，是爲其父母所作。前者寫父親事功，長達五六千言的篇幅，無溢無漏記述事功德行，以勖子孫，以充文獻。後者是兩母合傳，寫生母撫養五伯父遺孤，繼母的慈愛耐心，以平實的筆法，表達對兩母的懷念。幾篇父兄祭文則凄苦哀感，抒情濃烈。如《啓殯告先大夫文》寫對父親的愧疚：『易簣時，面寢室東北隅，長號三聲，涕淚涔涔下。憶兒等耶？慮兒等不肖，將口授遺訓留示兒等，恨不能出諸口耶？玉衡之官永州，取道歸省，何不稍留匝月，奉醫藥、視含斂耶？玉綸何五年之久不一親定省耶？撫事椎心，如夢如癡，蓋二十有五閲月矣！』三十多年後再祭父親，則是另一番滋味。《祭先大夫文》中回首前事，從庚子省墓後的升遷，到因同僚戲改《寄園寄所寄》聯語而改降，再到乙卯年力就衰而予告，訴説着輾轉宦海的遭遇和升沉之際的無奈，『萬有不齊之數，此心可白，此願難償』。而垂暮之年久闕祭掃的傷痛，更是令他难以自抑：『總計半生閲歷，靡臨不遑，凡遇春秋令節，墦間祭者纍纍相屬，玉綸則孑然天末，銜哀遥奠。嗚呼！嗚呼！昔者二千里血枯風木，未能一視飯含；

今也三十載淚灑松楸，甫得兩親拜掃。小子何心，能不悲哉！』《祭先二兄弋山觀察文》回憶與兄最後一面：『方兄以己丑春暮來都候補，不數日，綸鞫事江寧。及覆命，即送兄之官寧夏。孰料舊寓聯歡，空堂聽雨，聚散不常之情況，已兆成永訣耶！』俱爲由情及事，以事傳情，深切動人。《祭先四兄文擬稿》爲代父擬稿。四伯父吳士恒於乾隆二年（一七三七）中進士，至十二年（一七四七）方謁選任鷄澤令，十四年（一七四九）辦川兵事長途跋涉而患病，次年即卒於鷄澤。祭文抒寫兄弟骨肉永訣之悲，如泣如訴，如『弟少兄七歲，鬚鬢已漸白。兄既以疾告，弟亦冀他日乞骸骨歸，可與兄朝夕相倚，課子孫耕讀，盡餘年歡。乃以一身許國，使我兄弟生而相望，殁不得一視飯含。燕齊錯壤，渺若萬里，兄亦何賴有此弟耶？西望長號，心骨爲摧，兄其聞耶？其不聞也耶？』一邊叙事，一邊告哀，喪兄之痛，令人心悲。

《傅中丞傳》寫雲南籍官員傅爲詝一生的行事作爲，可與蔡新《副都御史岩溪傅公墓表》結合起來讀。蔡新《墓表》以叙其事迹爲主，而吳玉綸的《傅中丞傳》却不乏情景描繪。例如同寫歸養途中取道高安一事，蔡新叙事詳細，言其拜祖祠、纂修族譜等，目的是説明傅公『敦篤本支』。而吳玉綸則描寫生動，『公之終養也，購書數萬卷，采先世譜系於高安以歸，凡計程萬二千餘里。渡黄河，越金焦，泛錢塘，歷三楚，入五溪，還六詔。壯懷憑吊，輒掀髯高吟，自肆於山水間』。通過如此游歷以及後來的讀書，説明其學問、詩文上的進益：『公之文，能見道；公之詩，自成一家言；公之學，蓋再進於庚申以後、辛巳以前。』從中體現了作者一向重視自然環境作用於詩文創作的文學觀。吴玉綸在朝時也曾與不少旗人同僚結下深厚友誼，如明德、雅德、達椿等。漕帥毓奇也是故人，而爲其作傳，則是致仕以後受任承恩所托。《世襲一等子喀什噶爾協辦事務前任漕運總督兼兵部尚書都察院右都御史毓竹溪公傳》，寫毓奇不平凡的一生。作爲開國功臣額宜都的後代，毓奇雖襲先人之爵，但其仕至高位，在於其卓越才幹和勤恪奉職。傳中寫他由内閣中書進讜言而受大學士傅恒器重，後從之經略滇南，又由禮部侍郎升任漕運總督，突出其管理漕河事務時恤丁便民的重要事迹。後却因事降職，死於新疆，年僅五十五歲。法式善《八旗詩話》有關毓奇條特意提及此文：『河漕政績懋著，身後淮人立祠祀之，刻吴香亭所撰遺傳。』門生王友亮對傳中寫人之法細緻體察，稱其『寫不罷婚用簡筆，寫恤丁用詳筆，寫不病民用側筆，寫培養士類用補筆。論更於進言受知推而廣之，皆有序有物，爲心厚於仁者面面寫照』。張若渟也特別看重其傳論，稱爲『史遷之遺』。的確，傳論中强調毓奇受器重足以體現其『識大體，立大政』，『而文忠以人報國，不愧休休有容之度，尤足爲柄政風哉』。這與前面已提到的《任勇烈公傳後序》一樣，在評價人物時都提到了『知遇』的話題，可見吴玉綸晚年常借他人酒杯以澆心中塊壘，而又能以曲鬯之筆兩相關照，爲仕途挫敗的傳主立一公允之言。此乃紀昀所稱『精神掩映之處』，以及『字字具大神力，非巨手不能』的體現。所以任承恩爲《毓竹溪公傳》作跋云：『茲爲乞傳於司馬，以慰亡友，即夢漕帥衣冠色喜，向余若致謝者然。噫！文章有神交有道，其信然乎！』

邵庾曾、韋謙恒是吴玉綸的兒孫親家，爲他們所寫的碑傳，文生於情，含蕴深厚。《邵觀察傳》的傳主邵庾曾（一七四〇—一七八六），是宋代理學家邵雍後裔，任京職二十三年後，於乾隆四十八年（一七八三）外放，歷任山東曹州府、濟南府知府，擢雁平道，卒於任。其病卒時，吴玉綸正在督學福建，回京後『視觀察兄諸子情意懇至』（邵晋涵語），致仕後又如約爲子鼎銘迎娶邵女。既有同年之誼，又有姻婭之親，所以爲之作傳便無以克制情感。傳中或詳或略，穿插映帶，又時常於叙事中加入議論抒情文字。如寫中進士同入翰林院時，稱贊説：『挹其言論豐采，坐我於春風化日中。年方少，遠到才也。』寫其外任爲曹州知府，又特意説明：『按諫官補郡、臺閣典州，自古榮之。』寫其勤政恤民，更是禁不住長嘆：『蓋自一麾出守以來，勤勤懇懇，五年如一日者，不待水一盂、薤一本，勖公以治理也；不啻山之左、山之右，爲公置郵而傳德化也。』全文結構亦精心布置，先寫其通籍後在都在外的政績，再倒叙其家世出身，又轉入出京時的餞别，再返回到其少時仁孝。譚尚忠稱其『陳幢指揮如意，老境森森，此盧陵杰構也』。紀昀於燈下閲讀，連稱『佩服』，贊其『爐錘在手，規矩生心』。與韋謙恒則是孫輩姻親，乾隆五十六年（一七九一）春，吴玉綸孫女出嫁韋謙恒孫韋寶善，不到三年，孫女病卒。六十年（一七九五）韋謙恒以病休致，吴玉綸前去探望，『老淚盈把，相對凄然，非復疇昔酒酣耳熱，抵掌話貴陽舊事情況也』。嘉慶元年（一七九六），韋謙恒病卒。吴玉綸受其子協夢、協中之請，爲之作《誥授中憲大夫鴻臚寺少卿前護理貴州巡撫韋約軒公墓志銘》。全文依照時間順序，寫其一生經歷。從其早年爲考官、學政，到任貴州布政使兼巡撫時的治民理事，再到以事罷職，流放軍臺，最後回到朝中爲儒臣，寫出一位『優於學，達於吏治』的文士，在仕途中的『載升載沉，不遑寧處』。文中時時列舉一些人與事，如掄才之任中的老明經王發傳、銅仁府的紅苗白保旺等，將韋謙恒的勤恪奉職、臨事持重和有定識、有定力的形象生動再現出來。銘文寫得最爲情意綿長：『有鶴翩然浴蕪湖，聲聞於野達帝都。才高如雲任封區，竄於山川化沾濡。雲從風兮睽中途，乍舒乍卷命矣夫。鳴鶴在陰，和者雖幽宫，允利後嗣乎！』

吴玉綸爲幾個平凡人物所作的傳記，也富有韻味。如《西獵先生傳》，寫其祖父至交吴夢渭。同出江西、俱遷固始的兩家吴姓，至吴用烈與吴夢渭這一代已叙兄弟，二人『以道相勖，以經術師其鄉里，學者稱西獵、南長兩先生』。西獵先生曾任江西弋陽令，以迂拙不合上官而改密縣教諭，遂辭官歸里，自號『迂吏』。文中以輕靈的筆觸，通過景物描寫，刻畫出西獵先生淡泊自適的形象：

先生性樸素，於外物無所愛，愛書、愛古帖、愛硯，亦愛花。吾鄉地脉本深厚，挹史、淮之流而注之稻田，漁舍人家，如在空濛烟靄中，是以花木之繁甲中州。先生嘗築室西村，名其亭曰此亭。若老桂，可合抱；若梅、若蘭竹，多佳種。晨夕坐卧於其下，手一卷不釋。暇則臨池自喜，或攀條賦詩，欷歔不自禁，人呼之，不知也。當事者過訪，拒弗納也。夫淵明愛菊，非愛菊也；先生所愛若此，其不合於弋陽而歸，良有以也。

西獵先生因與官場不合而罷官歸鄉，在優美的田園中讀書授徒，門弟子多以科名顯。因此，清代河南唯一一名狀元出自這個家族中，也就没什麽好奇怪的了。他如《贈朝議大夫廣西道監察御史天翼鄧公墓志銘》中寫贈公鄧天翼，在短短三十六年的生涯中充滿艱辛，但依然秉承先輩『冠一品冠，服一品服』的家門傳統，教育子弟『若不將聖賢言語返諸身心，讀書萬卷何益』，也培養出了鄧大林這樣優秀的子弟。《候選員外郎孔公墓志銘》寫衍聖公子弟孔廣柞。他出生七十日便喪父爲孤，其後唯一兄長孔廣棨也早早離世，侄孔昭焕承襲衍聖公時年方十歲。闕里家族龐大，朝廷謁廟謁林事務繁多，作爲至戚，衍聖公的保護訓迪，多賴孔廣柞之力。家族中其他人或有以國子監祭酒、博士等身份交譽京華，而作爲現任衍聖公唯一胞叔，孔廣柞只以候選員外郎身份居於闕里，默默教導年弱的子弟，打理孔府『五屯四廠、十八官莊』的各種繁雜事務。文中寫孔廣柞『性醇粹，嗜吟咏，選石簣山，水木明瑟，自颜其居曰「修卉」，又曰「愛廬」。蓋公撫孤已成立，半生精力消磨殆盡，故不出仕而寓意於此，洵所謂人淡如菊者乎』。在寫孔廣柞『人淡如菊』

的一生時，作爲姻親，吴玉綸也以夾叙夾議之筆，揭開孔府親族之間産生矛盾的一角，『俗之偷也，人多不明於天性，而骨肉之思，參以利而漸薄。若公，誠厚於仁者也，誠爲其難者也』。蔣曰綸與吴玉綸爲兒女親家，個中原委應有所了解，所以才會評價説：『入後意不盡言處，尤見史法。』《例授儒林郎候選布政司理問耐齋方公墓志銘》寫定遠方煕，因母戴太宜人亡後多年不得安葬，通過自學風水，得以擇吉以葬，從此精通青烏術。全文歷述其一生種種善行，又時時穿插一些具體事例以爲佐證，如『即鶴峰一役，余於公未嘗有亡妻哀子之托，而素車白馬而來。一旦相陰陽，而力破群疑，轉凶爲吉，惠及存殁。非勇於爲善者，而能如是乎？於此可見公之生平』。韋謙恒評價此文説：『碑版之文，乃能序次嚴整、潔净名貴至此，非於此道中吃煞辛苦，不能道其隻字也。』

《徐生小傳》可以説是一篇妙文，寫的是陳淮外甥徐穎。文中從一次與客弈棋説起，引入觀弈者陳淮對其天才外甥徐穎的介紹：善弈、善詩、善琴，讀書也無所不通，如此神童，却在十四歲便天亡。在一一叙述小徐穎各方面的奇异之處後又寫道：

> 夫道爲藝所由出，藝爲道所分見，弈又道麗於藝者之一也。由一藝之善，以善衆藝，藝與藝囿於器，而不能通也；由善一藝之道，以善其道於衆藝，道與道運以神，而無不通也。徐生弈之善，即進道基也。余所以聞望之言，而重爲徐生惜也。

以妙理辨析才與神、藝與道的相互關係，從而解釋了神童現象的産生。文末又附入對才性进一步的參詳：『抑又聞之，弈，利己生也；種樹，利物生也。農圃曰「老」，賣花稱「翁」，天下動以機心，每不如關以樂意者得生理也。此亦叔度少農「因藝見道」之言，故於傳徐生而附志之。』調换思路，站在『利己』『利物』的高度，對於性靈的分析更深透一步，不無哲學妙趣。

吴玉綸所寫人物，還有以德行受表彰之人，如《孫孝子合傳》。這是受朋友孫泰溶所托而作的一篇父子合傳。文中一方面叙孫鼎鐘侍病母，娱老父，子泰汶俠氣豪壯、友于情篤，一方面論自己對於孝道的看法。他説：『君子律以毁傷深文，嚴黷政，垂民紀也。事慘於剥膚，要其至性深矣；襲而爲之，又僞甚。』孝道是儒家的重要倫理思想之一，二十四孝之類的故事流傳廣泛，在民間也産生了很大影響。吴玉綸從人情事理出發，不否認割股療親或是出於一些人的至性，但他并不贊同仿效這種行爲，認爲裏面會摻雜『僞』的成分。戴震借用理學家吕祖謙的話，評價其文『題常則意新，意常則語新』。兩位同與闕里孔府結親的文士，對於儒家思想的探討，值得深思。

幾篇有關婦女的傳狀碑銘，也有不小的思想價值。所寫婦女雖然皆壼範足式，但又有所區别。大體可劃分爲兩類：一爲深明大義者，一爲悲苦守節者，而這裏無不包含他對婦女以及家庭、社會問題的思考。

《蔣夫人傳》寫清代大儒湯斌的玄孫女蔣曰綸夫人，着力描寫她對家風的承繼。初嫁蔣氏，蔣家老人便對她寄以厚望：『婦服習於文正遺規，必有以宜我家也。』然後從貧窮和繁華兩種環境中，展現蔣夫人出自詩禮之家的閨閣風範。蔣家由簪纓世族而家道中落時，『值歲歉，夫人黽勉有無，鬻珥飾以供慈闈膳。每食，必審醯醬輕重之宜，進所欲；其自奉，但取糠米少許，掬階前落葉炊之。夜則以一錢易油燈，光如豆，刀尺與咿唔聲相續也。廷尉下帷，攻苦，不耐治家人生産，閫以内有未能曲爲體諒者，怡然受之，無幾微見於色』。待蔣廷尉重振家聲，膺命八座起居後，『每歲暮舉「真率會」，夫人率子婦襄事中饋。六肴維潔，蒸肉一簋，色香味兼有之』。無論窮達，蔣夫人皆深明大義，持禮不改，表現出令人感佩的高貴品格。傳文於叙事中時時穿插細節描寫，又兼叙兼議，所以紀昀評價説：『意境如千歲古梅横斜，一二老幹點綴數花，高逸之氣，別具於筆墨之外。』《謝太宜人行略》是代七叔吴士元所作，寫七嬸母謝太宜人的一生。作爲當時的家庭婦女，守禮守孝自不必説，單是在教育後代方面，也能够顯示出謝氏深明大義的一面。丈夫吴士元爲福建武平知縣，『性急，凡錢穀、獄訟，期無留牘，夜且頻起立。宜人曰：「予非預外事，願耐煩躁，多活人耳。」』兒子吴珣以知州赴楚，『宜人戒之曰：「自吾爲汝家婦，聞先世多陰德。汝高祖歿與弟同冢，汝曾祖出粟廩拯饑，汝祖當淮水溢，具舟糧活千餘人。汝父輩治行相望，建牙纛；汝伯叔兄弟行登科甲，服内外官。皆食忠厚報也。汝勉旃，勿替家聲！」』《許太孺人傳》則是爲吴士元之妾所作。她本是福建人，隨吴士元來到光州，守寡後具饌延師，使其親生二子玉森、玉堂聯翩登賢書。乾隆六十年（一七九五）秋隨子來京治病，至冬即卒。傳中寫許太孺人自小爲救兄受傷而幾瀕於危之事，記其人必自敬自愛然後能敬人愛人之語，寫出一位通曉大義的婦女形象。光州吴氏家族中吴士元這一支興旺時間最長，培養出不少優秀子弟，如吴貽桂、吴玉堂、吴學曾、吴敬修等，與家中有謝太宜人、許太孺人這樣的主中饋者，應有極爲密切的關係。

《節孝陳孺人傳》則是寫其岳母陳孺人凄苦的一生。陳孺人是任焕的側室，任焕卒於福建邵武府官署，僅遺一妻、一妾、一媳攜其幼女扶柩還鄉。『是時，門無孤兒，室多嫠婦，靈移海角，祖祭何人？輾轉數千里，髽髻麻裙，宵晨對泣，卒能扶櫬以歸。』不久正室張恭人又亡，僅餘陳孺人守寡多年，養活女兒長大，以節孝受旌表。《節孝孫安人》寫的是任焕子廷獻妻。她新婚兩月而夫亡，爲了不使老人傷心，夫亡後她克制自己的悲傷，承歡公婆。後又陪兩位婆母一起從福建把公公靈柩帶回故鄉安葬，并遵婆母之命，以本家子任紹爲繼嗣。她一生謹遵夫亡時自己所發『以婦代子職』的誓言，在婆母張恭人病時，衣不解帶服侍三年；婆母卒後，孫安人獨力支撑門户，教子成人，被旌表節孝。

對於婦女一生的悲苦不幸，吴玉綸是十分同情的，包括他的生母和繼母任、李兩太夫人，還有他自己的妻子任夫人。在爲她們作傳時，寫出生活中的各種艱辛。而對於婦女守節，則另有看法。爲節孝婦女作傳是進行品德方面的贊揚，同時又通過生活寫其人生遭遇的不幸，通過細節或議論揭示她們内心的痛苦。如《節孝陳孺人傳》描寫陳孺人被迎養於京師後，雖然生活平泰富裕，但她的生命狀態却令人心酸：『終日閉門却掃，茹素誦經，雖佳辰令節，有女承歡，外孫繞膝，穆如也。蓋較曩之自矢柏舟、共悲黄鵠，更有萬象俱空者。』這種毫無生命活力的自虐式守節狀態，使吴玉綸對婦女守節問題做出深深的思考。《節孝孫安人傳》中的一段議論文字，雖然是贊揚『安人生長名門，歸於華胄，以艷陽桃李之時，抱冰霜松柏之操，貞德不洵可風哉』，但是其理性分析却值得人們深思。其一，他認爲節孝無論如何，『皆苦行也』。其二，他把節孝分爲隨所遭遇和根植於性兩種類型，并分别比喻爲『瘠土之民』和『沃土之民』，與行爲上顯示其苦者不同，根植於性的節孝之人，雖不以凄苦外表示人，實際上其心尤苦，也就更令人慨嘆不已。這樣的分析可以啓發人們思考，以表彰『苦行』爲目的的『節孝』稱號，究竟價值何在？

四　文集版本與著録

吴玉綸詩文集的版本情況，各書目提要依著作體例而有所側重，在描述上不盡相同。匯總起來看的話，計有《香亭詩稿》六卷、《香亭文稿》十二卷、《香亭文稿續編》一卷，總共十九卷，祇有乾隆六十年乙卯滋德堂刻本一個版本。這與我們目前掌握的實際情況不太相符。目前可以確定的版本信息衹有書名和滋德堂家藏板這兩項，而所謂『乾隆六十年刻本』這一説法，衹適用於初刊本，用來指稱吳玉綸存世文集的全部則并不準確。至於初刊本的實際情形、續編續刻的次數和時間以及篇章編次等，也都存在著一定問題。這裏將所見現存詩文集版本和編排情況做一介紹，并將有價值的綫索暫列出來，以備將來可以繼續搜集完備。相關著録及選録情況，也稍做舉例説明。

（一）版本

吳玉綸詩文集行刊過程較爲曲折。乾隆四十八年（一七八三）之前曾有過一次編集，當時詩文集共有三十二卷，尚未付梓即遭焚毀。錢棨《香亭先生年譜》『甲寅，先生年六十三歲』譜記載：『先生詩、古文集共三十二卷，彙爲八册，經鄭贊善虎文批定，於癸卯六月寄京。先生適因典試浙闈，存侄鼎雯太守寓。由浙督學於閩，未及取歸，而太守寓以甲辰三月不戒於火，遂毀焉。兹四處搜輯，文得十分之六，編次十二卷，颜曰《香亭文稿》。……詩得十之二，編次六卷，廷尉童鳳三序之。』稿毀又集情形，在童鳳三《香亭詩稿序》中也有交代。乾隆五十九年（一七九四），吳玉綸重新編定詩文集，遂於六十年乙卯（一七九五）付梓刻印。從乾隆六十年春休致，到嘉慶二年（一七九七）秋離京，脱離了仕途牽絆的吴玉綸，再次迎來一個創作的高潮，很快便在嘉慶二年，檢舊稿合新作，又有《續編》刻出。再往後，截至嘉慶四年（一七九九）秋的一批作品，依舊以《續編》之名，再行刊刻。因此，自乾隆六十年乙卯（一七九五）以來，吴玉綸詩文集至少有過三次結集刊刻。由於是滋德堂家藏板，後來的刻印往往與前刻合編一起，就造成了如今各圖書館藏本出現書名、卷數一樣，而實際册數却并不相同的情况。

吴玉綸詩文集歷經三次刊行的情形，在如今各種書目提要中没有得到充分的準確反映。諸版本描述大多輾轉相因，無論册數多少，均以乾隆六十年乙卯刻爲説。近一二十年影印清代别集的各種叢刊，不僅失收《香亭詩稿》，而且所收《香亭文稿》十二卷，采用的也只是初刊本。這種狀况的出現，當然會對研究吴玉綸以及其他相關作家帶來一定的不便。例如清代著名詩人韋謙恒，有關其卒年，江慶柏《清代人物生卒年表》已清楚列出，但時至今日，還會出現自乾隆五十七年（一七九二）到嘉慶十年（一八〇五）甚至更往後的各種説法，這説明《香亭文稿》中的《韋約軒公墓志銘》没有得到有效利用。因此，本次整理依照全本《香亭文稿》實際篇章排序加以編次。在此先將《香亭詩稿》和《香亭文稿》的版本情况略做交代。

1　《香亭詩稿》

一般書目提要介紹均爲《香亭詩稿》六卷，而民國間編纂的《河南通志藝文志稿》著録《香亭詩稿》八卷。今所見只有六卷本《香亭詩稿》，據牌記和具體收詩情况，可以確定是乾隆六十年乙卯（一七九五）滋德堂初刻本。吴玉綸存世的兩封書信材料，能够證明此後還有其他時間的付梓刊行。(1)《覆王心蕫書》末尾説：『附寄文一部、滋德堂詩二種奉教。』王心蕫即江西作家王子音，時任雲南平彝知縣。在得到吴玉綸爲其文集所寫的《宦拾録序》之後，作《奉閣學吴香亭先生》以示答謝，并討論有關古文創作的問題（見《宦拾録》卷十八）。這封來信作於『嘉慶丙辰伯冬』，所以吴玉綸覆信時間雖未明署，但從信中所言『三月二日』收到來信，則應是在嘉慶二年（一七九七）。由雲南輾轉至京再托人轉交，歷時稍長，屬於正常情况。《覆王心蕫書》中又有『余今扶杖而歸』『南旋期迫』之語，據吴玉綸自撰《香亭先生年譜續編》『丁巳，余年六十六歲』譜所記，其離京時間是在嘉慶二年（一七九七）秋，則覆書應作於本年離京之前。所言『滋德堂詩二種』，説明《香亭詩稿》有滋德堂刊出的兩種不同内容的本子。滋德堂是吴玉綸本人的堂號，其父吴士功堂號爲種德堂〔五〕。(2)法式善《詩龕朋舊尺牘》中保存有吴玉綸的一封信札，只有日期是『廿九日』，未署年月（見吴忱、劉青山整理的《詩龕朋舊尺牘》，載於《歷史文獻》第十六輯）。其中有言：『近刻詩稿二種，附呈教政。續刊散體文二十餘首，將次竣工，再當奉上。』從中可以看出，《香亭詩稿續編》刊出的時間略早於《香亭文稿續編》。兩條材料結合起來看，《香亭詩稿》自乾隆六十年（一七九五）至嘉慶二年（一七九七）曾有過兩次刊刻，説明《河南通志藝文志稿》所言『《香亭詩稿》八卷』是可信的。

六卷本《香亭詩稿》，前有童鳳三《香亭詩稿序》，無總目，亦無卷目，每卷另起計頁。除卷一外，基本上按體編次，每種詩體均有標示。具體收詩情況如下：卷一收録恭和乾隆御製詩作以及在詞館所作排律；卷二爲五言古詩；卷三、卷四爲七言古詩；卷五是律詩，包括五言、七言律詩；卷六是絶句，包括五言絶句、七言絶句。另外，卷二之《題春郊歸省圖》、卷三之《題古藤詩思圖後》、卷四之《題引藤書屋圖》和《題鼓山觀海圖》等，皆附録大量友朋題詩。卷六之末附刻其亡妾顧有容《香圃詩》二十餘首，亦附録相關題詩。

除已經刊刻的《香亭詩稿》以外，還有一些詩歌結集的材料。

(1)吴玉綸《上王蘭泉先生書》（《香亭文稿》卷八）：『《香亭近草》一册，乞加斧削。未審《江湖萬古集》中，容一芥舟否？』這封信作於乾隆二十年（一七五五）在西安時，既言『近草』，又乞『斧削』，則當作於乾隆十九年（一七五四）秋與王昶分别後的一年間，應當是手抄附寄。《湖海詩傳》收録吴玉綸詩俱爲早年作品，有可能是從這一册《香亭近草》中選出的。

(2)阮葵生《七録齋詩鈔》卷十九《題吴香亭奉常古藤詩思圖》其二『一樣題詩集裏編』句下自注：『今先生亦有《藤花書屋集》一卷。』此《藤花書屋集》一卷，應是没有獨立刊行，而在交付鄭虎文批定的原稿中。

2《香亭文稿》

《香亭文稿》存世較多，版次印次不同，内容多寡不一。牌記顯示爲『乾隆乙卯年刻』的十二卷本《香亭文稿》，應當是初刊。據圖書館實地查閲以及全刊本《香亭文稿》版心的標示，初次刻印的十二卷本《香亭文稿》，至少行刊兩個略有不同本子，一是收録文章與總目録完全一致的本子，此本現藏於廣東中山圖書館；另一個本子是卷十二末尾多出一篇總目録没有標示的《舊本縉紳跋》，今各叢刊影印的就是這個有些奇怪的本子。根據文中敍述可知，《舊本縉紳跋》作於乾隆乙卯夏六月，標題見於《香亭文稿續編目録》。很有可能是在初刊再印時，將原來編入《續編》中的這一篇，臨時抽調到前編的，所以此篇版心在魚尾下記有『卷十二』三字，而不像《續編》中其他文章版心標記『續編』二字。

初刊本《香亭文稿》十二卷，前有紀昀《香亭文稿序》，有總目，收文一百一十餘篇。各卷按文體編排，每體之下，大致按時間先後依次排序，個别情況有例外，如卷十一的第一、二兩篇，第一篇《傳中丞傳》作於庚寅（一七七〇）三十九歲，當時其父吴士功已離世，而第二篇《孫孝子合傳》是作於其父見在時。各卷頁碼不連續編排，而是每篇另起頁碼，大概是爲方便日後增入新篇結成全集。全部十二卷文體排序如下：卷一爲進册，包括獻賦和獻詩并序；卷二爲奏章；卷三、卷四爲序文，包括書序、贈序、壽序和單篇詩文序等，某些篇章下還附有他人相關序跋；卷五是各種雜記，個别題下附有他人相關序跋； 卷六、卷七爲考辨論説； 卷八爲書信，亦有附録； 卷九至卷十一爲傳狀碑銘，父母等家傳下多收録他人所作相關傳銘和後記； 卷十二收録的主要是後跋，另外有兩篇試論，而《輓言册跋》之下附録有衆人跋語。 另外，自卷三以下開始，每篇之下均附有諸人評跋。

《香亭文稿續編》的第一次刊刻時間，根據所收録的文章中有不少是嘉慶元年（一七九六）之作，可以肯定不是乾隆乙卯刻本。 其中《任子自鏡録序》作於『嘉慶丙辰冬月』，由此可以推斷其不早於嘉慶元年。 又據作於『嘉慶二年丁巳春』的《韋約軒公墓志銘》、作於『三月二日』以後的《覆王心葦書》未及收入，可以斷定其不晚於嘉慶二年（一七九七）以後。《覆王心葦書》説『附寄文一部、滋德堂詩二種奉教』，而《覆法式善書》中所言除了『近刻詩稿二種』外，『續刊散體文二十餘首，將次竣工』，都説明寫信當時《詩稿》兩刻已刊出，而《文稿續編》雖然尚未刊出，但也處于『將次竣工』階段。 綜上可以確定《香亭文稿續編》的第一次刊刻時間就是在嘉慶二年（一七九七）。 而此次『續刊散體文二十餘首』，在國家圖書館庋藏的《香亭文稿續編》中已得到印證。 其確切數字是共收文二十二篇，裏面有重新搜集整理出來的舊文，如《記病》一篇作於乾隆三十六年（一七七一）病愈之後，而大多數篇章爲乾隆六十年至嘉慶元年所作。 全編不分卷，排序有依照《文稿》之例的意圖，但没有貫徹到底，應當也存在付梓過程中增入新篇的情況。 國家圖書館所藏《香亭文稿續編》，曾委托韓中華博士幫助借閲，但首次借出時，館方發現因收藏狀況不佳而需要整修，在同意抄出目録後便不再出借。考慮到原書借閲不易，而後來又有一次續刊之文亦以『續編』命名，爲方便研究者了解兩次續刻的不同，這裏將韓中華博士抄出的《香亭文稿續編目録》按照原來排序，全部列出如下：《任畏齋詩序》《送謝蘊山序》《宦拾録序》《凌母袁孺人八十壽序》《曹母朱太夫人九十壽序》《記病》《宋文傑公祠記》《種梅竹説》《與陳望之》《邵觀察傳》《許太孺人傳》《世襲一等子喀什噶爾協辦事務前任漕運總督兼兵部尚書都察院右都御史毓竹溪公傳》《舊本縉紳跋》《書列女傳魯秋胡妻後》《讀韓文公讀荀及蘇文忠荀卿論書後》《任子自鏡録序》《捷三侄雙壽序》《墓祭説》《釋教答問》《逸經答問》《書胡雲坡司寇訓子説後》《杖銘》。

《香亭文稿》第三次編刻時間不能完全確定。這次刻印與前兩次合編一起，新增十二篇散文，包括離京前未及收入前編的《覆王心葦書》和《誥授中憲大夫鴻臚寺少卿前護理貴州巡撫韋約軒公墓志銘》兩篇，以及歸里之後所作的十篇。其中寫作時間最晚的是《看菊説》和《宴宜園序》，作於嘉慶四年（一七九九）秋。而吴玉綸自撰《香亭先生年譜續編》中所提到的當年十月，受館師陳文煜所托而作《陳廷梁記》，以及此後的《唐時明與子紹光合傳》《固陵城隍忠祐王序》等，均未被收入其中。由此推斷這次續刻合編的時間，有可能是在嘉慶四年（一七九九）左右。

河南大學圖書館收藏有這個三次刊刻合編一起的《香亭文稿》，共六册，收文近一百五十篇，姑且稱之爲遞刻本。其最大遺憾是缺失牌記，與圖書館索書單號所顯示的『乾隆六十年刻本』無以匹配。這個本子的《香亭文稿》還是十二卷，其版本特徵有以下幾點：⑴卷首依然有紀昀所作《香亭文稿序》；⑵有初刊《香亭文稿》和《香亭文稿續編》兩個目録；⑶《香亭文稿》依舊是初刊原板，《續編》中的具體篇章未按目録另成一卷，而是依體分散於《香亭文稿》各卷之中。從整體情况來看，這個本子雖然存在著目録與實際編次的不統一，以及由此而來的各卷版心標記出現具體卷數與『續編』字樣混合一起的情况，但畢竟是目前所見《香亭文稿》中最爲完備一個版本。考慮到吴玉綸晚年在經濟上已是『綿力不繼』，不願廢板另刻，所以一邊保留原有目録，一邊具體篇章依例編排，這份苦心也應該可以理解。因此，本次整理經過各方面權衡，决定采用這個本子的編排順序，目録則依照實際排序另編。

另外，再特爲交代一下《吴香亭稿》。這是吴玉綸的一部時文集，刊刻時間是乾隆四十一年（一七七六）。錢棨《香亭先生年譜》『丙申，先生年四十五歲』譜記載：『六月，自定窗稿付梓。先生之文，有序有物，力追正始。竇總憲光鼐、趙少司空佑、陳比部本忠深相推重。上與諸臣言及，屢有「吴某時文好」之諭。陳侍講萬青跋曰：「天下文章莫大於是。」彭參知元瑞句云：「載道文章定百篇。」知言哉！』由此可知《吴香亭稿》所收文章有百篇左右。此外，梁章鉅《制義叢話·題名》載：『吴玉綸，字香亭，光州人。乾隆辛巳進士，兵部侍郎。有《吴香亭稿》。』卷十一：『余於近人制義稿，最心折二家，一爲吴香亭先生玉綸，一爲趙鹿泉先生佑。香亭先生稿中，覃溪師評語最多，皆深入其奥窔。』卷十四：『吴香亭「非禮勿視」一節文，……戴東原跋云：……』從這些材料中可以得知《吴香亭稿》中有翁方綱點評、戴震作跋的情況。現《吴香亭稿》一書已佚，僅從《制義叢話》中輯得一些殘篇，而查閲到的《光州吴氏家墨》又僅收其鄉會試墨卷，二者内容不完全重合。

雖然八股時文有固定的寫作格式，不與文學爲伍，但是一來在吴玉綸的觀念中，時文與古文同源异流；二來吴玉綸此類文章曾獲高評，一度廣泛流傳。可以想象，受其文章寫作思路影響的文士學子恐怕大有人在。從這個意義上説，即使在科舉研究之外，《吴香亭稿》也應當有一定的文學文獻價值。這也是筆者在開展輯佚工作時，未棄其時文程墨的原因。

（二）著録

吴玉綸詩文集自清代以來便有著録，只是有些僅録《詩稿》或僅録《文稿》。清代相關書目或不記載刻印時間，或僅説明紀昀《序》的寫作時間，版本著録基本上没有差誤。此後的一些書目提要，則衆口一詞稱乾隆乙卯滋德堂本，説明嘉慶元年（一七九六）以後再行刻印者在社會上流傳不廣，抑或著録者未能詳察書中内容。今據所知，將其著録情況列舉如下。

蕭名湖編、蕭士恒補《如園架上書鈔目》卷四：『吴侍郎《香亭文稿》十二卷，六本。』下有小字注：『固始吴玉綸著，紀昀《序》作於乾隆己卯，精刻。名湖注：吴香亭，乾隆二十六年進士，三甲，館選。』（按，『己』當爲『乙』。）

丁立中编《八千卷樓書目》卷十七集部·别集類，僅著録詩集曰『《香亭詩稿》六卷，國朝吴玉綸撰，刊本』。

王紹曾、崔國光《訂補海源閣書目五種（下）》，僅著録文集曰『《香亭文稿》十二卷《續編》一卷』，訂補者注明『清吴玉綸撰，清乾隆六十年滋德堂刻本，二册』。

李時粲《中州藝文録》卷三十三僅著録詩文集書名，未言卷數版本。

民國版《河南通志藝文志稿》，著録《香亭詩稿》八卷。

章鈺、武作成等《清史稿藝文志及補編附索引》，於補編中著録《香亭文稿》十二卷。

《中國古籍善本書目·集部·清别集類》中册，著録『《香亭文稿》十二卷《續編》一卷，清吴玉綸撰，清乾隆六十年滋德堂刻本』。

孫殿起《販書偶記續編》卷十五著録《香亭文稿》十二卷、《香亭詩稿》六卷，并分别注明『乾隆乙卯滋德堂精刊』，於《香亭文稿》下注『清固始吴玉綸撰』，《香亭詩稿》下註爲『清蓼園吴玉綸撰』。孫殿起搜集到吴玉綸詩文兩種集子，才使他能够將《香亭詩稿》和《文稿》有關古藤、引藤兩幅圖卷的詩文收録在《琉璃廠小志》中。

《續修四庫全書總目提要（稿本）》，袁行雲《清人詩集叙録》，柯愈春《清人詩文集總目提要》，李靈年、楊忠主編《清人别集總目》，以及河南地方性著作目録，如楊松如《中州歷史人物著作簡目》，郎焕文主編《歷代中州名人存書版本録》，吕友仁、查洪德主編《中州文獻總録》等，對於吴玉綸别集皆有著録，版本信息與以往無异，均爲乾隆六十年乙卯滋德堂本，只是在《詩稿》《文稿》以及卷數上互有差异而已。這一類書目提要大多不再局限於列舉版本，而是對《香亭詩稿》或《香亭文稿》的内容以及作者情况進行了基本介紹，也都各具價值。由於這些著作出版時間不遠，有些還有再版，所以也就不再一一臚陳。

（三）詩文選録

有關吴玉綸詩文的選録情况，前面所介紹的書目中也有一些説明，如楊松如《中州歷史人物著作簡目》等，只是可爲增補者較多。今就所見，大體以收入時間臚列如下：

1　詩歌選録情况

《香亭詩稿》刊行後，在清代只有個别書目著録，而且僅著録六卷本《香亭詩稿》一種。詩作被選本收録者更少，并且除個别選本之外，大多非直接從《香亭詩稿》選録，而是來自《湖海詩傳》。這説明吴玉綸詩集流傳範圍不廣，存世量極少。今所見清代選本收有吴玉綸詩作的有以下幾種：

⑴董誥等《皇清文穎續編》選録一首：《恭和晏子祠元韻》。⑵王昶《湖海詩傳》選録四題五首：《過函谷》《華陰道上》《山下晚行》《秋閨怨》二首。⑶王豫《群雅集》選録一首：《過函谷》。⑷法式善《同館試律彙鈔》選有四首排律：《律吕相生》《開徑望三益》《麈角解》《駝識泉脉》。⑸楊淮《國朝中州詩鈔》選有七首：《冬夜懷友》《雙忠祠》《過函谷》《寄友》《山下晚行》《華陰道上》《秋閨怨》其一。⑹徐世昌《晚晴簃詩彙》選一首：《過函谷》。另有張維屏《國朝詩人徵略》依例選録《過函谷》《潼關》《山下晚行》《咏桂》數篇中的詩句。

當代出版書籍中，最突出的是孫殿起《琉璃廠小志》。作者在第一章『附録廠詩輯』中收有王昶爲《古藤詩思圖》所作之文，因爲是從《香亭文稿》卷五抄出，所以稱『附録序一篇』，而非如《春融堂集》題爲『古藤詩思卷跋』。不僅如此，他還從《香亭詩稿》抄録出吴玉綸的《題古藤詩思圖後》和《題引藤書屋圖後》，以及二詩之後所附録的兩圖全部題詩，又從《香亭文稿》中抄録出吴玉綸《引藤書屋小照序》，以及所附録的錢棨《引藤書屋跋》，分别置於《引藤書屋圖》一組題詩的前後，最後匯聚而成『漁洋山人故居遺藤雜咏』一項内容，作爲全書的一個附録。只可惜這些經過原作者用心處置安排的材料，不知什麽原因，在各種再版《琉璃廠小志》中均遭删除。另外，包世杰编著《清人七言絶句選評意譯新探》，收有《秋閨怨》一首，并附有簡析；《歷代咏陝詩詞曲集成》選有《過函谷》《華陰道上》二首。兩書均從《湖海詩傳》中選出。

從以上情况來看，在詩歌選本範圍中，吴玉綸詩入選數量很小。特别是王昶《湖海詩傳》以後，除了楊淮《國朝中州詩鈔》這種地方性選本外，所有選録都没有超出《湖海詩傳》的範圍。説明《香亭詩稿》刻印後，并没有像《文稿》那樣有一定範圍的流傳。原因何在？或許是因爲吴玉綸詩歌成就不高，或許是因爲刻本中恭和詩出現了『飛渡寧教電掃除』這樣致命的錯誤（見《恭和御製永佑寺瞻禮叠辛丑詩韻元韻》校記），以致在流傳過程中受到人爲的干預，而止損過程中有漏網之魚也屬於正常。如果是後者，對於傳播學來説，倒是一個值得探討的現象。

2　散文選録情况

吴玉綸所作散文在文集刊刻之前，謝聘、洪亮吉等纂修的《重修固始縣志》中，已收文四篇：《重修固始縣志序》《先母任太夫人暨繼母李太夫人行略》《節孝陳孺人傳》《節孝孫安人傳》。其中前二篇是承張邦伸《固始縣志》而來，後二篇爲新增入的。還有李桓《國朝耆獻類徵初編》也載録《傳中丞傳》《孫孝子合傳》《任勇烈公傳後序》三篇。選本具體情形如下：

(1)王昶《湖海文鈔》卷三十二選一篇：《刻燭集序》。(2)蘇源生《國朝中州文徵》選録五篇：《致周司馬爲從兄立傳書》《任勇烈公傳後序》《刻燭集序》《傳中丞傳》《孫孝子合傳》。⑶沈粹芬等《國朝文彙》乙集選録五篇：《原藝》《養生論》《戰淝水論》《竹窗聽雨圖記》《孫孝子父子合傳》。⑷雜記文評中也有選録，如方濬師《蕉軒筆記》、林昌彝《海天琴思續録》等。

從這些選目中可以看出，雖然被收録的作品不多，但能够證明《香亭文稿》一直是有流傳的，這一點與《詩稿》不同。所以現今各大影印本叢書如《四庫未收輯刊》《續修四庫全書》《清代詩文集彙編》等，都只有《香亭文稿》的影印本。

本次《吴玉綸集》整理，合刊《香亭詩稿》六卷本和《香亭文稿》十二卷刻本。點校輯佚過程中必定存在各種不足，敬請讀者予以批評指正。

【注釋】

〔一〕《國朝耆獻類徵初編》卷一百七十四收録國史館《吴士功傳》。傳中所稱阿襄壯公爲阿里衮，謚襄壯，而《清史稿·吴士功傳》則誤作阿克敦。阿克敦謚文勤。又據《清史稿·高宗紀》，乾隆十一年（一七四六）秋七月調阿里衮爲山東巡撫，時阿克敦任職京堂，由都察院遷刑部尚書。

〔二〕王今遥《清詩人王用晦先生年譜》此下『琦後任刑部員外郎，瑗中癸酉河南副榜』的記載有誤。任刑部員外郎者爲瑗，即吴玉衡；中癸酉河南副榜者爲琦，即吴玉綸。

〔三〕《織雲樓詩》八卷附鈔一卷，清同治六年（一八六七）本，美國哈佛大學漢和圖書館藏本。封面題『織雲樓集』，各卷首題爲『織雲樓詩集』，前有徐陶璋、沈德潛等人自雍正末至乾隆初所作序文。

〔四〕見任承恩《二峩草堂遺稿》附《翁覃溪學士札》。沈津《翁方綱年譜》『嘉慶元年丙辰（一七九六）六十四歲』譜載：『三月先生致任承恩札，有云：「穀人一序，亦足以傳神矣。」』不知所據爲何，而將原文『香亭』之名改爲『穀人』。此外，《二峩草堂遺稿》所録序札，各自署明日期。按照時間排序，吴玉綸《序》作於『乾隆乙卯仲冬朔日』，《翁覃溪學士札》所署時間爲『丙辰三月十六日』，吴錫麒《序》作於『嘉慶丙辰七月既望』。翁方綱《札》的寫作時間早於吴錫麒《序》數月，是不可能提到『穀人一序』的。

〔五〕有關吴士功自名堂號爲『種德』，見於錢棨《香亭先生年譜》『丁亥，先生三十六歲』譜。

凡例

一　原文使用古體字、俗體字及异體字者，除特殊情况之外，均改爲規範字，如『凾』改爲『函』、『㫄』改爲『旆』、『畣』改爲『答』、『氷』改爲『冰』、『揔』改爲『總』、『飤』改爲『飼』、『匳』改爲『柩』、『塟』改爲『葬』等，俱不出校。人名字號使用不同他例，而以地望相稱者，如沈廷芳稱『之江』，王世芳稱『天台』，維持原樣，人名字號與其他書籍不相符合，但并非孤例者，亦不改，僅出校記。如邵齊然之號『誾谷』，不改作『闇谷』。

一　避諱字徑改，出校字，如『玄』與『元』，曆法、年號之『曆』與『歷』等。

一　吴玉綸詩文集内原諱言同姓的情况有兩種不同方式，一是附録題句者缺省姓氏，一是行文之中稱『家××』。今缺省者補入人物原姓氏，用『〔　〕』標示，并出校記；稱『家××』者，則保留原貌。

一　《香亭詩稿》《香亭文稿》原刊本於每卷卷目下均署有『蓼園吴玉綸香亭』，今不再保留。

一　詩文内自注，原以小字雙行排列，今依舊保留在原來位置，以小字單行排列。詩文内原於某些語句下有著重號『。』，或分段符號『∟』，今不再保留。

一　詩文下所有附録諸人題詩、序跋之類，俱按原樣保留。諸作見存於今者，字句與此有出入之處，或爲作者本人過後修改。除非能够確定爲《香亭詩稿》《香亭文稿》有誤者方據以改正并出校記外，其他情況則只出校記，不做正誤判斷。

一　《香亭詩稿》中幾首題畫詩後面所附録的詞曲，原刊置詞牌、曲牌名於作者之前，今位置互移，先作者後詞牌、曲牌。又，個别人名如『于雯峻』，其後未依例顯示字號，今仍其舊。

一　《香亭文稿》十二卷，自第三卷始，每篇後録有時人點評題跋，今一仍舊貌；惟加『評語』二字，以豁人眼目。

一　《香亭詩稿》原刻無目録，《香亭文稿》目録原分十二卷《香亭文稿目録》和《香亭文稿續編目録》兩個，爲便於查詢，今按實際排序重編詩文目録并置於全集之前。

一　《香亭詩稿》《香亭文稿》初刻於同一時間，原分别有童鳳三和紀昀序，且長期以來并未合并流傳。今既以《吴玉綸集》合刊詩集與文集，則將童、紀二序并置於全集之前。

一　諸所輯佚，以先詩後文排序，盡量於各體下按時間先後編排。

一　輯佚詩文中，有聯繫較緊密的唱和詩，依原例附録其詩，以免讀者翻檢之勞。

目録

香亭詩稿

香亭詩稿 卷一

排律

香亭詩稿　卷二

五言古

香亭詩稿　卷二

七言古

香亭詩稿　卷四

香亭詩稿　卷五

五言律

七言律

香亭詩稿　卷六

五言絶句

七言絶句

香亭文稿

香亭文稿　卷一

香亭文稿　卷二

香亭文稿　卷三

香亭文稿　卷四

香亭文稿　卷五

香亭文稿　卷六

香亭文稿　卷七

香亭文稿　卷八

香亭文稿　卷九

香亭文稿　卷十

香亭文稿　卷十一

香亭文稿　卷十二

附録

附録一　詩文輯佚

附録二　傳記碑銘

附録三　年譜

香亭詩稿序

童鳳三

余與香亭少司馬爲丙子同年，甲午同分校，知其於制義三折肱，直追前輩。二十年來宦迹出入，不復常相聚。癸丑冬，余移寓横街西，去司馬寓之引藤書屋不里許，暇日得相過從。出所存詩稿示余，曰：此吾之燼餘也。吾少從炳也先生游，先生意甚摯，既歸鴛湖，猶札致拳拳，批所質散體文及詩稿，計八本，寄京師。適以典癸卯科浙試，瀕於行，并手抄先生札一卷，存侄樸園太守寓。旋由浙督學於閩，未及取歸，而樸園寓不戒於火，書笥毁焉。今散文四處搜輯，僅得十分之六，編次十二卷，而詩更寥寥若此，爲之慨然。余應之曰：此又在多乎哉？求之古人，或一二首，而其人存焉矣；或三數首，而其人存焉矣。不可湮没者，精神；不可假托者，性情。是所謂心之聲也！揣摩形似者，僞也；艱深刻苦者，詭也。誇博鬥麗、矜巧角异，即各以自名家，要不爲正體格。而自來擅宏通博雅之譽者，所見往往不盡出於此。於是詩之集日以增，詩之義亦日以晦。司馬以淹貫之學，所作詩計其瑰肆豐縟，而意必敦篤，詞必醇雅。其真切處，令讀之者不終篇怦怦然心欲動，且或至泣下。嗟乎！人情不甚相遠也。興、觀、群、怨，《三百篇》實有所以致此者，以其所不能自已，而使人不得不然。此其相感之故，夫豈在藻飾乎哉！昔錢太傅題司馬

《引藤書屋圖》句云『風流此一燈』，其斯之謂乎！炳也先生評司馬散文云『情文悱惻，真歐、曾之雲礽』，其於詩，蓋同條而共貫也。則所燼而在，固不爲多；即所餘僅存，亦未爲少也，而奚爲邑邑歟！余於炳也先生爲館後學，竊聞其緒論，願以所見者質之司馬，其或有當焉否耶？

乾隆乙卯秋九月朔，年愚弟童鳳三拜撰。

香亭文稿序〔一〕

紀昀

孫樵謂『文章如面』，諒哉斯言。夫天下之人同是耳目口鼻也，而百千萬億之中，曾無一二貌相肖。即偶一二相肖，而審諦細微，必有終不肖者〔二〕，豈物物而雕刻耶！氣化而成形。萬物一太極，故同稟一氣則同形；一物一太極，故各分一氣則各貌。皆自然而然耳。豈如模造面具，一一毫厘畢肖哉？心之成文，猶氣之成形也〔三〕，才力之殊無論矣。即學問不殊，而所見有淺深，則文亦有淺深。故同一明道，而聖人之言、賢人之言、大儒之言，吾黨能辨；同一説法，而佛語、菩薩語、祖師語，彼教亦能辨。自前明正德、嘉靖間，李空同諸人始以摹擬秦漢爲倡，於是人人皆秦漢，而人人之秦漢實同一音；茅鹿門諸人以摹擬八家爲倡，於是人人皆八家，而人人之八家又同一音。模造面具，其斯之謂歟！久而自厭，漸闢別途。於是鍾伯敬諸人以冷峭幽渺，求神致於一字一句之間；陳卧子諸人更沿溯六朝，變爲富麗，左右佩劍，相笑不休。數百年來變態百出，惟此四派迭爲盛衰而已〔四〕。

夫爲文不根柢古人，是偭規矩也；爲文而刻畫古人，是手執規矩不能自爲方圓也。孟子有言：梓匠輪輿能與人規矩，不能使人巧。非爲論文設〔五〕，而千古論文之奥具是言矣！夫巧者心所爲，心所以能巧，則非心之自能爲。學不正則雜，學不博則陋，學不精則膚。雜而兼以陋且膚，惡能生巧〔六〕？即恃聰明以爲巧，亦巧其所巧，非古人之所謂巧也。惟根本《六經》，而旁參以史、子、集，使理之疑似、事之經權了然於心，脱然於手，縱横伸縮，惟意所如，而自然不悖於道。其爲巧也，誠有不期然而然者乎〔七〕！

余不能爲古文，而少長京師，頗聞前輩之緒論，持以商榷，率齗齗寡合。今老矣，名心久盡，不復措意於是事，益絶口不談。不期無意之中，得香亭侍郎所見與余合。讀其文集〔八〕，洵肆力於此中而能得其巧者〔九〕。於古人不必求肖，亦不必求不肖；於今人不必求不同，亦不必求同。其思表纖旨，文外曲致，言短而味長，言止而意不盡，與言在此而意在彼者，恒使人黯然有思，罣然高望。余嘗泛舟嚴瀨，浮嵐掩映，清波見底，一樵一漁，一花一草，皆寥蕭有世外意，以爲勝西湖金碧山水，故有『何須更説烟嵐好，老屋疏林亦自殊』之句〔一〇〕。今於香亭之文，殆作如是觀矣。會香亭自編文集十二卷成〔一一〕，因書夙所共談者以爲序。

時乾隆乙卯七月朔日，河間愚弟紀昀撰。〔一二〕

【校記】

〔一〕紀昀《紀文達公遺集》卷九收録此文，題同，而文字略有出入。

〔二〕《紀文達公遺集》於『必有』前增『亦』字。

〔三〕《紀文達公遺集》於『猶』字前增『亦』字。

〔四〕《紀文達公遺集》於『惟此』句前增『實則』二字。

〔五〕《紀文達公遺集》於『非爲』句前增『是雖』二字。

〔六〕《紀文達公遺集》於『惡能』二字前增『是』字。

〔七〕『誠』字，《紀文達公遺集》作『不』。

〔八〕『集』字，《紀文達公遺集》無。

〔九〕『洵肆力』一句，《紀文達公遺集》無。

〔一〇〕『烟嵐』二字，《紀文達公遺集》作『江山』；『老屋疏林』四字，作『破屋荒林』。

〔一一〕『十二卷』三字，《紀文達公遺集》無。蓋因紀昀此後修改本文時，《香亭文稿續編》已刊成。

〔一二〕此撰作時間及署名一項，《紀文達公遺集》無。

香亭詩稿

香亭詩稿　卷一

恭和御製山店元韻

聚廬托處小村成，地闢高寒賣劍耕。俗鮮鳴厖虛築堵，政堪驅虎枉編荊。即看比户安豐豫，況復連年解賦征。猶是九重宵旰切，翠華停處起歡情。

恭和御製夜游山月元韻

峰頭皓月明於燭，幽境惟愛此山獨。石梁侹侹泉泠泠，路轉花間三百曲。蒼然積翠雲徑遥，鑾輿縹緲凌層椒。塵函忽落化人宇，乘風直欲誇松喬。瓊樓天半吹寒甚，澗静魚龍寂無沴。鎔金鍋涌爛銀盤，粉本圖來意寧審。圓靈弄彩媚素娥，奇花濯露舒兜羅。天留清景延睿賞，歡聲仿佛騰岩坡。

恭和御製辟邪珮元韻

協氣蒸寰宇，此何號辟邪？名還昪延喜，德直邁昭華。瑞藻長含潤，孚筠自莫遮。四門咸穆穆，珮以格幽遐。

恭和御製俊鶻驄歌

昂藏八尺青絲驄，海邦致貢來三冬。今年天子秋行獮，一眄擢自驪黃中。金羈玉勒耀天寵，骨相本异群凡容。與人合力奏奇績，時清無復高鯨封。獸肥弓燥會校獵，左發右發惟所從。作勢直追北風急，四蹄兩翼將毋同。

恭和御製閱興濟減水閘議改爲壩命侍郎裘曰修至其地與總督楊廷璋藩司周元理會勘集議詩以示意元韵

漕運與田功，酌劑厥惟水。因地以制宜，安瀾績乃底。興濟舊名閘，蓄泄賴有此。其如河入海，中間紆道里。支流不復分，漲溢良有以。廣運仰睿謨，規畫揭要指。揆幾導其竅，豈同臆爲揣！易壩堪疏消，築低免障蔽。猶俟回蹕定，詳慎弗凝滯。爰乃召司空，大吏人共幾。會勘議以聞，預防庶有恃。至矣保赤思，溥哉同仁視！

恭和御製麥色元韵

黄雲未集翠先添，一抹平疇色可拈。禹甸春三占麥稔，堯天尺五慰民瞻。趨迎尚惜柔苗踏，拜舞偏親御仗嚴。佇看青青依舊好，皇衷仁愛已相兼。

恭和御製入山東境元韵

春帆緩送木蘭船，北極東封景物連。會見山川來紫氣，還欣禮樂被朱弦。三江向日情逾切，兆姓瞻雲意尚牽。重叠恩綸隨地沛，萬年枝上露華鮮。

恭和御製花朝作歌元韵

春光次第須探花，花當春半始號盛。南先北後殊煥寒，居其中者宜時令。東巡入境逢花朝，樹倚晴川静而正。含葩纔滿舒穠鮮，花亦向榮有司命。錦帳金鈴事徒贅，輕絲柔露妝添靚。恰迎天上春水船，一片嫣紅夾岸映。東風那用著力催？芳菲都納仁壽鏡。從知生意浩無邊，景物自蕃塵自净。

恭和御製題晏子祠元韵

齊相祠邊鳳蹕留，重將往事費研搜。聖經筆削尊姬室，才士功名佐列侯。忻慕有心嬰合仲，折衷定論魯開鄒。春王大義昭然在，宸斷群欽識最周。

恭和御製餻榆錢餅歌元韵

柔榆個個形似錢，糁以飴餳佐盤餐。誰云雕胡可爲飯，去此阿堵弗愛憐。物旨惟時不惟備，榆亦應時充蜜餌。大如荷兮細如苔，同號爲錢何與膳夫事！宸衷關動逢獻新，蒼生繫念流天真。敬事後食臣之分，共當仰承德意，以誠和萬民。

恭和御製靈岩寺西入石路四用劉長卿韵二首元韵

千岩環錦障，一徑破蒼苔。石磵泉聲静，松風鶴影回。閑雲紛陣合，幽鳥唤朋來。回望禪關遠，前行福地開。山花如欲笑，春樹不須栽。無復碑書在，遺吟想玉杯。

玉符看霽色，石路踏春苔。法駕侵晨動，宸章燦漢回。笏岩知北向，螺髻認西來。舊韵靈根徹，新吟生面開。名峰分岳秀，嘉植荷天栽。景福南山似，齊擎介壽杯。

恭和御製登玉符最高處元韵

萬幾一日精於勤，幽探名勝乘餘暇。迎人巒翠春弄晴，一徑入雲穿樹架。虬龍虎豹争炫奇，松根石磴紛高下。軟紅十丈浄極巔，遥青九點來林罅。懸崖裂處滴乳泉，宛如碓磨待碾砑。天風飄衣清吹笙，行行到此塵慮罷。幽栖法侣因結廬，天巧人工兩相借。象教亦垂功德名，何關參贊敦元化。仰兹峻極今與齊，治理雍熙周九夏。巍乎萬載懸穹窿，山阜何須頌歌假！

恭和御製啓蹕幸避暑山莊即事元韵

欣叨扈蹕策行鞍，夾道頻聞拜舞歡。共仰時巡勤歲歲，洵知乾健是安安。乘車匪爲驅馳逸，珥筆還慚賡和難。稽首八旬天慶近，康强攬轡萬人觀。

恭和御製永佑寺瞻禮叠辛丑詩韵元韵

臺瀛捷報九重居，底績全符睿算初。先烈丕承欽在此，皇心昭格慶綏予。敉幾獨秉乾綱斷，飛渡寧教電掃徐〔一〕！恭讀《御製剿滅臺灣逆賊生擒林爽文紀事語》，有『遲在任事之外臣，而速在籌策之予心。故始雖遲，而終能成以速』之句。赫濯聲靈孚一氣，恬波永見奉車書。

【校記】

〔一〕『徐』字，原作『除』，據《四庫全書》本乾隆《御製詩五集》卷四十《永佑寺瞻禮疊辛丑詩韵》同一處之韵字校改。另，《欽定平定臺灣紀略》卷首五《御製詩》同作『徐』。又句中有『寧教』之語，意謂『豈教』，則『電掃徐』意正相合，與所和原句『三月成功疾弗徐』，以及小注中所言御製文『終能成以速』之意相同。若用『除』字，則意思完全相反。

恭和御製署福建巡撫伍拉納奏雨水田禾情形詩以志慰元韵

綏邦告屢豐，自昔不恒有。應兵非佳兵，鴻貺乃速受。恭讀《御製平定臺灣二十功臣像贊序》，有『應兵非佳兵』『所以感謝鴻貺』之句。農圃歲三收，臺灣夙殷阜。殷阜沐皇仁，民番久藏富。永維海甸清，全閩各終畝。來牟穫七分，萬寶相繼茂。兵後報有年，洪鈞原在手。肆雅仰宸衷，恭讀《御製平定臺灣二十功臣像贊序》，有『爲上者不可不存《采薇》《出車》之意，更不可不知《祈父》《北山》之苦』等句。懋和民棄咎。

恭和御製秀起堂元韵

山容擢秀呈軒牖，堂勢凌虛稱朗吟。平野四圍烟在掌，濃陰一帶翠交襟。嵐因雨過明如洗，蟬愛風高晝有音。翹首宸游忻賞處，飛泉㶁㶁和虞琴。

恭和御製直隸總督劉峩奏報南府雨水情形詩以志事元韵

畿南望雨連河北，皇仁丕冒無异例。年年率土沛恩膏，維桑與梓久同被。比因六府待甘露，祇籲又勤宵旰意。綏徵借糶恐後時，畿南河北均敕吏。天和帝澤指顧間，得寸差喜霑三四。彌喜彌望慮彌周，即此猶恐稍飾諱。聖心一兮聖敬躋，天心迄用康年賜。

恭和御製喜晴元韵

季夏宜時暘，百昌豐乃兆。愛此月初三，宿烟霽清曉。回思朔日景，晨光净了了。疏雨連夕過，雨過晴逾好。天光淰淰披，山翠層層抱。勤民宵旰心，每覺閑娱少。對兹清麗辰，仰見裁成道。休徵信可歡，恬熙被四表。

恭和御製澄觀齋有會元韵

一觀一切觀，此之謂大觀。一澄無不澄，其義本一貫。迪吉在道心，圓月朗天半。宸衷自如如，萬象融以焕。

恭和御製永恬居八韵元韵

林巒隨水曲，石筍簇雲尖。福地貽謀遠，奎文法象瞻。瀛壖看永靖，睿藻喜頻拈。省括機誠速，培良莠盡殲。先勞還擘畫，久大已全兼。壽宇三壺近，苞桑億載占。頤和勤茂對，却暑正清嚴。共仰貞恒治，敷天咏養恬。

恭和御製福康安奏報抵厦門登岸并巴圖魯侍衛等皆平安渡海凱旋詩以志慰元韵

瀛海頒師齊唱凱，藎臣忠信荷平安。魚龍静偃歸墟浪，貔虎喧騰擊棹歡。鹿碣銘勛神武峻，澎洋飲馬吉程寬。萬靈久奉懷柔惠，聖主猶思答貺難。恭奉上諭：『仰荷神庥，叠昭靈貺。交該部載入《祀典》。』

恭和御製雲貴總督富綱奏報緬甸稱臣進貢詩以志事元韵

表文金葉來歸順，南徼當年早戢戈。願附遠臣修職貢，都緣化日切觀摩。環瞻盛烈圖王會，陋彼謙詞詔尉佗。干羽久孚仁壽世，祥光時傍九霄過。

恭和御製直隸總督劉峩奏報南三府普得透雨詩以志慰元韵

澤報畿南驛遞馳，甘霖徧逮本非遲。地連河朔千村渥，雲靄崆峒百穀滋。聖主重農懷稼穡，田家喜雨頌昌期。恫瘝六府勤三問，恭讀御製詩，念切民依，歷形歌咏，即如直南河北六府，自仲夏啓蹕以後，逾月間已三馳詢矣。仰見皇上重農望歲之心，倍急於田家課雨占晴之意，是以感召天和，各省俱卜豐稔。感召天和總在寅。

恭和御製六月望日作元韵

皇心課雨晴，更切農民望。季夏驗時暘，時暘真有狀。月朔已快晴，望日晴仍放。映瀑晃晶簾，俯澗低層漲。千章夏木舒，萬棱嘉蔬暢。日脚下平疇，遠近開丹嶂。朔望獲晴明，匝月卜佳况。占驗在農家，具見斯言諒。

恭和御製七月朔日元韵

七月占時若，欣看朔日晴。省秋聞夏諺，流火載《豳・𠪚》。絳闕晨霞起，青疇夕照榮。聖心勤望歲，農語記分明。

恭和御製荆州元韵

荆州枕長江，江水漫堤至。聖主廑灾民，亟措安全事。從來治水策，利導與防制。盡善仰我朝，神工贊天地。遠者在東南，近者先郊遂。率土慶安瀾，兆民頌攸塈。即偶有偏灾，捐帑萬萬計。馳諭不需時，封疆欽重寄〔一〕。以此沛深恩，閭閻無告匱。水旱伊古來，屯膏徒滋愧。歷稽載籍中，遇灾多爲累。惟皇覆載仁，荆州敉大吏。二百萬帑金，先發一切費。特簡重臣往，星郵馳次第。賑恤及興工，經理務該備。倍切於民憂，奠安紀億歲。敬天勤民心，久致遐方戢。兹既靖臺瀛，又來緬甸使。允矣威德孚，感慕兼慴惴。視民猶如傷，諄諄戒飾諱。伫看荆州黎，恬熙愜初志。

【校記】

〔一〕『寄』字，《四庫全書》本乾隆《御製詩五集》卷四十一《荆州》一詩中，此處韵字作『計』，然與上韵字重複，未知孰是。

恭和御製賦得清溪遠流六韻

靈雨漲清溪，靈源荷御題。漫流何渺爾，遠韻聽鏘兮。綠漵山前合，蒼烟檻外低。侵階塵自洗，映樹影初齊。隱指虹橋跨，高看瀑布提。憑欄攄睿藻，觀化契天倪。

恭和御製賜凱旋將軍福康安參贊海蘭察等宴即席成什元韻

崇島風迴驛路程，鐃歌動地海潮迎。酬勛紫閣開圖畫，受饗彤弓列俊英。御錦花含温液潤，天厨星傍翠華明。清時八表同歡會，又見朱波告款誠。

《北山》《祈父》古懷慚，盛世諴和《湛露》甘。武庫森羅看飲至，威弧遠指并除貪。迴舟澎嶼都無阻，洗甲秋河信克堪。抗者誅兮歸者貸，好生帝德洽瀛南。

去秋廟算授條條，迅掃鯨波薄海遥。振旅未曾周一載，訏謨預飭定崇朝。已圖久大苞桑固，載錫龍光雨露饒。中外衢尊環黼帳，仁威天地盡爲昭。

武功七德迪前光，按《春秋左傳》稱，《大武之樂》有七德，謂禁暴、戢兵、保大、定功、安民、和衆、豐財也。欽惟皇上自平定伊犁，迄兹臺灣底績，蓋用兵凡七，方略皆由親授，盡美盡善，以揚先烈。擬諸武功『七德』，洵有過之。犒飲筵開避暑莊。鳳詔褒崇班遞進，龍韜迅速願欣償。精神周浹臣民福，海宇升平歲月長。喜近呼嵩叨侍宴，賡歌拜手頌康强。

恭和御製荷元韵

山翠萬重當鏡檻，曉珠千點綴池蓮。華生季夏團團月，太液波光正湛然。
拈花妙諦偶裁詩，又是芙蓉浥露時。寶座長添無量壽，旃檀香遠静聞之。

排律

賦得律吕相生〔一〕得歌字五言八韵

律吕賅條理，循環妙若何？含三分損益，隔八少偏頗。位以陰陽判，生緣上下過。飛灰調玉琯，依永應金科。古調皆同調，升歌入間歌。鳳筒參化育，牛鐸協中和。宛似時行錯，剛符《月令》多。象功昭樂備，帝德頌巍峩。

【校記】

〔一〕法式善《同館試律彙鈔》卷十四收録此詩，題作《律吕相生》。

賦得天驥呈才得天字

聖世求良驥，星精降自天。呈材堪重遠，稱德比英賢。逸足寧堪勒，驕嘶不受鞭。龍形驚矯捷，鴻路試騰旋。編埒金爲價，衝泥錦自憐。身輕閶闔近，名重畫圖傳。戀棧緣懷主，空群尚待年。蒙恩榮立仗，駑馬肯相先。

賦得文章惟返樸得章字

無質文焉附，因文質愈章。蘊真宜返樸，蓄德待流光。好探先民奥，同登太古堂。無弘聲自遠，如水味逾長。點染乾坤色，咀含菽粟香。楷模宸藻麗，雅正聖謨彰。詭遇心俱革，藏修習最良。待看新試帖，鼓吹邁三唐。

賦得好雨知時節得時字

望歲天能鑒，逢年雨亦知。來催寒食節，恰趁省耕時。脉脉因風遠，陰陰放日遲。散絲渾有態，潤物自無私。繚繞雲光度，高低麥浪滋。連村花似霧，野渡水平池。珠玉欣同灑，倉箱慶在兹。荷蓑聞《擊壤》，耕鑿副昌期。

賦得桐葉知閏得桐字

鳳詔初頒朔，龍門好驗桐。知秋驚物序，占月合天工。挺發三春茂，歸餘一氣通。高枝生百尺，新葉貫當中。大小形堪揭，奇零歲有終。紀辰蓂不异，添節藕還同。逸韵流絲竹，良時叶雨風。陽和欣置閏，瑞色繞宸楓。

賦得池塘生春草得塘字

二月春光好，晴暉藹半塘。泮冰波帶緑，沿岸草初芳。倒影雲千簇，平鋪水一方。同添今夜雨，曾試隔年霜。瀌瀌流芳渚，青青接遠岡。輕翻金蹀躞，低映翠鴛鴦。萬物生機寓，無邊妙理藏。遥知龍沼上，吹緑發清香。

賦得百步穿楊葉得穿字

養由誇妙矢，巧力驗楊穿。步地弓分百，從軍射掃千。馳神傳七札，絶技試三眠。滿月開青眼，流星綴碧天。牂牂翻下上，的的透中邊。斗覺聲聞野，俄驚葉在川。挽腔虚畫鵠，持彀陋金錢。聖武同文治，遴材重序賢。

賦得主善爲師得爲字

建極同歸善，求賢自得師。執中原有主，恭己本無爲。韶鐸誠懸矣，江河莫禦之。從繩通藝事，攻玉想《風詩》。譬彼深山静，常懷若谷思。《丹書》陳尚父，明德訪州支。舊以甘盤學，傳來傅説規。吾皇宏性量，治化邁軒羲。

賦得鑄劍戟爲農器得農字

二萬沙疆闢，田功信可從。戟銷因放馬，劍化詎成龍？正及春疇事，憑將大冶鎔。鑄金融寶鍔，耕鐵試銛鋒。定卜豐年兆，何須武庫封？堅剛經百折，耒耜富三農。犁雨疑雲陣，鋤星帶月舂。屯邊原有備，威德静烟烽。

賦得梅雨灑芳田得梅字

良田芳信早，豐澤自天來。望歲秋名麥，知時雨記梅。誰將甘露灑，却似好風催。色染枝頭顆，香清陌上埃。霏微還帶日，羃䍥不聞雷。潤并膏流沃，犁如餅截開。千塍抽早稻，是處長新苔。聖化調元鼎，爲霖慰阜財。

賦得五月鳴蜩得清字

節紀天中候，萌陰向暑生。上林仍待鴂，芳樹久辭鶯。若木懸曦照，新蟬警露鳴。抽絲疑發響，吹籟恍尋聲。乍覺臨風遠，還聞入夜清。農桑緣物課，歌咢逐時驚。翼豈斯螽動？音隨絡緯輕。纖微高潔意，何幸眷皇情。

賦得時清日復長得清字

長夏年如日，熙時羨永清。泰階歌復旦，玉燭洽升平。帝協無爲治，天開不夜城。人曾添綉綫，烏似緩雲程。静見磚留影，希聞漏報聲。極邊徵草偃，卓午驗葵傾。好續三春景，遥舒萬國情。揮弦堪解阜，聖德發乾行。

賦得五月榴花照眼明得時字七言八韵

留得春暉别様奇，尋芳五月屬仙姿。梅花已聽江城落，安石曾傳漢使移。密葉千翻開灼灼，雕欄四映綻離離。偏於緑暗紅稀後，又看霞蒸火噴時。色逗瑶池緗葯燦，光揺瀛海綵雲披。薰風染出珊瑚朵，繁蕊飄來豆蔻枝。豈有朱紗驚照眼，還燒絳燭待敲詩？上林點綴天中景，入望同誇向日葵。

賦得一一吹竽得知字

抱器齊廷競進時，循名責實在今茲。佳音但聽工咸奏，假館寧皆副所司？樂長五聲原特達，濫居三百有誰知？同於律者同於吕，叶以壎兮叶以篪。學就龍吟真可好，試從魚貫未容欺。笑他南郭飄然去，養士當年類若斯。大抵吹簫徒自苦，算來彈鋏又何奇？闢門群仰宸衷切，鳴盛和聲達九逵。

賦得二月春風似剪刀得春字

柔荑彌望一時新，屈指剛過月建寅。似剪多情裁緑柳，好風幾陣出青蘋。和烟和雨吹難定，三起三眠畫未匀。低拂征車飛遠道，閑飄翠帶散遥津。始知天巧原無迹，若較人工倍有神。捷勝鶯梭拋擲慣，輕摇燕尾往來頻。短長細度梁園樹，寒暖平分上苑春。賜尺曾傳芳節届，樗蒲欣得荷洪鈞。

香亭詩稿　卷二

五言古

游龍洞

秋來龍洞山，山色青翠復。飛瀑寒雪濺，海棠花滿谷。花水相玲瓏，月出蒼山麓。

冬夜懷友

落日晚烟吞，寒鴉叫荒驛。遠寺忽鐘聲，一醒風塵客。屈指金石交，美人秋水隔。音徽日以遠，誰與數晨夕？贈我詩八篇，磨礱發光澤。出入懷袖裏，念之如拱璧。良友不相逢，愁緒空脉脉。懷人對孤燈，燈蕊落茵席。長嘯天地間，浮生竟何策？鴻雁覓稻粱，歲月苦相迫。相迫胡太速，攬鏡頭欲白。思君十月來，剪韭話心迹。待來君不來，我早行遠陌。策蹇渡汶河，冒雨訪君宅。漁翁謝行人，德里何從識？瘦馬嘶朔吹，驚沙走飛礫。興盡輒復還，余心慘不懌。窮陰逼玄冥〔一〕，霜霰紛委積。晝短夜苦長，相思了無益。月色近三更，寒光浸虛碧。夢中驚見君，空谷聞履屐。皜若鸞鶴姿，青桐高百尺。覺來不可得，風林起蕭槭。援筆記此情，他時展良覿。

【校記】

〔一〕『玄』字，因避諱作『元』，今校改。

題三泖漁莊圖

南國一高士，結茆雲水間。漁燈照秋几，松風爲掩關。遠天綴珠斗，隱約臨神山。何時誦《蒹葭》？棹月沿溪還。

送沈敬亭先生歸里

銀河轉星斗，歸心不肯留。從此離思結，日與大江流。讀書記佛峪，凄凄正晚秋。黄葉滿古徑，霜空落木愁。先生適來此，邂逅山之幽。坐談慨今古，妙義窮羲周。今歲春風裏，北面以追隨。披帷滌塵俗，鼓篋講新詩。夏雨斷路行，伊人睽咫尺。三日不一見，徘徊望顔色。何況今遠别，蕭然策南征。名山當驛路，秋雨送歸程。練祁湖邊色，松菊故鄉情。應念送别後，凉月栖孤檠。夜夜懷人意，長空度雁聲。

晚渡

隔岸呼舟子，蒼茫落照間。萬事流水急，不如白鷗閑。

晚坐二首

檐前雀群噪，人静天已夕。落日餘清暉，氣散霞天赤。遥嵐暮蒼蒼，高攬如可摘。無事此巡檐，看雲倚短策。遠寺一聲鐘，幽心澹空碧。

新月升朣朧，繁星亦吐光。翳翳檐樹陰，烟翠臨虚堂。遠天東風和，藹然吹我裳。蘿徑歇流雲，微聞花際香。心空群動息，即此是羲皇。

山居

亂山從東來，蒼翠向佛谷。般若結精藍，窈窕森花木。茅椽三五間，静對雙蛾緑。朱公未達時，幽栖事耕讀。後來有吴子，廬以『愛山』目。七月策南征，九月遵信宿。落葉颯秋聲，層岩灑飛瀑。連宵靈雨深，幽砌損叢菊。初霜驚鳥啼，蕭蕭響奔鹿。生平林壑心，撫景紛相觸。小憩揖山靈，誅茆謝羈束。

甲戌秋杪奉父命歸里葬母慟而有述

我父兼母道，顧復兄與琦玉綸原名。於今十七載，命歸窆先慈。父昔宦京都，我母助晨炊。清貧無長物，井臼艱支持。上以相夫子，下以撫嬰孩。苦辛亦多端，歡聚兩不知。一病不能起，藥裹棼如絲。我父常入直，家有兩幼兒。呻吟雜坐卧，秋風動虛帷。遷延兩歲久，及春勢難支。殘燈耿夜半，哽咽語遲遲。呼兒裂心肝，既瞑目復開。嗟嗟大覺去，戊午三月六日夜，母見背。急霰摧萱枝。父曰兒幼小，卜葬須待之。從兄宿撫育，五伯父母没，遺子瑄，母撫而成之。扶柩先歸。哭送出國門，泪下若綆縻。時當中秋夜，團月明階墀。家家沸簫鼓，我父心愴而。悼亡却杯酒，迴腸欲告誰？九月日漸短，父出每晚回。兄弟相依倚，顧影長欷歔。飲食不中節，敗絮寒如絺。曛黑父入室，思母向父啼。啼聲入耳酸，父心益悲摧。服期春已滿，繼母主中闈。繞膝奉温清，薰風颺斑衣。隔年得阿妹，文褓相娱嬉。昊天實不吊，北堂人又違。癸亥二月二十九日，繼母見背。既夕治喪事，父顧泪眼揩。曰昔爾母逝，五夜鳴荒鷄。俸錢罄醫禱，絞紟從何來？喪具稱有無，棺薄禮亦微。對此傷往事，六年運兩乖。此後兄娶嫂，弟妹樂與偕。庚午琦親迎，廟見正徘徊。夜來夢我母，舉手歡提携。『吾没十三載，汝父心長凄。汝當六歲時，離我宿書齋。我病到齋中，歸來病愈危。汝父養汝成，既冠來娶妻。弓裘望汝等，汝無學不才。或早得孫子，俾父欣含飴。』甲戌春生子日寅，回憶夢中情況，庶以稍慰。切切語未休，繼母來重扉。呼兒復丁寧：『大事汝亟治。余墓木已拱，癸亥秋，葬繼母於晉家莊。汝母猶無依。先塋卜餘壤，慎勿多然疑。』心痛忽驚醒，枕席滋漣洏。轉瞬復四載，馬鬣封在玆。十二月十六日，葬母於祖塋之左。枯蓬卷朔吹，白日無光輝。執紼向前導，畫帷昭一池。嚴霜下荒野，窀穸夜月低。機封得安土，魂魄其無悲。須臾築玲坎，松檟分行栽。仿佛王父母，朝夕常相隨。獨恨具肢體，臨穴不獲追。秋霜與春露，抱痛靡窮期。我父遷秦關，九月十五日，琦隨兄歸自山左，後十日父授秦臬。簡書趣驅馳。辭墓急省親，庶慰高堂思。

邀同人看菊分得歸字

雙九赴他約，是日曹僕少慕堂設齋法源寺，招同人看菊，余以有客先歸。旋車映斜暉。入室有佳客，把盞話重扉。黃白色種種，名花簇四圍。遠天來明月，當筵照我衣。畫檻香馥郁，霜葉影依稀。節物换今古，興到共忘機。遥知法源寺，此時人未歸。

題春郊歸省圖

皇帝庚子春，勤民狩南服。臣以太常卿，扈從禮牲玉。王營得請假，歸指墓山麓。三尖及五老，雲際望攢簇。跳丸十二年，遠別去邦族。因公缺拜掃，撫臆每滋恧。幸當孝治昌，體恤逮臣僕。

焚黄表君恩，屢世受鳌福。棣蕚懷新阡，封樹陰森肅。言宴諸父兄，均霑荷微禄。鄰里争候迎，歡喜溢比屋。訖事敢稽阻，仍循大河澳。新銜榮綉斧，任重虞鼎餗。繼緒先中丞，庶幾式眉目。即景成横圖，吟章待賡續。臣忠與子孝，夙夜期自勖。

附録 《春郊歸省圖》題句

錢 載 坤一

扈蹕陳情徹，還鄉省墓專。豫徐循便道，草樹及新烟。别去三千里，更來十二年。君恩重家乘，貴使後人傳。

莊存與 芳耕

汝南今復見清裁，千里淮瀆請急迴。策馬春郊寒食近，月卿親掃墓田來。
接武中丞門第高，重封紫誥錦文韜。松楸四望山城迴，鄉老來看涕濕袍。
霜露京華十二年，還家上冢畫圖傳。題詩多少新桃李，更説歐陽善表阡。
曾到光州校藝林，清淮月映楚山岑。與君宴語嘗懷舊，閩嶠知交氣誼深。

翁方綱　覃溪〔一〕

九重眷注三春暉，寸心先共春雲飛。乞得淮壖扈從暇，不比省墓尋常歸〔二〕。淮壖遥指蓼城里，繚繞青峰露河水。淵源遺澤自延陵，冠蓋世家推固始。世家教孝即教忠，夙夜永矢銘鼎鐘。三尖山下劬勞思，十二年來夢寐中。迢迢路轉白雲層，路人猶説先中丞。馬上今瞻貌愉若，祇應并識心冰兢。舊壠新阡春雨濕，迴策如縈望原隰。憶舊還酬戚里言，深宵尚誦先人集。日出城頭宿乳鴉，暗泉夾徑長蘭芽。春氣著人非霧露，村烟一半入桃花。扈蹕歸來温綍捧，奉常陟掌臺端重。正際長春一氣中，山川草樹皆光寵。他年盛事傳中州，牙旗使節嵩陽留。陌上濃春更開卷，重題小字輝銀鉤。

【校記】

〔一〕翁方綱《復初齋詩集》卷二十二《秘閣集》八『庚子九月至辛丑三月』收録此詩，題作《香亭都諫春郊歸省圖》。

〔二〕『尋常』，《復初齋詩集》作『他時』。

程晉芳　魚門

扈蹕因聞乞假歸，蓼城春已及芳菲。雲低馬鬣封三尺，露滴虬松長十圍。焚帛數端揮雨泪，提壺有客款荆扉。兒童豈解心慈惻，夾道貪看衣錦衣。

舊壟新阡兄逮祖，鼇山淠水樹連雲。徵歌漫奏還鄉樂，泚筆先成誓墓文。敞却虚堂差息駕，重來故府備書勛。烏臺霜肅持綱紀，圖畫猶堪溯昔芬。

蔣士銓　定甫

常伯新歌《四牡》章，蓬池卿月久迴翔。清豪節概徐公器，友愛名推薛孟嘗。龍節家傳懸皎日，柏臺風憲凜秋霜。黑頭已賜金魚袋，榜額應題晝錦堂。

嚴程叱馭列驂騑，父老歡迎絳節歸。華表豐碑千仞矗，白雲丙舍萬山圍。仙官舊住鳴珂里，星使初辭待漏扉。從古汝南高月旦，一時争捧侍臣衣。

杜玉林　凝臺

聖人御宇駕六虬，孝治天下禮意優。中丞當代夔龍儔，求忠於孝理有由。返國展墓聞前修，延陵世德推貽謀。白馬馱譜來中州，名臣纍葉生公侯。望重不減琳琅璆，容臺相禮奉冕旒。皇華出使勤咨諏，南行扈蹕月孟陬。河防周覽分支流，虞歌夏諺情優游。小臣上章獨有求，請假歸里馳星郵。帝曰俞哉汝其休，嗟爾罔極恩宜酬。載循淮壖緬嵩邱，萬樹蓊鬱擁道周。晴川方鳴鹿呦呦，銀鞍蹀躞跨紫騮。輕裝數輩隨平頭，蓼城鶴嶺紛在眸。心若宿鳥林初投，五老峰勢連天遒。馬鬣在下風飀飀，揮鞭欲進仍夷猶。愴念風木涕莫收，鷄豚信足逾椎牛。音容渺隔泉臺幽，鄉園回首十二秋。清德幸免先人羞，遍尋舊隴經西疇。辛木高拱枝相樛，《瀧岡》有表文追歐。虔奉牲盛薦芳卣，道旁嘖嘖稱前庥。合食更令戚族鳩，拯恤匱乏多綢繆。王程有期難久留，丙舍未敢營菟裘。還朝新命御絳騶，寵錫沛渥孰與侔？承家報國俱無訧！我從通籍常宦游。拜跪缺禮懷松楸，羡君歸省歲一周。鄭公通德似此不？披圖轉覺心悠悠。

沈初　雲椒

月卿扈從陳情切，詔許淮壖取道還。棨戟家聲榮使節，松楸春露感鄉山。雲藏丙舍嵐光護，路指青郊草色環。十二年餘看晝錦，釣游舊迹快重攀。

樹杪晴烟一帶横，碧油紅旆認遥迎。《皇華》詩爲承恩紀，《家慶》圖緣志喜成。憲府即今崇物望，德門自昔重鄉評。還朝羡説泥金貼，令嗣即於是年登賢書。尚憶春風拂轡輕。

陸錫熊　耳山

千章宰樹拂雲開，手捧黄封許暫回。多少椎牛誇上冢，承恩誰傍屬車來？

萬山插笏碧糢糊，丙舍春光入畫圖。遥識松楸最深處，月明夜夜宿慈烏。

故園欲别尚遲遲，行殿朝參敢後期。不獨新文傳誓墓，泪痕重灑鶺鴒詩。

當年總角釣游曾，晝錦歸來感不勝。指點門前舊行馬，鄉人争羨小中丞。

汪學金　杏江〔一〕

曾奉龍旂出，見張文潛《除奉常詩》〔二〕。還持玉節歸。孝思光累閥，公望屬崇闈。緜蕝推經術，容臺表德輝。秩宗《三禮》寄，時邁百神威。禋祀臣衷恪，懷柔帝化巍。列卿常伯重，奕葉國恩稀。蕆事辭行殿，陳情返舊扉。豫徐千里近，霜露十年違。芳草催珠勒，穠花點毳衣。邦人榮晝錦，使者感春暉。歲月音塵隔，雲山涕泪揮。心傷烏烏哺，目斷鶺鴒飛。賜宅藏書卷，封阡種柳圍。吾宗存質朴，先緒念歔欷。計日還清職，瞻星指景畿〔三〕。新恩除綉斧，餘戀在驂騑。喬木風烟古，皇華雨雪霏。畫圖留往迹，家乘炳前徽。金紫斯爲盛，丹青此庶幾。師門傳世澤，展軸寸私依〔四〕。

【校記】

〔一〕汪學金《静厓詩初稿》卷九收録此詩，題作《題座主中丞吴香亭先生春郊歸省圖》。

〔二〕《静厓詩初稿》無此注。

〔三〕『景』，《静厓詩初稿》作『近』。

〔四〕『軸』，《静厓詩初稿》作『帙』。

褚廷璋　筠心〔一〕

身依豹尾捧晴暾，暫許鳴珂映里門。貽白松楸懷舊澤，焚黄雨露感新恩。淮流古岸三春滑〔二〕，山壓層城五老尊。風紀烏臺知早待，葵心還認馬蹄痕。丹青横卷費摩挲〔三〕，泚筆爲文慨慕多。卿署有光分道路，親闈無訣駐羲娥。看雲實下荆花泪〔四〕，對酒重聞梓里歌。十二年來春望遠，好憑鞭影拂晴莎。

【校記】

〔一〕褚廷璋《筠心書屋詩鈔》卷八收録此作，題作《吴同年香亭春郊歸省圖》。

〔二〕『古』字，《筠心書屋詩鈔》作『遠』。
〔三〕《筠心書屋詩鈔》全句作『逮存鷄黍原如何』。
〔四〕『實』字，《筠心書屋詩鈔》作『久』。

顧宗泰　星橋〔一〕

河岳時巡日，尊彝奉祀年。銜恩陪翠輦〔二〕，展孝省花阡。帝寵流光遠，臣私報本虔。固陵違十載，心折白雲前。
綉野春旗色，林坰玉馬聲。鄉人看使節，孝子返佳城。碧柳籠烟暖，紅花裛露明。五峰山下路，灑酒記哀榮。
豐祭争如養，愀然感逮存。允懷霜露夕，同愴鶺鴒原。陶侃營初卜，歐陽表舊恩。鸞封光賁久，厚澤永雲孫。
家慶真雲集，王程敢暫留。淮南趨帳殿，山左肅行騶。舊望容臺重，新恩憲府優。繪圖追世德，餘慕在松楸。

【校記】

〔一〕顧宗泰《月滿樓詩集》卷二十四《秘閣集》收録此作，題作《副憲吴香亭先生歸省圖題得五言四首》。

〔二〕『陪』字,《月滿樓詩集》作『隨』。

紀　昀　曉嵐〔一〕

爲扈鈎陳蹕,因瞻丙舍田。馬嘶春驛柳,人帶御鑪烟。《晝錦》添新記,《瀧岡》表舊阡。恩榮真罕遇,宜作畫圖傳。

自返春明路,於今十六秋。吟詩披粉繪,回首感松楸。何日承丹詔,如君躍紫騮?亦將歸省卷,題句索相酬。

【校記】

〔一〕紀昀《紀文達公遺集》卷十收録此作,題作《題吴香亭春郊歸省圖》。

阮葵生　吾山〔一〕

扈送龍艫渡大河,侍臣乞假聽鳴珂〔二〕。鳳鄄歸指松楸路,馬首歡聞父老歌。丙舍堂開懷寸草〔三〕,午橋花發掃春蘿。雲中五老含佳氣,十里巒光繞翠螺〔四〕。

黑頭歸日八騶呼，隴上松枝集孝烏。《晝錦》榮懷韓魏國〔五〕，薦嚴心是范堯夫〔六〕。莎廳少日容長拜，歲庚申，葵初謁大中丞於淮陰使署〔七〕，今四十一年矣。柏府頻年聽唱予〔八〕。我亦陳情思捧土，蹇驢風雪一鞭孤。葵近亦乞假南歸〔九〕。

【校記】

〔一〕阮葵生《七録齋詩鈔》卷二十三《聽鴻集》收録此作，題作《題吴香亭春郊歸省圖》。

〔二〕『聽鳴』二字，《七録齋詩鈔》作『戛金』。

〔三〕『懷』字，《七録齋詩鈔》作『悲』。

〔四〕《七録齋詩鈔》於此句下有注，曰：『香亭先塋在五老峰下。』

〔五〕『榮懷』，《七録齋詩鈔》作『傳記』。

〔六〕『心是』二字，《七録齋詩鈔》作『疏感』。

〔七〕『葵初謁』，《七録齋詩鈔》作『予初見尊甫』。

〔八〕『聽』字，《七録齋詩鈔》作『逐』；『予』作『于』。

〔九〕此注《七録齋詩鈔》無。

陳萬青　遠山

扈蹕南巡狩，道經淮泗疆。吾師擅儒術，禮樂總奉常。河流清既翕，山岳高且長。鐘鼓暨牲帛，望秩儀肅將。百神自懷柔，降福洵穰穰。龍舸清河口，恬風送朱方。回首望舊土，悢悢不能忘。白雲遮一片，丙舍此中藏。秩宗典祭祀，孝思動肝腸。願言展親墓，陳情返故鄉。

故鄉渺何許？乃在蓼城隅。行行鳳潁道，歷歷弦黄區。是時春二月，韶華媚郊衢。楊柳緑已荑，芳草遍平蕪。跨彼青驄馬，衣此紅氍毹。揚鞭沙路净，蹀躞騁長途。平頭四五輩，束裝夾路趨。忽然烟光霽，點點青瑶瑜。三尖及五老，馬頭插空虛。松楸在其下，隱隱連近郛。對此心彌惻，攬轡獨踟蹰。

踟蹰亦何爲？慨然念先型。中丞在汝南，名高月旦評。清芬揚駿烈，乃得世簪纓。俯首正感舊，父老出郊迎。和風動飛蓋，緑樹遮華旌。揮手語父老，寧誇晝錦榮。星霜歷一紀，未得拜先塋。今蒙聖人恩，錫類逮幽冥。正當寒食節，捧土遍佳城。既報烏鳥愛，復展鴒原情。轉盼二十日，又將賦遠行。

遠行到淮壖，迎鑾供舊職。天顏喜近臣，新寵蘭臺陟。鳴珮服綉衣，益念先人德。德門續前光，夢熊諸福集。雛鳳繼清音，芳名書澹墨。乃知孝爲先，孝思洵維則。小子厠門墻，問字參中笈。

豈不念泉臺？迢迢路南北。泚筆陳此詞，中心常惻惻。

曹文埴　竹虛

一鞭春色指長淮，扈蹕親陳展墓懷。父老共迎司馬檄，山川先致太常齋。豐碑十尺披蒼蘚，吉地三公擁翠厓。芝蓋飛花翹首近，暫歸豈試踏青鞋。

星驛重趨侍從班，蓼城風景記初還。傳家清白無瑕璧，妙手丹青著色山。述德情深春草裏，紀恩詩播彩雲間。旌麾時枉中丞駕，一笑披圖正壯顏。

馮應榴　星實

卿士月依星罕出，太常齋爲墓田歸。石麒麟上重揮涕，宰樹蕭蕭盡十圍。

一別先塋十二春，蓼城誓墓省前因。釣臺更葬東坡老，定有新銘待潁濱。

祖澤松楸望卅年，春深準擬乞歸田。公饒二樂吾惟一，鶴髮雙雙拜膝前。

劉　墉　石庵

瞻彼春郊，有蔚芳條。千章其喬，四牡孔驕。

自天子所，薄言歸省。葱葱鬱鬱，泉深巒亘。維臣室有阡，溯年斯永。簪紱於朝，徂彼駒影。雨露濡矣，怵惕申請。皇曰俞哉，鑒兹誠炯。

由考妣以上，及諸父諸兄。昭穆儼如，祀事孔明。在廟在野，寧貳其恭。

禮既成矣，以肅以愴。觀者雲集，興其仁讓。

伊德門之慶，匪今斯今。爾公爾侯，益精白乃心。顧此松楸，天澤是斟。培其本根，以廣其陰。

梁國治　階平〔一〕

寒食東風丙舍前，鞭絲柳影洛城烟。乘驄舊識吴公子，社老來看古道邊。乞假言歸省墓田，《春郊圖》展亦油然。群公妙筆留黄絹，幀裏松楸又幾年。

【校記】

〔一〕梁國治《敬思堂詩集》卷六收録此作，題作《題吴香亭副憲春郊歸省圖》。

德　保　定圃〔一〕

風花縈輦路〔二〕，屺岵感春暉。不爲看雲近〔三〕，何緣衣錦歸〔四〕？川原芳草合〔五〕，城堞暮山圍〔六〕。宰樹成陰久〔七〕，鄉心一紀違。暫許辭行殿，揚鞭泗水涯〔八〕。八騶輝綉節，五老削蓮華。鄉社餘情戀，家門盛事誇。白楊今肅肅，風木愴鳴笳。勿謂椎牛祭，而殊舞彩爲。要修防墓日〔九〕，如問寢門時。鳳誥光仁里，鴒原廣孝思。比鄰情話久，桑柘影遲遲。東國乘驄去，南臺拜命新。松楸榮故里〔一〇〕，圖畫紀芳辰〔一一〕。阡繼《瀧岡表》，雲留岳樹春〔一二〕。馳情凝睇處，妙筆最傳神〔一三〕。

【校記】

〔一〕德保《樂賢堂詩鈔》卷下收録此作，題作《題香亭副憲春郊歸省圖》。

〔二〕『輦路』，《樂賢堂詩鈔》作『紫陌』。

〔三〕『不爲』，《樂賢堂詩鈔》作『每切』；『近』字作『念』。

〔四〕『何緣』，《樂賢堂詩鈔》作『今成』。

〔五〕『川原』，《樂賢堂詩鈔》作『晴川』。

〔六〕『城堞』，《樂賢堂詩鈔》作『遠道』。

〔七〕『成陰久』，《樂賢堂詩鈔》作『濃陰滿』。

〔八〕『泗』字，《樂賢堂詩鈔》作『汴』。

〔九〕『要』字，《樂賢堂詩鈔》作『但』。

〔一〇〕『榮故里』，《樂賢堂詩鈔》作『森氣象』。

〔一一〕『紀芳辰』，《樂賢堂詩鈔》作『有精神』。

〔一二〕『留』字，《樂賢堂詩鈔》作『開』。

〔一三〕『妙筆』句，《樂賢堂詩鈔》作『孺慕本天真』。

香亭詩稿　卷三

七言古

老槐

老槐突兀青團團，崚嶒古骨撑雲端。明月遠照蘚紋滑，清霜夜積枯皮寒。鐵幹彎環有神鬼，虬枝翔舞驚鴻鸞。秋凉漏永空谷静，枝頭葉戰聞層巒。我來摩挲心欲肅，龍蛇拏攫周千盤。狂飆陡起響箓簌，夢入鎖峽飛流湍。黄昏星影不到地，雲氣下上垂漫漫。相邀徂徠孤松新甫柏，與爾偃蹇同卧高山顛。

紀事

穆穆天子開明堂，幺麽小醜横跳梁。於赫一怒奮天討，專征賜鉞咨龍驤。椒房之親共休戚，銜命遠出岷峨陽。羽林佽飛驍且捷，統率百萬神揚揚。翻翻旌旆耀日彩，皎皎劍戟含霜鋩。窮酋勢蹙崩厥角，迅掃彗孛除天狼。魚鳧蠶叢亦黎庶，今爾耕織安農桑。浯溪之碑燕然石，千載功烈同焜熿。

晚坐有懷宋子羽儀

雨霽空齋晚色静，小窗獨閃一燈影。遠天靈籟送孤清，蕭寥夜氣生幽境。如何不見美人來？道阻易水陂千傾。萬事莫定如烟波，預擬後會心怲怲。歸途今夜宿誰家？月明遥挂青松嶺。

雙忠祠

大軍飛來壓山左，燕齊一路屯兵火。濟南洶洶守衛孤，御史獨司北門鎖。請援不得空悲哀，身率縣令登城隈。華不注頭陣雲黑，臨衝鈎援紛崔嵬。越九日夜勢已危，全城無策死能爲。力窮被執不肯屈，碧血灑地何淋漓。誰知閹黨工讒日封疆死？事虚褒恤。當時朝事大抵然，山河破碎嗟何及！韓令同死身騎箕，至今人號雙忠祠。神巫夜散風雨至，空堂仿佛捎雲旗。

過汾陽故里

太華毓靈吐星斗，今古輝煌名不朽。大人利見在唐時，指點故園問黄耇。天寶物宇極熾豐，崛起戎行雜衆耦。精誠報國具深心，窮陰養晦蒼兕吼。一朝鞞鼓擾漁陽，萬乘西南棄關守。討賊諸郡紛鈎連，誰奮長驅搗巢藪？朔方節度提孤軍，指揮壇坫列盟首。逐北轉戰輔靈武，森寒刀劍誅凶醜。奸黨内訌讒高張，再造兩京稱巨手。洞開房闥奏笙璈，約束兒孫勒鐘卣。功高不伐世幾人？絳灌韓彭復何有！揭來走馬過荒坰，落日寒烟餘敗柳。安得立名峙太華，與爾永固千年壽！

題花嶼讀書圖

大江泊沙鷗，風浪狎偶然。傲骨偏戾俗，清言每忘詮。十年脱宦海，遠放終南巔。邂逅一相見，騷壇欣執鞭。人生貴適意，何爲世事牽！況有萬軸書，撰述卓可傳。青門學瓜隱，夢上楓江船。花橋水閣故無恙，酌酒朗誦《逍遥》篇。

題古藤詩思圖後

新城遺植近百年，蒼藤梟梟虬龍纏。我來托迹數弓借，風流曠望懷前賢。開軒坐石增嘆息，婆娑閲歲輪娟妍。呼童培灌足生意，殘春乍轉清和天。青陰紫艷報新吐，一笑似結三生緣。良朋折柬會綦舄，入門高興分吟箋。錢彭先達作領袖，投贈絡繹争新鮮。因思尚書全盛日，海王村舊朋簪聯。拈毫潑墨不知數，幾人文采供流傳？榮枯遞嬗電光掣，嘉會復此張詩筵。諸公雄才盡齊楚，愧我邾鄅空周旋。圖成卷富大逾把，可能配續精華編？名花常開人不老，日日取醉光風前。

附録　《古藤詩思圖》題句

錢陳群　香樹〔一〕

幾個蕭疏竹，一枝樛曲藤。人間閑草木，空際結賓朋。臭味尊前輩，風流此一燈。因君追往事，其奈髮鬅鬙。予年十六七時，隨先王父客京師，曾過漁洋此寓。今年七十矣。〔二〕

【校記】

〔一〕錢陳群《香樹齋詩續集》卷三十三收録此詩，題作《題古藤詩思圖》。

〔二〕此詩中小注，《香樹齋詩續集》無。『年七十』，當爲『七十年』。據姚鼐《惜抱軒文集》卷十二《光禄大夫刑部尚書贈太傅錢文端公墓志銘并序》，乾隆三十六年（一七七一）皇太后八旬萬壽，『公再入都，年八十六矣』。又，後續題圖之作，如韋謙恒有『新城尚書不可見，七十年如風掣電』、蔣士銓《題吴香亭太常古藤詩思圖》有『七十年老輩，文宴飛揚』之語，皆可證此『七十』指時間而非謂年齡。

彭啓豐　芝庭

不是漁洋宅，伊誰識古藤？槐雲看澹澹，篠粉卸層層。一桁常牽蔓，虛堂自得朋。風花仍往日，詩卷共殘燈。好結跏趺象，閑從曲檻凴。焚香人静對，把酒興飛騰。大隱金門客，閑心竹院僧。南園封殖好，抛卷束行縢。時予將南歸。

沈廷芳　之江〔一〕

墻隅有古藤，紛披蔭前宇。明艷發春夏，鴛瓦流香乳。此中端合名人居，况復舊是漁洋廬。手植若農事耕俀，培之灌之經歲月。王朱酬和興不淺〔二〕，草木感兹添茂樾〔三〕。竹垞檢討寓海波寺街古藤書屋。〔四〕君家宗派重金閶，吏部奕禩顔其堂。匏庵爲少宰時，植藤於吏部退食之堂，流傳二百餘年矣。藤花得主如鼎峙〔五〕，掩映槐竹延清光〔六〕。退朝花底發詩思，吟翁遺韵今未墜。讀書佛峪古藤下〔七〕，題壁猶傳墨流翠。公昔下帷於濟南之佛峪，佳什甚富〔八〕。

【校記】

〔一〕沈廷芳《隱拙齋續集》卷三收録此詩，題作《題吴香亭鴻臚藤陰書屋圖》。

〔二〕本句《隱拙齋續集》作『暇與竹垞互酬答』。

〔三〕『草木』，《隱拙齋續集》作『花下』；『添』字作『争』。

〔四〕『竹垞』，《隱拙齋續集》作『朱』。

〔五〕『藤花』，《隱拙齋續集》作『古藤』。
〔六〕『槐』字，《隱拙齋續集》作『花』。
〔七〕『古藤下』，《隱拙齋續集》作『記藤邊』。
〔八〕『公』字，《隱拙齋續集》作『君』；『佳什甚富』四字，無。

沈士駿 朗峰

高齋古藤高刺檐，花時淡陁春陰添。往往召客醉花下，分箋角韵追深嚴。記是漁洋手種樹，騷壇曾築花繁處。濃陰肥香匝一庭，想見文堂得佳句。榮自因人瘁可憐，空撫枯柟懷前賢。不教生意遽凋盡，孤根猶結迦提緣。老樹一朝竊自喜，有客耽詩此栖止。依然引蔓更含苞，摇曳春深爲知己。主人愛吟不輟吟，瓣香三昧窮探尋。圖中寫真兼寫樹，無忘封植徵同心。他年罨畫溪邊過，飽看千枝紫雲墮。花底飛觴憶舊歡，更寄詩筒索君和。

褚廷璋 筠心

竹窗聽雨成吟後，復有詩情對古藤。樹木前賢須愛惜，文章吾輩又飛騰。香生軟土閑心寄，濃壓新陰逸興仍。去住天涯憐雪爪，花間曾共亞闌凭。時將視學楚南，題卷志别。

秦大士　鑒泉

退直詩人托微尚，孤藤花發坐空亭。愛兹燕市數椽古，望到齊州一點青。蘿院自成東野句，槐堂欲擬大蘇銘。黄塵烏帽怱怱過，先後文昌紀二星。

羅源漢　南水

虬鬚銕幹緑雲緐，古屋香生劫復存。宋玉宅中今庾信，花神亦喜近文園。百年人事廢興同，手種多君感鉅公。正憶放衙從吏部，藤陰小憩話匏翁。吏部廳事古藤，吴文定公手植。予官吏部，嘗憩止其間。

邵玉清　朗岩

舊是騷人宅，真堪君子居。古藤纏石瘦，新竹倚墻疏。生意三春雨，閑情一卷書。風流今昔共，退食獨踟躕。

李友棠　臨川〔一〕

集句〔二〕

花繁不怕尋香客〔三〕，樹木猶爲人愛惜。勝游記得當年景，文章舊價留鸞掖〔四〕。懷賢覽古成長吁，良會漫勞悲往迹。且喜詩人重管領，莫將彩筆閑抛擲〔五〕。屈鐵交錯迴高枝，露華洗濯清風吹〔六〕。憐爾結根能自保，今年新花如舊時〔七〕。好著丹青圖畫取，韶光歲歲如歸來。到此詩情應更遠，花前醉倒歌者誰〔八〕？樂府正聲三百首，驚人卷軸須知有。紫氣凝閣朝景妍，蜂憐宿露攢香久。〔九〕相逢之處花茸茸，閑折兩枝持在手。四月天氣和且清〔一〇〕，勸君多買長安酒。

【校記】

〔一〕李友棠《侯鯖集》卷一收録此詩，題作《題吴香亭光禄古藤詩思圖》，并於詩尾列出原句各作者人名。唯所集之句有所調整，雖句數未變，然《侯鯖集》於二十四句詩後却列三十六人名，且自二十句以後人名與詩句均不相符。或原版有誤，今不補録其所列人名。

〔二〕『集句』二字，原在人名之前，今移置其下。

〔三〕此句《侯鯖集》作『古巷戟門誰舊宅』。

〔四〕此句《侯鯖集》作『紅萼紫房皆手植』。
〔五〕此句《侯鯖集》作『忽驚造化新裝飾』。
〔六〕此句《侯鯖集》作『去年花落今年開』。
〔七〕此句《侯鯖集》作『丁寧莫遣春風吹』。
〔八〕此句《侯鯖集》作『遥帷却卷清浮埃』。
〔九〕此二句，《侯鯖集》無。
〔一〇〕《侯鯖集》於此句之前，增『一簇林亭返照間，滿徑苔紋疏雨後』二句。

謝啓昆　蘊山

花開花謝候重經，韵事香亭接阮亭。迹似飛鴻空印雪，人如舊燕復巢庭。當窗紫蔓因風罥，隔座清吟帶雨聽。賺得東陽幽興發，明年卜宅又丁寧。時香亭將移寓，同年嵇受之又欲居此。

錢維城　茶山〔一〕

漁洋去百年，手植乃未死。豈無削迹人，愛惜有君子〔二〕。在人不在樹，榮悴各有以。沃沃本無知〔三〕，亦自有知己〔四〕。矧兹古香中，點滴皆詩髓。〔五〕冶城柳未枯，水繪園則圮。但取風流存〔六〕，園柳同一視。余齋亦有藤，不知誰植此〔七〕。今日已無聞，後來何足紀。長安四月春，幾處花同紫〔八〕。

【校記】

〔一〕錢維城《錢文敏公全集》之《茶山詩鈔》卷十一『辛卯』中收録此詩，題作《題吴香亭古藤書屋圖》。題下有序云：『紫藤一株，王新城尚書手植也，後爲傖父斫去。香亭寓此，復生。』

〔二〕『有』字，《錢文敏公全集》作『賴』。

〔三〕『沃沃』二字，《錢文敏公全集》作『草木』。

〔四〕『自有』二字，《錢文敏公全集》作『解托』。

〔五〕『矧兹』二句，《錢文敏公全集》無。

〔六〕『流』字，《錢文敏公全集》作『雅』。

〔七〕『知』字，《錢文敏公全集》作『識』。

〔八〕『同』字，《錢文敏公全集》作『開』。

錢汝诚　清怡

絡空劂耳垂陰足，花蔓層層挂蘿屋。洛中詞客今奉常，一髮吟情上新緑。海王村畔班生廬，北闕尚書舊僦居。種藤百尺四鈎貫，一朝萎謝芳華虛。君尋雲構忻卜室，朽本重萌蔭蒙密。但遺餘栟即長生，復傍高人真萬吉。萬吉，藤名，見《本草拾遺》。蟄身已久力未殫，芳蕤糺縵枝交蟠。神虯乍出紫泥海，吸入長空皆紫瀾。花下婆娑溯前達，書庫餘陰在霄末。《竹垞集》有新城王先生《池北書庫記》。幾經鼠嚙與鼯穿，特守衰根待君活。翠帷蒼綬瞥眼成，柯葉自枯仍自榮。遇非其人不輕屬，物外主客如平生。阮亭愛竹兼植藤，《居易録》云：『予生平喜竹，所居輒種之。』香亭愛藤兼及竹。古今嗜好如一家，臭味由來同草木。新枝鬱鬱縈古春，仍從落蔓辨前身。安知躑躅花間客，不是百年前主人！六街擔插多姚冶，得似名賢留植寡。便想當年池北翁，護惜應曾念來者。今人念昔昔念今，共向遺株證此心。畫中懸想不可迹，消息與春同淺深。閉門覓句饒餘地，卷節柔莖見思致。試撿嵇含狀最工，降神定是詩仙至。嵇含《南方草木狀》：紫藤，可以降神。却憶吾鄉老供奉，繞屋蒼藤手培壅。重卜幽棲幸有人，圖成合并茲圖重。

錢載坤一〔一〕

藤花手植枯復榮，新城尚書之舊邸〔二〕。遂有鴻臚典宅居，却憶尚書坐花底。尚書不見藤自花，獨唱無酬春日斜。過墻戲蝶翻成隊，穿架游蜂已放衙。明月黃昏看不足，好手丹青便相屬。畫人只畫袷衣寒，畫花并畫雕欄曲。紫纓絡挂香風初，明年香風還醉余。直爲鴻臚偏好古，令人閑裹感尚書。

【校記】

〔一〕錢載《萚石齋詩集》卷三十一收録此詩，題作《題吴鴻臚玉綸古藤詩思卷》。另，《十朝詩乘》卷八亦選録此作。

〔二〕『舊』字，《萚石齋詩集》同，《十朝詩乘》作『故』，誤。

沈　初　雲椒〔一〕

紫絲一架是誰家？望斷闌干幾曲斜。不用臨風更懷古，有詩人合有藤花。

【校記】

〔一〕沈初《蘭韵堂詩集》卷八收録此作，題作《古藤詩思圖爲香亭太常題二首》。《香亭詩稿》僅收録其一，其二云：『花枝又逐烟雲散，歲歲人從畫裏看。髯與題詩得風致，畫人只畫袷衣寒。』詩後自注：『卷中錢萚石前輩題詩，有「畫人只畫袷衣寒，畫花并畫雕欄曲」。』

錢大昕　竹汀〔一〕

海王之村近書市，新城尚書曾卜廬。藤花一本手所植，歲久翦敗惟枯株。神明扶持終有力，生意宛轉枝頭蘇。好花定厭俗客對〔二〕，風流今又逢鴻臚。追逐唐賢究三昧，新詩解脱如花腴。猶嫌三春花事去，更倩畫手紀以圖。古槐修竹静者居，置身花下晨夕娱。緑陰滿架清有餘，封殖無忘前輩譽。明年花開可痛飲，折簡行復招吾徒。比鄰更呼程舍人，謂程魚門〔三〕。相於聯句窮朝晡。此藤此屋清不孤，佳話欲續匏庵吴〔四〕。

【校記】

〔一〕錢大昕《潛研堂詩集》卷十收録此詩，題作《題吴香亭鴻臚古藤詩思圖》。

〔二〕『定』字，《潛研堂詩集》作『應』。陳鴻森《錢大昕潛研堂遺詩拾補》同於《香亭詩稿》作『定』。

〔三〕『程』字，《潛研堂詩集》無。

〔四〕『續』字，《潛研堂詩集》作『繼』。又於詩尾增注語『吏部官廨藤花，吴匏庵手植』。

〔吴〕省欽　白華〔一〕

醉翁行樂地，愛敬及草木。綏綏扳古藤，藤花爛盈掬。傳聞譽樹初，漁洋結詩屋。屋圯藤半枯，典宅幾營築。曲廊蔭古槐，短檻倚修竹。上有椶毛香，下有苔髮緑。獨有虬龍姿〔二〕，長被束薪束。何年榮一枝？絡架漸篚簌〔三〕。天意詩可昌，象取日來復。坐對傾百杯，圖玩壓千軸。陳迹雖莫徵，古歡已粗足。後來吟繞人，據此便醫俗。地繫海王村，藤在琉璃廠東偏，近有人發得遼碑，以其地爲海王村。〔四〕名著《夢華録》。

【校記】

〔一〕吴省欽《白華前稿》卷三十九收録此詩，題作《香亭參議古藤詩思圖》『吴』字，原避同姓諱缺省，今依例補。

〔二〕『虬』字，《白華前稿》作『蛇』。

〔三〕『篚簌』，《白華前稿》作『簌簌』。

〔四〕此注《白華前稿》置於下句後，改作『近有人於琉璃廠後發得遼墓碑，其地名海王村』。

阮葵生　吾山〔一〕

艷紫垂棚緑滿階，畫中指點廠東街。一枝舊是尚書第〔二〕，十笏重營學士齋。此地從來居不易，當時得少住爲佳。比來又感巢痕掃，一撫新陰一騁懷。先生近遷居衡街〔三〕，分剪藤枝，移植新圃，顔其居曰『引藤書屋』。

賦罷雙松迹屢遷，保安僦屋又何年〔四〕？古人偶作蘧廬宿，吾輩都成翰墨緣。添得舊聞留日下，還憑作記仿平泉。顧家椿樹查家棗，一樣題詩集裏編。顧俠君有《春樹草堂集》，查初白有《棗東集》，今先生亦有《藤花書屋集》一卷〔五〕。

【校記】

〔一〕阮葵生《七録齋詩鈔》（稿本）卷十九《春草軒集》收録此詩，題作《題吴香亭奉常古藤詩思圖》。

〔二〕《七録齋詩鈔》於此句下有注，曰：『藤花爲漁洋尚書手植。』

〔三〕『先生近遷居衡街』，《七録齋詩鈔》作『香亭前爲學士時作此圖，近又遷横街』。言『爲學士時作此圖』，則恐《七録齋詩鈔》爲記憶之誤。吴玉綸《古藤詩思圖記》説：『庚寅之春，製小照，題曰《古藤詩思》，示不忘也。』庚寅，即乾隆三十五年（一七七〇）。又據錢棨《香亭先生年譜》，庚寅年五月，吴玉綸任鴻臚寺少卿，而遷内閣侍讀學士，則在三十七年（一七七二）移居衡街之後。錢大昕《潛研堂詩集》所收《題吴香亭鴻臚古藤詩思圖》，題中所稱『鴻臚』，是衆題圖中最早的官職，亦可證此圖作於其任職鴻臚寺之時。

〔四〕《七録齋詩鈔》於此句下有注，曰：『漁洋尚書寓慈恩寺，作《雙松歌》；後移寓保安寺街。見

《青門集》。』

〔五〕『先生』，《七録齋詩鈔》作『香亭』；『一卷』二字，無。

申甫　拙餘〔一〕

我昔僦居時晴齋〔二〕，汪文端公别業〔三〕。花前置酒招朋儕。紫藤傳是匠門植，本張匠門先生舊寓〔四〕。清香撲撲縈襟懷。風流前輩誰能續？竹垞漁洋兩書屋。八十年來草棘荒，苔痕但向頹垣緑。延陵季子今名卿，瓣香敬爲王新城。盛衰俯仰發吟思，抽條引蔓如含情。此花從此爲君有，合與尚書同不朽。獨憐椿樹舊時居，已落長安富兒手。

【校記】

〔一〕申甫《笏山詩集》卷七收録此詩，題作《題吴香亭銀臺古藤詩思圖》。朱一新《京師坊巷志稿》引録此詩，僅選前四句。

〔二〕『昔』字，《笏山詩集》作『時』。

〔三〕《笏山詩集》於此注句前有『椿樹胡同』四字。

〔四〕『本』字，《笏山詩集》作『舊爲』；『舊寓』作『寓舍』。

程晋芳　魚門〔一〕

都城春日桃李花，不敵江南十之一。穀雨方闌朱夏臨，獨有藤花最蒙密。海波寺側兩株高，給孤園外千枝茁。唯傳大德某年鎸，了無騰笑先生筆。今年五月官吏部，大本縈棚青鬱鬱。已過花時尚足耽，如詩存法文存律。人情務遠遺所近，漁洋宅傍余西室。此宅曾經通進居，枯藤似藕都無蔤〔二〕。聳肩孤坐想前修，迸地俄驚翠痕溢。陳荄也解愛詩流，作意求伸辭蠖屈。兩年别去幸重來，遂見梢頭含繭栗〔三〕。與證塵因訝返魂，頓添韵事煩争述〔四〕。扶籬灌水到今兹〔五〕，熤熤繁姿耀朝日〔六〕。隔院經時拾墜英，主人匝月慵他出。自哂春中于役歸，低頭角藝粗能畢。黄埃撲帽惹襟多，紫霧連墻交臂失。披圖讀所自爲文，漏滴殘聲燈脱㙜。君續前聞我續游，補牢信是亡羊術。轉眼韶光上已過，亂抛烟莢侵書帙。會須躡屐屢敲門，勿慢鄰翁煮冬秫。

【校記】

〔一〕程晋芳《勉行堂詩集》卷二十四《南曹暇稿》收録此詩，題作《題吴通參玉綸古藤詩思小影》。

〔二〕『都無蔤』，《勉行堂詩集》作『無纖蔤』。

〔三〕『見梢頭』，《勉行堂詩集》作『有一梢』。

〔四〕『述』字，原作『逑』。《琉璃廠小志》改作『逐』，未知何據。今據《勉行堂詩集》校改。

〔五〕『到』字，《勉行堂詩集》作『迫』。

〔六〕『姿』字，《勉行堂詩集》作『枝』；『朝』字作『初』。

曹秀先　地山

尚書陳迹散飛霞，光禄新情好泛槎。一記獨標斑管筆，百年重發紫藤花。

王鳴盛　西莊〔一〕

燕下鄉中花徑開，仙翁已去剩枯荄。東皇爲有詩人住〔二〕，特遣濃藹再放來〔三〕。

羅含庾信宅應同，惹得旁人欲比雄。竹刺藤梢迷路處，吟情渾在翠陰中。

拈花飼鶴興蕭然，一榻茶烟自在禪。不似萬人海裏客，團蕉孤坐作吟仙。

高枝出屋故杈枒，未必人間少此花。直爲風流二賢繼，遂教一物擅京華。

【校記】

〔一〕王鳴盛《西沚居士集》卷二十四收録此作，於四首中僅收前三首，題作《吴通政玉綸居王新城故邸索題古藤詩思圖三首》。

〔二〕『住』，《西沚居士集》作『在』。

〔三〕『蘤』，《西沚居士集》作『葩』。《漢語大詞典》引王念孫《廣雅疏證》『古花字從化聲而古作蘤』，所用例證爲李賢注《後漢書・張衡傳》『百卉含蘤』。《康熙字典》標出三個讀音：一，《唐韵》韋委切，《玉篇》釋作花榮也；二，《韵補》旁禾切，引有張衡《思玄賦》『天地絪緼，百卉含蘤』；三，《字詁》古『花』字。而王念孫所舉《後漢書》張衡賦『百卉含蘤』，《文選》作『百卉含葩』。與此處《香亭詩稿》中王鳴盛題句作『蘤』，而《西沚居士集》作『葩』正同。而且此處其第一、第四首詩『蘤』與『花』均出現，説明作者不作同一字用。

王世芳　天台

漁洋詩老定前身，檻外藤花發興新。歷遍枯榮存古態，相看況是百年人。

紀昀　曉嵐〔一〕

三才萬象窮梳爬，詩翁秀句含天葩。瓊箋九萬寫不盡，餘香散作庭中花。夭矯老幹三十尺，蛟螭崛强相盤拏〔二〕。炎天羃羃張翠幄，春風褭褭吹紫霞。老仙一去六十載，孤根半被莓苔遮〔三〕。

烏衣燕子銜落蕊，蒼凉已使人咨嗟。云何瞥眼更小劫，剪伐不遺留枯槎。花神夜泣紅泪盡，離魂何處愁天涯？豈知一物有顯晦，冰霜閲遍逢春華。蘭成宋玉遠相繼，舊宅仍是詞人家。鶴林天女忽自返，嫣然一笑窺窗紗。始知神物終有待，人間斤斧焉能加！昨秋乘興偶過訪，滿庭緑影紛横斜。三生石上恍相遇，牽蘿翠袖真無差。所惜不及花正放，恨無羯鼓冬冬撾。相期待取蜚英會，醉看珠毯垂檐牙。淵明何事又卜宅？徒留空館棲昏鴉。有形自古無不盡，電光過眼飛金蛇。長留但有文字壽〔四〕，流傳往往千年賒。愛敬寺藤無寸蔓〔五〕，東川詩句今猶誇。此藤縱落他人手，飄零賤視如蓬葭。得公一記足不朽，其壽已比恒河沙。漁洋有靈應起舞，吾花不枉重萌芽。惜哉手種羊城樹，欲子見之山川遐！

【校記】

〔一〕紀昀《紀文達公遺集》卷十收録此詩，題作《題吴香亭古藤詩思圖》，題下有注：『藤爲新城王文簡公手植。』《國朝畿輔詩傳》卷四十二選録此詩。

〔二〕『崛』字，《紀文達公遺集》作『倔』。

〔三〕『被』字，《紀文達公遺集》同，而《國朝畿輔詩傳》作『載』。

〔四〕『文字』，《紀文達公遺集》作『文章』。

〔五〕『愛敬』，《紀文達公遺集》作『敬愛』，誤。原詩用唐李颀《爱敬寺古藤歌》詩意。

陸錫熊 耳山〔一〕

錦幕翠帷亭四匝，濃陰白日含涼颯。古蔓詩翁尚護持，新芽俗客誰譏狎？此翁此藤將百年，藤今漸老秃至肩。人間斧斤傳舍厄，天上雨露春風權。梢月籠烟還競爽，吴公曾作藤花長。蝶翅尋香抱蕊回，虬鬚放影干霄上。明窗筆格晝喜拈，曲巷高軒日争枉。仰面驚看綉纈垂，攀條空憶瓊琚響。吴公風雅如王公，移根近到横街東。編援縛架兩經夏，封殖又見蟠蛟龍。却從陳迹出新話，如别父老携兒童。長安花信萬瓔珞，嗟此兩本名無窮。海波書屋堪鼎足，圖經爲汝傳清風。

【校記】

〔一〕陸錫熊《篁村集》卷八收録此詩，題作《吴香亭同年招集引藤書屋屬題古藤詩思圖用李西涯學士柏詩韵》。

邵齊然 闇谷〔一〕

翠帷匝地敷槐陰，檀欒數个横橚槮。古藤花發散紫霧，椶亭苔徑香痕深。披圖對此滌塵坱，銀臺小住耽清賞。嘉樹榮枯近百年，手澤猶存涉遐想。新城當日侍鑾坡，退朝此地長吟哦。一觴一咏都韵事，俯仰楹几空摩挲。何况藤陰委墻角，雪虐風饕斤斧椓。微物雖叨封殖恩，風流共此懷綿邈。詩人自古愛名花，花爲詩人發舊芽。細裊生機牽短蔓，鬱盤修幹舒繁葩。紫絲作障紛垂架，層層瓔珞珍無價。軟紅十丈海王村，高吟不待朝簪卸。花意欣依翰墨親，孤根得地香生新。風月後先同管領，那教往事悲陳因！我家江南琴水滸，藤坡快覩濃花吐。指虞山李氏藤坡山房。朅來京華又六載，花開花謝難爲主？邸舍亦有藤一株，虬枝轇轕無人扶。花時飛香流鴛瓦，緑雲罨樹吟懷孤。曾聞兹花將百歲，薄氏由來幾興替。只有軒名記待春，一院落英繞蘚砌。與君萍聚在春明，客中花事各關情。阮亭瓣香君獨紹，古藤重振騷壇聲。西偏若過海波寺，竹垞同時旅即次。我昔對花寄曠懷，舊寓竹垞先生藤花書屋。於今風景知何似？還念朱王盛唱酬，藤花兩地爲誰留？節過穀雨春光老，擬共尋花訪舊游。

【校記】

〔一〕『閤』字，吴鼎雯《國朝館選爵里謚法考》卷四同。而王昶《湖海詩傳》卷十三、單學傅《海虞詩話》卷五等均作『闇』。以里籍論，王、單與邵齊然爲同鄉，理應更準確；以刊刻時間論，王、單書出略晚，且古人亦常有多個字號，是以并存不改。

宋　銑　小岩

濟南昔主騷壇政，僦宅長安佳會盛。紫藤一架供摩挲，想見朝回足觴咏。六十年餘撫陳迹，瞥眼飛光石火迸。猶傳嘉樹墻東陰，指點杈枒憑愛敬。斧斯未盡回春姿，著花老幹妝逾靚。香亭先生覆亭古，勝流重爲名葩慶。恢台朱夏垂簏簌，絲障生烟蜨蜂競。把卷長吟追古歡，槐日凉兼竹雨净。他年佳話留春明，此圖此樹看輝映。封殖應須比召棠，詎與阮翁作後勁！

顧宗泰　星橋〔一〕

范雲遺迹三楓亭，坡公舊墨六榕寺。偶過嘉樹繫人思，况是平生栖止地。新城尚書愛古藤，海王村畔詩情增。鸞坡退食恣嘯咏〔二〕，花軒設宴招賓朋〔三〕。風流回首星霜易，蘚蝕蟲銷緬遺澤。名花却發長卿枝，新陰誰繼騷人席？香亭先生追古歡〔四〕，搴簾一笑憑雕闌。草木亦關風雅數，枯榮獨出紅塵看〔五〕。朝罷從容坐書屋，舊低新掩幽懷足。紫雲滿架梢疏槐〔六〕，清飆匝地纏修竹。庾園謝墅何須誇？劇憐佳話留京華。尚書奉常瓣香近〔七〕，古藤不老重咨嗟。揭來移向東街去，此藤仿佛甘棠樹。果然苔石見文章，李山甫句〔八〕。分枝亦作詩家具〔九〕。五年賤子留春明〔一〇〕，許從兩地探繁英〔一一〕。即今招邀到芸寢〔一二〕，蟠拏一角蒼烟横。繪圖自寫平泉記〔一三〕，俯仰獨得蘭亭意。名公小住豈偶然?芳卉於人頗解事。長安三月回春風,收却珊瑚鐵網中。更擬《西山移柿》句,阮翁去後留詩翁〔一四〕。漁洋有《西山移柿》詩,載《古夫于亭集》中〔一五〕。

【校記】

〔一〕顧宗泰《月滿樓詩集》卷十九《杏園集》收録此詩,題作《太常吴香亭先生舊居海王村,有王新城尚書所植古藤復發花,近移居東街,引藤重活,繪圖成卷,并自作記。招飲,出圖屬題。諸名公俱有詩,因亦繼聲》。

〔二〕『鸞』字,《月滿樓詩集》作『鑾』。

〔三〕『宴』字,《月滿樓詩集》作『燕』。

〔四〕『追』字,《月滿樓詩集》作『尋』。

〔五〕『紅塵』,《月滿樓詩集》作『塵埃』。

〔六〕『梢』字,《月滿樓詩集》作『捎』。

〔七〕『奉常』,《月滿樓詩集》作『去後』。

〔八〕此注《月滿樓詩集》無。

〔九〕『家』字,《月滿樓詩集》作『人』。

〔一〇〕『留』字，《月滿樓詩集》作『羈』。

〔一一〕『探』字，《月滿樓詩集》作『看』。

〔一二〕『芸』字，《月滿樓詩集》作『香』。

〔一三〕『平』字，《月滿樓詩集》作『林』。

〔一四〕『阮翁』句，《月滿樓詩集》作『依稀逸韵追詩翁』。

〔一五〕『集』字，《月滿樓詩集》作『藁』。

馮應榴　星實

樹以思人愛，情緣觸物多。一時詩老迹，兩架古藤柯。嵐影遮鼉尾，鐘聲寂海波。尚書獨何幸，繼躅得東坡。大蘇『東坡』之號，本於白香山也。

苔閉江家宅，花凋庾信園。如何《香祖》筆，猶在海王村？碣已先朝仆，枝偏改姓繁。乾隆辛卯，於廠地掘得遼時墓碑，乃知爲海王村也。山人呼欲去，花下認吟魂。

曾記藤廳長，匏庵見後身。香亭先生嘗兼攝少宰。與花如有約，到處自成春。俯仰流觴地，蒼茫斫桂人。從來懷舊意，端取性情真。

日下藤花盛，虎坊珠市中。雙蟠神物護，一醉舊游空。都中古藤，以虎坊橋東、珠市口西吕氏宅雙本爲最。余嘗與梁鐵幢、阮吾山諸公飲其下。人海浮萍合，名場傳舍同。無情閑草木，興廢管安窮！

翁方綱　覃溪〔一〕

此藤重榮入畫圖，我時軺車向南海。低回使院見多枝，手澤羊城八十載。豈知諸公觴咏處？當時尚有深根在。西軒之蘭無復知，見王文簡《香祖筆記序》。石橋槐竹伊誰待？歸途復望鼉尾山，心飛鼉尾雙樹間。朦朧詩思忽成夢，簏簌小雨迷春烟〔二〕。披圖仿佛即此境〔三〕，海王村側書樓邊。一笑花應識詩客，花數十年詩百年。新枝轉盼又成軸，紫瓔珞覆横街圓。

【校記】

〔一〕翁方綱《復初齋詩集》卷第十三『寶蘇室小草三』收録此詩，題作《古藤詩思圖爲吴香亭太常題》，題下有注曰：『藤爲新城王文簡手植。』

〔二〕『簏簌』二字，《復初齋詩集》作『冪歷』。

〔三〕『仿佛』二字，原作『髣髴』，二者本通用，今據《復初齋詩集》校改。

平聖臺　確齋

調寄蓮陂塘

展生綃，墨花飛翠，春光染出如許。古藤鬱律蛟蛇走，罨盡一闌紅雨。飄幾縷？止綉帶羅囊，留得詩人住。凝思無語。恰烏府南床，蓬山先輩，選句儘延佇。　長懷古，池北清談無補。風流嘆生香祖。海王村裏覓孤根，前度武陵漁父。欣付與，竹屋紙窗，代有騷壇主。婆娑枯樹。又小徑苔封，上林枝换，空作畫圖覰。

董誥　蔗林

東風灑灑揚春林，詩思散落藤花陰。手把幽蘭作微笑，古香静旨通於心。此藤舊是漁洋藝，海王村南尚書第。香亭先生偶僦居，百年俯仰神交契。朝疏夕灌剔蘇苔，杈枒老蔓生春荄。誰言榮枯是物理？紫英又爲先生開。種竹千竿爲聽雨，雨晴雙鶴翩然舞。漁洋觴咏不復知，先生風雅真堪數。即今卜宅辭花滕，寫以一匹吴溪綾。後來愛護更誰子？嘉名宜錫『太常藤』。

德保 定圃〔一〕

國初壇坫新城王〔二〕，曾聞遺植藤花香〔三〕。詩人舊宅易傳舍〔四〕，誰與物色揚芬芳？香亭先生今詩史〔五〕，簪黻承家看鵲起。文采争誇五色雲，詞源欲瀉三江水〔六〕。明光珥筆歲復年〔七〕，掖垣月華資遷。功名早致雲霄上〔八〕，邸第同依尺五天。紫藤絡架枳籬葺〔九〕，弱蔓新花清露浥。斷碑猶認海王村，觴咏於兹傳雅什。漁洋不見見藤枝，對此惟餘慕古思。尚書老去風流在，想到巡檐覓句時〔一〇〕。舊聞日下傳餘迹，太學古槐學士柏。從來微物以人傳，後之視今猶視昔。退朝花底韵句拈〔一一〕，垂垂瓔珞繁英添。紫焰滿庭春霧罨，緑陰覆几濃香黏。椶亭槐竹交清影，雙鶴參差雪衣整。花前風月費平章，憑仗詩人與管領〔一二〕。披圖拂拂清風偕，藻思綺合紛投懷〔一三〕。靈根舊是匏庵植〔一四〕，詩壁苔文留古釵〔一五〕。吏部廳事前有吴匏庵手植〔一六〕，程聘三相國嘗刻詩壁間〔一七〕，予與劉石庵司空亦有詩和之〔一八〕。我從柏府論交久，聲名肯落前賢後。護持好比召公棠，不獨新詩滿人口。

【校記】

〔一〕德保《樂賢堂詩鈔》卷下收録此詩，題作《題吴香亭副憲古藤詩思圖》。

〔二〕『國初壇坫』，《樂賢堂詩鈔》作『詩壇牛耳』。

〔三〕『遺』字，《樂賢堂詩鈔》作『手』。

〔四〕『詩人舊宅』，《樂賢堂詩鈔》作『長安第宅』；『昜』字作『比』。

〔五〕『先生』，《樂賢堂詩鈔》作『中丞』。

〔六〕『欲』字，《樂賢堂詩鈔》作『倒』。

〔七〕『歲』字，《樂賢堂詩鈔》作『年』。

〔八〕『雲霄』，《樂賢堂詩鈔》作『青雲』。

〔九〕『枳籬茸』，《樂賢堂詩鈔》作『六枳茸』。

〔一〇〕『到』字，《樂賢堂詩鈔》作『象』。

〔一一〕『句』字，《樂賢堂詩鈔》作『争』。

〔一二〕『與』字，《樂賢堂詩鈔》作『爲』。

〔一三〕『綺合紛投懷』，《樂賢堂詩鈔》作『繽紛寄雅懷』。

〔一四〕『靈根舊是』，《樂賢堂詩鈔》作『藤廳更憶』。

〔一五〕『留』字，《樂賢堂詩鈔》作『綴』。

〔一六〕『吏部』句，《樂賢堂詩鈔》作『吏部廳事有明吴匏庵手植藤花』。

〔一七〕『聘三相國』，《樂賢堂詩鈔》作『文恭公』。

〔一八〕『予』字，《樂賢堂詩鈔》作『余』；『亦有詩和之』，作『近有和作』。

朱　珪　石君

古藤根老蜕骨龍，傳聞手植漁洋翁。海王村古發埋碣，祝融廟右懷清風。閲人老屋到吾手，十年塵土牛馬走。歸來自卜鄂不居，重過藤陰傷病柳。公真愛樹思其人，朝哦夕灌何殷勤！誅茅即是宋玉宅，種桃已得劉郎津。移根引蔓城南邸，風輪猶記羊家子。長看吴質倚蟉枝，誰向琅琊覓禽李？圖成兩卷歌喁于，風流不減王尚書。四松五楸更何有？我欲歸老藤花廬。

韋謙恒　約軒

新城尚書不可見，七十年如風掣電。海王村畔遺故居，當年觴咏聯簪裾。詩人一去但塵土，周北張南屢易主。唯有枯藤抱孤根，雨露不到生意存。太常卜宅思先哲，晨夕灌溉心力竭。俄看老幹抽新條，紫囊翠帶争夭饒。俯仰今昔動詩思，消息盈虚參妙義。三宿桑下師所訶，刻舟求劍將如何？大千界中僅一物，詎必區區計枯菀？所重在人不在花，含毫作記空嗟呀。漁洋手植亦無數，繁華轉眼萎朝露。藤花何幸獨成圖，疏槐脩竹清風俱。古香一片生簾箔，萬古千春花不落。尚書應恨不見公，此圖此記傳無窮。

蔣士銓　定甫〔一〕

戊戌秋初，太常香亭居士携《古藤詩思》舊圖相示，曰：『疇昔於陳望之觀察處，見其年先生《填詞圖》中諸老輩題咏，各體皆備，最後洪昉思舍人以南曲數首殿之。所少北曲，出君補作，乃稱無闕。敢援彼例以請。』予不能辭，遂譜《仙吕入雙調・南音十三首》以應。倚聲者或以拗折嗓子，誚臨川手硬耳。〔二〕

【忒忒令】

鎖濃陰尚書苑墻，尋舊迹海王村巷。半庭風月，剩藤花無恙。猶記得禹鴻臚，爲山人、圖《詩思》〔三〕，曾此寄勝賞。禹之鼎曾爲阮亭先生作《詩思圖》〔四〕。

【沉醉東風】

《主客圖》誰家姓王？渾不是烏衣門巷。移棨戟，换金張，燕泥抛漾，認琅邪攀條惆悵。畫屏這厢，畫簾那厢，依然護着，一周遭的畫廊。

【園林好】

舊騷壇、詩人散亡，恰有個、鴻臚繼響，暢好發、延陵高唱。虚亭下，着匡牀。雕闌畔，樹吟幢。

【嘉慶子】

覓藤陰此處成想像，便縛架親扶舊本僵。誰捲却紫綃羅帳？遺滿院，日蒼涼。遺滿院，月昏黃。

【尹令】

半年謝君培養，數枝倚君生長，三春托君吟賞。待新梢吐花，共滿架薔薇發古香〔五〕。

【品令】

齋前花木，六咏記留將。石泉大令，高吟贈漁洋。時移事往，幾人窺蘿幌？竹邊鵝鴨，補畫應煩石丈〔六〕。試重展生綃，抵多少合付邊鸞與趙昌。石泉令朱悔人爲阮亭作《齋前花木六詠》。阮亭謂屋後竹塘鵝鴨，當乞澄子、石丈磊畫圖，詩云：『襪材剩有鵝溪絹，合付邊鸞與趙昌。』

【豆葉黃】

七十年老輩，文宴飛揚。聚詩人酒客尊前，寫巾帶鬚眉一樣。前賢壇坫，後生主張。問兩個長身君子〔七〕，問兩個長身君子，可記得藤花、籠罩歡場？

【玉交枝】

尋思已往，醉揚州、紅橋酒鄉。冶春詩社吾曾訪，低回到鬢影衣香。二分月明過粉墻，數株新柳垂衣桁〔八〕。斷人魂，江南夕陽。繫人思，江南夕陽。

【玉胞肚】〔九〕

茆亭清曠，古藤陰詩情自長。忽然間調鶴閑階，忽然間聽雨虛窗。呼之欲出小漁洋，不數風流冒辟疆。

【江兒水】

野服同桑苧，冰銜改太常，看琴邊酒畔清豪狀。更茶半香初蕭疏樣〔一〇〕，又歌闌宴罷低迷況，在文字堆中跌宕。比并前人，誰道先生無兩？

【川撥棹】

琉璃廠，認韋家花樹坊。笑争墩王謝荒唐，笑争墩王謝荒唐。去來今因緣兩忘。夫于亭，在那厢？帶經堂，在那厢？

【前腔·換頭】

願人與藤花壽共長，藤與詩人名并芳！説新城固始相望，平聲。説新城固始相望。證前身、三生石旁。悟風來鼻觀香，悟風來鼻觀香。

【尾聲】

鶼溪絹寫詩翁像，合改換、吴家白玉堂。且把這一架新藤，讓與替人掌。

【校記】

〔一〕蔣士銓《忠雅堂詩集》稿本《銅弦詞》下卷附《樂府南曲》收録此篇，標題置於第一支曲名『忒忒令』下，爲《題吴香亭太常古藤詩思圖》。邵海清、李夢生《忠雅堂集校箋》已據手稿本補入，個别地方與稿本略有不同。

〔二〕此段序文，《銅弦詞》無。

〔三〕『思』字，《銅弦詞》同，《忠雅堂集校箋》作『意』，誤。

〔四〕此曲内小字原注，無論記事還是標音，《銅弦詞》皆無。

〔五〕『共』字，《銅弦詞》作『做』。

〔六〕『應』字，《銅弦詞》作『須』。

〔七〕後一句『問兩個長身君子』，《銅弦詞》僅以小字標示『重句』二字，以下重複句皆同此標記。

〔八〕『株』字，《銅弦詞》稿本同，《忠雅堂集校箋》作『枝』。

〔九〕『胞』字，《銅弦詞》稿本同，《忠雅堂集校箋》作『抱』。

〔一〇〕『半』，《銅弦詞》稿本作『畔』。據上下文意，《香亭詩稿》是。

錢　棨　湘舲

集漁洋句四章

下直謝塵鞅，悠然懷抱開。清風一相映，消息記重來。曲檻鳴修竹，長廊覆碧苔。年年春盡日，朱萼照瓊杯。

借問詩人宅，花扶屐齒深。林亭餘仿佛，池館愜招尋。老幹猶存古，風流感至今。翠藤紅樹裏，擊鉢競清吟。

海内談詩日，長安北斗邊。詞壇各雄伯，家學仰前賢。是圖成，極一時題咏之盛，如棨家前輩題句者得五先生焉。文端宫傅猶及見漁洋先生者也。得住爲佳耳，經行獨惘然。時因看畫處，指點説平泉。

宛若拈花手，平生一瓣香。此中行樂地，幾輩許升堂。棨以辛丑歲，出師門下。時徙居衡街之引藤書屋，蓋分漁洋宅中舊植也。心迹兩幽絶，結交多老蒼。漁洋正相似，自繪輞川莊。

汪學金　杏江〔一〕

濟南壇坫久榛墟，剩有殘花罨舊廬。不是詞人重尊宿，更誰題咏老尚書！

官齋猶見匏庵種，書屋曾聞竹垞栽。底事世間閑草木，偏於風雅結緣來？

後視今猶今視昔，美斯愛更愛斯傳。畫圖留取春風影，重記巢痕又往年〔二〕。

【校記】

〔一〕汪學金《静厓詩初稿》卷十收録此作，題作《題香亭先生古藤詩思圖》。題下有注曰：『辛丑冬日，香亭先生屬題《引藤書屋圖》。兹復觀是卷，遍讀前輩名作，再題三絶句，亦「咏嘆不足」之義也。』

〔二〕《静厓詩初稿》於此句後有注，曰：『時已移寓横街，即所謂引藤書屋也。』

陳萬青　遠山

當代文章伯，吾師老更成。官聯周柱史，儒術漢西京。侍直班資峻，承家地望清。典儀嫻夙學，風雅接新城。故迹尋幽宅，端居撫舊楹。軒廊餘想像，琴酒若平生。遺植滋青枋，疏藤燦紫英。托根深不拔，流韵遠相迎。重以盤桓樂，因之寫繪精。閑庭開淺夏，嘉蔭蔚初晴。蘭蕊芬瑶砌，樱毛散綺甍。蒼苔留鶴啄，短彴斷人行。觸手花將舞，臨風竹自聲。簡編香積叠，池澗響瑽琤。詩境供攀玩，吟懷恰合并。思沉眉宇發，箋短景光盈。畫出神都似，圖成記最明。年芳感今昔，物理悟衰榮。妙與前賢契，能令讀者驚。論文真絶唱，題贊盡名卿。弟子慚凋朽，詞壇敢抗衡？傳衣恩久戴，展障句同賡。煉意排長律，濡翰抱寸誠。素心欽灑落，健氣羡縱横。珥筆芳華貴，經邦懿美名。德流人愛樹，材養國爲楨。槐作聲音木，梅調鼎鼐羹。平泉他日構，披卷倍含情。

香亭詩稿　卷四

題引藤書屋圖後

虬枝古屋植不僵，引藤近喜吹新香。濃陰四月垂乍滿，喜招好事開書堂。吟情重叠門未已，束笥復早盈巾箱。繁花日下見頻數，底事此本煩鋪張？詩人遺迹重千古，濟南壇坫舊有光。同時竹垞海波寺，留賓餞客資清凉。賡吟不厭兩詞伯，到今佳話稱朱王。繄余才拙愧非耦，風華老輩慕不忘。矧逢裙屐盡雄隽，先後惠好連縑緗。横圖把玩留雪爪，庶幾餘韵追前良。祗愁駒隙不我駐，後人對酒重彷徨。

附録　《引藤書屋圖》題句

錢汝誠　清怡

古蔓空庭得，漁洋舊種分。枝纔疏漏月，勢已曲藏雲。直節延松友，虚心對竹君。角弓封殖意，勿替此辛勤。

囊日羅含宅，曾題宋玉詞。年華成去住，草木驗興衰。便有新陰接，時以奉常分校，有得士之譽。能無舊澤思？秖今風雅在，圖畫亦吾師。

孫士毅　補山

集工部五律二首

出非不得地，須汝故相移。生意春如昨，霜根結在兹。入門高興發，鶯密仰檐窺。成長何容易？欣欣物自私。

露浥思藤架，悠悠經六年。余不見此藤，六年於兹。下根盤厚地，佳句染華箋。卷内多名作。慈竹春陰覆，疏籬野蔓懸。二句指圖中景。榮枯咫尺異，刻劃竟誰傳？聞海王村藤花漸就衰落，不及引本之茂。

邱庭漋　芝房

昔聞海王村，舊有尚書第。尚書新城公，退食此茇憩。緣棚盤古藤，一本手自藝。歲久藤忽枯，翦敗等燒薙。花事迥寂寥，風流渺難繼。先生扶輪手，真賞有微契。築室依其傍，洗剔出蒙翳。謂是枝葉傷，元氣實未離。稍茁引新機，漸榮亦常例。遂令虬龍姿，不改瓔珞綴。偶然葺新亭，扶護移之砌。觴咏招朋儕，灑落富清製。畫史記以圖，佳話乃重締。愛敬及草木，培壅十年計。

勝事繼新城，久久幸勿替。披襟槐竹間，清陰滿庭際。

阮葵生　吾山〔一〕

我昨看花海王村，古藤壓架密無縫。朝來復過奉常居，目睇芳條恣吟弄。分枝今日已成陰，説是年時手自種。仿佛論交遇紀群，一種清芬難伯仲。我聞地以遷更良，從來物因人乃重。紫桂平泉憶贊皇，紅杏尚書懷小宋。主人校士出瑣闈，揮毫作記有微諷。匠成翹秀眄庭柯，玉筍森森自殊衆〔二〕。百年喬木集新鶯〔三〕，三月桐花引雛鳳。同來花下展雙圖，讀畫評花資笑哄。屋角紜紜紫穗垂，墻頭片片飛英送。嘗新若值太常齋，合與櫻厨佐蔬供。

【校記】

〔一〕阮葵生《七録齋詩鈔》卷十九《春草軒集》收録此詩，題作《題吴香亭引藤書屋圖》。

〔二〕『自』字，《七録齋詩鈔》作『致』。

〔三〕『集』字，《七録齋詩鈔》作『翔』。

曹仁虎　習庵

棗梨庾信園，蘭菊羅含宅。由來勝地藉人傳，草木猶爲人愛惜。先生昔住海王村，尚書手澤留清芬。古藤一本枯復茁，花時開徑傾芳罇。朅來小築橫街側，分得藤枝蔭檐格。鳳城從此有雙身，宋王君玉句。兩地風流傳翠墨。太常齋罷吟思多，笑看生意連庭莎。門生幾輩來問字，桃李鬱鬱添新柯。雅會頻年叨舊雨，座中聚散渾難語。香亭與諸同年每歲有消寒之會。壬辰歲，引藤書屋初落成時，招同人小集分韵，予詩有『人如九老當筵集〔一〕，花有雙身隔巷移』之句。今嵇晴軒編修視學秦中，劉書臺檢討視學黔中，胡澹園給諫、金蒔亭侍御皆值里居，沈朗峰宫允已物故，儲緘石吏部又將出守鄖陽。九人中惟香亭與邵香渚給諫及予在京耳。相逢拚共醉成泥，莫負繁陰緑如許。

【校記】

〔一〕『九』字，張維屏《國朝詩人徵略》卷三十八引此句作『五』，誤。由下所述諸人情形，知預此集者共有九人，故用白居易等『香山九老』之典。

王杰　惺園

海王村畔引藤花，畹晚春光散紫霞。清思應從新境起，勝情還比舊圖誇。檐前風月資吟弄，座上琴書樂靜嘉。玉笋班聯香最盛，玲瓏掩映碧窗紗。

陳崇本　伯恭

尚書書屋開藤花，把酒看花幾人在？名士銷沈百輩多，雕闌未遣藤陰改。當風似髮門玲瓏，過雨如珠添蓓蕾。忽憶吾家老檢討，詞賦江關名動早。舊游水繪已全荒，小寓槐街不可考。引藤一似引子孫，百年喬木垂清門。天公不忍剥舊蔓，地主復此移靈根。萬柳堂空夕陽薄，長椿寺外秋雲幕。前人歡讌後人嗟，珍重圖中紫瓔珞。

張裕犖　樊川

尺五城南憶卜居，清陰依舊愛吾廬。文章臺閣原家具，且讀花經種樹書。

鳳集桐花燕繞梁，紫茸綬帶引枝芳。長楊五柞春如海，獨許清齋伴太常。

平聖臺　確齋

調寄永遇樂

鄴架牙籤，桓厨玉躞，看新移處。愛選閑坊，便居爽塏，籠得虬枝去。畫闌初憑，風檐小颭，㬈㬈紫英齊吐。恰報道、蹊邊桃李，西園冠蓋都聚。　　精華已歇，冶春如昨，人物代興有數。百日清齋，三餘静課，不怕金張妒。門生問字，含毫作記，手植難忘嘉樹。〔料〕他日〔一〕、媲美漁洋，又添掌故。

【校記】

〔一〕『料』字原無，孫殿起《琉璃廠小志》引録《香亭詩稿》時增入此字，雖未詳何據，然增此一字便合於詞律，且無害於文義，兹姑據以補入。

施學濂　耦堂

桐梧生子竹生孫，種樹因緣歲月奔。老屋藤陰無恙在，居人猶説海王村。

客居遷次昔猶難，前輩題詩句不刊。翻哂小長蘆釣叟，藤花空讓别人看。用《曝書亭》詩意。

咫尺横街認薜苔，頭廳桃李更多栽。三條官燭聯吟處，曾共龍門校士來。甲午秋，與先生分校京兆試。

草木每因人愛敬，都將陳迹付模糊。先生别擅生花手，長引春風入畫圖。

劉墉　石庵

漁洋觴咏記陳迹，古藤老蔓猶能花。前輩風流今不見，依然清影走龍蛇。

後來視今猶視昔，太常雅意將無同。消得一庭人影月，紫英飄落酒杯中。

愛汝風標似昔賢，論文握手憶當年。公才公望家聲在，可得長閑托數椽。

董誥 蔗林

大雅留瓣香，騷壇接瑶軫。從來一脉延，風華自相引。驗之卉木情，忽謂理無準。蜿蜒古藤枝，分自尚書本。尚書與太常，先後映韅靷。發藻春林中，光輝起霞賮。種松劚茯苓，栽竹班玉笋。清陰滿檐除，揚蕤及春盡。莊嚴瓔珞花，紫綉垂闌楯。高齋掃苔階，翠墨時研吮。觴咏集諸賢，風流被華近。嘉植賴人傳，無人亦泯泯。世士刻舟求，要未離畦畛。互化變荃茅，無根挺芝菌。所引不在藤，於藤識其朕。何地無朱英？紛紛自開隕。

翁方綱 覃溪〔一〕

諸公共賦古藤圖，明年因作引藤屋。一藤旋見二圖開〔二〕，此屋分明爲藤卜。昔畫春陰今畫月，亦添砌石旁添竹。竹疏冪冪葉交陰〔三〕，月淡垂垂花下覆。引藤直爲引詩思，漁洋詩話太常續〔四〕。舊蔓陰催新蔓成，北街影落南街曲。十載前重萌枿初，三春尾漸滋培足。花簇鳥呼新捲簾，人來漏轉添燒燭。紫絲障子綉作團，古篆根盤老蛟蹙。漁洋栽處誰復知？太常記更迴環讀。

【校記】

〔一〕翁方綱《復初齋詩集》卷十三《寶蘇室小草三》收録此詩，題作《又爲香亭題引藤書屋圖》。

〔二〕「藤」字，原作「圖」，據《復初齋詩集》校改。

〔三〕「陰」字，《復初齋詩集》作「蔭」。

〔四〕本句《復初齋詩集》作「太常詩話漁洋續」，或爲顛倒句法以求特殊效果。

沈初雲椒〔一〕

種樹如養生，吾兹得其理。庭前幾弓地，隨意植葩卉。未嘗溉灌勤，土脉自甘美。芳時各應候，爛漫放紅紫。庭隅有修藤，斜絡古墻圮。昨歲拓數椽，撤墻立礎址。顧此藤根礙，東北數武徙。今年春尚芽，入夏頓枯矣。豈不培而根？易地失所恃。强之拂其性，竟與戕賊比。大順味聃《經》，不虧繹《莊》旨。鹵莽信吾過，蕃蒔爲公喜。屋以藤得名，厥初本無此。故居一幹分，瞥眼架紛蕊。風流踵前哲，寓意聊爾耳。一節見妙用，論説吾試揣。引之義爲長，物必有所始。始也筮《蒙》養，育德静以俟。引伸利用《恒》，《需》須進不止。本固末益昌，氣盛機自駛。聚而上爲升，《大有》慶則《履》。旁通無滯閡，交鬯極繁委。斯理近可尋，萬事同一軌。成物無營心，觀象契道揆。何必槖駝言，『若棄』與『若子』。

【校記】

〔一〕沈初《蘭韵堂詩集》卷八收録此詩，題作《題吴香亭太常引藤書屋圖》。

韋謙恒　約軒

見説藤新引，春來葉漸舒。半簾疏雨後，一架午陰初。翠色侵書幌，花光到客裾。漁洋今得替，吟思更何如？

錢　載　坤一

古藤索句曾，乃復畫新藤。帶雨分枝便，移居絡架仍。當春香罻罬，有客醉鬅鬙。何必漁洋繼，君家筆力憑。

蔣士銓　定甫〔一〕

【調寄金絡索】〔二〕

根從舊第來，花向新棚蓋。嫩葉疏枝，不放朝曦曬。誰牽翠荇釵？月痕篩，垂幾穗雲衣風細擺。比行鞭孝筍旁支代，比分蔓匏瓜子姓偕〔三〕。滕公派，亢强宗移自海王街。似當年墨氏離胎、唐叔方孩，翦一片桐圭拜。

【前腔】

書聲見古懷，吟韵和天籟。小袖雲藍，有個人兒在。怕藤梢挂寶釵，悄提鞋，將畫盞詩奩逐件排。緑窗人静情無奈，料薄命愁深福未該。蓮花界，把《心經》頻誦泪痕揩。念《消寒九九圖》開，寂寂春來，恐冰雪身難待。

【前腔】

松針落古釵，薜印黏裙帶。喜送新枝，吉夢端陽届。是蘭徵豆蔻胎，報生孩，怎黄土朱顔一例埋？嘆韶華十九生天再，算慧業更番墮劫該。郎無奈，泣枯藤引蔓斷前荄。珮環聲倘得歸來，便周澤長齋，莫管河魁在。二、三兩首，皆公亡姬顧孺人本事。〔四〕

【前腔】

藤條漫比排，慧劍能分解。竹報平安，一樣尚書宅。叶。〔五〕看新梢滿架纔，護莓苔，喜花映朝衫紫綬開。正碧桃和露參差種，紅杏依雲次第栽。圍金帶，比揚州芍藥聚苔階〔六〕。不多時百尺琴材，滴一點桐孫乳。叶。

【繫梧桐】

搴吉祥，垂書帶，移宅到横街，屈指記壬辰載。筆床茶竈，對着藤陰鋪擺。述德詩成，取家傳手編排。更仿平原《告身》摹《金薤》。還把文章自檢點，滴露研硃細改。

【梧桐五更】〔七〕

難忘是坐忘，索解無真解。轉眼兒孫，長過藤枝矮。端郎戲引桐官拜，續《餘話分甘》笑口開。向先人種樹書中載，可知一本靈根，轉移長在。

【校記】

〔一〕蔣士銓《忠雅堂詩集》稿本《銅弦詞》下卷所附《樂府南曲》收録此篇，標題於第一首『金絡索』曲名下，爲《題吴香亭太常引藤書屋圖》。

〔二〕曲牌名原在人名之上，今依例置人名下。又，『調寄』二字，《銅弦詞》無。

〔三〕二『比』字原以小字排印，似標示曲調節奏的襯字，然字下又與全句連用著重號。下文多處襯字如『怕』『料』『怎』『嘆』等亦如此，《銅弦詞》無此標示，據以改定。

〔四〕《銅弦詞》無此注。

〔五〕本首用於標注音韵兩『叶』字，《銅弦詞》俱無。

〔六〕『聚』字，《銅弦詞》作『報』。

〔七〕本曲牌名，《銅弦詞》寫作《梧桐樹犯》。

潘庭筠　蘭公

宣南坊畔路，花木敞書堂。分得一枝古，開爲四月香。垂棚青蔓穩，縛架紫絲長。有客如初白，新傳瀹茗方。

〔吴〕錫麒　穀人〔一〕

調寄山亭宴并引

夫《甘棠》述憩茇之旨，垂柳動攀條之悲。古人緣物發思，撫昔增眷，其寄托者深也。乃有海波勝里，古藤舊廬，茶竈未傾，苔石無恙。是用嘯歌勿替，追芳昔娱。矧蒼虬醒蟄之時，正賢主僦居之日。酒座延月，琴床送涼。溯香祖之風流，緬竹垞之標韵。發揮畫理，彌暢詩心。既而稚川移家，思遠去宅。問龍乞種，則髯底珠留；搴鳳分毛，則雲中采烈。譬之移宫换羽，不失筦弦之音；晰縷剖絲，終成纂組之飾。構烟房而翫流景，展麝幀而結古歡。命之曰《引藤》，志舊也。僕仰前芬，長言未足，爰譜斯闋，以著今昔之盛云。

夢雲已隔銅街路。賸窺窗、墀龍低舞。仙蜕不勝寒，認帶到、碧烟縷縷。冶芳悔被夕陽催，問怎得、玉裾留住？繞架絡青瓔，且細把、孫枝護。　陰陰又見濃遮午。記詞場、閱人今古。欄角換靈根，已過了、春風幾度。夜闌翦燭話前因，漸碎灑、滿棚疏雨。餘響墜苔花，似聽談琴趣。《静志居琴趣》，竹垞先生詞名也。

【校記】

〔一〕『吴』字原缺，以避同姓故。今依例補。

倪承寬　敬堂

我與藤花有宿緣，初，觴咏於宣武坊吕評事宅古藤下。二，賃焦秋曹屋，於庭隅引藤苗上架，已成翠幄矣。三，於聽雨樓西，爲枯藤作架，延緣上格。近日花時，已如紫雲覆屋矣。四，因倉督署西偏老藤纏蔓於梓樹上，藤結樹縛，兩不得伸，爲解其結，引之過墻，於延清齋前架格之。是年，放花極盛，而梓樹花亦舒茂，倍榮於前。五，乙未春，於澄懷園直廬，引墻外藤孫架絡之。今遇花時，則紫英蒙茸。雖未必如宿相國舊時光景，然以英賢至止，相率吟哦於其下，則又轉盛於當年矣。到處扶植花新鮮。爲圖作歌繼厥事，新題舊咏殊聯翩。先生此圖發新意，『引』之用意全其天。昆山瑶林積瓊玉，雒誦心折紫霞篇。我聞兹藤强且壽，不等茅屋女蘿牽。龍蛇翔翼翠鳳集，飽渥膏雨松喬年。高人於此散襟抱，茶烟摇颺枝縷穿。燈明日煦香霧結，金堂寶幄珠纓懸。翠雲深處垂高下，團團露浥真清妍。中丞引翼導我先，高風殊愧和鳴弦。

盧文弨　磯漁

新藤歲歲長新枝，猶記尚書舊植移。觀物都含無盡意，懷人彌覺有餘思。聲名官職期相似，文采風流又一時。只我花前催上道，劇憐無分醉深巵。

汪學金　杏江〔一〕

老屋走龍蛇，藤蘿絡架斜。誰携今夜月，來照舊時花？往事思尊宿，繁陰閱歲華。東風吹酒緑，春色渺天涯。

宋玉臨江宅，應爲庾信園。百年看代謝，一樹寄思存。徙殖憐生意〔二〕，分陰戀故恩。春來花發處，漸已過前軒。

夫子今宗匠，漁洋有嗣音。瓣香曾氏席，帶草鄭家林。畫卷都人重，風騷一力任。即看接引意，門下滿新陰。

【校記】

〔一〕汪學金《静厓詩初稿》卷九收録此作，題作《題引藤書屋圖》，且題下有注曰：『香亭先生海王村舊寓有古藤，漁洋尚書手植也。後移寓横街，分支爲引藤書屋，繪圖屬題，爲賦是詩。』

〔二〕『殖』字，《静厓詩初稿》作『植』。

潘紹觀　巽山

尚書載書歸鵲山，藤陰書屋清晝閑。老藤鬱律風霜古，化作長虬飛夜雨。新根蜿蜒茁新枝，分栽手種得吾師。吾師早上芙蓉殿，濟南以後聲名擅。草木寧教臭味差，根荄不逐榮枯變。藤生引蔓旁結廬，廬成作記快寫圖。此圖此記何人有？此藤此屋何代無？春風二月頻趨侍，展卷欲題空擬議。尚書當日有門生，漁洋詩屋峨嵋字。

盧蔭溥　南石

從來樹人樹木將無同，百年嘉蔭長蘢葱。古之名賢識此意，遺澤往往傳無窮。吾鄉新城老尚書，生平扶植春風噓。文采風流間消歇，猶存故宅長安衢。夫子卜居溯遺迹，扶輪大雅今猶昔。景仰先型未忍忘，草木猶聞志愛惜。古藤一株重護植，圖卷留題寄詩思。移居還復載靈根，引蔓牽藤戒勿棄。秋風梧檟長龍門，春官桃李新陰繁。門前汲引蔭日長，此花新翠俄盈軒。舊圖前徽思繼續，新圖接引意尤沃。引藤能作百年花，蔓延何殊樹喬木！當時移植森萌芽，栽培蒙養殷勤加。試看成陰十載後，夭矯勢已盤龍蛇。

馮應榴　星實

新藤古藤同根生，千枝萬枝一氣萌。譬如蒲萄苜蓿種，能令槎使移咸京。又如世胄考系牒，族分派别幾代更。官譜肉譜著不一，從才從木辨愈精。尋原上溯共鼻祖，引之勿替彌峥嵘。先生昔年寓廠市，古藤徙倚尋詩盟。後來遷居衡街左，分和根撥栽軒楹。無心偶似楊柳插，瞥眼旋作樛木縈。紛披髯髩挂瓔珞，陰張翠幄鋪錦棚。時時招我飲花下，側耳朗朗傳吟聲。文孫令子盡好學，花香書味相娱清。乃知先生引藤意，樹人樹木同深情。羊公九代清德炳，稚春七葉儒術明。

衣冠豈惟八蕭繼，品望直與三蘇争。雖啫所集華萋盛，繁衍之實椒聊盈。新藤又比古藤重，故事壓倒王新城。

題鼓山觀海圖

於廓靈海涵洪濤，玄虚賦本詞籠牢〔一〕。七閩地踞南溟尻，鼓山巀嶪連六鰲。行春門外左峙高，一覽不使魚龍逃。我昔省侍晨昏勞，依依子舍猶青袍。鈴轅晝永静節旄，默思登眺躬周遭。趨庭未暇從游敖，忽忽廿載日月慆。昨歲銜命文衡叨，丙夜披閲焚蘭膏。揀金采玉資澄淘，子衿禀雅皆譽髦。公餘携客偕兒曹，坡陀直上凌九皋。眼底披豁天風號，鯨波駭鼓喧雷鼛。仙靈樓市空中翱，要知觀海非誇豪。即游即學乃可褒，細流不擇如投醪。百川咸會歸鈞陶，考亭鉅筆鑱石嶆。開拓胸界窮纖毫，萬斛之楫期同操！

【校記】

〔一〕『玄』字，原避諱作『元』，今校改。

附録　《鼓山觀海圖》題句

童鳳三　梧岡

漳浦蔡葛山先生昔示《觀海圖》，洪波激撼光模糊。窣堵聞依太武麓，觀文歸去尋方壺。司馬閩中得士最，曰兹鼓山甲都會。試暇曾携長幼登，景態蒼茫嘿酬對。晴空萬里磨青銅，隱現倏忽斂人宫。世間幻影曷底止？蜃樓漫説扶桑東。群靈奔走神怪藪，盪摩元化納衆有。吞若雲夢誰矜奇？笑絶區區云八九。烟雲變易隨浮漚，安期羨門何所求？自將大氣論潮海，胸次知無芥蔕留。

王　昶　蘭泉

百川秋灌河，馮夷乃自侈。牛馬兩崖間，謂盡天下美。詎知面目旋？向若昧原委。此固一小洲，裨海未足偉。即如大瀛環，萬派實同軌。尚爲達者嗤，礨空并稊米。是惟蓮華藏，倚空混終始。上見《莊子》《史記》及《華嚴經》。十方杳莫推，三界何從已？世亦出世間，掌果失所指。蠡測暨井窺，小言均可鄙。君思域外游，意氣邁韋顗。真機悟在川，適志喻樂水。揭來七閩區，衡文澤多士。松楠擢珍材，蘭茝擷异卉。暇出行春門，鼓旗在尺咫。健步扛籃輿，明僮挈彝簋。選石掃雲根，决眥恣延企。天水超空明，雪濤肆俶詭。三山寫青蒼，萬彙眩紅紫。蜃市惑陰晴，鸒帆駭聽眎。蛟螭共夔虬，鯤鵬或迤邐。搏桑十日懸，員嶠萬靈倚。嘘噏亘北溟，淼漫薄南紀。經涂俱沖瀜，狀色凝去聲靉靆。舉兹無盡觀，庸以詔孫子。有本泝源流，無垠渺涯涘。潤德務朝宗，靈長良有以。我家近春申，潮連滬瀆壘。殷地走礌硠，浮天蔽遐邇。年衰愧失學，望洋但驚喜。窮大恐失居，盈科庶有濟。緬彼百谷王，我將探厥旨。

〔吴〕省欽　白華〔一〕

風行水成文，惟海大爲最。無風文亦成，庶比聖言大。閩學盛考亭，儒流豁茫昧。使者視學來，文物此都會。鼓山視旗山，氣象開十倍。遂出行春門，曉樹滴秋瀣。坡石犖确間，一舍未勞憊。循麓至其顛，岃崱壓群輩。天風翻海濤，響奪雷門廢。欲挾大小峰，浮作杯中芥。坐定神稍閑，振衣散雙髩。回首詔諸郎，文體超八代。烟雲供盪磨〔二〕，日月沐光怪。抗顔詔諸生，道體接一派。學川當至海，學山當至岱。忽思横海軍，發自句章外。曰歸待洗兵，斬鯨偃旌旆。時臺氛垂靖。何似十洲仙，雍容在襟帶！

【校記】

〔一〕『吴』字，原以同姓缺省，今依例補足。吴省欽《白華後稿》卷三十一收録此詩，題作《香亭少司馬鼓山觀海圖照》。

〔二〕『磨』字，《白華後稿》作『摩』。

李堯棟　松雲

藻鑒清流屬鉅公，回瀾手障百川東。三年海國收珊網，濤氣天風放眼中。
大雲垂處溟池鵬，望遠登高筆力勝。聞道山僧相告語，風流如見老中丞。
藤花題遍百篇詩，又寫新圖海岳姿。傳與京華諸老看，文從觀海得魁奇。

于雯峻

幾歲常參碧落班，偶騎紫鳳采芝還。風流白傅前身是，覽盡東南海上山。
海國春風毓衆才，清門濟美仰清裁。山間遺老瞻旌棨，猶憶中丞禱雨來。山寺大士極靈，當事祈雨極應，尊甫大中丞遺愛在，人故云。

觸目琳琅總夜光，鳳將九子共翱翔。何期一徑松陰古？變作桐花十里香。

阮葵生　吾山〔一〕

鉅筆擢鳳沼，文瀾潤麟洲。七閩鎮南瀛，鯷壑包遐陬。鼓山峙震旦，相望披旌斿。拭睇雲霞表，抉背蛟龍湫。乾坤頓軒豁，日月相沉浮。司馬文章伯，世德方召侔。珠幢承譽命〔二〕，十郡馳星郵。冰衡權圭璧，珊綱登琅球〔三〕。春風被榕荔，儒訓宗魯鄒。昔聞常觀察，鈞禮習觀游。治經勵多士，厥惟蔡福州。彼哉竟陵生，撼樹如蚍蜉。鍾伯敬昔提學福建，方孟旋譽之曰：『三十年中，道德、勛業、文章三者，當盡出公門矣。』予謂竟陵不足以語此，請以移贈先生。〔四〕先生秉玉尺，庶幾恢遠猷。體克裁厥僞，才必拔其尤。公餘富清暇，選勝謝華輈〔五〕。層椒舊浴鳳，步屧停鳴鶵。樓觀麗夕照，松栝徵清秋〔六〕。攀蘿挈鑾榼，嵐光罨峰頭。振衣交羽扇，宴坐抒遠眸。童稚各侍側，文采騰蛟虯。瑶瑜競秀茁〔七〕，萬里丹山修。是時天風鳴，濤汩紅桑樛。淼漫色莫辨，輚輷聲紛投〔八〕。勢欲挾海若，氣本驕陽侯。期期談天衍，玄虛賦亦休〔九〕。浮天更無岸，圓靈潤銀鈎〔一〇〕。先生拈髭笑，吟情供冥搜〔一一〕。緑烟與朱焰，都向襟袖收。胸涵大銀海，世界浮一漚。人生三不朽，功德山岳摩〔一二〕。不然效述作，潮海凌韓歐。鰲峰仰巨手〔一三〕，百川障東流。韵事入圖繪〔一四〕，當風白袷遒〔一五〕。開卷想襟抱〔一六〕，爽籟生颼飀。

【校記】

〔一〕阮葵生《七録齋詩鈔》卷三十六《拙慶齋四集》收録此詩，題作《題吴香亭學使鼓山觀海圖》。

〔二〕『承』字，《七録齋詩鈔》作『銜』。

〔三〕『登』字，《七録齋詩鈔》塗抹後改爲『羅』字。

〔四〕此注文中，『昔』『譽之』『三者』，《七録齋詩鈔》無。『當盡』，《七録齋詩鈔》此處漫漶，似作『皆』。『予謂』二句，《七録齋詩鈔》原列雙行小注右半，已被塗抹爲空白。

〔五〕『選』字，《七録齋詩鈔》作『訪』。

〔六〕『徵』字，《七録齋詩鈔》作『澄』。

〔七〕『瑶瑜』，《七録齋詩鈔》作『瑜瑶』。

〔八〕『紛』字，《七録齋詩鈔》作『交』。

〔九〕『玄』字，原避讳作『元』，今校改。

〔一〇〕『圓靈』，《七録齋詩鈔》作『紅輪』；『銀』字作『金』。

〔一一〕『供』字，《七録齋詩鈔》作『工』。

〔一二〕『摩』字，《七録齋詩鈔》作『侔』。

〔一三〕『仰』字，《七録齋詩鈔》作『得』。

〔一四〕『韵』字,《七録齋詩鈔》作『好』;『圖繪』,作『繪圖』。

〔一五〕『當風白袷』,《七録齋詩鈔》作『白袷當風』。

〔一六〕『開』字,《七録齋詩鈔》作『展』。

陸錫熊　耳山

調寄念奴嬌

虎門雙峙,正南瀛,回抱無諸城郭。翠壁天風,扶袖上,萬里銀潢倒落。島認琉球,颿來真臘,海氣沈蛟鰐。斜陽畫角,樓船此地鎖鑰。聞道小隊攀追,涌泉亭畔,剔蘚尋釵脚。鼓山岩石上,南北宋人題名最多。兒侍籃輿人載酒,眼界一時開拓。劉尹吟餘,山公醉處,我亦曾行樂。披圖一笑,雲山回首如昨。

張　燾　慕青

隱屏峰下昔賢居,九曲泉源泳溯餘。更向東溟觀日出,百川惟此是歸墟。

鼓旗形勢壓閩中,吐噏靈潮妙化工。誰似先生饒眼福?身騎鰲背豁雙瞳。

玉笋森森繞曲闌,神仙窟宅住非難。從知絶頂追攀處,指點蓬山與細看。

海色曈曈宿霧開，弦歌聲裏翠成堆。鯨波清宴天心慰，一卷携從日下來。

馮應榴　星實

碧瀛翠巘照閩疆，公暇珠幢蓋海張。萬派波瀾歸盡納，一時旗鼓峙相當。風雲攬遍蒼茫勢，日月探窮沐浴光。聞道長鯨揮斥後，洗兵還賴抉銀潢。

清淺蓬萊又幾年，依然身是十洲仙。六鰲龍伯山能暨，三載成連曲可傳。安石泛舟饒雅量，韓公驅鰐仰名篇。他時變化鯤鵬速，更看圖南背負天。

梁上國　九山

坤軸蟠秀靈，宏搜不嫌侈。勿以坳堂觀，自詡邱壑美。星宿孰根源，尾閭孰繁委？未得綜顛末，曷由托雄偉！況今聲教訖，梯航暢遐軌。按籍匪卧游，爲圖豈聚米？可憐塵壤間，擾擾無終始。決起蜩鷽鳩，榆枋搶而已。誰爲逍遥游，天地等一指？擴我豪壯胸，洗我塵襟鄙。緊余廬海畔，隱處似郎顗。十載成連琴，天風送潮水。一朝騁汗漫，去作游方士。鯉漈覓丹爐，鷺門采仙卉。霍童天姥間，十洲瞰如咫。出山趨京華，文物覽籩簋。驀越太行西，代恒供翹企。七津聆喧豗，三門看激詭。大江落巫荆，吴楚劃蒼紫。洞庭與鄱陽，淜湃駭瞻視。行行近家山，嶺游却迤邐。

壯哉羅與浮，輿嶠雙依倚。四百廿三峰，天生表南紀。雪浪噴冥溕，雲容翻靉靆。三更涌曦輪，紅光混眸子。四望大瀛環，混茫渺無涘。拊掌此大觀，角勝將曷以？始嘆平生游，淺嘗只摩壘。先生雲海胸，妙蘊包遐邇。作圖獲我心，披覽已忻喜。况示道淵源，歸墟識河濟。游學得真詮，請味高談旨。

徐嗣曾　兩松〔一〕

年丈香亭先生留示《鼓山觀海圖》索句，草率應命，即以述懷。詩雖不文，而於先生三載以來愛士之心，及我兩人論交之誼，略見梗概。寄呈閣下，未識得蒙印可否。

問政頻煩前箸勞，論文對剪燭花高。別來何處尋心迹，萬里天風接海濤。山頂有考亭手書『天風海濤』四字。

海國秋高使節開，百城桃李看君栽。珊瑚網外遺珠少，獨坐風前太息來。丙午秋賦，得人最盛，皆公素所識拔。猶以湯生志堯、郭生周藩未與爲惓惓云。

【校記】

〔一〕此處人名原置於序文後，今依例移置其前。

陳萬青　遠山

金樞瀲觴注川谷，迤東而南兩戒寬。知者見知嗤蠡測，每遇大水必恣觀。憑高拭目訝奇絶，遂倩好手圖冰紈。開緘咫尺攬萬里，長風泠泠生晝寒。夙聞閩疆枕海嶼，越王飛閣叢井榦。鼓山兀立爲郡鎮，翠屏烏石交巑岏。下視灌洊不可測，碕沙直走凌驚湍。浮天振遠起千狀，朝宗自此入渺漫。吾師使軺所游歷，赤岸縱眺欣盤桓。以雄勁氣爲文章，有如巨海回層瀾。蓬瀛勝概俱在望，軟紅一洗秋毫端。珊綱自是集英俊，坐風立雪皆識韓。峩峩先公昔治理，此邦遺澤重追歡。蘭孫又見繞庭砌，共使放眼來崇巒。百川學海至於海，源長迆邐流莫殫。國恩家慶紀稠叠，斯圖豈作尋常看？

朱瑞椿　春山

宗工鉅筆仰蘇韓，屴崱峰頭縱大觀。彩擁搏桑朝日耀，雪飛蓬島浪花攢。八閩形勝樽前合，萬里風濤眼界寬。舊日先公綏撫地，至今惠澤溥洪瀾。

蘭桂森森慶瓞綿，探奇同陟最高巔。晴烘貝闕千層錦，暖浴鯨波萬頃烟。地迥恍疑星斗近，潮回遠與澳門連。澳門通兩廣。望洋忝在師門下，仰企文瀾沛巨川。

香亭詩稿　卷五

五言律

得蘧軒家兄書

忽得西歸使，知君到濟州。書來云八日，别去似三秋。人静孤燈暗，山空落木愁。逍遥堂外雨，蕭瑟感同游。

秋山晚步

朔雁南飛候，蕭條近早冬。寒泉鳴曲澗，歸鳥入孤松。霜冷一林月，風清萬壑鐘。仙人坐長嘯，聲落最高峰。

過函谷

雄勝稱天險，乘春事遠游。千山闢函谷，一綫入秦州。烟雨愁鞍馬，風沙滿驛樓。計程無幾日，萱草可忘憂。

振衣千仞岡

雲霞蒸素抱，直上謁靈暉。嘯合千山響，身輕一鶴飛。侵裾疑染黛，解帶坐忘機。到此通閶闔，蒼茫叩玉扉。

晚齋

西窗飛爽氣，披拂暢烟蘿。雨洗青山近，雲開緑樹多。孤吟來月影，并坐恰琴歌。夜静人初散，殘星點絳河。

立秋書懷

碧樹蟬聲合，無端起暮愁。辭家纔幾日，遠客入新秋。竹徑雲猶濕，蓮房露欲浮。楚天凉月夜，飛雁度高樓。

道中書懷

幾日承歡者，省親事遠游。腸隨千澗曲，夢入大江流。直爲書難達，非關月正秋。白雲凝望處，飛雁度征樓。

豈不兒孫念？況茲道路長。合家經故園，匹馬赴岩疆。任重臣心瘁，霜深節候涼。閩南何日到？晨夕奉高堂。

八月十五夜同潘舍人蘭公趙上舍南莊游陶然亭看月拈得陶字

不知今夜好，縱步樂陶陶。此地亭偏古，前林月正高。葦花添畫意，人影隔塵囂。尺五天疑近，群仙聽撫璈。

積水明空闊，平蕪静晚皋。瓊樓當檻出，奎閣拂雲高。素魄移今古，清光濯鬢毛。良宵同不負，觴咏喜斯陶。

九月十六日邀同人及東草堂看菊分賦得東江二韻

新築宜堂北，編籬小院東。有朋尋舊約，好句到疏叢。拂檻分黃白，深秋雜雨風。莫言吾道拙，勖爾晚香中。

憶昔簪花會，丰標映曲江。於今多老大，豪興更無雙。聊以開三徑，陶然酌滿缸。喜晴添夜月，是日晚晴。素影綴西窗。

七言律

山下晚行

谷口無人野徑斜，秋風蕭瑟感年華。四山落葉亂飛鳥，萬樹遠松明夕霞。屢聽霜鐘尋古刹，擬沽春釀問誰家？歸來岩畔寒星挂，倚杖空林數暮鴉。

雁

蓼花飄泊柳毿毿，雁字清秋過碧嵐。萬里風霜來塞北，數聲哀怨到江南。畫樓夜永燈初暗，旅館寒深睡未酣。二十五弦相和切，月明遥聽有誰堪？

寄友

思君日夜大淮流，桐柏蒼茫萬里秋。極目雲山空吊古，側身天地一登樓。中宵感事携長劍〔一〕，旅舍驚寒擁敝裘。遠信殷勤憑雁使，因風好到蓼花洲。

【校記】

〔一〕『感事携長劍』，錢棨《香亭先生年譜》『甲戌，先生二十三歲』譜下引作『遣興裁新句』。

懷友

過江名士數諸王，分手離亭贈緑楊。春冷汴堤人正遠，花殘歷社日初長。山頭望遠雲千叠，夢裏懷人水一方。幾日題襟重載酒，挑燈相對檢詩囊。

弋山西峙

郭外人家倚翠微，平分爽氣澹晴暉。雲横遠岫青千叠，嵐撲層城緑幾圍。南麓寒凌松蓋偃，西岩秋老桂香霏。憑闌不盡登臨意，直北嵸巃近帝畿。

淮水東環

夾岸沙喧碧浪洄，清淮一片鏡奩開。波澄日月浮天遠，地涌江黄抱郡來。未許南香分枳橘，居然東望接蓬萊。升平好擬《元和頌》，滿挹滄波獻壽杯。

七里清泉

塵寰何處濯冠纓？百尺泉流七里清。入世鬚眉原澹定，浸人肝膽倍分明。源尋星漢通銀渚，響瀉山椒漱玉聲。莫道十洲仙路遠，天風吹送御蓬瀛。

五龍喬阜

層阜連天未了青，蜿蜒也作抱珠形。雲收虹影秋潭静，風散雷聲暮雨停。穫稻人歸摇短艇，采蓮歌緩度遥汀。仙洲刺史彈琴客，唤起魚龍月夜聽。

蕭王故廟

采旒想見漢官儀，南顿深恩百代思。花落園陵春幸後，蘭香父老歲嘗時。沙堤垂柳環仙仗，古殿靈風颭綉旗。千載滑州城畔路，蕭封何似《泗亭碑》！

春申遺宅

誰向江東憶棘門？弋陽城下有頹垣。舍人初不爲忠計，國士何曾解報恩！珠履三千埋綉壤，茅封十二掩荒墩。一區剩有山邱感，試吊條條井纜痕。

霸王荒臺

笑踏荒臺策短籐，學書學劍爾何曾？驚心壁壘圍垓下，切齒韓彭會固陵。雨後沉沙尋箭鏃，秋深衰草没階稜。從知芒碭無雲氣，千里晴空掠怒鷹。

伯倫古冢

荷鍤深埋儻有靈，墓門趯趯蜾兼螟。高人大抵輕生死，長日何須計醉醒！廣宇直堪爲席幕，短文猶足敵碑銘。枯僧可識醍醐味？合嚮蒲團誦《酒經》。

聚仙邃閣

昆海驂鸞下玉洲，霓裳曾此暫淹留。壺公賣藥還成市，王子吹笙慣倚樓。塵世難邀青鳥至，花宫猶見紫烟浮。靈槎得接三山近，身在鰲峰最上頭。

文筆層巒

筆峰卓立聳檐牙，氣象曾干斗柄斜。横掃青空雲絢彩，高標碧巘日生華。石田馬祖常名譽堪終古，司馬文章屬大家。有客興酣摇五岳，八窗面面落烟霞。

大山雨信

東望蒼峰曉未開，淮天隱隱轉輕雷。雲生螺頂因風合，霧起龍湫挾雨來。村北久占三月信，蓼南初折萬家梅。出山便具爲霖意，甘澤隨人灑碧埃。

青嶺晴雪

狐裘拄笏不知慵，况對春晴雪萬重。遠岫窗中光似練，層巒天外玉爲峰。斜陽欲化江邊雨，寒色憑淩石上松。誰擅丹青如顧陸，剡藤貌取鬥芙蓉？

霸臺春草

楚王臺上送殘春，雨後濛籠草色新。可是虞姬還帶泪？遥連漢苑亦傷神。風烟四面餘荒壘，砂礫千年聚宿磷。爲問烏騅東去處，青青一道大江濱。

叔敖遺廟

廉吏於今尚可爲，松陰長拜古賢祠。斬蛇偶試隨身劍，返旆能勝掬指師。上相衣冠優孟肖，寢邱沙鹵楚人思。枯魚糲餅堪千古，谷口風清似昔時。

丁蘭母墓

栖烏争逐白雲飛，丁母墳前野草菲。信有慈靈能墮泪，争教行子不沾衣。一坏餘土春暉近，五鼎何人色養違？童孺盡能談舊事，荒阡争護蘚痕圍。

東津晚渡

日暮平流接渚田，東津直與大江連。渡頭晚漲花生浪，岸嘴斜陽柳繫船。遠路客歸沽酒市，孤村人喚采菱天。一聲漁唱催山月，驚起沙鷗水際眠。

文筆回瀾

洩水奔騰瀉急湍〔一〕，峭峰縹緲矗雲端。波間倒影蛟龍動，天外淩虛牛斗寒。濁浪千年誰砥柱？中流萬頃獨迴瀾。層層健寫山川勝，五色花曾夢裏看。

【校記】

〔一〕『洩』字，乾隆《固始縣志》一作『史』。

桃阜朝霞

一路桃花下寢邱，一灣春水抱岡流。地猶人世應知晉，客是漁郎可姓劉？青鳥斜飛紅雨外，朱坡直界赤城頭。晨霞片片迎東旭，指點風光攬勝游。

潼關〔一〕

嵯峨飛度碧雲環，百二雄封指顧間。白帝降精凝華岳，黄河倒影激潼關。目窮榆塞征鴻遠，心數桃林牧馬還。秦地趨庭堪愛日，停車灞涘洗塵顔。

【校記】

〔一〕王昶編《湖海詩傳》卷二十五收録吴玉綸《華陰道上》一首，前四句與此詩前半基本相同，而後四句不見於《香亭詩稿》。香亭家藏原稿既已焚毁，未知何者爲准。楊淮輯《中州詩鈔》亦作《華陰道上》，應是自《湖海詩傳》中來。

太華

劈破雲根讓巨靈，撑空萬仞接天青。梯盤屈曲烟飛澗，壁削玲瓏翠點屏。學士搜奇扳落雁，侍郎躋險縋明星。遥知帝座通呼吸，玉檢應傳蕊闕銘。

曲江

燒尾筵開湛露濃，宴游歷歷記歡悰。花明紫陌春前樹，月冷清江夜半鐘。自昔風流矜藻績，幾人忠義奮雲龍。慈恩笑數題名記，高坐僧廬對古松。

鳳臺

鳳臺高築鳳凰游，貴主當年勝迹留。縹緲笙簫何處沸？蕭閑鷄犬不關愁。窺簾夜月臨仙館，駐轡秋風下古邱。悵悵橐泉尋斷夢，碧天雲葉綴秦樓。

雲棧

却曲千峰險絶倫，連天一氣摘星辰。猿啼邃澗陰蒸雨，雁過重雲冷逼人。阨隘自來銘翠巘，時清那復笑紅塵。斜曛策蹇深篁嶺，贏得詩囊畫裏身。

羌村

拾橡餘生寄一方，杜陵野叟恨茫茫。人驚羌笛愁深淺，花濺春心泪短長。山外夕陽明斷岸，夜闌疏竹影空墻。傾罇愛咏『鄜州』句，夢裏雲鬟憶故鄉。

茂陵

蕭蕭松柏撼秋聲，甲帳飄零夢已驚。烟鎖人間餘玉碗，露承天上想金莖。馬肥苜蓿開青塞，鸞擁蟠桃降碧城。欲陟崇臺重獻表，斷腸不獨沈初明。

自大山鋪旅次寄里中諸友〔一〕

野店荒荒户獨扃，旋鋪草薦倚疏櫺。流光瀉水階敷月，破壁吹寒隙逗星。鷄栅聲催午夜曉，紫窗人對一燈青。宵來清夢愁多少〔二〕，不是揚雲載酒亭。

【校記】

〔一〕錢棨《香亭先生年譜》『二十三歲』譜下引有此詩，於標題『寄』字之後增出『别』字。

〔二〕『少』字，《香亭先生年譜》引文作『小』，應是筆誤。

錢塘江

錢塘江口問仙槎，帶粤襟閩一綫斜。雲涌風濤飛日月，水深宫殿守龍蛇。誰沉漢使千金璧？更射潮聲萬里沙。欲泛湖中歌舞地，蕭疏紅葉吊天涯。

辛丑蒙恩校試禮闈和德定圃宗伯韵二首

莫於榜後嘆珠遺，此日權衡要慎持。際會恰爲多士慶，公私惟有寸心知。以人報國乘時獻，自古掄文與道期。座主歐陽聲望重，傳衣門下好追隨。副總裁沈雲椒少司馬爲宗伯癸未主禮闈所得士，諸同考出宗伯門下者亦多。

禮闈歷歷聽遷鶯，一曲陽春仰泰衡。老眼定知冰鑒朗，清心共對月輪明。不忘辛苦三場歷，忍負孤寒萬里行。忝荷君恩何以答？淵源勿替是丹誠。

三元喜宴詩同翁覃溪司業韵四首

古稀天子太和春，正值風雲際會辰。三榜奎光聯景曜，九重臚唱叶韶鈞。蓬瀛上選標龍虎，領袖群英得鳳麟。敬繹宸章『違弼』義，御製《傳臚詩》：『王曾如可繼，違弼我心存。』千秋遭遇勖儒臣。

吴下科名記昔曾，更看拔幟奮先登。本朝狀頭，以三吴爲盛。錢生棨亦吴人，自小試即以第一名受知梁瑶峰司農。文成檐下三條燭，品擬壺中一片冰。天上欣逢懸藻鏡，予忝與校試，與三總裁酌擬元卷，三易之，甫得錢棨卷進呈，欽定第一。殿試由第四卷特置第一。人間纔信有元鐙。新添掌故憑誰紀？考索端推巨手能。司業作《三元考》。

司寇門前繫錦韉，金閶先達啓芳筵。姜度香少司寇同彭鏡瀾、褚筠心兩學士及吴下官於京者爲錢生設宴，邀德定圃宗伯、胡雲坡司寇、謝金圃少宰師、沈雲椒少司馬、杜凝臺少司寇、虞錦亭京兆、蔣雎園少京兆、翁覃溪司業、平寬夫侍講、王方川編修暨余，集少司寇寓。共浮酒醴陪前輩，願指鹽梅勖後賢。勝地重來尋緑野，少司寇寓爲王文靖公舊第。高詞倡出寫華箋。司業先成七言四首。鈞天奏罷觴行遍，百卅年來盛事傳。

管弦凉樾氣融融，師友淵源夙夜同。千載昌期逢勝會，一時大雅屬宗工。官因人重銘丹悃，言乃心聲惕素衷。詎止文章堪報國，相期事業繼沂公。

送曹竹虛司農歸里七律四首存二首

孝治今皇握大原，更添佳話到清門。烏私好奉林園樂，鳳詔新加保傅尊。雲滿黄山尋舊迹，春歸絳闕記殊恩。南轅依戀宸章許，勝餞仝看寵錫蕃。

通家孔李久相推，道義交情世講宜。每誦門恩規弱子，得參青選羡佳兒。三年香荔新團聚，二月垂楊又别離。天語曾俞瞻覲邇，祝禧時節是逢期。

和張壽雪閣學紀恩詩元韵

慶門奕葉耀彤扉，任子承恩屬更稀。信有才華能特達，應同科目作雙暉。一經纘述留青簡，三鳳聯翩集紫微。猶記舊時班列柏，得吟『紅藥』羡清徽。

和胡雲坡司寇恭紀宗伯公賜謚文良七律三首元韵

耆英崧岳甫兼申，渥眷重霄仰聖人。列座六星輝黼黻，『自天』兩字煥絲綸。聲蜚藝苑文爲藪，秩重春官德配仁。三接彤廷傳异數，帝心深契股肱臣。

皓首窮經推碩望，函書義類闡深情。藴參周孔心相印，派衍程朱道并行。典學三天崇表式，羅珍四庫荷光榮。非徒卜筮闗宸念，主聖臣賢一德縈。

鄉名君子孟鄰芳，先哲衣冠挹末光。故社枌榆歡屢洽，喬松蘿蔦施何傷！更欽家學能繩武，叠荷恩華重簡良。拈得蘇公吟句好，清芬誦習莫相忘。

香亭詩稿　卷六

五言絶句

我有一樽酒〔一〕

我有一樽酒，君提十丈矛。將軍何處下？夜半渡天溝。
我有一樽酒，卿燒百合香。微烟薰翠袖，殘燭卸紅妝。

【校記】

〔一〕錢棨《香亭先生年譜》『戊戌，先生四十七歲』譜下引此詩之句，題作《從軍》。

封書

春畦何處好，米價可能平？欲問鄉園事，封書寄遠情。

蘭

桃李媚春陽，牡丹鬥艷妝。好將芳草色，一淡衆花香。

擬春帖子 迴文

蒼蒼柏共松，雅雅梅與竹。良月報端寅，海山臻大福。

七言絶句

秋閨怨〔一〕

龍沙今夜月如何？香霧雲鬟怨綺羅。一段别愁君記取，玲瓏畫閣夜凉多。
刀頭有約事全非，斷續砧聲雁早飛。落日嗚笳秋色冷〔二〕，塞垣何處寄征衣？

【校記】

〔一〕王昶《湖海詩傳》卷二十五選録此作，題同。

〔二〕『鳴』字，《湖海詩傳》作『胡』。

道中口占

太平鷄犬藹桑麻，驅犢桃林笛弄花。遥指山坳樵路外，一村雲樹兩三家。

春風

瑶階拂草正芊芊，城有飛花樹有烟。無限芳情傳錦瑟，和風吹暖夕陽天。

紅梅

標格徐熙畫裏真，水村烟舍總傳神。冰心更被春光染，獺髓痕消數點勻。

立秋

斗柄初西氣不同，疏雲澹澹綴遥空。風林人坐寒將戒，秋在梧桐一葉中。

得家書

翠屏消瘦掩香閨，舊事思量尺素題。寂寞旅懷誰慰藉？灞橋風雨雁峰西。
剛逢綺節感離居，芳草閑庭啓碧虚。坐對明河人又遠，楚天新月雁來初。

小齋盆桂已吐蕚矣詩以催之

曾聞羯鼓許頻催，盆桂當風吐蕚纔。蟾影漸圓消息近，多年不見此花開。入都以來，不見桂花數年於兹矣。
檻外清光照客廬，小山風格問何如。遥思聽雨堂前樹〔一〕，余家聽雨堂前植桂數株，時觀察兄方請假里門。金粟堆成月上初。
八月金風九月霜，一枝好染麯塵黄。繞廊細看層層葉，待取天香作晚香。
嚮來花月屬詩家，得句先教擊鉢誇。香過木犀能悟否？廣寒高處本無花。

【校記】

〔一〕『思』字，錢棨《香亭先生年譜》『戊戌，先生四十七歲』譜下引此句作『知』。

悼亡妾詩〔一〕

余妾顧香圃《題九九消寒圖》句云：『待得杏林春色滿，須知冰雪是前身。』次年癸巳五月五日，舉子端生。越月，而香圃卒。蓋詩讖也。爲題七絶以悼之。

前身冰雪向誰論？展卷分明讖語存。梅白杏紅都是幻，却憐春草尚留根。

【校記】

〔一〕據小序暫擬此題。顧有容所生子鼎枚已卒於乾隆五十七年（一七九二），至『屬童梧岡廷尉選香圃詩若干首，及題句若干首，附刻以存梗概』時，『佳兒佳婦俱隨其母於地下矣』（見此卷《香圃詩跋》）。詩中言『却憐春草尚留根』，應爲往年悼亡之作，而編次於『附録《香圃詩》』之前，意似在以之爲序耳。

附録 《香圃詩》

顧有容 吴縣

通州夜泊

吴樹燕雲斷復連，慈親相伴水窗眠。潞亭也似山塘岸，遠火微明夜泊船。

桂花和韵

霜飄露冷碧雲天，金粟花開樹影圓。好句平分秋色裏，古香高占月輪邊。

重九

帝京風物鬥霜華，小閣登臨一雁斜。記得往年雙九日，三條橋畔看黄花。

賦得月如弓

新月盈盈挂晚晴，人從小院憶邊情。長空射處旄頭落，好卜滇池奏太平。

題李香小照

陳太史所藏李香便面，香自寫生也。素影橫波，鉛華盡卸，能於腕下露本來面目者。或以侯壯悔爲作傳不以繪事稱而疑之，此不必矣。綉窗展玩，新翠撲人眉宇。臨數過，愧未肖耳，爰題四絶而歸焉。時庚寅暮春二十有八日。

雲鬟翠鬢寫天然，不盡風流半面傳。樓有媚香情自遠，莫愁湖畔草芊芊。

君家本是舊朱陳，素影傳來證夙因。自古江南誇艷麗，家風端愛布荆人。

晴窗展玩見猶憐，粉本描來意未傳。莫唱秦淮舊時曲，斷腸春色在眉邊。

曾聞學道入深山，拂去紅塵麈尾閑。洞口桃花空色相，誰留便面在人間？

初秋

久雨初晴後，書窗片月明。階前驚一葉，新雁度秋聲。

寂寞湘簾下，微風覺早凉。寒砧聽乍起，檢點舊衣裳。

送夫子隨蹕之作

送别莎廳柳帶烟，計程常侍五雲邊。長途漫説征衣暖，似剪春風二月天。

齊州自古好林泉，九十韶光九點烟。美富宫墻游不盡，多君骨肉又團圓。謂于歸闕里之妹。

晚坐分韵

何處消閑好？微風幾陣過。雨晴三日後，小院夜凉多。

散髮披襟退食宜，蕭疏晚景好題詩。雕欄一帶名花發，正是西窗月上時。

粉廊

深沉小院湘簾雨，屈曲迴廊畫棟雲。粉壁秋空無點染，却邀竹影繪成文。

秋月

金風爽氣玉盤斜，試上高臺望月華。記得同安郡君語，不知秋思在誰家。

初冬即景

輕雨釀成薄暮天，翻飛六出雪花連。圍爐夜話江鄉景，竹韵風敲憶去年。

冬夜分韵

寒風獵獵竹蕭蕭，古樹摇窗木葉凋。并坐渾忘更漏永，綉餘清影一燈消。
深冬釀雪已連宵，遍地銀沙月色饒。把酒圍爐鴛帳暖，寒江却有老漁樵。

端陽

如雲緑染排門艾，似火紅燒五月榴。地臘天中傳令節，畫船簫鼓記蘇州。

偶成

墻竹抽新笋，盆花發故枝。小窗明月下，深院納凉時。

秋竹

凉露娟娟引晚風，幽篁篩影月明中。窗前一樣蕭蕭響，添却秋聲更不同。

中元夜口占

中元微雨夜徘徊，閑坐窗前懶舉杯。但聽秋聲悲草木，凄凉父骨在荒臺。

蟋蟀

書窗小座一燈浮，促織遥傳四壁秋。漫説畫堂凉似水，空階明月引人愁。

菊葉

菊放籬邊别樣姿，蕭疏翠葉影參差。從知秀色三秋好，雅襯松梢并竹枝。

前題和韵

幾日金風報信時，籬邊葉葉宛相吹。停車漫愛楓林晚，好看酣霜緑數枝。

聞笛

横笛誰家院？清宵弄未休。莫言聲入破，只爲一人愁。

題九九消寒圖

風光九九記良辰，遮莫寒消暖未真。待得杏林春色滿，須知冰雪是前身。

附録　《香圃詩》題句

褚廷璋　筠心

碧霞宫裏掌書仙，偶謫人間十九年。小印『緑窗』留剩稿，忍將箋墨付雲烟？
自指净几門詩牌，愛聽蘭閨鉢韵諧。吟罷日長簾影静，《金經》閑伴太常齋。
鴛湖詩叟筆通神，拄頰蕭齋鑒别真。餘事畫屏張小幅，幽蘭修竹管夫人。
讖語憑傳七字詩，春風珍重護瓊枝。消寒九九香殘夜，冰雪前身費夢思。

石國任　晉江

一别横塘路，京華五度秋。瓊枝遺片玉，絡婦罥重樓。冰雪前身識，桃花别苑愁。倚欄吟賞罷，夜雨正飂飂。

有子能傳業，摩挲手澤垂。緑窗人散後，黄絹夢醒時。已證蘭臺貴，難消葛藟纍。重泉如得見，魂影鎮相隨。時任夫人在署仙游。

晉江閨秀黄淑畹　紉佩

未曾相見與相親，得誦遺編倍入神。好共鳴春臨月廡，偶因選句坐花裀。《金經》讀罷調金鼎，玉軸吟餘禮玉真。每憶《消寒圖》七字，遥知冰雪是前身。

若非瓊蕊便蘭芽，彤管居然擅大家。好句傾來三峽水，麗詞散作滿天霞。品垂香國無雙種，身是優曇第一花。傳語觀香諸姊妹，蓬瀛島上伴靈華。

海鹽朱瑞椿　春山

己酉歲，余來京師，游少司馬吴香亭夫子門下。夫子爲余論文，口講指畫，授以法度，而其三郎君鼎枚屬余課之，教學相長，甚相得也。一日，郎君出其母顧孺人遺稿見示，曰：枚母生枚四十有七日即見背，遺稿一卷，先慈手澤也，珍而藏之久矣，將付諸梓，敬請先生爲枚題。余按：顧孺人之詩清新俊逸，克明大義，閨秀中不數數覯也。《消寒圖題句》云『須知冰雪是前身』，夙根清净，殆非塵世中人吐屬。然則孺人之詩自有其不朽者，愧余詩不足以傳耳。爰書四絶而歸之。〔一〕

滇池奏凱念元戎，爲見天邊月似弓。可識退思惟報國，故教閨閣解公忠。稿中《月如弓》詩有云：『好卜滇池奏太平。』

中元佳節薦金觴，父骨凄涼暗自傷。已嫁孝思仍不替，幾多惆悵到江鄉。《中元》詩有云：『凄涼父骨在荒臺。』

夙根清净在芳齡，冰雪前身見性靈。滿院緑陰香一縷，水晶簾下讀《金經》。《偶成》詩有云：『水晶簾下讀《金經》。』

木有根荄果有仁，階前玉樹又輪囷。好看蟾窟香飄處，丹桂應分第一人。《中秋》詩有云：『一雙玉樹臨風立，丹桂應分最上頭。郎君秋闈伊邇，以此期之。』

【校記】

〔一〕此序文原在人名前，今移至名下。

錢塘女史陳長生　秋穀

娟娟素月傍卿雲，底事清輝減夜分。料得玉京歸去早，驂鸞重織藕絲裙。
玉鼎烟消坐擘箋，緑窗勝事故依然。而今重檢雲藍字，斷粉殘香二十年。
金閶風月費尋思，想像蘭閨絶世姿。欲覓吟魂定何處，第三橋畔菊花時。
話到前身夢轉遥，寒梅九九寫清標。一編留得春風影，雪韵冰香尚未消。

香圃詩跋

吴玉綸　香亭〔一〕

香圃卒後，其子端生能讀書。己酉秋，由國子生應京兆鄉試，薦未售。庚戌春，以原聘陳望之撫軍女既亡，娶黄芝雲太守女爲室。越三年，而佳兒、佳婦俱隨其母於地下矣。對此遺編，彌增感嘆。爰屬童梧岡廷尉選香圃詩若干首，及題句若干首，附刻以存梗概。知不免『未能忘情』之誚耳。

乙卯六月，香亭跋。

【校記】

〔一〕该篇原無標題，爲便於識别而添補。

香亭文稿

香亭文稿　卷一

聖母崇慶慈宣康惠敦和裕壽純禧恭懿皇太后七旬萬壽恭賦

繄我皇之大孝，奉聖母以乘乾。扇仁風於海甸，溥愷澤於垓埏。經綸參天而兩地，勛業軼後而超前。帝德誕敷，荷懿徽之景爍；皇圖式廓，介慈壽以延綿。德邁胥登，嘉祥裕後；道隆嫄姒，繁祉開先。玉燭呈輝，奏清晏而治登三五；瑶圖啓瑞，紀春秋而歲逾八千。當皇太后稱觴之七旬萬壽，正我皇上御極之二十六年。是月也，卜履端則物象維新，歌介祉則慈顔有喜。撫璇圖之鞏固，久奠金甌；紀寶算之頻仍，常添玉晷。春來鳳閣，驗綉綫之加長；晝永龍樓，藹宫花而著美。烟籠曲徑，柳待臘以舒容；雪壓新枝，梅衝寒而放蕊。占淑光於南陌，兆姓熙然；來佳氣於西池，群仙樂只。三山靈草，慶協萱闈；五岳真形，祥呈帝里。最喜春暉遍煦，萬國咸寧；争看斗建初回，一陽復始。蓋德愈大者功愈厚，天人有感應之機；而福無量者壽無疆，動静契安貞之理。

欽惟皇帝陛下，馭六合，統一尊。秉籙垂裳，胥握夫至德要道；仁民育物，不外乎敦本培源。繼承綿大寶之庥，照臨永曜；尊崇備九州之養，色笑常温。厚德資生，昭慈仁之懿範；孝思維則，體教育之深恩。愛日常殷，奉璇宫兮悦豫；問安彌切，侍蘭殿兮晨昏。平時彩仗瑚輿，具見歡心臚合；此日華鐘羽磬，真看福物駢繁。

欽惟皇太后，德徽悠久，位極尊親。四海升平，悉蒙慈蔭；萬方歌頌，敬祝慶辰。揚上壽之隆儀，輝騰玉册；懋闡珍之鉅典，瑞叶珠綸。綉箔銀屏，欣宏開夫德宇；鸞笙鳳管，極翔洽夫天倫。香爇御爐，飄祥烟於上苑；霞飛仙仗，接紫氣於層闉。登殿陛以列冠裳，拜舞則八荒盡萃；絢乾坤而成錦繡，謳歌則百戲俱陳。珠斗月華，光同不夜；花城香海，國是長春。向日而來者，捧壺携榼；聞風而至者，奏雅吹豳。更有田間野叟，林下老臣，鯢齒鮐文，名傳上界；龐眉聃耳，圖獻楓宸。計海屋以添籌，群歌壽考；傾仙壺而聽漏，喜溢蒼旻。來春而奉慈游，越水吴山，俯慰乎望恩幸澤；即日而頒大詔，金泥紫誥，彌徵夫德盛化神。

天子於是錫類推恩，而教天下以孝也。篤無疆之祜，文謨偕武烈齊光；極不匱之施，士習與民風胥傚。鸞章寵錫，歡騰北闕翔鵷；蕊榜連開，彩耀南山文豹。拜蠲租之闓澤，化日常依；戴宥罪之宏恩，慈雲高罩。告虔岳瀆，禮秩百神；賜宴官僚，盃傳七校。繪太平景運，萬方符甘旨之思；近嘉樂慈顔，九陀洽婉愉之貌。所以化先宫禁，被恩者奉雍肅之儀型；而慶洽寰區，錫福者大尊親之德教。

且夫治美宣仁，雅化共稱堯舜；徽傳明德，令聞久著房櫳。候長樂以承歡，漢儀祇載；諧寢門而視膳，周道彌隆。

至於雨滴銅池，草舒舊緑；風翻仙圃，花襯新紅。或奉觴於金母，或奏曲於木公；或登春臺而皞皞，或愛冬日以融融。此又灑甘露於珠宮蕊闕，紀人瑞於白叟黄童。足以收戩穀罄宜之效，而昭蕩平正直之風者也。考前規以媲美，揆舊典而彌崇。蓋尊養備從其極至，恩膏特渥於綏豐。聖天子之孝治旁敷，靡不神人胥洽，而内外大同矣。

是知惟聖人爲能盡孝，昭盛事於古今；惟聖壽爲能得天，卜遐齡於億萬。九重邃宇，見庭際之鶴來；十二層樓，喜檐前之桃獻。晴光送暖，巽動而春盎千林；瑞氣凝庥，豫順而澤流九畹。吹笙鼓瑟，抒孝敬忠愛之忱；益算延禧，握福壽康寧之券。頌《天保》而群黎共戴，三壽作朋；祝華封而率土騰歡，萬邦爲憲。

維時王公、鄉尹、百執事，稽首而言曰：於維聖母，育我聖人，萬物咸覩。用集大勛，受天之祜。孔固孔安，載歌且舞。

爰是流和氣於九霄，聽輿人之謡曰：聖母惟康，錫爾多福於下土。七政祥開，光臨萬户。是爲壽徵，登堂擊鼓。

又有殊方异域，罔不重譯而來，敬獻共球，歡呼稱慶曰：聖皇御天，爲中外主。大矣哉！慈壽之綿延，與聖孝之光昭，克紹三皇於萬古！

聖駕三巡江浙恭紀 七言長律五十韵謹序

皇上御極之二十有七年，時和歲豐，萬物休暢，威德遠布，内安外寧，爰舉茂典，三幸江浙。乃於正月十二日，恭奉皇太后南巡。兆庶歡騰，神靈悦豫。甘雨和風，春深日暖。迓者溢途，瞻者夾道。凡十旬有奇，蒇事旋蹕。於時秩祀典，飭官方，登俊乂，恤商民，禮高年，釋繫囚，熙事隆恩，靡不具舉。溯去年冬十有一月，恭逢皇太后七旬萬壽，中外謳歌，臣民休美，天子頒詔，加恩備極。其至今年月正元日，有司以七政同躔告。蓋我皇上繼繼承承、勵精圖治者，二十七年於兹，有以上契天心，大啓祥瑞，表鴻功而彰孝治，昭然若合符節焉。而宸衷兢業，退讓弗居，推恩錫類，彌弗遑稍自暇逸也。頃者恭奉聖母南巡，以娱慈顔，以播慈徽，布澤行慶，諄諄靡已。載在《虞典》，所云柴望、肆覲、問俗、省方者，雖形容之極盛，究未必其秩秩可紀如是。至於巡視大江南北各水道，先命大臣馳往，相度機宜，旋經睿覽，親授方略，永奠黄淮，利及萬世，則大禹之盡力溝洫，文王之康功田功，以今方昔，不啻過之。然而鑾輿經行燕、趙、齊、魯、吴、越之地，一切儲偫供億，無絲粟用我民力者。猗歟休哉！聖天子一舉動，而萬善咸備焉！

臣，豫省一介之士，行能無算，幸遇恩科，濫登秘館。伏念往歲駕幸中州，湛恩汪濊，沉潛匝洽，罔弗周暨；迄今望幸之情，雲霓飢渴，莫以言喻。欣遇鑾馭還都，載賡盛美。誠知扣轅聲缶，不足以宣揚皇猷；藻被金石，顧茲區區之心。聊用自竭，輒不揣固陋，撰述梗概。謹賦七言排律五十韻以獻。其詞曰：

五年一狩慰輿情，翠葆紅旗出帝京。千騎聯鑣行大道，六飛按轡騁修程。蒼龍駕動初祈穀，秧馬歌騰正省耕。曉旭曈曈迎雉扇，祥烟靄靄擁鳧旌。清塵恰際和風轉，啓路剛逢快雪晴。鳥弄弦歌依帳殿，柳縈劍佩傍氈城。三春禹甸雲霞曙，萬里堯天雨露盈。仁壽八千風近古，韶光九十氣初萌。重瞻南極申慈慶，早見西陲納悃誠。介祉安香欣入貢，承歡絢節喜相迎。雲移慈蔭人皆仰，仗拂春林鳥不驚。魯北齊南供眺覽，吴頭楚尾遍巡行。桃花汛穩徵河翕，瓠子瀾安識地平。澤國周遭勤擘畫，金堤鞏固備經營。竹西烟月瓊簫溢，瓜步風瀾畫舫輕。峰聳金山高巀嶪，墉崇鐵甕勢崢嶸。藏春塢畔飛雛燕，多景樓前囀早鶯。草爲迎鑾薰孟瀆，梅緣待輦勒銅坑。停車虎阜韶華麗，進艇鴛湖夕漲清。江涌錢塘銀浪闊，山標天目畫屏横。蘇堤柳色含烟裊，葛嶺松濤近晚生。閑向鷲峰參玉版，更從龍井試茶鎗。丹陽水暖仙舟泛，白下春融彩艦縈。駐蹕天心方悦豫，揮毫奎藻倍光瑩。問安常侍金根輦，視膳親和錦帶羹。仰體萱宫敷渥澤，俯詢茅屋拊黎氓。聖人德與乾坤合，盛代恩將造化并。鳳詔千行辭爛熳，鸞書一紙語鏗訇。足民已見留天庾，尚齒還聞饗大烹。舊賦盡蠲吴越額，新租更緩夏秋征。鷄竿乍舞傳開網，鶴料重支慶振纓。籍廣泮宫收庶士，詩陳黼座選群英。

循良屢荷殊恩擢，節鉞欣邀褒語榮。惠及通商稱大賚，澤推洗獄快同傾。春江南北慈恩普，薄海升平物象亨。彩仗後先迎父老，琱輿左右集童嬰。任從夾道瞻龍幄，特許躋堂獻兕觥。兆姓歡雷騰海岳，九天膏雨遍章紘。鑾經闕里陳鐘鼓，奠釋黌庠奏籥笙。壇外杏花舒紫萼，階前蓍草茁青莖。登臨泰岱觀羲馭，流覽青淄望渤瀛。或或嘉禾千畝秀，芃芃瑞麥兩岐呈。前驅七萃爭歌舞，後乘千官共拜賡。盛典揄揚垂史策，高文纂述集公卿。遡兹啓蹕期先定，旋爲勤民令再更。望幸於今真極樂，流恩無處不和鳴。熙熙遍壤仁何普，蕩蕩如天德莫名。遠比《虞書》班瑞典，近規《周頌》邁邦聲。小臣芸館叨詞職，細譽深慚和《六韺》。

皇上六旬萬壽恭頌 八章謹序

臣聞琅簡延祥，至德必膺茀禄；瑶圖啓瑞，昌辰用集鴻禧。大撓作甲子而還，帝開壽域；神禹協庚申而降，人陟春臺。復旦卿雲，仰重華於舜陛；衢歌壤祝，萃多福於堯年。當久道以化成，自重熙而累洽。

欽惟我皇上，體乾行健，象日方中。濬哲性生，秉神明之德；緝熙學懋，擷經史之精。臨御三十五年，大旬紀慶；撫循萬億兆姓，率土臚歡。舊德先疇，偕斯民於樂利；光天齊日，游一世於雍熙。炳玉燭以長調，奠金甌而永固。懿夫圜丘方澤，虔擂珽於靈壇；尊祖敬宗，肅升薌於清廟。迎年祈穀，社稷之祀攸隆；合璧重光，日月之禋咸秩。禮崇釋奠，龍彝增俎豆之香；典重臨雍，鴛瓦易丹黄之色。聿感青槐之舊樹，復徵蒼幹之新榮。

若乃大孝尊親，至誠集祜。迓慈寧之景福，晋祝蕃釐；上聖母之徽稱，益臻純嘏。逮夫案無留牘，御批迅於風雷；日有萬幾，聖裁歸諸宥密。如衡如鑒，獨勖循良；之紀之綱，還懲貪墨。而且禋祈萬寶，莅青幄於上辛；耕耤四推，襄紺轅於吉亥。河宗順軌，疏瀹兼籌；海甸迎慈，賑蠲叠恤。齊民編户，遍許貸夫童牛；蔀屋茆檐，屢允假其子穀。輪歲截抵通之粟，循年免計畝之租。

往者整飭戎行，舉金川、准夷、回部，而聲靈丕振；今兹誕敷文德，合《三通》《一統》《國史》，而修纂彌勤。至若麋塵析於微茫，舛訛胥訂；濡濼証其踳駁，參考維嚴。鐵畫銀鈎，宸翰在鍾王以上；日華星縵，天章麗雲漢之間。靡不文教昌明，詎止武功顯鑠！

而乃兑澤之降，浹髓淪肌；豫動之休，巡方展義。陟嵩高而躋太少，循臺麓而禮清涼。泰岱登封，望齊州之烟靄；陪京臨幸，俯鎬邑之光華。浙水稽山，鳳輦載臨於越；靈岩鍾阜，龍旌四莅勾吴。觀海而沿格淀之津，登山而駕中盤之頂。兼以雄關飭轡，講武事則秋獮依時；遠塞揚鑣，圖王會則春風扇惠。凡此六飛莅止，皆物與而民胞；七萃遥臨，總德車而樂御。

兹以聖瑞徵夫辛卯，仙蓂吐億載奇葩；純禧叶乎庚寅，星樹耀千年异彩。欣值中秋之月，恭逢萬壽之期。錫類推恩，慰慈寧之悦豫；行慶施惠，宣懿德之敦和。尤以華渚星明，瑞降蓬山仙鳥；璇宫露靄，祥添海屋春籌。開八表於辛年，徽美悉歸文母；慶千齡於子月，孝思永著皇躬。豫增文苑以兩科，統棫樸、菁莪而俱化；更廣憲書以重甲，合期頤、耄耋而咸登。異數頻頒，殊恩稠賜。照臨永曜，欽明被四表之光；色笑常温，尊養備九州之奉。爰却今秋方物，無庸厥篚厥筐；惟崇隔歲朝儀，始允載歌載舞。乃臣庶歡欣倍切，僉曰不寶异物之聖人；而黔黎愛戴尤深，共祝於萬斯年之天子！

是月也，氣澄蓬觀，影湛瑶池。海日曈曨，光映安期火棗；山雲靉靆，輝含王母金桃。仙椹靈瓜，與桂實松肪并美；羊珠麟脯，偕琳腴石髓齊陳。徵萬福之攸同，慶逢周甲；幸一人之有慶，澤肇由庚。

小臣世受國恩，葵傾彌切；班叨句儐，曝獻維誠。際帝德之巍巍，管窺難罄；仰皇猷之炳炳，蠡測何能。賡《洪範》而合宙銜恩，祺開五福；歌《天保》而群黎遍德，歈溢九如。謹拜手稽首而獻頌，曰：

於穆聖皇，顯承丕緒。奄有四方，拓彼疆宇。欽若昊天，繩我烈祖。布政宜民，德洋恩溥。溥天之下，無不得所。於萬斯年，天錫純嘏。

天錫純嘏，永言孝思。維此孝思，克承聖慈。養以天下，玉食是頤；尊以天下，咸奉母儀。於萬斯年，錫類攸宜。

青青者松，磊磊者柏。萬年其枝，千秋其節。帝苑長春，榮敷舃奕。麟游平郊，馬徠西極。於萬斯年，惟皇允宅。

帝亶聰明，神武聖文。誠以奉天，敬以展親。愛育臣民，以莫不臻。寶位凝承，景命日新。於萬斯年，與物爲春。

八月之秋，茀禄是遒。聖壽作人，令德令猷。廣仁敷惠，罔或不稠。臣黎歡戴，朝野歌謳。中衢設尊，釃化悉周。於萬斯年，荷天之庥。

荷天之庥，旭日方旦。庭燎之光，景星有爛。奎文炳蔚，昭回雲漢。宸躬保定，優游伴奂。於萬斯年，四方允焕。

猗與禕與，庶民允懷。含哺鼓腹，游於堯階。僉曰樂哉，聖澤無涯。帝曰欽哉，祖德是諧。於萬斯年，降福孔皆。

綿綿其祚，延延其禄。維籌無算，增於海屋。名山大川，五岳四瀆。罔不懷柔，星拱甸服。八方祝釐，以莫不轂。於萬斯年，自天景福。

聖駕六巡江浙恭頌八章謹序

臣聞《易》繫觀民設教，《禮》稱納賈陳詩。茨岫凝鑾，曾傳軒后；陶宮制蹕，聿溯伊耆。虞年并志功庸，姒代亦云補助。獻令成於殷室，《竹書》爰紀時巡；懷柔遍乎姬宗，《金匱》遂播載狩。欽惟我皇上，道隆參贊，業備延洪。秉乾符而玉燭常調，履泰運而璿圖在握。被文思於聖域，藝林游奎壁躔中；揚武德於鴻謨，王會拓昆侖柱外。龐洪普浹，休助常行。由辛未以逮甲辰，卅八載六巡慶洽；溯江介以達浙澨，三千里萬姓歡臚。

當開韶逢閏之年，適祈穀禮成之日。望玉衡之乍轉，正珠斗之初迴。趙北燕南，次第看春光之接；吴頭楚尾，迢遥見協氣之迎。蠶婦耕夫，争依翠輦；黄童白叟，忻迓青旂。三年復覲天顔，適叶三辰之應；六度頻邀宸眷，重開六甲之期。纖毫不費閭閻，恩綸特下；遐邇頻霑雨露，膏澤咸濡。領行則錢給水衡，儲偫則粟支農部。蠲丁租之賜復，已聞九野歡呼；蒙甲户之蠲除，又見十行叠沛。連村菽粟，食貨兼藏；比屋詩書，賢親俱洽。是以雨師灑道，風伯清塵，巷舞衢歌，嵩呼華祝。視前度之停鑾，更增雀躍；喜今番之駐蹕，益勵葵傾。

况夫榮光照耀乎雙條，德水遵循乎九曲。黄流順軌，猶廑宸衷；清口安瀾，仰承聖算。泛龍艦於晴川，陶莊埽合；架鼉梁於遠浦，洪澤波恬。而且從北極以探源，睿鑒直超隆古；向天池而辨色，奎章特示來兹。蓋衆策群材，悉歸主斷；而久安長治，必本親籌。惟浙濱江，其東即海。乃復玉趾頻臨，石塘斯建。資三疊之鎖鑰，嚴七郡之咽喉。馬齒編排，儼同鐵柱；魚鱗稠疊，永固金湯。凡兹奠定神謨，遠邁敷土隨山之烈；是以江河底績，無非安民育物之懷。維時愷澤滂流，湛恩充洽。沛恩施於輦路，拜寵錫於旌門。千里桑麻，盡入《豳風》之繪；萬年歌舞，常賡《天保》之詩。曦望協環，周道泰而昆蟲咸若；民情徵豫，順時和而動植皆榮。

臣世受鴻恩，疊蒙天眷。厠容臺之禮樂，方慚莫譜雲韶；佩烏府之印囊，竊願隨行豹尾。命掄材於閩嶠，深慚衡鑒之精；瞻駐輦於吴山，敬效壤衢之祝。謹拜手稽首而獻頌，曰：

於惟聖皇，握符體昊。出《震》齊《巽》，合《乾》之道。四海赤子，皆在襁抱；六巡南服，德隆恩造。歲紀甲辰，詔開閏早。榮獻祥苞，芳流福草。户迎鑾輿，人思惠保。萬姓歡呼，挈幼携老。

斗轉畿輔，爰指青齊。蹕路所經，扶掖拜稽。無非事者，軫念群黎。三吴南北，兩浙東西。柳映鞭絲，花襯馬蹄。靄靄春光，芃芃麥畦。雀躍鳧趨，我后來徯。帝意拳拳，蠶箔耕犁。

帝念民艱，詔書屢下。正供既免，籽糧許借。省耕布澤，玉輅群迓。乃疆乃理，俟主俟亞。出作入息，惟穡惟稼。鬱鬱園圃，陰陰桑柘。帝顧色喜，頻年税駕。熙熙春臺，皆歸仁化。

河流既平，淮水斯順。荆豫徐揚，金堤永鎮。箭筈秋澄，桃花春潤。前歲停旌，龍舸乍進。齋心默禱，河神昭信。埽合波恬，循軌安汛。復此親臨，初終敬慎。績奏平成，功邁堯舜。

湖山全越，大海環東。鹽官居要，三面當衝。龕赭尖塔，激射惟雄。亹有小大，分南北中。命建石塘，載葺鳩工。迴湍莫激，迅浪難攻。堤固瀾安，猶廑聖衷。億萬斯載，物阜年豐。

入疆飭吏，大法小廉。進退惟公，恒寓寬嚴。宥過録善，德意均霑。群庶迎蹕，雲日就瞻。賜珍賜帛，引養引恬。既優既渥，雨露均添。德洽詞林，恩覃閭閻。諸生橐筆，平步登蟾。流膏布潤，會爲祥占。

勝迹名區，時邀睿賞。得句錦鞍，裁詩畫槳。筆花夜吐，墨采朝沆。玉步所臨，天籟流響。燈右觀書，光騰藜杖。人文淵藪，杰閣高敞。分貯芸編，擷英開朗。囊括群言，藝林景仰。

慶行南國，歡臚萬方。昆蟲獻瑞，草木增芳。蠶將浴種，麥待登場。六御言旋，經淮渡黄。河海同潤，聖治全昌。臣使八閩，欣荷恩光。願隨簪筆，仁風奉揚。我皇時巡，錫福無疆。

香亭文稿　卷二

上封事第一摺

奏爲請除鄉場領房事。

竊查順天鄉試，正副考官、同考官宣旨入闈，齊集聚奎堂，拈鬮分經。每於十八房考内，擇官階優者，分《易經》第一房；如有官階并優者，分《詩經》第一房，名曰『領房』。其餘各房拈鬮分經，按經分校。北闈鄉試，歷來相沿，如此辦理。

乾隆三十年，臣於檢討任内充順天鄉試同考官，係兩學士領房，十六人拈鬮分經。伏讀科場條例，原令十八房考一體鬮分，不得稍有參差，致滋弊混。而相沿『領房』舊習，未能畫一。應請嗣後鄉試房考，無論官階大小，悉令拈鬮分校，以昭公慎。

抑臣更有請者。

考官於各房落卷，例應搜閱，屢荷聖明訓示諄切。是以外省奉差人員，雖遇江、浙諸大省卷數浩繁，猶往往於落卷取中。獨順天鄉試搜落之例未盡舉行。在各房考，悉由聖裁簡用，敬謹閱薦，即令毫無遺珠，亦須廣采博搜，以合砥礪奉公之義。仰懇敕下順天考官，除各房業經薦卷外，由内簾監試，核明落卷確數，送交考官，以備搜擇，并於試竣摺内，將有無搜落取中之處附奏以聞。則考試諸臣自必倍加遴選，而衡量益歸允當。臣謹奏。

乾隆三十三年七月初五日奏。本日奉旨：該部議奏。欽此。

上封事第二摺

奏爲驗放月官夾單調用以昭公慎事。

竊查月選文官掣籤驗看，帶領引見，皇上每於所掣各缺酌量對調，做籤之弊，技無所施，法至善也。恭逢起鑾後，命留京辦事王大臣驗放月官，有年力衰老者奏請改教，其餘準照所掣之缺赴任。此係聖朝體恤微臣，不令前往行在，及守候回鑾，引見驗放而不調用，恩至渥也。惟是得缺高下之分，天淵懸絶，而人情趨避之巧，乘隙而生。即如上月月選，知縣共十七缺，如江蘇之婁縣、阜寧縣，直隸之平鄉縣，缺較優；雲南之廣通縣，缺較遠。掣籤後告病者，係婁縣趙應鈞、平鄉縣鄒咏莪、阜寧縣柳枝南。吏部因其照例具呈，即照例扣人扣缺。但各該員於二十五日一同掣籤，二十六、七、八等日告病。四日之内，三人之多。可以卸六月引見之班，可以附七月驗放之例，可以坐獲原掣美缺，可以規避調用雲南。此三人者，臣亦未得其揑病確據，而形迹之間不無可疑，難逃我皇上之聖明洞鑒者也。

臣請嗣後驗放之例略加變通。凡留京辦事王大臣業經驗看過月選通判、州縣，并上月告病之扣人扣缺、未經引見等官，除年力衰老奏請改教，此外俱由吏部開列名缺履歷清單進呈。皇上據該員之事迹，揆得缺之繁簡，因地因人，量加調動，交留京辦事王大臣傳知。蓋引見之調用，期於人地相宜，因才原足以防弊；而驗放之奏調，仰邀聖明裁定，防弊即所以因才。况命官自上，於體制尤屬允協，於向例無事更張，而銓選益昭公慎。臣謹奏。

乾隆三十四年七月二十日奏，二十三日由内閣抄出二十一日奉上諭：

吴玉綸奏稱，六月分吏部籤掣，婁縣知縣趙應鈞、平鄉縣知縣鄒咏莪、阜寧縣知縣柳枝南三員，於掣籤後俱具呈告病，不無希冀卸六月引見之班，附七月驗放之例，可以坐獲原掣美缺，規避調用遠省各情節，請酌改驗放之例一摺，所奏甚是。部選各員得缺後，偶因染病，不能隨班引見，固亦情理所常有。但以六月分所選之員，距朕啓鑾時甚近，而同時告病者適有三人。此必自揣衰庸，慮引見時之甄材調缺，而利於王大臣之驗看向無更换，遂爾托病遷延。州縣銓除，爲外吏進身之始，豈容妄生趨避！而員缺久懸，於公事亦恐曠誤。此後，若朕在京，月選州縣有掣籤後告病者，准附於下月引見。如下次病尚未痊，該部即行開缺。至遇朕巡幸之前兩月，有托病不即引見，冀歸下月驗放者，一經具呈告病，即扣除開缺。將來另選得缺，仍著該部於帶領引見時，將該員原選缺分之遠近繁簡字樣，一并注明，候朕定奪。

如此，則詭避之技無所施，而銓選尤爲澄肅。著爲令。所有此次告病之趙應鈞等三員，即照此辦理。吴玉綸摺并發。欽此。

上封事第三摺

奏爲請分别鬥毆人數多寡、秋審酌改情實以懲凶横事。

竊思健鬥惡習，貽累地方，至糾衆肆毆，非嚴立科條，無以禁强悍而安愚懦。欽惟我皇上，刑期無刑，辟以止辟。臣於秋讞班上，悉心閲勘情實、緩決、可矜各招册，無不法當其罪。獨鬥毆一條，似宜有嚴加分晰以儆群凶者。

查直省招册中，鬥毆之案十居六七，鬥毆人數多寡懸殊。或一手一足，彼此傷斃，即情急趨救，一案不過數人。亦有糾約族鄰，當場加功，殺傷多命。地方官舉案中之關鍵，兩造内稍可省釋人等，量爲删除。其入招册而人數無多者，案情不盡從輕；其入招册而猶有多人，則案情較重。特以向來辦理鬥毆，有科斷同謀共毆之律，無區别人數多寡之條，是以秋審均入緩決。即如本年秋審招册中，安徽鄭景公、鄭會公一案，糾約六人，與徐增福等五人共毆，致傷三人，扎死二命，均擬絞入緩；蔣加進一案，糾約七人，與萬天林一人共毆致死，擬絞入緩；湖南龔長貴一案，以九人與傅榮清等九人共毆，致傷四人，戳死三命，龔長貴、龔連生、龔桃子均擬絞入緩；廖顯誠一案，以十四人與廖昌庠等八人共毆，致隕一命，擬絞入緩。由此四案新事而類推之，是鬥毆情形不一，糾衆亦多。

臣查邊省械鬥擬抵者，秋審入情實，嚴聚衆也。近年械鬥較前稀少。即本年械鬥情實各案，其聚衆多者如福建林獅計十人，廣東蔡寧高計九人；其少者如廣東蔡阿安僅四人，李越全僅三人〔一〕。此皆聖天子整綱肅紀，矜弱抑强，故於沿江濱海之區，收弼教明刑之效。何以附近省分鬥毆各案，動輒六七人至十三四人不等，兩造互抵，幾及二十餘人，較之邊省械鬥聚衆爲數轉多？此固在封疆大吏暨各有司官平時留心整頓，然而遇事執法，不得不明設科條，區多寡，定緩實，力爲懲創也。

臣查『鬥毆』各條：首嚴誅；意無心傷人者，緩之矜之；有心殺人者〔二〕，情實之；火器殺人者，情同故殺，俱情實之。皇上至聖至明，揆情定案。天下豈有好勇鬥狠，糾約六七人至十數人，而其心不欲傷人者乎？豈有糾約六七人至十數人，持刀挾杖，而其勢能不殺人者乎？其心非不欲傷人，即不得與無心傷人者等；其勢不能不殺人，即宜與情同有心殺人者等。如此而猶以傷由互毆，殺出無心一概入緩，未免情重法輕。

臣謹就鄭景公等四案糾衆六七人至十四人之數，援本年械鬥聚衆各案，較算多寡，酌量定額。應請嗣後除鬥毆不及九人者，或情實、或緩、或矜，仍照舊例辦理外，其聚衆自九人以上，殺人擬抵者，比照械鬥例，秋審入情實。伏見勾到之期，皇上親行裁奪。凡案情一綫可原，俱從寬宥。近於招册内大逆緣坐之徐庚改爲監候，聖諭愷切周詳，尤大彰明較著。是情實中不盡予勾之人，恩出自上；而緩決中有應情實之犯，法在持平。總使糾衆逞凶，不與尋常鬥毆一例入緩。不但獷悍之徒有所儆戢，即於地方風俗民情，似亦稍有裨益。臣謹奏。

乾隆三十四年十一月初十日具奏。本日奉旨：該部議奏。欽此。

【校記】

〔一〕『越』字，《國朝耆獻類徵初編》卷九十六引作『樾』。

〔二〕『殺』字，錢棨《香亭先生年譜》『己丑，先生年三十八歲』譜引作『傷』，誤。

奏換樂善堂全集摺

奏爲奏明恭换《樂善堂全集》事。

臣於本月奉命稽查右翼覺羅四學，敬檢各學欽頒書籍内，正黄旗存有《樂善堂全集》四部，鑲藍旗三部，鑲紅旗一部，俱係原本。正紅旗存四部，二係原本，二係定本。

恭查《樂善堂全集》自乾隆二十四年定本告成，特允廷臣所請，准以原本陸續繳换。誠以原本内皇上御名屢見，理宜及時繳换，以昭敬謹。又於乾隆三十五年，因定本奉旨更换序文，所有二十四年後賞過定本，亦并送繳更换。是《樂善堂》原本暨未换序文定本，均係久應恭繳請换之書。

今臣所查四學，共存原本十部，計二十套，一百九十四本；未换序文定本二部，計四套，三十六本。俱經臣敬謹查點，飭各學副管封貯，俟命下賫繳恭换。伏思四學既有此應换之書，此外各官學不能保其必無。各省奉行雖久，亦或不免有遺漏之處。仰請敕下各該學查明有無存貯，一體繳换。并諭各督撫臣再行加意體察，詳悉辦理，以歸畫一，而昭敬謹。臣謹奏。

奉旨：著再行文各處，令其即行查繳。欽此。

請定補武善射教習逾限處分

奏爲請補武善射教習并定逾限處分事。

竊查各學於滿漢教習副管而外，額設武善射教習一員，教諸生馬、步、箭，所以服習勤勞，嫻之於素也。但各學武善射教習缺出，向由八旗武善射充補，輾轉遲延，每有懸缺至一二年未補者。即如臣所查右翼覺羅四學，鑲藍旗學武善射教習於乾隆三十八年十二月開缺；正黄旗學於三十九年七月開缺，鑲紅旗學於十二月開缺，俱經該學副管隨時報明去後，迄今俱未補員。

伏思騎射爲諸生要務，考校乃教習所司。若累月經年乏員董率，則闔學諸生弓馬日就荒疏，殊非所以仰體聖朝立學設官、訓練人材之至意。臣於去年曾飭該學副管，有通曉射義者，不時與諸生講習，究以事非專責，終無實濟。而叠飭行催，未經咨補。仰請皇上敕下承辦該衙門，將右翼覺羅三學所缺武善射教習即行補員，飭令到學任事。嗣後各學武善射教習補缺，應作何勒定限期，酌定逾限處分之處，并懇敕議章程辦理。庶員缺不致久懸，於諸生騎射似亦稍有裨益。臣謹奏。

奉旨：該衙門議奏。欽此。

再請補武善射教習摺

奏爲再行奏聞，請補各學弓箭教習事。

竊查各學弓箭教習，向由十五善射充補。臣所查右翼覺羅四學，自乾隆三十八年陸續開缺未補者，共三學。經臣奏請補員、酌定逾限處分一摺，於本年二月具奏。奉旨：『該衙門議奏。』續經宗人府議准，各學教習由閑散十五善射補放，如逾二十日限不補，即參奏，交部議處等。因於二月二十八日具奏。奉旨：『依議。欽此。』欽遵行，知各學在案。是承辦各衙門自應詳悉查明，如有員可送，即行咨補；如無員可送，即應一面奏請，挑取閑散十五善射後，一面將右翼覺羅三學缺員，暨各學似此經年懸缺者，俱一體補放。庶各學諸生得以及時學習，無曠無逸。乃自二月迄今，半載有餘，而右翼覺羅三學缺員如故。有定議勒限之名，無奉行補缺之實，非所以仰體皇上立學程材、俾八旗諸生留心騎射之至意。臣職司查學，若聽其仍前因循，恐該生等乏人董校，弓馬日就廢弛，尤非所以恪遵皇上派員稽查循名責實之至意。謹繕摺再行奏聞，請旨。臣謹奏。

九月二十八日奏。奉旨：着交軍機大臣訊問宗人府具奏。欽此。

請假祭掃摺

奏爲懇恩給假事。

竊臣父子世受皇上天恩，至優極渥。自乾隆三十三年，臣爲臣父原任閩撫吴士功丁憂服闋，供職闕廷，仰荷聖慈，豢養生成。迄今十有二載，感激難名。兹恭逢明春翠華南幸，奉派臣隨駕於順河集留駐。查該處與臣籍豫省壤地相接，仰懇天恩，准臣於順河集恭送聖駕後，賞假十五日，回里祭掃，稍申秋霜春露之思。仍即趨赴順河集大營，恭候聖駕，扈蹕回京。不揣冒昧，耑摺籲懇。伏乞聖慈垂鑒，臣不勝悚切待命之至。謹奏。

乾隆四十四年十一月初九日奏。奉旨：准給假。欽此。

請貤贈曾祖父母摺

奏爲懇恩貤贈事。

竊本年正月，臣於太常寺卿任内加二級，恭奉恩詔，應領正二品誥命三軸，臣祖父母及父母均得仰邀寵錫。惟臣曾祖父吴宏緒、曾祖母楊氏，由原任福建巡撫臣父吴士功於山東鹽運使任内恭遇覃恩，曾領三品誥軸。兹臣仰懇天恩，請將臣本身妻室正二品封典，貤封臣曾祖父母。臣得邀推仁錫類之榮，稍慰報本追遠之意，荷沐恩綸，舉家頂戴。爲此恭摺具奏，伏乞恩鑒。謹奏。

乾隆四十五年十月初十日奏。奉旨：准貤贈。欽此。

請酌定司員回堂之例

奏爲請酌定司員回堂之例以昭公慎事。

竊查在京各衙門事件，向係司員具稿，呈堂畫題。或堂官意見不同，扣稿不畫，每令司員轉回各堂，往來商辦，率以爲常。伏思各衙門稿案繁多，堂官亦有兼攝衙門，凡司員呈堂畫稿，原不皆各堂會齊之時。即各堂所畫稿案，亦不過間有异同之處。但意見既有异同，司員自應回明各堂。而其所以异同之處，必須各堂各就所見，公同面商，酌歸妥協，方於公事有益。若僅令司員轉達，恐傳述之際，或瞻顧囁嚅不能曉暢，或依違迎合增減其詞，甚至乘間徇私，轉於公事滋弊。況同堂爲公事起見，本宜和衷相質，或終歸畫一，或兩議具奏。所謂『所言公，公言之』，何必借司員之輾轉傳述，以啓遷就調停之漸？

應請嗣後各衙門事件，其無意見异同者，一切照例辦理外，如司員具稿畫題後，有扣稿不畫之堂官，該堂官即於辦事衙門，及相見公所，將所以异同之處面商酌定。毋得僅令司員轉達，致稽時日，以滋紛擾。如有仍前僅令司員轉達者，即請交部議處。庶辦論益昭公慎，而折衷更易集事。臣謹奏。

乾隆四十五年十二月初十日奏。本日奉朱批：此奏是，依議行。欽此。

請定京畿道御史承辦堂稿處分

奏爲敬陳管見以嚴責成事。

竊查在京各衙門事件，俱係司員具稿，呈堂畫題。如有應得處分，將該堂司一并議處。惟臣衙門議奏議覆及一切事件，俱由京畿道御史具稿承辦，呈堂畫題。向來遇有處分，則但及堂官，而具稿承辦之京畿道，從無處分之例。

伏思京畿道御史爲臣衙門保題之缺，爲代堂辦事之員，責任綦重。既已列名具稿，辦公錯誤，猶得置身事外，幸免吏議，非所以重官守嚴責成也。應請嗣後臣衙門凡有議奏議覆一切事件，由京畿道具稿，呈堂畫題；如有辨理不合，應得處分者，將都察院堂官及京畿道御史俱交部議處，似於辦公之道益得慎重周密。臣謹奏。

乾隆四十五年十二月初十日具奏。本日奉朱批：九卿議奏。欽此。

請祈雨陪祀諸臣在署齋宿摺

奏爲請定祈雨齋宿之例，仰祈睿鑒事。

竊查每年舉行祀典，凡陪祀官員應齋戒三日者，在署齋宿；二日者，在私第致齋。各衙門歷奉遵行在案。至祈禱雨澤，原係偶一舉行之事，禮部臨期傳知齋戒二日，是以陪祀官員相沿亦在私第致齋。

伏思祈雨本無常期，而隨時具舉，則其事爲重。我皇上敬天勤民，無日不以惠養黎元爲念。偶遇天時稍亢，大田望澤，或親詣龍潭，或特遣王公大臣敬申祈禱。在承祀大員，固無不齋宿致虔，而陪祀諸臣，仍歸私第，似非所以夙夜寅清、仰體聖主顒望和甘之至意也。

臣愚請此次舉行祈雨之典，所有應行陪祀大小臣工，俱著在公署齋宿，各致明潔誠敬之忱，以迓神庥。并請嗣後永著爲令。是否可行，伏候皇上訓示。謹奏。

乾隆四十八年五月初三日具奏。本日奉旨：依議。欽此。

辛丑科會試録序

乾隆四十有六年，歲在辛丑，會試天下貢士。上命臣德保、臣謝墉爲考官，而以臣沈初、臣吴玉綸爲之副。竊念臣玉綸學殖淺陋，世受國恩，忝列詞館，洊擢臺垣。兹復寵以掄才之任，滋慎滋懼。爰偕同事諸臣，得士如額，録其文尤雅者進呈。臣謹拜手稽首，綴言簡末。

臣聞文所以載道也。國家以制藝取士，久而不易，蓋代聖賢立言，載道之文莫切於此。伏讀御製詩云『言孔孟言大是難』，洋洋聖謨，嘉惠士林。諭以釐正文體之道，至再至三。臣等服膺聖訓，受事之日，殫思竭力，勉副任使。凡文之登選者，蘄有以發明聖賢之藴。而新奇艱僻、詭於道者，弗與焉。

夫言以明道，各隨所見分量以修詞，有淺深而無异同也。不獨古文與時文异流同源，即時文中風檐遇合，與先正流傳之作，體裁微有不同，皆以有裨於道者爲貴。故其義如日月江河，其辭如布帛菽粟，其實必本於講明義理。根柢經術，博參史傳，而又運以氣，馭以法，無軼乎清真雅正之軌。若夫矜揣摩以博取科名，爲剿説，爲雷同，是言不文矣；或抽秘騁妍，精意不存，文矣而何裨於道！昔之人所以擬諸好音過耳，重戒夫虚車之飾也。

是編所録，臣等合三場而嚴擇之，匝一月之力蕆事。蓋即道衡文，因文程材，庶幾仰副聖天子久道作人之化，稍抒乎以人報國之微忱云爾。

浙江鄉試録序

乾隆四十有八年六月，禮臣以浙江鄉試考官上請。奉旨，命臣吳玉綸，偕臣邱庭漋往。

竊念臣玉綸至愚極陋，世受天恩。臣以乾隆二十六年進士，奉職詞館，由科道洊擢今職。乃蒙簡畀優隆，屢與文衡。乙酉、甲午充順天鄉試同考官；辛丑充會試副考官。兹癸卯鄉試，又承浙江正考官之命。星馳在道，循省增慚。八月朔日到杭州，按期入闈。維時監臨則巡撫臣福崧，提調則寧紹台道臣印憲曾，監試則温處道臣沈樹聲，内簾監試則温州府知府臣方林。恪稟規條，内外嚴整。爰進學政、宗人府府丞臣竇光鼐所録士八千有奇，扃闈三試。臣偕副考官臣邱庭漋，率同考官知縣臣田嘉種、李會、嚴承夏、李汝麟、李光時、張發桃、王繼槐、彭載賡、袁文暻、宫履基、張國寶、曲阜昌、喬萃榮、田青、王恒、張士彦等十有六人，殫心校閲，謹遵定額，取中舉人九十四人，副榜貢生十八人。事竣，謹録其文之前列者，恭呈乙覽，臣例得颺言簡端。

臣聞唐臣韓愈之言曰：文猶水也。涓滴之微，澗瀵之細，同條共貫而赴大壑者，積纍者厚也；朝潮夕汐，大波爲瀾，激而上行者，運用者大也。浙江發源於歙，出新安江；衢之水自玉山來，與金華之水匯桐江，東歸於海。海潮由鱉子門入，龕、赭束之，乃越定山，經漁浦，至富春江而平。蓋靈光鬱積，士子誦讀其中，得乾坤之清氣者多也。天下之水，莫奇於浙；天下之文，莫盛於浙，固其宜也。我國家重熙累洽，宙合漸摩。浙爲東南名區，鑾輅五臨，周詳擘畫，宸章奎藻，照耀湖山。瞻雲漢而覲日星，尤多士遭逢至幸。文治光昌，誠非一朝夕之故矣。以臣謭陋，獲觀其盛，何榮如之！雖然，江海之大必尋其源，才華之文必衷於理，况制義代聖賢立言，尤不可以無本之學，苟且嘗試也。浙東西士盈數萬，權之以才而入者半，衡之以理而入者又半，豈文不難於使才，而難於言理耶！且理大物博，而後爲才，不枉用耶。爲文者疏瀹以暢其勢，堤防以正其趨，謹持於濫觴之始，而曲達乎歸墟之大。研經窮理，百變不離其宗。夫然後遠契乎唐臣論文之旨，而蔚然爲盛世有用之人。洵矣！由水之清而文得其醇，由文之清而人得其正也。

甫撤闈，又奉恩命，視學八閩。閩爲海疆，山川清淑，與浙大略相同。臣惟有持此區區之誠，始終罔敢失墜，庶幾於聖天子振興文教，慎重持衡之至意，仰副萬一也夫！

維時官浙土者，鎮守杭州將軍臣常青〔二〕、副都統臣舒楞額、閩浙總督臣富勒渾、浙江巡撫兼管鹽政臣福崧、乍浦副都統臣永慶、提督浙江水陸總兵官臣喬照、定海總兵官臣陳標、黃岩總兵官臣弓斯發、衢州總兵官臣常泰、温州總兵官臣黃大謀、處州總兵官臣明安、布政使兼管杭州織造并南北兩關稅務臣盛柱、按察使臣孫栝、糧儲道臣王廷燮、鹽道臣舒其紳、杭嘉湖道臣周克開、寧紹台道臣印憲曾、金衢嚴道臣德克進布、温處道臣沈樹聲、杭州知府臣鄭澐，例得備書。

都察院左副都御史臣吴玉綸謹序。

【校記】

〔一〕『青』字，原作『清』，據錢實甫《清代職官年表》校改。

香亭文稿　卷三

楊古愚詩鈔序

余生平篤於交，擇交亦嚴。當湖楊子古愚，余心交友也。甲戌省覲歷下，與締文字好，恨相見晚。每當夜分，月浄星疏，芒角欲動，户外更聲徐度，余兩人猶清坐一燈，或對床共語，固爾我忘形哉，然而感慨係之矣！

昨春，同先師曹鳴廷讀古愚入學文，余謂楊氏兄弟振箕裘舊業，以雁序爲諸生，聲噪藝苑，駸駸盛矣。先師曰：『天之數遠，不能測，而地足驗也。浙江十有一郡，多畫山爲界。嘉獨北鄰震澤，大海逶迤抱其南。屬邑之濱於海者，爲海鹽，爲平湖。平湖又引吴淞、三泖之水，叠溆數百里，銀濤雪浪，人家如在空濛烟靄中。清淑佳氣，宜有鍾其靈者。』

今古愚能文，兼工聲韵，其清華類温、李。至淵源大曆〔一〕，與王新城所選《唐賢三昧集》指歸爲近。每得新詩，輒呼余讀。每讀，必數過不釋手，因嘆先師夙昔傾賞非誣。會見和聲鳴盛，接武承明於著作之庭，所謂人杰地靈，信有徵也。他時泛舟鸚鵡，覓句於弄珠樓前，向九峰高處咏嘆長吟，作湖山主人，當與古愚同調。由後而今而昔，迴思書堂欣賞作合之由，譙國風流，渺如隔世，不愈增子敬人琴之感耶！兹因序詩而及之，想古愚篤於交誼，亦必惘然於懷也。

【評語】

前半叙次，後半設論，昌黎《送李端公序》局法如是。文特清婉，能移我情。——莊本淳

寫交情，寫山川，與序詩都成一片，音節庶與歐公相埒。——弋山二兄

叙次議論，虚實相生。中借曹師爲波，致映帶迴環，益增交誼之重。——兄青山

地靈人杰云耳，描寫兩浙境地，竟似一幅王晋卿《烟江叠嶂圖》，真奇觀也。收段寄情綿渺，又如聽十八拍笳聲，殆難爲懷。——受業盧蔭溥

【校記】

〔一〕『曆』字，原避諱寫作『歷』，今依例校改。

楊硯耕學圃圖序

藝成曰小道。而農圃，則古君子多隱於此。硯耕楊先生承先世詩禮，研精藝苑，兼擅衆長。戊辰冬，余侍家嚴廣川糧署，得覩丰采，盎然天趣。越歲，兩郎君先後成諸生。次君星標，甲戌春

省覲歷下，與締文字交。出先生《學圃》小照示余，屬爲序。

昔張文詡灌園讀書，州郡頻舉不應；匡山離垢園者，劉慧斐隱處也。茲其有慕而爲之歟！昨春讀書佛峪僧寮，聞澗中犬吠，先生緣徑斜登，見我索新詩。時雲山窺户，烟樹怡人，憑几目送，謂他日縛茆此間，鋤瓜種菜，飽啖風露，享世外清福，於願足矣。披此圖，覺言猶在耳。龍山一帶，村舍、藥嶼、蔬畦，歷落紙上。鏡塘莊年丈有《借畦説》，曾快讀之，謂不禁於取也。不知圖中風味，亦容借我否？雖然，董子下帷，不窺園者三年，古人勤學如此，竊自愧。轉與星標勉哉：明正旋里，隨長君蒼石得取科名。先生樂後起之有人，以其閑身，當於五老峰前結草廬數椽，抱幼孫，約故舊，閑話豆棚下。霜圃風清，晚香沁入心骨，所云人在畫圖中也。其視余言爲券！

【評語】

中間即景寫事，并將引入古人錯綜揉合，部位正復井然，最得『即』『離』之妙。擬諸前賢，其在堯峰、竹垞間乎？——翁樸園

清光襲人，矜躁盡釋，令我憶陶淵明『心遠地偏』之句不置。——莊本淳

送弋山二兄南旋序

別離之苦，自古難之，而昆弟尤甚。東坡與子由詩曰：『夜雨何時聽蕭瑟。』又曰：『對床定悠悠，夜雨空蕭瑟。』子由答坡公詩亦曰：『誤喜對床尋舊約，不知飄泊在彭城。』以眉山伯仲豪興飛揚，遷竄於荒烟海角，流離飢寒飢寒，極人生所最難堪者，其在循、儋、雷州諸作，終無一憂愁語；獨至骨肉聚散，惓惓若此。每經披覽，不能終卷。

琦兄妹各一，同氣寥寥，相依爲命。乙亥春三月，隨兄別妹於故園，省大人西安臬署。冬十月，兄南旋。短衣結束，單騎就道。余送至灞橋，意慘然不樂，是用破涕爲笑，聊以壯語相慰。而兄把袂誦舊作曰：『「天寒衣苦薄，日短路還長。」此汝辛未冬送余別句也。今又別矣，夫復何言！』琦爲目送移時。去半里許，聞馬嘶悲切，遥望塵盡雲天，斷雁寥唳，近堤衰柳，風吹作蕭蕭聲。送人人去，我亦返渡歸來，日下春矣！有頃，大人還內署。昨兄弟左右侍，授瑣屑家事；今獨幼子在側，離緒紛披，兩喻不忍言。案牘倥偬，侍檢校畢，而退入室，坐孤燈下。街鼓逢逢，星月窺户牖，寢不成寐。忽若頻呼阿弟者，謂日已高矣，胡弗速起！蓋平時連床，情思復驚於夢也，而窗猶未曉。計自趨庭，百五十日，每夜深不寐，兄必走視戒予：『目病，勿久親燈火。』東方甫白，即促起入館。凡勖我以文章，敦我以倫理，情可繪而意無窮，不減於彭城話舊者，類如斯也。

據鞍載道，猶諄諄以余病目牽懷，用手撥視雲翳，而後緩轡以去。想歲寒可歸里門，余兩人春齋破寂，曾手植磬口梅數株，特試新花，庭除有大楙結實纍纍，與緑萼相映綴，戲抱小兒子日寅，偕幼妹觀之，應觸遠思，念灞橋風雪，冰署寥落也。爰書寄之，以爲异日對床之約云。

【評語】

只就家常細碎及臨别時風景曲折繪寫，字字含酸茹嘆。江文通賦《别》，所謂『黯然銷魂』者，得諸散體文爲尤難。可想見陟岡瞻望之至情矣。——褚筠心

本是寫情，偏從寫景中繪出；本是寫景，偏從寫情中生來。解此秘妙，筆端自有造化爐矣。——受業萬承風

宋汝和有方詩草序〔一〕

宋君汝和次甲申以後宦游之作，附録己卯暨癸未詩成集，繫曰『有方』，不忘親也。余於司農爲年家子，丁丑識汝和於大梁。癸未，汝和需次都門，交彌篤。今歲夏五月，來奔司農喪，出其旅感近作以示，又舉《有方詩草》，屬爲序。

夫父子者，天之性也；離合者，人之情也。情由性生，性至，而情亦至；情至者，詩亦至。

汝和以名諸生牧於蜀，非游無定踪者比也。乃以自公之餘，雜吟咏於案牘間。或思親而作，或非思親而亦作；或因親之念已而作，或知親之不必念已，而詩無不作。總以至情至性所流溢，寓其意於蜀山巴水，若遠若近之間，『有方』之集所由名乎！

汝和有弟儼若，亦工詩，將偕之扶櫬歸吴下矣。余兩家先大夫相繼卒世，從此孤露飄萍，長抱痛於東西南北之人，求如曩者備官京内外，以有方之游，遥慰白雲親舍，而都不可得，余又奚能讀汝和集而不怦怦動也！雖然，余讀汝和集，而心以觸而動；余未讀汝和集，而心已無所觸而自動，猶汝和集中意也。想其音容，地不以遠近分；繼其志事，道不以存亡异。三年無改，依然必告必面之情也。願持此『有方』之義，與汝和始之終之而共勖之。

汝和詩約千餘首，其感時賦物，吊古抒懷，亦不一格，類皆温柔敦厚，不容已於性情之言。所謂『載馳載驅，念我父母』『言之不足，而長言之；長言不足，而咏嘆之』。讀其詩者，孝弟之心油然而生矣，不獨旅感言哀，於予衷有戚戚焉！用溯其離合之緣，竊附於詩人敦勉之義，題數言而歸諸汝和，以徵不忘親之實迹云爾。

【評語】

至性至情，觸處流溢，所謂人與文俱傳也。每讀吾師集中類此言情之作，真氣勃發，令人愛敬之懷

彌摯。——受業錢棨

【校記】

〔一〕宋思仁《有方詩草》收録此序。詩集刊刻於乾隆三十八年（一七七三），諸序皆以手書上板。《香亭文稿》與《有方詩草》所録，兩相對比，文字改動極大，篇幅增多三分之一，幾致校記無從措置。究其原因，當不盡在原編焚毁之故。《有方詩草》所收之序作於乾隆三十五年（一七七〇），而吴玉綸最後編定文集時間在乾隆五十九年（一七九四），距此篇之初成已有二十餘年，恰處仕途升降之兩端。今兩稿并存，俾讀者體察其雖蒙冤而志不奪之心，以及老成文章綿密順達之變。《有方詩草》原叙如下：

《有方詩草》，宋汝和兄次甲申以後官蜀之作，附録己卯暨癸未詩共若干首成集。繫曰『有方』，不忘親也。余於司農爲年家子，丁丑識汝和於大梁。癸未，汝和需次都門，交彌篤。今歲夏五月，來奔司農喪，出其旅感近作以示，并出《有方詩草》，屬爲叙。夫天者，人之始；父母者，人之本。語曰：『事親孝，故忠可移於君。』汝和以名諸生牧於蜀五載，暇則雜吟咏於案牘間，治行蒸蒸日上，此其文章、政事，豈能以無本之學措而裕如者乎？陟彼錦官城而興懷白雲，良有以也。汝和有弟儼若，亦工詩，今汝和將偕之扶櫬歸吴下矣。余兩家先大夫皆先後卒世，兩家子弟其何以孤露餘生，以引以翼，克承先德，以仰招聖天子眷念殊恩，勿負汝和標題『有方』兩字之義，則幸甚！然而言之匪艱，行之維艱。自來仁孝之心推暨，原無涯涘，汝和益勉旃！至《有方詩草》，披讀一再過，類皆有不容已於性情之言，不獨旅感言哀於予心有戚戚焉。用溯其離合之緣，竊附於詩人敦勉之義，題數言而歸諸汝和，以徵不忘親之實迹云爾。

乾隆三十五年歲次庚寅閏五月，鴻臚寺少卿香亭世愚弟吴玉綸拜書於古藤書屋。

宋况梅少農制義序

歲甲午，吾友宋君汝和來都門，携其子林從余游，講制舉業。余方愧無以應也，尋出其尊甫况梅少農制義示余，將付之剞氏，屬爲序。

余惟立言爲三不朽之一，文章者立言之一，制義又文章之一也。其所托者尊，其所發攄必根極於聖賢理道之要，非夫洞見大意、深造而自得者，不能絶去依傍，卓然成一家言。且其體雍容揄揚，雅近於古者，敷奏以言之義、言之文、行之遠，蓋其難也。

少農自丁巳入翰林，揚歷中外數十年，鴻猷盛業，標映一時，非僅僅以制義名者。嘗即其所作，就公餘一再披讀，如玄圃積玉[一]，無非夜光，要皆原本經術，而束以先民法度。其諸文章爾雅、訓詞深厚者歟！唐人稱燕許爲一代大手筆；有明三百年，以宋金華爲文物冠冕；本朝京江相國文，玉佩瓊琚，綽有曲江風度。吾於少農茲集，殆仿佛見之矣。抑又聞河東柳氏云：立言者存乎其中，即末以操其本，可十七八。蓋其語言吐屬間，皆有精神之運，心術之動，足以覘一生之品節經濟，非可襲而取也。裴行儉云『士先器識而後文藝』，言有過人之器識，而文藝乃可貴也。古今來科名爵位炫赫一時，不旋踵而碌碌無聞者，曷可勝道！讀少農集，當以此意求之，而後知人與文俱重也。既以是識諸簡端，并語汝和：『凡教子以繩祖武者，將於是乎在！』

【評語】

文以風度勝，神似盧陵。——受業玉保

語言吐屬間，足徵一生之品節經濟。此語可勒彝鼎。歷觀史傳人物，方知爲不刊之論。——受業秦承業

【校記】

〔一〕『玄』字，原以避諱作『元』，今依例校改。語出《晉書·陸機傳》，葛洪稱陸機文『猶玄圃之積玉，無非夜光』。

才調集箋釋序〔一〕

從來説經之家，窮理與箋疏并重，誠以理歸於約，必先義詳於博。我夫子詔小子以學《詩》，

『鳥獸草木之名』於『興觀群怨』而遞及焉。即元公作《爾雅》，亦釋詩者居多，不獨陸璣一《疏》開後世釋名物者數十家也。《風》《騷》而後，詩學莫盛於唐，前後選本不一。於蜀則有監察御史韋縠《才調集》十卷，詩千首，一百七十餘家。大約導源漢魏，沿溯六朝，如原《敘》所云『韵高而桂魄争光，詞麗而春色鬥美』者。相傳始刻於宋時沈氏，前明則有臨安陳氏刻本、華亭徐氏鈔本。虞山馮定遠復得錢、葉、趙、宋諸家鈔本，印証校勘，加以評點，蔚爲完書。而箋注猶闕，讀者惜焉。今天子振興雅化，鼓吹休明，特開四庫館，購訪遺書。此集仰邀睿定，收集部之『總集類』，用廣流傳，誠稽古盛事也。

吾友汝和宋君以甲午春赴選來京，出《才調集》一編示余〔二〕，曰：『此先大夫所箋釋，蓋就同郡殷君于上本爲之廣輯成書，余小子竊亦增注一二，藏諸篋中有年矣。請叙而付諸梓。』余於是受而讀焉。

或有以是集載李與元、白，不載杜，且多以一人互見各卷及叙次諸人不拘時代爲説者，自屬擇精語詳之意〔三〕。然縠生五代文敝之際，惟以濃麗秀發救當時粗俚之習，故所録多晚唐而不及少陵，義各有當。《四庫全書》稱其『於詩教有益』，洵定評也。至於傳抄日久，間有凌佚，存參考而寄幽情，好古者往往如斯。况緣殷本而增之又增，其徵引也博，其辨晰也精，此真藝林之大觀，庶幾接箋注於《選》《騷》者矣。且余有取於兹集之箋注，豈徒循誦章句、掇拾故事、誇多鬥艷以矜其才富調高云爾哉?將由是而沿流溯源,綜覽三唐升降,從漢魏六朝上探《騷》《雅》;本温柔敦厚之教以和聲鳴盛,察貞淫正變之原以善俗宜民,當有措之裕如者。子行矣!异日用弦歌報最,與古所謂『登高作賦,遇物能名』者,其從政可媲美焉。於以宣上德而繼家聲,未必不有得於兹編。是爲序〔四〕。

【評語】

擇精語詳,氣疏以達,不專以考據名家。——褚筠心

一路紆徐寫去,入後大聲發於水上,蕩人心目。——受業劉元吉

【校記】

〔一〕題中書名『才調集箋釋』,至宋思仁付之刊刻時易名爲《才調集補注》,是爲乾隆五十八年思補堂刻本。書中收録此序,題作《才調集序》。

〔二〕『余』字,《才調集補注》作『予』。本篇各『余』字,《才調集補注》皆作『予』。

〔三〕『意』字,《才調集補注》作『義』。

〔四〕《才調集補注》於此後增有『乾隆三十九年甲午仲春穀旦古蓼吴玉綸』。

曹習庵刻燭集序〔一〕

戊戌孟冬，曹宮允習庵於消寒席間，出《刻燭集》一卷示余，屬爲序。〔二〕蓋自癸未至乙酉〔三〕，與諸同人京邸聯句詩也〔四〕。詩有贈答〔五〕，有唱和，有分題分韻。尚矣！漢武《柏梁篇》〔六〕，說者謂『聯句』所由昉。唐宋集中，間有作者，大抵争奇鬥巧，總期不詭於大雅耳。今夫輪輻蓋軫，閉門而造，不出一手，而同適於九軌之用者，其工力鈞也；琴瑟柷敔，鐘磬鼗鼓，八音繁會，而同協於黃鍾之律者〔七〕，其音節諧也；熊蹯麟脯〔八〕，春韭秋菘，雜陳於五都之肆，而皆以備易牙之供者〔九〕，其氣味和也。由此意推之，可以讀此集矣。

余竊又有感也。諸君子遭逢聖世〔一〇〕，蘄至於立德、立功、立言之大，以其餘閑，以觴以咏，可謂一時盛事。迄今纔十數年〔一一〕，如東亭、厚石、少華〔一二〕，既相繼徂謝，璞函又殉木果木之役〔一三〕，與先六兄左黃同邀恤蔭〔一四〕，士論榮之，而逝者皆不可作矣。其存者，或奉使馳驅，或歸故里；其聚於京者，陟九列、董四庫，類皆夙夜在公，匆匆無寸晷暇〔一五〕，欲如曩時從容游燕〔一六〕，游戲於筆墨間，而亦不可多得矣〔一七〕。今習庵出是集，而余爲之叙其緣起也〔一八〕，聚散存殁之感，各有深焉者也。抑所以相勖於不朽之故者，當何如也〔一九〕。不然，詩乃諸君子之緒餘；聯句之作，諸君子詩之緒餘也，豈果以是爲重輕乎哉！

【評語】

諸法畢備，尺幅中具有萬里之觀。——家白華

憶癸未迄乙酉，余以庶常留史局，日夕編摹，未得與茲雅集。迨戊戌秋，習庵自關中歸，余公事稍稀，得與諸同年追歡文酒，飛箋擊鉢之興，不減前期。閱今十數年，又復風流雲散，而習庵墓草久宿矣。讀先生文，不禁感慨係之。——褚筠心

【校記】

〔一〕王昶輯《湖海文傳》卷三十二、蘇源生輯《國朝中州文徵》卷二十俱收録此文，并題作《刻燭集序》。而文字之互异處，《國朝中州文徵》基本與《湖海文傳》相同，可見《國朝中州文徵》選録此文所據爲《湖海文傳》本，間亦有抄寫之誤。又嘉慶間王昶等人主修的《直隸太倉州志》卷五十六『藝文五』於曹仁虎諸集下附録有『吴玉綸序《刻燭集》』全文，亦出自王昶處，而時間上有所改動。朱則杰先生《吴省欽『城南聯句會』與曹仁虎刻燭集》一文言之甚詳，見《明清文學與文獻》第三輯所載。今以《湖海文傳》爲主作校，《國朝中州文徵》和《直隸太倉州志》僅標出改動或抄寫之誤者。

〔二〕『宫允』，《湖海文傳》作『春坊』；『卷』字作『帙』。『於消寒席間』『屬爲序』，皆無。

〔三〕「癸未至乙酉」，《湖海文傳》《國朝中州文徵》皆同，而《直隸太倉州志》改作「甲申至丙戌」。由本篇下所録褚筠心評語「憶癸未迄乙酉」句，亦可知直隸《太倉州志》爲誤改。

〔四〕「諸」字，《湖海文傳》無；「詩」字作「作」。

〔五〕《湖海文傳》於「詩」字前增「夫」字。

〔六〕《湖海文傳》於「漢武」前增「而」字，「篇」字作「詩」。

〔七〕「黄鍾」，《湖海文傳》作「黄鐘」，通用。

〔八〕「鱗脯」，《湖海文傳》作「鷄跖」。

〔九〕「供」字，《湖海文傳》作「調」。

〔一〇〕「聖」字，《湖海文傳》作「盛」。

〔一一〕《湖海文傳》於「年」字後增「耳」字。

〔一二〕「少華」二字，《湖海文傳》無。

〔一三〕「役」字，《湖海文傳》作「變」。

〔一四〕「蔭」字，《湖海文傳》作「蔭」。

〔一五〕《湖海文傳》於「京」字後增「師」字。「九列」作「卿貳」，「董四庫」作「校秘書」，「匆匆無寸晷暇」作「少宴息之暇」。

〔一六〕「游燕」，《湖海文傳》作「談宴」。

〔一七〕『多』字，《太倉州志》缺。

〔一八〕『今』字，《湖海文傳》無。『出』字，作『之存』。而《國朝中州文徵》又於『余』字後衍『之』字；『也』字，《直隸太倉州志》缺，皆爲鈔録之誤。

〔一九〕《湖海文傳》於『當』字之前增『更』字。

儲玉函詩稿第三卷序

余與儲玉函爲辛巳同館選友。歲乙未，玉函由部曹出守鄖陽，彙其辛巳以後與諸同人倡和詩第三卷付梓，屬余序。其前兩卷，錢文敏司寇曾序而行之矣。玉函爲中子先生第三孫，固窮於家而富於學，累世有君子風焉。玉函好直言，言而當，言無隱；言而不當，必終其説。夫言之而聞者不以爲當，書所云『逆於汝心』者也，合於道者尤多。余嘗持此義與玉函相質，續先世文字交最契。

玉函家雖貧，其事繼母也，備物必周。諸弟侄暨親串仰食者，不下數十口。語曰『長安居，大不易』，不獨玉函爲然，玉函幾幾乎爲貧所病矣！雖然，貧何病？玉函將出守矣，惟能貧，必能爲賢太守，由太守而進之，玉函其常留此貧乎哉！諸葛武侯以淡泊明志，不使外有贏財；范文正公作秀才時以天下爲己任，此中得力，與子輿氏『降大任』之旨，實相貫通。他如立大功、成令名，而又享厚福，殆有天幸，人不能學，亦不必學。下此者朱門酒肉，無論矣。玉函其常留此貧乎哉，貧何病！

余取玉函詩而覆讀之，所以道其甘苦，徵其得力之處，較前兩卷更進一格，固衆所共賞，何待余言！雖然，玉函將出守矣，猶諄諄於半窗寒月，詩酒圍爐，比年來素心相質之義而索序。若言無裨於太守，非太守臨别乞言意也，豈祗窮而後工，不忘結習云爾哉！是爲序。

【評語】

以『能貧』二字反復推勘，所以道玉函詩境之工者在此，爲出守勖者亦在此。起伏頓挫，音節直逼古人。——曹習庵

將以直言贈友，先述友之好直言。横空而落，通篇意之所之，皆歸一貫。不獨序其詩，勖其爲太守，兩意相合也。清折紆餘，惟歐、王有此文境。——陳伯思

勁氣健筆，幾欲噴薄萬古矣！前拂後縈，又極唱嘆俯仰之致。玉函守鄖陽不數年，即赴修文，歸裝并無琴鶴。殆佩服良友教者深歟！——阮吾三

引藤書屋小照序

甲午之秋，余以太常卿與京兆試同考官，得十五人；取四庫館謄録，得百有五人〔一〕，荷天

子之信使也。徐子泰交卷薦未售。次年春，延主家塾。窗外，蜿蜒有藤花架焉。

一日，徐子指架上而請曰：『此即漁洋山人植於海王村者，先生以壬辰之遷居也，復分支於此歟？』余曰：『然。』『先生曾以藤之復榮也，繪《古藤詩思》一卷；及去歲而分支者始花也，又作《引藤書屋小照》於秋七月，然歟？』余曰：『然。』呼童子出兩圖觀之。徐子曰：『噫嘻！先生何愛斯藤甚也？』余曰：『否，否。何地無藤，何藤遽不如斯！』徐子曰：『先生即物而有彼美之思歟？』余曰：『否，否。漁洋往矣，何有於藤！居且已非，何有引藤！』徐子曰：『然則藤胡爲引？胡爲圖乎？』余笑而不答。既而，徐子喟然嘆曰：『我知之矣！旅舍之藤，漁洋偶樹之，先生偶值之。即曰枯而復榮，先生視之，會逢其適耳。自《古藤詩思》之卷出，而咏《古藤詩思》之人之詩傳，而先生與咏《古藤詩思》之人之交游氣誼，無不傳。然則引藤之説，謂不忘漁洋可也，謂不忘諸君子可也，謂先生不忘先生可也。昔郭恕先畫遠山一角，殆於斯圖中彷佛遇之。若夫商量舊學，涵養新知，引而伸之，即「緑滿窗前」意也。更有宜於書屋者歟？』

余於是正襟而告曰：『子之言，進而愈上矣！雖然，猶有説。方余之引此藤也，在可解可不必解之間。即余再圖此藤也，猶前記所云「相忘無相忘」之意。特以引而花，花而圖，圖甫成，而膺同考之命。今日得與諸同門撫物興懷，均叨雨露，豈以此徵嘉樹耶！而聖天子重掄才之典，簡用不拘常格如此。百爾君子，其益思所以勿負公明之任也哉！』

徐子爰請次其問答，以爲叙。

【評語】

見理明通。運以南華蒙莊之筆，實處能虛，入後意歸正大，局亦彌遒。——受業顧之炎

吾師文多端嚴典重之作，獨此篇用峭勁之句、抝折之調，若藴釀於《公》《穀》《檀弓》而出之者，老子其猶龍乎！——受業曾煥

【校記】

〔一〕『百有五人』，錢棨《香亭先生年譜》『甲午，先生四十三歲』條下記曰，選士有『謄録錢敬熙等一百十餘人』。

附録　引藤書屋跋

錢棨

辛丑歲，棨受知於香亭司馬夫子。暇日，以《古藤詩思圖》出示。藤爲漁洋山人手植，諸題咏言之詳矣。家太傅文端公句云『臭味尊前輩，風流此一燈』二語，真妙諦也。夫子曾於横街邸

第分本栽之，顔其書屋曰『引藤』。新陰舊緑，詩酒過從，抗前賢而蔭後學，天下文章莫大於是，又十七年於兹矣。是則斯藤所遇之幸，而聖朝人文瑞應淵源無替者，不獨東坡所云『草木皆可敬』，爲醉翁咏焉爾。

乾隆戊申季春，受業錢棨謹跋。

春郊歸省圖序

乾隆四十五年春，天子七十萬壽，湛恩澍濡，延及乎中外。乃諏吉，南巡狩，省方觀河。玉綸以太常卿扈行，凡有事於名山大川，牲幣祝號之屬，敬奉職以從。粤二月上旬十日，聖駕至王家營渡河而南，玉綸得請假歸省。循淮泗而上，歷鳳潁之郊，瞻望蓼城，載欣載馳。蓋自戊子夏服闋入都，忽忽十二年於兹矣。

既抵里，卜日展墓。之順河集，省吾父墓。墓在縣城西南九十里，前列諸峰曰三尖山，又曰五老峰。將抵里，即望及之。故圖中獨繪此以見意。之道堂寺，省吾祖父母暨吾母墓。之晋家莊，省吾繼母墓。之方家橋、八里棚，省吾曾祖父母暨歷世祖父母墓。又之張家營，省吾兄新阡。其諸父諸兄墓之附近者，以次遍省之。嗚呼！歸省之義何居乎？人子之職，問寒燠，視膳飲，所謂省也。有事於四方，思吾親之寒燠膳飲而不得見，於是乎歸省。歸省者，省親也。故曰：『一日之養，三公不易。』『椎牛而祭，不如鷄豚之逮存也。』今之歸，將安省乎？幼不及事祖父母，兩母見背；中年哭父，惟伯氏相依；去歲，又傷徂謝。嗚呼！今之歸，將安省乎？省墓而已矣！雖然，古者墓而不墳。孔子曰：某也，東西南北之人也，不可以不識也。崇封而識焉，殆省之意也。

夫入廟思敬，過墟思哀，人之情也，況吾親體魄所藏。既不見吾親，而能一日忘之乎？故墓祭非古，而歲時拜掃，至今重之者，禮緣情而作也。以玉綸德薄能鮮，遭逢聖世，得備位九列，分清蹕之餘光，稽首於先人墓旁，而以十二年來疊邀慶典、褒大前徽者，焚黄致告；與諸宗族戚黨周覽松楸，俯仰今昔，家之慶也，先人之庇也，皆聖天子廣孝治之恩，以錫及微臣者也。不有所志，以永永念之，烏乎可！夏五月還京，屬繪事者作《春郊歸省圖》，而書其緣起如此。

【評語】

前路叙次簡潔，中就『歸省』二字引經釋義，末由祖德歸重君恩。通篇意理深長，氣韵翔洽，神似廬陵。——褚筠心

就一『省』字，反復而申言之，此切題法也。語意悲愴，幾於哽咽不能成聲，角吹商調，心動怦怦。——受業顧之炎

附録　春郊歸省圖序〔一〕

王之霖

古者作事而不能忘，則圖以永之。中丞吴香亭先生作《春郊歸省圖》，永孝思也。今年春，天子將巡幸江浙，祭告河岳。而先生以太常卿奉詔扈從，留駐淮安之王家營。聞命恪恭，預檄有司，凡牲帛俎豆之事，既戒既飭。則又愾然以思，曰：某自戊子以先大夫服闋補官，闕祭掃於先人之邱壟者，一紀於兹矣。請於朝，以留駐日乞假歸省。詔曰：可。正歲旬有二日，隨駕啓行。天子祀泰山，禱河瀆，至誠感神，百靈昭格。先生虔捧香盎，贊襄對越。天子寵嘉之，命入宴賡和御詩，金帛珍果之賚無虚日。而圖未之及者，圖『歸省』也。

歸省之日，簡輿衛，謝送迎，鶴氅金鞍，戴星而發。於時仲春既望，雲樹映帶，渌水潺湲，雜花繞甸，迤邐安陽之麓。前涉清淮，近望固陵，城郭翼然蔚然，先生家在焉。而邑大夫與諸宗黨飾輿馬郊迎者，相望於道。其西南百里，五峰矗峙，白雲環其下，有先隴在焉〔二〕。丙舍宰木，蜿蜒蓊鬱，而先生於征塗蹀躞間，凝眸遠睇，若慕若思者，則圖中景象是已。

既抵舍，卜日齋戒，張樂設奠甚備。具展拜各塋，甚誠以恪。往歲先生伯氏觀察公卒於里第〔三〕，宅兆新營，至是躬親奠祭〔四〕，爲相度其封樹碑碣之宜。然後存問親戚故舊，饋遺之，各有差。與鄉黨歡道平生，浹日，甚款洽。而圖亦俱未之及者，圖『春郊歸省』也。先生之心，在乎歸省；先生之神，在乎將歸而欲省之際。先生之心與神，藉圖以傳，而先生之孝思永矣。異日出膺節鉞，入掌樞衡，眷顧桑梓，雲山萬里。披是圖也，吾知霜露之思，松楸之感，有油然而不自已者，其又可得而忘耶！

先生居二十日，仍詣淮安，迎駕扈從。旋奉使致祭山左名祠，而途次遷副都御史；仲夏九日，隨駕抵京，閲月，復舉一子；其秋，長子登賢書。百日之間，稱慶者三。或曰，是皆先生孝思所致，足以綿景福，而荷天子之休命於無窮者也。爰記此圖，而并及之。

庚子除日，鎮洋後學王之霖謹記。

【校記】

〔一〕本篇標題原爲『序一篇』，今依例補全標題。

〔二〕『有先』，原作『先生』，據錢棨《香亭先生年譜》『庚子，先生四十九歲』譜下引文校改。

〔三〕『氏』字，《香亭先生年譜》作『兄』。

〔四〕『奠祭』，《香亭先生年譜》作『祭奠』。

鼓山觀海圖叙

古之人游不忘學，非不忘也，游即學也。《記》之喻學曰『先河後海』，以河爲源，以海爲委。誠以河之發昆侖也，百里一曲，千里一曲一直，經九折注海而不竭。海固受河水暨天下衆水以爲水，所稱朝宗者乎。學之有源有委，何以異是！第學者憑虚立論，所謂窮源者以河喻，而不必果觀於河；所謂竟委者亦以海喻，而不必果觀於海。貴神游，不貴目遇也。雖然，何地非游？何游非學？太史公歷覽名山大川，所學益進。《荀子》載孔子於大水必觀，以似德、似義、似有道，答子貢之問，其詔我以觀海之旨也。

余家大河以南，少承嚴訓，績學敦本，期有合於『先河』之義。嗣以菲才遭時竊位，歲癸卯典浙試後，視學閩中。因憶先大夫曾撫兹土，玉綸以省覲之餘，聞有鼓山者，屹立郡東南隅，與右旂對峙；喝水、靈源、高岳。岳數百丈，大海環之，爲會城巨鎮。每念及『天風海濤』考亭先生摩崖處，輒思登眺，一暢天下之大觀，卒不果。

兹以歲科試竣，偕齊子弼、薛子朝標，與幕中諸友及子若孫輩，循道歷磴，踞岃嵮峰而坐焉。蒼茫四顧，攬若不盡。乃呼子若孫而謂之曰：是吾廿年前所欲游，未逮者也。且小子亦知觀海之旨乎？夫觀海者，非徒窺夫十洲三島出没隱現於烟雲中，與夫蜃樓鮫室之見所未見以自樂也；又非欲擴夫蠡測蛙語之識，恢恢乎放懷天地以自寬也。揚子雲之言曰：「百川學海而至於海。」觀海者，亦學海而已矣。觀其下百川而學之，可以証《易》所云『卑以自牧』焉；觀其納百川而學之，可以証《書》所云『有容乃大』焉。惟虛故受，惟受益虛，可以見聖功之川流，敦化萬殊，歸於一本焉。洵乎，先河後海之喻！向止憑虛以索，不若茲之目擊道存，原委分明，足供體驗於無窮也。余垂老矣，俯焉日有孳孳，所以成始成終者，將於是乎！

在游既歸，悠然有得於懷不能去，爰繪圖而顔之曰『觀海』。竊叙夫即游即學之意，亦惟以經訓自勖者，承先志而勵後人，并質諸同游諸君子，庶不河漢余言也夫。

【評語】

以先河後海經訓爲宗，層層洗刷，歸宿分明，是極有體驗文字。——褚筠心

借水喻學，古今人皆言之。難得如此文切理饜心，頭頭是道。——受業盧蔭溥

附録　鼓山觀海圖跋〔一〕

汪學金

座主香亭夫子自閩南還朝，出示《觀海圖》一卷，語及門士學金曰：『此余視學時登鼓山望

海所作。圖中從游者，若爲三兒鼎枚、六兒鼎輔、七兒鼎銘、八兒苟八、十一兒壽保，若爲孫桐孫，所以志宦游、述家慶也。子曷爲我記之？』按鼓山在福州城南，距城三十里，爲三山之一。俯凌大洋，萬里在目。猶記學金兒時隨侍先君子學使者署時，公之先中丞公撫閩。暇日，嘗公宴於兹。先君子歸，言山海景狀甚悉，不禁傾聽神往。迄今垂三十年，未嘗不惝恍於懷。獲睹斯圖，怦然心動。竊惟公以大儒名卿，繼中丞公之後，承宣教澤，垂裕後昆，殊榮盛美，弁冕海内，固無俟一詞贅贅。而譾劣如學金者，忝厠門墻之末，得徧識其子姓，且許附名卷尾。因以追述疇昔，想見先世過從之迹，誠不勝感幸云。

丁未仲秋，鎮洋受業汪學金謹跋。

【校記】

〔一〕本篇標題原爲『跋一篇』，今依例補全標題。

全閩試牘序

去秋典試浙中，甫蕆事，奉命視學於閩。憶戊寅歲先大夫來撫兹土，玉綸以省覲之役，耳熟八閩中重經術而崇道義，多績學好古士，今廿餘年矣。下車後，月課諸生，按試福州、延平、建寧三郡，大約卷軸有餘，性靈不足。爲采所長而潤色之，得若干首。兹將出試邵、汀一帶，有所獲，續增之。是役也，豈僅爲歲、科兩試作筌蹄哉？蓋蘄合乎清真雅正，仰贊聖天子壽考作人之化；豈敢謂培文教於甌閩，追宗風於鄒魯？抑以本吾夙好，就正同人，或弗大隕越於疇昔趨庭，惓惓鰲峰諸多士之遺意也夫。

【評語】

以承家者報國，文亦簡潔得體要。是集所登，經公改削者十之五六，故多體大思精之篇，不當作試牘觀也。——徐兩松

隨意數語，而君父之念眷眷言表，便覺餘味曲包。唐之杜、宋之陸，所以爲詩教大宗者，原在性情間耳。——受業劉錫五

和張壽雪紀恩詩序

余與張公壽雪，先後任副都御史，又嘗在閣批本。蓋批本，内閣學士職也。内閣之稱，肇自明初；學士之秩，在唐有承旨、宋有閣直等名。我朝寄之以朱筆之重，榮之以少宗伯之銜，所謂華資峻望，非才識通敏、諳練典故之詞臣，不能充選。乾隆五十一年四月，公由副都御史奉命授

是官。公家自文端公、文和公，相繼爲大學士。公，文和公第四子也，伯氏、叔氏俱以名翰林爲内閣學士。公以蔭補官，今亦爲之。美哉洋洋乎！源遠流長，其光彌耀國朝百數十年。祖、父秉鈞，兄弟聯秩，未有如公家之盛者！蓋上垂念世胄，公才公品，足任絲綸，破格之用，特達之知也。曳履而上星辰，方當膺枚卜之隆，不獨樹擬三珠，添閣中佳話耳！

昔蔡文勤爲文和公序《焚餘草》，曰『詩與人并重』，而擬以蘇廷碩、張曲江；又曰『父與子并重』，而擬以范文正與忠宣。蓋知之深，故擬之者重且偉也。竊嘗奉此説爲公勖，而今以公之授是官，益望公繼家聲，以媲美前哲也。春二月，公以余自閩歸，出《紀恩詩》屬和。余方由副都御史貳司馬，攝銓部，既用原韵爲公慶，且爲公望，因次前後同官恩遇之隆，敬識諸簡端云。

【評語】

表官資以隆簡任，述先德以勵公忠。有典有則，亦莊亦雅。——褚筠心

端凝肅穆，如見垂紳正笏氣象。——受業萬承風

任子自鏡録序〔一〕

自虞廷有揚言之典，後之由科目入官者，皆從讀書中來。漢唐而下，代有任子。蓋仿世禄世

官之義，錫及勛舊，亦以閥閲之家，諳練典故，學而後入政，非以政學也。學，莫大於明是非、别淑慝，酌人我之宜，通古今之鑒。此雲坡宫保《任子自鏡録》所由作乎！

鏡之爲言觀也。觀，有自近及遠之勢，其道也，利用明，耀於外者也。鏡，有由彼返此之形，其於物也，如月，如止水；其取義也，如暮鼓，如晨鐘，如座右銘，省諸内者也。觀以目，不如鏡以心，未有不自己求之者。

宫保以文良公官少宗伯得蔭，洊陟大司寇。帝眷日隆，乃申易名之典，寵及其先，睠懷耆舊，褒大儒臣。文良邃於《易》，得宫保益彰也。宫保仕不忘學，公餘之暇，念古來任子入仕者，第分見於史傳，未足以較優絀、萃官箴也。即明洪武初敕熊鼎等撰《公子書》，爲勛臣後裔訓，亦未及任子也。於是舉史所載任子四百餘人，彙爲一編，共若干卷。例嚴其辨，事核其詳，義秉其正，洵足以補文獻之闕，覘知人論世之識，得立身行己之大要矣！

夫蘇武秉忠，汲黯尚直，劉向素稱淹雅，後先頡頏於《任子録》中，猶史之傳《儒林》、傳《循吏》，各從其類也。宫保家傳經學，奉濂洛關閩之遺緒，嚮往於皋陶恤刑、蘇公敬獄之風。而獨以『任子自鏡』名其《録》者，猶君子思不出位，近以取譬，卑以自牧之學也。然而位有定也，學無涯也。於任子善者而知法，凡善之不在任子者，推而法之；於任子不善者而知戒，凡不善之不在任子者，推而戒之。於任子善不善相參者，法、戒分用之，凡古之明體達用，欲净理純，恢恢乎時措咸宜。揆諸子卿、長孺、更生輩，而有同有不同者，皆可以精於法戒，馴而致之。是《録》也，謂宫保鏡任子可也；謂不獨鏡任子，亦可也。

方宫保之得蔭也，八歲而孤，不啻《剥》果《蒙》泉之象。迨除京兆通判，先中丞深器之。今領秋部，惟明克允，十八年如一日，《蒙》育德，而《剥》得輿，民所載也。昔韋賢教子一經，桓郁三世濟美，宫保於兹尤惓惓焉。殆返觀内鏡，溯孤露之門庭，企前賢而合轍，衾影無愧，地望彌崇，非有本之學而能如是其光前燾後乎！

余致仕將歸矣，同叨賜杖之榮，未邀蔭子之例。心懷廊廟，家課詩書，通於經爲待用之具，與鑒諸史得致用之方，道固一以貫也。宫保長君由庶常任員外郎，承家學也；次君亦勤於學，兹以蔭需次，尚舉是《録》，而三復之。

嘉慶丙辰冬月，香亭姻愚弟吴玉綸拜叙。

【評語】

情文娓娓，言之有物，是相知以心者。——童梧岡

古來官箴，下至令史，亦有《高山集》，獨無爲任子著書者。明初敕修諸書，有爲勛臣子孫作者，亦未及任子也。雲坡此書，足補千古之闕。此文渟泓演漾，有歐陽子之風。而確是《任子録》序，確是雲坡之

《任子録》序，尤非泛爲推許，作不切之陳言。——紀曉嵐

【校記】

〔一〕胡季堂《讀史任子自鏡録》卷首收録此文，題僅作『序』。

香亭文稿　卷四

重修固始縣志序〔一〕

歲丙申，邑侯廣漢張公因公來都，訪余於宣武城南邸第〔二〕。温温醇雅，有循吏風〔三〕。讀其詩、古文辭〔四〕，知能以經術緣飾吏治者〔五〕。越三年，以重修邑志郵示余，屬爲序。

按《邑志》流傳，自故明成化己丑薛侯良始。嗣是，嘉靖壬寅張侯悌、萬曆丁酉邑先達余公繼善先後增修。我朝順治己亥包侯讌、康熙癸酉楊侯汝楫、乾隆乙丑包侯桂遞有編輯。兹之嗣而修之也，距乙丑三十餘年矣。〔六〕

固邑接壤吴楚，潘鄉寢邱，所稱下濕墝埆者〔七〕。今則清淑之氣隱然蔚然，聲名文物〔八〕，駸駸乎甲中州〔九〕。而張侯以閎雅才〔一〇〕，當政通人和之餘，偕我士民，網羅散軼。舉乙丑以來三十餘年中官師之循良、人材之蒸蔚、閭閻之殫見洽聞，靡不瞭如指掌〔一一〕。所謂質而不俚，華而不靡，揆諸范史體大思精，庶幾有合。〔一二〕

余，邑人也。幼隨先大夫於任〔一三〕，長而備官朝右〔一四〕，屈指歲時伏臘，優游里黨間〔一五〕，前後不及十年耳。『維桑與梓，必恭敬止。』不獨仰忠臣廟貌，尋孝子芳踪，與晚渡、朝霞、三峰、雩婁諸勝概往來於懷，尤願與故鄉諸君子稽瘠土沃土之訓，守示儉示禮之意，共敦勉而維持之。於斯嘆張侯考獻徵文，惠我古蓼。而余竊慮夫習俗移人，迅若淮流，欲挽以忠厚勤儉、追矩矱於高曾者，不禁爲之掩卷彷徨也。〔一六〕抑又念志以人重，人不以志重〔一七〕。乙丑之志，先大夫嘗序之；今之志，余亦靦然序之。仰承家學，思所樹立，恐弗克紹先人緒言，以抱愧於古鄉師、鄉大夫者，重爲邑乘羞也〔一八〕。而張侯是編，洵有光於前志矣，爰書以貽之。〔一九〕

【評語】

情詞懇款，氣味深醇，合歐、曾爲一手。余與香亭相規以道者，幾四十年矣。文後半自勉勉人，足以承先德而振古風。願共執斯言弗替也。——胡雲坡

總有一番樸實頭議論。曾、王學記之所以勝人者在此，文之可以步武曾、王者，亦在此。瓣香敬祝，當不獨一后山也。——受業玉保

【校記】

〔一〕乾隆四十三年張邦伸《固始縣志》，國内藏本已殘缺不全。乾隆五十一年謝聘《重修固始縣志》最稱『善本』，『卷首』并録舊序，其中收有此篇。以《重修固始縣志》所載與《香亭文稿》相比勘，見出吴玉

綸在編定文集時對此文進行了較大改動。

〔二〕『宣武城南』四字，《重修固始縣志》作『横街』。

〔三〕《重修固始縣志》於『循吏』前有『古』字。

〔四〕『讀其詩』句，《重修固始縣志》作『解其裝，得所爲詩、古文若干首。一再讀之』。

〔五〕『知』字，《重修固始縣志》作『殆』。

〔六〕『按《邑志》』一段，文辭改動較大。《重修固始縣志》原作『按《邑志》，自故明成化己丑，薛邑侯良始修之；嘉靖壬寅，張邑侯悌又修之；萬曆丁酉，邑先達余公繼善又修之。迨國朝順治己亥，包邑侯⿰言英又修之；康熙癸酉，楊邑侯又修之；乾隆乙丑，包邑侯桂又修之。綜二百七十餘年間，爲志者六，其書蓋闕有間矣。乙丑迄今又三十餘年矣，兹之嗣而修之也，宜也夫』。又，『萬曆』之『曆』字，原皆以避諱而作『歷』，依例校改。

〔七〕《重修固始縣志》於『所稱』前有『古』字。

〔八〕『聲名文物』，《重修固始縣志》作『聲明文物之美』。

〔九〕《重修固始縣志》於『甲』字後有『於』字。

〔一〇〕《重修固始縣志》於『才』字前有『之』字。

〔一一〕『中』字，《重修固始縣志》無。又，『循良』作『教董』；『蔚』字作『變』；『閭閻之殫見洽聞』，作『民物之殷阜』；『靡不』二字，無。

〔一二〕『所謂』四句,《重修固始縣志》作『而其纂輯之富,義例之嚴,揆之范史所謂體大而思精者,庶幾其有合矣』。

〔一三〕『於任』,《重修固始縣志》作『馳驅於外』。

〔一四〕『朝右』,《重修固始縣志》作『於朝』。

〔一五〕《重修固始縣志》於『間』字後有『者』字。

〔一六〕自『不獨』至『掩卷彷徨也』數句,文辭改動較大。《重修固始縣志》原作『不獨春河、澮水、三峰、雩婁諸勝概往來於懷,遂稽沃土瘠土之訓,竊念示禮示儉之意,尤願與故鄉諸君子食舊德、服先疇,考獻徵文,共敦勉而維持之。於斯嘆張侯之嘉惠邑人者實多,而余之眷眷茲邑者,益復爲之掩卷而彷徨也』。

〔一七〕『志以人重,人不以志重』,《重修固始縣志》無。

〔一八〕自『仰承家學』至『重爲邑乘羞也』,《重修固始縣志》作『以余之無所樹立,仰惟先大夫之緒言,大懼弗克紹而重爲邑乘羞也』。

〔一九〕《重修固始縣志》於文末綴有寫作時間『乾隆四十四年歲次己亥春正月』。

任勇烈公傳後序〔一〕

天之成忠烈士,奇矣哉!勇烈任公之死,可謂得死綏之義者。然其初以定固原叛卒,而遂有金川之命。當日若叛卒童文耀等不乘釁劫提督署，張文才等不內應，不聚數千人掠市，不外合攻東西城門，公亦不於是夜馳單騎登樓鳴角，聲大義以刃首惡，次就獲，次就撫，往來如風追電掣，捍衛岩疆，以致虎將名傳，九重褒大，則公見信用於天子者，未必若是之重且速！迨公以專閫征金川，前後不匝月，壘石而守者襲奪一空。既取木岡，旋據昔嶺，且踞中峰，窺刮耳崖〔二〕，以逼賊巢。果得如公指揮，以步步圍城法蹙之，何難功成垂手！未幾，軍中奉羽箭傳大將軍令，督戰益急。詰朝，而公於西南林致命矣。嗚呼！何昔之定叛易，而今之制敵如此其難也？天也！

余備員史館〔三〕，讀公《列傳》，爲公起敬，亦爲公惜。及讀上諭，以『任舉捐軀報國』，爲之泣下；用良臣於危地，彌切事後之慮，此誠聖主因時度勢，示鄭重籌辦之方。而公孤軍深入、奮不顧身情狀均已上徹宸衷，故憫之切而恤之厚也〔四〕。《爾雅》謂『矯矯，勇也』，『烈烈，威也』〔五〕。余按公謚，核公行〔六〕，未嘗不想見公之生平。庚子，余扈蹕山左，晤公子承恩〔七〕；尋締姻於福建陸路提督官署。出公事迹及遺稿一編示余，余受而讀焉。知公初應募，晝講武，夜誦名臣奏議，捷兩闈，猶鍵户三年，韜略宏深矣。讀公詩，有『白袍已染鯨鯢血，單騎還思踏賊營』之句〔八〕，壯志如見。莊君學和謂今大學士阿公與公在軍營，語公云『大將當持重，矢石之下須少避』〔九〕。蓋重公，故預爲公危也。公牘中稟固原定叛情形一則，於終夜殺賊後，手書近千言不遺一字。所作諸家書，訓子弟以忠孝，濟之以清勤持門户；曾自述却千金之饋，與士卒同甘苦，魂夢俱恬。〔一〇〕由其得力於學者邃也。學邃，故識定； 識定，故利害交而不亂。

方公於固原軍譟，將逾垣而出也，拔佩刀授夫人。夫人積薪而待，以示闔門不辱之義。公固早自辦一死，而竟不死〔一一〕。曁金川薄城傷足，或勸之少息，公戰益力。圍且急，有援之出者，公復入圍，出殘兵。其勢皆可以無死，而公以兵法有進無退，志在必勝，不勝則死，斷斷如也。其死於金川而不死於固原者，固原事起倉卒，勇以御變〔一二〕，公自主之。若感激於知遇之隆，受節制於將軍之令，蜀師利鈍，非所逆睹。惟於不能自主中以死主之，本定識，行其定力，始終順乎天而已矣。嗚呼！公雖死猶生也！千秋不朽之名，天所以成烈丈夫者，大而奇也！

公初以請益兵，哈鎮攀龍來助。既被害，攀龍收公尸而還，貌如生。軍中落大星、見乘异獸游空虛，諸所傳聞多不經，要亦生氣凛凛，不能忘公於身後者。賜祭葬於大同城東之水坡寺前，而以張夫人、郭夫人、施夫人後先祔焉。三夫人皆有婦德。施夫人護公喪歸，養親教子，克完公志，提軍與承緒均所出也。己巳，皇太后召見施夫人於宫，諭曰：『總兵爲忠臣，汝爲節婦〔一三〕。若能教二子成立，亦忠臣也〔一四〕。』賚甚渥。蓋與上嘗念及公也。提軍亦邃於學，前以臺灣亂，請往勦，與公請往金川無异。承緒以游擊救火，卒。俱勤王事，秉公訓也。

嗚呼！以功定難者，國之福； 以節立紀者，國之光，皆古奇杰士也，而公兼之。非公學，不足成功與節； 非功與節，不能受上恩。惟皇上加恩於死事之臣，既優以贈銜議恤、易名從祀之典，又以予蔭錫金、存問孤兒寡婦於堂陛間。天下忠臣義士，聞風感泣。所以明信賞而屢奏偉績〔一五〕，可即加恩於公者〔一六〕，概其餘。而余以公節顯金川，由功奠固原，爲美其功，嘉其節，嘆其始終遇合之奇於天，類次諸傳後而歸之。

甲寅暮春，某叙。〔一七〕

【評語】

據固原之功與金川之節，前後反復推勘，按時勢以立言，使藎臣心事千古不磨。文境亦如蘇海韓潮，渾灝流轉，在古人中有數之作。——褚筠心

據事直書，具縱横排宕之勢。紀功紀節，寫來奕奕有光。大人物得此大文章，并成不朽。——項豫齋

以議論驅駕事實，如神龍變化，出没烟雲，一爪一鱗，倏忽隱見，而本旨即在於隱現間。於昌黎《張中丞》一篇外，又別出一奇矣。——紀曉嵐

有着實處，有翻空處，此文字之以議論勝者。作此等題，於韓、蘇二家絶不犯手，非真有大力量人不能。——受業戚學標

【校記】

〔一〕任舉《任勇烈公遺集》卷首收録此序，并於作者姓名之上冠以『兵部右侍郎』，下標明『光州人』。

蘇源生輯《國朝中州文徵》乙集卷十七『序一』、李桓輯《國朝耆獻類徵初編》卷三百四十八『忠義十八』《任舉傳》後亦收録此文，所據俱爲《香亭文稿》本。《國朝耆獻類徵初編》依例不著題，且本篇又漏署姓氏，僅於文末署『右書傳後玉綸撰』。

〔二〕『崖』字，《國朝耆獻類徵初編》作『岩』，誤。

〔三〕《任勇烈公遺集》於『余』字後增『曾』字。

〔四〕『憫』字，《國朝中州文徵》作『閔』，通用。

〔五〕『威』字，《任勇烈公遺集》作『光』。今本《爾雅》卷三《釋訓》作『烈烈，威也』。

〔六〕『核』字，《國朝耆獻類徵初編》作『覈』，誤。

〔七〕『晤公子承恩』，《任勇烈公遺集》作『獲晤公長子』。

〔八〕『賊』字，任舉原詩作『虜』，見《任勇烈公遺集·雜詩》其三。

〔九〕《任勇烈公遺集》於『語』字前增『時曾』二字。

〔一〇〕自『所作諸家書』至『魂夢俱恬』，《任勇烈公遺集》作『所作家書，訓子弟類馬伏波；諄諄於忠孝大節，不愧顔平原』。

〔一一〕《任勇烈公遺集》於『竟』字前增『能』字。

〔一二〕『御』字，《任勇烈公遺集》作『禦』，通用。

〔一三〕『汝』字，《任勇烈公遺集》作『夫人』。

〔一四〕《任勇烈公遺集》於『亦』字前，有『夫人』二字。
〔一五〕『偉績』，《任勇烈公遺集》作『膚功』。
〔一六〕『可即』，《任勇烈公遺集》作『胥自』。
〔一七〕『甲寅』二句，《任勇烈公遺集》無。《國朝中州文徵》脱『某』字。

任畏齋詩序〔一〕

畏齋提督自跋其詩曰『學稿』，曰『愚稿』，彙爲一集。蓋畏齋由博士弟子員承先勇烈公難陰，歷膺專閫之寄，結習不忘，詩其緒餘也〔二〕。杜少陵云『將軍不好武』，夫在官言官，將軍豈以不好武而增重？抑豈以將軍，而不重其詩乎？

詩自《三百篇》，下逮漢魏，歷朝分門别體，屢變而法不變。非學焉，猶面墻也。其教温柔敦厚，或失之愚，而善言詩者，思以睿而托諸愚，猶記『八愚』於柳州，仿古愚公谷之虚懷耶。夫人不能有智而無愚，與愚之不可不進以學也，所關者大矣，而詩其一端。三代而上，無人不學。春誦、夏弦，秋習射，肅肅乎干城腹心之選，皆風雅才也。後世文武分途，不參以陶淑之功，易昏於鹵莽之習。間有智勇深沈，輕裘緩帶，雅歌投壺，當大任而裕如者乎？蓋亦不數數覯矣！余是以讀畏齋詩，如見儒將風流，爲之肅然起敬也〔三〕。

余讀《學稿》諸詩，程規矩，設繩墨；《愚稿》諸詩，神而明之，與年俱進。大抵畏齋以有本之學，出之以閱歷有得之言，所見者大，所蘊蓄者厚，所發揮者性情之肫摯，及事事物物剴切而詳明〔四〕。至於旁通《内典》〔五〕，别有會心，如如不動，綿綿若存，又夙慧業靈根〔六〕，超然於語言文字外者。非徒探九曲之名勝〔七〕，歌咏於安静堂前，稿中有《游武夷》及《安静堂食新荔》諸詩。安静堂在泉州提督署，即蔡端明作《荔枝譜》處也。與學士文人牢籠百態，漱滌萬物，争一字一句之工拙也。

前畏齋以林爽文之役〔八〕，提甲士五千，奏請往剿〔九〕，與勇烈請往金川無异也。或有以此行爲畏齋危者，然以忠武出師『成敗利鈍不能逆睹』之語揆之，則畏齋之聞變先往，收泊鹿子港〔一〇〕，奮一軍以助全臺聲勢，其義勇爲何如也？今畏齋起用矣，顧摩挲舊編，誦『玉山高比燕然勒，定斬長鯨海上頭』之句而氣壯焉。稿中《收泊鹿子港望玉山》句也。〔一一〕益抱此寧進勿退之忱，光大家聲〔一二〕，忠信以爲甲冑，禮義以爲干櫓，學愈精，愚不可及矣！豈獨七字長城，進而日上，足爲畏齋重乎哉！

乾隆乙卯仲冬朔日，姻弟某序〔一三〕。

【評語】

根柢厚，見解真，隨手生波，頭頭洞達，此之謂『文入妙來無過熟』。——紀曉嵐

切『學』字，切『愚』字，切人切事，此以箋詩手法爲序也。——翁覃溪

力厚思深，探本立論。東坡自言其文『如萬斛泉，不擇地涌出』，可以移贈。——譚古愚

『學愈精，愚不可及』，有體有用之言，尤徵所見者大。——胡豫堂

【校記】

〔一〕任承恩《二峨草堂遺稿》收録此序，題作『畏齋詩序』。

〔二〕『其緒餘』三字，《二峨草堂遺稿》作『固其餘緒』。

〔三〕《二峨草堂遺稿》於『爲之』句前，增『而』字。

〔四〕《二峨草堂遺稿》於『事事物物』後，增『之』字。

〔五〕『内典』，《二峨草堂遺稿》作『二氏』。

〔六〕『又夙』二字，《二峨草堂遺稿》作『此又』。

〔七〕《二峨草堂遺稿》於『非徒』句前，增『而』字。

〔八〕『役』字，《二峨草堂遺稿》作『亂』。

〔九〕《二峨草堂遺稿》於『往剿』前，增『渡海』二字。

〔一〇〕『子』字，《二峨草堂遺稿》作『仔』。

〔一一〕此小字注文，《二峨草堂遺稿》無。

〔一二〕《二峨草堂遺稿》於「光大」句前，增「以」字。

〔一三〕「某序」二字，《二峨草堂遺稿》作「吴玉綸撰」。

送謝藴山序

藴山以乾隆二十五年成進士，次年殿試，選庶吉士，由編修歷外任。乙卯秋，授山西布政使。山西，唐、虞、夏古都也。其風勤儉，其人富庶，其疆域則冀州，有表裏河山之勢。布政司領府九，直隸州十，州六，縣八十七，承流宣化，匪易易者。天子嘉君之明允於浙，俾莅兹土，所以重屏藩而嚴管庫，裕民天、培邦本也。

陛見後五日，在京庚辰同人達香圃少宗伯、孟鷺洲宗丞、秦秀峰銀臺、蔣霽園廷尉、童梧岡少廷尉、蕭昆田侍御，公餞於李隨軒司臬之寓，而余與羅九峰學士附焉。明日，辛巳同人劉竹軒少農、衛松崖儀部暨馮星實鴻臚之弟蓼洲編修，薄言酌之。王惺園相國、胡希吕少宰以值内廷，不克與。而余陪焉，盡歡而去。

從來科名爲進身之始，敷奏以言，明試以功，大抵有進而日上之勢。然而上焉者勿矜也，有上乎上者，股肱心腹之寄，高位難稱也；下焉者勿頽也，有下乎下者，疏附後先之班，庶官易曠也。至於上而復下，返躬修省，不敢因中道之睽，啓畔援之漸也。余自辛巳通籍，歷卿貳，再入詞垣。今春蒙恩解組，以依戀君父之情，暫緩言歸，得於蘊山入覲之餘，開筵話舊。一永今夕，一永今朝，追憶簪花盛會，如在目前。昔日壯顏，今成白首。矍鑠哉，福壽康强，諸君子皆後勁也！而蘊山年甫周甲，尤大可爲。

留別詩二章，屬同人和。余竊以追隨諸君子三十五年來盟諸夙夜者而質言之，與原唱『宦轍遷移須立脚』之句足相發明，用以爲蘊山他日乘八騶、擁節鉞、進而彌上之左券。願凡我同人，課名實而慎終始，益相勖於黃花晚節，以不負科名者，不負此『立脚』兩字之義云爾。是爲序。

【評語】

精理名言，出以平心和氣，間以别致閑情，讀之使人心醉。中間叙餞行諸友姓名、官階，不知者必以爲冗瑣。豈知年歲之遷流，友朋之聚散，仕宦之升沉，俯仰今昔，百端交集，俱在此一段中哉！可爲知者道耳。——紀曉嵐

雍容俯仰，一往情深。神致似歐陽公《内制集序》，而咀味尤長。——譚古愚

爲我一揮手，如聽萬壑松。蘊山赴闕廷時，余成長律送之，不過叙述譜好，頌規治績已耳。視先生此文之義大而味深者，瞠乎後矣。——馮星實

崇論宏議，重以箴銘，擬諸昌黎、廬陵，則固陵今日，地以人重矣。——宋汝和

宧拾録序〔一〕

乙卯新正，譚古愚少司寇出其《送同官撫山左之序》以示，曰：『此調不彈久矣！吾鄉張閏榻、王心葷，皆深於古者也。』余識之，不能忘。今年春，心葷介萬生承風太史以所著《宧拾録》來，余受而讀焉，將繼閏榻而爲之序。

他日，生過余而請曰：『此調不彈久矣！古文之道，難言乎？』曰：『不難，文從字順而已。』『古文之道，易言乎？』曰：『不易，惟其是而已。』『何以順？』曰：『言有序。』『何以是？』曰：『言有物。有序則法備，有物則藴宏，達之以盛氣，而古文之能事畢矣。』

近日文人之習有二：曰尚考據；曰造字句。夫徵書數典，瑣碎零星，迹也。形而下者謂之器，形而上者謂之道。捨濂洛關閩所紹述，獨從事於許、鄭諸儒，博則博矣，於文乎何有？至於鑿險句，删虚字，寫《説文》，更諺所謂『假面具，以嚇人』者〔二〕。歐陽校士，所以力斥軋茁之陋，而韓退之《原道》一篇，致戒於『擇焉不精，語焉不詳』。即《進學解》《淮西碑》及《王適》《張徹》諸志銘，閎中肆外則有之，豈專以詰屈聱牙起八代之衰乎？

余讀《宧拾録》，大抵司寇撫滇時，心葷爲吏而作也。馳驅於永北、白井之間，揮豪於政成民便之餘。非好善如司寇，不能知心葷；非多才如心葷，亦不足以受知於司寇。是以反復於閏榻

『有唱斯答，無往不來』之序言，而嘆其上下交相砥礪者。心葦以文章道其政事，循古法而挽時趨，駸駸乎漢氏之遺，庶幾合《循吏》《儒林傳》而兼之者乎！

今夫廬山九叠，面目自有真也；黄河發源於星宿，挾沙走石，罔非清氣盤旋也〔三〕。淵源有自，景仰從心。古未有言有序而不清者也，未有言有物而不真且厚者也，未有言以清且真、真且厚者爲貴，而後之君子但鰓鰓焉矜考據之詳，與飣餖於一字一句之奇，徇外遺内，就粗捨精，而能優而游之、沛然莫禦，以大適於文之路也！

此調不彈久矣！竊抒區區之意，由心葦以質閏榻，近則就司寇與太史訂千古焉。余所言於生者如此，爰書寄之，以爲序。〔四〕

【評語】

洞見癥結，飲以上池水。古調移情，庶共聞『正始之音』乎！——童梧岡

反復論辯，粹然一歸於正，學者當正衣冠讀之。——譚古愚

今春讀少司馬近作三篇，皆有益於人心、關係風會之作。續刻入稿，不得作外集觀也。——邵二雲

有序有物，實乃自道所得。清、真、厚三字，尤爲渡盡金針。大抵文以清爲權輿，真易而厚難。兼斯衆美，障彼百川，苦口婆心，真不減昌黎也。——受業許鴻磐

【校記】

〔一〕王子音《宧拾録》卷首録有此序，手寫体上版。

〔二〕『謂』字，《宧拾録》作『云』。

〔三〕『罔』字，《宧拾録》手寫隸體作『网』，古今字。

〔四〕《宧拾録》於此後署『嘉慶元年孟夏月朔，香亭弟吴玉綸拜撰』。

王午堂總戎深柳讀書堂小照序

嘉慶戊午夏，午堂總戎由壽春移鎮固陵，嫺爾軍政，有備無患。余適予告歸里，與訂傾蓋交。嘗過我於宜園中，看花賦詩，或上下其議論，契合罔間。於以嘆雅歌投壺，風流未沫也。一日，午堂謂余曰：『某叨先人餘蔭，膺師旅重寄，惴惴焉懼弗克負荷。惟是守遺書一卷，竊取東坡讀書法，依類求之，庶幾稍有實得「八面應敵」，報聖恩於萬一耳。』因出《深柳讀書堂》小照。以視自題有云『雕弧快馬卌年後，老去携兒始讀書』，志事可想見矣。夫古名將以韜略勝，尤以經術勝。天子念王氏有大勛烈於帝室，襲五等封，官一品秩，纍纍若若，歷今弗替。而午堂本讀書經世之才，以翼贊隆平，揚歷閫外，十八年於兹矣。淡泊以明志，寧静以致遠，抱膝長吟，風規固落落也。

豈僅如劉奢虚所咏門對閑山、深柳讀書，自抒其嘯歌已哉？午堂之有取於斯也，聊以寄意云爾。

余與午堂交日久，子侄輩以父執禮見。尤愛幼子成山，抱置膝間，授字義，以子呼之。侄安西牧貽桂贈菊四種，書聯語報之，猶是圖中花陰課讀、潑墨臨池清況也。非午堂以有本之學，仰承德意，來庇於我敝邑，嚴信賞而恤兵民，以致時和年豐，居者無鶴唳風聲之警告，行者有楊柳雨雪之忠勤，而能如此其雍容游宴、素心相質矣乎！是爲序。

【評語】

以有本之學，爲名將軍寫照，體用兼該，立言正大。不似圖繪謝鯤，僅在一邱一壑間也。——程鶴嶠

韜略經術，道本同原，羊叔子輕裘緩帶，風流在墨楮間。——方蕖溪

方懷園文稿序

方渠溪孝廉，固陵望族，端人也。嘗於課余子鼎銘之暇，出其先大夫懷園明府窗稿百餘篇，爲存三分之一。蓋擇焉而精，不貴多也。固邑，豫澤國，其人秀而多文。由明迄今，以科第致通顯者，後先相望。然求其克希正宗、繼響於百二名家後者，恒不數數覯。如閻荆州庶子、家西獵明府與方懷園之文，其庶幾乎！

庶子之文清而肆，以『戒過』名其稿，猶侯朝宗以『壯悔』名其堂意也。西獮之文清而奥，與先祖資政公講學，當時士大夫所稱西獮、南長兩先生者是也。余曾選其稿，還諸履豐觀察而存之。至懷園之文，則清而醇。夫言非有序不能清，非有物不能醇，以所畜大小，徵所發淺深。醇之爲量也，殆學與年俱進乎。彼肆者，醇之外見也；奥者，醇之變態也。若醇乎醇者，乃江都與吏部。從古行文之樂境，今制藝上乘也。蓋嘗取三君子稿而悉心參之，非不謂肆焉、奥焉者，較諸醇者，而力似優也，夫亦謂肆焉、奥焉者，釀之以醇，而文彌粹矣；非不謂醇焉者能閑其途於奥與肆，而矢諸正鵠也，夫亦謂醇焉者，必觀其化於奥與肆，而底於大醇矣。嗟乎！三君子文采風流未沬也，肆也，奥也，醇也，皆各有分量焉。嗚其盛於百二名家後也，豈獨爲我鳳城紀瑞，噫嘻嘻而已哉！

懷園以進士宰公安，調江陵，行取主政，胥以醇之道治之，得循吏於儒林，裕如也。余於《戒過稿》擬删其繁而未果，《西獮稿》尚未付梓，兹因所屬而類次及之，皆吾邑文獻所關，寸心千古也。蕖溪幸勿以艱以刻費而緩斯役乎！是爲序。

【評語】

有次序，有賓主，有論斷，有抑揚頓挫，乃古蓼文獻考定本也。三君子得此文，益不朽矣！與太史公列

傳參看，方知用筆之妙。——王春帆

文章者，不朽之業。懷園先生品醇文醇，桑梓圭臬，視荆州、西獵兩稿，如震川之於荆川、思泉，陶庵之於大士、文止。香亭少司馬以肆、奥、醇品騭最確。中間以肆、奥、醇并歸一途，則韓子所謂醇乎醇之道也。道大如天，不可求，修其可見致其幽。論文爲文之的，當與《答李翊書》《與崔立之書》并傳。——沈維亭

宴宜園序

士大夫之觀游也，類多因事抒懷。如太白之於桃李園，右軍之於蘭亭，人物風流，照耀古今，大抵皆先游而後詩。嘉慶己未之秋，余邀和《宜園詩》之祝撝存司馬、東皋參軍、曠亭國學、朱渭川明經、退齋秀才、沈維亭明經、許覲坡孝廉，暨原唱之方蕖溪孝廉、王春帆秀才，并善書箋額之許敬和秀才來游。於兹肆几設筵，必豐必潔，屬侄雲卿、蔭亭刺史、蔗坡國學陪之，六兒運判鼎輔、七兒主政鼎銘撰，余杖而供奔走焉。蓋先詩而後游也。

先游後詩者，詩以志盛，重游也；先詩後游者，詩以言志，何必游，何必不游也。夫所謂何必游者，非謂區區宜園中山不高也，水不清也，竹籬茅舍之閑且適不足以供諸君子之吟眺也；夫亦謂天地之大，何地無高山，何處無流水，何往非竹籬茅舍之閑且適，而西師未竣，尚有縈宵旰憂者，我輩顧優而游之，登平岡而挹安陽之秀，泛澌洲而懷雩婁之規，一觴一咏，載笑載言，揆諸

江湖不忘廊廟之意，得勿有自返而悚然者乎？昔少陵賦《北征》詩，浣花翁有『王師北定中原日』之句，説者謂忠愛之忱皆足爲詩教，大宗誠以詩尚志也。今班師在旦晚間矣，維我蓼城，移鎮者有肅令之旌旗，守土者無訛傳之風鶴。慶豐年而掃荒徑，德星之聚，蓬篳之輝也。珠玉紛投，既慚形穢，更勖玉綸以忠愛之忱，意孔厚也，敢不拜嘉。然而酌乎可游與不可游之理者，準乎志；極乎能游與不能游之量者，視乎山水之緣，而總不離乎素位而行之道。即如范希文作秀才時便以天下爲己任，所謂『先天下之憂而憂，後天下之樂而樂』者，當其初何嘗預肩天下事也！然則今日諸君子何必不游，余與諸君子何必不以詩游？宜園，詩之緣也；以詩游，游之緣也。故曰先詩而後游者，何必游，何必不游。

【評語】

準情酌理，藹乎忠愛之思，粹然儒者之言。天下文章莫大於是，非摹山範水者所可同年而語。——王午堂

曹慕堂六十壽序

余讀《易》至《需》，而知聖人之教人深矣。《需》之大象曰：『雲上於天。』言將雨之時，待其

自至可也。夫時者，當其可之謂也；將者，未然之辭也；待，則優游以養正耳矣。故曰：『需者，飲食之道也。』需之時義大矣哉！天子之命官也，自大學士而下，設六部，以掌天下事。復設卿寺，以分理之。蓋天子，乘時出治者也；諸臣，佐天子以順時而宣化者也。上下交而其志同，猶陰陽和而雨澤降。故居官者以時爲大，時之未至而將至者，利用『待』。

余今春過翔鶴堂，嘗言於慕堂先生，曰：『君子之道，各行其素。余忝太常，司祀典，祀典而外非所問也；先生官太僕，司馬政，馬政而外非所問也。其當《易》之《需》乎？學者知《謙》卦六爻皆吉，不知《需》之六爻無凶悔吝之占。』語未竟，先生起捉余臂，曰：『然哉，然哉！』蓋先生爲余館前輩，爲忘年交，而先生所居翔鶴堂，即錢文敏宣武坊舊第，距余横街之引藤書屋相近也。法源寺之梵鐘，黑窑廠之秋月荻花，相與招尋於咫尺間。每過從，必作竟日談。竊附於相知之深，而以道相勖也，類如此。

且夫『需』之爲義也，非旅進旅退，無定見也；非委心任運，而日即於頹靡也。君子居上下之間，在盡其官守之常。位吾上者，勢雖近而不敢援也，修吾職而已；位吾下者，分雖殊而不敢陵也，端吾表而已。誦讀於自公之餘，留心當世之務，以待其循序漸進。於凡可知、不可知、且不必知之數，『需』在恒，恒在敬。用恒者無咎，敬慎者不敗。所爲『有孚』而『光亨』者，此之謂也。

臘月十三日，爲先生六十初度之辰，諸同人以壽言進。而余謂先生，嚮之累官至太僕寺少卿，兹之以鴻臚寺少卿候補，皆『需』象也，請仍詣『需』之説爲先生壽。誠深思夫『飲食宴樂』之義，恒以守之，敬以持之，待其時而馴至於光亨。此則區區之誠，所厚望於有孚之君子者也。至於先生之立心制行，寬而栗，直而温，文章政事，具有原本，與夫子若孫之繩繩繼起，科第聯翩，登金門而上玉堂，遐福其未有艾也。是皆先生已至之境，而無所用『需』者，諸同人咏歌而頌禱之矣，故不備。

【評語】

中段以素位而行，不願乎外意，闡發『需』字，析義甚精。後合題處，亦簡而盡。——竇東皋

壽文最易落套。無所依傍之中，提一《需卦》，發出無限義理。以爲新，則新極矣；以爲切，則切極矣。通篇筆致游衍，又若晴絲裊裊空際，問幾人到此境界！——張孟詞

吴澹軒少宰七十壽序代

乾隆丙申春，吴公澹軒由南河總督入爲吏部侍郎。秋八月，届公七十覽揆之辰，公之子某、婿某，以余爲公同年友，知公深，乞言爲壽。

《詩》之頌魯僖公曰『天錫公純嘏』，《書》之言『九，五福：一曰壽』，又曰『天壽平格』，皆善

言天也。孔子曰『仁者壽』，重言人也。蓋天地以生物爲心者也，人物之生，得天地之心以爲心者也。君子體仁，足以長人。惻隱之心，無所不貫；春生之氣，亦無所不通。故自公卿大夫，下逮士庶人，無不隨其人之分量，得壽於天，誠斷之於仁而已。

公生於杭，八歲而孤。隨大父鼐庵公之任山西壺關令，旋奉母錢太夫人移居嘉興之平湖。能委己於學。己酉，舉於鄉。庚戌，成進士，除吏部主事，司銓政。叩以中外官姓名，能悉數；叩以選法及成案，熟且精，雖蠹吏不敢欺。年甫二十有四也。厥後，視學於楚、於閩，弊盡革。出爲淮安守，遷淮揚道，公之治河自此始。迨以蘇藩還河工，以河撫晉秩尚書，歷任河東、南河總督，先後治河幾三十年，河不爲害。方公之奉總河，高文定檄，開山盱之天然壩也。維時己巳秋七月，洪澤湖泛漲，高堰一帶，石工勢甚危。在事諸員弁望公早至，疏通以救險工，聲洶洶如出一口。而公抵壩上，相度良久，慨然曰：『此壩若開，誠足減暴漲，其如下河各州縣數十萬生靈何？』堅守不啓堤，亦卒保無水患。嗚呼！韓魏公處大事以膽有定識也，范文正公處大事曲盡人情，不在一家，在一路也。公殆今之古人哉！

公性愷惻，事無巨細，必期有濟於物。居家儉樸，終身無姬妾之奉。公暇，焚香默坐，衫履蕭然，所謂『仁者静』與！前在外時，恭遇聖主巡幸，每稱爲吏部好司官，兹又被少宰之命。屈指舊日同事諸君子，風流衰歇。即余庚戌老同年，尚克聚首京華，落落如晨星矣。惟此四十餘年來，素心相質，久而弗渝之真，庶有合《詩》《書》之旨，而弗隕越於孔氏『仁壽』之訓者。願進一觴，爲公祝！是爲序。

【評語】

歐陽子學《史記》之文，佩服佩服！——翁覃溪

通首以『仁壽』意作骨，中寫天然壩一段尤見識力，紀事者必提其要也。——陸耳山

抽出吴公居官第一等大事言之，恰是『仁』字中作用。文筆亦寫得如火如花，讀者爲之神往。——受業歐陽健

馬元圃六十壽序

齊河馬氏，望族也。鄉隨先大夫之官山左，屢經其地。凡甲第連雲、高大其門閭者，問之，皆馬氏居也。迨余與友夔給諫爲同年，給諫女妻余子，得徧識其兄弟子姓，未嘗不嘆馬氏多才。有未接膝而心儀其人者，則封翁元圃君也。

君早失怙，不得奉養百通太封翁。奉母賈太安人，得歡心。弱冠，補博士弟子員，以書法受知於金沙相國。旋因太安人病，棄舉子業，留心於醫。夫今之醫師，株守古人成書，重以鹵莽滅

裂，往往不效。無他，醫者意也。醫如不通其意，則以病試藥，耗之久而生氣盡矣；意如能通於醫，則以藥去病，驗之速而生理得矣。范文正之言曰『不爲良相，當爲良醫』，陸忠宣嘗手抄秘方以活人，古君子萬物一體之懷，隨處流溢，不必果以醫著，而誠則能通，莫非得醫意也。君侍太安人病二十餘年，小心奉湯藥，得享遐齡，以節孝旌於里。揆之子朱子『人子知醫』之說，吾知其必有合矣。

君之家居也，訓子弟以勤儉，待人以厚。有負債者請以田契質，却之；有就醫者和藥，濟之，殆以仁心行仁術也。有以君家取科第紆朱紫踵相接也，問君胡弗仕，君聞而嘆曰：『吾少失怙，奉母病二十餘年。歲晚冰霜，相依爲命，曷忍言仕！及吾母見背，而吾年五十有二，但得課子抱孫，優游於藥果茶爐以樂餘生，於願足矣。』今君之子議叙通判步蟾，偕弟玉蟾、星蟾，以君六十壽乞言於余。余雅不欲以文壽人，特以附在姻好，嘉君能終其身以善事母病，有觸於中而慨乎言之。且與君聞聲相思，不獲與給諫諸兄弟子姓同聚京華，而益思從前過君之里，不獲把臂於君，是用不頌而規，竊附於以言相質之義。願移君之愛母者，勖君自愛，及君之子移此意以服官，而大廣君之仁術也。是爲叙。

【評語】

申明醫理，中邊俱到，一洗祝嘏陳言。收處工於迴抱，讀之得精於行文之法。——受業汪學金

以仁心行仁術，是通篇作意，反復而不離其宗。妙在『醫者意也』一段，不獨切中岐黄之技，而以范、陸二公事點綴其間，彌增文瀾之闊。——受業王之霖

羅星定封翁雙壽序代

《易》曰：『君子以言有物，而行有恒。』言君子修身以教其家也，婦從夫者也。夫夫婦婦，而家道正也。《洪範》之言『九，五福』也，曰『壽』，曰『攸好德』，言積善之家，猶長日加益而人不知，令德所由，致壽豈也。故《中庸》言：道，造端夫婦。依古以來，未有不起化於房中，而克浸昌浸熾者也。

吾鄉星定先生，檢討國俊封翁也。事繼父母以孝聞，與幼弟紹先相友愛，析産受三分之一。方紹先未生時，先生支持家務，不得肆力於學，輒喜從士人游，延師課子無遺力。夫肉食者無墨，非其類，則去之唯恐不速。其臭味不相同，固然無足怪。每見士大夫家，服用起居，備極整麗，而設塾授餐，類多缺略。初無忠敬之心，卒不收師友之益。公卿之後，降爲皂隸，非一朝夕之故也。

噫嘻！其所以教子弟者如此，其他家政尚何言哉？

自先生克修家政，淑配鄧孺人奉先生教，惟謹潔滫瀡，勤紡織，拯急恤下，靡不曲當先生意。尤加意祀事，以先生幼失本生父母，用晝傷心，恒相對泪涔涔下也。賢哉，孺人！揆之『无成有終』之義，吾知其必有合矣。

况乎謝石家庭，芝蘭奕葉，後先聲噪藝苑。先生以國俊官檢討，仰邀綸錫之榮。今紀年七十開秩加二，孺人七十有四。檢討以余爲同姓好，乞言於余。余拙於文，向又疑明諸君子以文爲壽之非古也，竊附於不敢誣其親之義而質言之。俾歸爲兩老人壽，且以使國俊察識於《中庸》之理，往復於《大易》《尚書》之訓，益迪厥德於倫紀間也。於是乎書。

【評語】

約六經之旨以成文，於漢爲匡、劉，於宋爲曾、王。——吾漁璜

馬母吴太恭人八十壽序

《易·文言》曰：无成而代有終，地道也。言地道者，曰博厚，曰悠久。惟厚，故能久也。《春秋繁露》云：壽者，疇也。言行可久之道者，其壽疇之以久也。

歲壬寅月日，爲馬母吴太恭人八十誕辰。其嗣人龍由給諫改官儀部，歸養於家。見龍作令於楚，致書正指揮和龍、中書猶龍，屬玉綸爲序。以玉綸年家子，又戚誼也。

太恭人本詩禮族，至性過人。稍長，識大義。年十八，來歸封翁清源公。自承堂上色笑，及處娣姒、待奴婢、延師訓子，或以敬，或以和，或以惠，皆以惇厚出之，罔弗協。玉綸子媳，太恭人孫女也。竊聞其治家一二事，爲祝嘏諸君子陳之。

清源公有中表戚某氏，太恭人以其孀而無子，養於家。有以病瘋欲送歸者，太恭人垂涕泣而道曰：『此吾先姑之侄婦也。』卒善養之。清源公异母弟泓，少失恃，依於嫂，得成立。後中痫症，逢人輒肆詬詈，獨見太恭人則循循如平日。家有婢，蠢且聾，太恭人憐而用之。其夫久出不歸，或勸他適。婢笑而言曰：『噫嘻！吾一生不幸，幸遇太恭人耳。將奚往？』遂終其身不再嫁。

今夫煢獨孤寡，與夫殘疾顛連之輩，皆困於天而無可如何者。君子所以有『矜不成人』之説，發政施仁所必先也。若太恭人之攸往咸宜，豈必服膺古訓，一一規摹？而有戚若此，有以終之，孝道之所及也；有弟若此，有以懷之，兄道之所及也。至於惠及群下，有婢而有士君子之心，於此見人性皆善，雖氣質有殊，而恩義廉耻之分明，視乎上之感動者，何如也？然則太恭人非心厚於仁者而能若是乎？厚則久，久則徵其得壽也，固宜！

夫以文爲壽，自近代始。玉綸素不喜爲人作壽言，尤不喜爲婦人壽，以婦德無稱，有合於推本、身教之義。如徒叙門第、飾腴詞，於立言之體無當也。兹以附在姻好，於言太恭人盛德者耳熟焉。而於此一二事，尤惻然有動於中而不能忘。故徵其實，爲兩家子婦勸，且勖儀部諸昆季，用此道以光大其門閭，而樂與祝嘏諸君子衆著於經訓焉。爰不敢重違其請，而爲之序。

【評語】

正大典則，歸太僕學廬陵之文。——翁覃溪

提治家一二事，而大體畢具。叙次兼議論以，行文氣尤古茂。——受業蔣予蒲

祇一二瑣細事，出自大手筆人，發出瀰天際地道理，是太史公陳言務去之一法。——受業王之霖

凌母袁孺人八十壽序

歲在癸卯，余膺簡命，典試浙闈。榜發後，來謁者多寒雋士。第三名陳生震，文追先正，家貧而年尤高，殆不愧毛西河所云『窮通翁』乎！

丙午冬，余由閩偕之北上，課子若孫。今年夏，生以外舅太學生凌文泰之配袁孺人秋九月爲八十設帨之辰，述外家事，乞言於余，將旋里稱觴以爲榮也。余曰：生言固然。抑余思之，凡人

之相與也，以文貌不如以真誠。外父母望婿之行成名立也，猶父母之望子，以真誠不以文貌接也。蓋嘗博參《禮經》，由父黨而母黨，而妻黨，親從其殺，先王所以慮人之昵於情而裁以義也。丈夫子曰子，女子子亦曰子；女謂夫之父母曰舅姑，夫謂妻之父母亦曰舅姑，又有以比而通之，示合敬同愛之意，準人情而制禮也。《四牡之詩》曰『王事靡盬』，《皇華之詩》曰『每懷靡及』，蓋王者勞使臣，曲體夫『豈不懷歸』之念，爲之歌咏以宣導其性情。而後移孝作忠，道乃并行而不悖。夫外父母與父母一也，古稱萬里尋親之孝子，不傳數千里祝嘏之佳婿。何弗於南宮待試之日，反復《皇華》《四牡》諸什，而以意推之乎？

况凌氏詩書濟美，孺人已曾玄在目矣〔一〕，與生之子若孫舞彩承歡，致足樂也。何必僕僕公車，親鞠跽畚耩，乃稱禮哉！今天子重熙累洽，堂開五福，凡中外逮五世者，得上聞。如孺人者，固所樂爲表揚而稱道也。媳袁氏青年守貞，將旌於里，亦足爲孺人慶者。生若以不親祝爲歉，獨不思孺人於生之歸也，不如望生行成名立尤切也。孺人以父母望子者厚望於生也，尚其勉於古詩人所言賢臣令子『不違將母』者推而廣之，以遥慰孺人也。而必以單寒公車往返致祝，揆諸『慈母手中』『游子身上』遠道相關之情，當亦孺人不以爲然者也。爰就所聞於生者，參諸經訓，俾寄爲孺人壽，共曉然於《禮》意云。

連日整裝，遣人旋里先作歸計，撿舊書簏中得此稿，點定存之。生之墓草已宿，殊不勝人琴之嘆也。

丙辰二月朔二日，燈下自記。

【評語】

愛有差等，理足而詞婉，用筆有風雨離合之妙。——童梧岡

【校記】

〔一〕『玄』字，原以避諱作『元』，由下文『五世』之語，可知其意在輩分，今校改。

曹母朱太夫人九十壽序

嘉慶元年丙辰五月十二日，爲曹薺原尚書宫保公之母、誥封一品太夫人朱太夫人九旬大慶。玉綸門下士錢中允棨等，與公子侍讀振鏞同年猶子之誼，將製幛爲壽，乞言於余以侑觴。余於公同館後進，知公家世較詳。揆諸古名臣世胄，如柳氏之家法、歐母之遺徽，褒大顯榮，其來有自者，洵足以媲前光而揚令德，曷敢以不文辭。

先是太夫人八十壽，御書『南陔衍福』扁額以賜。及告養，賜『春暉延慶』扁額。上年秋，祝釐來覲，又以今歲九十壽，預頒『期頤延祜』扁額暨上方諸珍物以寵之。蓋聖人孝治天下，錫類

推仁，尤眷眷於大臣骨肉之間。所以體公者，如此其優；所以沛恩於公之母者，如此其『福』也、『慶』也、『延祜』也，至再至三，有加未艾也。太夫人果何修而得此乎？

太夫人幼失恃，能得繼母歡。于歸光禄大夫贈公，奉舅姑三十餘年，必孝也；贈公客淮揚，事無大小，禀伯氏省愆公而後行，必敬也；訓宫保昆季以義方，慈所通也；撫女弟之遺子三，仁所周也。此其循循焉相君子，以積善在身，猶長日加益而人不知。然而從古以來，未聞内治克修，而融液鬱蒸之象，枝葉茂其本根者，不食報於忠厚也；未聞家有賢母，而貞固和平之氣，耳目關乎神明者，不逢吉於康强也。

方公之告養也，天下之爲臣子者，莫不爲公樂；天下之爲父母者，莫不爲太夫人榮。而太夫人問三黨之困窮，周連枝之姻婭，嘗往來於竹溪村頭，飲水一甌，體甚適，意甚慰也。鄰媖鄉嫗争看鶴髮慈顔，亦嘖嘖於譙國郡太夫人子孫貴顯，蕃祉老壽，被其德而頌禱之。以視遂迎養之懷，與致望雲之祝者，其榮與樂殆有暢然而滿志者乎！

近日九列中，如芝軒巡撫秦太夫人，年七十有一；蔗林尚書董太夫人，年七十有六；馮星實鴻臚歸養八十雙親，皆與太夫人爲熙朝盛事。凡我同人，酌大斗而遍繹天章。觀上之待公以及公之母也，則公率其子以報國者，無忝於臣道可知也；太夫人教其子孫以宜家者，無忝於妻道、母道可知也。豈非德爲福基，福由德致，其來有自之説，參諸晝荻傳經、杖金魚之故事，而輝映彤管也哉！

【評語】

板重之題，出以玲瓏之筆，一字一句都如絳雲在霄，舒卷自如。又如善畫佛相者，不點染七寶之莊嚴，惟於白毫光中、天花隊裏，時時一露金容，已具足諸相。雒誦再四，不能不以此事推公。——紀曉嵐

直起直叙，運實於虚，體格本自昌黎；文之渾灝流轉，行神如空，亦復相似。斯文山斗，當世固應無兩。——受業吴紹昱

捷三侄雙壽序

余自通籍後，與宗黨相違幾四十年。今致仕言歸矣，歲時伏臘，合族綴食。族之中有克自樹立，修身以宜其家者，將引而進之，爲文盛公子孫勸。文盛公爲余始遷祖，子孫隸籍於商城者半，分支於固始者半。大抵力田孝弟，皆有先德之遺，而捷三則族侄尤賢者也。兹因啓基孝廉以捷三侄暨侄婦劉孺人丙辰菊月六十壽乞言於余，而嘆賢夫婦相與以有成者，樂爲稱道而敦勉之也。

捷三二歲失怙，四歲失恃，婦歸不及事舅姑，伶仃孱弱，門户難支也。而捷三奉父遺囑，奮志於學，日涵以肆；孺人見有姑可事者，黯然神傷，泪下不自止，孝思之純也。捷三事伯父如父，

孺人事伯母如姑，經分之産，多寡厚薄不忍計，悌長之義也。捷三遇親族以急告，必傾囊相與；孺人迎姑之妹養於家，兄姊之貧者周恤之無或間，錫類之仁也。至若聞雇工行竊而掩其迹，哀鄰人鬻妻而毁其書，一門之内，數十年之久，克勤克儉，黽勉同心，猶長日加益而人不知，其諸余所云修其身以宜其家者歟！夫風火、利貞，家人之義也。一介之士，必有所濟，無足异也。顧余嘗見高明世胄，七葉金貂，起居八座，非不炫赫一時，至問其性情心術之際，臣道妻道之間，以視恂恂鄉曲中夫刑其婦、婦相其夫，所以含醇導和，相規於爲孝子、爲悌弟、爲仁人，其息甚深，其光彌遠者，同不同未可知。君子之所取，固在此而不在彼也。

捷三爲名諸生，貢成均。長子啓基舉於鄉，諸季亦能讀父書，繞膝而慶齊眉也。捷三其聞余言而益進焉！俾白馬金臺之裔相觀而善，益懋勉於修身齊家之事，爲不負詩書之人。由科名而服官政，保世滋大，胥是道也。故因捷三夫婦之壽而贈以言，願誦《女曰鷄鳴》三章，爲飲酒偕老者遥助一觴云。

【評語】

言之有物，一洗浮詞。——受業萬承風

庚午除夕記

庚午冬，自山左家大人署歸娶。除夕，家祭畢，活火一爐，偕新婦與幼妹守歲。清影團圞，中旦不寐。與言去年此夜，大人内寢坐，余兄弟左右侍。大人指兩亡母遺挂在壁者，曰：某年今夕，汝繼母在；某年，汝母從余侍汝祖、汝繼祖母側；又某年，汝祖母在也。色甚悲。兄以言間之。蓋撫序感懷，娓娓話舊，不待嚴訓之終，而至情至性，一往而深。余方出户潛涕泣，聞妹與嫂東厢正嬉戲耳。言未已，妹亦嗟嘆數四。爰與索筆作記，將以寄呈我父兄，且想見度歲於東，千里懸懸之意云爾。

【評語】

愛山兩失恃，與兄妹事父極歡。嘗語余曰：大人以嚴父兼慈母者。視其色，愴如也。庚午，自山左歸娶，廟見未畢，眷雲流涕，幾不成禮。余聞之，以爲此孝子之用心也。辛未同塾，見所作《庚午除夕記》，情詞真懇。附識數語，凄感久之。——兄青山

至性語，不求工而自合於法。——王蘭泉先生

情真語真。《瀧岡表》以纏綿勝，此以簡括勝。——翁樸園

從至性中自在流露。想握管時不復於行間着意，而讀者已覺斯文之妙，沁入肝脾。仁孝之言藹如，其感人者深矣。——莊本淳

深文隱蔚，餘味曲包。節短韵長，可以教孝。——受業宋林

雨後小記

辛未春，山左旱。余詩云：『入春𪎮麥應時生，寒食烟消雨不成。天意妒花湔袚少，絳桃憔悴落山城。』後大雨，仲夏六日也。晚霽，與青山兄小坐，憶乙丑同學於古蓼城，之素心亭喜雨賦詩，亦係今日。此泠泠者，非竹聲昔鳴於墻角東耶？盈盈者，非伊夕月色下照耶？今雨舊雨，不啻樂意相關耶！自今以往，其將登瀛洲歌《湛露》耶？將不崇朝而遍甘霖耶？抑將占田園之甲子，潤草木於春秋，終身皆樂境耶？

然推而廣之，無往非雨；精而思之，無往非學。溝澮之盈，戒無本也；滿缶之吉，美有孚也。迎機而導，如觸石出，膚寸合也；抱琴而鼓，乃聽其音，得其趣也。學，猶雨之意；雨，猶學之境。後視今，猶今視昔也。由今雨而俯仰後先，不忘舊學，『小畜』所以懿文德也；由今學

而商量新故，不忘舊雨，見知見仁，存乎所樂也。吾與兄值天喜之候，愜素位之懷，惟是在今言今，在雨言雨，總以不離乎在學言學者，寓其樂於『緑滿窗前，新流活潑』中也。其即古人以『喜』名亭意乎！

【評語】

文境極濃，文情極澹，此仙品也。可參前後《赤壁賦》讀之。——王蘭泉先生

一味現成，一味自在，一味平實，文之能事觀止矣。香亭兄年方弱冠，夙慧若此，可以卜終身之蘊量。——莊本淳

道理見得實，境界看得活，想見吾師胸次貯却許多鳶魚飛躍之趣。此拈花微笑時也。倘有阿難、伽葉，必能以不解解之。——受業陳池鳳

記青山夜談

辛未前五月二十二日，與青山兄促膝談。漏三下，寂静不聞人聲。草蟲吟墻角，冷然善也。余誦兄舊作而言曰：天地之道，陰陽而已。文章之事，宣陰陽之氣，而剛柔分焉。氣不偏於陰陽者，惟『六經』載道之言，非秦漢以下所能幾也。若八家之文，未嘗不期剛柔相濟，要亦本乎性

情，各得氣之所近。近於剛者，如風如霆，如萬馬之鳴，所謂『蘇海韓潮』，文以氣盛者也；近於柔者，如好鳥名花，如升皎月，所謂『歐之俯仰情深，曾之紆徐有致』，文以養氣貴者也。兄之文蓋善養氣，近於柔之美者乎？

相與往復，引申其説，而忘漏之永也。少間，有足音。其來突如，似健男子。出户視之，無所見。有星在天，歷落如洗而已。兄顧余而笑曰：『此亦二氣之良能也。』爰共啜茗而睡。

【評語】

義藴深厚，耐人尋味。——莊本淳

寥寥數語，却將千古文人著作根柢面目詳確分剖，此老吏斷獄手。——錢坤一

相其文境，若槎枒枯栟；逼視之，生氣内貫，鱗鬛欲飛。安得不詫爲怪怪奇奇！——蔣心餘

瓶友記

案頭一瓶，形甚古，色如東山之嵐。

會余撫案卧，夢一措大衣青衫，揖余曰：『别矣。』聲太息者數。

醒，瓶碎諸地。余曰：『瓶友亡矣。』泣下久之，收其殘者藏之篋。

【評語】

語簡味厚，節短音長。此種筆墨，直入古人之室。——曹鳴廷先生

只五十七字，而起伏頓挫俱備。此訣自《檀弓》《左氏》得來。——王蘭泉先生

拈花妙指，消息互參。——莊本淳

奇事奇文，纏綿周致。想見吾師做人肝膽。——受業汪學金

重修佛峪般若寺碑記

歷城東南三十里有佛峪，千嶺相匝，一峰獨匿。余以其静而癖焉。壬申，讀書於峪之般若寺，號吾廬曰『愛山』。山僧告余曰：寺創自隋文帝時，閲千餘年矣，今陋甚，敢以重修請。爰捐貲爲倡，襄事有人。廢者興之，舊者新之，莊嚴佛相次第具舉，議刻文記興工顛末。澗有石，咸謂舊碑之仆者。覘之，則未刻石也。命工勒文其上。僧又告余曰：异哉，兹石！三年前，積雨後，瀑布方漲。夜半聞大聲發於山頭，如數萬鈞物逐浪下。出户視之，有巨石在焉。四顧岑寂，星月在天，山鳥驚栖不定。今乃爲諸君刻石耶？

語曰：怪异之事，儒者弗録。余讀《沈樵園文集》，記巡漕山左，題名碑附記老叟言，與此事

有絶相類者。其亦言者妄耶？抑至頑者石，果有物使之耶？不然，如雷轟薦福，瀧岡一石猝没於大風雨中，豈皆無説以處之耶？若夫此山幽邃，景物環列几席間，固憑吊而知。且先我游者，勒諸石而詳言之矣，故不備。

【評語】

天然爲筆墨生色。山之幽，寺之古，固宜動以氣機。——沈仔大先生

一片蒼烟離合中，有仙人來往。文境之妙，似之。——德定圃

秦中記庭訓

歲乙亥三月再旬有八日，日晡，從弋山兄抵西安臬署，問家大人安。大人方秉燭治官書。訖，漏三下矣。古廨凄寂，檻外風敲竹，微有夏意。命坐，歷詢家事，忽而笑，忽而感傷，忽從中論斷之，不瑣記。

吾鄉，古蓼國，越機楚鬼，陋於隋，朴於元，兵火於明。國初，爲中州名邑，厥俗用競。自大人離桑梓，轉眼幾何，風景頓遷若馳轂。大淮日夜流，胡砥柱而障也？

大人曰：『昔家居，承先人餘澤，有田百畝，園數畦，構草廬一所，授生徒數十人。間荷鋤戴

笠，步凸凹，望稻穗飛香處，聽農歌漁唱，斷續烟霧中。閭里無大事不酌酒，不烹羔；非舉五禮，不著紈綺。有渝約者，衆舉爲子弟戒。蓋猶有先民之遺也。』指琦玉綸原名。曰：『汝所被舊袍，我昔與汝伯叔父易衣而出者。厥後，寓直京曹，偕汝母同歷淡泊。没時，斂以嫁衣。聖恩高厚，不次遷擢。愚臣一心，居貞抱素。在家則儉，在官則清。太史公曰：「古者人臣，以德立宗廟定社稷曰勛，以言曰勞，明其等曰伐，積日曰閱。」蓋言報主如此其大也。賈生曰：「古者大臣，有坐不廉而廢者，不謂不廉，曰簠簋不飭，明所責望。」未嘗不重在此也。夫人情不甚相遠也，耻心重而愛名節，不必待賢者而後能也。樂安而惡危，雖下愚有同心也。爲臣首以廉計，復孰甘就貪污？即不然，豈有不畏國法者哉？緣其平居里巷徵逐，數十爲群，好酒食、博弈、衣服、車馬，日甚一日。父兄禁諸後，已慣不及挽。猝爾列仕版，紆朱懷金，恣意所爲。既罄家貲矣，又有事以迫之。譬如百姓飢寒，必爲賊盜，雖欲不貪不能。夫飢寒之故，在民而不盡在民也，君子有痛心焉。貪官污吏，自貽伊戚，此豈一朝夕之故乎？甚矣！廉必養於儉，而習俗大足移人也。吾爲小子慮之！』

語畢立，立語且嘆，與鐘漏相應答。月色窺户，空明如積水。窗外隱雜鷄犬聲，童子倚屏卧。呼起，取果餅一盤，猶度歲所遺也，食之而睡。

【評語】

敘次錯落中，發絶大議論。可與涑水《訓儉》并傳。——陳紫瀾

熟於龍門傳序，色聲臭味俱似也。須悟此事有筆有書，方不爲贗古家姍笑。——金檜門

式穀教忠，同條共貫。汪信民所語，故是我輩安身立命法也。要非實實體會，亦不能詳哉。言之若此，盥誦一過，惟增佩服而已。——莊本淳

寫家風，寫鄉俗，寫官箴，從惻隱之實結根，曲折及之。仁人之言，入人心脾。義藴、意境、敘次，允臻古作者極則矣。——戴東原

必傳之文！方綱於前輩及師友所爲古文，不喜下贊語於文尾也，但圈出其筋節足矣。今夜讀先生文三篇，以此爲最。——翁覃溪

記病目

乙亥正月二十四日，余病左目，浮腫不能開視。越三日，愈雲翳，蔽眸子之半。夫眼，具藏府精氣；瞳神，乃膽腎所聚。虚於中，則障於外。庸醫以風火視之，投黄連十餘劑。始作淺碧色，漸變爲藍，駭且悸。會省覲西安，過弋山，東道主羅姓惠佳方，退稍許。抵署，屢覓撥治，尚未

痊也。

坡公云：『齒有病，當勞之；目有病，當存之。治齒如治兵，治目如治民。』旨哉，言乎！余幼嗜書籍，短檠相對，徹夜不寐，且性復躁妄，種厥病根。安得如隔歲佛峪山中，粥魚茶板，終日習靜，屏除一切，學坡老『存之』之訣乎！

秋陽照林際，晶朗可愛。片雲飛空，微相磨蕩，而緑陰乍晦。仰而顧之，忽攬鏡，怵然也。是爲記。

【評語】

本東坡『存之』之意，以養心習静爲良藥。入後，得《風》詩『比』法，筆具化工。——錢坤一

要言雋旨，千人共見。此香亭少作也。凌安世曰：東坡十來歲作《夏候太初論》，用『碎璧』數語，爲老蘇所極愛。可知千古文人夙慧，如出一轍。——蔣漁村

修方家橋碑記

固邑，古楚地，今豫澤國也。其水爲淮、爲洩〔一〕，故宜稻，利水田。田繞以溪，溪通以溝，溝達以橋。凡一鄉之内，數里之間，十步一灣，五步一登，流水小橋，迴環於漁村茅舍間者，相續也。

張莊爲邑西北巨鎮，居民萬餘家彙鎮。東南一帶，水田之支流過我祖塋前，左繞以注於淮。而方家橋適當水口之衝，蓋以濟通衢，爲先靈所憑依也。歲久傾圮，重以積水衝注，更大頹。侄大星心厚於仁者，踵乃父舊，行善事，弗斂於衆，獨力成之。

余甲戌秋歸自山左，入塋瞻拜之餘，上溯淵源，愾乎聞見。時則夕陽西下，新月在天，望前村烟火聚落，佳氣鬱蟠，擊轂摩肩，橋上行人如織，助墓門東引旺局，風景如繪。曾幾何時，而輝映於明鏡彩虹者，廢興迭更也。

丁丑秋，仲侄來鄂，備道修橋事，始於某日，成工於某日。乞言，垂不朽。治趨西裝匆劇，愧不暇文。嘉其堂構之肯有以利行人而慰先靈，觸吾夙懷，而略言之。是爲記。

【評語】

落筆蒼鬱，文境似柳柳州。——王蘭泉先生

簡潔道峭，何處着一閑字？——方碧岑

【校記】

〔一〕『泆』字，乾隆五十一年謝聘《重修固始縣志》卷一同，而卷四則作『史』。《四庫全書》本《河南通志》卷八亦作『史』。

竹窗聽雨圖記〔一〕

竹於植物中，有勁節，宜霜雪，故於德宜比君子。於影，宜月；於態，宜烟；於聲，宜風，宜露，而尤宜雨。凡物之妙，形不如聲；觀物之悟，目不如耳。故物於聲宜，聲於聽宜。風聲宜虛，露聲宜徐，而雨不專之；疏雨宜桐，急雨宜松，而竹兼之。故聽雨，尤於竹宜也。然此中有性情焉，不聽者不知，聽者亦不知也。

丁丑之春，余訪友於琉璃廠王漁洋先生之故居〔二〕。萬瓦鱗攢，曲徑内敞，幽篁濃翠，宛入雲林墨妙中。友人指檐前藤花顧余曰：『此蜿蜒飛香者，漁洋手植也。』因盤桓不忍去。昨歲，壬午四月，余此焉卜居。問所爲古藤、修竹者，翦伐無餘，爲太息久之。居十有一月，枯藤舊本忽引蔓，裊裊如翠帶然。欲補種復舊觀，卒亦未果。依窗矗箭三，歷秋頗勁。每爽籟，雜商霖，摇簌簌有聲，聽而樂之。溯漁洋去今，垂數十年矣！仰溯前徽，陳迹斯在，所謂『醉翁行樂處，草木皆可敬』者，殆於同之，而觴咏盛軌，終焉衰歇。即余自丁丑以來，上下六七年間耳，榮落完毀，因物觀變，又復如是。余友葉大澹園下榻於古藤書屋中，數共晨夕，相與俯仰盛衰，輒復慨然也。

一日，澹園携關中王孝廉尾中小照示余，曰：『君好竹，若亦好竹，盍爲題？』述孝廉人品學問甚悉。又言孝廉好游，常登泰山，過錦官城。遇名勝必游，游必留題，詩日以富。其詩蒼勁瀟灑，則流雲浮藻之姿也。歌而和之，瑽瑽琤琤，如戛金，如碎玉，則叢篁疏雨之音也。嗚呼！可以觀其性情矣。

余往歲侍家君，三至秦。秦自昔帝王都，山川人物，照耀古今。美哉！風土醇茂，廉而有直體。《易》之『説』卦曰『爲蒼筤竹』，象在斯乎？且渭川千畝，固其胸中宿物也。孝廉既好游，豈能以聽雨故，終歲兀兀坐竹窗中，而性情在焉？圖非其寓歟？夫所謂寓者，無在無不在也。而余顧斤斤於前人之一草一木，流連感慨，藝植而保愛之，抑亦物而未化矣。雖然，孝廉之聽雨，得諸性情，而寓之圖；余之聽雨，亦得諸性情，而寓之物。寓之圖者，無而寓諸有；寓之物者，有而寓諸無。有無之間，余不知孰爲寓，而孰爲非寓也！余與孝廉各相知，各不相知，且亦各不自知，則以寓與非寓，皆寓也。余因取而寓諸文。

【評語】

從竹雨憑空著筆，中間熟於賓主開合離即之法，後更超然象外。《蒙莊》《楞嚴》，方斯神妙矣。——金蒔亭

摹寫情景，似柳柳州；扭折語句，又似莊漆園。本是説竹，忽又參入古藤一段；本是説自家好竹，

忽又參入王孝廉好竹一段；本是説聽雨正面，忽又借圖伴説。精言奥旨，即離變化，想見得意疾書之樂。

——梁階平

【校記】

〔一〕沈粹芬等輯《國朝文匯》乙集卷三十一收録此文。

〔二〕『琉』字，《國朝文匯》作『玻』，誤。

燕巢記

壬午夏，吴子香亭遷於琉璃廠南夾道王漁洋之舊寓，雙燕適來巢。次年，巢如故。又次年，巢於卧室兩壁者二，巢於堂之梁者一，巢於書室之楣者一，皆出雛矣。客顧而喜曰：『王謝堂前飛來，佳兆也。』夫灾祥之説，儒者弗道，燕又微乎微者耳。頃入書室，童子告余曰：『燕巢覆矣！』叩其故，童子昨既醉，門未閉而就睡，貍奴乘隙毁其巢。余爲審顧，太息者久之。

《記》曰：所附者高，則微物不能累。堂與室皆高處，書室更余所款洽地，而余不能庇其巢。以朱子『三坎之理』推之，余所歉必多矣。因念不殺胎、不覆巢載在《王制》，吾而殺之覆之也，過在吾也；非吾而殺之覆之也，過由吾也。推之『緑滿窗前』『枝頭好鳥』無非生意，儒者見聞所及，大抵皆具萬物一體氣象，放之四海而準，培諸方寸而功宜密焉！

雖然，顧犬補牢，未爲晚也。附數語以戒童子，并識吾過。時甲申夏六月十有四日。

【評語】

粹然儒者之言，只此便見民胞物與氣象。——葉澮園

所謂滿腔子都是生意者。小中見大，吾輩當作座右銘。——馮星實

古藤詩思圖記

庚寅之春，製小照，題曰《古藤詩思》，示不忘也。藤爲漁洋山人手植，余以壬午僦居，嘗記此藤興廢。乙酉，以憂去。去年春仲，復寓焉。六月作微花，今春花開，始覆架。夫此藤古矣！名士風流，以觴以詠，何其盛也！迨經翦伐於丁丑以後，護萌蘖於甲申以前，荏染柔木，再發古香。於此見天下事無盛而不衰之理，有由衰而盛之機。雖曰天時，蓋由人事。嚮所云『榮落完毀，因物觀變』，俯仰今昔，『各不相知』者，未免所見太空耳。

爰即現前景物，倩好手繪之。繪藤，亦繪竹，亦繪槐，次其類所有也。繪藤於左楹之左，繪竹數十竿於亭後，繪槐於別院，有枝斜撐於亭之上，如翠羃然，紀其地也。階前流水、曲徑、石橋，隨

意點綴。坐卧其間者，何必有，何必不有也。藤係以『古』，仍書屋舊也；詩係以『思』，誦其詩想見其人，不獨有人之見存也。用題言簡端，録前記於右，前記所詳不贅。凡以綜吾歲月，寫吾性情，與萬物相忘於無相，忘不必離相以觀空也。

乾隆庚寅又五月，某記。

【評語】

得歐、柳之神髓，而去其形貌，不知者以爲獨孤遐叔小文。——胡希吕

畫記固貴詳至，然太落瑣碎，以謂規橅考工，又與此體無當。運實於虛，犁然罣然，似段柯古、權文公筆意。——家白華

現前景物，不脱不粘，具見淵明胸次，筆亦冲澹有神。——劉中壘

附録　古藤詩思圖序〔一〕

王昶

香亭太常始僦居海王村，蓋昔新城王文簡公寓邸〔二〕。中有藤花，歲久剪伐殆盡。頃之，舊本忽萌，引以覆架，遂作花。及歲壬辰，太常寓横街，則又分移之，植於書舍，而藤引蔓益繁。太

常因繪《古藤詩思》《引藤書屋》兩圖，以紀其事。

余往在京師，聞竹垞太史古藤書屋在海波寺街，走訪之。所謂『檉柳一株』『湖石三五』，皆不見。藤僅存其一，蕉萃無復生意，獨其老幹猶如虬龍。而是時薌林少師味初齋前藤花蔭蔽，可十餘丈，與青乳齋蒲梢相糾結，其盛冠於京師。余主其家，聽雨望月，輒婆娑其下，不能去也。及再入京師，則海波寺街之藤無復存者，少師宅第亦爲市儈居，其藤蕉萃枯槁〔三〕。以是見天下事菀枯榮落不常，草木之微，多有可感者。由盛而衰，則必由衰復盛，物理循環，自然之道。太常所植，將日新月盛勿替，引之，何足异歟！

昔方希古叙衛氏紫薇，以爲家之將昌，氣之鍾也獨盛。人得之爲才賢，其在物也，爲嘉卉，爲奇葩〔四〕，榮茂必异於常。又謂人之盛衰，因物以見，而物之禎祥，非托諸人則不能以傳。今太常方以文學受知，駸駸乎枋用，於以集友朋、鬥詩酒於下，使人如見文簡當年，而相忘於盛衰之感。且繪之以圖畫，播之以聲詩，是花又爲京師增一故事。則希古所謂花果有知〔五〕，必自慶其遭逢者，益當於此徵之也夫。

戊戌夏日，青蒲王昶序。〔六〕

【校記】

〔一〕王昶《春融堂集》卷四十五收録此篇，題作《古藤詩思卷跋》。又，本篇標題原爲『序一篇』，今依例補全標題。

〔二〕『昔』字，據《春融堂集》校補。

〔三〕『其』字，《春融堂集》無，而於『藤』字下增一『亦』字。

〔四〕『爲奇葩』三字，《春融堂集》無。

〔五〕『謂』字，《春融堂集》作『爲』。

〔六〕《春融堂集》無此時間與作者一句。

游通惠河記

余非智者，頗樂水。幼生於固始，臨大淮。少長，隨任東南，多經澤國。比官京師十餘載，每與人言及水鄉風景，輒神往不能已。

癸巳閏三月，胡侍御澹園邀余，暨李宗丞西華前輩、曹中允習庵、沈中允朗峰、邵侍御相之、儲銓部玉函、張比部蔚齋、王中翰葑亭、俞君擢亭，游通惠河。按河，元郭守敬鑿，由大通橋至通州，十里一閘，置閘二十有四，蓄水濟運，迄今賴其利。沿堤綠樹，拍岸清流，庶幾山陰道上。

是日，天微陰，放舟至頭閘而雨，憩於某氏之園，舉酒相屬。薄暮歸。李白之言曰『浮生若夢，爲歡幾何』，言之苦也；莊子游於濠梁曰『魚之樂，我知之』，見之空也〔一〕。夫空，則廢事清談，所以曠厥職也；苦，則不可貞，不貞則躁心生也。今日得隨諸君子〔二〕，自公之餘，從容演漾，以遨以游，豈惟予素樂乎？是凡爲智者，當必有會於心。既歸，各述以詩，而余爲記。

【評語】

東坡謂『道德之後，流爲刑名』，未免深文周內。若晉人清言，實自老莊啓之。至右軍《蘭亭》、柳州《愚溪》，設爲放達，以抒其感憤無聊，正當與太白一例看。記中『曠』『躁』二義，能發前人所未發。——儲玉函

必有得於中，而後形之於言。『立言』，洵三不朽之一也，得之記序中尤難。——受業王友亮

隨處説出養心治事妙理，源頭活水，涵濡已久，故所見無非真諦，所言無非真詮。——侄廷撰

【校記】

〔一〕『見』字，錢棨《香亭先生年譜》『戊戌，先生四十七歲』譜下引文作『言』。

〔二〕『隨』字，《香亭先生年譜》引作『從』。

安拙窩記

古之學者貴有用，不貴無用。無用，拙也；有用，巧也。後世日逐於巧，爲害滋甚，於是不貴巧，而貴拙。拙也者，性近於木，質類於狷，硜硜者匪石之轉也，拳拳者匪席之卷也。蓋謹身寡過，猶是『以約鮮失』之意焉。夫拙之益於人也如此，而人於人或詈汝笑汝，則曰汝拙乃爾，未有以拙譽之者。即人以拙自遜，未有中心安之者。老氏『大巧若拙』，特善用其巧耳；莊子『以不材終其天年』，恐人見其拙耳。要皆非能安拙者！安拙之道有二：曰守拙，曰養拙。拙何以守？有定識，有定力焉。拙何以養？無畔援，無歆羡焉。能守，以培拙之本；能養，以得拙之趣；又能勤，以盡拙之用，拙也而大適於道。推之天下拙，而天下人無不安矣，然則拙乃人之安宅也哉！

職方汪訒莽，好古士也，家富於書。於歙之南鄉築綿潭山館，爲讀書處。緣山下上，即景而分題其勝者，以數十計。安拙窩其一也，屬爲記。余交訒莽於京師，足未嘗一至山館，景物不可得而知也。訒莽之寶其『拙』而繫以『安』也，知其能愛吾廬、行吾素也，故爲勖以守、進以養、極之以勤則不匱，而於二氏僞托於拙者，弗取也。訒莽其三復吾言乎哉！

【評語】

『安』有兩義：一由不願外，爲入德之始；一言得所止，爲德成之終。中間指出操存涵養功夫，義乃大備。讀此記，如讀儒先語録一則。——汪持齋

守拙、養拙之外，必兼勤以補拙一層，方是牢立脚跟處。又《釋名》：『拙，屈也。』淵明《感士不遇賦》：『誠謬會以取拙，且欣然而歸止。』據此，則并賅得安於時命意。篇中表其讀書山館，愛廬行素，略見訒菴不願外胸次，義更曲包。——程魚門

潔浄質實，體用該備之文。——鼎雯侄

重修張仙鎮至善義學碑記

張仙鎮有義學一區，其後奉至聖孔子石像以祀，爲里人誦讀之所，由來舊矣。按文翁在蜀，圖古聖賢及孔子像於禮殿，宋祥符中追謚文宣王，始詔立像。明嘉靖九年，取有合無尸之義，凡郡、州、縣文廟，易以木主，至今用之。兹祀像，古所遺也。或曰像於某年浮淮而至，遂祀之。道德之表，靈光擁護，理固有之。學者於先生書册琴瑟尚戒勿越，况聖像乎？祀之宜也！乾隆乙未春，如什邡縣於方亭書院新建聖像樓，奉銅像二，鐵像一。類此見於紀載者甚夥，皆尊聖也。又

《禮經》所載，凡始立學者，釋奠先聖先師；凡學，春釋奠先師，秋冬如之。説者以先聖若周公、孔子，孔子又先師也。今張仙鎮以鄉學祀孔子，蓋祀不以廟而以學，揆之『學以祭夫有道德而能教人』之説，合於古也。

余祖資政公捐貲重修，置義田，贍諸生。先中丞勵志其中，後起者胥克用勸。嘗諭玉綸以增葺之意，而未果。迨玉綸官於都，致書昆弟輩，捐分醵金，以謀更新，匪伊朝夕矣。歲乙巳，得所報書，知擇吉鳩工。聖像重新，宮墻載焕，所有文昌閣及講堂、學舍，次第修葺。議規條，爲經久計。

維時玉綸視學於閩，方秉先師遺訓，培育多士。聞斯役之成也，喜而不寐。特念聖學高深，未敢以戔戔小言繪乾坤而摹日月。至於申明教術，鵝湖、鹿洞具有成規，仿而行之，可以服膺弗失。惟此枌榆善舉，圖新匪易。爲上溯始基繼緒之久遠，近志集議襄事之勤勞，用期後人，黽勉率由，與故鄉諸君子弦誦其間，納善言，敦善行，勿蹈岐途，勿甘小就，庶幾月异而歲不同者，被聖澤於無窮焉。此則竊取古鄉師、鄉大夫教法，相與申明之，而有厚望也夫！爰書寄之，勒諸貞珉，列規條於後。

【評語】

書院佐學校所不及，義學佐書院所不及。其自鄉先生主之者，又以佐當道有司所不及。要於尊崇聖教，培育人才，則一也。篇中首叙祀像原委，折衷經訓；次述修舉之勤勞，勉勖後進，勸學深心如揭。文筆亦極茂美！——孫補山

神似《南豐學記》。——受業汪學金

宜園記

夫子小樊遲稼圃之請，以非學所宜也。乃余於園而以『宜』名也，何居？余自辛巳通籍，歷卿貳，今年六十有四，蒙恩予歸。揆諸《禮經》『七十致仕』之文，噫嘻，可以園爾園矣！

是園也，在古蓼城外東南隅，爲武氏洲。洲之水出入平易、思善二橋，達於河。環洲以岡，一邱一壑，奥如曠如，於園宜也。園之中，宜屋、宜亭、宜橋、宜池、宜樹者略備。樹之蕃，宜春、宜夏、宜秋冬。而修竹萬竿，百餘年柏三株，浮翠擁濤，宛與岡頭塔影、魁閣靈光相映也。余始游於甲戌之秋，題其亭曰問竹。兹將歸，而洲適見售。是四十二年惓懷桑梓，未能忘情於鴻泥爪迹者，得爲園主人矣。非余之宜而奚宜乎！

且夫順正以行其義者，事之宜也。端之以正，而天下莫不一於正矣；濟之以順，而萬物莫不徵於順矣。余老矣，非徒優游於此，治其蕪薈，參其勢之高下疏密而增易焉，觴咏以娱暮景也。惟益修余身以宜余家，俾余子孫恒爲士，恒爲農，不至降爲皂隸，栖息於頽垣敗瓦間，斯已爾！至於推而措諸比閭族黨，左之右之，無不宜之，此則古鄉師大夫順德行而正風俗，超其量於稼圃上者，余蓋嚮往焉，而愧有未逮也。

【評語】

結想於虚，恰得平實至義。發語必盛得水住，在文境爲上乘，在理窟爲真諦。——劉雲房

氣體之妙，胎息歐、曾。其立義正大，仍自湛深經術中來，非匡、劉不能爲此。——陳望之

此吾師素位而行真實本領也。較柳柳州範水摹山，文境更進一格。——受業陳錫熙

附録　跋二篇〔一〕

宜園記跋

童鳳三

香亭少司馬致政之歲，適獲武氏洲之園，名之曰『宜』，爲記而勒於石。余讀之，有感焉。

天地之大也，物類之繁也，人事之賾且變也。圓動而方息，燧燃而泉流，亦曰各有其宜而已矣！因所宜而宜之，是以曰無不宜之。少司馬之才無不宜，兹乃寄其名於園。噫嘻！夫名，則何定之有？園其園，即不特園其園，而就園言園，於是乎『宜』之名惟園是屬。則以園視園，宜也；不以園視園，亦宜也夫。固言近而旨遠也。

乾隆乙卯余月，梧岡弟童鳳三爲書其額而跋數語於後。

宜園問竹亭跋

〔吴〕孝顯〔二〕

少司馬夫子致政將歸，因武氏洲爲别業。既成《宜園記》矣，復取昔年所題『問竹亭』額，屬門下士錢宫允棨書之，顧謂孝顯識其後。

孝顯竊惟夫子之所爲『宜』者，要於順正以行其義，蓋本禮家之緒言。夫《禮》不云乎？『其在人也，如竹箭之有筠也。』成器備物，由於有禮；勁本堅節，由於有筠。千載而下，若香山白傅能知此義。觀所著《養竹記》，謂『見其本，則思建善不拔』；『見其性，則思中立不倚』；『見其心，則思應用虚受』；『見其節，則思砥礪名行』。凡以竹之爲物，誠有合乎古君子措正施行，進而服其政於國，退而修其教於家，左之右之，無不宜之，故能居天下之大端，巡四時而不改其葱翠也。然則夫子之名以『問竹』，其旨固有微焉者。夫豈同王子猷之乘輿徑造、居宅便栽，爲足緬此君之高風、尚咏嘯之逸致哉？

孝顯從游日久，謹就管窺所及，輒謂夫子襟期於香山爲近。而是亭之名，固與《園記》『順正行義』之説，爲尤足發明《禮》意也夫！

乾隆乙卯三月，受業孝顯謹跋。

【校記】

〔一〕以下二篇跋原無標題，爲便於識别添補。

〔二〕『吴』字，原以同姓缺省，今依例補。

宋文杰公祠記〔一〕

宋以國爲氏，達人之後，代有淵源。其由直隸新城、山東萊陽遞遷於蘇，自文杰公始，乃汝和觀察始祖也。公諱通，仕元爲萬户侯，佐脱脱丞相立軍功。隱於明，諭諸子勿應試，曰：『願汝等閉户讀書耳。』嘗散其家財，拯歉歲，保障吴郡。始祀鄉賢，繼立專祠，編祭於守土之官，至今罔墜。事詳《一統志》。殆《禮經》所云有功德於民『則祀之』之例也。凡十有四傳，至觀察曾祖信天别駕，以孝聞於里。祖喜墨太史，以文學著。考况梅司農，揚歷中外，爲時名臣。而司農則以文杰公祠之就圮於泮環巷也，鳩工庀材，移建於武邱山塘，置義田三百畝。蓋乾隆丙戌也。越四年，庚寅，觀察呈請給照以憑守祧，而若考、若祖、若曾祖，俱得奉部文附祀於文杰公之祠。觀察又增田二百畝，與族人所購市房四區，彙其息以豐祭祀、贍困乏，戒弗鬻。

嗚呼！觀於祠之立，而文杰公捍大患、禦大災，足以孚輿情而邀令典，如此其昭昭也；觀於奉祀之誠，而諸君子文章勛業，足以廣敦本睦族之願，如此其綿綿而翼翼者，大抵守成易，創始難也。然竊考『積善』『餘慶』之言，深維盈虚消長之理，未嘗不嘆古今來高明世胄，振方興之勢，履泰而安，難而易也；挽既盛之機，恒久而不已，易而難也。履者德之基，恒者德之固，在爲人後者自勉之而已。

余是以上下五百年間，神往於故國遺勛馨香弗替，舉祠之興廢與所推廣者，類次其事。文杰公之風，洵有山高而水長者乎！而并以言不盡意，與觀察永杯棬之思焉！觀察少時割股以愈母疾，非庸行也，孺慕有足嘉者，因附記之。

【評語】

樸茂深摯，於南豐爲神似。——童梧岡

叙述簡潔，具有扶風、龍門諸遺法。後一段醖釀宏深，言言見道，尤爲抉經之心。——受業王友亮

精氣盤鬱。中段議論，見得明，説得透，徹上徹下，大是有關世教文字。——受業錢棨

【校記】

〔一〕民國李根源著《虎阜金石經眼録》記載：『《宋文杰公祠記》。小楷。予告翰林院檢討前任兵部侍郎吴玉綸撰，賜進士及第翰林編修邵玉清書。書條二石砌祠壁。』（《曲石叢書》本）錢棨《香亭先生年譜》『嘉慶元年丙辰』譜記載：『五月，爲孫以醇娶婦宋氏，吴中宋觀察思仁孫女。觀察送至京邸完姻，乞先生作《文杰公祠記》。』則李根源所記『予告翰林院檢討前任兵部侍郎吴玉綸撰』一句，當爲原文署名。

記病

辛卯初秋，吴子晝寢古藤書屋。若有告余者曰：『君將壓焉，胡弗速起！』噫嘻，夢也！是夕，以孟秋時享齋通政司廨，病歸而卧。夜雨如注，甫出户，屋就隳。爰還於堂，墻又碎余床，而余得免，自此病益甚。秋九月，然後愈。

方病危時，内子之生母陳孺人殁，不克視含殮，余抱憾；侄樸園以醫藥來，漏下三四十刻，無倦容，余增感；余妻若妾殷勤問起居，付之不見不聞，强制之力爲多。夫《詩》載『大人之占』，《左氏》亦言『二豎爲祟』。余以噩夢而病，不戹於屋之覆，而脱於垣之毁，蓋有數存乎其間，

無足异者。惟余返而自思，呻吟斗室六七十日之久，瀕於危者屢矣，而有觸輒動，猶拳拳於所憾者而抱痛，所受者而知感。病於身，不病於心，殆天理流行，生機之未息乎！罔以私情擾吾真性，是病聽命於心，心不爲病所役，静而存之，裕如也。然則余之病，兆於夢；病之愈，不敢專諉於命。修吉悖凶，何在不然！而余於病愈後，記其概云。

【評語】

所言病，偶然耳，所憾所感，亦細細耳，而存心養性之義，因此以見，所謂頭頭是道者。至夢以脱厄，而云病兆於夢，無乃不受。——童梧岡

小題有此大見解，雜著中不可多得之品。——翁覃溪

以夢感心而心動，心之虚靈不昧也；以病纏心而心不動，心之安固不摇也。瑣瑣寫來，俱有見仁見知氣象。——朱青如

騰蛇去口，夢寐通靈，非大根器人不能。吾師夢而獲吉，良有以也。沉疴中瑩然獨照，如讀《素問》精言，尤足見慎疾之功。——受業謝恩焜

吴玉綸集

下

［清］吴玉綸 著

馬予静 點校

◎清代中州名家叢書

中州古籍出版社
·鄭州·

香亭文稿　卷六

戰淝水論

古大臣不輕忽以圖功，在誠敬以集業。至於國家多難，事關社稷安危，不徒鎮之以静，而必善慮所動。晋孝武僻處江南，正朔相承，將相得人，上下安和。癸未，秦苻堅舉兵入寇，若權翼、若苻融、若石越等諫，不聽。雖婦人女子，皆知晋不可伐。然則秦不能取勝於晋，桓冲計之熟矣，豈獨一謝安哉！

夫臨事必懼，用師之要。秦率戎卒百餘萬，先聲振摇京畿，九鼎一綫。以斗大之區，當泰山之勢，老臣謀國，根本是圖。遣精鋭入援，見却。對佐吏發嘆，爲同官言之，爲忠告也；爲宗社言之，爲流涕也，隱有以折安之心矣。厥後，淮淝捷而冲捐世，亦會逢其適耳。史臣乃文而致之，誣其失言而抱恨以終也。書之不可盡信，如是哉！

或曰，八萬之衆若敗，三千之兵奚用？安却之，未可厚非。嗟乎！兵不在多寡，用命則一以當千。事急矣，可奈何？所欲忠於國與主者，惟此惓惓之心耳！冀其有濟而益之，若慮其無濟，而愈不敢不益之。益而濟，其心安；益而不濟，雖至國破身殉，上告其心於聖祖神宗，對皇天后土而無愧。千古忠臣孝子之用心，類如是也！况三千鐵甲，義勇争先，謂不足勤王事而奮敵仇，豈其然哉？

且夫安之却冲師也，命駕游墅，圍棋決賭，姑爲閑晦以鎮張皇。觀其得捷書、折屐齒，洵真情發露也。武侯《出師表》曰『先帝知臣謹慎』，又曰『成敗利鈍，非所逆睹』，以諸葛智慮殊絶，奚啻十倍安石？猶兢兢乎慎以行師。説者謂『南方已定，甲兵已足』數語稍涉骯髒，遂致街亭一挫。在公當日，忠義激於言表，特欲披陳幼主，率三軍北定中原耳。然以聖賢戒懼惕厲深心，衡古大臣功名勝敗之際，非刻也，見理篤而持論精也。若安石者，雖百喙其奚辭！

向使晋宰相有智勇深沉，具文武大略，其人者當此天心效順，福德在吴，用桓氏精鋭三千，賈二謝餘勇，乘其外竄内亂，過關逾鄴，挽大江之水，以洗河洛烽烟，克圖西京，徐匡故物，豈不甚盛？安即力度不能，當亦强爲善以俟之，何遽借以糧、助以兵，舉大仇不報，而更親昵焉？誰司國柄者？中原曾奏請開拓矣，所張弛固如是乎？朱子曰『苻堅之不善，非晋人之善』，蓋淝水一役定論也！

【評語】

蒼蒼莽莽，目大如箕，在古人中有數文字。『八萬之衆』一段，文氣一泄如注。有嫌其太盡處，删却四

十七字，渾如也。——鄭炳也先生

有體有用之論。爲桓江州洗眉刷目，即爲東山更進一解，真乃識高於頂！雄渾處尤似韓昌黎。——莊本淳

有筆有識，衡古極則。論體固在攻辨盡情，非熟於擒縱進退之法，論必不快，筆必不横。此文得其秘鑰矣。——金檜門

識沈則邁遠，器小則易盈。管仲召陵、曹瞞漢中，失皆坐此。『向使』一段，可作上下千古總論，豈徒爲本事跌進一層。至文之如海如潮，則有目共見。——戈芥舟

玉局集中諸論，多翻舊案，然如諸葛武侯一論，則徒逞辯才。此作精當確鑿，醇乎其醇。篇末引紫陽一語定案，更有儒者氣象。視長公海外文字，更進一籌矣。——戴東原

養生論〔一〕

吾儒所重者，曰養性，曰養心，未聞有養生之説〔二〕。蓋生之屬乎血氣者，物同於人；心性之通乎義理者，人貴於物。昧其所以生，是飲食之人也，何取於養？得其所以養，則『夭壽不貳』之説也，何論生不生！雖然，君子不言養生，未嘗不自重其生。夫性也，心也，與生俱來者也。不生則性滅，而心無所麗。故天地之大德曰生，而君子之無忝所生也，曰『身體髮膚，無敢毁傷』。

然則養生之説，殆未可厚非與！

今夫朝饔而夕飧，夏葛而冬裘，一日之養〔三〕，終歲之養也。少戒色，壯戒鬥，老戒得，終身之養也。養之道，隨乎時而已矣，而時之義更有大焉。往古來今，風會遞遷，生人所禀，亦有豐約之殊。德業文章，本乎氣之清者也；福澤，本乎氣之厚者也。非得生氣極盛者，不能合清與厚兼之。即如郭汾陽位極人臣，史稱其窮奢極欲，不以爲侈；裴中立以四朝元老，甲第冠於東都；歐陽永叔負天下文章重望，《集古目録》自言聚於所好。今之公卿士大夫，優游於從政之餘，豈無所以移情志、娱耳目者？若問其燕樂如令公、園林如晋公、金石之藏如文忠公否也，未有不笑以爲誕且妄者。無他，福而曰量，所禀固殊焉，不獨德業文章，嘆古今人多不相及也。夫以所禀有限者，溢而出之，是速之盡也；矯而飾之，是外强而中乾，本先撥也。君子酌今古之通，參盈虚消息之理，於立德、立功、立言萬不逮古人者，固不敢不勉，而惟處約能安，履滿思覆，凡事留其有餘，而於養生之道已得矣！

且夫手容恭，足容重，貌容莊，非爲養生而然也，而《記》曰『君子莊敬日强』，蓋有以固其肌膚之會、筋骸之束，陰陽風雨晦明順其序，而六氣不得侵矣！在御有琴瑟之節，升車聞鸞和之音，亦非爲養生而然也，而《記》曰『致樂以治内』，又曰『樂則安，安則久』，蓋油然於『易直子諒』之懷，喜怒哀懼愛惡欲得其正，而七情不能傷矣！較之老氏以長生爲生、佛氏以無生爲生，皆牿於形氣之私者，其所養异同爲何如也？矧夫縱欲敗度以溺其生，而不知及時深省焉，不更可悲哉！

【評語】

所見者大，故有此沉博雄厚之作。可以論史，可以翼經。——翁覃溪

理境精醇，而盛氣又足以舉之，真是偉麗之觀。——家白華

大旨以生之有命者俟諸天，生之無忝者盡諸人。後幅以養心養性爲養生功夫，更見得道理一貫。文境亦清醇明備，可把臂古作者之林矣。——褚筠心

經術之氣，直接匡、劉。覺嵇生之《論》，不過老莊唾餘耳。——受業翁元圻

前半快論，掇諸子之精華；後半確論，括諸經之理藴。——受業葉紹楏

【校記】

〔一〕沈粹芬等輯《國朝文匯》乙集卷三十一收録此文。

〔二〕『聞』字，《國朝文匯》作『嘗』。

〔三〕『日』字，《國朝文匯》作『月』，誤。

文論

文以載道，自古言之。或曰：三代以後，文與道離也久矣；學究習氣，動曰明道，將認門面語爲真諦，持論必庸然。斯言也，賢知之過也。

不知文，先不知道。道者，理而已矣。有當然，有所以然。順其理以行之，而道猶路也；本其行之理以言之，而文乃生焉。故道者文之菁華，文者道之權輿。裕其理於文之先，曰『修詞立其誠』；通其理於文之中，曰『情見乎詞』。詞以達情，情以積誠，誠以窮理，理以明道。如日月麗天，江河行地，布帛菽粟之於日用飲食，『六經』皆載道文也。後世體製紛紛，而論説詞序源於《易》，詔策疏奏源於《書》，賦頌歌贊源於《詩》，銘誄箴祝以及紀傳檄之屬，源於《禮》與《春秋》。蓋以宗經爲貴，準乎理與情而已。大抵周秦、兩漢、八家散體文，多以理勝；騷、《選》、駢麗之習，多以情勝。情勝者詞附之，而情裁諸理，弗傷於艷；理勝者氣充之，而理衷諸道，弗病於雜。是以論文者每慨於由漢魏及六朝三變愈下，與唐三變愈上，皆以言有物爲斷也。

夫物者，道而已矣。有是非真僞之辨，有淺深精粗之分。如濂溪《西銘》《太極圖説》，《二程氏遺書》，張子《正蒙》，與考亭《學》《庸》章句，《論》《孟》集注，固宋儒本道爲文。即賈茂董醇，振響於忠武《出師》；昌黎起衰，而柳柳州、李翔、皇甫湜頡頏其間，歐、曾繼之，皆多羽翼經傳之功。深者言深，精者言精，是文以道重也。如見之淺而故深言之，見之粗而故精言之，語雖工妙，義藴無多，道之醞釀有限，文之品題可知矣。他如尚縱横、尚功利、尚刑名、尚虚無，或背而馳，或襲而僞，奚用文爲哉？

凡物物而不物於物，不以迹而以神也，文尤神明而變化者乎！然不滯於迹以得其神，亦不能離乎迹以求其神。若以則古稱先爲『門面語』，而以厭故喜新爲真諦，是捨形體而求精神也。古今有好奇之文，天下無不庸之道。吾不知或所謂『得人之得』與『自得其得』，所得於文，果安在耶！

【評語】

能於文、道交關處，徹始徹終反復推勘言之。無一義不包舉，亦無一字不清醇，真愜心貴當之作。——沈雲椒

此中疾徐甘苦，得之於手而應於心。於『文以載道』之理，切實發揮，樸屬微至，粹然儒者之言，足以羽翼經傳。——魏春松

文以載道，亦是常談，而理勝、情勝之説，則扼要言之矣。上下千古，羅列胸中，握筆時洋洋灑灑而出之，無一裝頭蓋面語，於此具見真實本領。——受業曹振鏞

陶朱公論

陶朱公，范蠡易名也。余按《越世家》所載陶朱公中男被殺顛末，於近人集中得二説焉。或曰，朱公初以長男重棄財而不遺，終以妄費財而殺弟；中男之殺，激於不遺而成之，過在朱公也。或曰，莊生非賢者，朱公不慎交，以殺子也。二説皆似也，然不足服朱公之心，得此事致敗之由也。

夫朱公不遣長男，欲遣少子也，量才而用，期於有濟。乃長男以自殺之言，挾母要其父，既去，果致敗。其爲人，亦大略可睹矣。謂激於初之不遺、妄費以殺弟，情或有之；謂順以遺之，不别有致敗之處，其誰信乎？天下知子莫若父，未有明知其子之不足辦此事，必令昧初心以用其子，冀幸於萬有一然之數者。由或之論而充之，是先教父以欺其子，且教子以違其父也，可乎哉？況事之斷不能有濟者乎！

至以莊生非賢，謂擇交不慎，即朱公亦何辭？然奉千金救其子，猶用宰嚭譖子胥故智，是以利言，非如托妻寄子，可以交道衡也。

而吾所議朱公者，即以朱公之言議朱公也。朱公不遣長子而欲遣少子也，曰長子重棄財，少子能棄財。甚矣！財宜棄而不宜聚也。朱公何能知其子而不能自知也？方其佐越沼吴，勛業爛然。及浮海，易姓名，再去官，以散其貲，庶幾蕭然無與者矣。使守此不變，何難庇其子孫？乃未幾富甲天下，長男見小，易動於會計之心；中子不才，亦慣於驕盈之習。其殺人也，不啻朱公使之！其殺以被殺也，非莊生殺之，而長男殺之；非長男殺之，而朱公殺之。吾非惜朱公不堅初念以救其子，獨惜始於知止，終於不知足者，不爲少子之棄財，而類長男之重棄財也。

夫富之以涯，其富已足，猶大名之下不可久居。高位不忘儒素，淡於中者安象也；隱退猶希豐厚，濃於外者危機也。若朱公在陶，不過優游暮景，借候時轉物之法，以消磨雄心者，自遂其去危就安之計。然而天道惡盈，物情戒滿，機動於此，而事應於彼，其中男固已危矣。觀莊生告楚王挾金行賄之言，是以朱公之富殺其子也。迨長男持喪以歸，人哀而朱公笑，强自排解之情已可想見。以視泛扁舟、歸相印，中情安危爲何如也？故論者每以范蠡三徙成名，爲天下艷稱，而吾究惜其以陶朱公終也。彼二説者，曷弗念及此哉！

【評語】

前兩説，就事論事，自非探原之見。統范大夫始終本末以斷之，歸到戒滿惡盈，爲不保晚節者痛下針砭。深識名言，可以論古，可以覺世。——褚筠心

醖釀於皇極五行之菁華而化其滓，看破天道人事，發爲崇論閎議。人生得此等著作數十篇，可與經傳

同功。——陳望之

謹嚴似韓非子，浩瀚如淮南王，兼讀《西施説》，見吾師論古之精，用心之恕。——受業翁元圻

少伯五湖之游，以避禍也，其心事本與留侯不同。孰知貴足以禍身，富亦足以禍子。探原定論，洵有功世道之文。——受業趙士霖

原藝〔一〕

太史公《滑稽列傳》，以《詩》《書》《禮》《樂》《易象》《春秋》六經爲六藝。夫經以載道，非可以『藝』言也。《周官·保氏》所用以教國子者，其古六藝之定名與？夫人性情，不能無所發舒也；官骸四體，不能無所運動也；事事物物之紛紜蕃變，不能無所以理之也。先王慮之深矣，於是教之以吉、凶、軍、賓、嘉之五禮；教之以《雲門》《大章》《咸池》《大韶》《大濩》《大武》之六樂；教之以白矢、參連、剡注、井儀、襄尺之五射；教之以鳴和鸞、逐水曲、過君表、舞交衢、逐禽左之五御；教之以象形、會意、諧聲、指事、轉注、假借之六書；教之以方田、粟米、差分、少廣、商功、均輸、盈不足、方程、勾股之九數。但使循循於制度聲容之節，磬控縱送之法，名物象數之辨。馴而致之，以達陰陽之氣，以象天地四方之宜，以遵蕩平正直之軌，以治百官，察萬民，紀天下之至賾而不可亂，而大順之理昭然矣。

道，形而上者也；　器，形而下者也。藝非道不貫，道非藝無所麗。藝者，所以適於道之路也。道之精微者如室，高明者如堂；　而藝，則如入道之門。蓋自六年學象數，十年學書計，十三學樂、學射御，二十學禮，以至優游於據德依仁，藝也而進乎道。

是故禮用貴和，通於樂也；　循聲而發，通於射也；　馳之不失，矢之如破，通於御也；　同軌同文，大一統之義，通於書也；　物生有象，象而後有滋，通於數也。至於函三爲一，可以推十二律還相爲宮之義；　五音之變，八風之節，可以識形聲相益之理。而天下之勇敢强有力者，無事則用之於行禮，有事則用之於戰勝，是數通樂，樂通書，禮又通於射御也。六藝之中，參之伍之；六藝之外，觸類而長之。皆有道之不變者，觀其會通也。

自叔孫通定『綿蕞』之禮，洎乎開元、皇祐[二]，代滋聚訟，而禮變矣；　自竇公之後，《樂經》不傳，如萬寶常、李照、蔡元定所論，與古亦不能盡合，而樂變矣；　自文武之途分，而射變矣；自車騎之用殊，而御變矣；　自篆隸行草趨於簡易，而許慎、蔡邕、顧野王、張參諸書，尚有不盡畫一者，而書又變矣；　自《九章》没於秦火，而籌算筆算、立表測景諸法，爲西洋言幾何之學者所素習，而數又變矣。蓋司籩豆、秉籥翟、挽六鈞、策駟馬、供胥鈔、操計會者，既習其器，不求其理；　學士、大夫又言其理，不親其器。究之器漸失真，理亦空談，且附會焉，而乖乎其實。此考古之難，而百家衆技日以雜且陋也。六藝之傳，何所折衷與？

雖然，古之聖人緣道制藝，不能於時之未至者，豫儲以待其變；後之君子因藝見道，不敢於時之既至者，生今而反古。朝而饔，异於夕而飧，而飲食之理同；夏之葛，异於冬之裘，而衣服之理同。因革損益，見於制器尚象者不同，而利用安身之理無不同。《記》曰：『時爲大。』《易》曰：『隨時之義大矣哉。』今之藝，猶古之藝也，矩之不逾，道之不遠也。而當務之急，尤有不可斯須去者，故『六經』并列《禮》《樂》云。

【評語】

理足義該，慮周法密，自是韓、曾二家得意文字。——家白華

據《周官》以正《史記》之謬，推原今古源流變遷之故，尤爲賅洽深淳。大儒之文，以朱子爲極則，此直與之方駕矣。——小門生錢塘

寓俳比於散體之中，句法處處對仗，又極參差變動之奇。朱子文集中，多如此體格。——受業孝顯

【校記】

〔一〕沈粹芬等輯《國朝文匯》乙集卷三十一收録此文。

〔二〕『洎』字，《國朝文匯》作『泊』，因形近而誤。

北斗魁類考

問：星，何以魁？

曰：魁，帥也，帥乎衆星。北斗，魁也。北斗七星，在紫微垣外，太微垣北，七政樞機，陰陽元本也。斗第一星曰天樞，二曰璇，三曰璣，四曰權，五曰衡，六曰開陽，七曰瑶光。一至四爲魁，又曰璇璣；五至七爲杓，又曰玉衡。語曰『斗爲帝車，運乎中央，臨制四方』，即北斗七星也。其前四星即北斗魁，上接文昌宫者也。

問：斗魁何以麗乎北？

曰：有南斗魁也。南斗六星：南首二星曰魁，天梁也；中央二星，天相也；北首二星，天府也。位居艮丑之次，星越揚州之分，凡二十五度。夏、秋見南方，故謂南斗。《漱清考》：『斗宿居北，出見於南。』北屬陰，南屬陽；北居子，南居午。而陽生於陰，午生於子，猶針指午南而戀子北。故斗見於南，屬於北，陰中有陽，陽中有陰。蓋即行次而推原其理，通論也。《詩》云『維北有斗』，指南斗言，以在箕星北也；主酌量政事，禀受爵禄，爲天庫主兵。此北方七宿之南斗魁别於北斗魁者也。

問：北斗魁即北極否？

曰：按《象緯書》載，北極五星在紫微垣中，一名天極，一名北辰。北第五星名天樞，蓋極星在紫微垣，萬星所宗，七曜、三垣、二十八宿所環拱，爲天文正中，又曰紫微大帝之座。非北斗魁也。

問：魁上接文昌，梓潼帝君之名何始？

曰：《晉書・天文志》『文昌星在北斗前，天六府也，主集計天道。一曰上將，大將軍建威武；二曰次將，尚書正左右；三曰貴相，太常理文緒；四曰司禄、司中，司隸賞功進；五曰司命、司怪，太史主滅咎；六曰司寇，大理佐理寶』，與《史記・天官書》所載文昌宫『一上將，二次將，三貴相，四司命，五司中，六司禄』之説互异。此固天文家各有師承，亦小异而大同也。按《圖志》，英顯王廟在劍州，即梓潼神，姓張，諱亞子。其先越巂人，因報母讎，徙居劍州七曲山。仕晋，戰没，爲立廟。唐玄宗西狩〔一〕，追封左丞；僖宗封濟順王。宋咸平中，改封英顯。道家謂上帝命梓潼神掌文昌府事，及人間禄籍，故元加號爲『輔元開化文昌司禄宏仁帝君』，天下學校多立祠以祀。人間忠孝，天上英靈，語雖傅會，理或有之。前明倪文毅公《岳正祀典》一疏，言文昌宫亦合拆毁，未爲允當。至《文昌化書》云：上古張星之精，降爲人，姓張名善勛。在周，降爲張仲，字亞子。歷世化身，皆爲指其姓氏，乃元明間得諸乩訣，重以儒士蔓衍之説，無可稽也。

問：俗或書魁閣爲『奎星閣』，《孝經援神契》云『奎主文昌』，安知不爲『奎』？

曰：非也。奎十六星，西方宿。主以兵禁暴，主溝瀆，天武庫也。至圖書之府主文章，乃壁星也。在天門東，曰天街、曰天池、曰天梁，故曰東壁文章府。宋五星聚奎，乃在奎、壁間，故以爲文明之兆。《黄鼎管窺輯要》言：『奎無與於文事。』與奎主文章之説稍异。然奎即司文，非魁星也。書奎章閣、奎文閣，義或有取，若以『奎』代『魁』字，書『奎星閣』，以西方宿而屬之北斗，則謬也。

問：魁有形與？

曰：鬼神無形，人形其形，説有可通，儒者弗禁。何獨於魁乎疑也？

問：圖魁星，何以跂？

曰：《莊子》云『人見其跂，猶之魁然』故也。

問：足何以跳？

曰：蓬頭故跳足，以類也。

問：頭何以蓬？

曰：《後漢·東夷傳》云『魁頭』，注云：『猶科頭也。』謂以髮縈繞成科結也。

問：何以望斗？

曰：依字之象形，『鬼』合『斗』，爲『魁』也。

問：何以立鼇頭而執筆？

曰：《玉篇》云『傳曰有神靈之鼇，背負蓬萊山，在海中』，李白詩云『巨鼇莫戴三山去，吾欲蓬萊頂上行』，李翰《及第詩》云『批詔立鼇頭』。後人由學士登瀛洲，附會蓬萊之說；由蓬萊，附會鼇頭之説。故狀元有立鼇頭故事，魁星則立鼇頭執筆也。

問：狀元何以言大魁？

曰：北斗以前四星爲魁，狀元居魁之首，故曰大魁也。

問：何以握金？

曰：一至四星皆爲魁，其三名視金也。

問：上何以畫七星，或六星？

曰：七星，北斗也。六星，戴匡文昌也。鬼神無形，人形其形，此類是也。

余故上稽列星，博采群書，參以附會無乖大雅者，因問北斗魁，而類次之，爲或人告。

【評語】

理取其通，明辨以晰。局勢則路轉峰回，若連若斷，得遷、固之妙者。——汪漳川

根據該洽，指歸允當。文境亦如列星，經緯有懸象昭然之勢。——褚筠心

考據詳明，辨論深穩。

讀《戰國策》，最愛其篇法。或明立柱，或暗立柱；或順立柱，或倒立柱。或立一意，前呼後應以成篇；或撰數語，疊疊呼應，故爲重複以成篇；或通篇不立一柱，不生一意，只零零碎碎寫去，前後絶不照管一語，以自成篇者。隨題變化，各臻妙境。吾師此文，是零零碎碎寫去一種筆法，覺典、墳、邱、索古製，猶在目前也。

《度人經》：『東斗主算，西斗記名，北斗落死，南斗上生，中斗大魁，總監衆靈。』按此，不獨東、西、南、北有斗，并中央亦有斗，但不知其星象若何。又，《春秋運斗樞》：『斗有七星。』而《玄門寶海經》云：『北斗有九星，七見二隱，其第八、第九是帝皇大尊精神。』又徐整《長曆》〔二〕：『北斗七星，星間相去九千里，皆在日月下；其二陰星不見者，相去八千里。』據此二説，則北斗實有九星，但七星人所共見，所説二陰星究綴何處，未曾道出。則天官家言，亦恐不足資考證耳。因讀此文，附識簡末。——受業陳池鳳

【校記】

〔一〕『玄』字，原以避諱作『元』，今校改。評語中《玄門寶海經》之『玄』字同改。

〔二〕『曆』字，原以避諱作『歷』，今校改。

春王正月辨

黄帝有熊氏作《調曆》〔一〕，以建寅春正月爲歲首。遞傳至夏，先后遵循罔越。商建丑，周建子，改月改時，大義了然。後儒聚訟紛紛，其最難通者，如胡氏《春秋注》『夏時冠周月』之説。夫辨胡氏者，言人人殊。而言周用夏正，其謬與胡氏等。

何以斷胡氏之謬也？余以《春秋》斷之！《經》所書『正月』，即周建子之正月也；所書『春正月』，即建子正月而名春也；繫以『王』，大一統也。不曰『王春正月』，而加『春』於『王』者，蓋正月者，王事之始，聖人以王法正天下也，故月繫以『王』；春者，天道之始，聖人以天道統王道也，故『王』冠以『春』。如謂我夫子告顔淵以行夏時，特改周曆於筆削中，夫生今反古，稍知繩墨者不爲，而謂聖人作《春秋》，明大權，反啓天下後世以僭亂之端乎？

何以言周用夏正者，其謬與胡氏等也？余亦以《春秋》斷之！按《春秋》桓公八年：『冬十月，雨雪。』周正十月建酉，雨雪非時。若夏，則建亥矣，雨雪何足异？莊公七年：『秋大水，無麥苗。』如周用夏正，麥苗何得至秋？僖公五年《左氏傳》曰：『春王正月，辛亥朔，日南至。』日南至者，子月也。一部《春秋》中，先輩摘此類甚衆，皆改月改時的據也。且以他書考之，《孟子》曰『歲十一月，徒杠成。十二月，輿梁成』，乃夏九月、十月也。清風戒寒，以次謀其利濟。若周用夏正，則病涉亦已久矣，『成之』勿乃太晚？夫夏正行於民間者久，文人學士居今述古，從舊俗稱之。故《周詩》或雜用夏正。至夏正之見於《豳風》者，特追述其當年爲諸侯時農事，開國耳。若《書》之《周書》，『禮』《周官》所載，《公》《穀》所述，皆非夏正矣。《小戴記》孟獻子之言曰：『正月日至，可以有事於上帝。七月日至，可以有事於祖。』此言冬至在周之春正月，夏至在周之秋七月。《明堂位》所言『孟春』，即建子月；所言『季夏六月』，即建巳月。參之《後漢書·陳寵傳》所云『天正建子，周以爲春』，若合符節。此改月改時之説，孔安國、鄭康成諸儒所由彰明，表著於前，不得以陽明輩述之，而轉斥其非也。

或曰，陽明之言曰『冬可以爲春也。陽生子而春始，陰生午而秋始。文王所演，元公所繫』。其説何如？

周天子敬授人時，義取於根株萬物，較月次建亥、以六陰爲歲首者，誠相徑庭。究竟時以興民事、利民用也，冬不可爲春，猶昏不可爲旦，寒不可爲暑也。故當年春夏秋冬之序，則循周正；分至啓閉之候，則仍夏時。此其中原具參酌調燮之妙。不然，夫子論爲邦，何以獨有取爾哉？

總之，周之改月改時，確然無疑；周之建子，不如建寅盡美盡善。漢唐諸儒去古未遠，毫無疑義。至宋而後，則程伊川、程子曰：『周正月，非春也，假天時以立義耳。』胡氏因之，遂有『夏時冠周月』之説。其意以春夏秋冬，天時有一定，百王所同，萬世共曉；周雖以建子爲正，其子、丑之月，周仍謂之冬，不謂之春；然歲首自冬始，於辭不順，故夫子以天時一定、百王所同者，移而冠於周月之上。此程子及胡氏之説。若程子知商、周改月且改時，必不創是説矣。蔡氏并謂商、周不改月，尤非。胡康侯、劉文成等，或言改月不改時矣；蔡仲默、魏華父、章本清等，或言不改時兼不改月矣，要皆主『周用夏正』者。非也！若知不用夏正，而推昭代之太過，幾冬春之莫辨，此又倡自王文恪，暢其説於陽明。不惟無益於文、武、周公數聖人，轉授异己者以柄，而助之攻也，亦非也！

又《商書》『惟元祀十有二月乙丑』，孔氏言湯崩逾月，太甲即位。十二月者，湯崩之年，建子之月也，豈改正朔而不改月朔？蔡注云：『元祀者，太甲即位之元年；十二月者，商以建丑爲正，故以十二月爲正也。』『三代正朔不同，皆以寅月起數。』二説所見互异。余以周之改月改時例之於商，於蔡説有所未安。按《漢書》《三統曆》，以太甲元年十二月乙丑朔爲冬至，是商之十二月，乃夏之十一月，未嘗不改月也。即如朱子言周之七八月，乃夏五六月，蓋本趙岐注也。商果不改月，朱子何不云夏、商之五六月乎？又先儒以秦始建國書『冬十月』，證秦不改時。然《漢書·高帝紀》『春正月』，顔氏注云：『凡月，皆太初正曆後追改。』當時以十月爲歲首，即謂十月爲正月。又《古詩十九首》曰：『玉衡指孟冬，衆星何歷歷。』夫湛露、鳴蟬，在夏乃建申之七月也，而以孟冬名之，則知其歲首建亥，而以春名之矣。秦漢且以亥爲春，則商以丑名春，而周以子名春也，夫復何疑！

余因論《春秋》，斷以周之改月改時，上溯成湯，下及秦漢，皆決其非用夏正也，爲述諸儒成説，而參以鄙意，待後之有志鏡古者。

【評語】

折衷諸説，歸於至當。有功《麟經》之文，可以傳世。——鄭炳也先生

周用子建，改月改時。《春秋》《左傳》《孟子》《戴記》所載，無不皆然。據此以折衷宋儒不改時月之非，曲折推勘，如冰解的破。余舊亦曾爲此辨，大旨略同，而精詳遠遜矣。——褚筠心

【校記】

〔一〕『曆』字，原以避諱寫作『歷』，今改。本篇凡曆法之『曆』均如是。

有意爲善雖善亦惡辨示汪漳川

或有論歷代死節諸臣，援『有意爲善，雖善亦惡』之説爲斷者。噫嘻！之説也，乃君子律己之學，未可持以衡人也。倫莫重於君父，義莫大於死生，時莫艱於亂離。於此而視死如歸，安而死之可也，勉而死之可也，不爲名而死之可也，爲名而死之，無不可也。

『名』之爲説，天澤定分曰名義，常變不渝曰名節。所關甚鉅，原無可議。試問文文山、謝疊山諸公，可謂從容就義於顛沛流離者矣，方學士、鐵尚書、景御史，可謂烈矣，假使其延頸授首時，計及於後日俎豆馨香，反惡其名而逃之乎？抑不知有名節、名義之閑，貿然效匹婦之經於溝瀆者乎？士大夫授一卷書，未有不談節義者，然而疾風勁草，板蕩忠臣，恒不似營營苟苟、掣掣泄泄、泛泛悠悠者，什伯而千萬也。無他，身命之念重，死生之際未易言也。

天下有艷其名而勉强爲之者，《孟子》曰『好名之人，能讓千乘之國』是也。若以死求名，吾則斷其必不能死！明季如胡廣、錢謙益、項煜輩軼事，真堪一嗤。然則仁人殺身成仁，志士不求生害仁。未嘗不重愛其身，而不忍不死以安其心；未嘗不知死後成名，而究非爲名而死。吾儒立論，貴持其遠者、大者。使自大賢以上，下而至於庸夫俗子，皆可步趨於綱常倫紀中，俾知人生當萬不得已時，一死可以謝君父。此即天理所以常存人心，所以不敝而尚論之，得其平也。如或之言而充其類，苛矣。又進王莽之『金滕』，與王彦章『人死留名』一語，而同其疵議，謬矣。歐陽公之贊畫像也，呼王鐵槍而嘉其出於至性者然。然則太師殆深知節義之閑，欲留此本來面目，見先君於地下耳。而竟謂專希名譽，用相詬病也。何以解夫『疾没世而名不稱』之君子？

且余反覆此説未可衡人，即以之律己，亦非醇儒之論。善惡判然兩途，根苗起於片念。《大學》一書，最重誠意關。意若未起，善於何名爲善？無意，誰實爲之？忠於君，孝於親，友於兄弟，總由意起。意有不誠，即爲私意。《二程子遺書》云：『只著私意，便缺浩然之氣。』蓋言人不可有私意，非言爲善不可有意也。首陽求仁得仁，有意乎？無意乎？於陵辟兄離母，意累之乎？私意累之乎？創此説者，規摹古人『有爲、無爲』之説，似亦鞭辟近裏，不知一字之誤，幾蹈於禪家之清净寂滅，適足以拋荒吾儒入門工夫，烏得不遞辯之！

【評語】

儒以文亂法，其言似精而實謬，破之使無剩義。窮刻論挽入平恕，有裨於道之文。——戴東原

唐太宗之縱囚，鄠人之刲股奉母疾，一則變先王之法，一則傷支體之全。如或之言評此等事，則可；若以論死節諸臣，無乃類於小人之好議論。作者胸羅全史，斷以聖賢精義，正襟讀之，覺有一種陽剛之氣洋溢行間。蓋有道之言也。——周聲山

層層披剥，道理愈見平實。入後以《大學》『誠意』爲旨歸，俗説之歧，自然冰解。行文亦灝瀚似眉山。——褚筠心

前人持論過刻者，由見理不真、待人不恕耳。得此辨以正之，千古仁人孝子定應感泣泉壤。文之可以格神人者，惟此種乎。——王蓮峰

香亭文稿　卷七

學書説

『業精於勤，荒於嬉』。學書亦然。連日治西裝匆劇，筆荒於心，抽暇於燈前作字百餘。腕力向無瘦硬意，何堪重以生疏？分陰可惜，胡溷斷於事。事所事，非嬉也，究非精心以居業也。書，吾所大劣，猶有懼心焉。其他荒於業者，更無從而覺之。夫覺之機，《易》所謂『七日來復』也。何以保諸董子云『强勉學問』？

【評語】

刻意鞭辟，所謂常惺惺法也。别來十八回圓月，而勇猛如此，知足下進於道矣。——鄭炳也先生

學山至山，學海至海，惟不懈故也。敬則不懈矣，即此是學，可與明道先生語參看。筆筆轉，筆筆折，極沉着，極渾脱。——陳未齋

香亭文多雄拔類韓，此篇峭削，則似柳州。——曹習庵

續師説

朱子之讀《唐志》也，謂韓退之《原道》能言其大體。余嘗反覆於其説，而益嘆退之因文以見道也。退之嘉李蟠來學，作《師説》曰：『師，所以傳道、受業、解惑。』夫惑之解，所以精於業也；業之受，所以致於道也。道何由傳？傳以師也。然則師之説，可得而詳言之。

古者自天子以至於庶人，自天子之元子、衆子，以及諸侯公卿大夫元士之適子、庶民之俊秀，莫不學，即莫不有師。而師之教人以道也，自小學以至大學，莫不有法。其教必起於君臣、父子、夫婦、兄弟、朋友，其誦讀必本於《詩》《書》《禮》《樂》《易象》《春秋》。精其詁誡於日用平常之理，參其考證於古今治亂興亡之迹。其所以誘掖獎勸，激厲而裁成之者，克之以剛柔，循之以次第，需之以歲月，而總以使之自完其身心性命，至於化成天下，自鄉人而可馴致於聖人之道。嗚呼！何師教之隆也。

若夫學校既衰，師道不立。創虛無寂滅之教，而人奉之；開權謀術數之門，而人又奉之。兼之誇記誦，競詞章，百家衆技之流，率斯人心，思材力步趨於無用之地者，何可勝數？嗚呼！師道之壞也，極矣！誰其明先王之道，以道之者乎？

蓋自孔孟而後，漢儒以經學相傳授，其説各有專門，而經不墜；宋儒以理學爲淵源，未免間有异同，而經以明。皆有裨於道，即無愧於師者也。唐之能見道者獨退之，其學足以上接漢儒，下待宋儒。抗顔爲當時師者，亦莫如退之。而余讀其《師説》，於尊師重道之實功，修己治人之大法，未嘗深切而著明焉。是以竊取朱子之意，遥稽古訓，博及群儒，於其説之所未詳者而續之。後之君子取其《師説》而參觀之，可也；即取《原道》一篇而參觀之，亦可也。

【評語】

探源知本，廣大精微。非特宋人之文，兼有漢之矩矱。——程魚門

所言皆擷宋儒之精，可作一篇學記讀。——韋約軒

鑿鑿説出，如數家珍，此周情孔思之真，韓子尚有未能見到處。若鈍翁師説數篇，只是説得一邊，無論他手矣。——家白華

所言皆孔孟家法，必如此始可抗顔爲人師。是盧陵《本論》、南豐《宜黄縣學記》一種文字。——小門生錢塘

續師説二

語曰：『天地之性，人爲貴。明於天性，知自貴於物。』又曰：『尊嚴而憚，可以爲師。』故君

子之居學也，宜擇師，宜敬師；師之自待也宜重，宜教弟子以自重。

古人患師少，今人患師多；古人終身而奉一師，今人一歲而易數師。交臂得之，毋乃雜甚。夫師之教弟子者，猶泥之在鈞，惟甄者所爲；金之在鎔，惟冶者所鑄，有所以爲師者在耳。語曰：『經師易得，人師難求。』聖人百世師、萬世師，邈矣，不有鄉國善士之等差乎？取法乎上，僅得乎中。故曰『師宜擇』。

『大學之禮，雖詔於天子，無北面，所以尊師也。』近日士大夫見高官貴客，備徵儼肅；而設塾授餐，類從簡略，反不如鄉曲之夫猶知優禮其師。嗚呼！子弟欲收教學之益，父兄先無忠敬之心，是南轅而北轍，猶齊語而楚咻也。酒醴不設，穆生且去，況師道乎！故曰『師宜敬』。

師者，人之模範也。模不模，範不範，非所以爲人師也。董江都進退容止，非禮不行，令後學有所統壹；常爽設教京師，諸弟子奉若嚴君。之二子者，皆有師範者也。夫朝夕請業，原不必束縛其手足而煩苦之也；而光風霽月，豈無整齊嚴肅氣象？況教不嚴，則道不尊；保無有，燕僻廢其學、燕朋逆其師者乎！此自重之說也。

夫工揣摩、掇科名時，師之講貫也；能工揣摩，能掇科名，今之佳子弟奉其先生之教者也。獨不思揣摩不足言文，何足言道！科名爲進身之階，何以爲不負科名之人？若不求其所以然，而但相率於因循苟且之習，重自菲薄，弊將安極？未必非教者之過也！

他若始以援引，漸成門户，拜爵公朝，感恩私室，此更廉耻道喪，君子所弗齒。惟夫溯淵源之有自，得冰水之相成。民生於三事之如一，天下未有忠於君、孝於親而或負師門者！是在善教者，爲之辨其公私，審其輕重，預有以端其本而已矣。

【評語】

班氏《朱博》《薛宣》諸傳段落法也，宋人集中惟南豐有之。——翁覃溪

胸有把握，所以次第畢清。此種題，朱子之前自當尋踪於南豐，然歐公尤平正通達。此文在歐、曾間矣。——錢坤一

文之根柢在讀書，文之意度在養氣。不到此境者，不知也。八面圓到，則由用筆獨工，可稱粹然完璧。——家白華

前説遵古，此説宜今。名言至論，如箴如銘。——受業劉元吉

友説

十月二日，同人集程魚門太史寓齋，曰：盍爲《友説》？或曰：前已續《師説》矣，師之義，通乎友；師之説，足以該乎友。吴子曰：子之言是矣，而有所未盡。凡人智，能以鏡人，不能自

鏡。其年高德卲者，師之；其次者，友之，皆取以自鏡也。古君子既有保傅以董諭教之權，必有志同方、道同術者，以爲學問之助。友列五倫，誠重之也。其義原統乎師，然而師與友，究有辨。

今人見其師敬之，見其友亦敬之，較之敬其師也，必有間矣；聞其師之言奉之，聞其友之言亦奉之，較之奉其師也，或倍切焉。無他，師之道近乎君父，尊而不親；友之道近乎昆弟夫婦，親而不尊。『凄凄』者，風雨之會也；『喈喈』者，鷄鳴之音也。優而游之，使自得之，有能助師教之所不及者。

夫友統乎師、又助乎師者如此。苟以市交，非友也；以貌交，非友也；以意氣交，非友也。否則，空談性命，無勸善規過之實，高而不切也；抑或拒人太峻，責人也重以周，不能磨礱攻錯以底於有成，猶刻而無當也。然則居今日而言友，蓋必有道。

天之生人不齊，人所交亦不齊。中行之士尚矣，下之則有南北風會之殊，而剛柔分焉。剛者厚重質實，緩急可恃；若毗於剛，則見理不精，而氣暴矣。柔者巽順文明，相觀而善；若毗於柔，則信道不篤，而氣餒矣。故剛以克剛，柔以克柔，操轉移風氣之權者，帝王也；而柔以克剛，剛以克柔，重變化氣質之功者，士大夫也。竊願與諸同人損有餘，補不足，會以文章，進以禮樂，相陶以性情，相淑以身心，無非順陰陽之理，以相濟於剛柔之宜，馴而致之，彬彬乎皆中行選也。謂友善於天下也可；即謂能自得師也，亦無不可。

【評語】

平和處似永叔，簡括處似子固。涵養而出之，乃能亹亹如是。——朱竹君

《中庸》五達道，於朋友下獨綴一『交』字，原包有無窮義理。篇中正面反面，層層推勘，步步切實。持友教之弊，即以補師教之偏，爲功斯道不淺。——褚筠心

以精心抒妙理，不論何等題，總有一番切實透闢之論。絲綉平原，金鑄范蠡，誰曰不宜！——受業秦承業

蟬説二則柬楊古愚〔一〕

一

亭樹蕭蕭，風生暑退。聽蟬曳林梢，斷續過墻而去，胸有鬱結，豁然盡釋。白香山詩『微月初三夜，新蟬第一聲』，最好吟之。

去年寄迹歷下，得句云：『蕭蕭幾樹雨，嘒嘒數聲蟬。』又云：『仙蟲依舊林中噪，驚起秋風欲報寒。』蓋蟬者，禪也，心與達人爲伍。余愛其德，抑竊有所托焉。

入關以來，夏云盡矣。散髮赤足，徘徊於緑槐高柳間，寂無所聞，悶甚。寫數行奉君一粲，亦

見吴楚、秦晋風景各殊〔二〕，非獨古人有恨而已。

時乙亥季夏二十四日也。

二

蟬，微物也。余素愛厥德，爲其應節不鳴，昨奉書及之。今午，坐虚舟。桐列高枝，蟪蛄爰集。噫嘻！來何暮也。

陶淵明愛菊，有白衣者送酒東籬；周寶同殷七七游鶴林寺，九月杜鵑盛開。情有所鍾，事逢其適。夫禽鳥得氣之先，羽化仙都，飛蟲類也。西秦地漸高，節候周天較遲。翩翩振翼，我客驚晚，固係風土哉！

寄懷一日，適惠好音。初則疏引徐發，若久別之訴離愁也；繼又清越以長，如鶴鳴鶯遷，類從聲應也者。况交同金石，唱合有時，遲速寧足校乎！孔子删《唐棣》一詩，斷其未思。天下事，思誠而已。彼蟬，其微焉者也。

【評語】

其忽遠也，舟至蓬萊，風引之而去；其忽近也，電光一瞬千里。此由神悟，不可梯引。——周季和

先生

瑣事悟出至理，坡公往往有之，其臭味亦復相近。——陳紫瀾

感以精心，故隨觸引端，寄托静以深。——受業葉紹楏

【校記】

〔一〕林昌彝《海天琴思續録》卷八引録此文之一，標其題爲《蟬説柬楊古愚二則》。另，二篇原無序號，爲便於識别添補。

〔二〕『各』字，《海天琴思續録》作『迥』。

鹿説

豺狼虎豹之屬，秉戾氣以傷人者，先王驅而除之，不能盡殺也；獐䴥鹿兔之屬，備百物以養人者，君子取而用之，不欲過殺也。若備用物而有傷人之勢，是以非暴習暴也，其除之也，亦宜。鄂署得鹿子一，馴人飲食，歡臾其心。客曰：『此良獸也，宜其美仁壽、匹福禄，而咏歌於《風》《雅》也。』予笑而頷之。居無何，融其毛矣，張其骨矣，枝角挺出，英英欲上。嘻！殆劣者機也。引繩幽於鵠山西室。客過，而釋其繫。余曰：子何愛是鹿也？

維秋之紀，萬物殷隆，性各放其所天。天子於是有哨鹿之典。口外風高，山狂谷很，帳前月皎，沙涌草深。以宫應宫，以角動角，呦呦和鳴，麌麌狎至。方歡情以求友，忽驚心於失群。挺而走險，音何能擇？然而萬馬合圍，網開三面。聖文神武，仁至義盡。參祭獸於《月令》，準大閱於《春秋》，以盡物性，今古同諸！子何於幽鹿乎縱之？恐非所以愛是鹿也。

夫鹿，純陽也，剋以金氣。據巉巇，突墻垣，市駭奔鹿，得勿有觸之而顛者乎？於是命園丁，具弓矢。一匝，鹿奔；再闔，鹿奮；三中，而鹿不支。以割以烹，熙熙醻醻。匪以利用，而以除害也。夫鹿之跂跂，較豝五尺，兔三窟，與麞驚且怯者，其行稍捷，角稍利焉。何能如虎之眈眈、豹之豸豸、豺不才、狼不良之爲害烈也？乃以非虎、非豹、非豺狼者，日近於虎豹豺狼之形，潛失其獐豝鹿兔之性，未必不易仁壽以眈眈，易福禄以豸豸，易歌咏《風》《雅》者，入於不才不良之列也，而人遂不得不以待豺狼虎豹者預防之。甚矣！習與暴，與自暴者，皆危機也。

爲之放懷憑吊，如古史册所載，逐中原而泣下，楚江得失，同於蕉夢，固慨致敗有由。即士君子履中蹈和，燕與賓興，其始攸伏上苑，其後漸陟要路，勢足逼人者，尚凜奮角之戒。善所習於居游，而勿忘鹿洞《遺訓》也哉！

【評語】

《小雅·鹿鳴》，取其得食相呼之仁；《瑞應圖》以爲純善之獸；王者孝，則白鹿見。然賦性驁烈，犄角鋋險，雖馴不免。此作借鹿示儆，懼以君子而爲小人之歸也。中權以仁義，兼盡立言，能見其大。入後引伸垂戒，深文隐蔚，餘味曲包，唤醒塵中不少。——弋山二兄

節奏嚴緊。以奇變觀之，乃外驚其貌者也。——蔣漁村

陸離光怪，奥窔幽折，筆意絶似吃公子。而警世名言，繹絡毫端；托物起興，味在酸鹹之外。——劉青垣

貴核其真堂額説

先大夫之撫閩也，攝學政篆校士，有『文兼行貴核其真』之句，蓋寓愛惜於甄拔中得真才，所以培士氣也。癸卯秋，玉綸疊承恩命，浙闈試竣，視學於兹。恐重負昔年趨庭之訓，爰敬揭詩義以自勵。竊思核真之道，在於能明，公以生之，勤以濟之，學使之責，其庶幾乎！玉綸雖不敏，敢不勉旃！

乾隆甲辰仲春，謹題并識。

【評語】

承先訓、答主知、酬物望，言簡義賅。參之《太史》，以著其潔。——蔡葛山先生

包一切，掃一切。有德之言，如是如是。——曹竹虚

老幹不枝，兀然龍門之桐。——阮吾三

分明是語言文字，幾若不用語言文字矣。此拈花微笑時也。——受業曹振鏞

閩省試院堂額説

提督學政一官，沿宋元提舉暨明提學制。迨改道以院，翰林充之。以部郎用者，兼院銜。若三品以上，所謂『大行臺』也。

癸卯秋，余以副都御史典浙試竣，督學閩中。曾於初試福州，顔駐署堂額以『貴核其真』，而説之矣。嗣按臨各棚，咸有題額。

及延平，曰『風宗鄒魯』；次及建寧，曰『芬擷西山』。延、建爲閩上游，龜山道南倡於前，紫陽集其成，文忠繼之，彬彬乎鄒魯鄉也。以風爾風，以芬爾芬，所望於近潭陽、南浦之居者。又次及邵，帶杉關而襟梅口，古用武地也。勖之曰『揆文教』。溯《九咏》於東堂，不獨李忠

定堪師也。汀俗好勇猶邵也，占之曰『秀鍾丁派』。水麗於南，蔚科名焉。過三君子讀書之岩，問有如昔之勤苦乎？望氣者不僅以官重耳。

自是而龍岩，曰『懸鐘振響』；漳州曰『追崇實學』；泉州曰『有本者如是』。昔朱子守漳，定經界，修教化。念龍岩去州遠，榜諭諄諄，殆以實心實政行實學也。學之《大畜》者曰『篤實輝光』，猶聲起黄鐘，而水來星宿也。凡渡海，必於厦門，尚其從流溯源，而得務本之義。

且夫實學者，誠也。人得其理，爲聖爲賢；物得其氣，爲奇葩异果。樂山草木，四時不變，永春所由名。蔡君謨《叙荔支譜》，興化爲最。余之莅兹土也，一則曰『無忘秋實』，再則曰『人物清嘉』。大抵即物觀理，莫非敦本崇實之思。抑如冠蘭品於新羅，佩素心之德而已。

迨由興抵福寧，取道會城，乃東北隅也。三面迤海，形勢特峻。登白鶴嶺，而訪戚繼光備倭諸遺迹，能言者寥寥。蓋天下承平久矣。安不忘危者，頌不忘規，曷弗思余題『環海風清』之意而肅然也！

如是始福州，終福寧，而歲試周。惟日孜孜焉獎勵兼施，勉真衡以培真才，揆諸勝地鍾靈，名賢垂教，庶不隕越先大夫『核真』之訓，而抱慚於是官也。

是爲説。

【評語】

元元本本，言高義切，讀之有俯仰自得之趣，乃仕學居中座右銘也。擬諸柳柳州摹山範水，洵异曲而同工矣。——徐兩松

含今茹古，因地取裁，無非教育深心。前後叙次分并，極文章之能事，如置身層岩叠壑間，雲烟聯綿，令我動舊游之想。——陳望之

瑰异偉奇，直使山川人物如指諸掌。次序之間，看似零零碎碎，若無胎無柱者，其中遥接處、陡接處、明接處、暗接處，得心應手，揮灑自如。馬之疏，班之密，韓之雄，歐之逸，兼而有之。——受業錢棨

西施説

《吴越春秋》及《越絶書》載：越王以文種選西施，使范蠡獻吴；吴亡，歸蠡。余曰：施之歸蠡，無其事也。夫蠡，越之卓卓者也，進施以亡吴也。吴之亡也，蠡方感於鳥盡弓藏，爲明哲保身之説，何愛於亡國一婦人，而必擁而去？且其將去也，動以妻子受戮而不顧；其既去也，封以妻子百里之地而不問。蠡之無取於施，猶施之無取於蠡，惟有一死，以從吴王於地下而已矣，而何蠡之從乎？且夫越之用施，不過如齊歸女樂，非信陵有恩於如姬比也。即施，亦不過托於先君

之妹、寡君之姑，修好吴宫，欣終身之有賴耳。石室放歸，或與有力；沼吴之謀，施豈知之？吴與越何如主也？越又多能臣策士也，豈肯以『卧薪嘗膽』軍國大計，預示其意於往抱衾裯之女，令懷貳心以事其主，而終無漏泄乎？

論者因夫差溺色而亡，遂以施爲越功首，而施於越究何厚也？以施爲吴罪魁，而施之亡吴，吴自亡耳，豈施薄於吴，而果有亡吴心哉？彼子胥忠吴，而太宰嚭黨越者也，不聞施助嚭與讒子胥也，是亡吴誠非施願！而更謂從蠡以終，此《吴越》等書墮後人於疑網，誤咏歌而穢雜記，豈非艷其美者之好議論，而施之大不幸哉？

觀《綱目》書范蠡去越之文，始終不及施；參之太史公作《越世家》，述蠡泛湖後妻子事甚詳，而於施亦無及焉，皆可爲不從蠡左券。至墨子去春秋未遠，楊升庵引『沈美』之言，謂施投水以死也。就當日時勢而論，施固有死之理，無生之情，即信其死焉可也。猶《項羽本傳》書烏江之亡，而遺虞姬之歿，大抵施從吴王以死，而記載但舉其重，而不詳也。

總之，施之存亡，一女流本末耳。若從蠡與否，乃爲家國間名義所關，豈容不辨？古今來謬於附會，而蒙不潔之名如施者，曷可勝慨？寧獨爲范大夫洗冤乎哉！

【評語】

少伯五湖軼事，舊無定論。作者按核情勢，因餌敵之不與計，決承寵之不孤恩，據《墨子》以折衷，議論正大。不第爲苧蘿生色，即范大夫亦得身分，洵爲論古有識。——褚筠心

『一舸逐鴟夷』，唐人一時誤筆，遂令范大夫負古今异冤，前人已有辨者。至亡吴雖由西子，究竟吴自取亡。西子何德於越，何仇於吴？謂越借西子亡吴，則可；謂必授西子以亡吴之計，萬一婦心内變，安知不轉亡吴者爲亡越？固范大夫計不出此者也。以西子爲泛湖情女，固非；即以西子爲霸越忠臣，亦謬。前人議論不根，似此甚多，安得明眼快論如吾師者，一一正之！——受業戚學標

《慎子》以毛嬙、先施爲天下之姣，故樂府語多泛指。後人詩乃云『臺下卧薪臺上舞，可知同是不眠人』；又云『别有深思酬不得，對君歌舞背君啼』，語雖新而意益鑿矣。《明詩綜》載苧蘿祠神因屠生題詩，辨無生入五湖事，托諸夢寐，尚不足以昭定論。得此昶發朗辨，卓然立名教之防。——邵二雲

鄉飲酒説

甲寅五月廿四日，同人過余引藤書屋，爲消夏之集。客曰：是集也，引年而坐，殆以杖朝寓鄉飲意乎？曷作《鄉飲酒説》？

夫天下，國所聚也；國，鄉所聚也。起教化於至近，而習耳目於最真。於是有造士之典，有養老之條；更行飲酒之禮於鄉，曰習射，曰蜡祭，曰賓興，曰飲國中賢者。或謂鄉人會聚，皆行此禮，則陳皓取藍田吕氏説也。大抵先王以禮樂教天下，不獨朝廷之文物聲名誼美恩明，粲然有制，即鄰里酇鄙、比閭族黨中，廣陶淑而厚風俗者，莫不詳且備。孔子所以觀於鄉，而嘆王道之易易也。

自《儀禮》有《鄉飲酒篇》，而節文具；《禮記》有《鄉飲酒篇》，而度數明。賓主，象天地也；介僎，象日月也。設三賓，象三光也；坐四面，象四時也。天地嚴凝之氣，始於西南，盛於西北，故坐賓於西北，介西南以輔賓，率以義也；温和之氣始於東北，盛於東南，故坐主於東南，僎東北以輔主，接以仁也。由義之秩然者，而禮行焉；主迎賓於庠門外，三揖三讓，教敬也。由仁之藹然者，而樂生焉：升歌三終，《鹿鳴》《四牡》《皇皇者華》也；笙入三終，《南陔》《白華》《華黍》也；間歌三終，《魚麗》間《由庚》，《南有嘉魚》間《崇邱》，《南山有臺》間《由儀》也；合樂三終，《關雎》合《鵲巢》，《葛覃》合《采蘩》，《卷耳》合《采蘋》也，教和也。拜至、拜洗、拜受、拜送、拜賜、拜辱，敬之至也；請安、請坐，旅爵，和之至也。降盥、降洗，潔以明敬也；辭盥、辭洗，讓以致和也。飲食必祭，不忘本；工歌必獻，不忘功；燕及沃盥，不忘賤；逮遵者而息司正，敬與和類而推也。至於序賓以賢，序僎以爵，序坐而豆，以六十、七十、八十、九十遞增，尤煌煌乎以貴貴、貴齒、貴德者，示天下達尊之義，使之鼓舞於合敬同愛之情，而不容已也。

夫酒以合歡，往往以性所伐，爲情所困，君子猶戒之，況俗染沉湎，端起訟師，所關於治亂者大焉。若古鄉大夫三年一舉，黨正一年一舉，州正一年再舉者，有紀有綱，有始有卒，何如此之和樂而不流，安燕而不亂乎？此行於鄉之一端也，而政教之本立矣。

余也溯往制而怡今情，爵奉以三，事徵其四，不啻置身桑梓，與固陵士大夫共酬酢於几筵間，而神往於樹宅式閭之風也。

【評語】

數典茂密，條理秩如。以『敬』『和』兩義，導禮樂之源，歸本於移風立教，非泛然掇拾家可到。氣息亦深醇渾厚，宏我漢京。——胡雲坡

貫串『三禮』，如數家珍，議論賅洽，真昌黎所謂淳粹輝光者，考據家望而却步矣。曾南豐《禮閣新儀目録序》同此華茂，遜此典則。——魏春松

善推《禮》意，劉原父之補《義》所由，遠暢儒風也。節次詳該，又當與李寶之并峙。——邵二雲

名義女之信説并序

陸中丞耳山，余同年友，壬子春卒於奉天校書之役。嫡子四，扶其柩歸里。如夫人陳以

病留京而殁焉，托其遺子及女於馮鴻臚星石，而以第五女爲余義女，屬擇配。余弗忍却也，爰爲説以名之。

信，友道也。友亡，而撫其女，信之屬也。余年六十有一矣，耳山少余二歲，且先余亡，余又奚所恃以撫若七歲女！雖然，天之數不可測，事之在人者不容欺。既無以父其父而父余，余豈忍不女其女如余女？名之曰之信，責實也。

耳山歷官清，要能以清廉重天下，子女必有食其報者。《記》曰：『忠信以爲寶。』故以寶林字之，灼其華而賁其實。信女乎，余日望之矣！

【評語】

余於耳山中丞身後之事而惻然也！香亭年前輩爲之收撫遺女，同於所生，庶幾義以成信者，重友道也。是《説》以廉峻之筆出之，事與文均不讓古人矣。——褚筠心

讀蓼園師撫耳山中丞遺女之説，以此始，必以此終，直自銘也。庚戌冬，吾師屬莫京兆前輩，爲所撫孔妹倩女擇鄭東亭比部之子孝廉槐爲婿，治妝命嫁，篤於己出，今已抱子矣。吾師生平古誼，足以見信於人者類然。因讀此《説》，而并及之。——受業錢棨

名元婿閶説

婿將應童子試，以其父方宦閩，請名於余。余曰：子謹而愿者也。原名開，兹其以閶名乎！子欲知『開』與『閶』之説，不見夫門乎，一翕一闢，終以乾乾，所以進德，『開』之説也。至於登高行遠，昔人擬諸閶闔之游，非得其門者不能入。名雖异，而理一貫也。凡試，事不一途，皆立言。余象『閶』字之形，有會於伏闕陳詞之意，因而重之，其道大光，不啻廣厦萬萬間乎！范文正公作秀才時，以天下爲己任，豈徒區區安飽、庇其室家而已哉！故於婿入學之始，作《名説》勉之。

【評語】

懸空立論，海市蜃樓。細按之，却是真情實理。此固自韓、柳密秘中得來。——家鳴垞

如剥蕉抽繭，於尺幅中寓無窮敦勉，可當座右銘讀。——四弟立亭

代張伯魁名子振路説

歲在戊申，正月之望，余長子生，乞名於香亭先生。先生命之曰：『子，儒家子也。先世以科

目起家，子之祖若父爲名諸生，子之子曷以「振路」名之乎？學者入德之門也，循其途而進之。物生必蒙，受之以需，光遠而自他有耀，則其道利用奮。子之子，其以「振路」名，可乎？』伯魁於是敬而識之，不敢忘。

蓋余自庚子夏遠離膝下，乞米長安。今授室，且抱子矣。既不克行廟見禮，又不克循孫見於祖、祖亦名之之義，牛衣對泣，幾爲貧所病矣。近且附於庶人在官之例，將博微禄以養父母。揆諸『振路』之意，竊滋愧焉。乃從游先生之門，勖之八年之久而未得者，還以名余子。振路，念之哉！毋迷爾途，迷則不返；毋怠爾程，怠則莫追。懋爾世業，副爾嘉名，此則乃父有志焉而未逮，庶幾屬望於將來者也。是爲説。

此代作耳，原可不存稿。但聞春溪自里門抵甘肅後，既賦悼亡，旋丁外艱。命之不淑，一至此哉！姑存之，一以寄太息之意，一以見期望之情。

乙卯新正，燈下自記。

【評語】

粹然經籍之光，藹然仁孝之言。格度簡嚴，其味彌永。——張孟詞

先生愛惜人才，振拔寒士，出自天性所樂。凡游先生之門，發名成業，不可更僕數。如伯魁，乃有志未

逮者耳。伯魁落泊京華，得先生飲食、教誨，以府經歷注銓。壬子春，又以若翁年邁，不及待升斗之養，助之捐分發，而伯魁始得携妻子以歸奉其父母，致足樂也。讀此說，不獨爲伯魁感，凡游先生之門，受教尤深如文曜者，更怦然於飲水思源之意也。——受業顧文曜

種梅竹説

丙辰之秋，余札致立亭弟、蔭亭侄，於里門爲宜園種梅與竹。竹則不碩茂而培其根也，梅則舊有兩三株而蕃其植也。知園丁非橐駝之良，不能莳若子而但置若棄也，屬黼亭弟并課之。課，空言也；種，實境也，課逸而種勞也。札中之課，空言也；諸君之課，實境也，遠課逸而近課勞也。課弗輟則事易集，遠近皆實境也。大抵責己之事曰課，干人之事曰托。爲人謀而自課之，忠而可爲也；托人謀而又課之，躁而不可爲也。雖然，猶有説。林君復之遺風，蘇東坡之高致，不沾沾梅與竹，何間於人己也！何地不宜種梅，何地不宜種竹？一草一木，各得其所，何隘於宜園也！余兄弟叔侄，互相師友，敦素心而勵清節。文章政事，何必同，何必不同，而見仁見知，所樂總不離乎山水間。豈水以竹漪而有斐，山以梅開而并芳，密邇宜園，觸物興懷，不如二千里外之惓惓乎？

余歸有日矣，將怡情緑野，摩挲百餘年磥砢古柏，與瘦竹疏梅而結三友。坐我昆弟子姓於百

卉亭中，共披此林下風也。諸君子尚其培之植之，用曾氏之日省，而諒區區躁人之詞哉！

【評語】

名言娓娓，可以莊誦，可以解頤。——童梧岡

文筆蒼翠如山之色，明媚若水之光，名理在胸，隨處流露。——小門生沈學寬

周茂叔吟風弄月，便有春風沂浴閒意思。文當作如是觀。——侄炳文

坡翁《志林》中文字，後人多采入選本，以小品而體裁皆具也。偶然著筆，理與趣兼勝，所謂體裁，竊於是窺之。——受業那爾豐阿

墓祭説

或有問墓祭者。吴子曰：聖人制禮，『設冢以藏形，而事之以凶；立廟以安神，而奉之以吉。送形而往，迎精而還』，有祭於廟不祭於墓之説。後儒因之，遂以孔子答曾子問，爲墓祭所由始。蓋宗子去國，庶子不得祭於廟，故望墓設壇而祭。竊嘗以此意推之，而知墓祭之禮古已有之，於今尤宜。

夫葬者，藏也。上古其風樸略，示人以不見之義。不能見也，何由祭也？自墓之周於衣、周於棺、周於槨也，而後崇之以封，表之以樹，備之以明器。凡踵事而增者，莫非知鬼神之情狀，本

神道以奉其先。此而墓草久宿，拜掃闕如，得毋有淒霜愴露，念高原豐碑而隕涕者乎？如『武王祭於畢』，《孔子世家》『歲時奉祀於家』，屢見於《史記》。墓祭之禮，相沿已久，不獨孟氏『東郭墦間』之文也。

人之生也，神附於精，精附於氣，氣附於形；人之没也，氣餘於形，精餘於氣，神餘於精。此其魂升魄降，斃於下爲野土，發於上爲昭明者。謂廟祭地也，主祭位也，神之格思，以是爲依歸，則可也；謂於廟於主，而於墓無與焉，則不可也。先儒廟祭、墓祭之説，聚訟紛紛，得從而斷之曰：祭之禮，於廟爲重；祭之情，於墓爲真。廟與墓，宜兼祭，而不可偏廢。今過一城、一鄉、一邑之中，試望平岡蔓草，若堂、若斧、若覆夏屋者，纍纍也。問有能建廟者，萬家不一二；能立祠者，千家不一二；能設主者，百家不一二。如神依主而不依墓，是百千萬家之若堂、若斧、若覆夏屋之纍纍者，反爲漂泊無依之游魂也。有是理乎？後世或無廟與主而祭墓，或有廟與主而兼祭墓，或無廟有主而祭主於寢、祭墓於郊，大抵皆處於事之所當然，發於情之不容已。揆諸孔子答曾子問之意，吾知其必有合也。

或曰：子孫一氣相感，亡者精氣歸於廟、附於主而受祭。是説也，吾嘗疑之。若未祭而此氣與元氣相合，則神之麗天，如水歸海，無江淮、河漢之別也，安能區而分之以歸於廟？若參於元氣之内，則如塵埃、野馬，相去幾億萬里，安能合而一之以附於主？蓋散，必於其所聚者；聚，不必於其所散。祭也者，皆關於仁人孝子成敬昭格之一心，無在無不在，無分於廟與墓也。況迎尸於堂，雖似弗真也；招魂於野，雖亡如存也。『父没而不忍讀父之書，手澤存焉耳；母没而不忍用其杯棬，口澤存焉耳。』顧以先人體魄所藏，等諸無何有之鄉，而謂祭於廟可以得焄蒿悽愴之象，祭於墓無以慰僾聞愾見之思也，其誰信之！

古人於墓，但有奔喪、去國之説，猶沿上世樸略之遺意也。秦漢以來，遞崇原陵之制。寒食起諸開元，寒衣薦於天寶，自上下下，成爲風俗，『禮以時爲大』也。而章句之儒猶鰓鰓於『古不墓祭』之文，乃舉祭文王於畢、祀孔子於冢而并疑之，以至廬墓有譏，易墓有禁。要皆附會《禮經》之游詞，不足以質鬼神而俟諸百世也。

【評語】

情之至，理之至，即爲文之至，豈經生家所能窺測？——童梧岡

就《禮經》徐徐引入，以理審勢，以勢達情，通論篤論，至情至文。——譚古愚

引據《禮經》，推原墓祭所昉，斷之曰『祭之禮，於廟爲重；祭之情，於墓爲真』。廟與墓宜兼祭而不可偏廢』，誠得情理之宜。余嘗疑先儒『墓祭非古』之説，覺有未慊，每欲考訂未遑，讀此説而冰釋矣。真可以質鬼神而俟百世也。——胡雲坡

墓祭、廟祭，說《禮》家聚訟久矣。得此參古今之變，酌情理之宜，俾雲霧廓然一清，洵推不朽文字。——受業王友亮

眉亭說

由護云軒南廊折而西，作眉亭。蓋取古賦『却月成眉』之意，以顔吾亭，象形也。夫眉如攝提，厥名華蓋，人皆有之，而無所用也。月而如眉，大抵三讓成魄，如鈎，如張弓之類，其明猶哉，生而闕也。然月乃闕而不闕，釐然於弦晦朔望，而太陰之精貞諸天；眉以無用爲用，超然於耳目口鼻，而百體之華睟於面。此其義，非好學深思者不能類而推。勖哉小子！以學爾學，勿獵聲譽以泄其光，勿參糠粃以希其粹。近取諸身，遠取諸物，庶幾本末精粗之間，稍有會心。語曰『人神易濁而難清』，勿汶汶於『卿士惟月』之訓。庭有盆水之昭昭，而不能見爾眉睫也。他若房琯增重，馬氏稱良，特盱衡月旦，文采風流顯而易見者。對此亭也，尚其由外感以澄内心，抗懷乎圓如印月之神明，潛究夫皎若列眉之學識，而以此物此志，爲入德之門哉！

月以喻學之本，眉以喻學之精，於古人言學文字中，另闢生面，以示兒輩推陳出新之一法。究竟不離乎太史公『切』之一字。

嘉慶己未八月朔六日，宜園叟自記。

【評語】象形取意，避陳翻新，而廣大精微、高明中庸兼而有之。知非從德性問學中討生活，固不能如此精明堅確也。然須識得闢生面亦只是會通熟路耳。——祝東皋

看菊説

固始隸於光，澤國也，花木之蕃甲中州。重農務本而外，看菊蓋惓惓云。菊有黄華，根葉皆香，經金風而特盛，昭其質也。大抵物以質而彌淡，品以淡而足珍。竹籬茅舍之間，春蘭秋菊，不言自芳，從其類也。知乎此者，可以觀矣。

我固邑自清、堪、急、曲，水利代興，以迄於今。有大豐，鮮有大歉之歲；無甚富，亦無甚貧之家。是以稻獲千村，菊開三徑，醖釀秋光，人易爲樂。至於重陽競高會，弦管醉東籬，乃朱門富貴逞艷鬥靡之習，不啻南轅而北轍矣。二三良朋，素心相質，未敢捨本計而樂而忘返者，類如斯也。從來菊不易治，經主人手種者居多。揆諸《豳》詩言農桑而不及花，猶不失自食其力之意。半年清課，次第開筵。余以桑榆暮影，頹然就座。偕子侄暨戚友輩，挹魏國之晚香，話淵明之高致，俯仰古今，殆不勝花盡無花之感。而余今年宜園所種菊，亦就荒。爰有以佳色分贈者，有以

踐其先人文序之約贈二本者尤佳。語曰禮尚往來，對花如對諸君也！酌諸君酒，報酒并報花也。凡花與酒，與非花非酒之樂，無不與諸同人同樂其樂，暢性情而忘形骸也。何嫌於乞諸其鄰，貽笑黄花耶！

種宜園菊者，雲卿侄，向所癖也。爲其兄籌貲郎之費，而疏於此。余於此又寓意也，故就荒。夫菊，一物也，雖以所癖如雲卿者，稍疏，而遂至於荒。固有其不荒者在也。然則萬物相感以誠，天下何在不宜！積誠而通，以優游於忠順仁愛之風，如《豳》所咏稱觥而壽祝無疆者，余蓋三復焉而神往也，獨看菊乎哉！

【評語】

以農事爲『看菊』搜根，將固邑風土人情層層攝入，猶是《豳》詩言農桑不及花，重本計而杜閑情之意也。看菊特寓意耳。通篇歸重『誠』字，言近指遠，文情尤一往而深。——方藁溪

文大意已盡前評，尤愛言菊見品也。推菊所從來，重本也；即治菊，亦農意也；贈菊通有無且報文，象有孚也；開筵而懷古意，答禮以樂同人，尚往來，皆昭忠信也。至園荒於菊，有所以不荒者在，由主人寓意不留意也。一路寫來，俱與後幅『誠』字關照，非登高作賦、逞艷鬥靡者比，此文意之精，抑文陣之妙也。——王春帆

騷人之清深。一結尤古文大作手。——沈維亭

釋教問答

或有問闢佛之説者。吴子曰：闢佛非今之急務也。由孔子而顔、曾，而董、韓，而程、朱；由佛而菩薩，而阿羅漢，而諸方祖師，各有分量。堂上之人，方能斷堂下之獄。大抵闢佛之説，宋儒最精，唐之昌黎較實。昌黎所闢，檀施供養之佛，爲愚夫婦言之也；宋儒所闢，明心見性之佛，爲士大夫言之也。由宋儒而勝之，各尊所聞，各行所知，兩不相害而已。由昌黎而勝之，將香積無烟、祇園無地，雖有大善知識，不能率恒河沙衆枵腹露宿而説法，如用兵先斷糧道，不攻而自潰也。夫儒道之持世久矣，如居室中有主人也。迨金人入夢，清浄之義，足以息馳騖、排憂愁；果報之説，亦足警動下愚。其教行於中國，如挾技之食客也，蔓延依附，迄今二千餘年。雖堯舜復生，不能驅之而去；雖釋迦出世，亦不能捨父子君臣、兵刑禮樂以治天下。特以釋之徒欲援儒以自衛，儒之徒因衛道而流於好名，兩家語録，互相詬厲。試問釋爲真釋、儒爲真儒否也？有未堪盡信者。

爲釋者，須從忉利天中下脚踏實地工夫，馴之以色象俱離。花自照鏡，鏡不知花；月自映水，水不知月。推而極諸花亦無花，月亦無月，鏡亦無鏡，水亦無水，乃無色無相，無離不離，爲自

在廣大神通。爲儒者，從致知力行得入學之門，以立德、立功、立言，歷之於士希賢、賢希聖、聖希天之候。此真儒也，真釋也，理可相通，教不相妨也。如曰杜其漸而防其微，古之人固已先我而嚴异端之辨，大爲之範圍矣，何必爲剿説、爲雷同、爲已甚之行哉！故曰闢佛者，非今之急務也。

子又議蘇長公爲禪學之宗，蓋據子由《行狀》及《集》中諸《菩薩偈》而言之也。豈知公之文，得《華嚴》之妙；公之學，乃斥釋教之非？如《議學校貢舉書》暨對策一篇，據事臚陳，與《佛骨表》何异？至所云『放億萬之羽毛，未若消兵以全赤子；飯無數之緇褐，不如散廪以活飢民』，余於《賀坤城節表》反覆披讀，未嘗不嘆公之放生戒殺，節口腹之欲，安素位之常。即一二惝恍剩語，特藉以鳴其不平，洵非惑於彼教者。後之學者動言闢佛，奈何誤儒以釋，不略迹而核其真也！

【評語】

每於對勘處見精義，寫來面面皆圓，頭頭是道。而歸責實一層，足令口頭禪對之自失。以縱爲擒，是殆深於闢者。

自來無以闢佛許東坡者，如此識解，方足論世知人。——譚古愚

以真實相，作平等觀，我法彼法，正自了無窒礙。如是莊嚴聖教，早使大千世界共渡迷津，不必更向涅槃繞舌也。千載衛道之文，此爲證第一義諦。——紀曉嵐

將兩家源頭看得透澈，本不相妨。又綜時勢以立言，理精詞確。雖起唐宋諸儒問之，亦當首肯。——受業王友亮

逸經答問

嘉慶丙辰仲夏，吴子納涼之夕，子若孫因説逸經，起而各以所疑問也。吴子曰：『逸經可考也，僞經宜辨也，古文之存者不能廢也，逸篇之缺者無庸補也。居，吾悉語女。』

《尚書》百篇，以字屬科斗，不能讀者四十二。安國上於書府，會巫蠱事起，未頒學宫。其逸者如《帝告》《釐沃》《汝鳩》《汝方》等篇，備載梅賾定本。《儀禮》存者十七篇，逸三十九。如《學禮》，見《賈誼傳》；《巡守》《朝見》《朝事》《烝嘗》《中霤》《王居明堂禮》，見注疏；《大明堂·昭穆篇》見蔡邕《論》；《本命篇》《聘禮志》，見《通典》及《荀子》；《奔喪》《投壺》《遷廟》《釁廟》《曲禮》《少儀》《内則》《弟子職》，見大、小《戴記》及《管子》。《禮記》二百十四篇，存者四十九。其逸篇，考之《白虎通》，有《三正》《別名》《親屬》《明堂》《曾子》《禮運》《五帝》諸記；考之經史注疏、蔡邕《論》，有《王度》《王霸》《瑞命》《辨名》《三朝》《月令》諸記及《大學志》。至後學所撰，其在『三禮』，則汪克寬有《經禮補逸》九卷〔一〕；其在《儀禮》，則吴澄有《儀禮逸經》二卷，諸錦有《補饗禮》一卷，任啓運有《肆獻祼饋食禮》三卷，旁引曲證，網羅亦富。此逸經篇目，

《書》《禮》較多，散見於他書，固可考而知也。

若緯書者，經之支流，衍及旁義，固非圖讖專言術數者比，然多私相撰述，附經以傳。如《易》則有《稽覽圖》《乾鑿度》《坤靈圖》《通卦驗》《是類謀》《辨終備》六緯焉，《書》則有《璇璣鈴》《考靈曜》《帝命驗》《運期授》四緯焉。《詩》三緯，《禮》三緯，《樂》三緯，《孝經》二緯，《春秋》十有三緯。益以《河圖》《洛書》暨本文，共八十一篇。發明不少，舛午亦多。而《子夏易傳》出於唐宋，《子貢詩傳》出於明，又因『夫子與言』損益，及『告往知來』而擬之，猶《越絶書》《雜子候歲》以端木氏貨殖霸越，而藉爲名高也乎。至豐熙《尚書》，曰箕子朝鮮本及徐市倭國本，皆荒誕不經，與張霸所著『白魚入舟』等説同類并譏。此固僞托於經者，宜遞辨也。

東晉時，梅賾上《古文尚書》并孔安國《傳》，較今文多二十五篇，行世已久。宋吴棫始疑之，朱子亦稍稍疑之。遂爲吴澄、梅鷟、歸有光所本，而閻若璩乃肆其說。《晋書》云太保鄭冲以古文授扶風蘇愉，愉授梁柳，柳授臧曹，曹授梅賾。陸德明作《釋文》，孔穎達作《正義》，師承纂述，具有淵源。後儒忽相譏評，大抵緣朱子之疑，爲已甚之説耳。按《朱子語録》曰：『《書序》非孔安國作。』又曰：『《書傳》非孔安國所注。』疑《序》與《傳》，未嘗疑經也。又有『數百年壁中之物，豈與口傳更無一字訛錯』之語。考歐陽修《崇文總目釋叙》云：遭秦之故，孔惠與伏勝各藏其本於家，武帝時始出屋壁。惠與勝同時，屋壁之書即口授之書，當不至更有訛錯。朱子之疑經，乃好學深思、讀書求間之意，原未嘗確有所指。而告輔廣之言，又足爲《古文》非僞之證。陸隴其所以據此立説，而陳第、朱彝尊、朱鶴齡、毛奇齡、方苞等，後先所見略同。况説經者當求之於經，不當求之於傳。《史記》《漢書》但有安國上《古文尚書》之説，無受詔作傳之文。如諸家所指摘，謂傳爲僞，可也。并疑所傳之經爲僞，是不以經論經，而以傳論經；又不以傳合經，而以經合傳，且以傳之不合於經而疑經，其可乎？如謂傳可僞，經亦未必不僞。傳或魏晋人所作，因安國曾有上書之事而托其名，經則《左氏》所引，杜預指爲逸書者，古文皆有之，其詞已見於前，非梅賾自作也。即云《今文》佶聱，不似《古文》易讀，『二典』『三謨』，又何嘗不易讀也？或又曰采掇逸經，排比聯貫，不免真僞間出。又未能指其何者爲真，何者爲僞，何者爲排比聯貫之處，一一確鑿而證明之。文不害詞，詞不害志。安知伏生口授之本，字字與原本相符，毫無聯綴處耶？獨不思梅賾所定，頒之學官，行之久遠，自有其不朽者在也。可廢乎？不可廢乎？夫《古文尚書》出於孔壁，而科斗懵之；上於書府，而巫蠱格之；叙於安國，而張霸亂之。梅賾所奏，其半僅存。不疑於初出，而又疑於久立之後，是去古未遠者愛惜摩挲，雖疑經如劉知幾輩，均無遺議。而聽遠者聞其疾，不聞其舒；望遠者察其貌，而不察其形。反爲之索垢求瘢，以文詞格制之不同，紛紜附會，幾至與經爲讎，竊以爲過矣。君子讀書論世，當求其遠者、大者，勿務其小者、近者。於《書》得唐虞三代氣象，道統治法，萬古常新，則思精可以圖大也；於《禮》得天命人心易簡之旨，聖賢仁義中正之規，則鑒往可以憲今也。善讀《易》者如無《易》，非無《易》也，於《易》而參其精也；善讀《詩》者如無《詩》，非無《詩》也，於《詩》而觀其化也。若苐鰓鰓焉辨文詞於疑似之間，分格制於微茫之際，就令所言多中，抑末矣。揆諸孟氏『盡信書不如無書』之語，當不其然！此則自宋迄今，攻之，於《古文》無所損；助之，於《古文》無所增。古猶今也，今猶古也，洵有合於聖人之旨，存諸百世而不廢也。

且夫蔑古者誣，不可爲也；作古者妄，尤不可爲也。以堯、舜、禹、湯、文、武、周公、孔子數聖人在天之靈，默佑於秦火灰燼之餘，其幸而未逸者，或訓詁章句以傳經，或研精性命以明道，如日月麗天，光昭百代已。其不幸而逸者，不必過而廢之，亦不必過而立之。余嘗反覆於劉子駿《讓太常博士之書》，慨想全經，而又未嘗不嘆漢唐諸儒抱殘守缺，逸之而不忍逸，補之而莫敢補，以致篇之散見者仍其目，書之歧途者絀其僞，經之後出者久而存之，以附其真。當時慎重師傳，累世而垂一綫之緒，庶無戾於『述而不作』之義云。

此今夏納涼，答兒孫輩逸經問者。昨於寒衣節後既成《墓祭説》，長夜短檠，續成此作。前後徵引較繁，意在爲若輩應試策地耳。然因問所及，與攻梅本者參异同之見，所謂説經不妨并存，各從乎理之所是、心之所安而已。

十月廿六日自記。

【評語】

本昌黎約經之旨，兼竹垞考經之義。前人評坡公《刑賞忠厚之至論》，謂議論正大，文情流美，真堪移贈斯文。——譚古愚

殫見洽聞，持以平情之論，洵足有功經學。——童梧岡

元元本本，議論環生，是宋儒説經的派，弗徒以徵引見賅洽也。——家白華

【校記】

〔一〕『經禮』，原作『禮經』，據《四庫全書總目》卷二十《經部·禮類二》校改。

香亭文稿　卷八

上鄭炳也先生書

竊某以蓼園樗櫟，忝列門墻。客臘公車北上，得奉教於夫子。不待以衆人，而期以國士。幸甚，愧甚！被放歸來，一路霖潦連綿，客狀殊惡。季夏朔四日，抵鄂。漢口爲南北襟喉，九曲亭前古賢豪遺迹猶在。覽魯臺、沔口諸山川，誠非寒瘦無聊所克表其形勝。署有鵠山，頗幽邃，去黄鶴樓數武，誅茆選徑，築室數椽。定省之餘，少理故業，成古體文三篇，古今體詩數十首，習字萬五千有奇。

獲佳夢，占之，利父師在官者。維時家嚴適奉秦藩之命矣。伏惟夫子起居安吉，福履攸綏；世兄親承庭訓，所造當益進。今春，追隨左右，商量舊學，辨晰毫芒。如《鄜州》一首，以得新解；辨宋人用杜句，看『茱萸』之謬，以細法律，大抵皆聞所未聞。某以管窺之見，依類深思，嘆大宗匠學行深厚，提要鈎玄〔一〕，即一吟咏間，知人論世，上溯淵源，下開門仞。所謂鼓吹大雅之材，藴而恢之，以黼黻聖天子太平文治。台階、杓斗之占，當有符夢兆，而旋至立應者。且居今日以抗懷古人，名之不朽，皆有實以副之。太上立德，次立功，次立言。即立言者，不專以詩文傳也，而人未嘗不重其文與詩。蓋有本之言，言以人傳，非人以言傳。以言傳者，如榮華之飄風，好音之過耳；以人傳者，如日月之經天，江河之行地也。學者惟希其實，勿務其名，於以馴致乎古，不難矣。某聞夫子緒論久，竊以此三不朽爲夫子信，而亦稍自勖也。

東裝伊邇，由樊、襄一帶入關，黄葉西風，衝寒跋涉。學本弗植，何堪重兹荒落？擬於明正赴都，載侍函丈，永荷裁成，私心嚮往，更摇摇如懸旌焉。近課一册，乞賜斧削。臨潁不勝依戀之至。

【評語】

逼真韓文，然非襲其貌也。平日醞釀既深，揮筆便肖耳。螟蛉子化，亶其然乎！——德定圃

學愈實則心愈虚，品愈高則情愈摯，於斯文見之。——莊本淳

由詞章以窺源本，一泄千里，層次貫注，文之以氣勝者。中間稍易之，較前明浄。前後體裁亦雅近柳州。——弋山二兄

【校記】

〔一〕『玄』字，原避諱作『元』，今校改。

附録　札一通

鄭虎文

期虎文啓香亭中丞閣下：

馮太史歸，得告領到諸碑刻及公大集，且損俸惠存，一一拜受，謹志不敢忘。公經義力追正、嘉以前諸老風格，而散文情文悱惻，可謂醇雅，真歐、曾之雲礽也。可傳，可傳！文老病窮困，本寡學，而近尤廢失，無可復語此事。讀尊著，喜吾道爲不孤矣。數年來，東原甫得一官，遽爾下世；今年又喪笥河學士。此皆吾黨眉目，云亡之嘆，如何可言！聞嗣主壇坫者，公與魚門、覃溪、二雲諸公，宏奬風流，翔譽京華。而秋帆中丞延接名俊，四方之有道而能文者，歸之如流水，德星之聚，疑在關中。天子右文，諸公卿從而翊贊之，人文化成，於斯爲盛。尤望公黼黻其間，黜浮崇實，得敦樸有用之才以事其上。保民利國，實在於是。此固公承先報主之素心，而文有嘉於公之仕學互進而益上，聊復及之，知不嗤其迂闊也。

文得偏中之疾，終年藥裹。崇文之席，虛擬而已，足迹未嘗一至西湖。秋來手足小便持行，而家運惡劣，精神益復委頓，正不知尚有幾何月日耳！明歲仍舊館，尚未知力疾能赴與否。如不能，决當辭避。此時心尚如懸旌，未有所薄也。文三子亦粗解操觚，而秋試屢薦不售。公後起有人，聞之爲公慶，而孺仲不能無蓬歷之愧矣。

別語另紙，草此奉謝，并候不宣。

辛丑十二月廿又一日

文再拜啓：

謹空。

内子患乳岩之疾者，越二載矣。至秋而劇，至冬仲之晦而下世。明秋擬卜宅兆，以歸其體魄。而文之精，亦銷亡盡矣。即自爲歸全之計，更無可復緩。得埋骨有所，一旦瞑目，真含笑入地矣！妻喪何敢遠訃，公輩通門之好，不可自外。且旌障聯額，率欲假諸舊游銜名以爲光寵，而可不以聞乎？此文所以赴告諸公之意，非因以爲利也。文意不能遍白，幸公代白之外，有書有訃，或有訃無書，或有書無訃，具開於後。乞照所開，遣長班分送。其一書，致貴同年張，名天相者。張爲阜城令，今開調繁，未詳何縣，幸查明加封寄達。文不能無望渠麥舟之助，公必速寄爲囑。又一書，寄霸昌觀察祥，名鼐者。祥嘗受業於文者也。

文又啓。

先炳也夫子歸田後，每馳諭玉綸以讀書作人之法。寶而藏之，奉爲座右銘。癸卯秋，余試竣浙闈，督學於閩。所有寄存書笥，及手抄夫子致札一卷、批定玉綸詩文稿八本，俱以甲辰春毁於樸園太守侄賈家胡同之舊寓，不戒於火，可惜也。此札乃得之行篋中，録以附梓。溯師承之有自，傷墓草之久荒，泪下涔涔，竊不敢忘所得力云爾。

甲寅除夕前一日玉綸跋。

上王蘭泉先生書

昨秋聚首，忝附譜末，帳侍浹旬，瓣香有托。菊月望，爲先慈敬卜窀穸，拜别旋里。愚兄弟幼冲失恃，十有七年，痛襄大事，血泪經營。譬如三春寸草，莫報罔極。竊恐負臨别丁寧，重獲罪於君子之林。春暮抵秦，驚聞年伯母仙游，敬寄生芻，伏惟鑒納。數載以來，師友星散。或亡於疾，或歸以故，或作吏風塵，抑鬱不得志。翹思孝履，讀《禮》家門，又睽雲雁。酒闌燈灺，未嘗不自悵緣慳也。

承示散體文源流，具見敦勉至意。琦以蓼園散人，心粗而貌似狂，未能多讀書以自適於道。先生許以上接古人，誠萬有不逮。而應試之作，近則所見略同。夫文無分於今古也。自唐始有古文之名，宋乃有制藝之設，體製略殊，神而明之法，亦小异而大同。至於發明義藴，運以才識，助以詞華，皆期言之有物，古與今無不同也。彼蹈空擊虚，精意不存，固優孟衣冠也。若廣徵博引，昧没而雜，見屏先正，抑工揣摩者所竊笑也。《大戴禮》曰：『君子知不務多，而務審其所知。』此其説可通於文，而制藝在其中矣。

《香亭近草》一册，乞加斧削。未審《江湖萬古集》中，容一芥舟否？撿敝簏得《堯峰文抄》一本，應是鄴架上物，謹反趙。《陳卧子詩稿》，便中幸借一讀。

清商四起，旅雁驚寒，渭樹江雲，人遐室遠。先生六月之息，蘭陔愛日，著述必多。而琦隨家兄，東西鹿鹿，愧紹趨庭。語曰：『努力崇明德，皓首以爲期。』願終執斯言弗替也。

【評語】

雲上風疏，建安格調，非唐宋人尺牘生活也。——鄭炳也先生

情深文明，味逾諫果。——褚筠心

與友人書

淮水有雙魚，燕山有飛雁。别來屢易寒暑，未及一通音問。柴令親入都，詢知柴氏婿，君之子也；舍侄大經，君之婿也。今年同受業於君，以應秋闈。嘻！君之子必鳴其盛矣。余大經侄向固精於勤，懼以躁氣乘輕心掉也。語云『臨淵羡魚，不如退而結網』，又云『舊學商量加邃密』，此中意味，皆可深思。

昨夜作家書寄寅兒，自示以『十二歲讀《五經》最熟。癸亥秋，侍老親歸自山左。晚過天妃閘口，河水清漣，風日流利。抽背《周易·繫辭》《説卦》《雜卦傳》，《尚書·盤庚誥》，《毛詩·豳風》各章，終卷不錯一字，慈顔頗怡。抵里門不數月，覆按，已不如前。年復一年，功程間斷，譬之人久不見，追憶恍忽。無復曩者篷窗掩卷、瀉水瀾翻之樂。汝年正小，宜及時勤習居業，冀早成就，勉之志之』。

大經侄，余同庚者，秋試有望否？吕東萊先生謂教子弟不以科第爲重，此説誠然。然功令所垂，舍此無進身之階。其始得也，可以博父母一日歡心；其繼也，可以覘終身品節經濟。非卑卑焉，爲一生吃著不盡地也。東萊蓋謂學者志趨不可專注於此，寧薄科名、爵位以鳴高乎？君其告余侄，固而存之，爲拜獻先資也。

柴昆季以同氣參商，异鄉飄零。爲酌囊金，就一官分發，尚須綿力，歸而謀諸君。若其家門事，未深知，亦不過問。所謂骨肉之間，他人蓋難言之。夫騖聲華者，薄本支；蠱妻孥者，傷同氣。此中情狀，不啻萬端。嘗讀《棠棣》一詩，閔管蔡之不咸，未嘗不嘆古聖人於死喪急難中，抑揚唱嘆，其音何哀以思也！弟素性簡懶，豈於柴氏謬越其俎？附成美以矜古道，抑亦鬩墻之遇，可哀吾中，大有所不忍而已，非獨戚戚於瓜葛也。

西風釀露，柿葉飛霜。足下當此高秋清景，爲樂何極！第需次在旦晚間矣。安得高卧林泉，嘯傲吴頭楚尾间耶！

己卯中秋前一夕，某白。

【評語】

以課子者勉侄，切實深至。入後須玩其叙次委折、含蓄不盡處。成人之美，尤見古風。——方碧岑

鏤心刻骨之言，以敦厚和平出之，可以見用心之厚。——受業宣枋

致蔣心餘太史書〔一〕

別來屢閱寒暑，音問雖疏，彼此道義相勖，期不戾於古人之意，十餘載如一日。往昔大兄絳幃駐越，宏奬後起，嵇山士彦至今稱道弗替。迨移廣陵，奉母來居，白華孝養之思，藹然於瓜步秋潮、蕪城春色間。遥念文選樓頭，二分明月，照我良朋，清影團圞，永志歡慶。去冬，胡少寇來都，詢悉行藏。旋讀詩章，情懷如訴，風調彌高。日來退食未暇，另當繼聲。抑亦言不能達意，故無好句。若以泛泛酬應當之，非所以奉教於知己也。

頃聞伯母仙逝，曷勝駭愕！夙稔吾兄至性至情，隨處流溢。每於良辰高會，開筵觀劇，忽出涕不自禁，或對客竟忘酬酢。余從旁目擊，亦爲畫然傷懷。蓋非觸於兒女之情，而動以忠孝之

性，往往然也。今歸養十餘年，得於汨灑萱堂之日，附身附棺，必躬必慎，較侍之遥聞先大夫凶信，奉湯藥既僅餘長媳，用美木則蓄自姻婭，養生送死毫未親承，徒抱恨於終天、不堪回首者，賢不肖相懸萬萬矣。

芬餘，敝通家，旋里。附誄額一幅，挽對一聯，奠儀一函，聊代生芻，藉申遥薦。耑此布唁，不盡依依。

【評語】

中幅現身陪説，沁心入骨，具見相交以道之意。——朱竹君

入後心血并出。此秋聲也，無處非風木之感。——胡羽堯

摹寫心餘先生情態處，恐朱、谿筆墨所不能到。入後，觸目興懷，語極悲愴。本至情以流爲至文，固宜其沁人心脾也。——受業陳池鳳

【校記】

〔一〕蔣士銓《忠雅堂詩集》卷二十二有《寄吴香亭太常玉綸》詩四首，作於甲午年（乾隆三十九年）。

答諸兄委董輯家譜書

去歲嘉平廿二日姜成到京，接諸兄公諭一紙，以董輯家譜見委。仁孝之言，溢於楮墨。事關表揚先德，垂裕來兹，爲人後者，自有同心。惟是增輯匪易，成一家之書，如來示所云歸於賅洽典贍，更匪易易。

溯自三代而降，上無掌繫之職，私譜以興。其後士大夫以門第相高，譜牒之學亦貴。經宋、元、明，兵火之餘，故家譜系漸就凌夷。我祖文盛公以明洪武初始遷金剛臺，家譜遂亡。四伯父鷄澤公於代遠年湮，服舊德而懷先疇，各處搜羅，存册子百餘頁。一片苦心，始基立矣，闕略尚多。若據此册而徒事潤色，文勝於質，非體也。今欲增益之，則搜羅宜廣，尤宜確。蓋萬物本乎天，人本乎祖。由天地而旁推之，有民物；由祖宗而旁推之，有族姓；由父母而旁推之，有兄弟。自一世以至十世、數十世，皆由一人之身而分也。故采之不廣，則應附不附，是棄親也，不仁也；收之不確，則非附而附，是誣親也，不義也。仁至義盡，古人所以觀於族譜，孝弟之心油然以生。諸兄承鷄澤公舊業，欲續加增輯，請於諸叔父，進翰階擢階蔭，庭侄而聽命焉。玉綸雖遠宦於京，譬如行旅酬之禮於廟中，皆以有事爲榮。

抑竊有請焉。譜以表、傳兼載爲是，表而不傳，未免太簡，事實難於考証。有并載詩文集者，卷帙太繁，似應以『著某書若干卷』載入傳中，而詩文全集别本流傳，則譜乘卷帙不至過多，子孫出門亦易携帶。即如文盛公以白馬駝家譜，未必不因卷册浩繁，致委全書於兵火耳。

至綿力所竭，族間公事，分應衆擎。承念及長安清苦，愛弟甚矣。第飲水思源，亦欲報春暉於寸草所自，盡此區區者。

肅復請安，餘容續達。

【評語】

中間揭出廣采、確收兩意，本仁義以立言，精當不磨，亦真懇有味。久垂家法，兼擅史裁。——褚筠心

見得明確，說得深穩，直與老蘇并傳。——受業秦承業

致周司馬爲從兄立傳書〔一〕

歲甫入秋，都中傳言，木果木之役，從征將卒多死事。時從兄炳臣以典史守澤耳多糧站，適近其地。某聞信〔二〕，輒戄然呼曰：此必從兄死矣！家人方以爲怪。翌日報至，乃信。某固知其必死，第其赴死顛末，迢迢萬里外，欲一叩消息不可得。爲悲且悵者，蓋數閱月。念從兄少與某共塾讀書，平生多意氣，精悍之色，見於帖括間。遇前人節義諸傳，未嘗不慷慨爲某陳說。曾幾

日耳，乃竟與在事諸君子從古烈士於地下。一命初試，而成就卓卓若此，此其足以不朽者矣！夫忠烈之行，不可以不章；昆季之間，尤不忍聽其湮没。每思從退食暇撰次其事，而告者不詳，輒復擱筆。

昨使者自軍中還，蒙示從兄死節事甚悉，且詢及生平梗概。既爲一一陳之，益以見閣下盛德古風，厚視年家子。在外則訪其與站誓存亡、被害較烈各情狀，入又求其素行於骨肉間，何眷眷不忘如是！倘亦大君子本忠孝之性，寓意激勸，不惜奮其鴻筆，發爲文章，之死而致生之歟！果爾，則某所數月惘然，得大人先生以考核之信而有徵者，見諸叙述，當必過某所爲萬萬者。以閣下儀型當代，著作之才，侔於班、范，若賜之傳贊，垂信家乘，使臨難捐軀之節以人重，益以文重，則從兄可以不死，而某亦獲竟手足拳拳、不忍聽其湮没之悰，斯蒙愛莫大於是。近奉詔查辦木果木死事諸臣〔三〕，予祀予蔭，恩至溥也。异日史館中將采其事實入《昭忠傳》，即當持此應之矣。

激切布悃，待命不宣。

【評語】

前路層層伏案，後半照應結束。昌黎之雄，半山之峭，兼而有之。——褚筠心

疏密相間，史公文法一種。潔削之致，恍對秋山天净景象。——受業曹振鏞

【校記】

〔一〕蘇源生《國朝中州文徵》卷十六『書四』收録此文。

〔二〕『某』字，《國朝中州文徵》作『綸』。又，下文所有『某』字俱見改，不再出校。

〔三〕『查』字，《國朝中州文徵》作『察』。

恭録家傳一篇

吴鉞傳〔一〕

周煌

君姓吴氏，諱鉞，字炳臣，號左黄，固始人〔二〕。父士能，庠生〔三〕。君生三歲而孤，既長，貌魁岸多力。性剛直，遇鄉里不平事，多爲人排解。或怒色争，聞母命，輒慴服不敢言。屢躓於場屋〔四〕，乃納粟得主簿，分發四川，署彰明、彭縣典史，借補營山縣典史。乾隆丁亥、戊子間，滇省方用兵，兩解牛馬赴滇〔五〕，軍功加一級〔六〕。三十八年正月，大兵深入金川，委守崆喀糧站〔七〕，調澤耳多糧站。君精神周匝，遇事敢爲。官雖卑，大吏倚重，俟功成奏，且破格用。

六月十一日，賊犯木果木大營，大帥死。澤耳多去大營六十里，其大營以東〔八〕，澤耳多以西，松林溝、赤里角溝站，俱被奪。聲洶洶，賊垂至。有勸君走者，君奮然曰：『吾奉命守此，與站存亡，分也。與吾共殺賊者，吾骨肉也〔九〕。』因拔所佩刀，立木城旁，曰：『敢言走者，斬！』衆心稍定。迨賊至，君率兵及夫役等相接殺，賊勢稍潰。俄望見飛騎四面如雲集〔一〇〕，自顧敗殘，士卒餘無幾，流矢、火光繞木城，環相攻也，曰：『死耳，死耳！余官雖卑，恨不能報國矣！』遂被害。被害時，猶徒手殺數人，血淋漓遍體。事聞，贈鑾儀衛經歷，入昭忠祠，蔭一子廷淦如其官。

贊曰：方金川未平時，余以公事奉命赴軍前，聞人士言木果木之變諸君死事狀，稱吴君死尤烈。比還京，與君從弟香亭太常言之，因爲余述其生平如此。殆忠孝出於其性者然。余與君叔爲同年友〔一一〕，知其先有以武功顯者。今君文吏，且小吏耳，而卒能殺身成仁，於以光國典，而無愧於其先也。嗚呼！可不謂偉男子哉！

【校記】

〔一〕錢儀吉輯《碑傳集》卷一百二十一、沈粹芬等輯《國朝文匯》乙集卷七均收録此文。謝聘《重修固始縣志》卷二十六『列傳藝文上』承張邦伸《固始縣志》亦收録此篇，題作《鑾儀衛經歷左黄吴公傳》。

〔二〕《固始縣志》於『固始人』之後增『隸籍光州』四字。

〔三〕《固始縣志》於『庠生』前增『州』字。

〔四〕《固始縣志》於『屨躓』前增『讀書』二字。
〔五〕《固始縣志》於『赴滇』之後增『無誤』二字。
〔六〕『加』字，《固始縣志》倒乙於『軍功』二字之前。
〔七〕『喀』字，《固始縣志》作『咯』。
〔八〕『澤耳多去大營』二句中，《國朝文匯》脱『六十里其大營』六字。
〔九〕『與吾』二句中，後一『吾』字，《國朝文匯》缺省。
〔一〇〕『四面』二字，《碑傳集》無。
〔一一〕《固始縣志》於『叔』字前增『胞』字。

答方耐齋書〔一〕

三月初五日，接四兄手翰，猥以亡室任夫人葬事，重承枉奠，指示周詳，舍其舊而新是阡，繪圖以寄。禨祥之説，我不敢知，所慰者平安兩字。向例作碑版文字〔二〕，不諱言謝，重其事也。豈亡者之體魄賴以封且安而忘之乎！

弟與君家素托姻好，自庚子春假省還朝，踪分南北。抵閩後，與諸郎君判袂京華，不得覘所學進境者久矣。已往之光陰如掣電，後生之期望如置郵，想阿翁同此情懷耳。

弟邵武試竣，按臨汀州。汀爲牛、女分野，其水南流入於海，出丁位，利科甲，故以汀名郡。閩重形家言，而汀爲甚。諸所見墓門安置，備極精整。前由邵而汀也，在清明之後三日，翠華、蓮峰間，冢上挂紙錢者纍纍矣，頗觸春露秋霜之感。因思《禮經》載卿以下有『圭田』，《四牡之詩》曰『不遑將母』，古聖王恩明意美，不啻入其室家，代爲籌畫，予以祭而豐，念其禄之養，皆本至性至情所推及，非以發其天地生成之感，爲奔走公、孤、卿、尹、百執事之具也。然上所以慰勞而逮恩者，既如《禮》與《詩》之詳且至，百爾君子，載馳載驅，自不容一刻緩。所謂士重報禮、忠尤性生者乎！況余奉冰鑒於九重之訓，歷星軺於三載之間，月旦從容，按期蕆事，非若遺大投艱之況瘁也。以視四兄樂天倫於誦讀，望佳氣以登臨，逸者忘其逸，猶勞者忘其勞也。君子素位而行，易地皆然。要以東坡『若過七十年，便是百四十』之説思之，所得較多，健羡何似！

【評語】

忠孝至性，流露於閑情逸致中，所謂頭頭是道也。三千世界，藏於一壺，信然。——陳伯恭

不作尋常寒暄語，澹思濃采，委折盡致。——受業玉保

【校記】

〔一〕方濬師《蕉軒隨録》卷八『吴侍郎手札』條，全文載録此書札。

〔二〕『版』字，《蕉軒隨録》作『板』。

答任澄源書

累世朱陳，連理中斷。兩接手書，知汝迎柩於大山旅次，臨穴於鶴峰橋邊，彌深感戚。汝父甫去世，又遭汝母喪，家門如此，夫復何言！寄奠一緘，聊備生芻。大淮日夜流，未足喻老泪之滚滚耳。

前邵武歲試竣，拜汝曾祖遺像。詢及老諸生，猶有能言先太守遺事至泣下者。歸而告之汝祖姑母，將作信寄汝家知之。未幾，汝祖姑母與汝父母俱後先去世。兹於科試衡校之餘〔一〕，漏殘燈灺，輒舉五十餘年所聞所見，哀愉忻戚，往來於懷不能去。由歲試而思所聞，餘韵流風既景行，以傷隔世；由科試而溯所見，譬若珠光泡影，轉瞬增悲。每吟『所遇無故物，焉得不速老』之句〔二〕，不禁三嘆焉，恐修名之不立也！

嘗聞族之大也，如大木然，入地深者，參天必茂；若發泄太盛，受之以畜〔三〕，而後歷久常新〔四〕。古人所以於隆隆炎炎之家，恒致警於再實之木，其根易傷也。諸郎君勉乎哉！承先澤之未艾，培生意於無窮，以『有剥必復』者易否爲泰，尚其勵潛修光祖德，俾余親見之，爲破涕一笑焉，則幸甚！

【評語】

中幅大言炎炎，要實不易之理，較馬明德所云，發揮尤爲酣暢。——徐兩松

畫《雲漢圖》則熱，畫《北風圖》則凉，境由心生也。兼斯二者於尺素中，忠告之言，畫工之筆。——顧星橋

從拜瞻遺像叙入，貌未瘁而神已傷；歸到箴勉意作結，名言可佩。筆墨之感人深矣。——退庵二兄

【校記】

〔一〕『科試衡校』，錢棨《香亭先生年譜》於『甲辰，先生年五十三歲』譜下引此文作『臨邵科試』。

〔二〕『吟』字，《香亭先生年譜》引作『咏』。

〔三〕『畜』字，《香亭先生年譜》引作『蓄』。

〔四〕『常』字，《香亭先生年譜》引作『嘗』。

致孔雲楣書

啓者：

舍妹抵都後，即患腰癰，調治月餘。甫平復，接東信，知大甥瘋症復發，致甥媳胎隕各情節，頗悶於懷。嗣於六月初，接患傷寒症。延醫王姓，及雲坡司寇所舉黄姓醫，參酌立方，未見轉機。以戚進士通家參黄并用法試之，似得手，專服其方。奈邪雖退而胃不開，延至七月七日戌時辭世。痛哉！骨肉之情，本不容已，送死尤大事。爲購得杉枋及一切附身棺之具，以含以殮，既固既安。十七日移厝尼庵，發引時不用僧道，從孔氏教也。

今走信奉聞。存亡離合，大數使然，幸勿過悲，致觸尊慈懷抱。大甥瘋病已久，若遇神清飲痛時，籲請來京扶柩，當力止之，毋令在途滋事。吾妹與大弟結褵三十餘年，僅貽此子。所望怙而兼恃，留心防範加調治，以冀漸痊。他日得見舅如見母，則幸甚。書至此，泪涔涔下矣！

大弟六月暫息，清况素所深悉。老母年高，未可遠離晨昏。俟酌委妥人到京搬柩，自當稍申將伯。吾妹未卒之前一月，第八兒以病夭；後二日，歸韋家孫女亦亡。愚於心緒惡劣，左右支絀，盡區區兄妹之懷，約計前後縻五六百金。力不從心，不忍不及情也。爲作挽聯，有『五十三年往事今情，剩有老兄悲雁序；千二百里生離死別，惟聞嬌女泣萱幃』之句。雙星節到，人遠東山，暮雨瀟瀟，悲深同氣，可想見此時情况矣！

吾妹病革時，向東揮泪，以不及與姑言別爲恨。囑寄銀十兩，奉甘旨，作遺念。此項暫爲存貯，與所遺衣飾箱件，令甥女檢明書单，於棺旋日寄去。

魯峰令弟均此，道念不盡言。

【評語】

據事直書，字字血性。——胡雲坡

淒風苦雨，吹灑毫端，挽聯語意尤極酸楚。天地間不朽至文，惟情真人爲能道出，不以扯遮風雲月露爲貴也。——任畏齋

詳死喪之事，申忠告之情，言真意摯，質而彌文。吾叔每進侄等而訓之曰：『文章政事，不外五倫，須從誠字做起。』讀二書，洵以身示教矣。——侄炳文

覆孔雲楣書

八月廿三日，畢、蔡二紀來都。接讀手書，一字一泪。大弟以多年伉儷，未及視含，惻焉腸斷。矧先以投杖之感，繼以期功之喪，聞茲噩耗，爲增淒然。來紀扶柩，令由陸路東歸〔一〕。雲坡

司寇以戚誼備極關切〔二〕，所有奠分五十金，額一，及鄭比部東亭奠分三十金，聯額一；余處賻儀百金，奠儀百金，聯額一，與所遺衣飾箱篋、屬呈銀件，統交帶回〔三〕。來訃分送諸戚，經敝通家宋侍御酌致諸相知〔四〕。製公幛一，祭文稿爲易數聯，貴切當也。葬期爲擇定〔五〕，葬事量力行之，禮以稱爲宜也。

吾妹歿後，大弟閨中少一直言匡助之人，總以遇事詳審、脚踏實地，爲承家經久之計。大郎抱病，大弟以父兼母道，錢家兒婦加意恤之。六郎讀書亦緊要事，日計不足，月計有餘也。魯峰令弟，至性人也，諸事可以諮商。竊嘗謂人生百行，孝固難，友亦不易。兄弟本同氣也。其後日離日疏，間之以妻子，分之以門户，求無改於童年聚首、推梨讓棗之情味，雖士大夫猶或難之。無他，嗜欲深，而骨肉之性易漓也。以余所聞於魯峰，可謂始終如一者。余有感於妹之存亡，而於君兄弟間，益神往不置已。

余前年冬六旬初度〔六〕，劉石庵前輩所贈楹聯，有『松以凌霜還益壽，鶴因警露更高飛』之句，得頌不忘規意。因思半生順境，毫無動忍增益之處。比年來，余與大弟皆有不如意事，未必非天所以玉成晚節。每對楹聯，而慚且奮也。《金剛經》爲儒者所弗道，要其大意，言佛在心頭，受之以戒，成之以忍，與吾儒所言實在工夫，是一是二。願彼此共勉之，勿以泥佛、土佛相況也。

溯自閩中迎娶，輾轉於悲愉欣戚，忽已黃花暮影。附於姻婭關情愛德贈言之例〔七〕，由扶柩諸事而瑣及之。願大弟勿馳想於聲華，益敦篤於倫理，即亡妹亦當含笑地下耳。諸希珍攝不宣。

【評語】

從閨中少匡助説起，逐層關念；入後交勉以道，愈轉愈深。真輸心誓臆之文。——紀曉嵐

發揮友道一段，令俗子情形畢現於方鏡之中。要其意理，又自妹没時觸緒生來，并非題外枝節。讀者於此可悟離題發議之法，又可悟按題發議之法。——受業陳池鳳

【校記】

〔一〕『令』字，錢棨《香亭先生年譜》『癸丑，先生年六十二歲』譜下引此文作『遵示』。

〔二〕『以』字，《香亭先生年譜》引作『於』。

〔三〕《香亭先生年譜》於『帶回』後增『照收』二字。

〔四〕『經』字，《香亭先生年譜》作『又屬』。『酌』字，無。

〔五〕『爲』字，《香亭先生年譜》無。

〔六〕『余』字，《香亭先生年譜》倒乙於『前年冬』後。

〔七〕《香亭先生年譜》『附於』前增『竊』字。

與閔中丞書

樓開烟雨，人仰靈光。每於鴛湖客至，敬聞大人茵鼎頤和，起居納吉，南雲遥望，企念彌深。溯自庚子初春，扈蹕王營，假旋梓里，追隨旌節，垂照良多。嗣於丙午嘉平，由閩而北，吴江停棹，話舊談心，洵歐陽公所謂『其來有自』者。高門世德，至今猶心佩之。戊申夏間，曾於熱河直廬數朝盤桓。迨辛亥秋仲，恩命還鄉，軺車遄發，不惟攀送無由，即彼此往還，三過尊齋，亦未得望見顔色，一叙闊踪，私懷彌覺歉然。

伏惟大人清操碩望，中外交推，東山復起，自當在指顧間。總之，電光泡影，一切如是，凡過去、現在、未來，心俱不可得。此其中原無實無虚，即所謂『無意必固我』於其間，與吾儒素位而行之道，確有合者。惟有敬以持之，順以俟之，庶幾無所著而生其心，還得本來面目耳。想深於此中、五藴皆空者，早應如是。知如是，見如是，不生法相也。

風便泐候，肅鳴積悃。寄呈近作一首，竊附於素心相質之義。諸惟台鑒不宣。

【評語】

竟體雅潔。後段於儒素工夫，確有體認。是宋人説理文字，非泛作仙佛觀空語也。——褚筠心

引《内典》以附儒經，識解之超，具見根氣之厚。——受業盛惇崇

與陳望之

謹具熟食四簋、點心二種，潔而不豐；醬菜一器，哈密瓜二，聊佐春盤。踐言而已，不足以充鼎烹之供也。

曾記丁丑春暮，僕與兄尋芍藥於王氏亭中，話及吾鄉湯文正、張清恪、宋牧仲撫吴惠政，誦《西鄙園》『但期心似水，焉知我非魚』之句，爲之神往。糲餅清茶，到口皆有餘味。迄今三十九年，彼此浮沉宦海。僕將歸老田間，一息尚存，皆有無事之事。君子素位而行，『位』字原不專指在官而言。若大兄歷任封圻，如登塔然，一層高一層；如敲棋然，一着緊一着。韓魏公黄花晚節之言，先賢後賢，淵源有自，益努力以副盛名也。叨在舊姻好，惟此區區芹獻之誠。蔬食菜羹，心定生香。或亦如邇時王氏亭中，仰三賢而挹春風，一茶一餅，甘之而有餘味者乎！

前午初聚，未能暢所欲言，縷縷不宣。

乙卯嘉平二十四日，某白。

【評語】

雋。——童梧岡

相愛以德，風骨腴厚處，酷似建安小品。——程鶴嶠

覆王心耰書〔一〕

三月二日，萬和圃宫允通家過邸舍，損辱手教，瓊琚之錫用拜明德。某於文無所窺，馳驅中外四十年，未得專一心慮，畢至於斯。緣生平結習，自初學搦管，竊慕古人所爲。間有以爲孤竹老馬者，惟質之以甘苦閱歷之言，不立异，不敢苟同。陳思王所云『懼來者之嗤余』，良有以也。往於譚古愚少宰耳明府名，去春和圃以《宦拾録》來，因得窺所著述，謬自附於敬禮定文之目。幸不鄙其固陋，致書萬里外，纍千餘言，勤勤懇懇，若重有取者。文章有神交有道，何以得此於明府耶！明府官滇南，學問、經濟，諸大夫皆所引重。近且兼綜兩邑，宏此遠謨，百里才殆天下才也，益嘆少宰所稱爲不虚。如某之蒙，猶辱下問，明府之於學何勤也，明府之用心又何虚也！將以生有涯而道無涯，不希踪於古之立言不止耶？

世之横騖别驅、翹然好异者，陽則謂自立門户，陰則嘆古人不易到，假以覆其所短。獨不思

兩漢而下，文起八代之衰惟昌黎，不逾時而有柳州，又有李習之、孫可之；後二百年而起者惟廬陵，不逾時而有南豐，又有眉山蘇氏父子。前賢畏後生，猶今人愛古人也。人苦不爲耳，苟志乎此，雖所造淺深不必同，其不戾於古則一也。明府以克勤之學，加以善下之心，求其至是者而歸焉，其又可禦乎！從來衆人易知，國士難知；知一鄉善士易，知一國、知天下善士難；一日之知易，千古之知尤難。君子以文會友，此心同，此理同，此道同。庶幾挽横騖别驅之習，粹然一歸於正；馴而致之，爲國家收寬大和平、敦龐有用之才，則某所欣慰靡窮者，豈獨在明府仕學互進、蒸蒸日上也哉！

余今扶杖而歸矣，棲敝廬以擁琴書，老力頑健，乃得專一心慮，求古人所爲。大抵用舍行藏，一息尚存，皆非無事之時。不僅以文貴，而文其一也。願與明府勖之，訂千古而已。附寄文一部、滋德堂詩二種奉教。屬南旋期迫，匆匆不備言。寓書和圃處，用申謝忱，并候不宣。〔二〕

【評語】

款侃敷談，語語從實學中流出，不事摹古而古氣盎然，文品在歐、曾之間。——譚古愚

【校記】

〔一〕王子音《宧拾録》卷十八《奉閣學吴香亭先生》後『附存覆書』收録此信。

〔二〕《宧拾録》於信尾署有『弟吴玉綸拜手書』。

附録　原札〔一〕

王子音謹啓大人閣下〔二〕：

子音之生也晚，去鄉先哲之世已遠，既無過人之才識，又鮮及時之功修，今而行年五十有一矣。少壯山居孟浪，齟齬三十餘年，終日應舉覓官，奔波南北。燕、趙、齊、楚，謀滫水以養老母之不暇，消磨其歲月。判滇以來，十年於兹，重承列大夫委任民社，歷署永北、白井，碌碌簿書，催科追比無虚日。及於今夏，兼綜南寧、平彝兩縣事，郵傳絡繹，軍需旁午，迎送卒卒。安得少有餘閑，把筆從事，流浪於文墨儒雅之間！此子音所日夜愧悔，惴惴然，惟不得列於當代大君子門下是懼。然猶幸生同山谷之鄉，流風遺韵，尚存十一。中間邑先輩盛字雲兄弟起〔三〕，慨然復古，子音生同世，獲讀所著書。又得後先追從南豐譚古愚司寇，鉛山蔣心餘侍御，同里張水山、張閏榻游，於以稍知一二爲古詞章之道，在南大夫休休中，未嘗廢學。《宧拾録》亦庶幾抒寫近懷，備存時地與人而已，焉敢言文，何期蟲鳥時鳴！大人先生過聽譚司寇、萬和圃太史言，略不塵穢視聽，反引而置之收撫中。萬里垂示，賜以序文，比諸漢氏《循吏》《儒林》，方啓之以尋根溯源、辯白是非，且有『由心聲以質閭閻，近則就司寇與太史訂千古』。斯真所謂泰山不讓土壤，河海不擇細流，循循善誘，就所已至，勖以將來，至於如此，此何可名！且夫人苦不自知耳，若子音者，自問果何能？前此八九年，譚古愚、費筠圃兩先生相繼撫滇〔四〕，王蘭泉方伯、楊養齋鹺使一見如故子弟，不繩以官常，且進而與之坐論文章政事，津津不倦。今諸大夫行矣，大人先生未嘗謀面，因太史之來，重承推借，期勉若此。得毋置短而用長，取下以爲高，因是以忘子音之固陋，而心諸大夫之心者也！他日獲侍左右，側聞教誨之餘，如在南大夫休休中，子音亦自忘其固陋，或更有所存録得自先生，敢不稽首拜嘉！

在昔周公，禮賢下士，至一飯三吐哺，一沐三握髮，士以此歸之，而公亦以此得士。其後賢公卿，亦嘗虛己側席，有加禮焉。此韓退之所爲三上宰相書，而引喻及之者，有由來也。閣下今日之賢公卿也，誠有虛己側席、好賢禮士之心，而子音非退之比，徒能望風遠想，莫由仰答。古之人有言曰『大造無私』，子音則獨蒙其私矣。夫猶敢委之於才識功修之不如，以自外於諸賢大夫之汲引，則亦奚爲而有於斯？衛武公耄猶好學，矧子音適届知非之年，行將告去！鄉先哲流風遺韵猶存，繼自今尋根溯源，辯白是非，縱不能追企古人萬一，庶幾求無負推借期勉之盛心。伏冀大人先生以海岳之涵濡，若品物之流形，信其師以及其弟，愛其弟以及其友，使得執贄門下，益聞所不聞，則幸甚幸甚！

附奉白玉帶版叁件〔五〕，仰方清德，藉展葵忱。恭請鈞安，叩賀春祺〔六〕，統惟霽鑒，不盡依依〔七〕！

【校記】

〔一〕原札亦收入王子音《宦拾録》卷十八，題作『奉閣學吴香亭先生』。

〔二〕『王子音』句，《宦拾録》作『香亭先生閣下』。

〔三〕『子』字，《宦拾録》作『字』，以江西盛謨號字雲，今據改。

〔四〕『圃』字，《宦拾録》作『浦』。

〔五〕『叁』字，《宦拾録》作『三』。

〔六〕『叩賀春祺』四字，《宦拾録》無。

〔七〕『不盡依依』四字，《宦拾録》無。又信末署有『嘉慶丙辰伯冬子音謹啓』。

答趙鹿泉少宰書

二月廿四日接手教，惠問眷厚，并辱貶損尊崇，勖以相忘於形迹之外。置書懷袖，敬佩古風矣。侍到家數月來，息影蓬廬，避喧就寂。興至則扶杖宜園，作風月主人，一花一木，皆寥蕭有世外意。便覺三十年間，蹄涔爪雪，陳迹都空。

來教『不惟忘人，且以忘我』，誠屬知己之言。第忘人而非以絶人，忘我而未敢喪我，此又吾輩切實工夫。一息尚存，皆非無事。如但云樂志林泉，嘯歌山水，恐不免墮入嵇阮清流〔一〕，尤慎晚節者所宜凛凛耳。總之，時地既殊，顯晦自异。大君子望重清時，老成典型，於兹未墜。譬如靈光碩果，所繫匪輕，更不得一邱一壑，如鄙人之落落也。昔謝太傅治城興感，右軍謂爾時正宜自效，不當作超世之思，意蓋同此。大抵當爲而爲，得已而已，易地皆然。此中有道力，亦有福命，會心人應一笑頷之。

别後頑健如常。昨七兒鼎銘以第五名入學，語曰『士之子，恒爲士』，乃歸來數月小如意事。惟是栖遲田野，不獨鄉曲中無一二可道素心之人，即欲求二三老友共數晨夕，都不可得。回憶長安風雨，與先生登陶然亭茗飲縱談，過崇效寺看花賦詩，此樂何可易得！而人事難恃，古愚侍郎今已物化，朋舊晨星，可勝浩嘆！畏齋提督舉子，畢竟天道有知。克齋尚書近履想健勝，幸并致意。伏惟道體清和，爲國加珍，不任拳拳。

【校記】

〔一〕『嵇』字，原作『稽』。由於嵇康之姓氏來源的不同説法，古籍中多有將『嵇康』寫作『稽康』者。今依慣用例校改。

附録　原札

奉送錦旋時深企慕，及兩接手書，初尚在塗，繼則已安穩園居矣。既藉以慰風雨之懷，益信事在果决忠信之人，自然利有攸往。從此栖神養素，種松皆作龍鱗，藝蕙觀其玉茁。境適心恬，曠然邈然，於衆形百感之外，而有以忘人，且以忘我。雖公理之樂志，淵明之達天，奚以加諸！古之人孰不期是，而不必其皆遂是。至如鄙人，亦亟思自拔於浮沉，彌愧公私之兩負，進退之俱違也。想此事具關福命，亦視人道力。福命既淺，道力又卑，而徒計較於尺寸間，對此茫茫，適形落落。惟是望宜園之風月樹石，一識梗概之未遑，奚啻藐姑射、三山哉！

數月間來，一切如常。以足下定識淵懷，既已盤谷徜徉，自可任彼間花之開落，流水之東西，殆無取乎累筆墨也。譚公忽化，少一素交爲惜。任公舉子，此却一可喜事，云已有札致德克齋屬筆道意云，不另矣。賤狀益無足陳，亦大概可想見，又徒緣兩目不勝涂鴉費事耳。伏惟道體大安，頤養日勝，闔潭如意。

正月二十二日，再生翁佑，再拜啓宜園主人几席。

此後往來，幸勿再作形迹稱謂爲禱。

佑又行。

覆台刺史

月前騶從因公臨於敝邑，辱承枉顧，序趨庭之舊雨，靄入座之春風。朔七日燈下，由午堂總戎寄到瑶華，如再面談，欣慰無量。

伏惟刺史服官日下三十餘年，才識脱穎而出，益懋厥職。恭逢聖天子善繼善述，百度維新，仰承恩命，來惠我光郡。不以田間人衰陋，問政於玉綸。玉綸而無所見則已也，玉綸而如有所見，重以聖天子穆穆皇皇，如此求治之殷，而不以所見告刺史，不惟負吾友，且負吾君也。玉綸則曷敢，抑又曷忍！

大抵爲政之道，本之以誠，受之以漸。漸則張馳無欲速之心，誠則人已有交孚之象，此乃徹上徹下實在經綸。刺史他日撫兩河，今日治五屬，皆可操此道，以利有攸往耳。嘗讀兩漢《循吏傳》，宣帝詔曰『與我共治平者，良二千石』，重察吏也；光武崎嶇戎馬間，擢密令居群公之右，重親民也。是以西京所載皆郡守、東京縣令號循吏者，班班可考，各從乎上所崇也。今刺史以察吏兼親民之任，或凛如神君，或望如慈父母，聽《來暮之歌》，其必有以報主承先，吏治蒸蒸於江、黄、蓼、六間也。

詩扇一柄，以揚新政。附寄《年譜》一本，猶是桑榆暮影，寡過未能。素心相質之義，統祈教我。不宣。

【評語】

只尋常答復耳，忠愛之忱，友朋之誼，治世安民之略，如萬派源泉，涌赴毫端。可與《名臣言行録》并傳不朽。——王春帆

少司馬叔嘗語鄉人云：『衣冠見長吏，不如曝背話金鑾。』觀覆書如此，則司馬與刺史相交以道，俱見一斑。洵足與古循良暨鄉師鄉大夫後先輝映。——侄貽桂

香亭文稿　卷九

先考湛山公行狀

我先考之見背於乙酉秋也，先二兄玉衡甫歸省赴任永州，玉綸則於辛巳涿州旅次即成永訣。苫塊搶呼，有《行述》一卷，告哀也。先兄辭世，益傷孤露。爰溯先德而質言之，無溢無漏，將以垂久，故爲狀曰：

考姓吳氏，諱士功，字惟亮，號凌雲，一號湛山。先世江西瓦西壩人。遠祖諱文盛，仕於元，襲世職，以武功顯。明洪武初，以白馬駝家譜，偕胞兄文貴泛武昌。遇流賊，譜失，馬亦死，遂抵河南商城金剛臺下。今文盛公塋旁有白馬墳在焉。先考八世祖巍公，嘉靖乙酉科孝廉，文盛公後也。愛張莊風土淳朴，乃由商城而固始，而卜居於此。巍公生彥洪公，彥洪公生昺公，昺公生來聘公，來聘公生志善公，皆列膠庠。高王父若谷公諱自榮，志善公長子，邑庠生，以孝友聞，歿與弟自顯同冢。曾王父力堂公諱宏緒，若谷公第二子，邑廪生。投償假銀於水，勸以酒食，其人慚感。順治庚子，歲歉，出所儲賑饑，事詳《州志》。王父南長公諱用烈，力堂公第六子。學問涵以肆，由歲貢生官淇縣訓導，時稱南長先生，以『文河鼓浪』顔其齋。通形家言，族人貧不能葬，擇己地吉者與之。康熙己亥夏，淮水溢，具舟載糧以濟，存活千餘人，事詳《縣志》。自曾王父以下，均以先考官累贈中大夫，玉綸官晋贈資政大夫，應贈光禄大夫。曾祖妣楊太夫人、祖妣王太夫人、繼祖妣陳太夫人，均累贈淑人，晋贈夫人，應贈一品夫人。

先王父生子九人，先考行六，王太夫人出也。生有夙慧，年未冠，於學無所不貫。性嚴重，嘗讀書張莊梓潼廟。廟義田，王父設也。負耒横經，足不入城市，爲名諸生二十年。壬子，舉於鄉。癸丑，成進士。世宗憲皇帝廷策，授翰林院庶吉士。丙辰，今皇上御極之元年，改吏部稽勛司主事，升文選司員外郎、考功司郎中。三載，吏不敢欺，銓政以肅。己未，擢湖廣道監察御史，巡視南漕。明年，巡視南城，稽察萬安倉，掌京畿道事。自入臺，垂三載，奏吏部開升京堂宜由選司，開列廢官宜由功司；漕務運丁宜嚴盜賣，漕員宜懲貪婪；督撫題補州縣宜變通，奏帶人員宜停罷。俱報可。時翰詹科道官分日撰經史講義進呈，先考以《尚書》『任賢勿貳，去邪勿疑』講義進，蒙召對。向例非大臣不召對，蓋异數云。

辛酉，有以先考徇庇屬官奏者。由都察院、吏部以指揮郭某違例用刑，業經指參，并無徇庇奏覆，詔原奏者降二級用。復命巡南漕，未行，適閩督奏陳池玉開墾竿塘事，詞連先考。初被劾，閉户玩《周易》，怡怡如平時。旋得白，治池玉罪如律。

壬戌，出爲山東濟東泰武道。癸亥七月，丁王母陳太夫人艱。服闋，補直隸大順廣兵備道。

丁卯，調山東兗沂曹道。屬郡饑，辦賑，心力畢瘁。次年，皇上駕巡山左，奏對灾黎情形稱旨，再截漕米六十萬石以賑，即命董其事。乃周行六十餘州縣，俾無遺濫，民以不飢。先是，調湖南糧儲道，大學士阿襄壯公巡撫山東，以端方練達、熟悉民情奏留辦賑。秋七月事竣，改山東糧儲道。己巳，督運抵通，遷山東鹽運使。壬申夏，東昌、泰安、沂州蝗。中丞鄂公飭令捕蝗，令不力。先考以告，中丞怒，欲盡劾罷之。先考從容解曰：『劾一令去，委一令來，中間更代延擱，是予蝗以時日，滋食民膏耳。矧盡劾耶？請展限，蝗不盡，倍其罪。』許之。蝗立盡。是役也，先考晝夜觸暑，奔馳數百里，凡六七十日，以故事得舉。自此得腹疾，遇炎暑輒發。先考在運使任，廉不自潤，中丞準公、鄂公、大學士陝甘制軍楊公咸倚之。凡五載，屢攝藩臬篆，與卓薦者二。

甲戌，升西安按察使。撫臣，大學士桂林陳公也，深相得。先考以臬司民命所係，案牘必再三閱。慮秦民戇愚，擇科條中易犯者，令州縣刊木榜示民，俾知趨避。時用兵西陲，初設臺站，先考署西安布政司事，飭所過軍馬次於郊，毋入城，聽百姓具芻糧與軍交易而退，軍民宴然。乙亥夏，西師告捷，晋秩一級。

丙子，調湖北按察使。楚俗狡黠多訟，先考遇疑獄，輒坐燈下反覆求之，必得情，乃就寢；不得，則往往達旦。某縣有黃某者私人婦，婦別有私。黃賄人刺所私者死，復賄人以應其罪。獄具矣，先考疑之，覆訊得實，正其罪。所平反多類此。

丁丑七月，以臬司奉命護巡撫印。治廣濟縣獄，置私徵加派諸蠹書於法，積弊肅清。是年，江南、河南饑，命撥江西、湖北倉糧五十萬石，運交分貯。湖北應碾運二十五萬石。先考多方催飭，分五次起運，限五日兑開，各運如期集事。八月，升西安布政使。十一月，命護理西安巡撫。時延、榆、鄜屬灾，議撥寧夏府及綏德、米脂、清澗、吴堡四州縣米麥充賑。先考以河運則河易冰，必俟堅厚乃可渡；駝運則山路險，重以冰雪，尤難行，二者均利在速，奏請添雇驢騾挽運。復奏毗連州縣勘不成灾者，請緩征。上從之。又奏嚴司庫交代，請於撫藩離任、接任奏請陛見時，以庫項存貯支銷清數附聞。上嘉所奏，著爲令。

是月，調直隸布政使。戊寅三月，調西安布政使，仍護理西安巡撫。四月，赴陝途中，奉旨授福建巡撫，仍留署西安巡撫，兼管布政司事。七月，敕加兵部右侍郎、都察院副都御史、提督軍門。計自丁丑暨戊寅秋，僅一載，由楚臬而護楚撫，由升陝藩而護陝撫，既調直藩，再調陝藩，再護陝撫，至是授閩撫，仍留署陝撫，兼管陝藩。古所謂一歲九遷其官者，蔑或過之。先考所以夙夜冰兢，圖報皇上眷顧之重，而不知所出者也。

是年，延、榆灾，奏蠲積年逋懸。又購騾三千頭，供西師。凡地不産騾，及産騾而地瘠者，令弗與。延安府兵糧，例兵由府領，糧由縣運，奏改就近徵支。隴州、汧陽額徵屯豆，民不支貸，歲積紅朽，奏改折色。陝多麥少穀，奏倉穀用麥抵，以從民便。上皆允行，秦民德之。

九月，莅閩任。閩，海疆，通藩夷，俗悍，多棚民，素號難治。先考撫輯控制，悉心經理。會臺灣府風灾，長樂、福清、晋江、南安、同安、漳浦、詔安等縣旱，賑饑、緩租、貸種食，民以大和。

明年，獲南洲盜。南洲爲閩縣，地在江心，四面阻水。初有薛能太者，聚黨爲盜藪，經前撫臣捕斬之。其黨劉良福復爲盜，與薛德清、游艷艷等十八人行劫，附之者衆。剌人眼，灰漆人面，散布水陸爲害。官捕之，沈哨船，弁兵溺焉，勢甚張。至是被獲，誅良福，餘多待以不死，黨悉散。奉旨嘉與，晋一級。於是改汛塘於要地，變巡哨之舊法，而南洲無盜患矣。又有林成功者，黨七十餘人，托業漁户，爲盜於江南閩浙間。先考盡獲之。隨奏陳四款：一漁船責取船主、澳甲保結，乃准充；一出口應立限，逾限不還者，坐船主、澳甲；一貨物應稽驗，以杜夾帶；一帆檣宜大書名號，以防匪竊。由是閩盜屏息。

閩屬臺灣，隔越海外，禁私渡，而土地肥美。閩粤人往墾其地者既立業，欲歸則棄業，又不得來迎其家。大吏憫之，往往奏寬其禁，旋停罷。先考特以其情疏聞，略曰：凡有渡臺人民，禁絶往來，不能搬移。現在臺地漢民已逾數十萬，其父母妻子身居内地者，正復不少。若棄之而歸，則失謀生之路；若置父母妻子於不顧，更非人情所安。故其思念父母，繫戀妻孥，實有不能自已之苦衷。以致急不擇音，冒險偷渡，百弊叢生。伏查乾隆十七年原任臺灣縣知縣魯鼎梅纂修《臺灣縣志》云：『内地窮民在臺者數十萬，其父母妻子俯仰乏資，急欲赴臺就養。格於例禁，群賄船户，頂冒水手姓名挂驗。婦女則用小漁船夜載出口，私上大船。抵臺復有漁船乘夜接載，名曰「灌水」。經汛口覺察奸梢，照律問遣，固刑當其罪，而杖逐回籍之民，室廬抛棄，器物一空矣。更有客頭串通習水積匪，用濕漏船隻收載數百人入艙，將艙蓋封釘，不使上下，乘夜出洋。偶值風濤，盡入魚腹。比到岸，恐人知覺，遇有沙汕，輒趕騙離船，名曰「放生」。沙汕斷頭，距岸尚遠，行至深處，陷没泥淖中，名曰「種芋」。或潮漲漂溺，名曰「餌魚」。窮民迫於飢寒，相率入陷阱，言之痛心。』《志》言如此。臣思愚民之被害，奸梢之肆惡，魯鼎梅身莅臺灣，見聞自確，載諸邑乘，考訂非虚。臣一載以來留心察訪，實屬確有之事。然卒未有因陷溺而告發者，緣在汪洋人迹罕到之地，被害者既已溺於波臣，幸免者亦緣自干禁令，莫敢控告。故例禁雖嚴，而偷渡接踵。臣計自乾隆二十三年十二月至二十四年十月，一載之中，共盤獲偷渡民人二十五案，老幼男婦九百九十九名口，内溺斃男婦三十名口。其已經發覺者如此，其私自過臺在海洋被害者，恐不知凡幾。伏念内外民人，均屬朝廷赤子。向之在臺爲匪者，悉出隻身無賴。若安分良民，既已報墾立業，有父母妻子之繫戀，有仰事俯育之辛勤，自必顧惜身家，各思保聚。此從前督撫諸臣所以疊有給照搬眷之請也。及奉准行過臺以後，亦未有在臺滋釁生事者。乃因奸民偷渡，致令良民在臺者身同羈旅，常懷内顧之憂；在内者悵望天涯，不免向隅之泣。以故老幼婦女、煢獨無依之人，迫欲就養，竟致挺而走險，畢命波濤。非所以仰體我皇上如天之覆、一視之仁也。合無仰懇敕部定議，嗣後除内地隻身無業之民及并無嫡屬在臺者，仍遵例不許過臺，有犯即行查拏遞回外，若在臺有業良民，果欲迎其祖父母、父母、妻妾、子女、子婦、孫男女及同胞兄弟過臺者，許赴臺地接管官，報明籍貫、眷屬姓氏、年歲，册移原籍核覆，給照回籍搬接。其在内地眷屬欲過臺完聚，報明該管地方，移臺核覆，申督撫給照亦如之。過臺時，驗照放行。如人、照不符而放行，及濫給路照，各當該官司均分別議處。其餘偷渡人，仍如舊例嚴禁。疏入，下部議行。

他若試武闈兩次必嚴，得干城也；署學政録遺必慎，廣掄才也；酌私鑄情罪輕重，恤民命也；改邵武兵糧白米爲糙米，令漳泉富商運買延、建各府陳穀平糶，寬臺厦商船米禁，買補倉穀四十六萬餘石，撥運十萬石以濟浙賑，重民食也；減承辦限期以清案牘，暨設州縣自理詞訟審報格式，以免拖累，計每年通省所結一萬七八千餘件，所存不及二千件，勤民事也。凡有便於人者，必具奏，奏必得俞旨。撫閩四年，所以興利除害者，玉綸亦不能詳。今舉什一於千百，以見惠愛在民，由皇上信之深、任之重也。

辛巳，以會審提督馬龍圖侵餉事，坐失出，赴北路軍營效力。玉衡、玉綸具呈請代，經軍機大臣轉奏，有『且令伊父往』之命。次年，予歸。八月，抵里門。以玉綸等擬乞假歸省，馳諭曰：『吾受上恩，曠職負疚。今賜還，爾等宜何如銜感！如圖歸，是爲忘君恩，不忠；逆父志，不孝。吾得閑静自養，眠食殊强健。汝等勉之，毋以我爲念。』又三年，卒。卒之時，玉箸垂，長尺許。

先考幼侍王太夫人疾，禱於神，請以身代，獲愈。在德州官署，命玉綸等歸里治陳太夫人葬事，自命遣時即齋食，事竣乃已。卜葬王父於道堂寺，手足爲之皴裂，耕讀墓旁。壬子秋，於田間聞捷音，以不及逮王父母而泣。去道堂寺里許，爲雙樓别墅，王父讀書處也。古木綴平橋，水田稻舍，安置琴樽、花鳥於烟靄中。吴楚間名宿，暨同時縉紳先生，如閻戒過、家西獵、先外王父永春公，相與吟咏其間，而後起蒸蒸，咸擬燕山五桂之風。先考尤見重於永春公，遂以吾母任太夫人來歸。兄瑄，五伯父母遺孤也。甫四齡，多病，吾母撫之。後入庠，即娶太夫人侄女爲室。李太夫人，山東巡撫諱熠公孫女，早失怙，舅氏陳宗伯諱德華養女也，爲先考繼配，守吾母治家法，哭吾母遺像尤痛。自任、李兩太夫人後先棄世，庶母張孺人來侍，二十餘年從未假以辭色，嘗自笑冰署如僧舍。先考以義制情者，大抵然也。友于之愛最篤。四伯父斗山公宰鷄澤，聞抱病，頻遣使致參苓，命玉衡馳營身後事。與七叔父披雲公暮年聚首，猶是舊宅同居風味。玉堂弟，叔父少子也。每喜置膝上，曰：『當爲阿侄得佳婦也。』遂締姻於永春公孫女。若十一叔父越千公，以久困場屋，爲捐縣佐；若兄琤、鉞、珙、珣，以官於外，訓備周；若侄編修鼎雯、安西牧貽桂，以少孤，愛更切。其餘施諸族屬姻黨者，尤難更僕數。先考猝遭變，以地僻，求美木不可得。任司馬鋁爲其母預蓄棺，乃以進。至易簀屬纊，以含以殮，皆叔父、弟兄、子侄輩經營中禮，庶幾無憾。此亦足徵厚德及人所致。然而言之心感，思之心痛，蓋二十餘年於茲矣。

玉綸等幼失恃，惟先考是依。出就外傅，義方之訓必嚴，大則杖，小則跽，雖公事繁，弗輟也。癸亥，讀禮山莊，課兄鋭及玉綸等，口講指畫，動至漏下三四十刻。或叙先人嘉言懿行，與所歷場屋辛苦，感遇聖恩，輒欷歔重爲淬厲。更諄諄於倫紀之敦、義利之防、刻薄之誡。玉綸等雖至愚極陋，得稍有成立，獲齒於士大夫之林者，先考訓也。且喜拯人於厄，人有善，急成之。衛司空諱哲治，以詩文見質，一字之誤未訂辨，稍遲，若自慚也。胡雲坡司寇初來見，曰：『吾鄉理學前輩子也，用圓體方。』大器之。時司寇方官京兆通判也。居恒自謂：待人惟忠厚之心，自勝在義理之氣；順逆之數聽諸天，始終之節慎諸己；一生得力，大半在《新吾語録》中。嗚呼！先考以固陵世德之傳，當景運重熙之會，依先帝之末光，揚聖人之休命，樹清要之聲華，秉封疆之節鉞，褒嘉與錫賚頻仍，追覃先世，澤垂後人。

自先考歸里，玉衡由郎中出守，玉綸由庶吉士授檢討。每引見，必垂問老親。迨服闋，玉衡以觀察肅州，因公抵巴里坤，猶有述先考丰采嘖嘖稱嘆者，指老屋數楹，謂前于役時所寓也，聞而泣下久之。玉綸洊歷卿貳，初以扈蹕之暇，恩准展墓；及較士八閩，頌先德者，始終如出一口。此皆先考受知於天子者深，故推未竟之恩以逮後嗣，得馳驅於山陬海澨，覘遺澤於未艾也。

先考行誼政事，已叙入國史，采諸省志。而玉綸追而述之，於忠孝仁愛之性、隱微幽獨之功，尤加詳焉。所以申明夫受知有本，推恩有自，永永念之，勗圖報於奕世子孫，無敢忘，且以告立言之君子。

先考生於康熙己卯年正月初五日辰時，卒於乾隆乙酉年九月二十八日丑時，享壽六十有七。雍正癸丑進士，翰林院庶吉士，授中大夫，晋贈資政大夫，應贈光禄大夫，兵部右侍郎，都察院右副都御史，巡撫福建等處地方，提督軍務，兼理糧餉，加三級。

配先妣任太夫人，湖廣辰州鎮總兵諱宣勛公孫女，福建永春州知州、直隸山海關同知諱秉權公女。繼配先妣李太夫人，山東巡撫諱熠公孫女，候選同知諱盟公女。均累贈淑人，晋贈夫人，應贈一品夫人。

子二，任太夫人出。長玉衡，貢生，授中憲大夫，甘肅兵備道。娶韋氏，封恭人，候選州同知諱承基公女。次即玉綸，辛巳進士，翰林院檢討，授通奉大夫，現任兵部右侍郎。娶任氏，封夫人，福建邵武府知府、候補道諱焕公女。女一，李太夫人出，適聖裔候選員外郎孔公諱廣柞子、湖北監利縣知縣昭烜〔一〕。

孫鼎颺，庚子舉人，内閣中書，承玉衡嗣，娶馬氏，禮科給事中人龍公女；鼎枚，國學生，聘江西南昌府知府黄公良棟女；鼎輔，聘光禄卿蔣公曰綸女；鼎銘，聘山西雁平道邵公庾曾女；旬八，聘原任福建陸路提督任公承恩女；壽保，聘刑部尚書胡公季堂女。孫女：一許配江西瑞州府知府祝公燾子，一許配湖北布政司陳公淮子，一許配福建延建邵道元公克中子，一許配江蘇候補道方公煒子，一許配廩生方公熊子，一許配禮部侍郎劉公躍雲子，一尚幼。曾孫：以醇，聘候補州判宋君林女；次二尚幼。曾孫女：一許配候補通判韋君協夢子；次二尚幼。

謹撰次如右，并乞同年大學士王公杰填諱。

乾隆戊申春仲，孤玉綸謹狀。

【評語】

前以時叙，爲經；後以事叙，爲緯。忠孝之旨，溢露毫端。《臺民移眷》一疏，愷惻詳明，得古大臣爲民請命之義。文於序次簡要中載入全疏，尤見龍門史法。——褚筠心

紀國恩之厚，溯家學之源，質語深情，言歸體要。——項豫齋

至敬無文。述先世學問功德，而求工於文字，已失立言之本。讀吾師此作，事事朴直叙去，絶不爲膚詞諛語，而先人生平行事本末具見。高處只在一『質』字，而情至，而文自生，則魏文帝所謂『筆墨之情，殆不可勝』者乎！——受業戚學標

【校記】

〔一〕『柞』字，原作『祚』。據孔繼汾《闕里文獻考》卷十《世系第一》之十、戚學標《闕里考》（《鶴泉文

鈔》卷上）、鄭曉如《闕里述聞》卷二校改。

恭録家傳四篇

贈資政大夫吳力堂公傳〔一〕

劉墉 石庵

公姓吳氏，諱宏緒，字克家，號力堂。先世江西人，有仕於元者曰文盛，以武功顯，明洪武初，遷河南商城之金岡臺〔二〕。六世祖巍，由商城遷固始之張莊。世以篤學，重庠序。

公父自榮，自甲申後即不與科舉，課公讀書甚嚴。維時流賊決河灌汴城，居民蕩析，我朝甫定鼎，學使駐河北淇縣，調各州縣生赴之〔三〕。固始去淇縣千餘里，公承父命赴試。村墟經兵火後，行竟日少人烟，草竊時出没，道旁白骨如麻，鬼哭魈吟，陰風凄人心耳〔四〕。而公以單騎走，氣益壯，登覽益廣〔五〕，顧黄河之奔流，慨然想見古豪杰，而文益以疏宕自喜。計往來十七日，補學官弟子員。歸省，公之父意甚慰也。

公執喪，廬墓三年，奉父之柩與叔父自顯合冢〔六〕，遺命也。撫孤從子二，如己出。族之貧苦者，濟之；不婚嫁者，助之；不能殮且葬者，以棺與地周之。歲大饑，里中多餓者，出粟賑之。有以假銀償者，勸以酒食，曰：『吾本不欲汝償。若仍與汝，汝將他詐，將不利於汝。』投之水，其人慚感去。

張莊南十餘里，爲雙樓别墅，公讀書處也。古木平橋，撫琴樽於空濛烟靄中，貌肅而神恬，學博而志大。每以兵火餘生，得享太平之福，五六十年不得一第〔七〕，慨然嘆曰：『余老矣，其如命何！』而公之門人，卓卓多所成就。子五人，孫九人，曾孫之及見者七八人，迨後以經術光顯，皆公訓也。

公之訓子弟也，凡歲除前一日解館，正月朔四日開館。平時不飲酒，非入泮不著絲縷，管弦之音不入後堂，喪祭事僧道不入門。凡循循雅飭，寧朴毋華，望而識爲張莊吴氏子弟也〔八〕。吴氏至今守公家訓，罔敢越。

公以孫士功由庶吉士至福建巡撫〔九〕，贈如其官；以曾孫少司馬玉綸前在太常寺卿任〔一〇〕，貤贈資政大夫。壽八十有二。

丁未秋仲撰〔一一〕。

【校記】

〔一〕吴貽棠所輯《光州吴氏家墨》載録此文，題與文末所綴時間皆同。謝聘《重修固始縣志》卷二十六『孝友藝文』承張邦伸《固始縣志》載録此文，題作《贈中大夫力堂吴公傳》，與此略有出入。從刊刻時間看，最早收録此文的張《志》刊於乾隆四十三年（一七七八），而『贈資政大夫』一事，則遲至乾隆四十五年（一七八〇）。本書卷二有《請貤贈曾祖父母摺》，作於乾隆四十五年十月初十日。摺内言：『本年正月，臣於太常寺卿任内加二級，恭奉恩詔，應領正二品誥命三軸，臣祖父母及父母均得仰邀寵錫。惟臣曾祖父吴宏緒、曾祖母楊氏，由原任福建巡撫臣父吴士功於山東鹽運使任内恭遇覃恩，曾領三品誥軸。兹臣仰懇天恩，請將臣本身妻室正二品封典，貤封臣曾祖父母。』此奏獲准。可見《縣志》所收爲原稿，而本書所綴『丁未秋仲撰』應爲修改稿時間，目的不過是爲了推榮寵以及父祖。惟吴玉綸與劉墉關係密切，既結姻親，又正當爲題堂額『鐵石同心』時期，則經由誰手而修改未可遽下斷語。而《固始縣志》所收録者爲劉墉原作，當無可置疑。

〔二〕『岡』字，《固始縣志》作『剛』。

〔三〕《固始縣志》於『生』字後增『童』字。

〔四〕『耳』字，《固始縣志》作『目』。

〔五〕『覽』字，《固始縣志》作『鑒』，似誤。

〔六〕『叔父』，《固始縣志》作『胞叔』。

〔七〕《固始縣志》於『不得』前增『而』字。

〔八〕『識』字，《固始縣志》作『知』。

〔九〕《固始縣志》於『至』字前增『仕』字。

〔一〇〕『以曾孫』句，《固始縣志》無。《光州吴氏家壂》於『太常寺卿任』後增『内加二級』四字。

〔一一〕『丁未』句，《固始縣志》無。

贈資政大夫吴南長先生傳〔一〕

程晋芳　魚門

歲庚子夏〔二〕，吴中丞玉綸彙其祖《南長先生傳》及《河南省志·鄉賢傳》示余〔三〕。余讀竟而嘆曰：夫其肆力於學，足迹不入城市；以其産之厚者易諸兄弟；教子弟暨門弟子毋近利，毋好名；請於官，立責善、公非鼓二〔四〕，警其鄉人：凡所得於學，必期身體力行，有濟於物，學者稱南長先生，以『文河鼓浪』顔其齋〔五〕，洵無愧也！而陰德之尤大者，方康熙乙酉夏〔六〕，淮河漲，環河以南爲張莊地，勢特峻，水將及。其河北一帶巨浸也，重以陰雨浹旬，不能涸，民多溺死。其存者漂泊呼號，或栖於樹之巔，危樓之脊，就稍高處而蟻聚焉，不得食，旦夕且死。先生亟募善水者，拏舟數隻，載米及錢，曰：『救一人，與汝錢五百。』援舟而上者，踵相接也。食以粥，且食且救。舟且滿，登之南岸。舟往來，日再三。且十餘日，所全不下數千人〔七〕。嗚呼！此一事，可以風矣〔八〕。

先生諱用烈，字南長，號牧伯。先世江西人。其仕於元者曰文盛，襲世職，以武功顯。以白馬馱家譜泛武昌，遇流賊〔九〕，譜失，馬亦死，始遷河南商城金岡臺下。今文盛公塋旁，有白馬墳在焉。所稱『白馬』，吳家是也。七世祖巍再遷固始之張莊，代有文人。邑廪生宏緒，先生考也。先生歲貢生，選淇縣訓導，未赴任，卒。子九人，孫曾五十餘人，類能有所樹立〔一〇〕。其卓卓者〔一一〕，文章政事，後先領袖中州。孫鉞以主簿死木果木之難，入昭忠祠，官雖卑，亦足與諸君子光先生也〔一二〕。先生以子士功由庶吉士官福建巡撫，累贈中大夫；以孫玉綸由檢討前在太常寺卿任，晉贈資政大夫〔一三〕。

論曰：由明以來〔一四〕，河南甲族推新安呂氏。今呂氏浸衰矣，而固始吳氏盛焉〔一五〕。同時光山胡氏亦以經學起家，然彼以晚年而遇，吳氏則遲之又久而後發。余嘗與中丞比鄰居，猶未罄其先世所積也，而今乃知之。人亦孰不欲其子孫富且貴？而不能以天所好與天，惟冀天以己之所好與己〔一六〕，何也？嗚呼！爲善無不報，而遲速有時，胡不聞南長先生之風也！

【校記】

〔一〕吳貽棠所輯《光州吳氏家墨》載録此文，題同。謝聘《重修固始縣志》卷二十六『列傳藝文下』承張邦伸《固始縣志》載録此文，題作《贈通奉大夫吳南長先生傳》，傳文在記時間和官稱上亦與此略有出入。具體情況已見上文校記〔一〕。

〔二〕『庚子』，《固始縣志》作『丁酉』。錢棨《香亭先生年譜》『庚子，先生年四十九歲』條下記載：『五月，作《春郊歸省圖》。』《香亭詩稿》卷二《題春郊歸省圖》下附録衆人題句中，有程晋芳所作二首。可見程、吴二人雖由比鄰而各自移寓，但密邇往來未減當年，故本文於時間、官稱等處所做修改出自誰手，亦未能遽下斷語。

〔三〕『中丞』，《固始縣志》作『太常』；以下皆同。『彙』字，《固始縣志》作『手』。

〔四〕『公非』二字，《固始縣志》《光州吴氏家墨》所録程《傳》皆同，而阿思哈《續河南通志》卷五十七『孝友附義行』所載《吴用烈傳》作『鳴攻』，高兆煌《光州志》卷五十八《善行列傳二》所載《吴用烈傳》作『攻過』。又，錢棨《香亭先生年譜》『一歲譜』節引程《傳》，『公』字亦作『攻』。

〔五〕『以「文河鼓浪」』句，《固始縣志》無。

〔六〕『乙酉』，錢棨《香亭先生年譜》引此文徑直寫作『康熙四十四年』，而吴玉綸《先考湛山公行狀》、乾隆《大清一統志》卷一百七十六、高兆煌《光州志》卷五十八及謝聘《續修固始縣志》卷二十二所載吴用烈事，俱作『己亥』。

〔七〕『數千人』，前文《先考湛山公行狀》和下卷《謝宜人行略擬稿》作『千餘人』；《固始縣志》卷二十二《吴用烈傳》及諸《省志》《州志》亦均作『千餘』。

〔八〕『可以風』，《固始縣志》作『足千古』。

〔九〕『流賊』，《固始縣志》作『兵』。

〔一〇〕《固始縣志》於『類能』句前，增『取科名列仕版』六字。

〔一一〕『其卓卓』一句，《固始縣志》無。
〔一二〕『與諸君子』四字，《固始縣志》作『以』。
〔一三〕『前在太常寺卿任』，《固始縣志》作『任太常寺卿』；《光州吴氏家墨》則於『任』字後增『内加二級』四字。又，『贈』字，《固始縣志》作『封』；『資政』二字作『通奉』。
〔一四〕『由明以來』四字，《光州吴氏家墨》缺。
〔一五〕『固始』二字，《光州吴氏家墨》作『光州』。
〔一六〕『天』字，原作『夫』，據《固始縣志》《光州吴氏家墨》以及《香亭先生年譜》引文校改。

吴中丞傳〔一〕

董邦達　東山

公姓吴氏，諱士功，字惟亮，號凌雲，一號湛山。先世有仕元以武功顯者曰文盛，明洪武初避兵，以白馬駝譜，由江西遷河南商城金岡臺〔二〕。其由商城遷固始之張莊，則自八世祖巍始。代以耕讀、孝友世其家〔三〕。大父宏緒，邑廪生；父用烈，歲貢生，司訓淇縣，皆常出其家財活難人。人謂吴氏有陰德，其後必大。

公天資絶人，未冠，以博贍稱。爲文耻詭遇，困場屋者二十年。雍正壬子、癸丑聯捷，選庶吉士。乾隆丙辰，散館改吏部，累遷至郎中。遇事，能立堂上，與大宰争是非〔四〕。己未，遷湖廣道御史，尋掌京畿道。數上章言事，有直聲。適閩督奏土豪陳池玉開墾竿塘事，詞連公，旋得白。或謂公宜謁謝白公誣者，公曰：『固彼職也，何謝爲！』壬戌，出爲山東濟東道。未幾，以後母喪去官。丙寅，起爲直隸大名道。明年，移山東兖沂曹道，賑屬郡饑。是年，上幸山左，奏對稱旨，轉督糧道，再遷鹽運司使。五年〔五〕，鹾政舉，頻攝治藩臬事。大吏賢之，再以循卓薦。甲戌，遷西安按察司使。丙子，移湖北。秦民愚，輕犯法；楚民黠，善舞法。公兩治之，獄多平。尋攝巡撫事。時廣濟縣民苦私徵久矣，公立縛群吏至，悉置之法。諸官吏聞風，皆歛手不敢爲非。丁丑秋，遷西安布政司使。冬〔六〕，移直隸。明年三月，再還西安。尋命巡撫福建，猶留攝陝撫事，七月莅閩。

公所至，以民食爲根本，尤重救荒。初在山東，歲旱，蝗。大吏怒捕蝗令，欲悉劾罷去。公争之，則請親往。疾馳烈日中，日數百里，至則蝗立盡，不爲灾。西安延、榆、鄜三郡歲不登，路險，賑粟不時達，民旦夕且死。公更運法，飛挽立至。籍其積年逋懸數上聞，盡予除免。及踐任〔七〕，外則臺灣以颶風告〔八〕，壞民田廬，殺人畜；內數郡旱，種不入土，民大饑。公不暇他事，立奏請發粟、緩租、貸種食各事宜，行之，民用完聚，無流亡。

南洲者，閩之盗藪也，在江中，阻險。有劉良福者踞爲巢，與副賊游艷艷等十八人放賊四劫，刺人眼，灰漆人面，沉哨船，弁兵溺焉。又有巨盗林成功，亦聚黨數十人。當是時，閩苦盗，盗且及江浙。公至不數月，次第就縛。誅其魁，餘皆待以不死，閩盜平。又奏寬臺灣私渡之禁，便閩粵人之在臺著業者，得迎父母妻子，以自完其家。臺民德公，至今語及前事，猶感激泣下也。

公之爲政，剛而不殘，仁而不弛。爲外吏二十年，持是道不變。在閩四載〔九〕，被上眷益厚。辛巳，以承問提督馬龍圖侵餉事，坐失出，命往北路軍營效力。明年，恩旨予歸。又五年〔一〇〕，乙酉九月丙申，卒。春秋六十有七。

初，公還里，二子均官京師，請歸省，公不許〔一一〕。上每見公二子，必問公年齒衰壯。人以告公，謂公將復用。公曰：『聖恩高厚！苟復出，必以死報。』既而自循其鬢髮，則又嘆曰：『吾已不堪復爲世用矣。』卒之夕，呼其家人，曰：『語兩兒，好爲之〔一二〕。』言訖而逝，無一語及家事。嗚呼！可以知公之心矣〔一三〕。

公祖、父均以公貴，贈中大夫〔一四〕；祖母楊氏、母王氏、繼母陳氏，均贈淑人〔一五〕；夫人任氏、李氏，贈亦如之。子二〔一六〕：玉衡，刑部郎中，知湖南永州府；玉綸，乾隆辛巳進士，翰林院檢討〔一七〕。

論曰：公起自耕讀中，爲國重臣。後雖去位，名亦足以顯於天下矣。乃予聞公曾大父自榮與弟自顯相友愛，歿而命與同冢；又聞公幼侍母疾，禱於神，請以身代，若神許之，愈〔一八〕，然後知孝友之流澤長也。嗚呼休哉！

【校記】

〔一〕吳貽棠所輯《光州吳氏家墨》載録此文，題同。高兆煌纂修《光州志》附餘卷之五、錢儀吉《碑傳集》卷七十一「乾隆朝督撫上之下」均亦收録此篇，《光州志》題作《吳大中丞傳》，《碑傳集》則題作《吳中丞士功傳》。靜按，鄭虎文《吞松閣集》卷三十亦收有《吳中丞傳》一文，題後標示「代作」二字，文字與此頗有不同。而《香亭文稿》卷十一《啓殯告先大夫文》，作於乾隆三十二年十一月，言「我父行述，兒等擬稿，請董東山年伯作傳」；卷十二《挽言册跋》後「附録題册二十七跋」録有董邦達子董誥跋，文云：「乾隆乙酉，先生卒，先文恪揮泪作傳。」同時陸費墀跋亦云「嘗讀東山宗伯所著《吳中丞傳》」。則此篇之成，或由鄭虎文據吳玉綸兄弟所擬《行述》而代爲起草，董邦達加以修改而定稿。各書行世最早者爲高兆煌《光州志》，刊刻於乾隆三十五年，當是保存了董《傳》原貌，文字已與《吞松閣集》多有不同。爲避煩瑣，凡不涉及史實者，俱以《光州志》《光州吳氏家墨》《碑傳集》所録董《傳》爲准作校。

〔二〕《光州志》於「金岡臺」三字之後有「下」字。

〔三〕「耕讀、孝友」，《光州志》作「孝弟力田科第簪纓」。

〔四〕「大」字，《光州吳氏家墨》作「太」。

〔五〕「五」字，《吞松閣集》作「六」。吳士功由乾隆十四年己巳（一七四九）夏初任山東鹽運使，至十九年甲戌（一七五四）秋冬調任陝西按察使，則在任時間五年有餘，六年不足。

〔六〕《碑傳集》於『冬』字之上增『其年』二字。

〔七〕《吞松閣集》於『任』字之上有『閩』字。

〔八〕『外』字，《光州吴氏家墨》脱。

〔九〕『四』字，《吞松閣集》作『三』。

〔一〇〕『五』字，諸本皆同，《光州吴氏家墨》改作『三』。

〔一一〕『公』字，《光州志》無。

〔一二〕《光州志》於此句後有『以酬君恩，以圖父志』八字。

〔一三〕《碑傳集》至此終篇，未録以下文字。

〔一四〕『公祖』二句，《光州志》作『公祖宏緒、父用烈以公貴，均贈中憲大夫，應贈光禄大夫』。

〔一五〕《光州志》於『淑人』後，有『應贈一品夫人』六字。

〔一六〕『子二』，《光州志》作『二子』。

〔一七〕《光州志》於『檢討』後有『記名御史』四字。

〔一八〕《光州志》於『愈』字後有『撫兄孤子琯，授室成名』九字。

誥授中大夫應授資政大夫原任福建巡撫提督軍務兵部右侍郎都察院右副都御史吴公墓志銘〔一〕

鄭虎文　炳也

乾隆三十年，歲次乙酉，九月丙申，誥授中大夫、應授資政大夫、原任福建巡撫、提督軍務、兵部右侍郎、都察院右副都御史吴公卒於里〔二〕。訃於朝，朝之士素與公游者，知公受知天子深，蓄德哀施，行起大用，而卒不及俟以竟所學，相與嘆息泣下，走唁其孤檢討玉綸於邸舍。玉綸則纍然喪服，頓首涕泣，乞銘於其師編修鄭虎文曰：『不孝即日徒步出國門，忍須臾死，將謀藏先人於吉兆〔三〕。維先生文直而不華，敢請銘。』文曰：『公行應銘法，勿敢辭。』明年，拜使者於庭，以公狀來。

按狀：公姓吴氏，諱士功，字惟亮，號凌雲，一號湛山〔四〕。先世江西人。其仕於元者曰文盛，襲世職〔五〕，以武功顯，始遷河南商城縣〔六〕。八世祖巍，再遷固始之張莊〔七〕。又五傳而至自榮，邑庠生〔八〕，殁與弟自顯同冢。代有偉人，里式孝友〔九〕。是生公祖宏緒，邑廩生〔一〇〕。歲饑，嘗出粟廩食餓者〔一一〕。宏緒生公考用烈，淇縣訓導，通形家言，族人貧不能葬，輒擇己地吉者與之。〔一二〕淮水溢，具舟糧活人。人用是知吴氏後必有達者。均以公貴，贈如公官。祖母楊太夫人、母王太夫人、繼母陳太夫人，均累贈淑人、應贈夫人。〔一三〕

公生有夙慧，性嚴重，能委己於學。嘗讀書張莊梓潼廟〔一四〕，終歲斷迹城市。雍正十年壬子〔一五〕，舉於鄉。明年，成進士，入詞館〔一六〕。丙辰，今皇上御極之元年，改吏部主事，累遷至監察御史，歷湖廣、京畿道。時督撫臣輒奏請以所知官自隨，滋不法，公奏罷之。巡南漕。漕官貪縱丁，丁盜米賣，不問。奏設科禁。又進《尚書》『任賢勿貳、去邪勿疑』講義，召見，蓋异數也。〔一七〕未幾，閩督某奏他事，詞連公，旋得白〔一八〕。或謂公宜謁謝白公誣者，公曰：『此是彼職，何謝爲！』其嚴正類如此〔一九〕。

壬戌，出爲山東濟東泰武道。居後母喪，去職。服闋，起爲直隸大順廣兵備道〔二〇〕。丁卯，移山東兖沂曹道。是年，屬郡饑。駕幸山左，召公入對。公具以狀聞，上爲再截留漕米六十萬石〔二一〕，即命公董振〔二二〕。既事，民忘其灾。轉督糧道，再遷鹽運司使，廉不自潤〔二三〕。壬申夏，東昌、泰安、沂州蝗，吏捕不力。公親觸熱，晝夜馳數百里，盡六七十日，所至，蝗立盡。大吏嗟賞，上其勞，又以循卓荐者再。上由是知公才，駸駸乎向用矣。甲戌，遷西安按察使〔二四〕。丙子，移湖北。湖北多私徵，廣濟爲甚。丁丑，會公攝巡撫事，窮治其獄。群吏咋，不敢蹈故習，民用完實。是秋，遷西安布政使，兼攝撫篆〔二五〕。冬，移直隸。明年春，再還西安〔二六〕。未至，遂有巡撫福建之命，未得替，仍留攝陝撫〔二七〕。延、榆、鄜灾，民旦夕且死，公更挽運法以濟。逋懸之未入及入未備者，皆以丐之；地之多麥者，用抵倉穀，從民便。又奏更司庫交代法，天子下其章於天下，著爲令。首尾一載，法成令修。

七月[二八]，敕加兵部右侍郎、都察院右副都御史。踐閩任。至則臺灣以風灾告，長樂、福清、晋江、南安、同安、漳浦、詔安等縣以旱告。公立馳奏，發倉廩，緩歲租，貸種食，民以大和[二九]。明年，獲南洲盗。南洲四面阻水，初爲盗薛能太所竄伏。能太誅，其黨劉良福者復嘯聚，勢張，屢不利於弁兵[三〇]。又有林成功者，業漁，爲盗於江南、閩、浙間，黨各數十百人。公皆收縛之[三一]，誅魁釋從，閩盗屏息。臺灣，海外上郡也，禁私渡，而民犯死偷渡者日益衆。故臺灣令魯鼎梅修《縣志》，略云：內地窮民在臺者數十萬，其父母、妻子欲就養，格於禁例，賄船户冒水手姓名挂驗。婦女則載以小船，出口上大船，抵臺復用船接載[三二]。率以夜行，名曰『灌水』。更有客頭勾通習水積匪，用濕漏船收載多人入艙[三三]，閉艙封釘[三四]，遇風則盡入魚腹。比及岸，遇有沙汕，驅之上，名曰『放生』。沙汕斷處，或距岸遠，行没泥淖中[三五]，名曰『種芋』[三六]。或潮漲漂溺，名曰『餌魚』。窮民迫於飢寒，相率入陷阱如此[三七]，言之痛心。公於是據《志》語入告，請弛禁。從之。撫閩三年，凡有便於民者必奏，奏必得俞旨。刑德并流，民彝安之[三八]。

既而提督馬龍圖以侵餉論繫，公治其獄，坐失出[三九]，命往北路軍營效力，時辛巳冬也。明年，予歸[四〇]。又五年，卒。年六十有七。

公篤於至性。幼侍母王太夫人疾，籲神以身代；若神許之，愈。事繼母，彌謹。葬贈公於道堂寺，躬負土，手足皴裂。撫兄孤子瑄如己子，卒爲名諸生〔四一〕。

公體幹修偉，美鬚髯。爲人沉毅，有大略，能拯人於厄。好直言，意度豁如也。既歸田，終日擁書坐一室〔四二〕。時公二子官京師〔四三〕，每見上，上必垂問及公。或以告公，謂公當復用，公瞪目曰：『果爾，必以死報！』既而自引其髯曰：『臣精已銷亡〔四四〕，恐不堪復爲世用矣！』則又欷歔若不自勝者。卒之日〔四五〕，遺命勖兩子，盡心官守〔四六〕，無一語及家事。聞者悲之〔四七〕。

公夫人任氏，湖廣辰州鎮總兵宣勛孫女，直隸山海關同知秉權女。後夫人李氏，山東巡撫熠孫女〔四八〕，候選同知盟女。皆有婦德，均累贈淑人〔四九〕，應贈夫人〔五〇〕。任夫人所出子二〔五一〕：玉衡，刑部陝西司郎中，知湖南永州府；　玉綸，辛巳進士〔五二〕，翰林院檢討。李夫人所出女一，適聖裔候選員外郎孔廣柞子拔貢生昭烜〔五三〕。孫一，鼎颺。公之孤將於乾隆三十二年十一月三十日，葬公於馬家河之南原。〔五四〕兩夫人皆先公卒。十九年〔五五〕，葬任夫人於道堂寺先塋；八年〔五六〕，葬李夫人於晉家莊。既固既安，遺命不祔。

銘曰：

赫赫中丞，自其躬興。亦曜於時，胡卒不廷？非卒不廷，而年不再贏。惟贏其後以永名〔五七〕。更千萬年，毋傷其穴與塋。

【校記】

〔一〕鄭虎文《呑松閣集》卷三十三收録此篇，題作《巡撫福建兵部右侍郎都察院右副都御史吴公墓志銘》。謝聘《重修固始縣志》卷二十六『列傳藝文志』承前《志》選録此文，題作《中丞湛山吴公墓志銘》。鄭李桓《國朝耆獻類徵初編》卷百七十四『疆臣二十六』選入此篇，依例無題，僅文末標明『右《墓志銘》，鄭虎文撰』。錢儀吉《碑傳集》卷七十一『乾隆朝督撫上之下』亦收録此篇，題同《呑松閣集》。静按，以各書刊刻時間看，《固始縣志》當最近於原稿，《呑松閣集》刊刻較晚，或作者晚年有所修改。此外，《碑傳集》《國朝耆獻類徵初編》皆録自《呑松閣集》，個别處有文字傳抄之誤。此校以作者鄭虎文本人文集定稿爲先，輔之以《固始縣志》。

〔二〕『應授資政大夫』『提督軍務』，《呑松閣集》無。『福建巡撫』，倒文爲『巡撫福建』。又，『資政』二字，《固始縣志》作『光禄』；『福建巡撫』『提督軍務』兩處與《呑松閣集》同。另，《國朝耆獻類徵》於『里』字後衍『第』字。

〔三〕『藏』字，《呑松閣集》作『葬』。

〔四〕『湛』字，《國朝耆獻類徵》作『諶』，誤。

〔五〕『襲世職』三字，《呑松閣集》無。

〔六〕『始遷』句，《呑松閣集》無。《固始縣志》作『始遷商城金剛臺下』。

〔七〕『再』字，《吞松閣集》作『始』；『固始』前有『河南』二字。
〔八〕『邑庠生』三字，《吞松閣集》無。
〔九〕『代有』二句，《吞松閣集》作『里式孝友，實開厥基』。
〔一〇〕『邑廩生』三字，《吞松閣集》無。
〔一一〕『粟廩』，《國朝耆獻類徵》倒乙爲『廩粟』。又，《固始縣志》於此句之後增『投償假銀於水，勸以酒食，其人慚感』。
〔一二〕『用烈』二字，《吞松閣集》倒乙於『淇縣訓導』後；并無『通形家言』及擇吉地與人二事。
〔一三〕『祖母』以下女眷事，《吞松閣集》俱無。又，『累』字，《固始縣志》無；并於『夫人』前增『一品』二字。
〔一四〕『張莊』，《吞松閣集》作『山莊』；并無『梓潼廟』三字。
〔一五〕『十年』二字，《吞松閣集》無。
〔一六〕『入詞館』三字，《固始縣志》作『選庶吉士』。
〔一七〕『又進』講義事，《吞松閣集》無；并增『數言事，謇然有直名』二句。
〔一八〕『旋得白』一語，《吞松閣集》作『落官，既白，還故官』。
〔一九〕『其嚴正』句，《吞松閣集》作『人服其嚴正』。
〔二〇〕『兵備』二字，《吞松閣集》無。

〔二一〕『再』字,《吞松閣集》無。

〔二二〕『振』字,《吞松閣集》《固始縣志》均作『賑』。

〔二三〕《吞松閣集》於『廉不自潤』前,增『六載』二字。

〔二四〕《吞松閣集》於『按察』二字後,增『司』字。

〔二五〕《吞松閣集》於『布政』二字後,增『司』字;『兼攝撫篆』四字,無。

〔二六〕『還』字,《吞松閣集》《固始縣志》均作『遷』。

〔二七〕『攝陝撫』,《吞松閣集》僅作『陝』字。

〔二八〕『七月』二字,《吞松閣集》無。

〔二九〕『大』字,《固始縣志》作『太』。

〔三〇〕『屢不利』句,《吞松閣集》作『官噎媢不敢出氣』。

〔三一〕『皆』字,《固始縣志》作『能』。

〔三二〕『船』字,《吞松閣集》作『渡』。

〔三三〕『多』字,《吞松閣集》作『數十百』; 并無『入艙』二字。

〔三四〕『閉艙封釘』,《吞松閣集》作『閉置艙底』。

〔三五〕《吞松閣集》於『中』字後增『死』字。

〔三六〕『芊』字,《固始縣志》作『芊』,誤。

〔三七〕『如此』二字，《吞松閣集》無。
〔三八〕『彝』字，《國朝耆獻類徵》作『夷』。
〔三九〕《吞松閣集》於『坐失出』後，增『奪官』二字。
〔四〇〕『予』字，《吞松閣集》作『放』。
〔四一〕『卒』字，《吞松閣集》作『今已長』，《固始縣志》作『後』。『名諸生』後，《吞松閣集》增『矣』字；《固始縣志》增『且授室矣』四字。
〔四二〕《吞松閣集》於此句後多出『未嘗有幾微感憤之色見於顔面』一句。
〔四三〕『二子』，《吞松閣集》倒文爲『子二』。
〔四四〕『已』字，《國朝耆獻類徵》作『力』字，誤。
〔四五〕《固始縣志》於『卒之日』後，增『雙涕下垂長尺許』一句。
〔四六〕《吞松閣集》於此句後尚有『以贖乃父負國之罪』一語。
〔四七〕『聞者悲之』四字，《吞松閣集》無。
〔四八〕『煟』字原作『渭』，據《吞松閣集》《固始縣志》以及上文《先考湛山公行狀》校改。
〔四九〕『累』字，《固始縣志》無。
〔五〇〕『應贈夫人』四字，《吞松閣集》無。《固始縣志》於『應贈』後增『一品』二字。
〔五一〕《吞松閣集》《固始縣志》於『二』字後增『人』字。

〔五二〕《呑松閣集》《固始縣志》於『辛巳』前，增『乾隆』二字。

〔五三〕『柞』字，原作『袏』，今校改。見本卷《先考湛山公行狀》校記〔一〕。

〔五四〕『乾隆』二字，《呑松閣集》無；并未及填寫具體時間、地點，僅作『某年月日』，『葬公於某鄉某原』。

〔五五〕『十九年』三字，《呑松閣集》作『甲戌』。

〔五六〕『八年』二字，《呑松閣集》作『癸亥』。

〔五七〕《呑松閣集》至『永名』終篇。

先母任太夫人暨繼母李太夫人行略〔一〕

吾母姓任氏，爲河南息縣望族。外曾祖諱宣勛，湖廣辰州總兵。外祖諱秉權，直隸山海關同知。康熙戊戌，年十八，歸先大夫〔二〕。逮事先祖暨先繼祖母陳太夫人，孝敬無渝；則以不及事先祖母王太夫人爲恨，詢及王太夫人遺事，輒哽咽不能已。廟見後，請輪日與諸嫂司中饋。陳太夫人以新婦憐之，母曰：『婦職也，請益力。』然吾母實不善爨事，每油濺及刀割傷手，卒不言。先大夫以諸生食貧，與諸伯叔父析産後，遭先王父大故，困益甚，益肆力於學，得吾母始終黽勉，慰勞備至。越癸丑，以庶常官於京。甲寅，吾母攜玉綸與兄玉衡、從兄瑄依京邸。瑄乃五伯父諱士貞遺孤，五伯母病將危，以瑄屬吾母，蓋癸卯夏也。時瑄四歲，以缺乳久病，尚未離懷抱中。〔三〕吾母拊而泣，五伯母奄奄不能出聲，諸伯叔母環視，俱泪下。瑄又以初離母，啼不止。吾母日嚼粉餈哺之，夜或呼燈火抱以走〔四〕。迨七歲，病痢，日數十次。方炎暑，穢淋漓床褥間，其氣不可邇。瑄卧，吾母卧；瑄起，吾母起。老嫗勸稍休，曰：『吾非自苦，恐無以見吾嫂於地下也。』老嫗魏姓，玉綸乳母也，與玉綸追述之，猶感泣。戊午三月朔六日，吾母以病卒，壽三十有八。玉衡十歲，玉綸七歲，瑄已十九歲矣，扶吾母之柩歸里。後爲名諸生，所娶即吾母兄女。

越吾母卒之一年，繼母李太夫人來歸。李太夫人，天津望族〔五〕。外曾祖諱焆〔六〕，山東巡撫。外祖諱盟，候選同知。少失怙，育於舅氏陳宗伯德華爲女。來歸時〔七〕，先大夫方由銓曹遷御史〔八〕，較任太夫人初至京〔九〕，家稍給，内外供役稍備。衣食餅餌諸物，必親自檢點而後進〔一〇〕。手書先人及任太夫人忌日單〔一一〕，設奠必豐潔，哭任太夫人遺像尤痛。己未冬，先大夫巡漕江南。歲將除，玉綸兄弟自外傅歸，適宗伯家饋歲。玉綸索柿，母與以柑。玉綸堅索，母仍不與。玉綸以柑擲諸地，母笑曰：『汝何知？頃已告汝矣，柿性寒，汝初病起，不與汝食也。』再三喻之，玉綸方就寢。少焉，醒，微聞母泣聲，蓋慨然於後母之難也。而母保護玉綸等〔一二〕，及委折教玉綸等之苦衷，多類此。於妹之生也，卧病年餘。癸亥正月，隨先大夫之任山左，二月二十九日卒於署。壽二十有七。

李太夫人卒後，又十餘年，而先大夫歷官至巡撫。時魏老嫗尚在，常語玉綸曰：『李太夫人歸吾家五年，雖未嘗茹苦，然亦不及今日。任太夫人歸吾家二十有一年，苦乃備嘗之，歿猶殮以嫁衣〔一三〕。惜兩太夫人皆不及見今日也。』玉綸聞其語而滋痛焉〔一四〕。

任太夫人生余兄弟二人：長玉衡，官肅州兵備道；次即玉綸。李太夫人生一妹，妹夫孔昭烜，以孝廉候選知縣。孫男二：鼎颺、端生。曾孫男桐孫〔一五〕。

任太夫人葬道堂寺祖塋側，李太夫人葬晋家莊，先先大夫之葬也有年矣。既固既安，遺命不祔。均累贈淑人。以玉綸官太常寺卿，加一級，均贈夫人。

乾隆丁酉，男玉綸泣述。

【評語】

每於瑣碎閑冷處，摹寫傳神，深得古人志傳遺法。真布帛菽粟，百讀不厭之文。——程聘山

切。——彭雲楣

序次得如話如畫，慈母孝子之情，隱然可思。篇中或分或合，或詳或略，與太史公合傳體製如出一手。

——受業陳萬青

【校記】

〔一〕謝聘《重修固始縣志》卷二十六『列女藝文』承張《志》收録此文，題目中無『先』字。

〔二〕『先大夫』，《重修固始縣志》作『吾父』。下皆同。

〔三〕『時琯』三句，《重修固始縣志》作『维時琯甫四歲，缺乳，在懷抱中』。

〔四〕『夜或呼』句，《重修固始縣志》作『每聞哭聲，雖中夜必燈火，哺且抱以走』。

〔五〕《重修固始縣志》於『天津』前增『亦』字。

〔六〕『焆』字原作『渭』，《重修固始縣志》同，此據上文《先考湛山公行狀》《香亭先生年譜》校改。静按，根據《清實録》《山東通志》《清史稿》《清代職官年表》等，清朝天津一帶李姓爲山東巡撫者，僅有康熙年間武清李煒一人。《清代職官年表》：『李煒，峻公、浣廬，順武清，魯撫。康三十七革，康四十一死，年六十。』武清曾隸屬天津府。『焆』『煒』二字，古代音義近同，未知何者爲正。

〔七〕『來歸時』，《固始縣志》作『遂締姻。方吾母李太夫人來歸』。

〔八〕『方』字，《重修固始縣志》無。

〔九〕《重修固始縣志》於『任太夫人』前增『吾母』。

〔一〇〕『必親自』句，《重修固始縣志》作『非親檢點，不以進吾父；非所欲，不更進』。

〔一一〕『任太夫人』，《重修固始縣志》作『吾母』。下句同。

〔一二〕《重修固始縣志》於『母』字前增『吾』字；『護』字，無。

〔一三〕《重修固始縣志》於『歿』字後增『時』字。

〔一四〕『滋』字，《重修固始縣志》無。

〔一五〕『桐』字，《重修固始縣志》作『相』，誤。

附録　記一篇

校香亭文稿恭記

孫　以醇

乙卯冬孟，祖大人《香亭文集》刻成，命醇校字。讀至曾祖母《任李兩太夫人行略》，感索柹與柑之事，心怦然動。蓋李太夫人之善調護，與吾祖之善體親心以養親也，可以類推。嗟乎！『椎牛而祭，不及鷄豚逮存』，先賢曾慨乎言之。醇以爲不惟鷄豚不逮者爲可慨，即求索柹與柑，若祖父於李太夫人了了一二事，亦不可得爲尤可慨。

醇母馬孺人生醇於丁酉之冬，未閱月見背。及醇五歲，繼母蔣孺人來歸，旋卒，亦渺不可記憶。醇自馬孺人見背後，即育於祖母任夫人。乙巳秋，祖母病革於吾祖閩中之官署也，醇方九歲。祖母呼醇至床前，嘆息而諭醇曰：『余不能撫汝矣，汝可拜奶奶。』奶奶者，俗稱祖母也。於是向祖母何孺人出涕。祖母何孺人亦泪涕交頤下，聽臨終之言曰：『余信汝有素。今以弱孫相屬，俟至京交伊父，吾目方瞑。』而閩地離京六千餘里，水行則有灘沙風浪之惡，山行則有嶺嶂澗石之險，又地卑下，感濕氣則癘疫交作。祖母則問寒暖，察飢飽，以養以教，保護防維，情如慈母。比至京，吾父先於丙午得痰疾，醇仍依祖母，以迄於今也。猶憶自閩旋京時，舟次維揚，醇早起每哭不止。祖母聞之，曰：『哭易致疾，屢與汝言之矣。如再哭，余將撻汝。』醇哭愈甚。有從旁而助之者，曰：『夫人既以若相托，撻亦應爾。』祖母凄然曰：『是嬛嬛者而泣，若是慘撻，何忍也。』

醇生十有九年矣，今秋忝中京兆副車，受吾祖及兩祖母教誨撫育之恩。既嘆吾父於中書任內病假多年，未克就痊，更慼然於兩母之亡已久也。每尋及後先見吾母之人，訪以母之容，及言與行事，敬而聽焉。是殆吾母之容、吾母之言與行事歟？既而疑焉。是未必肖吾母之容、吾母之言與行事也，終而哀焉。疑非吾母容，吾安得如若人之親見吾母容也？疑非吾母言，吾安得如若人之親聞吾母言也？疑非吾母行事，吾安得如若人之親知吾母行事也？終天之恨，曷有極哉！

且夫語醇以兩母梗概者，大抵婢媪者流，習久而忘，存什一於千百耳。以醇所聞者而通其意，曰：馬孺人識大體，善持家；蔣孺人温柔敦厚，貌如其心。至敬以宅身，明以馭下，兩孺人不約而同。醇泣而志之，躊躇七八年之久。至是感任、李兩太夫人遺事，舉醇所見與所聞者，將一一記之。維時凉月在窗，和衣就枕，萬籟俱寂，夢境將通。是夢也，如見兩母諭醇以《坤》之

《謙》者，然爲警夜者所驚而寤。竊以康節言《易》之意推之，曰：《坤》者，母也。重坤、互坤，象數日所思，罔非母德。曾祖母與祖母，可自母推也。變《艮》爲純土，象魄歸於土。反對爲《乾》、爲《履》，象魂歸於天。互見《震》《坎》，水木相生，象兩母窀穸安也。『謙』也者，致恭以存其位，殆兩母示醇以六爻皆吉，利有攸往之意也。然則吾兩母之容與言與行事之見所未見於夢也，與吾之見所見於兩祖母者何异？夫亦猶之乎吾祖拳拳服膺於曾祖母任、李兩太夫人之遺事也。故因讀《行略》，類次而恭記之。

【評語】

從古未有不慈不孝能成教於家國者，亦未有習於慈、習於孝，不能言其真分際者。文寫歷世母子情懷，面面俱到，皆至性語也。故附梓以備家乘，且以示『迎機而導』之意。丙辰五月廿三日香亭老人批。

纏綿悱惻，從至性至情流露，直欲合《述德詩》《陳情表》爲一手。少陵詩『陸機二十作《文賦》』，汝更小年能綴文』，可以移贈。固由家學淵源，抑本夙根靈慧。俟實希光，定合讓君出一頭地。——魏春松先生

香亭文稿　卷十

謝宜人行略 擬稿

粤稽婦德無稱。元配謝宜人自及笄爲余家婦，垂五十年，奉翁姑，相夫教子，罔弗協，皆婦職宜然也。乙酉春，先四嫂石孺人卒。秋九月，先六兄中丞公卒。宜人呻吟中，向子若孫泪涔涔而言曰：『汝伯父母與吾年相若，若皆逝矣，吾病將殆。』時余方携長孫貽桂上公車，聞之心動。今春，殁。子若孫環跪請予曰：『吾母懿行，爲宗黨所稱道。若弗裒集一二，歷久泯磨，彌重兒等罪。』余抆泪許之。掇筆，則又旋忌首尾。老況如此，夫復何言！雖然，余安得不言？

元配宜人姓謝氏，先世以扞寇功，襲潁川鎮。副榜諱大捷公，宜人考也。宜人生彌月，失怙恃，撫於胞兄某。甲辰，歸於余。痛吾母王太夫人不逮，事奉先府君、繼母陳太夫人，咸得歡心。丙午，丁先府君艱，垂髫襄事，如生存日。

宜人之初歸也，先府君選淇縣訓導，辭不就。以春秋高，命析居。自廟見後，一絲一粟，并力措持。余又久困硯田，青燈作苦，形影相依。迨先六兄以進士選庶吉士，先四兄相繼成進士，余獨屢躓南宫。迴思軟語慰勞，冀安時命，今猶凄然於懷也。

宜人素和謹，妯娌姻連，處之曲當。辛酉，弟士良殁，以男鋭承嗣。弟婦鄭孺人嫻女訓，宜人同居二十餘載，無間言。癸亥夏，陳太夫人大故，先六兄歸自山左，偕余同宅居。先六嫂任、李兩夫人皆早卒，宜人爲男琮、鋭、珣，侄玉衡、玉綸，具饌供師必豐。先六兄日召子侄輩察館政，每至夜分；余兄弟復話生平所歷風檐辛苦、遭逢勝事，屈指家計豐歉、蔬圃稻廬諸瑣屑，或鷄曙呼湯羹，宜人應手立辦。戊辰，余出宰武平。己巳，宜人同弟婦鄭孺人赴閩，爲余娶許氏妾，生子玉森、玉堂，視如己出。余性急，凡錢穀、獄訟，期無留牘，夜且頻起立。宜人曰：『予非預外事，願耐煩躁，多活人耳。』及余調鳳山，令宜人携眷旋里，爲大女治嫁。男琮以病殁，孫貽桂甫九齡，撫之倍篤。余馳驅澎臺，盡瘁於蠻雨颶風，三載無内顧憂，得宜人力居多。戊寅，男珣以知州赴楚，省余里門。宜人戒之曰：『自吾爲汝家婦，聞先世多陰德。汝高祖殁與弟同冢，汝曾祖出粟廪拯饑，汝祖當淮水溢，具舟糧活千餘人。汝父輩治行相望，建牙纛；汝伯叔兄弟行登科甲，服内外官。皆食忠厚報也。汝勉旃，勿替家聲！』珣在楚十年，借補桂陽牧。去秋，宜人於病中得舉孫貽椿之信，囅然喜。

宜人治家，嚴而不刻。荆釵布裙，食無重味。命子婦輪日代中饋，課紡織，肆針縷，不許謁寺廟，不接尼覡，咸恪守王太夫人家法。

嗚呼！余與宜人青鬢結褵，茹苦食貧；燕臺氈毦，宦海飄泊；長男無禄，大女孀居，總計不如意事十常八九。今子若孫稍成立，方期皓首齊眉，頤養林下，詎料入春病漸增。延至二月廿一日卓午，喘汗不止，猶握鄭孺人手頻嘆息，不忍棄人間世也。嗚呼！蒼皤嫠婦，哭聲乾噎，宜人其亦聞之否耶？

宜人之歿也，珦男遠宦桂陽，諸子諸孫、諸子婦孫婦俱在側，附身附棺，庶幾無憾。獨余以桑榆暮景，上下不過二三年間，既喪嫂，又喪兄。余兄弟九人，存者惟余與一弟、宜人與兩弟婦耳。今宜人又喪，同氣分飛，入此室處，彌痛逝者，行自念也。余雖欲什於達觀，能不悲哉！

宜人生於云云。余因思行狀之作，惟公卿士大夫上諸太常考功，用以請謚，古也。後世仿子固叙《烈女傳》推本身教之義，陳壼範，獲誄銘，不戾於古也。爰摭宜人遺事，告立言君子，且以抒兒輩之哀焉。

【評語】

大筆淋漓，體裁淵質。通篇以『婦德無稱』作骨，尤爲深於經訓。曩見竹垞、歸愚二老集中，皆有亡妻行述，此作較爲過之。——周念巢

香亭少馬嘗與余言及家政，尤敬其從兄退庵，曰：『兄愛余，不啻先觀察弋山兄也。』退庵，中書貽棟封翁也。胞侄貽桂，余充壬辰會試同考所得士，分農部後，咸以心厚於仁者重之。今於香亭彙寄舊稿中讀

所擬作，知謝太宜人嘉言懿行，所以垂裕後昆者至矣。至文筆謹嚴，洵爲詞尚體要。最愛其敘『具饌供師』及『訓桂陽牧』，情景如繪。因思錫熊少年失恃，欲奉慈訓而不可得，不禁泪涔涔下也。戊申春仲，跋於福州試院之核真堂而歸之。——陸耳山

極瑣屑，又極歷碌；極茂密，又極疏宕。兼班馬而有之。——受業齊弼

啓殯告先大夫文

嗚呼！我父自乙酉秋九月卒世，已中月而禫矣。歲月奄忽，如駟過隙。朝夕焚香稽顙，兩進膳。田有新穀，園有新笋，時而薦，薦而思，思則哀，哀則哭。兒等二十四年來無母之人，兩年來又爲無父之人，馬鬣將封，堂中設祭。嗚呼！而今而後，即欲如兩年來宛轉素帷，撫棺哀慟，亦不可得矣。五内割裂，云如之何！

兒等南北奔歸，於家事昏迷莫措。昨歲莊房被風，量爲補葺；秋禾被水，貸其租，給其籽種，揞持既久，疏漏處十常八九。從前瞻依膝下，遇事提撕，誡之以刻薄成家，無久享之理；申之以惟勤補拙，惟儉養廉之義。務使兒等漸曉然於是非之界，油然感發於心而不容已。嗚呼！言猶在耳，何忍以堂構留貽，重隕越以負吾親之惓惓乎！

方家橋坟地十一畝〔二〕，請於官，立碑禁耕葬。八里棚、道堂寺石刻告身，擇日安置，訖補種

樹各千株。蓋自我祖文盛公白馬金岡，起家勛舊，我九世祖再遷張莊，暨我累贈中大夫曾祖父、祖父，代有隱德，而我父紹世澤而光大之。仰邀聖朝之錫命，勒諸金石，輝耀松楸。非我父言行卓卓，受知於天子者深，曷克臻此！

嗚呼！我父歷任封疆，得歸林下，恩至渥也。前捕蝗山左，得痼疾，時發時愈。比年來，尚矍鑠也。孰料卒中痰疾，兒等咸不在側。易簀時，面寢室東北隅，長號三聲，涕泪滂滂下。憶兒等耶？慮兒等不肖，將口授遺訓，留示兒等，恨不能出諸口耶？玉衡之官永州，取道歸省，何不稍留匝月，奉醫藥、視含歛耶？玉綸何五年之久，不一親定省耶？撫事椎心，如夢如癡，蓋二十有五閲月矣！嗚呼！尚忍言哉！

我父行述，兒等擬稿，請董東山年伯作傳，鄭炳也先生作墓志。聞我父初遘疾，方讀書西亭，忽垂玉箸，長尺許，説者以爲解脱象也。炳也先生謂『説近釋氏』，故傳、志不載。卜葬一事，謀之青烏家，無所獲。兒玉衡以粗知地理，遍走光州光山、商、息間，動至三四十日不歸。兒玉綸勸少休，然每憶赴永歸省時別營宅兆之諭，憂從中來，終夜涕泣。兹始卜吉於順河集之東原，本月二十七日發引，三十日辰時歸窆。遵祖訓，不作佛事，婦女不送葬。一切葬事，揆典禮，準豐歉，不敢過，不忍不及。

嗚呼！我父病卒之年，四伯母石太孺人先之。又次年，七叔母謝太宜人繼之。家運如此，憯已悴已！今在縣、在州、在商城、在張莊諸伯叔父兄弟子姓，咸來執功布送葬。殷殷田田，充充瞿瞿，我父竟永離此室處矣！喪葬有制，日月有終，兒等又將爲東西南北之人矣！惟此高原豐碑，神魂寂寞，凡遇春秋祭掃之期，望蓼城一抔土，露晞霜白，灑泪哀奠而已。

嗚呼！言有盡而痛曷極乎！謹於啓殯之辰，致祭以告，惟我父偕我母任、李兩太夫人，來格而來歆也！嗚呼哀哉，尚饗！

【評語】

縷縷如訴家常，而瞻依罔極之慕，纏綿愴凄。以至性發爲至文，不忍卒讀，亦百讀不厭。當與廬陵《瀧岡阡表》并垂。——陳安州先生

本《史記》即離斷續之法以行文，而咀嚼讀去，隱有哭不成聲景象。抑亦《蓼莪》詩耶？特欲廢之，又不忍釋手耳。——受業陳池鳳

【校記】

〔一一〕『十一』，《香亭先生年譜》『三十六歲』譜引此文作『十二』。

祭先四兄文擬稿

乾隆十五年七月，同懷弟某謹抆淚遥拜，奠於四兄之靈曰：

嗚呼，四兄！竟不念弟而長别耶？今年春，兄書自雞澤來，云患痔，甚憊。弟竊憂之，致書爲慰藉。然自此心常動，但聞燕使至，則怦然不可把持。或對客，一憶及兄，便忘酬酢。嗚呼！兄果不起矣！弟此生無復見兄之日矣！

弟少兄七歲，鬢鬢已漸白。兄既以疾告，弟亦冀他日乞骸骨歸，可與兄朝夕相倚，課子孫耕讀，盡餘年歡。乃以一身許國，使我兄弟生而相望，殁不得一視飯含。燕齊錯壤，渺若萬里，兄亦何賴有此弟耶？西望長號，心骨爲摧，兄其聞耶？其不聞也耶？

嗚呼！余兄弟九人，僅存其四耳。兄尤愛弟甚，幼共青燈，二十年時時勖弟以道義。弟值困頓扼塞，無所控告，惟兄默知其甘苦，他人不解也。嗟乎！交游滿天下，詎無性情嗜好同，可握手出肺肝者？而欲以爲真兄弟，雖甚愚者不信。且兄弟亡其一，即百兄弟不能代也，况兄弟之已寥落乎！兄如有知，慟弟之慟，爲何如也？

弟自癸丑宦四方，間一抵家，兄已移居光州，去張莊八十餘里，不能時相聚。迨兄謁選時，同居京邸甫月餘，弟補大名道，兄得雞澤。弟又移兖沂，私喜離兄治近，可頻通消息，較勝七弟遠令武平矣。昨歲春正，兄辦川兵經過，後嘗約兄迂道圖晤，終不果。悲夫！弟魂夢中猶見兄數年前形貌，今病憊，又有异耶？此數年内，兄欲語弟者幾何事？易簣時，必呼弟怨弟。弟亦惟仰天椎心，自恨而已。疇昔臨岐，孰料死别。天之毒我，一至斯哉！司馬温公侍其八十歲兄，調護如嬰兒，若將不及者。椎牛而祭，不如鷄豚之逮存，豈獨人子事父母爲然哉？今已矣，夫復何言！

兄身後事，勿爲戚戚。弟務竭其力，董率諸侄，以輯室家。雖成敗利鈍非敢逆睹，捫心自問，思有以見兄於地下者。兄績學成進士，享禄不永，餘慶必及後人。今遣璠侄、瑗兒走叩靈前，議扶柩事宜。惟願兄鑒其衷，速返故鄉，以安遺魄。三徑尚無恙，而言笑已杳不復聞也。豈不痛哉！

嗚呼，尚饗！

【評語】

憶往會悲，思來引泣，委折纏綿，如聽風雨聯床情話，遂成千古祭文絶調。——孫補山

字字從至情中流出。此等文，可以扶植人倫。——小門生錢塘

祭先二兄弋山觀察文

嗚呼傷哉！綸熱河之役既竣事，將旋京，奴子升兒以兄凶問來告。駭且疑、且哭、且問，南望

楚天，心魂凄斷。距易簀已匝月矣。嗚呼傷哉！綸不幸七歲喪吾母，十二歲喪繼母，吾父方歷官中外，不暇問家事。兄率綸就外傅，或嬉戲不率教，垂涕泣導之；每負氣與人争，從容解喻之。既而兄以父命，循例爲郎。丁丑，官京師。綸三試禮闈，得選庶常，聚旅邸。蓋自己卯以後，上下六七年，相勉以文章，相勖以政事，情話依依，猶如童年握手時。

乙酉秋，丁父憂，綸奔歸，兄方守永州，星夜旋里。既大斂，遍走光、黄、商、息諸山中，卜吉壤。而綸支離苦塊，既痛吾父，又念吾兄，哀悴交并將不支。每日色昏黄，倚門望歸。未嘗不勸少休，兄弗顧也。迨卜吉高原，先靈既妥，而憊已甚，兄亦不自知也。服闋之次年，兄補寧夏府。又二年，遷肅州道。又一年，移疾歸。歸八年，卒。

方兄以己丑春暮來都候補，不數日，綸鞫事江寧。及覆命，即送兄之官寧夏。孰料舊寓聯歡，空堂聽雨，聚散不常之情况，已兆成永訣耶！兄卒前一月，上召見綸，問：『汝兄得子否？傳諭汝兄，汝子猶子也。但當愛養精神。』綸稽首謝。蓋聖恩高厚，眷念先臣，以及臣兄，抑足徵克繼家聲，將以大其用也。乃致書，未達而凶問至矣。悲哉！

兄績學久，每以不得一第爲憾。然歷官中外，政績彰彰，何待以科名重？蔡聞之弔其亡者之言曰：『不以得第居官者爲足悲，而以孝謹純篤、有學問志氣者爲足悲。』三復斯言，更有悲從中來，不可斷絶者。自兹以往，春秋祭祀之期，獨綸孑然捧奠。環視兒孫輩，幼者幼，長者未成立，門户之責，孰分任之？何敢不重自愛，以待後人！然以兄純厚亮直，不競榮利，猶不獲享大年；涼德如綸，何恃而不恐？

前已使人奔叩喪次，告諸叔父、兄弟，以次子鼎枚爲兄後。仍遣鼎颺歸治家事，某日祭於都，某日祭於里，某日奉兄之柩與元配韋恭人合葬張家營，而以側室李孺人祔焉。即命鼎颺，於明春奉兄眷屬暨諸侄女來依京邸。凡身後事，必殫心力，有以見兄於地下者。

嗚呼！吾母之殁也，綸方幼，哭泣無常；繼母殁，哭甚哀；吾父殁，不獲見；今吾兄殁，又不獲見。固知存亡離合，大數使然，皆人生萬萬無可如何之事。而綸痛深罔極，彌念同懷，相隔二千里，祭不得撫其棺；别來十一年，葬不能臨其穴。所以言之痛心者，蓋爲國家惜人才，而非徒區區骨肉之私情也。

嗚呼哀哉，尚饗！

辛丑春，兄家以鼎枚年尚幼，未能持門户，且從前承辦喪葬事，皆經鼎颺代，即請以鼎颺爲二門後。余於是命鼎颺爲兄嗣，而鼎枚仍爲余子。

辛丑五月自記。

【評語】

歷叙平生手足至愛，及道義相勖之處，一重一掩，聲與泪俱。可作傳志讀，不惟布奠傾觴，表一時哀愫已也。——曹竹虚

情真語摯，質有其文。捧讀一過，令人孝弟之心油然而生。——受業魏敞祖

余同堂兄弟二十二人，今作古者七人矣。此文語摯情真，字字是血，字字是泪，讀之彌增雁行之悲。昔人云：讀《出師表》而不動心者，其人必不忠；讀《陳情表》而不動心者，其人必不孝。吾謂讀此文而不動心者，其人必不弟。——退庵二兄

恭録家傳一篇

吴觀察傳

董誥　蔗林

公姓吴氏，諱玉衡，字非九，號惺齋。先文恪癸丑同年湛山先生長子也。少習制舉業，既乃入貲爲郎，由刑部員外擢郎中。出守永州，旋丁外艱。服闋，補寧夏府知府，進肅州兵備道。未幾，移疾歸。歸八年而卒，年五十一。

憶先文恪在日，公方官刑部，每過從，執年家子禮甚恭，與余叙兄弟好甚篤。其遇事慎而能斷，争是非甚堅，雖長官，無所撓。其爲外吏，能持大體。其告歸也，大府方倚若左右手，亟留之。或謂公少留，且大用。公固知其然，然竟歸。

方湛山先生之喪也，公爲先生營宅兆，遍走光、黄、商、息間，冰餐霜宿，勁風襲心脾，哀悴交并幾不支。迨卜葬於順河集之東原，距服闋僅兩月。凡墓石封樹之事，經理又一年，而後需次於都。

公自肅州歸，杜門謝客，陳篋數千卷，自六經子史，下及地理、星相、醫卜諸書，靡不條析貫串，得古人秘奥。又好施予，歲歉，出所儲以振窮乏。從子鼎雯太史以不獲吉壤，厝其父之柩十餘年矣，公速之葬。次年，舉於鄉，聯捷成進士，爲之喜極而涕。

嗚呼！公博雅好古，而不以科目進；宗黨頌義聲如出一口，而竟無後；養痾林下，與物無競，而不享大年。此則公弟香亭太常所戚然告余者。惜乎余言不足以傳公，而况夫余所能言者之止此也。公卒之前一月，太常以熱河之役召見，上問：『汝兄得子否？傳語汝兄，汝子猶子也，但當愛養精神耳。』太常伏地頓首謝。嗚呼！堂陛之間，如家人父子相告諭。天子固眷念先臣，以及其子，亦足以見公之克繼家聲，雖病且久，猶重荷聖慈之訓示如此也。而公遽卒矣，悲哉！

公元配韋恭人，繼周、周、李氏，各生女一。以弟之子鼎枚嗣。

書吴觀察家傳後〔一〕

紀昀

蔗林少宰作《吴觀察家傳》，述端末甚悉。惟觀察在甘肅時事，以未目睹，弗能詳。觀察弟香亭太常以余嘗從軍西陲，過而叩余，余亦弗能詳也。然憶庚寅之冬，余奉檄勘田，吉木薩屯田千總趙俊隨余馬行。詢其里貫，曰寧夏。途次偶詢及公，俊亟額手稱良吏。詢其事狀，則不能有所舉。怪而詰之，則曰：『寧夏西界賀蘭，番與漢共處；又重鎮也，兵與民共處；回人之聚而滋者，又與兵、民共處，其事恒緐。待有事而理之，是治病於已形也。調劑措置，俾釁不作，是醫於未病之先，不見功而功莫大焉。吴公惟無事狀，所以爲良吏。』語竟，視其色，慨然如有所思者。蓋公時已擢肅州道矣。

又憶是冬在烏魯木齊，先後得公二牒：一爲其子游塞外而其父病乏養者，一爲其夫游塞外而其婦無依者，均移文，促之歸。余飭吏治牘，吏俯而笑曰：『吴公何瑣也！』余告之曰：『吴公兼轄關内外，其官尊矣。一病翁、一貧婦失所，皆能自達於官，則四境之疴癢，無一不得達於官可知也。一病翁、一貧婦失所，而官肯爲之移文四千里外，則耳目之下必無廢事，亦可知也。』趙俊之言，其信乎！

後余蒙恩賜環，公方赴巴里坤勘屯田事，相遇於闊石圖嶺，共宿軍臺。余舉前事語公，公謙謝弗遑，然意以余爲知己也。詰旦告别，遽相勸勉而行。謂相見當有日，不料甫七八年，遽讀公《傳》；求公政績，不得其詳。惜當時對床竟夕，不及備詢在官始末。今日爲公書此一二逸事，綴諸傳末。嗚呼！亦可以想見公矣！

乾隆己亥七月，河間紀昀書。〔二〕

【校記】

〔一〕紀昀《紀文達公遺集》卷十一收録此文。

〔二〕此寫作時間及署名，《紀文達公遺集》無。

贈朝議大夫廣西道監察御史天翼鄧公墓志銘

乾隆壬辰之冬，余同年鄧侍御大林將省母而歸，以若考墓中石乞言於余。

按狀：公姓鄧氏，雲鶴其諱，字天翼，一字紫峰。上世皆醇雅馴行，稱爲儒者。祖某，由某處遷居羅山，順治丁酉舉人，爲河南原武令，有政聲。父某，康熙甲子舉人，授内閣中書，管典籍事，充册封安南國正使，誥授奉政大夫。天翼公，其第四子，繼妣陳宜人出也。

公少穎悟，能以湛思工爲文，咀含經籍，光蓬勃不可逼邇。補弟子員，屢試，冠其曹。雍正己酉科成孝廉，學問益涵以肆。三上公車，薦未售。旋不永其年。所謂『困其獨，豐其辱』也，命之不淑，於文乎何尤！

方中書公宦游十八年，留公於家，朝夕承母歡，敦同氣好，無間然。邑之人以公公正，倚爲柱石。若濬河，若修塔，得公一言，如聽健鼓而趨。非公事，當道處不輕投一刺。暇則購古書，朝夕研究，得名之念淡如也。

前歲冬，侍御過齋頭，閱余爲孫孝子作父子合傳，附録先中丞庭訓於《孫氏傳》末。閱數過，凄然曰：『先子辭世之日，訓大林兄弟曰：「吾祖宗世傳清白，授一經，汝等宜向切實處作工夫。若不將聖賢言語返諸身心，讀書萬卷何益！吕東萊先生嘗謂『父兄無見識，子弟得一第便爲成材』，此言可深長思之。」迄今二十餘年，大林以孤露餘生，非敢謂志夫遠者大者，亦不敢馳逐聲華，重隕越，遺先人羞。言猶在耳，觸緒愴懷。』是日，侍御握手談，雜以泪涔涔下。余亦爲竟日減歡也。

皇上御極之二十有六年，侍御官庶常。越辛卯，官户部雲南司員外郎。纍遇覃恩，贈公如其官。蓋自公先世以科名顯，振拔南越，充册封之使，冠一品冠，服一品服，里人至今猶艷稱之。勖哉！侍御又偕諸昆仲後先成立，望隆於鳳閣、烏府間，秉公訓也。語曰：『光遠而自他有耀。』曰歸曰歸，爲太恭人稱觴而嘉樂之，公應含笑於九泉耳！

公生於康熙某年月日，終於乾隆某年月日，年三十有六。元配某氏，某女，有婦德，誥封恭人。子某、女某、孫某。乾隆某年，葬於學子園。某年某月某日，遷葬於某原之某向。

銘曰：有驥而馳之，疇擠而止之。如玉連枝，如月半規。載屯其施，榮於來兹。嗚呼！一卜再移，高原豐碑。彼君子之人兮，如之何勿思！

【評語】

中規中矩。序入『遺訓』一段，尤淋漓出色。——朱竹君

篇法、句法、字法，斟酌美善。於簡潔明備中，波瀾推助。不愧金石之文。——程魚門

序『遺訓』一段，可作傳家寶。要亦吾師身於切實工夫，故縱筆寫來，淋漓酣暢。若此銘語與志意相比附照應，極有篇法，而造辭古宕，則王介甫之遺也。——受業王友亮

候選員外郎孔公墓志銘

乾隆四十有一年丙申之春，天子將告功於闕里。綸承天子命典習禮樂，率執事官先往，知公病於里也久矣。越視公病之六日，公卒。是年冬，公之孤走使者以狀來告，曰：『烜不孝，辱在至戚。先君病且革，而君適至，知先君始末莫君若。將於某年月日附葬於夫子之墓旁，敢以墓中

石請。』

按狀：公姓孔氏，諱廣柞〔一〕，字京修，號省山，孔子七十世孫。祖諱傳鐸，襲衍聖公。考諱繼濩，早卒，以公兄廣棨承襲。恭遇今上龍飛，覃恩贈考如其爵，母王太夫人一品夫人，公得蔭員外郎。公生七十日而孤，與兄相依爲命。兄卒，侄昭焕承襲，方十歲也。維時堂上有母，有祖母，有高、曾祖母，均待養。重以聖天子謁廟謁林，遣官告祭，與夫歲時祀典，均宜敬承其事。至五屯四廠、十八官莊，暨管勾、知印、掌書、守衛、百户各官，以及族黨姻婭吉凶慶吊，諸須經理，而公之侄以髫齡當之。所以修明祀事、對揚天庥，得慈闈之歡心、家政罔弗秩然者，惟公三十餘年來保護訓迪之力爲多。

衍聖公府，素以美富稱。有因以爲利者，公存大體，弗較也。性醇粹，嗜吟咏，選石簣山，水木明瑟，自顔其居曰『修卉』，又曰『愛廬』。蓋公撫孤已成立，半生精力消磨殆盡，故不出仕而寓意於此，洵所謂人淡如菊者乎！方余己卯春送余妹歸公長子昭烜〔二〕，公坐余修卉書屋中，歷叙先世文獻、聖朝恩錫便蕃且波及廣柞等，感激流涕。至酒闌燈灺，猶吶吶然，如不能盡所欲言。庚寅，余扈蹕而東，公府事方資公，公尚爲余開一觴。比今春，入公室，而公尋卒矣。嗚呼！俗之偷也，人多不明於天性，而骨肉之思，參以利而漸薄。若公，誠厚於仁者也，誠爲其難者也。余奚忍而不銘公！

公生於某年月日，卒於某年月日。配張氏，例封宜人云云。子、女、孫云云。著《澗水亭集》五卷，《修卉書屋詩》三卷，藏於家。

銘曰：如父事兄，視侄猶子。羌以孤而撫孤，哀此生之多否。宜食報於後昆，綿家風之勿替。嗚呼！魯城北，泗水旁，可以見先聖於在天矣！

【評語】

崇論閎議，筆歌墨舞。相其氣體，與韓公《淮西碑》《盧君墓銘》神似，非形似也。——蔣心餘

以扶持孤侄、贊襄府事爲第一義，文章自然涵蓄深厚。入後意不盡言處，尤見史法。——蔣霽園

【校記】

〔一〕「柞」字，原作「祚」。今校改。見本書卷九《先考湛山公行狀》校記〔一〕。孔繼汾《闕里文獻考》卷十《世系第一》之九「六十五代至七十一代」，叙孔繼濩有云：「子二：廣棨、廣柞。」又，民國版《孔子世家譜》卷三之一「大宗户」七十代載：「廣柞，字京修，號省山，正一品，蔭生。子二：昭烜、昭煦。」作「柞」是。

〔二〕「己卯」，原作「乙卯」，據《香亭先生年譜》校改。「己卯，先生二十八歲」譜載：「正月，妹婿孔昭烜來娶。五月，先生送妹抵闕里，謁廟謁林，即至京。」吴玉綸一生所歷乙卯之年有二，一在雍正十三年四

歲，時其妹尚未出生；一在乾隆六十年，時孔廣柞及孔氏妹已卒，故絶無可能有乙卯年送妹歸闕里及見孔廣柞事。又《香亭文稿》卷八有《致孔雲楣書》，作於乾隆五十八年六十二歲，中有『吾妹與大弟結褵三十餘年』云云，亦可爲証。

例授儒林郎候選布政司理問耐齋方公墓志銘

乾隆六十年乙卯二月朔，公之孤副貢生玉基走使者致狀於庭，將以是歲之冬爲公舉殯事，以幽宫之石乞銘於余。余與公家爲姻好，知公行應銘法，所謂潛德彌曜者乎，曷敢辭！

按狀：公姓方氏，諱熙，字庶咸，號耐齋。自遠祖褚功封於黟〔一〕，分支休寧，以文獻世其家。曾祖蕃〔二〕，避明季兵火，始遷定遠之北爐橋。祖文，補博士弟子員，入定遠籍。考建極，嘗出其家財活難人。生子四。公與兄觀察公，元配戴太宜人出也。先是，公伯祖壯行早世，元配葉孺人苦節四十餘年。公祖以長子正域承祀，未娶而亡，即命公後大宗，奉葉孺人喪，爲承重孫。

公性醰粹，讀書能見大意。事母戴太宜人，逮後母胡太宜人，得歡心。以戴太宜人厝棺久，凄然曰：『安有爲人子而可不知地理乎！』擇吉以葬，自是通青烏術。丁外艱，觀察公方遠滯於京，一切治喪事，必慎必詳。爐橋地僻，倉卒未成遺照。公手塑小像，召畫師臨之。吊者雜指其眉睫及頰輔間如生存然，多垂涕。弟煦，庶母凌孺人所遺，患怯怔。偕之養病吴門，視其衣褥薄厚，調和於藥果茶爐，幽憂恀傺，夜不成寐。痊既久，復發。公之不能活弟者，命也。迨與觀察踐白首之約，顔其齋曰『怡園風雨聯床』。因思煦少亡，久未立嗣，以子玉琳繼之，且以報本生，倫紀之地肫肫也。

又嘗往來潁、亳、淮、徐、吴、楚、燕、趙間，熟悉其風土人情。重然諾，好行其德。若府考棚，若縣通濟橋，暨各病於涉者，捐修也；若施粥，若贈糧，若輸二千金助賑，救荒也。至於立宗祠，資婚嫁，疫恤奴婢，租減耕佃，凡此義所當爲，在公不過守先人忠厚之訓，謀諸昆弟，量力爲之，而厚德雅望，足以風示大江南北。所爲推孝友以孚其鄉，藹然克充元善之心，而不徒以伯氏科名、子孫繼起爲門第增重。

丙午春，余子鼎颺葬余夫人於鶴峰橋。依堪輿家所卜啓之，土質潮濕。公適來奠，謂宜移上以乘生氣，遂得吉穴，并繪圖以寄余。蓋谷崗之西，尖山之麓，尹疃之陽。余聞公獲佳壤也屢矣，固知有以致之。即鶴峰一役，余於公未嘗有亡妻哀子之托，而素車白馬而來。一旦相陰陽，而力破群疑，轉凶爲吉，惠及存殁。非勇於爲善者，而能如是乎？於此可見公之生平。

公先世以觀察公貴，恭遇覃恩，累贈本生祖、父奉政大夫如其官，本生祖母程氏、母戴氏、繼母胡氏，均贈宜人，貤贈曾祖奉政大夫，曾祖母汪氏宜人。

生於乾隆二年十二月廿九日戌時，卒於乾隆五十九年五月廿七日巳時。例授儒林郎，候選布政司理問。元配陳安人、繼配戴安人，皆有婦德。子十一，壬子科副貢生、候選直隸州州判玉基，長男也。封、堂、珂、址、堅、珣、珮、璘、珅、珍等，列膠庠。珮，余侄婿也。女八，聯姻士族。孫男八，孫女三。將於某年月日，與陳安人合葬於某原。

銘曰：直而不華，大而非夸，德孔嘉也。如木萌芽，如春始花，後有加也。非後福是加，而福善不差。彼君子兮，光我邦家。爲神往於山之巔、水之涯也。

【評語】

爲善士寫照，務去陳言，歸於切實。得昌黎之神而不襲其貌，故停頓抑揚，彌有味外味。——紀曉嵐

碑版之文，乃能序次嚴整潔浄，名貴至此。非於此道中喫煞辛苦，不能道其隻字也。銘尤古雅，逼真昌黎替人。——韋約軒

宅句安章，極陰陽向背之法。鶴峰一段，揭出作志之由。文筆亦錯落入妙，今之柳柳州、韓昌黎也。銘詞古音古節，如讀禹鼎商盤。——祝蘭坡

半山云『退之善爲銘，如《王適》《張徹》尤奇』；周公謹則謂『《董府君》及《貞曜》二銘尤妙』。吾師此作，蓋兼有之。叙文簡質冲粹，則又參之太史以著其潔者。——受業〔吴〕紹昱〔三〕

【校記】

〔一〕『褚』字，或當爲『儲』。據方濬師《退一步齋文集》卷一《誥贈資政大夫先府君行狀》，定遠方氏系出漢黟縣侯諱儲公。

〔二〕『蕃』，當爲『景蕃』。據方濬師《誥贈資政大夫先府君行狀》所言，方氏由休寧縣遷居定遠縣者爲方士鼐五世祖公衍公諱景蕃。另，《方燕年鄉試硃卷》載：『八世祖景蕃，字公衍，由休寧縣始遷定遠縣。』

〔三〕『吴』字原以同姓諱缺，今依例補。

祭先大夫文

嗚呼！玉綸孤露餘生，抱痛於東西南北之人。庚子春扈蹕王家營，請假省墓，一識崇封，載馳載驅，遂以至今乃得解組歸田。而久闕祭掃者，已及垂暮之年矣。前之迎鑾銷假也，途次遷副都御史。辛丑，充三館謄録考官，充會試副考官。癸卯，充浙江正考官，督學福建。丁未，遷兵部右侍郎，署吏部左侍郎，充咸安宫、景山、覺羅八旗各學教習考官。戊申，以辛丑之春同官有改《寄園寄所寄》聯語爲戲者，至是始聞於上，遷内閣學士，兼禮部侍郎。己酉，授檢討，武英殿行走。甲寅，充咸安宫總裁。乙卯，上念玉綸就衰，以原品休致。恭俟丙辰正月元日大禮慶成，賀於朝，賜宴賜杖。丁巳冬，然後抵里門。嗚呼！自春郊歸省以來，薦陟卿貳，歷膺文衡，由左遷而予告，榮及桑榆。苟非聖天子眷先臣以及其子，豈能如此備荷鴻慈於格外乎！而玉綸撫躬循省，輾轉於宦海，升沉之際，以慎動之懷，守知止之義，前無越畔，後無越思，至今日而幸得不辱其先矣。總計半生閲歷，靡臨不遑，凡遇春秋令節，播問祭者纍纍相屬，玉綸則孑然天末，銜哀遥奠。嗚呼！嗚呼！昔者二千里血枯風木，未能一視飯含；今也三十載泪灑松楸，甫得兩親拜掃。小子何心，能不悲哉！

少時與伯兄瞻依膝下，訓以忠厚承家、補拙養廉之大旨，懔懔不敢忘。今兄已不禄，嗣子鼎颺官中書，久抱病，屬望於後者諸子與諸孫耳。所恃吾父一生忠孝仁愛之性，隱微幽獨之功，足以垂休於奕葉，庇賴夫子孫。玉綸亦惟敦前訓，以勵後昆，恒爲士，恒爲農，藉得見吾父於地下足矣。

謹彙庚子後叠逢國慶贈官制詞，焚黄致祭，俾我族與祭之士大夫知區區德薄能鮮，遭逢隆盛，所以褒大顯榮，荷天子之休命於無窮，其來有自，并夙興夜寐，求無忝而未能者告之吾父，而以慎晚節爲終於立身之義焉。至於謝外務、肅家政，古鄉師、鄉大夫成規具在也。不忍不以己所欲者，通諸同體兄弟子侄之間；更不敢以己所不欲者，施諸鄉黨朋友。萬有不齊之數，此心可白，此願難償，猶是玉綸齋頭聯語『本是諸生，勿以小善不爲』意也。學本無盡，而生也有涯，吾父其默牖之也耶！

鳴呼尚饗！

【評語】

閱歷有得之言，可作一則家訓讀。——任貽桂

誥授中憲大夫鴻臚寺少卿前護理貴州巡撫韋約軒公墓志銘

嘉慶二年丁巳春，誥授中憲大夫、鴻臚寺少卿、前護理貴州巡撫韋公之柩將歸里，舉葬事，孤協夢、協中頓首涕泣，乞銘於余。余與公同年，以孫女妻公孫寶善，又戚誼也，知公行應銘法，雖不文，曷敢辭！

按狀：公姓韋氏，諱謙恒，字慎旃，號約軒，别號木翁。宋許公深道先生由江西隱蕪湖，構獨樂堂，公始遷祖也。曾祖弦佩，順治乙未進士，考功司郎中，授朝議大夫；曾祖妣楊氏封恭人。祖聖功，河南新鄭知縣。考前謨，溧陽縣教諭。均以公貴，贈如公官。祖妣古氏，妣甘氏、周氏，均贈恭人。

公生而慧。年十三嘗賦『雲』，有句云：『只緣膚寸能爲雨，南北東西那得閑。』教諭公奇之。

十四學擘窠大字，見許於王虛舟澍。十九補博士弟子員，謁王巳山步青於竹里草堂，文益進。歲、科屢冠其曹，貢成均。丁丑，再應南巡召試，授内閣中書，充《平定準噶爾方略》暨《通鑑輯覽》纂修官。癸未，會試以一甲三名進士及第，授編修。丁亥，記名以御史用。戊子夏，試翰林優等，遷庶子，署講官。秋，充順天鄉試同考官，分得北皿。一卷謄録多訛，丙夜挑燈，疏於别紙，遂獲雋。榜發，來謁，乃正定老明經王發傳，感极而泣。天下不羡王生，而羡公之冰鑒清操若此，其大有造於寒畯也。九月，視學山東，遷侍讀學士。司鐸官循例報優劣多不實，是黷教也，請核之；士子以不干己事預詞訟，是舞文也，請禁之。俱報可。德州生梁鴻翥撰《周易觀運》及《十三經條辨》，舉優生，爲多士勸。申詩賦之學，拔其尤者應東巡召試，初通參彭齡、竇主政汝翼，始以前列賜舉人。三載試竣，化遍魯諸生，由是朝廷滋欲試之於民。

公優於學，達於吏治，無倚附生平，亦無疾言遽行。壬辰，除雲南按察使。既抵任，調貴州按察使，遷布政使。黔在萬山中，厥田少，厥木可封。會城溝洫不通，積雨病涉，公周知其利弊而經理之。下其令於民曰：『爾道其除之，爾木其植之，利爾行，裕爾用也。』不獨修府學，建鄉賢祠，有以培士風厚民俗也。甲午夏，奉命護理貴州巡撫。修諸葛武侯祠，以歷任督撫九名宦附焉。白氏旺保七人，銅仁府紅苗也，父子兄弟滋不法，屢奪耕牛，拘平民索贖金。乙未春，署府某飭土弁捕之。白氏斃兵二，偕其族以竄。衆口附和，草木皆驚，文武官申報絡繹，議者請遣中軍行。

公曰：『此拒捕耳，非苗變也。如苗變，余當往；如未變，而以兵往，苗必疑，疑必變。中軍之行非計也。』檄糧驛道某、貴東道某，馳諭各寨，務獲白氏等，勿株連。於是四境安堵，白旺保、白寅保、白老來俱伏誅。上聞而是之。蓋公之臨事持重有定識、有定力，有如此者。秋七月，因鎮遠府蘇墧參案，坐溺職例罷職，效力軍臺〔一〕。丙申秋，赴常山峪行在謝恩，授編修，在四庫館提調核籤處行走。再試翰林優等，充講官，充會試同考官，充雲南、陝西正考官，充教習庶吉士，充校理。宴文淵閣，賜千叟宴，皆儒臣榮遇也。蓋自丙申以迄壬子，上下十七年間，三任中贊，兩任講讀，兩任祭酒，終鴻臚寺少卿，載升載沉，不遑寧處。庶幾復大用以竟其施，而公已老矣。

乙卯冬，余聞公病休，往視。老泪盈把，相對凄然，非復疇昔酒酣耳熱，抵掌話貴陽舊事情況也。次年丙辰卒，壽七十有七。配江恭人，有婦德。子四：協夢，甲午舉人，順天府漕運通判，承兄天榛嗣；協中，浙江台州府知府，俱江恭人出；協齡、協正，側室董儒人出。女三，孫二，孫女七，俱締姻仕族。有《傳經堂詩鈔》九卷付梓。

某年月日，葬於某原。

銘曰：有鶴翩然浴蕪湖，聲聞於野達帝都。才高如雲任封區，竄於山川化沾濡。雲從風兮暌中途，乍舒乍卷命矣夫。嗚鶴在陰，和者雖幽宮，允利後嗣乎！

【評語】

敘事要而該，行文古而澤，寫實追虚，并臻其妙。銘亦古韵。——譚古愚

以簡重之筆，寫曲沯之情。有提有頓，有斷有續，有明有暗，有詳有略，深懷遠韵，非熟於龍門史法，未易窺此秘妙也。銘語在歐、柳之間。——程鶴嶠

【校記】

〔一〕據《乾隆朝實録》卷九百八十九至九百九十五，蘇墧參案致韋謙恒革職，發生於乾隆四十年乙未秋冬。嘉慶、民國《蕪湖縣志》繫此事於丙申，均誤。

香亭文稿　卷十一

傅中丞傳〔一〕

公姓傅氏，滇之建水人，諱爲許〔二〕，字嘉言，號謹齋，一號岩溪〔三〕。先世隸江西〔四〕，曾祖時鷳游學於滇，遂家焉。祖大美，爲善於鄉。考琳，康熙癸巳舉人，慷慨任氣節。有以殺人事誣其鄰者，馳剖於官，寃立解。公，其長子也。生而醇篤，貌昂藏，能委己於學。雍正丙午舉於鄉，癸丑成進士，選庶吉士。丙辰，今皇上御極之元年，授檢討。戊午，轉貴州道御史，數言事。《殫竭愚忱》一摺，謂「奸民宜去，冗蠹宜除，法禁宜申，清獄訟而端風化」，勤勤懇懇，不下萬餘言。遷奉天府府丞，管學政事。請設書院，頒『十三經』『廿一史』，便諸生誦讀。旋以請廣額降調，蓋庚申冬也。自是，省大父於里門，居一載；需次於京，八載；終母養，十載〔五〕。

公之終養也，購書數萬卷，采先世譜系於高安以歸，凡計程萬二千餘里。渡黄河，越金焦，泛錢塘，歷三楚，入五溪，還六詔。壯懷憑吊，輒掀髯高吟，自肆於山水間。迨歸里，以母老，不受九華書院講席之聘，偕諸弟侄承歡菽水。既按譜以溯先德之淵源，更有藏書足供誦讀，融融怡怡，朝夕於螺髻、浣江，有若將終身者乎〔六〕。公之文，能見道；公之詩，自成一家言；公之學，蓋再進於庚申以後、辛巳以前。由奉天而歸省，而需次，而終養，而丁母憂，二十餘年，讀書之力爲尤多。

辛巳，服闋入都，補光禄寺少卿，食四品俸。壬午，遷鴻臚寺卿。上召見，曰：『爾儉樸人也。夫儉以養廉，樸由積誠。』蓋知公深也。丁亥二月，轉大理寺少卿；五月，遷宗人府府丞；十二月，遷左副都御史。奏慎選序班復謝恩官故事，及停科道兼辦各部司員事，以存體制。俱後先報可。庚寅春，病齒劇，不能朝。四月朔，以原品予告。越七日，辛酉，卒。

公祖、父均以公貴，贈中憲大夫。祖母吴氏、母李氏，均贈恭人。配劉氏，封如之。祀子峻〔七〕，增貢生；嶷，監生。

所著《藏密文鈔》《詩鈔》《斯文易簡録》《明儒四家纂》〔八〕，藏於家。

論曰：公於少廷尉署種槐柳，於御史臺種柏。善詩酒，善交，殆春風風人者與〔九〕！及余讀公疏，言明巡城御史趙撰死事狀甚烈，爲請謚；又言拔貢生王瓚孝行，爲請旌，公之風節可想見矣！凡都御史於御史，向例有統無屬，蓋不以課職爲重，而以端表爲先。若公者，洵足楷模焉！嗚呼！臺中諸君子，尚愛其樹而弗忘也哉？

【評語】

紀叙簡潔，直逼曾、王。中後論斷處，尤得太史公筆意，與謹齋中丞丰規恰合。文之極謹嚴，而有關係者。——董蔗林

或詳或略，或合或分，直寫得鬚眉畢現，的是班史傳論體製。胎息兩漢者自辨之。——受業陳池鳳

【校記】

〔一〕蘇源生輯《國朝中州文徵》卷三十七、李桓輯《國朝耆獻類徵初編》卷八十俱收録此文。《國朝中州文徵》題同，而《國朝耆獻類徵初編》依例不設標題，僅於文末標明『右《傳》，吴玉綸撰』。

〔二〕『訏』字，江濬源《臨安府志》及王崧等《雲南通志稿》同，蔡新《緝齋文集》卷七《副都御史岩溪傳公墓表》作『竏』，《國朝耆獻類徵初編》作『箸』。

〔三〕『一號岩溪』句，《國朝中州文徵》《國朝耆獻類徵初編》俱缺。

〔四〕《國朝中州文徵》《國朝耆獻類徵初編》於『江西』之後，增『高安』二字。

〔五〕『十載』，蔡新《副都御史岩溪傳公墓表》言『十三年』。據《國朝耆獻類徵初編》所録國史館本傳及《乾隆朝實録》卷一百二十一記載，傅爲訏自乾隆五年（一七四〇）庚申以請廣額降調，至二十六年（一

七六一）辛巳服闋入京，則除去『省大父於里門，居一載』，需次於京，八載』，又丁母憂近三載，其終養年數以十載爲近是。蔡新《墓表》中『十三年』之説，可能是含有丁憂時間。

〔六〕『乎』字，《國朝中州文徵》《國朝耆獻類徵初編》俱無。

〔七〕『祀』字，《國朝中州文徵》《國朝耆獻類徵初編》俱作『嗣』。

〔八〕『藏密』，《臨安府志》卷十四及《雲南通志稿》卷一百九十三均於『藏密』後增『齋』字。

〔九〕『殆春風』句，《國朝中州文徵》《國朝耆獻類徵初編》俱無。

孫孝子合傳〔一〕

蘇州府吴縣孫君泰溶，父采章公旌曰孝子，兄泰汶以孝待旌者。余交泰溶歲餘，紀言温温，如不克其貌。述父若兄懿德，泪涕交頤下，以合傳請。余不文，素所樂書者，惟人世忠孝事也，曷敢辭！

采章公名鼎鐘，幼讀《孝經》，能會其意。母病危，中夜焚香默禱，刲左臂肉，以血和藥進。翼辰〔二〕，霍然起。《傳》曰：『孝弟之至，通於神明〔三〕。』時年甫弱冠也。越三年，母歿，諸兄相繼歿。父以高年觸暮景凄惻〔四〕，性復剛急不耐，公委曲周旋，必中意。家無滿籯，日具鷄黍，招二三故友以娱親。境雖困，色笑老，益融泄。洵矣，養志至性，在春風沂水間哉！〔五〕年八十有二而病〔六〕，求参苓，典衣、盡市書易之。既殁棄所居治喪葬事。憲皇帝允大吏以旌請，嘉實孝也。

泰汶，公長子也，性行克肖其父。局度軒舉，類古俠士風。作客經南昌，同鄉石璿以女屬擇聘〔七〕，未許。有艷其女欲妾之者，泰汶憐其父之殁也，爲聘邑庠生張永年爲室〔八〕，成佳耦。同宗弟武進士威鳳遭親喪，周其急；及以横岡守備罷官，爲撫子女彌瘁。康熙壬寅正月，采章公易簀時，泰汶方以教習館於京。得家書心動，遄假歸，猶及承歡匝月。顧乳者抱异母弟泰滘作孺子泣，愈傷何怙，以養以教。與弟泰淄輩愛倍篤。迨母亡，備物盡哀，如父之亡也，皆廬墓。

是廬也，孝子父曾三紀於兹矣！舊植成林，新墳負土，會悲引泣，棘人晨夕號呼。過其地，嘆孫孝子有子。又聞此偃廬哭聲也，往往叙厥家庭事，爲太息，不忍去。里人至今稱孫氏父子爲孝子者無間言。

論曰：余六齡失恃，十一齡又失恃，隨大昆奉嚴親歡十七年，今慶康且壽也。每遇史書載孝烈狀，不忍卒讀。君子律以毁傷深文，嚴黷政，垂民紀也。事慘於剥膚，要其至性深矣；襲而爲之，又僞甚。若孫氏父子何間然？讀泰汶《江干草·紀恩》諸作，於心戚戚。寄語泰滘：老母在堂，勉旃事生，事其思他日所以見父若兄於地下者！

【評語】

序事論贊、句法字法，全從《史》《漢》兩家龔氣母，不止一鱗片甲矜神异也。他日瀛洲著作，兩行銀燭，與宋學士并傳千古矣。——周立亭

一起一結，尤爲絶妙。論贊層層委折，直入太史公之室。——家易堂

刻意描摹孝庸行也。東萊呂伯恭曰：『題常則意新，意常則語新。』兼格法，亦善變，以煉勝。——戴東原

【校記】

〔一〕蘇源生輯《國朝中州文徵》卷四十四、李桓輯《國朝耆獻類徵初編》卷三百八十四、沈粹芬等輯《國朝文匯》乙集卷三十一俱收録此文。《國朝文匯》改題爲《孫孝子父子合傳》。《國朝耆獻類徵初編》依例不設標題，僅於文末標明『右《傳》，吴玉綸撰』。

〔二〕『翼』字，《國朝耆獻類徵初編》作『翌』，通用。

〔三〕『於』字，《國朝文匯》作『乎』。

〔四〕『惻』字，《國朝文匯》作『測』，以形近而誤。

〔五〕『洵矣』三句，《國朝中州文徵》無。

〔六〕《國朝中州文徵》於『年』字前增『及父』二字，并删『有』字。

〔七〕『聘』字，《國朝中州文徵》作『配』。

〔八〕『聘』字，《國朝中州文徵》作『字』；『爲室』二字，無。

西獵先生傳

西獵先生，姓吴氏，諱夢渭，字望子〔一〕。西獵，其號也。與先王父叙昆弟，以道相勖，以經術師其鄉里，學者稱西獵、南長兩先生。南長，先王父字也。迨玉綸與先生猶子延瑞官京師〔二〕，勿替先人好〔三〕，屬余爲先生傳，不敢辭。

先生世籍江西，自元御史大夫廷弼官河南〔四〕，避兵於固始之嫣店〔五〕，遂家焉，是爲先生始遷祖〔六〕。明太僕寺少卿、廬州府知府大樸〔七〕，贈奉直大夫德昌，先生祖及考也，生先生兄弟七人。先生生而穎异，嗜學如飢渴。年未冠，補博士弟子員。戊子科領鄉薦，授江西弋陽令。愛民息事，以迂拙不合於上官，改密縣教諭，尋歸里。壽七十五而卒。

先生性樸素，於外物無所愛〔八〕，愛書、愛古帖、愛硯，亦愛花。吾鄉地脉本深厚，挹洩、淮之流而注之稻田〔九〕，漁舍人家，如在空濛烟靄中，是以花木之繁甲中州〔一〇〕。先生嘗築室西村〔一一〕，名其亭曰此亭。若老桂，可合抱；若梅、若蘭竹，多佳種。晨夕坐卧於其下〔一二〕，手一卷不釋。暇則臨池自喜，或攀條賦詩，欷歔不自禁，人呼之，不知也。當事者過訪，拒弗納也。夫淵明愛菊，非愛菊也；先生所愛若此，其不合於弋陽而歸，良有以也。著有《四書文集》《香峪吟》《此齋吟》《鷦居吟》，藏於家。子延薦，孫蘗、槐，皆邑庠生。

論曰：固始吴氏不一族，來自江西者〔一三〕，余同族也。先生以江西世家子宰江西〔一四〕，自號迂吏〔一五〕，殆悃愊無華者類與〔一六〕！歸而授徒於家，門弟子多以科名顯，如余伯叔父，受教尤深者。余於丙寅歲讀書楷兄之古蓼書屋，先生逝矣，猶聞溯先生教法而樂道之。嗚呼！余安忍而不傳先生哉！

【評語】

閑閑著筆，妙能傳出簡素冲澹性情，如讀淵明《停雲》《時運》諸章，令人得味鹹酸之外。——項豫齋

中幅只就所愛處迅筆描寫，而其人之性情、學問、品概、風骨，已自和盤托出。前後敘議，俱極有章法。——受業魏儆祖

【校記】

〔一〕光緒癸未思源堂藏板《固始吴氏一綫譜》於『字望子』後有『行一』二字。

〔二〕《固始吴氏一綫譜》於『官』前增『同』字。

〔三〕《固始吴氏一綫譜》於『好』前增『之』字。

〔四〕『廷』字，《固始吴氏一綫譜》作『君』。

〔五〕『嫣』字，《固始吴氏一綫譜》作『鄢』。

〔六〕《固始吴氏一綫譜》於『先生』後增『之』字。

〔七〕『少』字，《固始吴氏一綫譜》無；『樸』字作『朴』。

〔八〕『外』字，《固始吴氏一綫譜》無。

〔九〕『泱』字，《固始吴氏一綫譜》作『史』。

〔一〇〕《固始吴氏一綫譜》於『中州』前增『於』字。

〔一一〕『嘗』字，《固始吴氏一綫譜》無。

〔一二〕『其下』二字，《固始吴氏一綫譜》作『緑陰深處』。

〔一三〕《固始吴氏一綫譜》於『來自』前增『凡』字。

〔一四〕『以』字，《固始吴氏一綫譜》無。

〔一五〕『迂』字，《固始吴氏一綫譜》作『迂拙』。

〔一六〕《固始吴氏一綫譜》於此句後尚有『可告無愧於桑梓矣』一句。

徐生小傳

徐生名穎，字超群，中州人。貢生徐君孝舉次子，湖南布政司安思先生第幾孫。陳望之太守，其舅氏也。望之爲余世好，歲辛巳入都，以文字相過從。客有以弈來者〔一〕，以多算勝。望之曰：『是弈也，當在吾亡甥徐穎伯仲間。』具道其始末，屬爲傳。

生生而岸异，頭角嶄然。常繞膝承父母歡，見善弈者輒解意。又對五七字句，絕佳；又善琴，手揮目送，雜吟想於高山流水間，不獨學弈也。今春，生年十有四矣。望之過其廬，手製『五經』，令背誦，舉《左》《國》《史》《漢》《選》《騷》等篇叩之，應聲無滯。閲所習舉子業，多性靈語，不獨善弈，且有志於道也。二月，生以病夭。父母哀其死也，於望之赴選之役，丐能言者立傳。

夫道爲藝所由出，藝爲道所分見，弈又道麗於藝者之一也。由一藝之善，以善衆藝，藝與藝囿於器，而不能通也；由善一藝之道，以善其道於衆藝，道與道運以神，而無不通也。徐生弈之善，即進道基也。余所以聞望之言，而重爲徐生惜也。

余與望之交善，安思先生與先中丞公後先列諫垣，出任外藩，尤以耿介稱。語曰『善人有後』，何前有令祖，天不永年於其孫耶？抑聰俊迥異等倫，爲造物者忌耶？昔李泌十歲賦弈，張説以奇童爲玄宗賀〔二〕，蓋卜其後之適於道也。今生幼慧略同，而所成就之异若此！余未見徐生，聞望之言，輒爲太息，而類書其句之佳、琴之善，如見其弈也；　更及其讀書之熟、舉業之靈，如見其無往非弈，無往非道也。以豐於進道之姿，而嗇其聞道之時，洵可悲也。爰撰諸古君子爲成人立傳之義，作小傳以答其請，俾寄而慰生之父母。

抑又聞之，弈，利己生也；　種樹，利物生也。農圃曰『老』，賣花稱『翁』，天下動以機心，每不如闕以樂意者得生理也。此亦叔度少農『因藝見道』之言，故於傳徐生而附志之。

【評語】

敘次歷落相生，於磥節中見感慨淋漓，寄思闊遠。——戴東原

此具有夙根，偶入世間以了塵劫者。老輩愛才，爲之感嘆盈襟，濡墨寫照，皆小中見大法也。不獨謝家蘭玉，無憾虛生耳！——褚筠心

得此文以壽之，徐生不死矣！此等題，有議論經緯其間，洵言有物也。結有遠韵，所見亦大。——陳伯思

【校記】

〔一〕本篇『弈』字，原皆作『奕』。《康熙字典》『弈』字下釋曰：『按《説文》，奕、弈二字音同義异。俗

與「奕」通用，非。互詳「大」部「奕」字注。』據此則徑改爲『弈』。

〔二〕『玄』字，原避諱作『元』，今校改。

節孝陳孺人傳〔一〕

節孝陳孺人，余内子之生母，外舅任復旦公側室也。孺人，江蘇吴縣人，世業儒。年十六，歸外舅，侍外姑張恭人惟謹。外姑性剛急，重以子息凋喪〔二〕，氣抑鬱不可遣，以家政授孺人〔三〕，罔弗治。厥後，外舅由福建邵武府知府與卓薦，以道員用〔四〕。乾隆辛酉〔五〕，卒於邵武官舍。遺幼女一，孺人出也。外姑所出五子，皆先卒〔六〕。子婦孫安人無出，將以從孫紹爲安人後〔七〕，又在籍。是時，門無孤兒，室多嫠婦，靈移海角，祖祭何人？輾轉數千里，髽髾麻裙，宵晨對泣，卒能扶櫬以歸。〔八〕外姑嘗告余曰：『葬有日矣，哀臨穴之莫追，嘆持家之不易。未亡三人，實共憂之。』〔九〕語未竟，泪涔涔下。未幾，又棄世。孺人偕安人協力同心，爲紹授室，生子，慰兩大人於地下。〔一〇〕而孺人女漸成立矣〔一一〕。庚午，余親迎，不及見外姑，請附子婿之禮見孺人〔一二〕，不可。再三請，乃見。越十二年，迎孺人於京邸。〔一三〕終日閉門却掃，茹素誦經，雖佳辰令節，有女承歡，外孫繞膝，穆如也。蓋較曩之自矢柏舟、共悲黄鵠，更有萬象俱空者已。〔一四〕越四年，辛卯〔一五〕，以病卒，年五十有六。歸葬於外舅墓旁〔一六〕。卒之前一歲，奉旨以節孝旌於里。

論曰：孺人之初歸也，余外舅方官閩。奄其徂泯，自傷薄命。〔一七〕比紹能持門户，而家徒四壁立矣。迨相依於京邸，喜内子之生子鼎颺也，又屬置顧氏妾，生子端生，余得有二子焉。〔一八〕乃余於孺人彌留之際，適病且危，附身附棺，未能親理其事。〔一九〕嗚呼！天蓋始終厄孺人，而特以節孝爲孺人重也〔二〇〕。悲夫！

【評語】

敘述艱難時勢，一字一泪，倍增冰操之重。論末歸重節孝，尤爲立言得體。——蔣霽園

得味外味，如畫家山外山、樓外樓也。故情深而文亦至。——任貽桂

【校記】

〔一〕謝聘《重修固始縣志》卷二十六《列女藝文》收録此文，標題同，然此集較原稿改動處頗多。

〔二〕『息』字，原作『媳』，據《重修固始縣志》校改。

〔三〕《重修固始縣志》於『孺人』後增『佐理之』三字。

〔四〕《重修固始縣志》於『以』字前增『奉旨』二字。

〔五〕『乾隆辛酉』，《重修固始縣志》作『俄』字。

〔六〕『卒』字，《重修固始縣志》作『萎』。

〔七〕『紹』字，本書卷九《先考湛山公行狀》一文作『鉊』。又，《重修固始縣志》卷二十六所録傅珠《副憲復旦任公傳》載：『嗣孫鉊，國學生。』則任煥嗣孫實名任鉊。

〔八〕自『靈移海角』至此，《重修固始縣志》作『輾轉數千里，扶櫬耑歸，經營窀穸』。

〔九〕『告』字，《重修固始縣志》作『語』； 所言則爲『所天遠逝海角，誰襄大事？未亡三人，相依爲命』。

〔一〇〕『協』字，《重修固始縣志》作『竭』。又於『慰』前增『以』字。

〔一一〕《重修固始縣志》於『女』前增『之』字，於『漸』之後增『次』字。

〔一二〕《重修固始縣志》於『附』字後增『於』字。

〔一三〕『十二』，《重修固始縣志》同，而錢棨《香亭先生年譜》『辛卯，先生年四十歲』譜下引此文作『十九』。靜按，《重修固始縣志》卷二十五《貞節·任氏二節婦》載，陳氏於辛酉（乾隆六年，一七四一）夫没時年二十六，乾隆三十一年（一七六六）旌表。若據此文所言終年五十六計，則陳氏至京與親迎相距時間，以《年譜》所載『十九年』爲是； 若以文中『卒之前一歲』旌表計，則與此文『十二年』之説相合，然其卒年則應爲三十二年（一七六七）丁亥，此不僅與文中卒於辛卯不符，且其時吴玉綸正丁父憂於鄉里，陳氏又不當卒於京師。故此文所言陳氏至京時間，包括旌表時間，或均有誤。

〔一四〕自『終日』至此，《重修固始縣志》無。

〔一五〕『辛卯』二字，《重修固始縣志》無。

〔一六〕『旁』字，《重修固始縣志》作『次』，《年譜》引作『側』。

〔一七〕自『孺人』至『薄命』，《重修固始縣志》作『外舅於余家爲舊姻好，孺人之來歸也，家方盛。不十年而遭余外舅喪』。

〔一八〕『相依於』三字，《重修固始縣志》作『孺人來』；『置』之前增『内子爲余』；『余』字作『而余因』。

〔一九〕『彌留之際』，《重修固始縣志》作『之卒也』；『附身附棺，未能親理其事』，作『一切治喪之事，殊草草』。

〔二〇〕『特』字，《重修固始縣志》作『惟』。

節孝孫安人傳〔一〕

節孝孫安人，任君廷獻妻。幼端静，不苟言笑，其父岱東觀察絶愛憐之。母吴恭人教以小學、《論語》《孝經》《列女傳》，能明大義。初，余外舅復旦公爲建寧府同知，觀察爲郡通判〔二〕。見舅兄廷獻善屬文〔三〕，以安人許。年十九來歸〔四〕，時廷獻已遘疾矣。未幾，顧安人曰：『予病，且不起。父母惟予一子，將奚養？以累新婦。』安人泣曰：『天日在上，願以婦代子職。』廷獻伏

枕曰：『能如是乎！』相對嗚咽久之，侍婢俱泣下。卒之日，新婚纔兩月耳。〔五〕

安人默體夫意，往往制哀承歡，非獨守《禮》『不夜哭』之文也。〔六〕。迨外舅卒於邵武府官舍〔七〕，安人奉姑張恭人，暨余内子生母節孝陳孺人〔八〕，扶櫬歸葬。遵姑命，以猶子紹爲夫嗣。張恭人患痰疾，安人侍湯藥，衣不解帶，三年如一日。恭人卒，安人痛愈甚，絶粒數日，願從姑見夫於地下〔九〕。或勸以姑未殯，小姑未嫁，孤方雛也，乃强起搘門户，教子成立。今紹且抱孫矣。

先中丞之病且革也，余兄弟方遠宦，棺未預蓄。〔一〇〕安人命紹以所制美木進。是木也，安人備身後者。余感而泣，且有愧於安人多矣！

安人以子紹例授州同知，得封安人。〔一一〕乾隆癸未，舉節孝，奉敕建坊。〔一二〕癸卯，卒於里。壽七十有二。

夫節孝根於性，亦隨所遇，皆苦行也。苦於遇者，如瘠土之民也，而能以節孝著其行苦；不苦於遇者，如沃土之民也，而能以節孝著行苦，而心尤苦。安人生長名門，歸於華胄，以艷陽桃李之時，抱冰霜松柏之操，貞德不洵可風哉！

【評語】

爲節孝寫真。叙次處，俱得龍門筆意。——韋約軒讀彌留永訣數言，真令人黯然魂銷。後叙苦節之貞，簡質深至。與敬姜論勞逸參看，洵爲名門生色。

——受業陳萬青

【校記】

〔一〕謝聘《重修固始縣志》卷二十六《列女藝文》收録此文，標題同。

〔二〕《重修固始縣志》於『爲』字前增一『甫』字。

〔三〕『舅兄』，《重修固始縣志》作『外舅之子』。

〔四〕『來歸』，《重修固始縣志》作『歸廷獻』。

〔五〕『卒之日』，《重修固始縣志》作『逾日卒』，并於『新婚』前增『蓋』字。

〔六〕自『安人』至此，《重修固始縣志》作『安人奉養姑舅，承色笑，終日不敢有戚容』。

〔七〕『卒於邵武府』五字，《重修固始縣志》作『由邵武府知府奉旨以道員用，俄卒於邵之』。

〔八〕《重修固始縣志》於『内子』後增有『之』字。

〔九〕《重修固始縣志》於『姑』字後增有『以』字。

〔一〇〕自『先中丞』至此，《重修固始縣志》作『乙酉秋，余兄弟方遠宦，先中丞病且革也，棺木未預制。固始又僻地，倉卒莫購』。

〔一一〕『例』字，《重修固始縣志》無。另於『得封安人』前增『贈廷獻爲儒林郎』。

〔一二〕「癸未」，《重修固始縣志》作「二十有八年」；又於「奉敕建坊」後增「嗚呼，可以傳安人矣」，并以此終篇，自「癸卯」以下皆無。

任夫人傳

余視學於閩之三年，歲乙巳七月，元配任夫人疽發背，卒於官舍，年五十有二。兒孫環跪哀號，以傳請。余亦有不忍不言者，爰揮泪而爲之傳，曰：

夫人姓任氏，諱以姒，字香龕，先母任太夫人侄女也。考諱焕，由邵武府知府擢山東濟東泰武道，未抵任，卒。邵民德之，立專祠。妣張恭人，生子五人，未成立。去邵之日，僅存弱女，即夫人也。年十七，來歸。不及事吾母任、李兩太夫人，逮事先大夫十有六年。迎養生母節孝陳孺人於京邸，如子道焉。

方余未成名，先大夫督課甚嚴，輕則跪，重則杖。每自家塾歸，殘月在天，更漏已沉，夫人猶篝燈佐讀，曰：「勉承嚴訓，且以慰兩母於地下耳。」咿唔與刀尺聲率琅琅，徹宵分弗輟。

夫人自生鼎颺後，十年不育；先二兄觀察公有子而殤，兩門一孫，恐貽老人憂，勸余置妾，蓋以承祧大事也。妾出猶己出也，子姓之蕃，家門之幸也。傷哉！昔在内家，以女代子扶櫬歸。而立，幼孫伶仃孤苦，實備嘗之。慈惠能逮下，所由來者漸也。妾顧氏生子鼎枚，子婦馬氏生子桐孫，皆以産後亡。收之卧室，以養以長，十餘年如一日。

夫人前在都門已抱病，比來来閩，醫藥無虚日。昨病篤時，執余手而言，曰：『君家家訓，不作佛事。余爲君家婦三十有六年，從不敢以非禮請。自返生平無他孽，惟性好潔，頗不廉於水，願作水懺消之，死瞑目矣。』余不忍終違其言，從之。甚矣，以義制情之難也！

夫人以覃恩誥封淑人，累封夫人。子五：鼎颺，夫人出，庚子科舉人，候補内閣中書，出繼二兄觀察公後；鼎枚、鼎輔、安七、荀八，俱妾出。孫三：桐孫、蘭孫、梅孫，鼎颺出。

論曰：《文言》曰『无成而代有終』，《斯干》之卒章曰『無非無儀』，皆言婦德無稱也。夫人生於閩而卒於閩也，余適以按試歸，得美木用之，可無憾矣。獨念余母卒，斂以嫁衣，倉猝營棺，未能從厚。曾與夫人言之泣下，重相規於勤儉，以期無隳先人清德。今而益增余慟，此則余之不忍不示後嗣者。揆諸子固叙《列女傳》推本身教之説，庶不戾『無稱』之義云。

【評語】

形容淑德，言浄意賅。中幅明於大義處，參入宦海歸來情事，款款深深，恰與前段相應。入後，用筆婉約，以離爲合，益增鴻案之重。論亦莊雅。——沈雲椒

有不可少之人，乃得必傳之文。情以真爲貴也。——胡雲坡

勤以相夫，恩能逮下，非陰柔中正、大義瞭如，安能實協『無成代終』『婦德無稱』之義！讀傳文，可以見夫人賢明之素；讀『論』文，可以見吾師修齊之規。——受業魏儆祖

無一摭拾語，真率説來，櫽括殆盡。此中鋒文字，惟漢人能之，晋魏諸公拜下風矣。——受業陳池鳳

附録　家傳一篇

顧孺人傳

陳崇本　伯恭

歲癸巳冬，家君歸自京師，爲余言奉常吴香亭先生第二子端生，岐嶷异常兒，以余第六妹字之。其母顧孺人於是歲之端午生之，故名端生。越月，而孺人亡矣。

孺人，昆山顧氏之裔，名有容，字香圃。以十五歲歸奉常，事主夫人敬而和；遇人無長幼，將以謙抑。筦出納，必以公，雖其母弟，不少假借焉。愛讀書，奉常授以唐宋八家文及唐人絶句、元明閨閣詩，輒能會意。有《香圃詩草》一卷。嘗題《李香小照》四絶句，頗清麗，書法亦婉秀，前小叙數行尤佳。不書姓氏，後有『緑窗人静』小印章一。此册余曾於家春田二叔處見之。又喜畫竹石蘭草。錢坤一閣學前輩過奉常寓齋，見小挂屏一幅，謂有管夫人筆意，不知爲孺人作也。蓋以性斂約，告奉常勿以示人，故罕知者。多病，晨起稽首大士前念《心經》，率移時而退。常語

人曰：『吾輩本薄命，若不惜福，不知來生如何墮落。』往往泣下。方端生之未生也，孺人題《九九消寒圖》，有『待得杏林春色滿，須知冰雪是前身』之句，蓋詩讖也。卒之時，年僅十九。夫人哭之慟，凡内御者，歷久哀思之弗置。蓋奉常言於家君，而余得聞之如此。

今端生五歲矣，去母之亡也日遠矣。余以附在姻好，應奉常屬而次其略。稱『孺人』，以端生也。爲《孺人傳》，將以示端生無忘於异日云。

蔣夫人傳

夫人姓湯氏，潛庵先生玄孫女〔一〕。父蘭泰，貤贈朝議大夫。母王氏，贈恭人。年十九，歸霽園大廷尉。侍舅姑，能得歡心。祖母曲太夫人顧而樂之，曰：『婦服習於文正遺規，必有以宜我家也。』

廷尉爲簪纓世族，中落。值歲歉，夫人黽勉有無，鬻珥飾以供慈闈膳。每食，必審醯醬輕重之宜，進所欲；其自奉，但取糠米少許，掬階前落葉炊之。夜則以一錢易油燈，光如豆，刀尺與咿唔聲相續也。廷尉下帷攻苦，不耐治家人生産，閫以内有未能曲爲體諒者，怡然受之，無幾微見於色。禄入漸贏，痛堂上不逮養，祭必豐。又以幼失怙恃，遇生忌，奠於室，黯然神傷。其事必出於敬且孝也若是。

余是以反覆於《北門》詩人，未嘗不嘆其形容已甚。而於《采蘋》三章，益信澗溪沼沚之毛，筐筥錡釜之器，大夫妻可以忠信明潔，荐於鬼神，而羞於王公也。至於教子讀書，慈而能嚴；待王、姚兩孺人以禮，視所出子女如己出；撫孤侄予林，授室成名；處娣姒以和，御僕婢以恩，所爲運之以忠厚慈祥，寧過量，無不及量者，未易以更端數。

每歲暮舉『真率會』，夫人率子婦襄事中饋。六肴維潔，蒸肉一簋，色香味兼有之。雲楣參知、雲坡司寇曾分所餘，爲早餐待漏之需。此其議酒食而無非儀，洵合『无成有終』之義。而廷尉與諸君子委蛇於素絲羔羊，奉聖主勤儉之訓，砥礪以爲天下先，清德家風，皆堪想見。猶觀於鄉飲酒，而知王道之易易也。故傳夫人，而樂於此會類次之。

嗚呼！夫人秉詩禮之傳，鼓琴瑟之好，得以八座起居恭膺錫命，且以予蒲官貤贈外家，耆祉老壽，俯仰今昔豐約之感，庶幾暢然而無憾矣。而余尤神往於起敬起孝、克仁克儉之風，重夫人，而不獨爲夫人重也。

夫人累封淑人，應封夫人。子三：予蒲，内閣侍讀學士，余辛丑禮闈所得士。女四；一字余子鼎輔，一字余侄貽楠。

論曰：茹素清修，好施予，大抵閨閫常事耳。乃夫人於凍餒瀕危之丐者，解兒衣活之，匪以丐視丐，而以兒視丐。賢哉，母乎！惠何大也！晚年聞肉食氣，輒欲嘔，善根深則暮氣清矣。嗚呼！游子奉使歸，二十日而得承色笑以終，此亦存順殁寧，餘慶之一証云。

【評語】

意境如千歲古梅横斜，一二老幹點綴數花，高逸之氣，别具於筆墨之外。原本已佳，改本更佳。歐陽公《金石題跋》真迹，集本兩稿并存；《貴耳集》載周益公文，亦具列塗改之原本，皆開後人無限格門。大作可作此觀也。——紀曉嵐

紆餘綿邈神情，一往而深，真歐陽氏之遺。其原固出於遷《史》也。——童梧岡

竟體雅切。『真率會』一段，小中見大，得湯文正《志學會約》遺意。論舉一二事以言之，太史公神韵也。人與文并傳矣。——家鑒庵

【校記】

〔一〕『玄』字，原以避諱作『元』，今依例校改。

許太孺人傳

粤自我祖文盛公始遷商城，分支於固始之張莊，鍾淮壖鬱葱佳氣，科第簪纓，綿延四百餘年。

我歷世太夫人嗣徽延慶，於以逮慈惠之風，大本根之庇，何枝不茂，何葉不榮！如侄廷撰孝廉，則大伯父朝議公張太孺人以孫貴也；四弟玉森丙午舉於鄉，候補教習，五弟玉堂己酉舉順天鄉試，方略館、議叙知縣，乃七叔父奉政公許太孺人以子貴也。而竊念余之從士大夫游也，致通顯，以榮及本生，固堪屈指。若抱區區之誠，進言於高明之家，圖存於孤弱之室者，又比比也。大抵閨閫之内，義勝者吉，情勝者凶，『三五在東』之喻，所以重大宗也；骨肉之間，相好者昌，相煎者亡，『母以子貴』之文，所以蕃宗祧也。

許太孺人世居閩之汀州府，贈昭武都尉時山公女。年及笄，歸叔父於武平官舍。奉叔母謝太宜人以禮，事無大小，罔敢弗蠲。嘗語人曰：『人必自敬也，然後能敬人，未有敬人而人不我敬者；人必自愛也，然後能愛人，未有愛人而人不我愛者。即不我愛、不我敬，庸何傷乎？卑以自牧，婦道然耳。』故終其身奉此説而不變，罔弗協。叔父養痾林下，病革時諭太孺人曰：『疇昔琮兒不禄，孫貽桂幸成進士；鋭兒、珣兒列仕版，尚無以科名繼余者。汝將嫠也，其有以教汝二子乎？』太孺人泣涕交頤下，卒能具饌延師，俾聯翩登賢書。務其大者遠者，以副君子身後之思。蓋吉曰『甘臨』，由於貞以苦節，征忪况瘁之情形，備消磨於『無成有終』之歲月。展如之媛，病所由來者漸也。太孺人素患痰症，甲寅之冬，四弟以侍疾未痊，不赴公車。乙卯秋，五弟迎太孺人至京邸。十一月十九日卒，壽六十有二。以子貴，應封孺人。子二，孫二，孫女九。

嗟乎！太孺人以瘴雨蠻烟積弱屢困之體，更馳驅於北地風霜，豈曰高年所宜？然而病久則思，母思子，猶子思母也。既歸而慰，慰母望，并慰兄望也。將奉母以就醫於京，病如無病，而母之行何灑然也。不必俱奉母以就醫於京，子適傷子，而母之去有離思焉。春闈伊邇，皆可團聚長安，以待升斗之養，尤太孺人僕僕征途而冀之者。詎料抵京頓遭大故，此古今孝子慈親寸草春暉之報，每嘆息痛恨於天下不如意事十常八九，而余於兩弟扶柩言旋，不禁淒然欲絶也。

論曰：四川川北鎮許都司可興，太孺人兄也。曾以兄受杖於父而救之，誤傷額，幾瀕於危，閩之縉紳先生今猶縷述以爲難。至於助孀婦以贍其子，收瞽女而爲之配，乃閨閣細事耳。然而，先其所難，後其所易，推而措之，萬事得其理，萬物昭其順矣。凡我族人，仰賢母之遺徽，尚其眷爾同懷，輝聯萼跗，油然而生孝弟之心哉！

【評語】

極明潔，極樸實，極有關係之作。士大夫當各書一通，銘諸座右。不獨力挽頹波，允垂延陵家法。——翁覃溪

理足情摯，始爲至文。——受業祝德全

邵觀察傳

乾隆二十有六年辛巳恩科，余與觀察邵公同舉進士，選庶吉士。捃其言論豐采，坐我於春風化日中。年方少，遠到才也。及授檢討，改御史，天子下其《更官制》之章於大學士九卿集議，行其三事。既而遷刑科給事中，晉内閣侍讀學士。其間充貴州、湖南考官者二，督河南學政者一，慎防檢，拔寒畯。所至多搜羅先賢明德、節孝忠義之後，於童試中白髮纍纍者尤加意焉。前後官於都二十有三年。癸卯，京察一等，出知曹州府。按諫官補郡、臺閣典州，自古榮之。上蓋以公兩視漕運，熟悉東南一帶水利情形，量才而用，不拘資格，所以重吏治也。

曹濱大河，設堤工，歲苦泛溢。公周行所部，慨然曰：『料不備，何以應工及時之需！今與諸君約：備不預者，罰無赦！』卒以預告無水患。又健訟積案孔多，吏胥緣爲奸，口斷手判，囹圄爲空。調濟南府，兩攝泰臨武道事。恩縣有『五女傳經教』，惑於利也，勢甚張。公單騎馳至，獲首犯，免株連，民心既定，民氣以蘇。擢雁平道，奉檄勘寧遠廳旗地，正經界以均徭賦，如所議《民便於法》。滹沱河發源於代屬之繁峙，繞代州，經定襄、崞縣、忻州，迤邐而東，過真定入海。乙巳七月，河以淫雨決。查各屬被水户口，丁男老幼、多寡輕重之數，必躬必慎，無濫無遺。既賑，人忘其災。蓋自一麾出守以來，勤勤懇懇，五年如一日者，不待水一盂、薤一本，勖公以治理也；不啻山之左、山之右，爲公置郵而傳德化也。觀其署臬篆四十日，即具獄八十餘件，讞牘一清，其暫如此，其常可知。丙午春，迎鑾於五臺山，召對錫宴，嘉公績也。差次病歸而卒，春秋四十有六。

公諱庚曾，字南俶，號相之。宋康節先生二十七世孫。自康節之孫博官秘書省校書郎，扈從於浙，世居餘姚。國初以會同館大使始遷於京，公高祖秉徵也。曾祖瓚，乙卯舉人，知昌邑縣，行取主事。邑志載便宜發賑，有遺愛於民。祖之旭，己丑進士，知金壇縣，坐民逋罷。父自鎮，大名府教授，公同榜進士也。曾祖而下，均以公貴，累贈中憲大夫。曾祖妣龔，祖妣董、翁，生祖妣李、朱，均贈恭人。

公累世清廉，少依朱太恭人於外家。稍長，從教授公就塾於叔祖大業。大業良二千石也，深器之，助應試之費。己卯，舉於鄉，何其貧也。旋以儒林宿望歷中外，勵清節而大家聲，何其攸往咸宜也。昊天不吊，既豐於才，而不假大年以竟其施，抑獨何哉！余是以於落落晨星，追念陶然舊游，誦『不知何處更逢君』之句，爲國家循良吏增嘆也。癸卯春，將出守，同人宴公於陶然亭，得簽句云：『瀛海別離無限路，不知何處更逢君。』蓋讖語也。公卒後，元配觀察鳴臯女沈恭人有婦德，養親課子，能慰公於地下，身教有素也。子七，存五。葆醇以進士作令，承副車稼曾祀；葆祺，舉人；葆善、葆槎、葆鐘，俱附學生。女四，存三。字余子鼎銘，季也。

論曰：公幼讀書於叔祖官舍，得果餌錢，歸以奉母。若見母浣濯，輒有戚容。蓋孺慕之動於中者，誠也。友于昆弟，貸金以周沈編修士駿之喪，誠所推也。余嘗趨庭東郡，結廬於龍洞般若寺，固知維山有靈也久矣，而公以旱步禱，果應。然則孝弟之至，通於神明，感之者有本也，豈獨以仁政乎哉！

【評語】

運法則於翦裁，寓議論於叙述，醇厚衍南豐之緒，風神乃六一之遺。觀察材本殊尤，知蒙特達，而奄忽不竟其志，實切愴然。讀司馬此文，如聞山陽之笛，增懷舊之悲，抑亦可以傳矣。——童梧岡

直以碑志體行之，鎔鑄貫串，一氣屈伸。只此浩浩落落，順題叙事，藴宏深，而不露議論之痕，文章至此，可謂鑪錘在手，規矩生心矣。

此稿爲新孝廉牛某持去傳寫，屢索不獲，今日乃始送歸。燈下雒誦，如熙甫車中讀《書魏鄭公傳後》時也，嘆服嘆服。乙卯十月十一日跋。——紀曉嵐

唯神明於法，乃克變化。陳幢指揮如意，老境森森，此廬陵杰構也。論中探源星宿，足見觀察出身、加民，在在有本。——譚古愚

叙事夾議論，筆法得之龍門。情生於文，如聞謦欬。——胡豫堂

夙荷高誼，視觀察兄諸子情意懇至。兹復蒙寫生之筆，曲繪全神，頓覺風流未盡，讀之感愴。——邵二雲

世襲一等子喀什噶爾協辦事務前任漕運總督兼兵部尚書都察院右都御史毓竹溪公傳

公姓鈕祜禄氏，諱毓奇，字鍾山，號竹溪，滿洲鑲黄旗人。先世居長白山英莩峪，我朝開國功臣宏毅公世襲一等子額宜都六世孫也。高祖車爾格，宏毅公第三子，户部尚書；曾祖拉喀，工部尚書。皆勛舊名臣，傳載國史。拜唐阿祜德、工部郎中伯興，則公祖與父。母他喀喇氏。公幼失怙恃，所聘宗室散秩大臣增升女以瘋疾，願罷婚，公不可，娶之，生一女而逝。子三：圖翰，禮部主事；圖善，三等侍衛；圖沁，吏部筆帖式，乃繼娶正藍旗滿洲侍讀福保女瓜爾佳氏出也。自公祖、父，暨祖、父母，下逮兩夫人，均以公晋階一品，封贈如例。

公心厚於仁，氣象雄杰，讀書能見大意。丁丑，考補内中書，尋署侍讀。嘗因事以讜言進，爲大學士傅文忠公器重，卓薦於朝。由軍機司員遷吏部郎中，掌銓政，駸駸乎向用矣。己丑，從文忠經略滇南，倚如左右手。五月渡瀘，歷猛拱，攻新街，直擣老官屯，軍功優叙。調工部郎中，改御史，轉給事中，於是有東漕之役。維時青龍崗漫口既合復開，東注曹、兖。公奏《濟寧迤南河湖泛溢情形》《籌辦縴路堤工》《酌改輪免漕糧省分》各疏，行之而效。遷内閣學士，兼禮部侍郎。適以先世一等子爵應襲，并拜恩命。

癸卯，遷漕運總督。夫楊清恪，督漕名臣也，公莅任後奉爲前事之師。速運程，精米色，慎舉劾，實僉審，七年之久，入告嘉猷者纍牘盈尺，總以怪力乱恤爲先務。即如旗丁有月糧，有行糧，有本色，有折色，有半本半折與全支折色之例，而折價與時價不敷，其役日困。請於鎮江衛行糧月糧，照原價每石八錢增其半；於江興、寧紹、台温、金嚴各衛，改月糧折色爲本色。又請借帑爲江淮、興武、淮安三衛買官田各三十頃有奇，爲廬州衛贖屯田四百頃有奇。又因衛河灘淺，移通、天等幫兑糧於内縣之楚旺鎮，歲省撥費不貲。此公之率舊章而通時務，種種籌畫，荷聖慈允行。以數十萬金錢，益數十萬丁户，如水斯深，如膏彌潤，杼軸不空而飛挽，於以昭其大順者也。至於截漕救兩淮之饑，民有菜色，陳奏必先也。郡水將入城闉，民其爲魚，力疾鳩工，捍禦必周也。大抵淮城文渠諸閘不開，則城中淤積不清；市河諸閧不通，則城外輸轉不利。運河涵洞啟閉之期，與漕艘依次經過之日，常相因也。而其關利害於田廬者，其事往往相反。公善所宜而調劑之，未嘗知有漕不知有民，庶幾古大臣公忠體國之遺徽焉。

己酉，坐失察漕船私帶木植去官，以頭等侍衛充烏什駐辦大臣。明年，調喀什噶爾協辦事務。又明年，卒，年五十有五，歸葬於京。淮人士聞而祠祀之，俞明府開甲文以記之，如祠清恪於麗澤堂西，永身後之思也。明府掌教麗正書院，於公建閣延師、增膏火培養士類者言之較詳，亦足徵愷悌君子敷政有本矣。

余與公同官西臺，言念故人，臺之光也。故爲次其事迹如右。

論曰：公之受知於文忠也，當其初，不過在官言官而已。乃從其言而重之，而薦之，而大用之，何其速也！夫中書，朝廷七品官耳，能以片言取重於宰相，則公之生平識大體、立大政，克迪前光卓卓者，概可想見也。而文忠以人報國，不愧休休有容之度，尤足爲柄政風哉！

【評語】

以志體爲别傳，自成一格。蓋不如志體，則精神掩映之處，不能如是曲鬯也。看似循題布置，而字字具大神力，非巨手不能。——紀曉嵐

傳中有原有本，有體有用，即作者識大體、立大政之一端也。論乃史遷之遺。——張壽雪

余與漕帥訂交山左，得悉其生平行事，洵勇於爲善之君子也。兹爲乞傳於司馬，以慰亡友，即夢漕帥衣冠色喜，向余若致謝者然。噫！杜工部云『文章有神交有道』，其信然乎！——任畏齋

漕帥之事，在恤丁而不病民，其勢必損上益下。帥臣言之，而聖主行之，其道大光矣。得此佳傳，詳臚事實，撮舉要領，曲折入微，頓挫盡致，人以事傳，事以文傳，漕帥之感知己於九原也，固宜。——沈雲椒

寫不罷婚用簡筆，寫恤丁用詳筆，寫不病民用側筆，寫培養士類用補筆。論更於進言受知推而廣之，皆有序有物，爲心厚於仁者面面寫照。文境如清風朗月，萬古常新。——受業王友亮

香亭文稿　卷十二

刻湛山詩鈔恭跋

先大夫志存開濟，不沾沾留意吟咏，所著《湛山詩草》，大抵緣情遣興之作居多，而真摯温厚，讀者謂有風人之遺。歲戊戌，玉綸等既奉累世所得贈官制詞，勒諸貞珉，對揚聖天子所以寵靈吴氏之休命，復念《家乘》所載志銘、家傳諸篇，皆出當世立言大君子手，不泛不隱，足以昭闡世德，爰次第附刊，推明祖、父以來承光襲慶之由，俾我子孫克念顯緒，無忘於奕世。刻將成，恭校先大夫《詩草》，見歷官政績多有紀述，周詳愷惻，可與志傳相發明。遂摘鈔若干首，綴諸簡末，而溯其緣起如此。

《詩》曰：『夙興夜寐，無忝爾所生。』名之褒乎實者，實足以受之，光遠彌耀也。《易》曰：『君子言有物，而行有恒。』行之顧乎言者，有言以宣之。予小子拳拳服膺於是編，而得爲子爲臣之鵠焉！

【評語】

平平説來，却包舉彌天蓋地道理。讀者於收句尋繹之，當不河漢余言。——劉石庵

意簡語重，其體肅以穆。——馮星實

從大處落墨，藹然垂裕之思，可以起敬起孝。——受業宋澍

家藏石經拓本跋

歐陽子云：物『聚於所好』，重集古也。古之於玉，若圭璋；於磁，若罇罍；於竹、於木、於漆，若琴瑟几杖之屬，大抵制器尚象，義取諸質，與金石之文并傳也。自石以代金，而後世遂富鐫刻之役。或叙事也該而要，或綴采也雅而澤，斷碣殘碑，足以怡吾性情者，何限？未必皆有關於道也。若夫道載於經，經載於石，而古之可好者莫大於是。

乙亥，隨家大人於秦中，訪古碑洞。贔屓林立，《十三經》尤爲巨觀。按《漢書》，靈帝熹平四年，蔡邕與五官中郎將堂谿、典議郎韓説、太史令單颺，求正定『六經』文字；邕書丹，刻石立太學門外。魏正始中，立古、篆、隸《三體石經》。古文用科斗、鳥迹體，篆用史籀、李斯、胡毋敬體，隸用程邈體。今皆闕佚，惟洪氏摹本存於世，亦零章斷帙而已。兹所見者，唐太和七年刻也。文

宗時，鄭覃以經籍刓謬，建言讐刻。敕唐元度覆定石經字體，於國子監立石，『九經』并《論語》《孝經》《爾雅》，共一百五十九卷，字樣四卷。舊矗務本坊，韓建築新城，棄於野。朱梁時，劉鄩用尹玉翁請，遷故唐尚書省之西隅。宋元祐中，汲郡吕公始遷今府學，分列左右，爛然盈目。余購工墨搨，輯成函。每當風日清朗，几格閑静，肅衣再拜，開緘以讀。精詞奥義，與瓊章相焕發。庶幾效蠡測於滄海，等卧游於名山，寶而守之，世傳勿替歟！

夫聖道甚大，顯晦不一。始汩於异端蜂起，旋遭秦人一炬。孔、馬、鄭、王諸儒，先後裒集而昌明之。當時君相，秉道右文，壽諸金石。豈不欲式垂永久，以廣厲學宫，光昭天地？乃刻已屢，僅留其一！

説者又謂點畫波磔，稍棄師法，即其宏集衆美，不離歐、虞、褚、薛遺筆，而有明剥於地震，補者不免紕繆，今亦真贋錯雜矣。嗟乎！以堯、舜、禹、湯、文、武、周公、孔子數聖人在天之靈，猶不能默佑斯文，勿致刓缺，况余區區數函，又能保後人果好吾所好，與物之留傳於古者，同聚久而不散乎？其不爲歐陽子所笑者幾希！

【評語】

金石文字，本朝如亭林、長水，考證最精。此篇援據詳備，足以抗行，而立論尤有關係，卓乎不刊之作。

——莊本淳

中有茇薙石墨鎸華處，具見核正之精，可洗子函之陋。——翁覃溪

略如歐陽《集古録序》意，而歸重宗經明道，持論正大。不徒以嗜古博聞起見同一感慨，旨味倍深。

——五弟黼亭

行役紀略跋

丁丑秋九月，余於鄂州行館得覿韋斯朱君。望若飛鶴喬松，氣英英逼上。叩歷仕迹，娓如数家珍。尚矣，漢二千石班定襄，殆召、杜兼之。越戊寅，復晤榕城，出示《行役紀略》，謂日者有終於庚辰秋仲之説，孤臣戇直，論定蓋棺，爰録梗概以聽。

讀数過，其恤商、治民、平獄、捍灾、柔遠諸大政，克盡其四令、四牧、五郡守、三監司職。獨性生薑桂，蹈險機，瀕於危者屢。近復落魄天南，悲老傷貧。亦難乎，其爲良吏矣！余將有遠行，老成人幸好自愛。古清白吏且足久大其孫子，矍鑠哉，惟錫齡其何吝焉！别踪兩載，會有期也。待看晚節奇香，與君縱談古今事，何如？

己卯春二月，蓼園某拜跋。

【評語】

直樸古茂，宏我漢京。——周立亭

不是一味贊揚，言外實有勸勉意。健筆扛鼎，又萬人敵也。——儲玉函

挽言册跋

乙酉秋，先中丞見背。玉綸等後先奔歸，四方赴吊者，挽言盈箱軸。陳句山太僕詩云：『治行文名衆共諳〔一〕，直教三立一身擔。霜隨驄馬飛山左，風引慈烏過海南。晚節每勞清問及，前程還付後賢探。知公神已歸嵩少，臨化從容試静參。』陳紫瀾宮詹聯云：『使節轉閩疆，舊雨追思，鄂渚蘭言如昨夢；　耆英推洛社，生芻遥奠，謝庭玉樹總層霄。』

大抵聯重銜哀，詩惟記實。雖曰挽言，猶存古人志銘文表遺意。蓋先君子與兩先生相交以道，相知最深，故能如此無溢詞也。玉綸服既闋，將爲東西南北之人矣，敬奉而装潢之，成一册。庶幾藏之行篋，隨時展誦，於有物有恒中，得參前倚衡之義，慰愾聞僾見之思，盡然不知涕之流落者。不獨太僕書法遒逸，宮詹沈雄蒼渾，追配眉山，均足爲藝林墨寶已也。

【評語】

無浪墨浮烟，簡古肅穆，直追先秦。——曹地山

如聞如見，尺幅而有千丈之勢。是天風海濤，不是遠山一角，讀者當自辨之。——朱竹君

曩見香亭年丈所藏陳句山太僕、紫瀾宫詹兩前輩挽贈詩聯，曾附數言，以志景佩。兹復視讀免喪後跋語，以高簡之筆，攄仁孝之思，餘味餘音，尋體無極。庶幾言有物，而不過乎物者歟！——褚筠心

【校記】

〔一〕『文名』原作『名文』，據附録褚廷璋跋語及錢棨《香亭先生年譜》『戊子，先生年三十七歲』譜下引文校改。

附録　題册二十七跋〔一〕

【校記】

〔一〕梁章鉅《楹聯叢話》卷十《挽詞》記曰：『昌平陳紫瀾宫詹浩，與錢塘陳句山太僕兆崙并負重名，

時有「南北二陳」之目。宫詹有挽吴湛山中丞士功聯云：「使節轉閩疆，舊雨追思，鄂渚蘭言如昨夢；耆英推洛社，生芻遥奠，謝庭玉樹總層霄。」中丞爲香亭侍郎之父，曾撫吾閩，與宫詹爲摯好。此聯凄婉動人，寫作雙美。侍郎爲裁截成卷，遍徵同人題識。新建曹文恪公、仁和胡文恪公、富陽董文恭公及吴白華、褚筠心廷璋、陸費丹叔墀、謝蘊山啓昆諸公皆有跋。以一聯而集成巨觀，蔚爲墨寶，宜中丞之孫紅生舍人葆晋珍秘若球璧矣。』其中，吴省欽（號白華）跋文未被收入。據此可知此所録題跋并非全部，亦有揀選。

曹秀先　地山

湛山家蓼城，是淮水經過處，得其清异。爲人學行政事，媲美古人。余鄉舉同年，先後入詞館，氣誼若兄弟。今見未齋前輩挽言一聯，重增余悲痛。古人不可作也。公子掌科玉綸，以余故執友，索題是册之首。

湛山中丞謝世，前輩未齋之挽聯、同年句山之挽詩，文字既有真性情，又都可傳。光州吴氏寶此，逾鄭公笏遠矣，豈數平泉木石哉！

李中簡　文園

中丞湛山先生既没，四方名公卿多致誄言。令子香亭侍御獨取『南北二陳』詞翰，裝而藏之。此『北陳』紫瀾宫端楹聯三十二言，筆法洞精，出入平原、玉局間，可以傳先生矣。方先生陳臬武昌時，宫端以督學之餘，數相晨夕。老泪遥傾，淒然抱草堂人日之痛，而又以托慰於嗣賢，觀者爲之興慨也。『南陳』，則句山太僕，有挽詩一律。

右陳句山太僕挽中丞湛山先生作，令嗣香亭侍御裝潢成册者。按之《中丞行狀》，可謂包舉，而音情淒越，書法遒逸，致足感人。昔蔡中郎自言平生銘碣，惟《郭有道》無愧詞。太僕以文章名天下，然牽率應酬之作，亦不皆奇。此篇尤想見其意在筆先、長吟滿志時也。

吉夢熊　渭崖

曾南豐因歐陽公銘其先人，作書寄謝，謂勒銘『苟托之非人，則書之非公與是，不足以傳世而行後』，其言深至。今陳句山太僕挽湛山中丞詩，非銘詞也，而檃括行略，義與相近。香亭侍御裝潢成册，所謂畫然不知涕之流落也。吴氏子孫，當永寶之。

香亭侍御以所藏陳句山太僕詩册見示，已題數語歸之。既又以陳紫瀾宫詹所書楹聯，裁截裝背，索題其後。蓋兩册皆侍御尊人湛山中丞哀辭也。劉舍人所云『情往會悲，文來引泣』者，兩先生文筆庶幾近之。宫詹以書名北平，此册尤其得意之作，筆法逼真玉局，所謂氣拂拂從十指中出也。

汪新　又新

余讀太僕陳句山先生挽中丞湛山公詩，嶄然四韵，隱括生平。安仁云：『知人未易，人未易知。』苟非知己，千言奚當哉？感嘆不足，敬綴短言於左：

清時柱石重名臣，蹇蹇謀猷陸遜身。一自袁宏揚表後，千秋知己更誰人？

宫詹陳紫瀾先生，書名甲天下。今觀其所挽湛山中丞楹帖，筆法遒勁，直入髯蘇之室。因係一絶，非敢云發揚盛美也，亦以志先輩交情云爾。

一朝千古兩言傳，嵇阮論交憶往年。留得墨卿爲世寶，無人不道勝平泉。

胡高望　希吕

嗚呼，先生往矣！先生晚歲家居，西亭獨坐，超然物表，形往神留，真所謂神歸嵩少者也。若其付與後賢，家聲克嗣，則又在侍御兄弟之繼起矣。侍御同年出句山先生挽章見示，因題數語歸之。

昌平宫詹書法，直入髯蘇之室。楹帖二聯，乃挽湛山中丞作也。中丞政績之美，友朋之誼，數語已約略見之，豈惟翰墨流傳已哉！

嵇承謙 受之

中丞湛山先生行傳，謙早得於香亭年丈齋頭拜讀矣。今觀太僕句山師挽章，適如中丞平生風概，言簡而賅，書法亦超絶。香亭襲而藏之，時一展觀，不禁霜露之思也。

書貴腕力遒勁，非搦管畫破紙之謂。意在筆先，自然圓健。東坡《題吴道子畫》云：『筆所未到意已吞〔一〕。』工於書者亦然。宫詹此聯，意象雄渾，乃自《蘇帖》脱胎，而入於平原之室矣。

【校記】

〔一〕『意』字，今存《蘇軾詩集》原作『氣』。見清王文誥輯注、孔凡禮點校《蘇軾詩集》卷三。

謝啓昆 藴山

釋氏言：世尊入寂滅度，比邱衆躃踊哭泣不自勝，獨菩薩淡然不動如平時。其説似侅奇恍惝，其實即吾儒存順殁寧、正而斃焉之理。句山太僕挽湛山中丞句云『臨化從容試静參』，深得此意。迄今展讀，想像獨坐西亭，雙垂玉箸時，儼然如將遇之。

余讀紫瀾宫詹書湛山中丞挽聯，三十二字，一字一凄惋，後人可作銘誄觀，無但賞其筆力之工也。爰集蘇句題於後：

嵩高蒼翠北邙紅，晚歲交情見二公。耆舊如今幾人在，數行老泪寄西風。

情鍾我輩最酸辛〔一〕，舌有風雷筆有神。此外心知更誰是〔二〕，他年留與學書人。

【校記】

〔一〕『最』字，蘇詩原作『一』。見清王文誥輯注、孔凡禮點校《蘇軾詩集》卷十《吊天竹海月辯師三首》其二，中華書局一九八二年版第四七九頁。

〔二〕『心知』，蘇詩原作爲『知心』。見《蘇軾詩集》卷十《病中聞子由得告不赴商州三首》其三。

董誥　蔗林

雍正癸丑，先生與先文恪入翰林，交最洽。嗣先生揚歷齊、楚、秦、閩，及家居後，走伻往來尺素，以道義政事相勖，三十年如一日，老杜所謂『同心不減骨肉親』也。乾隆乙酉，先生卒，先文恪揮泪作傳。嗚呼！乃越五年，而先文恪捐館矣。讀此册，緬懷先哲，自痛蓼莪，不禁泫然也。

家藏宫詹擘窠書，英姿杰氣，有非筆墨所能管攝者。今拜觀寄挽湛山中丞楹帖，三十二言，肉豐而骨勁，態濃而意淡，藏巧於拙，益爲秀偉。東坡詩云『守駿莫如跛宫詹』，深得之矣。

褚廷璋　筠心

古來哀誄之作，若志銘、文表、碑刻，流傳者多，惟楹帖不少概見。緣當時書撰，類皆出於牽率應酬，不甚經意，非若志銘、文表將以壽諸金石者比也。茲三十二言，陳紫瀾先生挽湛山中丞而作，極『憶往會悲，思來引泣』之致。書法沈雄蒼渾，尤足追配眉山。是帖存，可以補墨池書苑之缺矣。年丈香亭侍御屬余跋尾，因愛玩不忍釋手，爲留浹旬，始題而歸之。

吾讀句山太僕挽湛山中丞詩而慨然也。達官貴人，身後贈言，動盈箱軸，求能無溢詞、無愧色者蓋鮮。且當時或止第其爵位高下，張諸幕次，座客不甚覽觀，其子孫亦不復珍愛，棄如故紙。今香亭侍御於太僕詩恭敬奉持藏弆，以垂不朽，意所謂文名治行、三立身擔者，惟太僕足以知中丞，惟中丞能不愧斯語與〔一〕！至詩情簡遠，書法蒼潤秀逸，亦并有至致，迥非時俗所及。

【校記】

〔一〕『與』字，錢棨《香亭先生年譜》『戊子，先生年三十七歲』譜下引此文作『歟』。

陸費墀　丹叔

嘗讀東山宗伯所著《吴中丞傳》，具述公孝友事，學以博贍稱，而操文耻詭遇；其爲政剛而不殘，仁而不弛；監司山左，酷暑救蝗，蝗盡而得錮疾；撫閩悉平海盗，寬臺灣私渡之禁，還者樂業。公真今之古人哉！太僕詩云『直教三立一身擔』，亮非溢詞。

余既讀句山太僕所賦湛山中丞公挽歌而跋之，兹觀紫瀾宫詹書楹聯三十二言，言彌簡而意彌長。近時譚藝者，必推『南北兩陳』，豈獨書翰之相敵哉！

宋思仁　汝和

先司農與湛山先生交好者垂三十載，性分之與，始終如一日。常訓思仁當夙夜師法，而稱先生之孝行友愛、忠慤清亮，歷歷如繪。乙酉九月，先生捐館，思仁適守吏巴西。先司農手書示知，具述感愴之意。閲今五載，而先司農辭世矣。香亭鴻臚過唁，并以句山先生挽册命題。敬賦絶句一首。茫茫百端，會悲引泣，不禁凄然欲絶也。

擔負綱常抱性真，作忠移孝重元臣。縹緗哀誄懷山岳，風雨猶應泣甫申。

大中丞湛山先生爲當代偉人，此帖蒼勁雄杰，適與相稱。吾家舊藏宫詹小楷《河梁詩》《秋聲賦》二帖，出入二王。此三十二字，規橅顔、蘇，生氣鬱勃，夫亦中丞學問人品，與二公相伯仲，故放筆爲之。後之攬者，可以想見其爲人，豈惟筆墨可傳不朽哉！

劉元龍　藜堂

乾隆乙亥，湛山師秉臬關中，余方應童子試，幸叨賞識。閲七年，得與香亭鴻臚爲同年友，固知吾師中和純粹，上接古人，而政事、文學，又卓卓近代。今讀太僕句山師挽章，適如生平風概，一朝千古，於斯見之。

昌平宫詹書法遒勁，直逼平原，名於天下久矣。今觀楹帖二聯，吾湛山師政治之美、行誼之篤，又約略見之。香亭鴻臚寶此，蓋用意近古云。

王元璘　次山

香亭侍御出所藏太僕陳句山先生挽大中丞湛山公詩章，裝潢成册。詩固公實録也。昔蘇文忠作《韓文公廟碑》，曰：『其生也，有自來；其逝也，有所爲。』讀公行傳，公辭世時獨坐西亭看書，俄垂雙涕長尺許。詩云『臨化從容試静參』，信知古今不誣也。書法特超，備極釵脚漏痕之妙。

歐陽文忠公愛用尖筆乾墨作方闊字，神采秀發，膏潤無窮。後人觀之，如見其豐睟秀頰，進趨奕如也。宮詹陳紫瀾先生此聯，乃是軟筆所書，端莊流麗，仿佛顔太師書，力透紙背，而信手動有姿態。視劍拔弩張爲雄駿、折腰齵齒爲嫵媚者，何如？

胡翹元　澹園

至人無欲，其視富貴貧賤死生，如寒暑晝夜相代乎前，而莫之能易也。歿者其形，而不歿者其神。今觀湛山先生於讀書西亭時，俄垂雙涕尺許，從容乘化，所謂仙釋同歸，陟降在帝左右。句山先生詩，切不可作世俗挽章讀矣！

劉氏塋圖跋

有天文即有地理，而人事起焉，君子所以貴三通也。或曰青烏之説爲卜葬而言，儒者弗道。非也！程子有『草木茂盛，土色光潤』之説；郭璞《葬經》諸書，亦後世所不廢。誠以祖、父與子孫，本一氣爲貫通，萃山川靈秀之氣，相與盤繞而障護之。亡者安，則生者安。有以人子不知地理爲不孝者，其説可深長思也。

余先王父中大夫牧伯公通形家言，嘗擇吉畀族人葬。家觀察弋山兄爲先中丞卜窀穸於馬家河，指晰大略，余未能深解，不妄解也。歲辛卯，劉同年藜堂以名進士需次都門，出所圖塋域相示。按秦關百二，依山帶河，地勢漸高。劉氏爲關中望族，擬韋、杜於城南，得氣較厚，勖哉！藜堂，所以承先志、大後昆者，讀書種德，固自有在，此亦其左券矣！

諺云："陰地不如心地。"蓋心豐於地，則吉；地豐於心，則凶。相陰陽而度之，得之有由，猶之乎穹碑華表，綽楔煌煌，固足爲親榮也，有所以榮及泉壤者耳！若夫人事之不修，昧於其術而轉惑焉，希福於不可知之天，君子痛之矣！披圖一再過，益觸余風木之思，用題區區之意而歸之。

【評語】

用推進一層法，仍補圓題義，粹然儒者之言。——曹慕堂

堪輿家原在可信不可信之間，後段精言奥旨，可以警醒聾聵。此等文章，奚翅著書衛道乎！——王紫佩

爲高宫保書澹我襟懷齋額跋

宫保澹懷先生，曩與先大夫同官山左，綸得以猶子禮見。己丑夏，奉命鞫事江寧，先生方總制兩江。蒇事後，殷勤話舊，具述少時夢中揮毫事，云此四字爲武侯所贈。

竊謂謹慎者，澹之所從出；寧静者，澹之所見端。隆中一生抱負，不外『澹』之一字。羽扇綸巾，欲心平則天機深也。先生遭逢聖主，位望日崇，而處之冲如，所以『明志』，與所以『致遠』者，氣象隱然可見。疇昔精神感召，良有由矣！既自號，又欲額其齋。澹兮若海，不敢忘所得力，質諸夫子『參前倚衡』之意，洵一以貫之。因濡墨應命，爲綴數言於後。

【評語】

妙於空際著筆，汁味自腴。——梁階平

爲『澹』字搜根。諸葛一生，惟謹慎也。運以虚實兼到之筆，可謂辭尚體要。——劉石庵

實處能該，虚處能涵，皆以不盡盡之。跋體固應爾爾。——陳伯思

晴雲軒跋

晴雲軒，何坦夫先生顔其作字處也。先生文章、吏治，近於古人，字其餘事耳。平生規橅眉山，漸入大、小王之室。清眸豐頰，趨進奕如。有求輒書，書竟輒掀髯長笑，聲徹户外。東坡云『筆所未到氣已吞』，意在斯乎！尤善草書，瀏灕頓挫，得張旭《觀公孫大娘舞劍器》法，而於蘇氏所謂『難於嚴重』者，亦有合焉。

翹首晴窗，曠懷高寄，以視鹿鹿京華，汹涌於名利之域，握管無片刻暇者，所得於樂境，爲何如也？豈獨藝林中增墨寶云爾哉！

【評語】

紀事而得事外致，一波三折，雅韵欲流。——蔣霽園

善於摹寫，亦工於該括。——受業齊弼

恭跋誥敕軸册後

右册乃玉綸恭載吴氏歷次逢國大慶所得誥敕軸目也。

曾祖力堂公得三軸：一由雍正乙卯吾父湛山公官庶吉士，以廩膳生貤贈徵仕郎，母楊貤贈孺人；一由乾隆辛未官運司，贈中大夫及淑人；一由庚子玉綸以太常卿遷副都御史，加二級，貤贈資政大夫及夫人。

祖南長公六軸：由淇縣訓導贈徵仕郎，母王贈孺人；再贈奉直大夫及宜人；再贈中大夫及淑人。皆以吾父官，贈如之。若贈資政大夫及夫人，兩贈通奉大夫及夫人，皆贈如玉綸官。

父五軸：乾隆丁巳，官吏部主事，始授奉直大夫，母任封宜人；旋授中大夫，繼母李均贈淑

人。其由玉綸官，贈通奉大夫及夫人者二；贈資政大夫及夫人者一。

玉綸：以辛巳恩科庶吉士，授文林郎，妻任氏封孺人；以通參授朝議大夫及恭人；至兩授通奉大夫及夫人，蓋官太常暨副憲，督學時也。計四軸。

彙前所得，共十八軸。

溯自癸丑迄今，吾父以儒素起家，歷中外，秉節鉞。玉綸近亦備員卿貳，恩至重也。又於重熙累洽之朝，叠承錫類推仁之詔，波及臣家，典至榮也。此玉綸所以夙夜循省，感極而泣，思報知遇之隆於聖主也。

歲戊戌，玉綸等曾奉累世所得贈官制詞，勒諸貞珉，以垂永久。茲以自公之暇，焚香沐手，詳書誥敕軸數爲一册，寶而藏之。於以對揚兩朝所以寵錫臣家之休命，即以示玉綸子若孫食報有由，益相勖於績學勵行，庶幾嚴始進而慎晚節，不負移孝作忠之義也夫。

丁未秋仲，玉綸恭跋。

【評語】典重題，以莊雅之筆副之。前幅叙次，銷納有法。入後抑揚唱嘆，神似廬陵。詞意賅備，百讀不厭。

——褚筠心

淳意高文，曾南豐摹《典引》之作。——受業馮集梧

書王審知德政碑後

乾隆戊戌秋八月七日，同人集覃溪前輩寓齋。出所藏《王審知碑》，觀之，爲唐天祐三年〔一〕，梁王朱全忠奏建專祠，侍郎于兢撰文立石者也。字體在顔、柳間，其文鋪張審知事頗詳。

按《十國春秋》，爲審知立碑者三：其一神道碑，張文蔚撰文，立於後唐長興三年；其一廟碑，錢昱撰文，立於宋開寶七年；而此則其生前德政碑也。又按《五代史》審知本傳，乾寧四年，唐以福州爲威武軍，拜審知節度使，累遷中書門下、同平章事，封郎邪王。唐亡，梁開平三年，加拜審知中書令，封閩王。而此碑之立，計其時，則唐猶未亡也。

嗚呼！唐之盛也，分天下爲十道。僖、昭而降，群雄割據，歐陽子所謂『盜』也。若王審知，其才氣與錢鏐略同，鏐不能用羅隱之言而心義之，可知稟梁正朔者，殆盜類也。且碑立於天祐三年，而全忠椒殿之逆，已在元年八月，不過假此以結好藩鎮耳。即所稱『躬行儉約，薄税富國』，究烏裨益於唐？唐亦何賴於審知，而碑之也者？第其在閩二十九年，由海道入貢，不敢僭竊名號，猶似稍知繩尺。雖不久滅亡，而紀載留遺，好古之君子，尚取之以備金石之藏。則夫翊戴唐室，茂著大勛，如郭汾陽、李西平諸公，其所以壽諸貞珉者，有高、參之遺文，暨公權之墨妙，更何

如摩挲而愛惜之耶！

【評語】

前半考據精詳，似《集古録》文字。中間崇論宏議，本之《五代史》，而恢暢之深，得《麟經》微旨。『在閩』數語，不失審知分量，可謂平允。結處波瀾闊大，非尋常鑒藏家所知也。——潘蘭公

紀事而得事外致。中權議義卓越，入後文情宕往。當與歐陽公《五代史》論贊并垂。——程魚門

抑揚褒譏，有裨名教。叙入郭、李諸公，非借賓定主也，令審知輩無頓足地耳。此等文，全以識勝。——受業寇賚言

史遷之體，蔚宗之韵。——受業謝恩焜

【校記】

〔一〕『祐』字，原文作『佑』，據史料改。下同。

試諭一則

先儒云：『文以載道。』各隨所見以爲言，理取其精，意取其達，法取其正，詞取其有根柢，所

謂有序有物也。不獨古文與時文异流同源，即時文中春、秋兩闈，售世及坊行社集傳世之作，不啻汗牛充棟，皆以見道淺深，定文章優絀，非以篇幅短長論也。我皇上嘉惠士林，屢以『清真雅正』爲訓，并限每篇不得過七百字，示崇實黜浮之意。

兩浙秀鍾湖山，人文淵藪。兹值鎖闈校藝，將以覘其所學。誇多鬥靡，徒事冗長，固所弗取；若精意不存，貌爲先輩，轉蹈空疏，亦無當也。且制義一途，初本渾噩，變而尚體要，再變尚機法，三變尚才華。要其命意遣辭，宅句安章，皆有行乎不得不行、止乎不得不止之勢，未聞以篇幅短長論工拙者。歸震川爲一代大宗，傳稿具在尺幅，而强以千丈，固有之，又何嘗不以灝氣寫精理，有長江大河之目哉！

語曰：『閉户造車，出門合轍。』爾多士持滿而發，各盡所長。非詭於道，皆所必録。天下繩墨同，而製造不同，此中甘苦，蓋難言之。斷未有强人就我，使運斤成風者，束手於匠氏之門也。特示！

【評語】

此乾隆癸卯秋闈，公典試浙江時，先期示諭多士而作。公精於制義，體裁高簡，刻稿行世已久，恐趨風氣者揣摩求合，不能盡兩浙之長，是以諄諄訓晰，極徵使者苦心。而以明道覘學爲歸，於論文指要，實已賅

核無遺矣。——褚筠心

吾師平日論文，總以有序有物爲主。《試諭一則》，切要之論，亦平允之論。故才人學人心悦誠服，共仰大宗也。——受業錢棨

揣摩之説，賢知不免；以揣摩而悮者，往往有之。霖以是科知遇，得出夫子門。越十年，承命課讀，乃得讀古文全稿，而《試諭一則》存焉。韓子云『文無難易，惟其是而已』，况篇幅長短乎。是篇不特唤醒揣摩家，一片婆心，直當作古今文體總論讀。又聞夫子初入闈，即告之監臨，設法除聯號之弊，俱徵『核真』之道，無微不至。——受業趙士霖

示録遺諸生一則

現屆大比之年，各府屬貢、監生員，齊集省垣候録。八閩原宗鄒魯，士不浮誇，文有根柢。比年來科、歲兩試，拔取真才，既置優等，以備賓興之選。其例應扃試者，皆可脱穎而出。或有自揣荒蕪，婉轉營謀，甚至穿通書役人等，揭换名籤，種種弊端，不能保其必無。兹分期考校，已飭各學將本生姓名彌封卷後，以便查對，預防揭换情弊。惟於核真堂前，悉心批閲，文藝清通，無不録送。但解額止有此數，若於不應送者，容其濫竽，必致應送者轉嘆遺珠。濫於無識而遺之，不明也；濫於有故而遺之，不公也。不明，是曠職也，不敢不勉也；不公，是昧良也，不忍自欺也。

前之馳驅八府二州，持衡鑒於風辰月夕，尚不至失騏驥而瓦礫并登。區區之心，已見信於科、歲兩試矣。今爾多士，未必不冀録遺從寬，見收則奮飛有路，被放則潦倒先歸，圖幸獲於萬一也。獨不念録遺緣科場，而起科名爲進身之始？得科名者，當思何以爲不負科名之人。試遺才者，乃先爲有玷科名之事，此稍知自好所不爲，而謂服習於楊龜山、李延平、朱考亭諸先賢遺訓而可爲之乎？勿於風雨争飛、魚龍百變之會，以觀光念切，誤入岐途也！

所有正案、備案，臨期并發，决不續補一名。爾等在寓，除多讀多課外，别無必録之法。被黜者固由文字一日短長，想亦命會未通。倘舞弊滋擾，一經訪聞，求榮轉辱。勿謂言之不早也！毋違。特諭！

【評語】

公嘗爲余言闈中録遺，向有書胥揭换名籤之患，特令以姓名彌封卷角，其弊乃絶；又正、備案并發，以杜營求。此其先期示諭也，反復諄訓，言下藹然，可想見當時一片婆心。——褚筠心

金剛像貌，菩薩心腸。巽語法言，總是吾儒真實作用。宜闔諸生讀之而感泣也。——元立庭

追隨學幕者，三載矣。吾師每閱卷，至漏下三四十刻，仍與鑒等權衡於幾微毫忽間。至獎賞佳篇，則當堂背誦，不錯一字。蓋論文務核其真，猶遇事必求其實，不獨廖芳洲、楊焯各案不肯以瓜期已代，將就了

事也。讀《試諭一則》，佩慎終如始之意，故并及之。——受業陶鑒

舊本縉紳跋

《縉紳》一書，大抵沿古人紀官之説。自湯若士有《感宧籍賦》，縉紳先生始言之，亦文獻之權輿耳。紀曉嵐大宗伯簪纓世胄，好古多聞，今之歐陽地望也。一日，出舊本《縉紳》見示。按其序文，肇於順治丙戌，刻本則當在丙戌以後，距兹約百四十餘年矣。緬聖朝人文之蔚起，參今昔官制之异同，人以官重乎？官以人重乎？後之覽者，庶穆然於三不朽之義，勿徒摩挲故紙，沾沾於鴻泥雪爪，而以今日除某官，明日授某官，爲步趨前輩之先務也。余以桑榆暮景，蒙恩予歸，尤惓惓於老馬依戀之忱。題數語而質諸先生，猶是所求未能不敢不勉之意云爾。

乾隆乙卯夏六月，香亭吴玉綸跋於横街之引藤書屋。

【評語】

寥寥數語耳，而設官受禄、人己交勖之意，面面俱到，此外更無漏詞，其識裕也。——童梧岡

書列女傳魯秋胡妻後

《列女傳》載魯秋胡戲其妻，妻歸溺於沂，以『潔婦』稱之。吴子曰：吾與其潔也，不與其溺也。秋胡仕於陳，行事不概見，觀戲妻一節，乃司馬相如之流，誠不免游子行慾之譏。然其婦因戲而溺，竊以爲過矣。夫爲妻綱，終身以之，猶子於父、臣於君也。故夫有出妻之條，妻無棄夫之理。若以冰心之清，抱憾於秋葉之薄，而遽及於溺也，是相賊以情，夫婦之道已苦。安知不因金之贈，而歸而見、而悔而改也？而溺焉者，既無以處其夫。安知不於溺之後荒於色，愈失其養也？而溺焉者，更無以處其母。

況『女曰鷄鳴，士曰昧旦』，賢夫婦有相儆戒之詞。秋胡之婦胡不思戲語桑間，豈宜永絶？承歡五載，何忍生離？聿慚嘆兮，相持或可諱則諱之，否則切責之，垂涕泣而導之，如晏子御者之妻卒感其夫可也。即不然，亦安於命之不淑，奉母以終，斯已耳。而乃憤憤焉重之以不忠不孝之名，雖其母追之而不顧，蓋堅貞之性，勇於所溺，殆負氣而不知裁之以義者。試向沂濱而吊之，九原如可作也，有不對清流而自傷過激者乎？

或曰，歐陽公作《五代史》，有嘉於逆旅婦人；過露筋祠者，往往歌咏之，婦之溺以成潔，亦此類也。然既潔而輕其生，與重節而以身殉，彼則不可不殉，而此則可以不溺也。賢智之過，中庸弗取。凡後世之爲人臣、爲人子、爲人婦者，惟宜本之以温柔敦厚之情，曲盡乎倫紀常變之間，非事處萬不獲已，不可輕於一擲。而余豈於潔婦乎苛求也？天下又有借口於『重泰山、輕鴻毛』之説，苟延旦夕，以致身敗名辱，不於見金夫而有躬者滋愧乎哉！

昨因家塾課此題，有『溺以成潔』之語，於本傳事理似未允協，故作此以示兒女輩。童梧岡廷尉見之，謂持論甚正，立意未免近刻。《新吾語録》云：『見之相反者相成。』爰記廷尉之見爲座右銘也。

乙卯九月初八日自記。

【評語】

知孟子不取陳仲子，則知此文非苛論。文情波折相生，尤有無不如志之樂。——紀曉嵐

理之足，論之正，所不待言。自記附入梧岡廷尉之説，更見虚懷。——翁覃溪

藉題發揮，非意存翻案也。中間設處持平，入後旁通曲暢，一結如神龍掉尾，筆力千鈞，道理十分圓足。——譚古愚

事關倫紀之大，言婉而多風，温柔敦厚，得於詩教者爲多。——胡豫堂

節緣義生，負氣而不裁以義，直令清流一輩人立足無地，不獨秋胡婦俯首欲泣也。千古至文，總由理足。茂先《女史箴》、南豐《列女傳序》，義醇而體腴，斯乃與之高頡頏矣。——程鶴嶠

讀韓文公讀荀及蘇文忠荀卿論書後

正風乍熄，异學争鳴，於聖人之道，概乎未有聞焉。韓文公曰『荀與揚，大醇而小疵』，似也；蘇文忠則力詆荀卿，竊以爲過矣。荀子嫉世教之衰微，推儒、墨、道德行事興壞，著書二十卷，大旨以勸學爲歸，主於修禮。雖於思、孟有微詞，未嘗不宗法乎孔氏也；於言性有偏見，慮人恃質而廢學也。而文忠乃謂其徒李斯以其學亂天下，而罪之，至比之其父殺人、其子行劫。噫嘻！何其甚也。獨不思斯曾焚滅其書，視其師之道若寇仇。天下豈有不奉以爲教，猶奉以爲治者乎？蓋必不然之數矣！夫斯之亂天下也，坑諸儒、滅諸侯，狹隘酷烈，與其師之述禮樂、明王道，不啻南轅而北轍也。况與其進，不與其退，孔氏教也。若於徒之既畔者追議其師，必因師之交攻者波及其徒，洛黨、蜀黨紛紛不息，抑亦賢智之過耳。余是以反覆於文忠議荀，而嘆不如文公之允也。然文公以荀與揚并稱，亦有未盡然者。揚撰《法言》十三篇，始於《學行》，終於《孝至》；《太玄經》十卷〔一〕，與太初曆相應〔二〕，於陰陽、術數、天時、人事之藴，有所窺見。司馬温公故作《潛虚》《發微》以擬之。然而人苦不自知，欲追迹『六經』，希踪宣聖，妄矣。雜以老莊，舛

甚矣。至於委身於『漢公之懿』，僞托周公，謬稱虞後王田之制，焚如剥脉之刑，何一非雄階之厲乎？《甘泉》《長楊》諸賦猶在也，忽以《劇秦》者貶漢以美新，是其智暗於豐、歆，佞甚於崇、竦。『莽大夫』投閣之羞，豈可與蘭陵令《問兵之對》相提而并衡乎！

大抵荀與揚皆有擇焉不精、語焉不詳之弊，荀之言毗於陽，高談异論，吐棄一切，君子之過也；揚之言毗於陰，曼衍而不斷，優柔而不决，小人之過也。荀卿流弊，未甚昭著，非若子雲之及身敗露也。故宋儒恒推極其駁雜不經之旨，爲後世防其漸，往往議荀者轉刻於揚。究之荀未必大醇，而揚更非小疵也。余故曰：由文忠之説，未免刻於荀；由文公之説，未免恕於揚，當以朱子荀勝於揚之説爲斷。

後之注荀、揚者不一家。楊倞注《荀》，多明古義，較范望注《太玄經》删定宋衷、陸績本，以《玄首》一篇分冠八十一家之前、《玄測》一篇分繫一百二十九贊之下，如費直析《十翼》以附《周易》，皆無稽之談，亦荀注優於揚也。因書論荀者而及之。

【評語】

持論光明，如引星辰而上；行文渾灝，如决江河而下。準理揆事，皆精當之至矣。予則謂即以文論，荀沉博而揚艱澀，亦荀優於揚也。宋人井觀瑣言，可以相證。——翁覃溪荀子一生主見，在一『學』字，一『禮』字。禮即孔門之大法，曷可以粗詆之？其詆思、孟，亦同時相輕，如朱、陸之争耳。文持論至平，體格亦不在文忠下。——紀曉嵐

抉兩家之癥結，體如合傳，意則獨標，繩直衡平，庶幾醇而肆者。——胡豫堂

【校記】

〔一〕『玄』字，原以避諱用作『元』，今依例校改。本文之『玄』字皆如是。

〔二〕『曆』字，原以避諱用作『歴』，今依例校改。

書胡雲坡司寇訓子説後〔一〕

魏文帝曰：『三世長者知被服，五世長者知飲食。』〔二〕殆諺所云『三代仕宦，方知著衣吃飯』所由昉乎？是諺也，見於《説郛》，婉而多風，爲履滿者箴也。猶『原田每每，舍其舊而新是圖』之喻也，猶『蠶桑苦，女紅難，得新忘故後必寒』之戒也。聽《孺歌》而詔小子，會心不遠，可爲知者道，難爲不知者言也。

神農、黄帝以天縱之聖，開衣食之源。後世因事制宜，《禮經》備載。衣則有『負繩抱方』，應規、應平、應時，左宫右徵之利用也；飯則有『舂揄簸揉、釋叟烝浮』〔三〕，七精八鑿之殊科也。凡

宴享簠豆，藻采章施，莫不有公、卿、大夫、士，及世族、世官之别。至於擊鼓吹《豳》、滌場載績、躋堂介壽之情，依然如昨。故粗而言之，問耕問織，不過愚夫婦之知能；精而按之，重農重桑，歷代聖君賢相未易竟其量。然而萬物皆備，人欲無涯。不矯於物而素位焉，絲何妨五緎五總，食不必厭精厭細，君子固不廢養身之論也。列鼎重茵，任其所爲，暴殄久則生意盡，二氏所以有惜福田之説也。

一日，與趙鹿泉副憲過雲坡尚書寓。雲坡出《訓子説》以示，蓋舉諺所云云者申言之，涑水訓儉意也。『儉』之一字，吾儒立身行己切要工夫。淡泊明志，寧静致遠。上之，黼黻升平，當大任而裕如；次之，不失爲《衡門》『泌水』、潔清自好之士。先聖先儒格言具在，而衣食兩端，儉德之大較者。雲坡以大司寇攝農部三庫事務，肥天下而人佩清名；兩公子文章政事，濟美聯翩，《易》之《豐》象也。而雲坡於秋獮迎鑾之餘，古店挑燈〔四〕，猶追溯於文良公先德之遺，以教其子孫。其取義則謡諺箴銘也，其立言則布帛菽粟也；其文樸而華，其大旨所存，則淡而彌永也。余是以披讀一再過，不啻奉傴僂循墻、饘斯粥斯之銘，而嘆雲坡式穀教忠，志不在温飽者，何履泰而思深也！

雖然，知之匪艱，行之維艱，兩公子勉乎哉！念觥飯不及壺飧，勿狐裘參以羔袖。充之以類，體之以誠。物，留其有餘；道，勉所不足，彬彬乎被潤澤而大豐美。受之以『畜』，而膏粱文綉皆從篤實輝光中來也；承先燾後，百世其昌可乎！爰引其義書於後，并質之鹿泉〔五〕。

【評語】

元元本本，昭晰無疑。修身教家、治世安民之道，一以貫之。名臣言行録中，與雲坡并垂不朽矣！文情醇茂，極似曾南豐。——譚古愚

崇論閎議，可以羽翼『六經』，憲章百代。傳世經世，具見斯文。——朱茂堂

絶大議論，就眼前發之，真可作格言讀。——童梧岡

陶靖節詩：『人生歸有道，衣食固其端。』但就眼前道理，發出名言至論，即小寓大，允足垂爲彝訓。——受業萬承風

【校記】

〔一〕胡季堂《培蔭軒文集》卷二《三代仕宦方知著衣吃飯訓子説》後，附録此文，未標其題。

〔二〕魏文帝之語，據《太平御覽》卷六百八十九作『三世長者知被服，五世長者知飲食』。

〔三〕『揉』字，《培蔭軒文集》用《詩·大雅·生民》原文作『蹂』，『蹂』通『揉』。

〔四〕『燈』字，《培蔭軒文集》作『鐙』，二字通用。

〔五〕《培蔭軒文集》於文末署有『嘉慶丙辰秋九月香亭弟吴玉綸拜書』。

附録 三代仕宦方知穿衣吃飯訓子説〔一〕

胡季堂 雲坡

諺云：『三代仕宦，方知穿衣吃飯。』〔二〕夫寒衣飢食〔三〕，即孩提之童亦無不知，何必仕宦之家也。所謂知者，非謂其寒知衣、飢知食也，蓋謂其衣則能爲趁時之制〔四〕，而得彰身之華，不僅苟簡蔽體；食能諳五味之和〔五〕，而得烹飪之法，不僅將就充腸。然此亦仕宦家之常，而必云三代者何也？

蓋士之崛起者，初本寒素。方其困厄閭閻時，每因身口之累，時多衣食之虞。一旦身登仕版，俸禄所入，即志不在温飽，而温飽自足。既免曩時之竭蹶，便覺從容，已是稱心，何肯他計。且念前者之艱難，心存惜福，必從儉樸，不事講求，此初代仕宦者不可謂之知也。若夫二代，承父兄居官之後，衣食無虞，初不知有交迫之飢寒。温飽之餘，漸生驕侈。衣或厭惡，而食或求美，常情習染，亦所難免。然去其父兄未遠，樸素之風尚存，豪矜之心未肆。其衣其食，未必件件樣樣皆得如法而精工，此亦不可謂之知也。至於三代仕宦，生於富貴之家，温飽視爲固有，不知稼穡之艱難，又何知人世有飢寒之事？既豐衣而足食，必鄙儉而從奢。耀身首之華，製作定求合體；

縱口腹之欲，烹炮務期得宜。如此則衣無不美，而食無不精，此乃所謂方知者也。

聽其語似若譽之，味其義實則譏而刺之也。傳云：『儉，德之共也；侈，惡之大也。』若由知而自矜其能，日肆豪侈，則德愈喪而惡愈集。如輕埃之應風，似宵蟲之赴燭，立見其敗。不在本身，即在子孫。事有必至，理有固然也。爲此語者，豈非刺以儆之乎？然非所論於秉禮守義之君子也。世宦之子聽其言而思其義，須爲知禮義之君子，寧作不知吃穿之人〔六〕，則愛惜物力，少殺生命，以免暴殄，而不作孽。慎毋認爲譽美之詞，喜而蹈之，庶可爲保家之令子。汝輩其勉之！

【校記】

〔一〕文見《培蔭軒文集》卷二。『穿』字，《培蔭軒文集》作『著』。

〔二〕『穿』字，《培蔭軒文集》作『著』。

〔三〕『飢』字，原作『饑』，據《培蔭軒文集》校改。下同。

〔四〕『蓋』字，《培蔭軒文集》無。

〔五〕《培蔭軒文集》於『能』字前有『則』字。

〔六〕『穿』字，《培蔭軒文集》作『著』。

杖銘

賜於廷〔一〕，杖於鄉。傴僂循墻，歷荷三朝恩光〔二〕。優游乎古蓼國、張仙莊。身江淮，而心繫廟廊。愛此化日之舒長。

【校記】

〔一〕『廷』字，錢棨《香亭先生年譜》『嘉慶元年丙辰，先生年六十五歲』譜下，引此文作『朝』。

〔二〕『朝』字，《香亭先生年譜》引作『聖』。

如如亭跋

丁巳冬，余致仕歸里。夢蔡葛山先生以『如如』二字，爲余題額。《内典》云：『性相如如。』又云：『如如不動，言真如也。』與吾儒『動而無動』之説，義自有合。玉綸游先生門，夙夜以道相質。林下之風，導我先路。所感召於夢寐間者，殆香山『不禪不動即如如』之意乎！

今春治宜園，循古柏山房而西，放舟於環流中。陟小阜，四望空明，得如如之象焉。爰葺茅爲亭，而以是名之，用志書紳於弗諼云。

嘉慶戊午，余月之望，香亭吴某跋，屬大侄貽桂書。

護雲軒跋

由釣臺泛舟，掠如如亭而西，過雙閘，有亭翼然。繞以長廊，城頭奎閣，倒影於檻外。青蓮碧沼中，洵兩洲烟水極盛處。乃焚香恭貯列聖所賜御書墨寶於軒，以志恩榮。仰維先中丞有『更有雲霞護賜書』之句，謹以『護雲』顔其額，益拳拳服膺於學古入官、爲子爲臣之義云爾。

【評語】

《護雲軒跋》以簡貴勝，《眉亭説》以精切勝，皆不出同中求异之一法。——王午堂

點綴烟水，珍藏賜書，一邱壑間，大義凛然，想見忠孝至性。——祝東皋

附録

附録一　詩文輯佚

詩歌

山左春旱

入春隴麥應時生，寒食烟消雨不成。天意妒花澝祓少，絳桃憔悴落山城。

（輯自《香亭文稿》卷五《雨後小記》）

辛未別兄

天寒衣苦薄，日短路還長。

（輯自《香亭文稿》卷三《送弋山二兄南旋序》）

咏蟬二首

蕭蕭幾樹雨，嘒嘒數聲蟬。

仙蟲依舊林中噪，驚起秋風欲報寒。

（輯自《香亭文稿》卷七《蟬説》）

過武氏洲題問竹亭

記取竹窗宜聽雨，他年好作對床眠。

（輯自錢棨《香亭先生年譜》『甲戌，先生年二十三歲』譜）

華陰道上

嵯峨飛度碧雲環，百二雄封指顧間。白帝降精凝華岳，黄河倒影射潼關。秦州車馬勞孤客，楚國風花改舊顔。此去曲江亭上望，春波泛處浴鷗閑。

（輯自王昶《湖海詩傳》卷二十五）

開徑望三益

賞奇懷益友，延佇遲籬東。行許三人得，門開一徑通。素心思既覯，青眼望何窮。苔印芳踪邈，花聯臭味同。跂予攀擧鳳，知己感歸鴻。金玉音非遠，芝蘭室在中。飛觴邀醉月，把袂欲臨風。共愜彈冠願，連茹佐聖躬。

（輯自法式善《同館試律彙鈔》卷十四）

麈角解

物候參消息，冬終《月令》詳。解無殊仲夏，麈別感初陽。宴樂鳴依舊，崢嶸角异常。犀慚尖有暈，牛愧革庸黄。日漸晅㢘暖，茸新變鹿場。不須防尾大，非比紀𩮜傷。天道占更化，時行惡過剛。《禮經》明辨晰，睿知剖微茫。

（輯自法式善《同館試律彙鈔》卷十四）

駝識泉脉

露白霜凝紫，行行萬里秋。龍沙沉地脉，雁塞伏川流。人乍迷荒徼，駝偏壯遠游。潛源資用汲，深識濟同仇。趵突真如虎，蹄涔笑作牛。占風曾不忒，載渴更無憂。底事傷瓶罄？争看筮井收。醴泉徵聖瑞，耕鑿又何求！

（輯自法式善《同館試律彙鈔》卷十四）

己丑别兄

江寧于役君思我，寧夏之官我送君。乍合乍離渾似夢，空堂風雨不堪聞。

（輯自《香亭先生年譜》「己丑，先生年三十八歲」譜）

耳山齋中咏梅

天街踏雪歸來晚，紙帳寒燈認草堂。梅花清極本無詩。

（輯自《香亭先生年譜》「戊戌，先生年四十七歲」譜）

丁未消寒會第一集二首

觚稜晴雪散朱罏，豹值人歸午漏停。小集不妨宵預卜，峭寒轉爲酒催醒。社從洛下先耆老，李杏浦總憲年最高，故舉第一集，餘以鬮分。諧似東方盡歲星。應識承平優退食，委蛇共擬頌虞廷。

繞屋氈帷羃曲罏，屏騶小幰暫教停。相約集時以車代肩輿。一時雅會歡初續，五載離悰眼倍醒。余自癸卯赴闈，不與此會已五載矣。情話依然聯昔日，舊游漸次感晨星。謂曹竹虛尚書終養於家，姜度香侍郎撫鄂也。吟懷劇愛劉公幹，竹軒侍郎以詩見示。白雪吟成韵滿廷。

（輯自《香亭先生年譜》『丁未，先生年五十六歲』譜）

題理齋愛吟草 七絶五首

亮節曾聞烈日如，巴山藏碧廿年餘。遺編到處淋漓在，不見濡毫盾上書。

射策丁年取甲科，捐軀慷慨事如何？零璣碎璧均堪惜，字字分明《正氣歌》。

浣花溪畔樹榆枌，理齋殉節後，制府爲立祠浣花溪岸。蜀酒年年酹使君。正似西充憑吊地，靈祠風雨至今聞。理齋詩有『靈祠風雨』之句，蓋在西充時謁漢紀將軍廟作。

碧鷄金馬助揮毫，牧宰頻年意興豪。應有忠魂留昔嶺，昔嶺爲理齋殉節地。飛仙唱和五雲高。

醫閭終古望崔嵬，靈淑應鍾卓越才。清唳有聲霄漢上，如聞華表鶴歸徠。

（輯自常紀《愛吟草》所附『集録題常理齋《愛吟草》及殉節録詩』，《遼海叢書》第三十四册）

懷江南舊游 六首

虎踞龍盤豁兩眸，蕭閑風物羡沙鷗。勞勞亭上傷心處，尚道湖名是莫愁。

散髮披襟足自娱，松陰茶話夜凉俱。曾經宦海南游日，萬里江山入畫圖。
妙高臺上自優游，玉帶山門望眼浮。千古英雄多少事，長江滚滚付東流。
説法生公未足欽，三高祠見古人心。希文留得梅千樹，撲鼻清芬直到今。
東宫勝迹仰前修，文字須從實處求。五步樓台十步閣，冶春詩社太風流。
花開風榭月移廊，分韵敲詩滋味長。好語兒孫須立脚，宜園草木未全荒。

（輯自《香亭先生年譜》。第一首在『己丑，先生年三十八歲』譜下，其餘五首在『丙午，先生年五十五歲』譜下）

登高同趙司空佑叠韵二首

其一

亭連高閣挹青山，應節登臨任去還。縹緲雲霄三殿迥，蕭疏風物一鷗閑。吟成白雪傳新句，品到黄花認舊顔。對坐陶然茶話久，江湖廊廟兩相關。

其二

邱垤學山未至山，多君吟嘯句頻還。識高於頂千層上，人淡如秋半日閑。自有黄花榮晚節，却慚緑野駐頹顔。明年此日鴻泥判，風雨瀟瀟正掩關。

（輯自《香亭先生年譜》『嘉慶元年丙辰，先生年六十五歲』譜）

和胡雲坡司寇、譚古愚尚書、張壽雪閣學再叠前韵

神游何必亦登山，沈范相傾韵往還。句到工時能用拙，人從忙裏好偷閑。天官排奡傳高調，秋部精華憶少顔。逸興定推清獻鶴，一番吟眺總相關。

（輯自《香亭先生年譜》『嘉慶元年丙辰，先生年六十五歲』譜）

和趙司空游崇效寺觀拙和尚青松紅杏圖七古一首

蕭梁三百六十寺，風雨斷垣任廢置。山門玉帶山下鼎，守器誰矜挈瓶智？崇效寺僧有畫松，畫松并畫紅杏紅。相傳畫者拙和尚，留題一一仰群工。先生來此少憩息，披圖如共詩人席。空中花雨想傳神，紙上雲烟大落筆。南朱北王稱兩家，繼聲喜有初白查。後之視今今視昔，千載題咏誰堪誇。杜陵詩筆曹霸馬，一時雙妙傳風雅。此圖此句此中人，蕉夢何須問真假。於今追溯迹已陳，却從陳迹復翻新。先生之詩如拱璧，長城七字偕長春。詩懷磊落秋懷静，黄菊丹楓相掩映。松曰大夫杏尚書，冲容風度標格正。彼哉釋子哂一毛，我輩韵事傳風騷。《觀海圖》待《靈光

賦》，兢看鵬背摩天高。時以《鼓山觀海圖》索題。

（輯自《香亭先生年譜》『嘉慶元年丙辰，先生年六十五歲』譜）

和趙司空菊花餅詩 四首

名士愛花多愛菊，菊花開遍好餐英。一丸巧製搓酥餅，千里休思下豉羹。飽歷風霜秋自老，少經烟火氣能清。好憑香鉢添吟興，沁到詩脾句有情。

郇厨喜共餟秋英，粉餌新炊玉屑輕。雅稱素交惟淡泊，了無俗味本孤清。茶烹北苑供饞語，簾捲西風笑瘦生。爲報西陽羅食品，倩他珍重續芳名。

曾分綾餅志桓桓，閑坐秋陰問夕餐。味外酸甜惟自得，霜中枝葉未嫌殘。裹糧左史詩多健，乞食陶公徑更寬。老我饔飧香國裏，黄粱有夢記邯鄲。

充飢何處得靈丸，品到高時畫亦難。未許輕沾寒具手，却宜閑對野蔬盤。注成『楚些』香盈掬，映遍《荀經》字細攢。此後無花花未了，嚼梅時節又憑欄。

（輯自《香亭先生年譜》『嘉慶元年丙辰，先生年六十五歲』譜）

游崇效寺賞牡丹

歐碧姚黃好信催，尋芳選勝後先來。漫云十户中人賦，却喜連叢古刹裁。富貴雲多真福地，廣寒月上想瑶臺。空空色色諸天净，不與群花一例開。

（輯自吴玉綸自撰《香亭先生年譜續編》『丁巳，余年六十六歲』譜）

游陶然亭和祝紹宗編修 五古一首

積水擁孤亭，不須凌萬頃。初晴喜相招，陶然話秋景。十二韵吟成，風月好管領。仁智愜性情，浮艷一一屏。山容如沐新，遥天列妝靚。敲棋坐忘機，心閑力不猛。前開婪尾筵，吾徒格言警。春暮，諸通家公餞於兹，余坐間舉《新吾語録》一則，示臨别贈言之意。去秋來登高，杯銜黄花影。工部索和章，固陋慚畫餅。去秋與鹿泉少空來游，和《登高》及《菊花餅》諸詩。卅年游踪頻，余自己卯秋始來游，今三十餘年矣。老去歸心騁。大淮日夜流，蓴鱸香味永。何時宜園中，同把釣竿整？謂同游焕然侄。

（輯自《香亭先生年譜續編》『丁巳，余年六十六歲』譜）

歸途口占

迎送水程次第過，授餐假館又情多。當年小試歸心急，風雪蹇驢憶渡河。乾隆己巳新正朔九日，自德州糧道署旋里應童子試，計期將誤矣。過東平州，有閻僧言多中，謂余曰：『君等但行，勿急。』十六日雪後渡河，余以道滑墮驢背。譜兄明府龍光亦騎驢落河之涘。廿四日抵里，遂入學。

（輯自《香亭先生年譜續編》『丁巳，余年六十六歲』譜）

和王午堂總戎移鎮固陵

廊廟山林總繫思，蓼園更喜駐旌旗。綸巾羽扇如麟鳳，高壘深溝盡虎羆。蜀北遺氛看雨洗，淮南新稻樂雲彌。雅歌投和知丹悃，報國心同麗澤資。

（輯自《香亭先生年譜續編》『戊午，余年六十七歲』譜）

送女之秀于歸詩 四首

春深月吉與時良，珍重郎官六禮詳。罔以高門矜艷麗，菜根風味佐書香。

曾傳班謝繼家聲，檢點書籤索我評。女慧何關男鈍也，《浣青集》喜續吟成。適讀錢稼軒少宼爲其女序

《浣青集》，有『女慧男鈍家多替』之語〔一〕，固有味乎其言。然漢之班氏、晋之謝氏，子弟同繼家聲，不獨大家與道韞也。近時夢蘭攀桂，門第交輝，往往有之，豈可一概論乎？

紅藥當階百卉情，于歸歸後賦鷄鳴。開門七件經營事，常憶萱堂喚女聲。

如眉新月挂平林，姊妹催妝次第吟。願了向平還未了，一般兒女總關心。

（輯自《香亭先生年譜續編》『庚申，余年六十九歲』譜）

【校記】

〔一〕『女慧』句，錢維城《孟鈿詩鈔序》原文作『家之興替視所生。男慧女鈍多興，女慧男鈍多替』。文見《錢文敏公全集》之《茶山文集》卷四。此爲撮其意而用之。

題宜園十咏五古一章

昔作《宜園記》，今讀《宜園詩》。從游即從學，聯吟逮小兒。詩萃兩宗匠，園彙史一支。登臨地彌韵，向榮嘉卉滋。飄然不群意，簇景句搜奇。六章雲箋列，興溢辭外辭。贈言叨逾格，抱愧發幽思。或徒聲華兢，或疑烟霞癡。自古行樂者，屈指略可知。香山輝洛社，風流是吾師。譬彼園中樹，培本茂厥枝；譬彼洲中水，觀海逝如斯。萬物誠能動，行藏順乎時。江湖與廊廟，道二曰一之。拳拳得四首，弟昆家訓持。我愛咏有斐，汝好勉下帷。窗前春草緑，窺園如不窺。短篇報宗匠，歌而和者誰？

（輯自《香亭先生年譜續編》『庚申，余年六十九歲』譜）

和游宜園詩七律三首

鳩唤連朝雨沉浪，宜園雅集趁晴光。分陰贏得詩書樂，三徑尋來草木香。桐葉漸生招鳳客，桃花輕泛送漁郎。樓頭好句題崔灝，近水烟巒憶故鄉。

海棠驚艶映華池，擬取雙株隔院移。到處花飛春盎盎，亞欄人坐影差差。漫誇老馬能知路，最愛新蠶乍吐絲。對景陶然佳趣得，非空非色是真詩。

唱和方慚李報桃，相投蘭臭托同袍。好看映水開圓鏡，尚有從軍詠大刀。茆舍竹籬聊復爾，妻梅子鶴未爲高。山林廊廟相關也，嘆我飛霜染鬢毛。

（輯自《香亭先生年譜續編》『庚申，余年六十九歲』譜）

寄送别諸君子

桃花水緑楓林丹，後先歸信今方準。解纜已過楊柳青，籬菊摇曳西風緊。回憶水程擾攘間，五年謝客如小隱。宜園林翛悠幽賞，地近山城喧亦泯。掃清餘氛帝曰咨，以不忍心行不忍。稔知宵旰同憂樂，欣傳虞化流徽軫。秋窗風雨筆近踪，幾度晚香香不盡。人磨墨兮墨磨人，續成舊句寄一哂。

（輯自《香亭先生年譜續編》『辛酉，余年七十歲』譜）

賦與文

曲江春宴賦

俗尚浮夸，名梯登進。下賢良之詔，自古爲昭；問忠孝之心，幾人能盡？照春江之水色，猶似當年；訪名士之風流，真同一瞬。

（輯自錢棨《香亭先生年譜》「乙亥，先生二十四歲」譜）

條奏甘肅報捐監生應查革補繳

甘省自乾隆三十九年開例捐監，原爲專收本色，儲倉穀以恤災黎。乃報捐者竟全係折色，固由甘省承辦官員借捐冒賑，舞弊分肥。該生等明知折色違禁，因較本色省費實多，是以避重就輕，相率滋弊。比年來赴部捐監者日少，而在甘報捐，遂至數十萬之多。生監爲士子進身伊始，豈容如此取巧營私？兹蒙皇上格外鴻慈，免其褫革，但以所繳折色數十兩，即安然濫厠成均，比之京監數目懸殊，似不足昭平允而杜幸獲。臣請敕下該部，凡甘省自三十九年以後報捐監生，現奉恩旨免其斥革者，每名令其補繳銀六十兩，由各該生繳本籍各州縣，彙解藩庫，由該督撫按季彙摺陳奏，以備甘省灾賑撥用。并請勒限二年繳完，如逾限不繳，即將該生原照查銷。

（輯自《欽定蘭州紀略》卷十六『丙戌左副都御史吴玉綸奏言』）

作書示鄉人各工

汝等皆我鄉人也，爲我修敝廬，聊蔽風雨。閱來禀，想見各精爾業、指揮如意時也。從來手藝之事，生計多艱。前諭司事者按日給值，勿得拖欠。如尚有未付，幸速告我。明歲麥秋後，當抵里門，具鷄黍以勞我鄉人，稍慰數月來桑梓辛勤之意耳。

（輯自錢棨《香亭先生年譜》『嘉慶元年丙辰，先生年六十五歲』譜）

覆法式善書

昨承來翰，具紉雅懷。《同館律賦》之刻，經大人搜輯選訂，自當與《文苑英華》後先輝映。弟於律賦所學本淺，存稿無多。前梓人來寓時，重理敝簏，實無信心之作，故未呈教。至來示所云『弁諸簡端，有裨同館志乘，後學津梁』，弟何敢當此語！此乃宗工爲天下師範自道所得，宜乎隨園前輩聞風相思，有『欽欽在抱，不覺首至地』之語也。近刻詩稿二種，附呈教政。續刊散體文二十餘首，將次竣工，再當奉上。專此布覆，并謝不宣。尊謙附繳。

同學弟吴玉綸頓首。廿九日。

（輯自吴忱、劉青山整理法式善輯藏《詩龕朋舊尺牘》，原載《歷史文獻》第十六輯，上海古籍出版社二〇一二年）

致汪鹿園觀察書

沈雲椒冢宰於乙卯冬言及沈夫人與陸夫人有寶林小姐義女之約，當陸夫人病卒於京，沈夫人在江西學使署，未克相依，兹任滿而歸，欲接小姐過寓云云。弟以沈夫人尚未抵京，擬於今春旋豫，仍携同行，未果。五月，沈夫人來，復理前説。竊思於彼於此，同屬猶女之愛；前因後果，各敦舊好之情。昨雲椒來字，抱歉於圖踐前言已遲兩載，重違其意，且與親家密邇，往來尤便。是以擇吉，閏六月十九日，差接過寓矣。孤露如珠，讀書習禮，已具成人體段。猶以六載相依，欲隨弟秋仲旋里。再三婉諭，灑泪而别。可知靈根夙慧，性情感人者深也。

耑此奉報，想親家聞之，亦欣然慰藉者。

（輯自吴玉綸自撰《香亭先生年譜續編》『丁巳，余年六十六歲』譜）

致馮星實鴻臚書

附啓者：

閏六月十九日，送寶林小姐於沈冡宰寓所。所有壬子冬由尊處過敝寓原單開付服物等件，次春存貯汪觀察禮書聘物全分，暨弟續製應用衣飾等件，備録一册，統於往沈日彙收訖。如珠孤露，輾轉因依，彌增今昔之感。

（輯自《香亭先生年譜續編》『丁巳，余年六十六歲』譜）

節書呻吟録跋

先中丞公嘗訓玉綸曰：『我一生得力，大半在新吾先生《語録》中。蓋《録》以「呻吟」名，言簡而該，足以發後學之病而藥之。』玉綸謹識之，不敢忘。乾隆甲戌，受業於沈光禄夫子，蒙書是《録》一册，以示服膺，不啻百朋之賜也。余年六十有九矣，去日苦多。竊嘆寡過之匪易，爰於『錫杖軒』成，節書原册，揭諸座右。荷君恩於林下，申前訓以勖後昆，抑自警於耄年云爾。

（輯自吴玉綸自撰《香亭先生年譜續編》『庚申，余年六十九歲』譜）

固陵城隍忠祐王序

廟立漢蓋明禋石坊，捐資修葺，并刻序質同人。

按漢紀將軍信以誑楚被焚，解高祖滎陽之圍。迨明太祖封韓將軍成爲高陽侯，始追封紀將軍爲滎陽、固始城隍忠祐王，永鎮兩邑。父百楝、母黄氏、妻董氏、子潼，俱晋封滎陽將軍。死綏之區，固陵漆井，從龍被厄地也，皆祠以祀之。余閲《縣志》，所載未詳。據廟貯洪武五年詔作序，附録原詔於後，昭忠祐之實迹云。

且夫高皇帝之勸忠於將軍也，敬之愛之，優禮之。若曰『余一人，念爾孤忠，恨闡揚之晚』云爾，豈謂將軍尚有遺恨哉？將軍知有死耳，死焉而救主志遂者，奇而正，將軍無恨矣，封不封，非所計也；死焉而望君克濟者，其道大光，將軍愈無恨矣。久而封，非所知也。身後顯晦，與生前亮迹丹心，何所加損！封於明，不啻封於漢也，即不啻封高祖三十一功臣於歷代人心之大同，不獨將軍慰，將軍主與臣俱慰矣，而又何恨焉！因原詔有『幽魂沉淪，千秋遺恨』之語，是以推言之。或曰城南火焰溝，將軍被焚處。自屬父老訛傳。若《志》載包蕆《紀將軍城隍祠記》，疑將軍即紀成子通，封襄平侯，猶衍陸士衡《高祖功臣頌》與張宴以通爲信子之誤，《文選注》辨之詳矣，序不贅及。

（輯自吴玉綸自撰《香亭先生年譜續編》『辛酉，余年七十歲』譜）

致萬承風書

前湘舲閣學爲予編《年譜》，學士曾綴言於後。兹自丁巳致政歸里，手輯五載居鄉事，其再跋之。

（輯自吴玉綸《香亭先生年譜續編》所附萬承風跋語）

制義

【乾隆丙子鄉墨】

不逆詐不億不信抑亦先覺者是賢乎

超乎物以爲覺，大智足貴矣。蓋逆意而曰覺，覺已在逆意之後也，夫子所以舉先覺者，而特賢之。且君子誠之爲貴，貴在誠也，非在明也。然與天下相安於至誠，即與天下相見於至明。自夫挾揣度以行其智，毋論其智之不勝也，而智勝於揣度之餘，抑末矣，豈曰能賢！夫世之所謂賢者，大抵矜言覺也，然而有辨。物理本屬同原，自淳樸一變，漸有叵測之意生之，則乘機鬥捷，逐其崎嶇之路以俱往者，詐不信也；物情常多變態，苟刻覆太至，必有不肖之心應之，則發奸摘伏，適開鈎距之術以爲招者，逆詐億不信也。

蓋天下詐者固詐，逆詐者亦詐也；不信者固不信，億不信者亦不信也。逆億而未必盡覺，誤於見之不及料也；不逆億而更何能覺，昧於識之無其本也。而吾乃穆然於不逆詐、不億不信、抑亦先覺者，平昔居敬窮理，何嘗敢以闊略相高，然真見之昭融，較諸私情之紛擾，大不同也。

養天下之晦者，發天下之蒙。縱奸生百計，但聽其自來自往於杌隉之場，而發藏啓覆，猶是詐不信者之自貢其真，而於我何與焉！其覺也，蓋一見而即决耳。當前類族辨物，未嘗不以坦白爲懷。然盛德之若愚，較諸長厚之受欺，迴不侔也。静萬感之緣者，通萬物之神。縱情有百變，但聽其自消自息於詭譎之途，而鑒貌别形，亦不逆億者之自裕其量，而於人又何與焉！其覺也，蓋所由來者漸矣。先覺如是，是之謂賢，豈世之所謂賢乎？

極逆億之方，予智自多，而本無能覺之實；幸逆億之合，陰謀取勝，而反欲冒先覺之名。惡似亂真，此俗情之變幻，吾不願天下有是人也。離境而萬物皆具，燭其隱而天下乃知不逆億之神；未事而萬象俱空，革其心而天下乃以享先覺之福。返本還淳，此世道所深幸，又安得天下見若人乎！吾是以静念人群，默參優絀，穆然思先覺不置矣。

【評語】

只將題中字字提得清，還出字義，使成一片，即是此題佳製。至其語必透宗，足徵异日設施。——鄭誠齋夫子原評

（輯自《光州吴氏家墨初編》）

凡有血氣者莫不尊親

驗尊親於至聖，聲名遍乎人類矣。蓋概之以凡有血氣，而人類盡矣；統之以莫不尊親，而至聖之聲名，不已極乎！聞之亶聰明、作元后，言有尊也；元后作民父母，尊且親也。夫尊之親之存乎人，而其可尊可親，則存乎一人之德，有以得乎人心之同。故尊親者，聲名所由作也。吾言至聖聲名，而歷指其所，此其地無弗届，即人無所遺，吾於是而觀其大凡矣。

造物之精華，不能虛懸而無所附麗，故上升下濟，原無絪縕不到之區；人境之遼闊，不能涣散而無所統宗，故履厚戴高，其切臣子莫逃之誼。然則至聖聲名，本仁義禮智，時出之德，致天下於敬信悦者，間猶有不尊不親者乎？則必非有血氣者也。

修政事以臨天下，未始非尊也，而人之尊至聖，則以德而不徒以政。懔朝廷之制度者其氣肅，不如仰天子之篤恭者其神静也。夫處穴衣皮，跪拜亦甚不近禮，而狉狉榛榛之衆，究何能泯其一綫之心知，而惘然於冠履？是政事之所不必到，莫不有德以鎮之者矣。普美利以及天下，未始非親也，而人之親至聖，則在德而不專在利。拜君恩於格外者其感深，不如歌帝力於何有者其樂真也。夫雕題鑿齒，嘻笑亦甚不近情，而渾渾噩噩之餘，究何能忘夫自具之形骸，而漠然於怙恃？是美利之所未及遍，莫不有德以懷之者矣。

蓋大化翔洽之後，雖昆蟲草木猶沐恩膏，矧其爲飲和食德者乎！夫血主乎陰，氣主乎陽，一遇夫大聖人之順陰陽以布化者，血氣與血氣相感召，億萬里若呼吸之通焉。率其行能之素，生其愛敬之心，人所以爲萬物之靈也。太和蕃遍之時，雖荒裔怪族皆宜德意，而有不浹髓淪肌者乎？夫血主乎濡，氣主乎噓，一投以大聖人之善濡噓以育物者，血氣與血氣相貫注，億兆人若指臂之從焉。重譯而僉奉車書，入貢而如屬毛里，至聖所以立天下之極也。擬以配天，豈虛語哉！

【評語】

二提比下倒入上文，反點本題，非尋行數墨者所能知。能篇不蔓不支，先民風範。——羅徽五夫子原評

（輯自《光州吴氏家墨初編》）

他日、王謂時子曰、我欲中國而授孟子室、養弟子以萬鍾、使諸大夫國人皆有所矜式、子盍爲我言之、時子因陳子而以告孟子、陈子以時子之言告孟子

記留行於他日，不足爲大賢述也。夫王豈果留孟子者？欲而言，因而告，正可由他日以觀我孟子。嘗思留賢盛典也，心乎愛矣，遐不謂矣，奚煩轉相傳述乎？乃事不本乎初志，迹似托於深

情，一時君臣師弟間，覼縷不憚其煩，斯又留賢之創見者矣。

如孟子言歸，王以繼見爲言，王之不留孟子也明矣；孟子對以所願，其不捨王也明矣。惟孟子不捨王，有欲言其故而莫可告語者，遲遲其行，忽已他日；惟王不留孟子，至他日而孟子猶未去也，過他日而知孟子之必去也，於是轉繼見之言，作留賢之計。向使齊王果能留孟子，授以國柄，養以天禄，將見保民行政，王齊反掌。統齊國之億萬臣庶，莫不瞻望咨嗟，以爲不圖復見古君臣一德之隆也，豈不無愧於齊王，無負於孟子也哉！乃當日孟子所聞於陳子則否否，陳子何言？以時子之言告也。時子何言？以王之言告也。王何言？蓋欲授室國中，震之以萬鍾之養，而虚奉之以諸大夫國人之矜式也。

溯夫高賢惠顧之初，授粲適館，波及同堂；則古稱先，驚傳四野。曾日月之幾何，而不可復得乎！雖十寒一暴，疇昔久等夫虚拘。而維王有欲，忽觸離緒而表餘情，無論在廷固視爲盛事，即吾徒亦訝爲隆施。輾轉相通，直將挽爾音金玉，頓抒飢渴之思，所謂婉申焉而其覺其有味者矣。懸此中道回車之想，置其人於不友而不臣，示其意於若近而若遠。祇以不入耳之談，來相勸勉耳。雖永夕永朝，雅意差賢於逐客。而維王有言，徒援禮貌以示縶維，致令居臣職者遵不宿之條，即盡弟道者循前席之請。介紹頻煩，不過於行色倉皇，各塞傳宣之責，所謂指數焉而愈覺其無聊者矣。

嗟乎！欲者欲，言者言，因者因，告者告。君子觀於此，然後嘆王之於孟子，至他日而不留之意益決也；孟子之去，至他日亦不得不決，而道終不行於齊也。悲夫！

【評語】

未嘗不左縈右拂，空間注定正意。妙乎空空，極行文之樂事。——仇青士夫子原評

（輯自《光州吴氏家墨初編》）

【乾隆辛巳會墨】

紅紫不以爲褻服當暑袗絺綌

服雖褻而不褻者，當袗而亦袗也。夫紅紫不爲，君子服有褻而心無褻也。即其袗以絺綌，果猶人之當暑乎哉？嘗思服以章身，自淡不勝濃，而風會趨焉。此固移於人，而非移於天者也。聖人動容周旋中禮，於人所服者而不服，亦於人所服者而服之，蓋將以一身轉移乎風尚，而未嘗不與造物爲推移，類如斯也。

試進紺緅不飾之君子而觀其服，夫非祭則弗紺，非練則弗緅，吉凶之有别，幾如寒暑之遞遷。此其理在因時，豈敢以領緣所需，罔所擇而服之無斁！若艷於朱則爲紅，間以赤則爲紫，蕩先民之法故，且漸長習俗之奇邪。此其道惟秉正，豈容以燕居所御，悖乎正而聊以自娱！

君子所以不以爲褻服也，至人之舉動，每有即物觀理之深心，而紅紫其顯焉者也，章施必辨，不衷無殊不稱之坊矣；大聖之起居，不忘謹小慎微之隱念，而褻服其著焉者也，幽獨必嚴，非法更甚非時之戒矣。昔先王垂衣裳而治天下也，載諸《月令》，季夏以命婦官，職在司徒。染草次於掌葛，故奸色、正色，粥市既嚴；山農、澤農，徵材亦備。雖刈濩無辨色之文，而朝廷有始絺之典。蓋正人工、順天時節宣之旨，即一衣可概見也夫。然而褻服必謹之君子，其當暑也，何必不袗絺乎！

謂粗疏不設於身體，何以爲絺爲綌，其質獨利於疏乎？君子豈以人袗而不袗焉者，矯异於流俗，快三庚之披拂，而疏密并登，以滌吾囂也，固了不异人耳。謂輕忽勿介於容儀，何以上絺下綌，其制無嫌於輕乎？君子豈以人袗而亦袗焉者，奉行夫故事，消九夏之炎蒸，而纖輕在御，不改此度也，特觀乎其外耳。

蓋君子飭躬有度，而服之謹於褻者，惟是杜漸防微，欲觀古人之象；君子利用攸宜，而袗之便於褻者，豈曰草衣卉服，不登大雅之堂！觀於必表而出，乃知聖人動容周旋中禮，無在有褻之見者存也。

【評語】

取經籍之精液，醖釀以成文。所迥异時蹊者，在氣息吞吐間耳。——劉延青夫子原評

（輯自《光州吴氏家墨初編》）

旅酬下爲上所以逮賤也燕毛所以序齒也

觀所逮與所序，老幼洽於志事中矣。夫逮賤則意乃伸，序齒則分愈篤。若旅酬，若燕毛，武周之制，不曲盡乎！今夫聖王馭宇，要使幼者得所長，老者得所養而已，而體此意以達於廟中，則君臣也而有家人之象焉。蓋禮宜遍周，而事苟從略，非所以對我先王『永錫爾類』也？宗廟之中，序昭穆、序爵、序事，不已告式禮之莫愆，而神人胥洽乎！

然而同异姓率旅而來者，夫豈無後昆，猶未免自傷卑賤，弗敢與執事列也？合族而至者，雖其在天潢，得毋謂老夫耄矣，未克以私情展也？而武周之制未已也，則見以下爲上，而旅酬之禮舉。升賓於西階，賓弟子舉觶於長以酬主焉；升兄弟於阼階，兄弟之子舉觶於長以酬賓焉，蓋所以『逮賤』也。旅酬既畢，而燕毛之禮舉。班在左者，昭與昭分，其中又各分上下焉，班在右者，穆與穆分，其中又各分上下焉，蓋所以『序齒』也。

享之神者餕之人，爵飲無算，此意亦何分於賓主？然而君恩固以類而逮也。夫執爨曾將其踖踖，而幼子童孫，反不能與煇庖翟閽者比。我先王或默鑒此而心惻乎，於是洗獻以致其勤，拜酌以將其潔，非雝雝者白馬賓王之列，即振振者麟趾公姓之遺也。則夫奉大斗以周旋，而服勞展敬，依然叨神貺於無疆爾。徹於堂者陳於室，備言燕私，此誼亦何殊於後先？然而宗派固以序而定也。夫庠序猶示以雍雍，而在宗載考，反無以致黃髮臺背之心。我先王或環顧焉而神愴乎，於是合宗族以引年，分几筵而列坐，非爲文昭而次郜、雍、曹、滕之上，即爲武穆而居邢、茅、凡、蔣之先也。則夫奉先生以酒食，而略分言情，依然荷神庥於莫外爾。

是故春饗孤子，秋食耆老，典至重也；小子有造，成人有德，我先王之惠愷深也。猶是賤而武周逮之，少儀嫺也；猶是齒而武周序之，《行葦》所由作也。秩然有禮以相接，歡然有恩以相周；教斯人以子弟之經，示天下以父兄之誼。凡我伯叔甥舅、諸父兄弟觀於廟中者，幼幼老老，油然而生，所謂萃天下之歡心，以事其先王也。蓋至是而武周宗廟之祭，告成事矣。嗚呼，豈不休哉！

【評語】

是韓、馬、張、儲得手文字。末段古茂之澤，胎息兩京則更進一格。——于耐圃夫子原評

（輯自《光州吴氏家墨初編》）

大夫曰何以利吾家

利言於大夫，有國者已不能獨利矣。蓋大夫有家者也，一言利而惟家是圖矣。孟子爲惠王進擬之，曰：自古建邦設都，樹后王君公，承以大夫師長，職綦重也。夫皇皇求仁義，大夫之意也。受大者不得復取小，大夫非求利之人也。公爾忘私，國爾忘家，勵臣節，亦以承君令、從君好也。异哉，王曰何以利吾國！自此計利之風，殆不可勝言乎！而繼王而起者，先有大夫。天下嘗有上言利而不與言利者，正誼明道，方將進主德於純粹而格其非心，此大臣立朝之節，不數數覯也；又有上不言利而惟利是言者，罔上行私，不惜玷朝政之肅清而飽其欲壑，此小人好貨之尤，亦不數數覯也。夫王之大夫，即不必媲美於前型，豈必盡疑之以不肖？而端之所開，事有必至。吾知此日之大夫，必將曰何以利吾家矣。

享恭儉而燕慈惠，所期在一德一心，靖共爾位，不言利而利在其中焉。而王之大夫，何别有思存也？非不知苟合苟完，可安居室之常，有迎機而導之者，惟期圖寵以肥家，何知奉公而潔己！蓋兼權熟計，而在廷有近市之心，不啻奉令承教之率其常而已矣。立大業而樹榮名，其量及十世百世，廉吏可爲，不言利而利更無窮焉。而王之大夫，何趨而如鶩也？非不知廉能廉善，備詳弊吏之條，有先事而倡之者，惟期耦國以相形，何知毁家而紓難！蓋早作夜思，而私門多管算之臣，固樂頭會箕斂之起其例而已矣。

且大夫之欲利其家，胥借端於王，猶王之欲利其國，必假手於大夫也。既不能澄一人之心，即無以捫諸臣之舌。尤而效之，竟欲依官府之勢權，以陰肆其錐刀之必競乎！斯亦知耳目最近，風氣亦先。而素絲羔羊，不足動王臣之痌瘝。抑大夫之利其家，王不必盡知；而王之利其國，則大夫無不知也。既不能制一人之欲，即無以關左右之口。則而象之，轉欲假帑藏之誅求，以自文其簠簋之不飭乎！斯亦知指臂相連，感通最捷。而營私黷貨，固已同壟斷之先登。

嗟嗟大夫，言利如此，伊於胡底？王奈何實操利權，而不以仁義爲利也！

【評語】

利家皆自利國而來，描寫芭苴情狀，不啻鑄鼎象物，物勢尤在前十一行。——觀補亭夫子

（輯自《光州吴氏家墨初編》）

【擬程】

『本立而道生』題

破題句首：論道所由生。

後半：蓋道不順則不能生，本之立，所以章天下之大順也；本不誠則不能立，道之生，所以通萬物以至誠也。

自記：本即孝弟，道即仁，理固如此。但一句題，究宜渾言之，恐有礙於下文指點語氣也。文於此頗費斟酌。

（輯自梁章鉅《制義叢話》卷十一）

『夫人不言』題

君子之修詞也，事無關於國計民生之大，而徒煩文以馳驟之，則雖别白异同，而祇以供聚訟之端，固吾儒所深戒也。此其人雖有所言，如不言矣。君子之救世也，事誠關於利害休戚之源，而不善説以曲喻之，則惟顯斥力敵，而適以釀局中之成，又千古所同慨也。此其人雖有所言，更不如其不言矣。

（輯自梁章鉅《制義叢話》卷十一）

『祭如在，祭神如神在』題

以氣相屬者，聯之以至愛，而高曾祖父見其所見，亦見所不見；以分相臨者，格之以至敬，而户竈門行不聞其聲，乃如見其形。

（輯自梁章鉅《制義叢話》卷十一）

『逸民伯夷叔齊』題　（典浙江癸卯鄉試所作擬墨）

一講：

嘗思《魯論》志孔子『作者七人』一語，其説統同，其名湮没而不彰。厥後《微子》一篇，大聖人欲明用世之道而論列諸人，記者舉所論者而類舉之，并所未論者而附志之。此其人非必同於作者，而其數有適相符者，皆以逸民繫之。

起比：

人之欲用世也，久矣。世未捨，而我藏焉，是隱也；世既捨，而我藏焉，則逸矣。而惟無愧於逸者，乃超然於風會之間。世之需夫人也，久矣。均是人也，而民之，辨乎人之分也；均是民也，而天之，盡乎民之量也。而有混迹於民者，竊穆然於商周之際。

後比：

參之伍之錯綜之，所以顯鄰於高蹈，而默挽乎頹風者，或以名傳，或是氏傳，或以國與謚傳，而大都在或傳或不傳之間。於此見天下之山深林密，逸其迹而不逸其聲者，固自有本量焉。而非伯夷、叔齊、虞仲、夷逸、朱張、柳下惠、少連，不得附於逸之列。大書特書不一書，所以本其意之所是，以行其心之所安者，其時不同，其地不同，其踪迹不同，而大都在或同或不同之際。於此嘆君子之潛德幽光，安於民而亦有裨於民者，又各隨分量焉。而若伯夷、叔齊、虞仲、夷逸、朱張、柳下惠、少連，猶自囿於民之中。

【評語】

題界清，題解的，題藴有餘，題神完足，六雅作遜此高渾多矣。——邱莔房

（輯自梁章鉅《制義叢話》卷十一）

『非禮勿視』題

夫己之爲纍多端，必克焉以制其勝。惟立乎動容周旋之凖，而物各有則，斯方外本直内之

功。而禮之所閑至密，必復之以杜其非。惟全乎强固精明之力，而慎厥身修，斯閑邪即存誠之地。

夫視、聽、言、動，統夫己之大全，而争勝於禮與非禮之界者也。自外入者，慮其擾於中，則不特聲色之交乘爲非禮，即哲謀之未協亦非禮；由中出者，恐其軼乎外，則不特尤悔之叢集爲非禮，即律度之弗嚴亦非禮。

蓋視、聽、言、動，出一心以周乎萬事。禮斯須而弗去，稍不精於禮，則非禮矣；仁體事而咸在，勿蹈於非禮，則仁矣。正己所以克己之盡，而審己即有以驗由己之幾，宜顏子起而直任斯語也。

曰清其源於朋從未至之先者，仁道也。回雖無明睿之資，而不睹而戒，不聞而懼，不言而信，不動而敬，敢不燭之於隱以峻其防？杜其弊於客感既形之後者，仁道也。回雖乏剛健之操，而視而思明，聽而思聰，擬而後言，議而後動，敢不制之於微以融其累？

蓋至請事不疑，始知踐履之功；非异人任，粹精之後乃見天心。庶幾去非禮以復於禮，己無不克，而天下歸仁矣乎！君子曰『子之善教，顏子之善學』，於此見矣。

（輯自梁章鉅《制義叢話》卷十四）

附跋語一篇

戴東原

透闢語，超出舊解，乃與真解符契。上節『克己』，解作『勝私欲』；『一日』『天下』，解作『效之甚速至大』，一日而效遍於天下，恐不必爲此虚大之辭。『爲仁由己』，解作『在我無難』，爲勉其致力，豈語不惰之回而必增此贅語？此章《集注》，疑其無是處。人之差謬，多己自蔽而安，故與天下隔。禮是五官百骸、言語行事不易之則，非以己妄行而求合於不易之則，斯與天下不隔矣。其隔不隔，斷於己，非自人斷也。上『己』字，對天下言；下『己』字，對人言，題解如是。此文真闢入理奥，纔是與颜氏子論仁。

（輯自梁章鉅《制義叢話》卷十四）

楹聯挽聯

挽嬸母孫孺人

望冲鶴而斷腸，良有以也；
聽啼烏而結恨，於我何哉！

（輯自錢棨《香亭先生年譜》『丙寅，先生年十五歲』譜）

書屋楹聯

良農不以年歉而輟耕，老漁不以歲寒而罷釣，芝蘭不以無人而不芳。
静坐然後知平日氣浮，守默然後知平日言躁，近情然後知平日念刻。

（輯自錢棨《香亭先生年譜》『丙申，先生年四十五歲』譜）

挽從兄鋭聯

兄悲大去，裕後承先，舊日詩書曾共讀；

我賦歸來，插萸載酒，宜園風雨不同聽。

（輯自錢棨《香亭先生年譜》『嘉慶元年丙辰，先生年六十五歲』譜）

東宅楹聯

再經瀛海，敢曰髦年好學；

本是諸生，勿以小善不爲。

（輯自錢棨《香亭先生年譜》『嘉慶元年丙辰，先生年六十五歲』譜）

存目

游歷下亭辭

王昶《春融堂集》卷五十有《游歷下亭辭》，題下自注：『同吴玉綸、楊廷標作。』

胡雲坡司寇席上觀摩訶庵集篆《金剛經》拓本

翁方綱《復初齋集外詩》卷十二有《胡雲坡司寇席上觀摩訶庵集篆〈金剛經〉搨本，同心餘編修、香亭太常、涵齋侍講作》。同作者今所見有蔣士銓《胡雲坡司寇贈三十二體篆字〈金剛經〉拓本作歌報謝》，見《忠雅堂詩集》卷二十四『戊戌』年詩。則吴玉綸亦當有同作。

與曹振鏞書

錢棨《香亭先生年譜》『嘉慶元年丙辰，先生年六十五歲』譜載，曹同門學士振鏞句云：『子弟不就試，恐以私門墻。』注云：『鏞視學中州，夫子書來，不令子弟歸試，謂課後人以實學也。』

陳廷梁記

吴玉綸自撰《香亭先生年譜續編》『己未，余年六十八歲』譜載，十月陳蓉裳館余家，言樞部郎中廷梁以同譜兄弟葬煜族人五十二棺於高祖之塋旁，蓋乾隆乙卯冬義舉也。應所屬而作記。

唐時明太守及其子孝子紹光合傳

吴玉綸自撰《香亭先生年譜續編》『庚申，余年六十九歲』譜載：『六月，爲唐太守時明作傳，故明陝西鳳翔知府，固始舉人。唐時明與按察司、光州進士黄烱死李自成之亂，相隔旬餘。黄贈太常寺卿，唐以去鼎革近，未議恤，本朝始從祀本縣忠義祠。余書其事，以其子孝子紹光附之，作合傳。緣裔孫元標彙家乘來請，并采《縣志》，陝、豫兩省《通志》爲據。』

附録二　傳記碑銘

吴玉綸傳

清國史館

吴玉綸，河南光州人，乾隆二十六年進士，改翰林院庶吉士。二十八年，散館授檢討。三十三年，改貴州道監察御史。七月，疏言：『順天鄉試考官，向來於十八房内擇一官階獨優者，分《易經》第一房，名曰「領房」；如有兩人官階并優者，又分《詩經》第一房，名曰「兩領房」；其餘各房拈鬮分經。請嗣後鄉試房考，無論官階大小，悉令拈鬮分校，以昭公慎。』又言：『各房落卷，例應廣爲搜閲，獨順天鄉試未盡舉行。請敕下順天考官，除各房薦卷外，將所餘之卷核明確數，送交考官，以備搜擇。』得旨：『下部議行。』

三十四年，命偕阿揚阿前往江南，會同督臣高晋，查審李自臣控被安徽盱眙縣店户徐乾初等毆打，并馬老坤控告縣官家人營丁毆死裴姓一家多命、抄搶家私一案。七月，奏言：『六月分吏部籤掣，婁縣知縣趙應鈞等三員，於籤後俱具呈告病，不無希冀。卸六月引見之班，附七月驗放之例，可以坐獲原掣美缺，規避調用遠省。請酌改驗放之例。』奉上諭：『所奏甚是。此後若朕在京，月選州縣有掣籤後告病者，准附於下月引見。如下次未病痊，該衙門即行開缺。至遇朕巡幸之前兩月，有托病不即引見，冀歸下月驗放者，一經具呈告病，即扣除開缺。將來另選得缺，仍著該部於帶領時，將該員原選缺分之遠近繁簡字樣，一并注明，候朕定奪。』十一月，疏言：『邊省械鬥之案，秋審入情實，嚴聚衆也。近年械鬥不獨較前稀少，即本年械鬥情實各案，其聚衆至多者，如福建省之林獅計十人，廣東省之蔡甯高計九人；其少者如廣東省之蔡阿安僅四人，李樾全僅三人。此皆聖天子整綱肅紀，扶弱抑强，故於沿江濱海之區，收弼教明刑之效。何以附近省分鬥毆各案，動輒六七人至十三四人不等，兩造互毆，幾至二十餘人，較之邊省爲數轉多？此在封疆大吏暨有司官固宜留心整頓，至遇事執法，則不得不明設科條，區多寡，定緩實，嚴爲懲創也。臣更查鬥毆各條，首嚴誅，意無心傷人者，緩之矜之；有心殺人者，情實之；火器殺人者，情同故殺，俱情實之。天下豈有糾約六七人至十數人，而其心不欲傷人者乎？豈有持刀挾杖，而其勢能不傷人者乎？如此而猶以傷由互毆、殺出無心，籠統入緩，未免情重法輕。請嗣後聚衆九人以上，殺人擬抵者，照械鬥例，秋審入情實。』奉旨下部議。奏：『逞凶聚鬥，自當重懲。但共毆至死，各案情節萬變。若限定九人之數，將使人數止及五六人、七八人，而情罪較重者，轉致有失重失輕之弊。惟在秋讞時詳核其理之曲直，情之重輕，期於無枉縱而昭平允，未便懸定人數，專立情實條例。』得旨依議。

三十五年，轉刑科給事中，擢鴻臚寺少卿。升太常寺卿。三十八年，授光禄寺卿〔一〕。九月，命稽查右翼覺羅學。四十年，疏言：『設立各學弓箭教習，原爲演習騎射。臣查右翼四旗覺羅學內，鑲藍等三旗見空弓箭教習三缺，應即行充補外，嗣後各學充補弓箭教習，如何定限，逾限如何處分，請定例遵行。』奉旨交宗人府議奏。尋議：『教習缺出，於原定二十日限內咨送充補，限內咨送不到，即行奏參。』得旨依議。六月，以地壇神位擦污議處，奉旨革職留任。四十五年，擢左副都御史。四十六年，充會試副考官。八月，奏甘省報捐監生應查革補繳。奉諭曰：『王亶望私收折色一案，已將伊等私收冒銷婪得贓私查抄入官，亦足以抵該省浮開冒賑之數矣。若又令各捐生紛紛補繳，是轉開錙銖較利之端，於國家政體甚有關係。吴玉綸所奏不准行。』四十八年五月，奏請定祈雨齋戒之例，不准在私宅齋戒。得旨允行。六月，充浙江鄉試正考官。八月，提督福建學政。五十二年二月，擢兵部右侍郎。四月，署吏部左侍郎。

五十三年七月，諭曰：『阿桂奏，外間有謝墉抽身便討、吴玉綸倒口即吞之語。吴玉綸在學政任內聲名狼籍，何以復勝卿貳之任！著降爲內閣學士。』五十四年二月，京察届期，以聲名平常交部議處，降三品京堂，仍帶革職留任。以家人李朝聘倚勢强開溝道，霸水害衆，又於修築閘壩之時欺壓鄉民，不出夫草，經監生舒國秀等呈控，梁肯堂奏入，得旨降四品京堂，革職之處仍注册。十月，復以學政任內聲名不好，降檢討，仍在武英殿修書處效力行走。五十六年，廷試大考三等，罰俸一年。

六十年二月，命吴玉綸以原品休致。嘉慶七年，卒。

子鼎銘，候補主事；鼎輔，浙江西安縣知縣；葆晋，江蘇通海道。

（輯自《國朝耆獻類徵初編》卷九十六《卿貳五十六》）

【校記】

〔一〕光禄寺卿之任，應在太常寺卿之前。錢棨《香亭先生年譜》『癸巳，先生年四十二歲』和王昶《翰林院檢討前兵部右侍郎吴君墓志銘》所記不誤。《乾隆朝實録》卷九百三十七、九百四十四分别記載：『以内閣侍讀學士吴玉綸爲光禄寺卿』『以光禄寺卿吴玉綸爲太常寺卿』。

翰林院檢討前兵部右侍郎吴君墓志銘

王昶

吴君香亭之卒也，其姻家觀察宋君思仁函其諸子之書，及内閣學士錢君棨所撰《年譜》，乞爲墓志之文。嗚呼！君以乾隆十八年中河南鄉試副榜，是秋，余亦舉於鄉，蓋世所稱『同年』也。十九年，余在京師，君尊人中丞公方爲山東鹽運使，以書抵總憲金公德瑛及禮部侍郎秦公蕙田，延余至其署與君同學。蓋迄於今幾五十年矣。

君初名琦，字廷韓，繼改名玉綸，號香亭。其先九世祖魏，由江西遷河南光州固始，遂爲其縣人，皆以儒業世其家。高祖自榮，曾祖宏緒，皆邑學生，以厚德稱於鄉里。祖用烈，歲貢生，官淇縣訓導，深通理學，時稱南長先生。父即中丞公，諱士功，雍正十一年進士，改庶吉士，散館授主事，由吏部郎中歷御史，出爲直隸、山東鹽司，歷任按察、布政兩司，至湖北、福建巡撫。

君少而警敏，就塾讀書，能見其大，塾師已矜异之。年十八，入光州州學。乾隆十八年，登副榜。二十一年，舉於鄉。二十六年，成進士，改庶吉士。二十八年，散館授檢討，充武英殿纂修。三十年，充順天鄉試同考官。三十三年，遷貴州道監察御史。三十五年二月，遷刑科給事中；五月，升鴻臚寺少卿。三十六年，升通政司參議。三十七年，升内閣侍讀學士。三十八年五月，升光禄寺卿；十月，遷太常寺卿。三十九年，充順天鄉試同考官。四十一年，上以金川平，將告成功於闕里，特命君先往，演習禮樂。四十四年，又以熱河文廟成，上將親往釋奠，亦先遣往習儀。四十五年正月，扈蹕南巡；四月，升都察院左副都御史。四十六年，充會試副總裁，得錢棨等一百六十八人。棨，四十四年江南解元，尋以第一人及第，當世榮之。四十八年六月，充浙江正考官。是年九月，授福建學政。五十二年，還京。二月，授兵部右侍郎，兼署吏部左侍郎。四月，命考咸安宫、景山、覺羅八旗各學教習。未幾，以督學福建時蜚語上聞，上命浙閩總督李侍堯查核，覆奏，左遷内閣學士。五十四年三月京察，又降爲三品京堂。四月，以失察本籍家人私開溝渠一案，改降四品。十月，降檢討，在武英殿行走。蓋君以世臣，由詞林、御史洊陟卿貳，每有條奏，奉旨嘉奬，敕部議覆施行，久爲聖明簡在。故雖經責降，猶得出入承明，以編摹自效，由其受知有素也。君既復歸館職，悉心纂校凡七年，而年已六十有四，年衰多病。大臣入奏，詔以原官休致。既歸，俯仰邱園，教子孫以孝弟、讀書，一如中丞公之所以教君者。君氣質厚重，涵養純粹，方謂耄耋可期，而不虞以腹疾遽終也。君生於雍正十年某月日，卒於嘉慶七年九月日，享年七十有一。

君能詩，然不多作，今存六卷。吏部侍郎童君鳳三稱其『瑰麗豐縟，歸於醇雅』。尤喜爲古文，禮部尚書紀君昀稱其『於古人不必求合，而紆徐曲折，言短而味長』，今存十二卷。至於時文，服膺先正，取法在薛應旂、胡友信間。總憲竇公光鼐少所推許，獨重其文，時時奏及，故上亦褒嘉之。今刻稿并藏於家。

君三代先以中丞貴，累贈中憲大夫。又以君貴，晋贈資政大夫，例贈光禄大夫。高祖妣楊氏、曾祖妣楊氏、祖妣王氏、繼祖妣陳氏、妣任氏，皆贈淑人，晋贈夫人。娶任氏，先封孺人，累封至恭人，例封夫人，先卒。子鼎颺、鼎枚、鼎輔、鼎銘、葆晋。鼎枚先卒。鼎颺，四十五年舉人，内閣中書。次鼎輔，候補運判；鼎銘，候補主事。餘尚幼。孫五人，長以醇，六十年副榜。兹以某年某月，偕任夫人合葬於城西四十里之胡族鋪。

嗚呼！君之成進士也，余適爲同考官，而君卷出於編修謝君墉之房。既撤闈，握手欣慰，异於尋常。及南巡時，君爲太常寺卿〔一〕，余爲都察院左副都御史，隨蹕至嘉興。余奉命讞事山東，旋授江西按察使，而君即補其缺。是時，相國嵇文恭公亦在行在，執手謂兩人曰：『衣鉢相傳，真佳話也！』蓋爲同朝欽慕如此。方今同年之在朝者，惟工部尚書彭君元瑞，暨廣東布政使康君基田，其餘如落落晨星，僅有存者。而君以同年同學，先余而亡，徵宋君之請，余亦何忍不志而銘諸！銘曰：其德也，温而恭；其行也，謙而冲。其發爲文也，雅潔而雍容。若堂若斧，歸於其宫。水深而土厚兮，利後嗣兮靡窮。

（録自王昶《春融堂集》卷五十六）

【校記】

〔一〕『常』字，原作『僕』，據錢棨《香亭先生年譜》及《乾隆朝實録》卷一千一百五校改。

附録三　年譜

香亭先生年譜

受業錢棨編次

乾隆乙卯，先生以恩命予告，將於次年歸田，出所編《生平紀略》示棨，屬爲訂定。竊惟先生行誼著於朝端，待光史册，有非末學所得仰窺萬一者。謹就原本，參之詩集、文集，稍爲編次如左。昔宋人胡柯記《歐集年譜》後，謂『專叙出處，詞簡而事粗備』。棨辱先生知最深，年來親承提命，蓋視柯爲尤幸。因泚筆以志區區依戀之忱，時深景仰於弗替耳。

受業錢棨謹識。

雍正十年壬子，先生生

先生名玉綸，字廷五，號慎堂，一號香亭，初名琦，河南固始縣人，隸籍光州。先世江西瓦西壩人，有仕元以武功顯者。至文盛公襲世職，明洪武初避亂，以白馬馱家譜，偕兄文貴泛武昌。遇流寇，譜失，馬亦死。今文盛塋旁，白馬墳在焉。文盛三子，一守塋於商城，一遷湖北麻城，一遷固始。

九世祖巍，嘉靖乙酉科舉人，由固始卜居張莊。葬於集東，方家橋碑志犁然，蓋吳氏老塋也。巍生彥洪，好義樂施，如建王馬寺，碑記捐銀尤多。彥洪生昺，昺生來聘，來聘生志善，皆以文學世其家。

志善長子若谷公自榮，邑學生，先生高祖也。痛弟自顯無嗣，遺命與之同冢。順治十八年，出所儲麥拯困乏。遇雨雪久，以袖貯米粟，飼飢禽凍雀於林壑間。家塾於歲除前一日解館，正月朔四日開館。平時不飲酒，非入泮不著絲縷，管弦之音不入後堂。子婦輪日司中饋，喪祭事僧道不入門。吳氏至今守公訓，罔敢越。

曾祖力堂公宏緒，若谷次子，邑學生。投償假銀於水，勸以酒食，其人慚感。嘗出粟賑饑，事詳《州志》。按，劉參知墉《傳》曰：『公父自榮，自甲申後即不與科舉，課公讀書甚嚴。維時流賊決河灌汴城，居民蕩析。我朝甫定鼎，學使駐河北淇縣，調各州縣生赴之。固始去淇千餘里，公承父命赴試。村墟經兵火後，行竟日少人烟，草竊時出沒。道旁白骨如麻，鬼哭魑吟，陰風凄人心耳。而公以單騎走，氣益壯，登覽益廣，顧黃河之奔流，慨然想見古豪杰，而文益以疏宕自喜。計往來十七日，補學官弟子員。歸省。』『公之門人，卓卓多所成就。子五人，孫九人，曾孫之及見者七八人，以經術光顯，皆公訓也。』

祖牧伯公用烈，力堂第六子，歲貢生，官淇縣訓導，通形家言。族人貧不能葬，擇己吉地與之。以產之厚者易諸兄弟，教子弟暨門人無近利，無好名。請於官，以責善、攻非鼓二，警其鄉人。凡所得於學，必期身體力行，有濟於物。當世稱南長先生，以『文河鼓浪』顏其齋。按，程編修晋芳《傳》曰：康熙四十四年，『淮河漲。環河以南爲張莊集，勢特峻，水將及。其河北一帶巨浸也，重以陰雨浹旬，不能涸，民多溺死。其存者漂泊呼號，或栖於樹之了，危樓之脊，就稍高處而蟻聚焉，不得食，旦夕且死。先生亟募善水者，挐舟數隻，載米及錢，曰：「救一人，與汝錢五百。」援舟而上者，踵相接也。食以粥，且食且救。舟將滿，登之南岸。舟往来，日再三，且十餘日，所全不下數千人』。事迹詳《縣志》《省志》《一統志》。『論曰：由明以來，河南甲族推新安吕氏。今吕氏浸衰矣，而固始吳氏盛焉。同時光山胡氏亦以經學起家，彼以晚年而遇，吳氏則遲之又久而後發。……嗚呼！人亦孰不欲其子孫富且貴？而不能以天所好與天，惟冀天以己之所好與己，何也？爲善無不報，而遲速有時。胡不聞南長先生之風也！』

力堂、牧伯公均以中丞公貴，累贈中大夫；以先生貴，晉贈資政大夫，應贈光禄大夫。曾祖母楊太夫人、祖母王太夫人、繼祖母陳太夫人，均贈淑人，晉贈夫人，應贈一品夫人。

父中丞公士功，牧伯第六子，王太夫人出也。性孝友，學以博贍稱。紹歷世忠厚之風，能自充道義之氣，一生得力大半在《新吾語録》中。由雍正癸丑進士，選庶常，改銓曹，擢臺諫，有直聲。出爲監司，酷暑救蝗，蝗盡而得痼疾。歷任湖北、陝西、福建巡撫，平海盜，奏寬臺灣私渡之禁，遷者樂業。國史立傳，事迹并載《省志》。按，董尚書邦達《傳》曰：『公之爲政，剛而不殘，仁而不弛。爲外吏二十年，持是道不變。』鄭贊善虎文《墓志》曰：『公體幹修偉，美鬚髯。沉毅有大略，能拯人於厄；好直言，意度豁如也。』

母任太夫人，息縣人，鎮筸總兵宣勛孫女，山海關同知秉權女。繼母李太夫人，山東巡撫焆孫女，候選同知盟女。均贈淑人，晉贈夫人，應贈一品夫人。

中丞公生二子：長觀察公名瑗，改名玉衡；先生次也。皆任太夫人出。

是年九月，中丞公領鄉薦。

十一月三十日辰時，先生生於固始之張莊集。

癸丑，先生年二歲

三月，中丞公成進士，選庶吉士。

甲寅，先生年三歲

八月，偕觀察公暨從兄瑄，隨母任太夫人至京。先生《任太夫人行略》曰：『瑄乃五伯父諱士貞遺孤。五伯母病將危，以瑄屬吾母，蓋癸卯夏也。時瑄方四歲，以缺乳久病，尚未離懷抱中。吾母拊而泣，五伯母奄奄不能出聲，諸伯叔母環視，俱泪下。瑄又以初離母，啼不止。吾母日嚼粉飧哺之，夜或呼燈火，抱以走。迨七歲，病痢，日數十次。方炎暑，穢淋漓床褥間，其氣不可邇。瑄卧，吾母卧；瑄起，吾母起。老嫗勸稍休。曰：「吾非自苦，恐無以見吾嫂於地下也。」』

乙卯，先生年四歲

九月，胞伯士恒、胞叔士元舉於鄉。

乾隆元年丙辰，先生年五歲

四月，中丞公散館，改吏部稽勛司主事，兼文選司。

丁巳，先生年六歲

出就外傅，授《毛詩》。

三月，伯士恒成進士。

戊午，先生年七歲

授《尚書》。

三月初六日，任太夫人卒。太夫人抵京五載，勤苦倍於里居。丁巳夏，産後遘疾。逾春而卒，殮以嫁衣。太夫人嘗訓先生曰：『賃屋頻遷，如燕營巢；俸錢易盡，如蛇赴壑。』『人生少而壯，壯而老，如馬馳驛。我不能見兒等成立，須努力也。』先生兄弟侍湯藥，夜深不寐，諭以『養身爲孝』。雖病革時，猶令就寢。每追述之，泪涔涔下。

八月，中丞公遺琯扶柩歸里，厝於張莊宅内。

己未，先生年八歲

授《周易》《禮記》。

三月，中丞公遷湖廣道監察御史。

四月，繼母李太夫人來歸。太夫人幼失怙，舅氏陳宗伯德華撫爲女。中丞於期周後委禽焉。至則善撫先生兄弟，每晚自學舍歸，説忠孝故事以勖之。手書先世及任太夫人忌辰單，祀必豐潔。

十月，中丞公巡南漕。先生《李太夫人行略》曰：『己未冬，先大夫巡漕江南。歲將除，玉綸兄弟自外傅歸，適宗伯家饋歲。玉綸索柿，母與以柑；玉綸堅索，母仍不與。玉綸以柑擲諸地。母笑曰：「汝何知？頃已告汝矣，柹性寒，汝初病起，不與汝食也。」再三喻之，玉綸方就寢。少焉，醒，微聞母泣聲，蓋慨然於後母之難也。而母保護玉綸等，及委折教玉綸等之苦衷，多類此。』

庚申，先生年九歲

從師武比部郎中紹周。先生，敏於誦讀，中丞公曰：『不讀諸經，不知聖賢發言所本；不讀《春秋》，不知聖賢發言所爲。』授《春秋》左氏、公、穀、胡氏傳。

六月，聘任夫人，任太夫人弟知福建邵武府、候補道焕女，旌表節孝陳孺人出。時太守卓异來京，以女字先生。

十月，中丞公巡南城，掌京畿道事。

辛酉，先生年十歲

九月，從兄琤舉於鄉。

妹生，李太夫人出，字候補員外郎孔廣柞子昭烜，辛卯舉人，歷任知縣。

壬戌，先生年十一歲

授性理、諸子書。

九月，兄琯、嫂任氏歿於里。

十二月，中丞公授山東濟東道。

癸亥，先生年十二歲

正月，隨中丞公之濟東道署。

讀《史》、《漢》、八家文。

二月二十九日，李太夫人卒。先生哭之痛，中丞諭之曰：『汝母視汝如所生。汝固情不容已，然毁不滅性。汝不知禮，何以慰余？』先生乃起餐。

七月，中丞丁陳太夫人艱，携先生兄弟歸里。扁舟夜課，每抽書背誦，終卷不誤一字。叩以八家文，先生對曰：『韓文根柢「六經」，諸美悉備；歐得其逸，蘇得其豪，半山非兒所好也。』

八月抵里，與兄觀察公、從兄琮、鋭、珣，同讀書張莊本宅。張莊，古張仙鎮，舊有義學，祀孔子石像。義田贍諸生膏火，皆祖資政公捐設也。中丞公曾下帷其中。迨先生官於京，追憶釣游之所，眷懷先德之遺，致書諸昆季，醵金重修。乙巳工竣，文以記之。孫相國士毅曰：『書院助學校所不及，義學助書院所不及。其自鄉先生主之者，又以佐當道有司所不及。要於尊崇聖學，培育人才，則一也。』讀斯文，不獨折衷經訓，文情茂美，令我益神往於古鄉師、鄉大夫之教法。

十月，葬李太夫人於晋家莊。

甲子，先生年十三歲

與諸兄學舉業。中丞公諭以『不從《四子書》領會語氣，則理不真；不本經史立義，則詞不雅』，令讀歸、胡及金、陳諸家制藝。又曰：『坊刻時文，興於隆、萬間；房書，始於李衷一；十八房之刻，自萬曆壬辰《鈎玄録》始；旁有批點，自王房仲選程墨始。厥後，坊刻乃有四種，曰「程墨」，則三場主司及士子之文；曰「房稿」，則十八房進士平日之作；曰「行卷」，則舉人平日之作；曰「社稿」，則諸生會課之作。故曰八股盛而「六經」微，十八房興而廿一史廢。洪武三年開科，以《大學》「古之欲明明德於天下者」二節、《孟子》「道在邇而求諸遠」一節合爲一題，問二書所言平天下異同大指。此即沿宋時之法，爲第一場；「四書」義二場，則論一；三場則另問時務策一。蓋已爲今之五策開法門，亦异於唐宋策問矣。因爾初學，故略示之。』

乙丑，先生年十四歲

始作文，多至性語，讀書能見其大。一日，與李明經遠講『君子不重』一章，推及於立身處世之説。先生曰：『重與不重，視所自爲。如以在外爲重輕，是待人敬我，我乃榮；人不敬我，我即辱。輿臺僕隸皆可操我之榮辱，毋乃自視太輕？』中丞公爲之色喜。

十一月，中丞公服闋。先生庶母張孺人來歸。

丙寅，先生年十五歲

二月，中丞公赴京。

先生讀書於族叔國學生慶周古蓼書屋，從師劉明經眉壽。閱窗課《暴虎》，文有『忽驚一虎之鬥，快作兩虎之觀。更笑獸中之王，不敵人中之虎』等句，深器之。嬸母孫孺人，副貢生炳文祖母也，供師具饌，克篤猶子之愛。迨甲戌先生歸里，孺人已逝。過古蓼書屋，跋云：『望冲鶴而斷腸，良有以也；聽啼鳥而結恨，於我何哉！』

七月，中丞公補直隸大名道。

十月，省於官署，從師王進士今遠，學詩及散體文。中丞諭之曰：『詩以平性情，亦足蕩心志。慷慨悲歌之音，尤非聖世所宜。汝學之，寧少言，勿多言也。』

丁卯，先生年十六歲

三月，中丞公調山東兗沂道。

先生從師劉進士思忠，行文遂精先輩『緊』字訣。

伯士恒選直隸鷄澤令。

戊辰，先生年十七歲

八月，中丞公調德州糧道。先生從師馮明經方鄰。

叔士元選福建武平令。

己巳，先生年十八歲

正月，偕觀察公歸里應童子試，遂入光州學。學使者，蔡相國新。

四月，中丞公遷山東鹽運司。

庚午，先生年十九歲

十一月，娶任夫人於里。廟見時，先生以中丞公遠宦於東，任、李兩太夫人不逮存，眷雲流涕，幾不成禮。先生《除夕記》曰：『庚午冬，自山左家大人署歸娶。除夕，家祭畢，活火一爐，偕新婦與幼妹守歲。清影團圞，申旦不寐。與言去年此夜，大人内寢坐，余兄弟左右侍。大人指兩亡母遺挂在壁者，曰：某年今夕，汝繼母在；某年，汝母從余侍汝祖、汝繼祖母側；又某年，汝祖母在也。色甚悲，兄以言間之。蓋撫序感懷，娓娓話舊，不待嚴訓之終，而至情至性，一往而深。余方出户潛涕泣，聞妹與嫂東廂正嬉戲耳。言未已，妹亦嗟嘆數四。爰與索筆作記，將以寄呈我父兄，且想見度歲於東，千里懸懸之意云爾。』莊學士培因謂『仁孝之言，感人者深』。

辛未，先生年二十歲

正月，省中丞公於署。從師周進士守一。先生爲文多雄健語，酷愛復社諸公，間或鬥奇於章雲李、李石臺一派。中丞力裁之，使歸於正。

壬申，先生年二十一歲

四月，讀書佛峪，去濟南府三十里，由龍洞而入，翠嶂碧潭，境幽絶。先生習静於峪之般若寺，萬緣俱寂，有會於心。沈光禄起元讀先生近作，曰：『此君將來不僅以文售世者。』過訪，作竟日談。金總憲德瑛來游，賦五古一章，有『聞有好學徒，載書留此讀』之句。沈司臬廷芳句云：『讀書佛峪古藤下，題壁猶傳墨流翠。』

九月，叔士元調鳳山令。

癸酉，先生年二十二歲

自佛峪歸，讀書署中。署後皆屋，數楹，古徑荒林，葺爲學舍。狐鳴鬼嘯，率以爲常。前馮明經方鄴課先生於此，以己巳八月十六夜，聞泣聲甚厲，病而去。次年，赴北闈，中式。癸酉正月，曹孝廉鋐來課。漏沉燈灺，每取所批《史》《漢》文籍，凡密用朱墨圍者，多塗之；別句讀者，存之。曹大駭，屬先生爲手封，或署名其上，輒不動。未幾，曹以病卒。爲吉爲凶，各有數存。先生《記青山夜談》以突來足音謂『二氣之良能』，蓋寢食於此齋者六載，初不以是擾其鎮定也。或有問無鬼之説者，先生曰：『先儒恐人諂瀆，故附會無鬼之説。以爲精義，則可；以爲知鬼神之情狀，則不然。凡人餘氣爲鬼，久則漸消。其不消者有三：忠孝節義，正氣不消；猛將勁卒，剛氣不消；鴻才碩學，靈氣不消。不遽消者亦三：冤魂恨魄，茹痛黄泉，其怨結，則氣亦靈；大富大貴，取多用宏，其精壯，則氣亦盛；兒女纏綿，埋憂賫恨，其情專，則氣亦凝。與凶殘狡悍之戾氣，皆不遽消。至於風雨露雷、日月晝夜，百靈所司，乃公平正直之鬼神；春秋霜露、焄蒿凄愴，乃子孫一氣相感之鬼神。若有嘯於梁、觸於胸，乃依草附木不正之鬼神。大抵欲心所感，淫鬼應之；殺心所感，厲鬼應之；憤心所感，怨鬼應之。與夫想入非非，則有非非想之鬼以應之。皆人自召，不可不慎。語曰：「人鏡照形，神鏡照心。」又吾儒「相在爾室」之鬼神也，豈曰無鬼乎哉！』

七月，赴汴應試，習静大梁書院。梁固古都會，玉津簫管，燈火樊樓，遺風猶有存者。書院隸城西隅，背艮岳而面吹臺，極幽曠之趣。時桑弢甫先生掌教於斯，從游尤盛。先生以年家子往見，點定古今體詩一册，許爲入門正派。贈《游五岳》諸集，勖之潜心古體。先生嘗語人曰：『余自謂駸甫先生，詩格稍進。至制舉之文，務尚詞華，與先生上下其議論指趣往往不同，然亦走札相質，往復無倦。』當時從游諸君子，擬諸東鄉卧子，年齒相懸，論文各持所見，亦藝林樂事也。

九月，中副榜第二名。考官劉少宗伯星煒、葉學士觀國，同考官汪明府璋。

從兄琤選新安縣教諭。

甲戌，先生年二十三歲

正月，從師沈光禄起元。光禄，理學君子也。佛峪過訪，深相得。至是，始以師禮見。諄諄於人品、心術之間，先經學而後文藝。手書《新吾語録》一册贈先生，曰：『此我輩實在工夫也。』先生敬而受之，曰：『家大人以此訓某者，匪伊朝夕矣。』益奉之，不敢怠。

二月，子日寅生，任夫人出。

八月，光禄南歸，受業於王少司寇昶。

九月，先生兄弟歸葬任太夫人。過濟寧。王君今遠爲州牧，爲先生作詩叙。話舊論文，不覺東方既白。

十月，中丞公遷陝西按察司。

十二月，葬任太夫人於道堂寺。先生痛而有述，作五言長古一篇，讀之心骨俱摧。

由張莊遷居縣城。蒔花竹於庭前，掘地得土暈。栽海棠一株，頗茂，殆氣聚而物自華云。

先生與觀察公偕城中戚好，如閤州牧國緯、祝明經日生、封翁元矩、明府元程、封翁謙、曾孝廉有年、封翁椿年、任司馬鋁、族叔觀察延瑞、國學慶周、兄刺史烈、學博楷，暨書院掌教家學士鼎、葛國學開齡，詩酒過從，探幽選勝。《咏七里清泉》句云：『入世鬚眉原淡定，浸人肝膽倍分明。』《春申遺宅》云：『舍人初不爲忠計，國士何曾解報恩。』《文筆層巒》云：『石田名譽堪終古，司馬文章屬大家。有客興酣摇五岳，八窗面面落烟霞。』《丁蘭母墓》云：『信有慈靈能墮泪，争教行子不沾衣。』《桃阜朝霞》云：『一路桃花下寝邱，一灣春水抱岡流。地猶人世應知晋，客是漁郎可姓劉？』《大山雨信》云：『出山便具爲霖意，甘澤隨人灑碧埃。』《過武氏洲題問竹亭》云：『記取竹窗宜聽雨，他年好作對床眠。』《自大山鋪旅次寄别里中諸友》云：『野店荒荒户獨扃，旋鋪草薦倚疏櫺。流光瀉水階敷月，破壁吹寒隙逗星。鷄栅聲催午夜曉，柴窗人對一燈青。宵來清夢愁多少，不是揚雲載酒亭。』又《寄友》云：『思君日夜大淮流，桐柏蒼茫萬里秋。極目雲山空吊古，側身天地一登樓。中宵遺興裁新句，旅舍驚寒擁敝裘。遠信殷勤憑雁使，因風好到蓼花洲。』讀者以爲孔懷之誼、友朋之篤、文章經世之才，於此已見一斑。

乙亥，先生年二十四歲

正月，病目。誤投黃連之劑，翳日甚。會省覲西安，過光州羅秀才家，即今孝廉一峰之父，惠以佳方，乃就痊。先生記之，謂東坡『治目如治民』之説，益信。

三月，隨兄觀察公省中丞公於西安。道經洛陽，登嵩山，入函谷，歷三十六峰，訪李渤、盧鴻諸遺迹，雁序追隨，由豫而秦，所在極游咏之樂。西安孔子廟後碑洞，贔屓林立，拓《唐石經》一百五十九卷，跋而藏之。翁閣學方綱謂『核正之精，可洗子函之陋』。

五月，從師莊明府大中。窗課《曲江春宴賦》末段云：『俗尚浮夸，名梯登進。下賢良之詔，自古爲昭；問忠孝之心，幾人能盡？照春江之水色，猶似當年；訪名士之風流，真同一瞬。』明府嘆爲『逼真唐音』。

十月，觀察公南歸，先生作序送之，具述平日勖以文章、敦以倫理，不減於彭城話舊。迨送至灞橋，據鞍載道，猶諄諄以病目牽懷，用手撥視雲翳，而後緩轡以去。臨別依依，含酸茹嘆，一似江文通賦『黯然魂銷』也。

丙子，先生年二十五歲

五月，中丞公調湖北按察司。先生隨中丞游華山，至青柯坪，茶話良久。維時屬吏追隨，或謂登三峰絕頂，可攬蓮華、玉女之勝。中丞詔先生曰：『不登高，不臨深，子道則然。韓吏部痛哭投書，安知非示人不履險之意乎？』遂弗陟其巔。昔東坡與章惇同游南山，橋險不渡；子厚平步過之，書壁而還。東坡拊其背曰：『君他日必能殺人。』蓋以登臨間定其終身梗概。然則中丞之訓，所該者廣矣。

七月，由河南府至汴，肄業大梁書院。從師楊學士述曾跋其文曰：『乾坤清氣得來多，此一代作手也。』

九月，中式第二十七名。考官鄭贊善虎文、羅鴻少典，同考官仇明府然。

十月，省中丞公於武昌。

丁丑，先生年二十六歲

公車抵京春闈，下第。

六月，至武昌，讀書於臬署之鵠山。

兄觀察公選刑部浙江司員外郎。
七月，中丞公護湖北撫篆。八月，遷陝西布政司，護撫篆。十二月，調直隸布政司。

戊寅，先生年二十七歲

二月，中丞公調陝西布政司，護撫篆。四月，遷福建巡撫，留署陝撫篆。九月抵閩。
是年，先生由西安隨任保定，視兄於京；由京而保定，而西安，取道里門赴閩。凡水陸計程萬二千餘里。北臨上谷，攬金臺、易水之奇；西至扶風，選藍田、紫閣之勝；循龍門而東，則嵩高、黃卷，河山兩戒之雄也；泝吴江而南，則梅塢、金碕，福安八閩之秀也。先生爲文猶古人歷覽名山大川，進而彌上。莊學士培因視學於閩，見先生散體文，嘆曰：『三百年無此作矣。』
十一月，從兄珣以知州借補湖南瀘溪令。從兄珙選開封府學訓導。

己卯，先生年二十八歲

正月，妹婿孔昭烜來娶。
五月，先生送妹抵闕里。謁廟謁林，即至京。
十月，從兄琤選江南興化令。

庚辰，先生年二十九歲

再試禮闈，不第。偕方觀察煒、王孝廉世麟月課，與學士鼎研窮經學。

辛巳，先生年三十歲

改今名應試，中式第一百六十三名。總裁官劉文正統勛、于文襄敏中、觀尚書保，同考官哈學士靖阿。

先是，戊寅歲小除夜，先生夢竈神引至一閣。坐於閣者十，見先生而起者九。啓鐵櫃出牌以示，牌注細字無算，其光五色浮動，蟲書鳥迹，層見叠出，若隱若現。惟背字廿餘，字約略可識。視畢，送先生登舟，兩岸鳴金奏鼓，雲霞爛然。一蛇緣舟而升，一蛇自空而墮，遂寤。及是年，加恩科。兄觀察公曰：『弟夢當應。蛇，巳也；晋而上者，謂之升。中矣！』於是易名應試。曰玉，從原名玉字偏旁也；曰綸，用牌後末字也。

四月，殿試三甲取，朝考選庶吉士。

六月，中丞公以會審提督馬龍圖一案失出，效力巴里坤。先生兄弟具呈請代，經軍機大臣轉奏，有『且令伊父往』之諭。送至涿州，八月上旬也。

十月，兄觀察公遷刑部山西司郎中。

十一月，恭逢慈寧七旬大慶，先生授文林郎，任夫人封孺人。

壬午，先生年三十一歲

五月，中丞公蒙恩予歸。先生擬乞假省於里，中丞馳諭止之。葛國學開齡性豪俠，詩筆雅近蘇黄，不欺然諾。重先生思親之意，爲賫家書問起居。道過蘭州，楊制軍應琚見之，曰：『義士也。』手奉一觴。至則中丞已奉賜還之命，偕歸里。先生典篋厚贈之。此次隨中丞歸之僕從，先生皆厚待之。有過，每曲宥之，曰：『曾從吾父跋涉風霜者也。』

從兄琤調甘泉令。

癸未，先生年三十二歲

正月，充武英殿纂修官。

五月，散館引見，授檢討。垂詢中丞近狀。

十月，充武殿試彌封官。

從兄珣調耒陽令。

甲申，先生年三十三歲

正月，記名以御史用。兄觀察公記名以繁缺知府用。

乙酉，先生年三十四歲

二月，納側室郭孺人，天津人。

五月，兄觀察公出知湖南永州府。

八月，分校順天鄉試，得士齊光祚、金山、郭瑞、劉元吉、張發長、楊卓、息際盛、賈錟、姚夔、丁志振、張位台、倪鼎銓、李寧倫十三人，副榜卜唯吉、馮璉二人。

爲鼎飂即日寅聘馬氏，同年給諫人龍女。

從侄貽桂舉於鄉。從兄鉞以主薄借補四川營山縣典史。

九月二十八日，中丞公卒於里。中丞公自觀察歸省赴永後，甫月餘，獨坐西亭看周易，忽玉箸雙垂，長尺許，無疾而卒。

十月十六日，凶問至京，先生哀毁欲絶。

十一月二十七日，奔喪次。中丞猝遭變，固始僻地，求美木不可得。任司馬紹爲其母預蓄棺，贈以殮。先生兄弟具四百金爲任母壽，任固辭。先生曰：『如辭，是重余罪，增余痛矣。』任乃受。觀察公知地理，以家政屬先生，偕王明府世麟爲中丞卜佳壤，風餐露宿，動輒月餘不歸。先生不勝陟岡瞻望之情，嘗謂觀察曰：『陰地不如心地。心豐於地，則吉。吾親吉兆，操券可獲，願少自愛耳。』周明府鈐顔先生書屋曰『聽雨』，謂友于之篤，二蘇不是過也。

閱從侄廷撰、鼎雯、貽桂、貽棟，子鼎颺課卷，曰：『皆科名中人也。』分給文玩，令賦詩以見志。鼎雯侄，兄封翁鋐遺孤也。先生謂兄忠厚績學，必昌其後。留之家塾，自課之。贈黑覺寺地舉殯事。

丙戌，先生年三十五歲

從兄琤自甘泉令告歸，有事於土木，邀先生兄弟往觀。先生曰：『治家之道，凡事當留有餘。古樂府云「傷吾馬者路旁兒」，謂竭馬力以娛途人耳目。今吾兄之馬力竭矣。』明府悚然，減其役。會有兩土工以口舌争者，明府詔之曰：『爾乃同類也，何必争！』先生曰：『是固然也，天下唯同類乃争耳。夫甌越之人，與奚霫不争地；江海之人，與車馬不争路。類不同也。凡争産者，必同父之子；争寵者，必同夫之妻；争權者，必同官之士。然而勢近則相礙，相礙則相軋，天下皆知之。至伏肘腋而爲心腹之患，托水乳而藏距鈎之謀，又往往而然。二工其小者也。』

丁亥，先生年三十六歲

方家橋護塋地十二畝。商之闔族，禁耕葬。請於官，勒石八里棚、道堂寺、晋家莊各塋。諾身、石器，以次安置。

納凉於西園。先生諭諸子侄曰：『膏粱世胄，大半習於驕惰，父兄不教之過也。《豳風·七月》八章：「仰觀星日，霜露之變；俯察魚蟲，草木之化。」務農重本，無淫心捨力之事，故足爲萬世家國金鑒。先中丞以「種德」名堂，所以示後人忠厚勤謹之訓耳。奢與儉，成敗之關；忍與激，禍福之門；静與躁，壽夭之本。出此入彼，不可不慎。辛巳榜後，謁座主劉延清夫子，蒙詔余曰：「人非聖賢，孰能無過？不足之症小，有餘之症大。」富哉，言乎！汝等思之。』同時座間諸友問『魁星』及《語録》『有意爲善』之説，因成《北斗魁類考》《有意爲善雖善亦惡辨》以示之。

十一月，葬中丞公於本縣順河店西南之新塋。宰木、豐碑，一切葬禮不敢過，不忍不及。任、李兩太夫人塋域既安，遵遺命不祔。啓殯日，《告文》有云：『兒等南北奔歸，於家事昏迷莫措。昨歲莊房被風，量爲補葺；秋禾被水，貸其租，給其籽種。搘持既久，疏漏處十常八九。從前瞻依膝下，遇事提撕，戒以刻薄成家，無久享之理；申之以惟勤補拙，惟儉養廉之義。務使兒等漸曉然於是非之界，油然感發於心而不容已。嗚呼！言猶在耳，何忍以堂構留貽，重隕越以負吾親之惓惓乎！』

戊子，先生年三十七歲

正月，服闋。

二月，從兄珙補衛輝府學訓導。

三月，自里門起程，諸同人送於郊。先生曰：『余讀《禮》三載，閉户不出，衆所知也。今承折柳情殷，爰效贈言之例。夫人之相交也以道，豈可以非道求人，况代人之轉求乎？豈可徇人以非道之求，况轉求人之徇人乎？君子貴慎交，况公門乎？遵高曾之矩矱，課耕讀於子孫。衣冠見長吏，何如曝背話金鑾！想非公不至者，當知此中意味。』

四月，抵都供職。

先是，中丞公捐館，陳太僕兆侖挽詩云：『治行文名衆共諳，直教三立一身擔。霜隨驄馬飛山左，風引慈烏過海南。晚節每勞清問及，前程還付後賢探。知公神已歸嵩少，臨化從容試静參。』陳宫詹浩聯云：『使節轉閩疆，舊雨追思，鄂渚蘭言如昨夢；耆英推洛社，生芻遥奠，謝庭玉樹總層霄。』先生集爲二册，跋曰：『聯重銜哀，詩惟紀實。猶存古人志銘遺意。……藏之行篋，隨時展誦，庶於有物有恒中，得參前倚衡之義，慰愾聞僾見之思也。』按，曹宗伯秀先跋云：『湛山中丞謝世，前輩未齋之挽聯、同年句山之挽詩，文字既有真性情，又都可傳。光州吴氏實此，適「鄭公笏」遠矣，豈數平泉木石哉！』李學士中簡跋云：『中丞湛山先生既没，四方名公卿多致誄言。令子香亭侍御獨取「南北二陳」詞翰，裝而藏之。此北陳紫瀾宮端楹聯三十二言，筆法洞精，出入平原、玉局間，可以傳先生矣。方先生陳臬武昌時，宮端以督學之餘，數相晨夕。老泪遥傾，凄然抱草堂人日之痛，而以托慰於嗣賢，觀者爲之興慨也。南陳，則句山太僕，有挽詩一律。』褚學士廷璋跋云：『古來哀誄之作，若志銘、文表、碑刻，流傳者多，惟楹帖不少概見。緣當時書撰，類皆出於牽率應酬，不甚經意，非若志銘、文表將以壽諸金石者比也。兹三十二言，陳紫瀾先生挽湛山中丞而作，極「憶往會悲，思來引泣」之致。書法沈雄蒼渾，尤足追配眉山。是帖存，可以補墨池書苑之缺矣。』又曰：『吾讀句山太僕挽湛山中丞詩而慨然也。達官貴人，身後贈言，動盈箱軸，求能無溢詞、無愧色者蓋鮮。且當時或止第其爵位高下，張諸幕次，座客不甚覽觀，其子孫亦不復珍愛，棄如故紙。今香亭侍御於太僕詩恭敬奉持藏弆，以垂不朽，意所謂文名治行、三立身擔者，惟太僕足以知中丞，惟中丞能不愧斯語歟！』劉進士元龍謂先生集此册『用意近古』，有以哉！

五月，遷掌貴州道監察御史。

六月，任夫人奉其生母陳孺人至京。維時先生寓草場胡同，比鄰僧寺中有江南應試生某，誦讀常弗輟。未幾，號泣之聲徹於終夜。任夫人詢之館童張陞曰：『彼何人者，而泣若是？』陞曰：『館師之故友也。聞訃，痛無歸貲耳。』問：『所需幾何？』曰：『得十五金足矣。』夫人拔頭上釵，令典如其數，贈之使歸。尚未告先生知也。越數日，泣如故。夫人心异之，向館師汪明經廉得其實，乃知典金爲陞所乾没，生已另措盤費將旋里，屬汪轉謝，而陞亦因是逃。先生聞之笑，諭諸子曰：『此好仁不好學之一証也。』然夫人心厚於仁，率多隱德，固可想見。

七月，奏《順天鄉試除領房搜遺卷》一摺。同考官入闈，以階優之一二人坐分《易》《詩》第一房，名曰『領房』，其餘鬮分——陋習也，請除之；并搜各房落卷。禮部議行。

八月，攝京畿道事，上《秋審班改陳正八等罪》。陳正八、任應鳳、陳掄元情急圖脱，桑良讓、魏進忠、滕國華因跌因戲，各斃人，皆無心也。簽改可矜。

九月，監試武闈。

稽查南新倉。

己丑，先生年三十八歲

四月，鞫事江寧。冀州民人李自臣，業魚於盱眙，赴提督衙門控盱眙令黄景燮家人及營兵毆死裴州同父子多命一案，奉命與阿少寇揚阿馳驛前往。會同高制軍晋，傳黄令及裴州同子廷楷等訊，屬子虚。牽涉人等，免提問。李自臣患瘋妄控，亦無挾嫌誣陷等情，遞歸原籍監禁。

題《高制軍晋澹我襟懷齋跋》。『澹我襟懷』四字，乃制軍少時夢武侯書贈也。跋不及二百字，大約以『謹慎者，澹之所從出；寧静者，澹之所見端』『欲心平則天機深』，勖宫保以『參前倚衡』之義。梁相國國治時爲江寧藩司，謂『妙於空際着筆，汁味自腴』。先生謂宫保曰：『余亦有「澹」之一法：於清静時見工夫，於濃艷處見力量。非理事不敢做，任氣事不敢做，一切公事，因物付物，穩處立脚，庶幾魂夢俱恬，斗室中無非花放水流氣象。此亦「澹」之遺意也。』宫保曰：『公教我矣。凡有根器者，經世之才與忘世之心并行而不悖。』

游凄霞寺，登攝山絶頂，秣陵勝迹盡在目前。先生謂司寇曰：『六朝流水急，終古白鷗閑。我與君乃偷得半日閑耳。』後追述江南舊游，有句云：『虎踞龍盤豁兩眸，蕭閑風物羨沙鷗。勞勞亭上傷心處，尚道湖名是莫愁。』深情韵語，不減邀笛步頭聽桓伊《三弄》。

五月，歸自江寧復命，召對。

兄觀察公補寧夏府知府。觀察於三月來京候銓，得甘肅調補所遺之缺，至是赴任。先生有句云：『江寧于役君思我，寧夏之官我送君。乍合乍離渾似夢，空堂風雨不堪聞。』

六月，納側室顧孺人，吴縣人。

七月，奏《改驗放月選官例》。奉上諭：『吴玉綸奏稱，六月分吏部籤掣，婁縣知縣趙某、平鄉縣知縣鄒某、阜寧縣知縣柳某三員，於掣籤後俱具呈告病，不無希冀卸六月引見之班，附七月驗放之例，可以坐獲原掣美缺，規避調用遠省各情節，請酌改驗放之例一摺，所奏甚是。部選各員得缺後，偶因染病，不能隨班引見，固亦情理所常有。但以六月分所選之員，距朕啓鑾時甚近，而同時告病者適有三人。此必自揣衰庸，慮引見時之甄材調缺，而利於王大臣之驗看向無更换，遂爾托病遷延。州縣銓除，爲外吏進身之始，豈容妄生趨避！而員缺久懸，於公事亦恐曠悮。此後，若朕在京，月選州縣有掣籤後告病者，准附於下月引見。如下次病尚未痊，該部即行開缺。至遇朕巡幸之前兩月，有托病不即引見，冀歸下月驗放者，一經具呈告病，即扣除開缺。將來另選得缺，仍着該部於帶領引見時，將該員原選缺分之遠近繁簡字樣，一并注明，候朕定奪。如此，則詭避之技無所施，而銓選尤爲澄肅。著爲令。所有此次告病之趙某等三員，即照此辦理。吳玉綸摺并發。』

從兄琤補江西新昌令。

順天府考試，派審音。

八月，上《秋審班改絞犯徐恒等罪》。徐恒因救父情急、陶見保因擠船争毆、李馱奶因叔被扭赴救、宋興甫因戲奪燈籠溜跌、莫亞七因理斥雇工被毆，俱屬理直誤傷，簽改可矜。改劉見有罪。劉見有於奸所殺死伊妻及緦服叔劉五滿，投首，照卑幼殺尊長律，擬斬監候，入情實。以法重情輕簽商。經刑部檢舉，奉旨減爲流二千里。刑部官交部議處。

十一月，奏《分别鬥毆人數多寡秋審酌改情實以儆群凶》。奉旨：『該部議奏。』摺内有『臣閲招册中附近省分鬥毆各案，動輒六七人至十三四人不等，兩造互抵，幾及二十餘人。較之邊省械鬥聚衆，爲數轉多。此固在封疆大吏暨各有司官平時留心整頓，然而遇事執法，不得不明設科條，區多寡，定緩實，力爲懲創也。查鬥毆各條，首嚴誅；意無心傷人者，緩之矜之；有心傷人者，情實之；火器殺人者，情同故殺，俱情實之。皇上至聖至明，揆情定案。天下豈有好勇鬥狠，糾約六七人至十數人，而其心不欲傷人者乎？豈有糾約六七人至十數人，持刀挾杖，而其勢能不殺人者乎？其心非不欲傷人，即不得與無心傷人者等；其勢不能不殺人，即宜與情同有心殺人者等。如此而猶以傷由互毆、殺出無心，一概入緩，未免情重法輕』。『况情實中不盡予勾之人，恩出自上；而緩決中有應情實之犯，法在持平。總使糾衆逞凶，不與尋常鬥毆一例入緩。不但獷悍之徒有所儆戢，即於地方風俗民情，亦稍有裨益』等語，言近旨遠，洵通達時務之論。

庚寅，先生年三十九歲

二月，擢江南道監察御史。遷刑科給事中。

五月，遷鴻臚寺少卿。

作《古藤詩思圖》。先生於壬午春由李鐵拐斜街移寓琉璃廠北巷，古海王村也，向爲王漁洋司寇故宅，手植紫藤一株，舊本久枯。己丑，先生復來寓。次年，抽蔓復花。繪圖作記，題七古一章。陳宫端浩書額。説者謂結緣風雅，殆東坡繼躅香山也。德宗伯定圃先生句云：『我從柏府論交久，聲名肯落前賢後？護持好比召公棠，不獨新詩滿人口。』紀尚書昀句云：『得公一記足不朽，其壽已比恒河沙。漁洋有靈應起舞，吾花不枉重萌芽。』朱尚書珪句云：『誅茅即是宋玉宅，種桃已得劉郎津。……圖成兩卷歌喁于，風流不減王尚書。』阮侍郎葵生句云：『顧家椿樹查家棗，一樣題詩集裹編。』當代名流題咏殆遍，如棨家前輩得五先生焉，而文端宫傅尤曾過漁洋此寓者。蔣編修士銓譜《南吕・雙聲十三首》。【園林好】調云：『舊騷壇，詩人散亡。恰有個，鴻臚繼響。暢好發、延陵高唱。虚亭下，着匡床；雕闌畔，樹吟幢。』【江兒水】云：『野服同桑苧，冰銜改太常。看琴邊酒畔、清豪狀。更茶半香初、蕭疏樣。又歌闌宴罷、低迷况。在文字堆中跌宕，比并前人，誰道先生無兩。』【川撥棹】云：『琉璃廠、認韋家花樹坊。笑争墩王謝荒唐。笑争墩王謝荒唐。去來今、因緣兩忘。夫于亭，在那厢？帶經堂，在那厢？』【川撥棹・换頭】云：『願人與藤花壽共長，藤與詩人名并芳。説新城固始相望，説新城固始相望。證前身、三生石旁。悟風來鼻觀香。悟風來鼻觀香。』【尾聲】云：『鵝溪絹寫詩翁像。合改换吴家白玉堂。且把這一架新藤，讓與替人掌。』頗擅柳屯田『曉風楊柳』之遺。

九月，從侄廷撰舉於鄉。

十月，磨勘直省鄉試卷。紀録一次。

爲鼎颺娶婦馬氏。

十一月，派扈蹕東巡。遷光禄寺少卿。具摺請，仍隨往。報可。

十二月，兄觀察公遷肅州兵備道。

辛卯，先生年四十歲

恭逢慈寧八旬大慶，先生授朝議大夫。任夫人封恭人。

正月，扈蹕東巡。屢賜果品、貂緞、磁器、烟壺等件。

二月，至泰安。是晚，熱甚。大塊噫氣，自空而發。行帳萬攢燈火，忽隱忽現。馬鳴風吼終夜，有御虛淩空之勢。扈從諸君子僉曰：百靈拱護，猶萬派朝宗，其信然乎。次早，風和日麗，旭景曈曨。聖駕登山成禮後，同申副憲甫、曹少宗伯秀先、彭洗馬冠歷介邱、梁父諸峰，躋岱宗之巔，沐日月之光。計自起蹕以至回鑾，恭和御製詩六十餘首，洵游咏盛事也。

幕友華國學冠於風發之夕書匣吹散，失却監照一紙。爲告知泰安令詳部補給，應本年鄉試。

四月，旋京。京察二等。

五月，遷通政司參議。

七月，病。先生晝寢於古藤書屋中，夢有告者曰：『君將壓焉，胡弗速起？』是晚，以孟秋時享宿公所，病歸而卧。夜雨如注，甫出户，屋就隳。爰遷後堂，床又碎於危墻，而先生免。自此，病益甚，九月始愈。《記病》之文曰：『方病危時，内子之生母節孝陳孺人適棄世，不克視含殮，余抱憾。侄鼎雯以醫藥來，漏下三四十刻，無倦容，予增感。余妻若妾殷勤問起居，大抵付之不見不聞，强制之力爲多。余以噩夢而病，不危於屋之覆，而脱於垣之毁，蓋有數存乎其間，無足異者。惟余返而自思，呻吟斗室六七十日之久，瀕於危者屢矣，而有觸輒動，猶拳拳於所憾者而抱痛，所受者而知感，病於身，不病於心，殆天理流行，生機之未息乎！罔以私情擾吾真性，是病聽命於心，心不爲病所役，静而存之，裕如也。』於此見先生之慎疾。

是月也，節孝陳孺人卒。先生《傳》曰：『孺人，吴縣人，余内子之生母，外舅任復旦公側室也。乾隆辛酉，外舅卒於邵武官舍。遺幼女一，孺人出也。外姑張恭人所出五子，皆先卒。子婦孫安人無出，將以從孫紹爲安人後，又在籍。是時，門無孤兒，室多嫠婦，靈移海角，祖祭何人？輾轉數千里，髽髻麻裙，宵晨對泣，卒能扶櫬以歸。恭人嘗告余曰：「葬有日矣，哀臨穴之莫追，嘆持家之不易。未亡三人，實共憂之。」語未竟，泪涔涔下。未幾，恭人又棄世。孺人偕安人協力同心，爲紹授室、生子，慰兩大人於地下。而孺人女漸成立矣。庚午，余親迎。越十九年，戊子，迎孺人於京邸。辛卯，以病卒。歸葬於外舅墓側。卒之前一歲，以節孝旌於間。論曰：孺人之初歸也，余外舅方官閩。奄其徂泯，自傷薄命。比紹能持門户，而家徒四壁立矣。迨相依於京邸，喜内子之生子鼎颺也，又屬置顧氏妾，生子端生，余得有二子焉。乃余於孺人彌留之際，適病且危，附身附棺，未能親理其事。嗚呼！天蓋始終厄孺人，而特以節孝爲孺人重也。悲夫！』

壬辰，先生年四十一歲

三月，移居宣南坊之横街。先是，仁和陸大司馬宗楷致仕將歸，覓其屋者甚夥。或爲先生謀，可減直得之，先生不可。既而司馬知之，過先生曰：『公誠長者。感公厚意，雖得高直，不願售諸他人。』乃以是屋歸先生。分海王村之古藤移植於此，引蔓更盛。癸巳，作《引藤書屋圖》，題七古一章。翁閣學方綱書額。陸副憲錫熊題句云：『吴公風雅如王公，移根近到横街東。……却從陳迹出新話，如别父老携兒童。』曹學士仁虎句云：『人如九老當筵集，花有雙身隔巷移。』馮鴻臚應榴句云：『衣冠豈惟八蕭繼，品望直與三蘇争。……新藤又比古藤重，故事壓倒王新城。』至於『畫卷都人重，風騷一力任』『此圖此記何人有，此藤此屋何代無』，與小子『此中行樂地，幾輩許登堂』之句，則皆被親炙而咏春風，用志景仰私意。而先生自叙，乃示棨等以『勿負公明之任』『天下文章莫大於是矣』。

五月，遷内閣侍讀學士。

從侄貽桂成進士，授户部主事。

六月，兄觀察公病假還里。

癸巳，先生年四十二歲

五月五日，子端生生，顧孺人出。

六月，顧孺人卒。孺人名有容，字香圃，昆山顧氏之裔。年十五，歸先生。越五年，卒。孺人能畫蘭竹，詩亦婉秀。卒之前一歲，題《九九消寒圖》，句云：『待得杏林春色滿，須知冰雪是前身。』詩讖也。有《香圃集》一卷。童廷尉鳳三選若干首，附刻《香亭詩稿》之末。褚學士廷璋題《遺稿》云：『碧霞宫裏掌書仙，偶謫人間十九年。小印緑窗留剩稿，忍將箋墨付雲烟。』『鴛湖詩叟筆通神，拄頰蕭齋鑒別真。餘事畫屏張小幅，幽蘭修竹管夫人。』『讖語憑傳七字詩，春風珍重護瓊枝。消寒九九香殘夜，冰雪前身費夢思。』錢塘女史陳長生題云：『娟娟素月傍卿雲，底事清輝減夜分？料得玉京歸去早，驂鸞重織藕絲裙。』『玉鼎烟消坐擘箋，緑窗勝事故依然。而今重檢雲藍字，斷粉殘香二十年。』『金閶風月費尋思，想像蘭閨絶世姿。欲覓吟魂定何處，第三橋畔菊花時。』『話到前身夢轉遥，寒梅九九寫清標。一編留得春風影，雪韵冰香尚未消。』

遷光禄寺卿。赴熱河謝恩，召對。或有爲先生賀者，曰：『自戊子服闋，由七品官晋階三品，纔閲五年耳。』先生曰：『某學植淺薄，皇上眷念先臣，推恩逾格，感悚彌深。錢香樹尚書《紅葉》句云「一夜流傳霜信遍，早衰多是出頭枝」，可作仕途中暮鼓晨鐘。天地間萬事萬物，未有盈而不衰者，而盈亦各有分量。卮之盈，一勺也；甕之盈，數石也。如有甕之容而常凛卮之溢，庶幾無隕越以貽羞乎。』

從兄鉞殉木果木之難，贈鑾儀衛經歷，入昭忠祠。蔭一子廷淦，襲主薄職。屬周司馬煌立傳。

九月，稽察右翼覺羅學。檢各學書籍，有《御制樂善堂全集》原本，及未换序文定本，請照例繳换，并敕各學官及各省督撫查繳。奉旨：著再行文各處，令其即行查繳。

十月，遷太常寺卿。

甲午，先生年四十三歲

三月，京察三品以上官，照舊供職。

四月，納側室何孺人，吴縣人。同人多以詩賀。阮侍郎葵生七律四章云：『江南春色艷蘇臺，通潞亭前一舸來。卜姓舊矜平叔粉，定情心折上卿才。乍持扇影遮圓月，初走車聲怯殷雷。纔過浴蘭天氣好，彩雲真現鳳城隈。』『月户雲櫳架構精，迴廊六曲創初成。晶簾不捲梳頭久，玉佩無聲步屧輕。中閣見憐風貌好，良宵肯負月華明。勸君稍斂飛揚態，掌上須珍太瘦生。』『纔學吹簫尚未諳，緑窗人静偶移談。閑詢小字猜吴語，偷畫修眉學遠嵐。帖仿銀鈎依硯北，歌傳錦曲坐花南。等閑莫遣如泥醉，一枕風清睡太酣。』『門倚雙藤解八騶，主人謝客倦清游。散衙已報齋除了，排闥還嫌客到不。掩袂春纖遮半面，隔簾秋水映雙眸。詩成不敢輕相謔，多恐他年惱阿侯。』尤爲一時傳誦。

八月，分校順天鄉試，得士蕭若欽、徐承槐、鄭文明、姚興梟、吴承緒、徐志鼎、張士昱、戚學標、沈清直、石廣翥、鄒學曾、楊掄、顧之燚十三人，副榜張浴達、藏阿二人。謄録錢敬熙等一百十餘人。

九月，派内閣批本。

乙未，先生年四十四歲

二月，奏《補武善射教習逾限處分》。官學額設武善射教習一員，課諸生馬、步、箭。如遇缺出，由八旗武善射充補。輾轉遲延，有懸缺至一二年者。先生奏補三學缺員，酌定逾限處分。奉旨：『該衙門議奏。』

四月，從祀地壇。上以神位托座年久未修，由部議太常寺堂官革職，得旨從寬留任。

九月，奏補三學教習。前奏教習一摺，經宗人府議准，逾二十日限不補，交部議處。延至九月，三學缺員如故，先生再摺奏聞。大略以爲『承辦各衙門應詳悉查明，如有員可送，即行咨補；

如無員可送，即一面奏請，挑取十五善射，一面將三學缺員，暨各學似此經年懸缺者，一體補放。乃二月迄今，半載有餘，有定議勒限之名，無奉行補缺之實』。奉旨：交軍機大臣訊問宗人府具奏。於是三學教習得補。

丙申，先生年四十五歲

正月，集《語録》爲書屋楹聯。聯曰：『良農不以年歉而輟耕，老漁不以歲寒而罷釣，芝蘭不以無人而不芳；　静坐然後知平日氣浮，守默然後知平日言躁，近情然後知平日念刻。』

二月，有曲阜之役。上東巡，告功於闕里，命帶執事官往習禮樂。

先生復登岱。見海波晃漾，陽曦涌出，同游諸君子曰：『日出扶桑，浴於咸池者，殆謂此乎？』先生曰：『吾聞曉嵐前輩云：「凡謂日自海出者，皆由不知天形，故不知地形；　不知地形，故不知水形。蓋天橢圓如鷄卵，地渾圓如彈丸，水則附地而流，如核桃之皴皺。橢圓者，東西遠而上下近，凡有九重。最上曰宗動，元氣之表，無象可窺；　次爲恒星，高不可測；　次七重，則日月五星各占一重。隨大氣旋轉，去地且二百餘萬里，無論海也。渾圓者，地無正頂，身所立處皆爲頂；　地無正平，目所見處皆爲平。至廣漠之野，四望天地相接處，其圓中規，中高而四隤之證也；　是爲地平，圓規以外，目所不見者，則地平下矣。湖海之中，四望天水相合處，亦圓中規，是又水隨地形，中高四隤之證也。然江河之水狹且淺，夾以兩岸，行於地中。故日出地上，始受日光，惟海至廣至深，附於地面，無有障蔽，故中高四隤之處，如水晶球之半。日未至地平，則倒影上射，初見如一綫；日將近地平，則斜影横穿，未明先睹。今所見者，是日之影，非日之形，是天上之日影隔水而映，非海中之日影浴水而出也。至日出地平，則影斜落海底，轉不能見矣。」此與顧寧人所喻「如錢置虚器中，前之却之，不見錢形；貯水令滿，則錢見。所見者非錢也，乃錢之影也」，兩論似爲吻合。』同游者聞而頷之。

祀事既竣，奏帶執事官及王大臣奏交樂部官，回京。

六月，自定窗稿付梓。先生之文，有序有物，力追正始。竇總憲光鼐、趙少司空佑、陳比部本忠深相推重。上與諸臣言及，屢有『吴某時文好』之諭。陳侍講萬青跋曰：『天下文章莫大於是。』彭參知元瑞句云：『載道文章定百篇。』知言哉！

丁酉，先生年四十六歲

三月，京察三品以上官，照舊供職。

五月，大行皇太后山陵禮成，覃恩以正三品加一級，授通奉大夫。任夫人封夫人。祖南長公、父中丞公俱晋贈通奉大夫，祖母王太夫人、繼祖母陳太夫人、母任太夫人、繼母李太夫人俱晋贈夫人。

六月，上《酌改内簾分卷摺》。向例『五經』分房校閲，上將令十八房按試卷額數均分，『五經』俱校，公勞逸而清弊。竇先生以不分經除閲卷之弊，尤須防分卷之弊，請簡派大臣專司其事。經部議覆，試卷由監臨分十八束，送内簾於主司監，試前十八房公同簽掣。奉旨：『依議。』

七月，派内閣批本。

九月，侄鼎雯舉於鄉。

十二月，鼎颺生孫桐孫。

戊戌，先生年四十七歲

正月，鼎颺婦馬氏卒。

三月，奉累世所得贈官制詞鎸諸石。《家傳》及《湛山詩鈔》付梓。

四月，侄鼎雯成進士，選庶吉士。

五月，女之雋生，何孺人出。丁未，字方觀察煒子；辛亥八月，病亡。

六月，侄貽棟由拔貢生充四庫館謄録。

八月，舉文會。先生與翁閣學方綱、蔣編修士銓、曹學士仁虎、陸副憲錫熊、程編修晋芳、吴編修錫麒、陳學士崇本、黄上舍景仁相率爲詩、古文，月再舉。如《游通惠河記》曰：『李白之言曰「浮生若夢，爲歡幾何」，言之苦也；莊子游於濠梁曰「魚之樂，我知之」，言之空也。夫空，則廢事清談，所以曠厥職也；苦，則不可貞，不貞則躁心生也。今日得從諸君子自公之餘從容演漾，以遨以游，豈惟予素樂乎？是凡爲智者，當必有會於心。』《曹太僕學閔壽叙》曰：『「需」之爲義也，非旅進旅退，無定見也；非委心任運，而日即於頽靡也。君子居上下之間，在盡其官守之常。位吾上者，勢雖近而不敢援也，修吾職而已；位吾下者，分雖殊而不敢陵也，端吾表而已。誦讀於自公之餘，留心當世之務，以待循序漸進。於凡可知、不可知、且不必知之數，「需」在恒，恒在敬。用恒者無咎，敬慎者不敗。所爲「有孚」而「光亨」者，此之謂也。』《養生論》曰：『往古來今，風會遞遷，生人所禀，亦有豐約之殊。德業、文章，本乎氣之清者也；福澤，本乎氣之厚者也。非得生氣極盛者，不能合清與厚兼之。即如郭汾陽位極人臣，史稱其窮奢極欲，不以爲侈；裴中立以四朝元老，甲第冠於東都；歐陽永叔負天下文章重望，《集古目録》自言聚於所好。今之公卿士大夫，優游於從政之餘，豈無所以移情志、娱耳目者？若問其燕樂如令公、園林如晋公、金石之藏如文忠公否也，未有不笑以爲誕且妄者。無他，福而曰量，所禀固殊焉，不獨德業、文章，嘆古今人多不相及也。夫以所禀有限者，溢而出之，是速之盡也；矯而飾之，是外强而中乾，本先撥也。君子酌今古之通，參盈虚消息之理，於立德、立功、立言萬不逮古人者，固不敢不勉，而惟處約能安，履滿思覆，凡事留其有餘，而於養生之道已得矣。』《友説》云：『天之生人不齊，人所交亦不齊。中行之士尚矣，下之則有南北風會之殊，而剛柔分焉。剛者厚重質實，緩急可恃；若毗於剛，則見理不精，而氣暴矣。柔者巽順文明，相觀而善；若毗於柔，則信道不篤，而氣餒矣。故剛以克剛，柔以克柔，操轉移風氣之權者，帝王也；而柔以克剛，剛以克柔，重變化氣質之功者，士大夫也。竊願與諸同人損有餘，補不足，會以文章，進以禮樂，相陶以性情，相淑以身心，無非順陰陽之理，相濟於剛柔之宜。馴而致之，彬彬乎皆中行選也。謂友善於天下也可；即謂能自得師也，亦無不可。』皆會作見道之言。

先生自移寓横街後，稍事增葺，曲徑長廊，綴以花木。招集同人於引藤書屋，爲探春、消寒之會，詩酒聯歡，殆無虚日。如《題引藤圖》句云：『虬枝古屋植不僵，引藤近喜吹新香。……横圖把玩留雪爪，庶幾餘韵追前良。』《咏蘭》云：『好將芳草色，一淡衆花香。』《催桂》云：『遥知聽雨堂前樹，金粟堆成月上初。』又云：『香過木犀能悟否，廣寒高處本無花。』《咏菊》云：『黄白色種種，名花簇四圍。遠天來明月，當筵照我衣。』《陶然亭中秋看月》云：『此地亭偏古，前林月正高。』又云：『佳節移今古，清光濯鬢毛。』《咏汾陽》云：『奸黨内訌讒高張，再造兩京稱鉅手。洞開房闥奏笙璈，約束兒孫勤鐘卣。功高不伐世幾人？絳灌韓彭復何有！』《咏雁》云：『畫樓夜永燈初暗，旅館寒深睡未酣。二十五弦相和切，月明遥聽有誰堪。』《從軍》云：『將軍何處下，夜半渡天溝。』《雨後》云：『雨洗青山近，雲開緑樹多。』《耳山齋中咏梅》云：『天街踏雪歸來晚，紙帳寒燈認草堂。』又云：『梅花清極本無詩。』當時傳誦殆遍，謂得《南華》非馬喻馬、非指喻指之義。王侍郎昶《序》云：『太常方以文學受知，駸駸乎柄用，於以集友朋、鬥詩酒於其下，使人如見文簡當年。花果有知，必自慶其遭逢者，於此徵之。』

十月，序《重修固始縣志》。《序》云：『按《邑志》流傳，自故明成化己丑薛侯良始。嗣是，嘉靖壬寅張侯悌、萬曆丁酉邑先達余公繼善先後增修。我朝順治己亥包侯龔、康熙癸酉楊侯汝楫、乾隆乙丑包侯桂遞有編輯。兹之嗣而修之也，距乙丑三十餘年矣。……余，邑人也。幼隨先大夫於任，長而備官朝右，屈指歲時伏臘、優游里黨間，前後不及十年耳。「維桑與梓，必恭敬止！」不獨仰忠臣廟貌，尋孝子芳踪，與晚渡朝霞、三峰雩婁諸勝概往來於懷，尤願與故鄉諸君子稽瘠土沃土之訓，守示儉示禮之意，共敦勉而維持之。於斯嘆張侯考獻徵文，惠我古蓼。而余竊慮夫習俗移人，迅若淮流，欲挽以忠厚勤儉，追矩矱於高曾者，不禁爲之掩卷彷徨也。抑又念志以人重，人不以志重。乙丑之志，先大夫嘗序之；今之志，余亦靦然序之。仰承家學，思所樹立，恐弗克紹先人緒言，以抱愧於古鄉師、鄉大夫者，重爲邑乘羞也。而張侯是編，洵有光於前志矣，爰書以貽之。』胡司寇季堂謂『情詞懇款，氣味深醇，合歐、曾爲一手。余與香亭相規以道者，幾四十年矣。文後半自勉勉人，足以承先德而振古風。願共執斯言弗替也』。

己亥，先生年四十八歲

三月，敕建熱河文廟告竣，派往承德府典習禮樂。召對祀事，既竣，賞賚有差。

四月，鼎颺生孫蘭孫。

觀察公卒於里。先生在熱河聞訃，回京設奠成禮，爲文祭之。命次子鼎枚即端生。爲公後，命長子鼎颺回里舉殯事。按，董相國誥《傳》曰：『公博雅好古，而不以科目進；宗黨頌義聲如出一口，而竟無後；養痾林下，與物無競，而不享大年。此則公弟香亭太常所戚然告余者。……公卒之前一月，上召見太常，問：「汝兄得子否？傳諭汝兄，汝子猶子也，但當愛惜精神耳。」天子固眷念先臣，以及其子，亦足見公之克繼家聲，雖病且久，猶重荷聖慈訓示如此。』紀尚書昀《書傳後》曰：『公擢肅州道時，余適在軍臺。……先後得公二牒：一爲其子游塞外而其父病乏養者，一爲其夫游塞外而其婦無依者。均移文，促之歸。余喟然曰：「吴公兼轄關内外，其官尊矣。一病翁、一貧婦失所，皆能自達於官，則四境之痌瘝，無不得達於官可知也。一病翁、一貧婦失所，而官肯爲之移文四千里外，則耳目之下必無廢事，亦可知也。」』

六月，女之秀生，何孺人出。

十二月，爲甥孔憲奎娶婦錢氏，少宗伯載孫女也。

派扈蹕南巡。先生請於留駐王家營之日給假二十日省墓，奉旨准給假。

或有問古不墓祭之説者，先生曰：『此《禮經》附會之言也。人之生也，神附於精，精附於氣，氣附於形；人之歿也，氣餘於形，精餘於氣，神餘於精，此其魂升魄降，斃於下爲野土，發於上爲昭明者。謂廟，祭地也；主，祭位也。神之格思，以是爲依歸可也；謂於廟、於主，而於墓無與焉，則不可也。先儒廟祭、墓祭之説，聚訟紛紛。余以爲祭之禮，於廟爲重；祭之情，於墓爲真。廟與墓，宜兼祭，而不可偏廢。按《史記》「武王祭於畢」，《孔子世家》「歲時奉祀於家」，孟氏亦言「乞餘於東郭」。自漢以後，遞崇其祀於陵原。寒食起自開元，《五代史》遂有「紙錢野祭」之文。天寶薦於九月，關中遂有送寒衣之説。自上下下，沿爲風俗，皆動於事之不容已，發於情之不自禁也。語曰：「禮以時爲大。」凡今之人無廟與主者，不得不祭墓；有廟與主者，宜并祭墓；無廟有主者，宜祭主於寢，仍祭墓於野。』

庚子，先生年四十九歲

正月，扈蹕啓行。命和御製詩，恭預筵宴，屢賜克食、貂緞、珍品、香扇之屬。

二月，送駕渡河，回籍行焚黄禮，卜日展墓。之順河集，省中丞公墓；之道堂寺，省祖父母資政公、王太夫人暨母任太夫人墓；之晋家莊，省繼母李太夫人墓；之方家橋、八里棚，省曾祖父母資政公、楊太夫人、祖母陳太夫人暨歷世祖父母墓。諸父諸兄墓之附近者，依次省之。又之張家營，哭觀察公新阡，定碑碣豐樹之宜。接觀察眷屬依於京邸。又設祭於外舅任觀察焕、外姑張恭人暨節孝陳孺人之墓。諸舊好，饋遺之有差。或有辭者，先生曰：『毋君子不輕受恩，重立品也；不濫施恩，恐恩極難爲繼也。義固有當。若與爾鄰里鄉黨，蓋常奉教於孔子，而又有一説也。』

三月，馳至淮安府銷假，奉命派往濟寧一帶先賢祠拈香。途次遷副都御史。謝恩，召對。

五月，作《春郊歸省圖》。圖長丈餘，以青緑繪淮南山水人物，栩栩欲動。先生一鞭雲影，望遠思親，神情如見，饒有雲林、麓臺之致。曹宫保文埴句云『傳家清白無瑕璧，妙手丹青著色山』，蓋紀實也。先生自序一篇，題五古一首，句云：『繼序先中丞，庶幾式眉目。』『臣忠與子孝，夙夜期自勖。』劉參知墉書額，并題句云：『伊德門之慶，匪今斯今。爾公爾侯，益精白乃心。顧此松楸，天澤是斟。培其本根，以廣其陰。』杜少寇玉林句云：『還朝新命御絳騶，寵錫沛渥孰與侔，承家報國俱無訧。……羨君歸省歲一周，鄭公通德似此不？披圖轉覺心悠悠。』紀尚書昀句云：『馬嘶春驛柳，人帶御爐烟。《晝錦》添新記，《瀧岡》表舊阡。』沈司馬雲椒句云：『《皇華詩》爲承恩紀，《家慶圖》緣志喜成。憲府即今崇物望，德門自昔重鄉評。』陸副憲錫熊句云：『多少椎牛誇上冢，承恩誰傍屬車來？』又云：『遥識松楸最深處，月明夜夜宿慈烏。』梁相國国治句云：『乘驄舊識吴公子，社老来看古道邊。』又云：『群公妙筆留黄絹，幀裹松楸又幾年。』按王明府之霖《序》云：『歸省之日，簡輿衛，謝送迎，鶴氅金鞍，戴星而發。於時仲春既望，雜花繞甸。迤邐安陽之麓，前涉清淮，近望固陵，城郭翼然蔚然，先生家在焉。而邑大夫與宗黨飾輿馬郊迎者，相望於道。其西南百里，五峰矗峙，白雲環其下，有先隴在焉。丙舍宰木，蜿蜒蓊鬱。而先生於征塗蹀躞間，凝眸遠睇，若慕若思者，則圖中景象是已。既抵舍，卜日齋戒，張樂設奠甚備；具展拜各塋，甚誠以恪。往歲先生伯兄觀察公卒於里第，宅兆新營，至是躬親祭奠，爲相度其封樹碑碣之宜。然後存問親戚故舊，餽遺之，各有差。與鄉黨歡道平生，浹日，甚款洽。而圖亦俱未之及者，圖「春郊歸省」也。先生之心，在乎歸省；先生之神，在乎將歸而欲省之際。先生之心與神，藉圖以傳，而先生之孝思永矣。』桀盥手披讀，益嘆先生世德清操，足以荷聖天子寵嘉之命，褒大顯榮，當與《晝錦》《瀧岡》并傳不朽。

六月，子申六生，郭孺人出。

恩賞《御製全韵詩》《御定時晴齋法帖》全部。

九月，鼎颺舉於鄉。

本年正月於太常寺卿任内加二級，恭奉萬壽恩詔，應領正二品誥命三軸。先生曾祖父母於中丞公運使任内曾領三品誥封，兹請以本身妻室貤贈。蒙恩允准。於是曾祖力堂公與祖南長公、父中丞公俱晋贈資政大夫，曾祖母楊太夫人與祖母王太夫人、繼祖母陳太夫人、母任太夫人、繼母李太夫人俱晋贈夫人。

十一月，奏《定司員回堂之例》。凡在京各衙門事件，堂官如有意見不同，輒令司員轉達，往往滋擾。先生請於公所面商，或歸畫一，或兩議俱奏，勿得借司員之輾轉傳述，啓遷就調停之漸。奉朱批：『此奏是，依議行。』《請定京畿道主稿處分以嚴責任》，交九卿議，亦報可。

冬月，賞鹿腊。

歲暮，賞麅鹿、湯羊、野鷄、魚鮮及果品多種，祭先分歲，舉家得沾飫珍饈。

辛丑，先生年五十歲

二月，考試内廷三館謄録，得顧振聲等一百七十七人。

三月，充會試副考官。先生入闈，與德定圃宗伯、謝金圃少宰、沈云椒少司馬得棨等一百六十八人。

棨由己亥南榜第一名應是科會試，闈中商定元卷，三易之，以棨卷進呈，欽定第一。諭考官曰：『元文純正。』殿試第四卷進呈，以對策詳明，特置第一。按甲乙科設自唐，至乾隆辛丑，千一百六十四年。其間狀元可考者，自武德元年孫伏伽以來三百四十有一人，得三元者八人。而宋王沂公曾、宋莒公庠、明商文毅公輅較著焉。棨何人斯，幸膺兹選！伏讀《御製傳臚詩》曰『文運風雲壯』，又曰『王曾如可繼，違弼我心存』，感悚之忱，愢懼交集。

吴郡仕都下者，於姜少寇晟第設讌，首列師席。先生與諸君子各賦《三元喜宴詩》四章，句云：『共浮酒醴陪前輩，願指鹽梅勖後賢。』『官因人重銘丹悃，言乃心聲惕素衷。』曹宗伯秀先《三元喜宴詩後記》謂『巧製妙思，波委雲屬』，先生作也。

四月，鼎颺在武英殿黄簽處行走。

五月,子安七生,何孺人出。

侄貽桂以户部主事揀發甘肅直隸州知州。

九月,以鼎颺爲兄觀察公後。時鼎枚甫九歲,未能理家政,故因所請者而易之。

十月,充武殿試讀卷官,得劉雙等若干人。充截取滿洲舉人閱卷官。

歲暮,賞鏖鹿等物如前。

壬寅,先生年五十一歲

二月,上以《四庫全書》告成,於經筵禮成後,幸文淵閣。蒙恩賜宴,恭和御製詩四章。

七月,爲子安七聘婦,邵閣讀庾曾女。

八月,爲子申六聘婦,蔣大廷尉曰綸女。

九月,子荀八生,何孺人出。生而慧,十二歲能文。乙巳聘任提督承恩女; 癸丑以病亡。女聞其亡而噎,亦相繼亡。先是,先生與提督皆有應繳之項,提督限尤迫,先生以四百金助之,曰:『寧我另圖,不忍坐視公燃眉急也。』

癸卯，先生年五十二歲

五月，請定祈雨齋宿例。時以旱雩祈禱，奏令陪祀官在署齋宿，各致明潔誠敬之忱，以慰祈望和甘之意，著爲令。奉旨：『依議。』

恩賞《御製知過論》墨刻一卷。

六月，充浙江正考官。邱編修廷漋副之。先生聞浙闈有聯號之弊，語監臨福撫軍崧力杜之。得士陳錦等九十四人，副榜杜時薰等十八人。

先生精於制藝，體裁高渾，刻稿行世已久，恐趨風氣者揣摩求合，先期示論，務使各盡所長。是科闈墨出論者，以兩浙爲最。揭曉後，率陳孝廉錦等，謁仇明府夫人於里門，明府去世二十四年矣。先生登堂獻壽，執弟子禮彌謹，與公子孝廉永清蔬酌話舊，盡歡而散。浙中傳爲佳話。

九月，奉命督學福建。十月抵閩，凡道中防汛墩堠、雨暘禾稼情形，附摺入告。

十月，女之學生，何孺人出。

甲辰，先生年五十三歲

正月，初試福州，次及延平、建寧。題閩省試院堂額曰『貴核其真』。前中丞公撫閩攝學政篆，有句云：『文兼行貴核其真。』先生取此義以名堂，自課也。蔡相國新讀《堂額説》，跋曰『承先訓、報主知、酬物望』，三者具見於斯。

按臨各棚，俱有題額。延平曰『風宗鄒魯』，建寧曰『芬擷西山』，邵武曰『揆文教』，汀州曰『秀鍾丁派』，龍岩曰『懸鐘振響』，漳州曰『追崇實學』，泉州曰『有本者如是』，永春曰『無忘秋實』，興化曰『人物清嘉』，福寧曰『環海風清』。蓋揆諸盛地鍾靈，名賢垂教，勉真衡以培真材，皆不負中丞之訓。

六月，任夫人至署。

七月，考邵武、汀州、龍岩。奏月試六屬情形，奉朱批：『好實力，妥爲之。』

先生外舅曾守邵武，郡人祠祀之。試竣，謁遺像，詢及老諸生，有言先太守遺事至泣下者。迨科試，任夫人已棄世，邵武公嗣孫、婦時亦相繼没。先生《唁任秀才澄源書》有云：『於臨邵科試之餘，漏殘燈灺，輒舉五十餘年所聞所見，哀愉欣戚，往來於懷不能去。由歲試而思所聞，餘韵流風既景行，以傷隔世；由科試而溯所見，若珠光泡影，轉瞬增悲。每咏「所遇無故物，焉得不速老」之句，不禁三嘆焉，恐修名之不立也！嘗聞族之大也，如大木然，入地深者，參天必茂；若發泄太盛，受之以蓄，而後歷久（嘗）〔常〕新。古人所以於隆隆炎炎之家，恒致警於再實之木，其根易傷也。諸郎君勉乎哉！』

聞侄鼎雯京寓春暮不戒於火，助金以葺其屋。

十月，抵漳州、泉州、永春、興化。歲試竣，先生閲卷至漏下三四十刻，猶與幕中諸友權衡於幾微高下間。至獎賞佳篇，則當堂背誦，瀉水翻瀾。每一案出，公明之頌如出一口。所刻試卷，經先生及通家陳孝廉震手削者居多。徐撫軍嗣曾謂『體大思精，不當作試牘觀』，信然。

乙巳，先生年五十四歲

正月，由福寧歲、科并試，赴漳州、泉州、永春、興化，舉科試。

六月，回省。

七月十七日，任夫人卒。先生《傳》曰：『夫人自生鼎颺後，十年不育。先二兄觀察有子而殤，兩門一孫，恐貽老人憂，爲余置妾，蓋以承祧大事也。妾出猶己出也，子姓之蕃，家門之幸也。傷哉！昔在内家，以女代子扶櫬歸。而立，幼孫伶仃孤苦，實備嘗之。慈惠能逮下，所由來者漸也。妾顧氏生子鼎枚，子婦馬氏生子桐孫，皆以産後亡。收之卧室，以養以教，十餘年如一日。夫人在都門已抱病，比來閩，醫藥無虚日。昨病篤時，執余手而言，曰：「君家家訓，不作佛事。余爲君家婦三十有六年，從不敢以非禮請。自返生平無他孽，惟性好潔，頗不廉於水，願作水懺消之，死瞑目矣。」余不忍終違其言，從之。甚矣，以義制情之難也！』

或有讀《夫人傳》問闢佛之説者。先生曰：『闢佛非今之急務也。自漢明帝迄今，蔓延二千餘年。因果之説，足以警動愚夫婦。雖堯舜復生，不能驅之而去；雖釋迦出世，亦不能捨父子君臣、兵刑禮樂以治天下。爲儒爲釋，原不必争。爲釋者，須從忉利天中下脚踏實地工夫，馴之以色象俱離。花自照鏡，鏡不知花；月自映水，水不知月。推而極諸花亦無花，月亦無月，鏡亦無鏡，水亦無水。乃無色無相，無離不離，爲自在廣大神通。爲儒者，從致知力行得入學之門，以立德、立功、立言，歷之於士希賢、賢希聖、聖希天之候。儒爲真儒，釋爲真釋，何妨爾爲爾，而我爲我也。』

或又舉《子由行狀》及《集》中諸《菩薩偈》，議蘇長公爲禪學之宗。先生曰：『公之文，得《華嚴》之妙；公之學，斥釋家之非。如《議學校貢》舉書及策言，據事臚陳，與《佛骨表》何异？至所云「放億萬之羽毛，未若消兵以全赤子；飯無數之緇褐，不如散廩以活飢民」，嘗披讀《賀坤成節表》，未嘗不嘆公之放生戒殺，特節口腹之欲，以安素位之常。即其惝恍剩説，聊借以發其不平之鳴，洵非惑於彼教者。』按，桐孫再失恃，依任夫人以生。乙卯，中京兆副車，榜名以醇。因校《香亭文稿》而附記曰：『醇自馬孺人見背後，即育於祖母任夫人，以養以長。乙巳秋，祖母將卒於吾祖之官署也，醇方九歲。祖母呼至床前，嘆息而諭醇曰：「余不能撫汝矣。汝可拜奶奶。」奶奶者，俗稱祖母也。於是向祖母何孺人出涕。祖母何孺人亦泪涕交頤下，聽臨終之言曰：「余信汝有素。今以弱孫相屬，俟至京交伊父，吾目方（瞑）〔瞑〕。」而閩地離京六千餘里，水行則有灘沙風浪之惡，山行則有嶺嶂澗石之險，又地卑下，感濕氣則癘疫交作。祖母則問寒暖，察飢飽，保護防維，情如慈母。比至京，吾父先於丙午歲得痼疾。醇仍依祖母，以迄於今也。猶憶前自閩旋京時，舟次維揚，醇早起每哭不止。祖母聞之，曰：「哭易致疾，屢與汝言之矣。如再哭，余將撻汝。」醇哭愈甚。有從旁而助之者曰：「夫人既以若相托，撻亦應爾。」祖母凄然曰：「是嬛嬛者而泣，若是慘撻，何忍也。」』棨檢文集次第節録之，即何孺人敬以成慈，益嘆任夫人惠能逮下。

八月，任夫人柩歸里。鼎颺在中書任聞訃，丁本生母憂，奔歸。

九月，試延平、建寧。

十一月，試福州。

子壽保生，側室呂孺人出。丁未，聘胡大司寇季堂女。己酉，壽保與司寇女俱以病亡。

丙午，先生年五十五歲

正月，科試龍岩、汀州、邵武。奏科考試竣情形。京察三品以上官，照舊供職，附摺陳謝。

先生按臨各屬，有劣迹著聞、夾帶倩遞諸弊，執法不少貸。考龍岩時，寧洋縣學生博於寓，爲役所拘。諸生環之，噪於堂。堂吏懼，懲差，始散。先生曰：『此風不可長也。』黜寧洋生。閩俗，隸人子冒考被訐者，官每左袒，據例屢却之。然良士受誣，必爲昭雪。建寧拔貢生廖芳洲，因訟盜催捕急，忤官，將中以他罪，因先生言得免。惠安縣學教諭李某稟，據興泉道差梁彩鳳呈控，生員蔣鵬翀、李豐聚賭爲匪。先生以虚實宜聽縣訊，教官豈得擅受民詞，檄府究報，果子虚，將李參革。將樂爲楊龜山先生故里，祠生楊焯因立雪堂二程子像就隳，召匠修之。里長誤以該生毁像，禀於令，拘生，披頰，杖匠氏，罰生金三百。該學具詳請革。先生閲卷怒曰：『先賢像歲久應修，自祠生事，與里長何干？懲生罰金，本屬不應，學官又欲去其頂帶，爲保充索分例地耶？』移咨巡撫，由兩司核辦。責革里長，該令與學俱記大過三次，罰令金如生數，葺祠。士論快之。

二月，葬任夫人於商城鶴峰橋。依堪輿家所卜，啓之，土質潮濕。適方觀察焯弟熙來奠，請移上以接生氣，遂得吉壤。咸謂夫人忠厚之報。

五月，作《鼓山觀海圖》。鼓山爲閩南巨鎮，天風海濤，極目萬里。先生率子若孫往游。作叙，示以『先河後海』之義，題七古一首。阮司寇葵生題是圖，有『彼哉竟陵生，撼樹如蚍蜉。先生秉玉尺，庶幾恢遠猷』之句，注云：『鍾伯敬提學福建，方孟旋譽之曰：「三十年中，道德、勛業、文章，當盡出公門。」予謂竟陵不足以語此，請以移贈先生。』徐撫軍嗣曾題云：『問政頻煩前箸勞，論文對剪燭花高。别來何處尋心迹，萬里天風接海濤。』『海國秋高使節開，百城桃李看君栽。珊瑚網外遺珠少，獨坐風前太息來。』注云：『丙午秋闈，得人最盛，皆公素所識拔。猶以湯生志堯、郭生周藩未與爲惓惓云。』

七月，録遺才。先生曰：『科名爲進身始基，當思何以爲不負科名之人。遺才乃科名先路，豈可因觀光念切，預作有玷科名之事！』闈中録遺，向多揭换名籤，高下其手。諭以姓名彌封卷角，其弊乃絶。又正備案并發，以杜營求。先期《示諭》一則，諸生讀之，有感泣者。

科試既竣，課鰲峰書院肄業諸生，爲決科兆取超、特等六十人。超者每名贈卷價二兩，特者一兩。榜發，解元謝生淑元即取超等者。自超等第一之應生丹詔，獲雋共二十餘人。丁未庶常陳若霖，即科試新生取特等聯捷者也。中丞公撫閩時，培養士類，無微不至。於鰲峰肄業生中式者，增給公車之費四兩。伊孝廉恒瓚即今光禄卿朝棟。庚辰下第留京，屬先生於家報中代領。以事甚瑣也，遲之久始據禀爲轉達。未幾，寄到銀一函，札一通，慰問殷勤，不下數百言。蓋中丞獎勵人材與體恤寒士之心，可想見也。先生嘗舉此等事爲門下士娓娓言之，以爲從前識見淺陋，深恐不克負荷。棨等耳熟焉，附記於此，以見服膺先德與年俱進之學。

九月，從弟玉森舉於鄉。

奉命稽查覺羅官學。

十月，抵浦城，候代新任學使陸副憲錫熊至，遂行。過錢塘江，得句云：『錢塘江口問仙槎，帶粤襟閩一綫斜。雲涌風濤飛日月，水深宫殿守龍蛇。誰沉漢使千金璧？更射潮聲萬里沙。欲泛湖中歌舞地，蕭疏紅葉吊天涯。』後於納涼之夕，憶江南舊游，句云：『散髮披襟足自娱，松陰茶話夜涼俱。曾經宦海南游日，萬里江山入畫圖。』『妙高臺上自優游，玉帶山門望眼浮。千古英雄多少事，長江滚滚付東流。』『説法生公未足欽，三高祠見古人心。希文留得梅千樹，撲鼻清芬直到今。』『東宫勝迹仰前修，文字須從實處求。五步樓台十步閣，冶春詩社太風流。』『花開風榭月移廊，分韵敲詩滋味長。好語兒孫須立脚，宜園草木未全荒。』

丁未，先生年五十六歲

正月十八日，復命，召對。

二月，授兵部右侍郎。

三月，兼署吏部左侍郎。

四月，考咸安宫、景山、覺羅、八旗各學教習，取張浙等一百餘人。劉參知墉爲署堂額曰『鐵石同心』。參知自號石庵，謂先生『鐵面冰心』，相孚以道，所期望者大也。

五月，以病請假。養疴之餘，書累世所得誥敕軸數爲一册。曾祖父母得三軸，祖父母得六軸，父母得五軸，先生暨任夫人得四軸。先是，戊戌，先生曾奉累世贈官制詞勒諸貞珉，以垂永久。兹復彙書成帙，敬附跋語於後，紀恩榮也。跋有曰：『於以對揚兩朝所以寵錫臣家之休命，即以示子若孫食報有由，益相勖於績學勵行，庶幾嚴始進而慎晚節，不負移孝作忠之義。』然則先生膺樞部而攝天官，夙夜循省，思所以報知遇之隆者，爲何如也！

十一月，同人舉消寒會第一集。先生詩云：『觚棱晴雪散朱欞，豹值人歸午漏停。小集不妨宵預卜，峭寒轉爲酒催醒。社從洛下先耆老，李杏浦總憲年最高，故舉第一集，餘以鬮分。諧似東方盡歲星。應識承平優退食，委蛇共擬頌虞廷。』『繞屋氈帷羃曲欞，屏騶小憩暫教停。相約集時以車代肩輿。一時雅會歡初續，五載離悰眼倍醒。余自癸卯赴閩，不與此會已五載矣。情話依然聯昔日，舊游漸次感晨星。謂曹竹虛尚書終養於家，姜度香侍郎撫鄂也。吟懷劇愛劉公幹，竹軒侍郎以詩見示。白雪吟成韵滿廷。』

戊申，先生年五十七歲

二月，女之學許字劉少宗伯躍雲子。

三月，作《中丞公行狀》。先是，乙酉歲，中丞公捐館，先生揮泪作《行述》，告哀也。兹復溯先德而質言之，垂久也。狀幾五千言，中丞行誼政事，本末具見，而於忠孝仁愛之性，隱微幽獨之功，尤加詳焉。褚學士廷璋曰：『前以時叙，爲經；後以事叙，爲緯。忠孝之性，溢露毫端。《臺民移眷》一疏，愷惻詳明，得古大臣爲民請命之義。文於序次簡要中載入全疏，尤得龍門史法。』

四月，《代張伯魁名子振路説》。伯魁素業儒，先世以科目起家，祖若父皆名諸生，至伯魁而貧，落拓京華，易姓寄傭於先生。閲所作詩，廉得其實，乃以門下士禮之。充内閣供事，效力各館，由議叙以府經歷注銓。壬子春，助之捐分發，俾得携妻子歸奉老親。顧孝廉文曜曰：『先生愛惜人才，振拔寒士，出自天性所樂。凡游先生之門，發名成業，不可更僕數。伯魁乃有志未逮者耳。……讀此説，不獨爲伯魁感，凡游先生之門，受教尤深如文曜者，更怦然於飲水思源之意。』

五月，扈蹕熱河。和御製詩，賜克食，恭預筵宴。

七月，改内閣學士，兼禮部侍郎。辛丑春，先生與德宗伯、謝少宰、沈少司馬充會試考官。命甫下，在朝候旨。諸公有改《寄園寄所寄》中語爲先生誦者，蓋紀宗伯昀戲語也。至是，始聞於上，旋奉旨改内閣學士。

八月，賜御臨宋李迪《鷄雛待飼圖》。

己酉，先生年五十八歲

三月京察，降補三品京堂。

四月，失察家人私開溝渠一案，降四品京堂。

九月，從弟玉堂中順天鄉試。

十月，改檢討，在武英殿行走。

先生由詞苑擢臺諫，躋卿貳，屢奉馳驅之命，七膺衡鑒之司，文章、政事，皆爲帝心所簡。僉謂皇上念舊憐才，行復大用。而先生曰：『玉綸奉職無狀，仰荷聖慈矜宥，感激涕零，極思圖報桑榆，以策後效。因查案頭舊存星命一册，有「福運行過，解組歸林」之語，乃癸酉春余作諸生時，劉太守焕所推也。驗諸從前，所言多中。此後進退，略可逆覩。君子貴安命，惟有讀書中秘，以慎動之思，守知止之義，不敢參非分想也。』

庚戌，先生年五十九歲

三月，爲鼎枚娶婦黄氏。初爲鼎枚聘商邱陳撫軍淮女，卒；再聘黄太守良棟女，娶之。

四月，女之秀許字方貢生熊子。

八月，後房被火。鼎颺前以憂居里門得瘋疾，時發時愈。自戊申補中翰，常請假。至是，疾日甚。是月十三日，夜不戒於火，光徹先生卧室。城員營弁赴救雲集，先生曰：『余年來運會使然。如當灾，雖救何益！』閉門弗納。焚後房三楹，火忽熄。乃照瘋病例禁鼎颺於室。

十二月，嫁甥女之鳳。孔明府昭烜議戍軍臺，先生助五百金納贖。之鳳隨母於京，爲擇鄭比部宗彝子孝廉槐，製奩嫁之。

鼎颺生孫戌官。

辛亥，先生年六十歲

二月，試翰林於正大光明殿，留館供職。

先生侍直武英，悉心纂校。如《輿地廣記》十餘卷，多注原闕，先生四處補輯。金總裁士松諭諸同事：『無負先生苦心。』另繕完本進呈。或謂先生過勞，先生曰：『職在則然。』雖連宵呵凍，炭盡灰中，不敢疲於考定耳。

三月，孫女于歸韋別駕協夢子國學生寶善。

六月，子衆成生，何孺人出。

從侄國鴻由拔貢生分發四川，捐金助之。

十一月三十日，爲先生周甲之辰。届期，請稱觴者不獨門下士，先生固辭，弗能禁。是日也，自大學士、九卿、部院百執事，以及門生故吏、姻婭桑梓之屬，贈言盈箱軸。先生嘗舉劉參知墉所贈『松以凌霜還益壽，鶴因警露更高飛』楹聯語以自箴，謂頌不忘規，可與『知足不辱，知止不殆』之義參觀而得。棨等辛丑門下士恭進壽言，曰：『蓋聞躔登華要，司中戴魁右六星；運應壽昌，貴相傍弧南一宿。孕璿源於碧洛，古蔘區分；瞻師表於青嵩，延陵望重。繼潞國香山而徵瑞籙，合辛符亥紀以慶大辰。六甲初周，鬚眉自壯，一陽乍啓，杖履回春。樹模楷於人倫，端重介禧之德；頌岡陵於國雅，用彰平格之庥。恭惟老夫子大人，稟粹蔚華，鎔才鑄器。溯年編於白馬，武昌之世績堪追；移鼎族於金岡，閩海之前模克紹。門承閥閲，勒砥石於雙趺；卷富嫏嬛，早貫虹於三璧。偶副公車，而賢書頓捷；旋超上第，而詞囿先馳。濃薰班馬之香，巨擅許燕之筆。瀛洲登處，鵠舉扶摇；閬苑游來，珠生咳吐。賦曲江之麗句，翰墨争誇；溯佛峪之鴻篇，光華迸露。弋峰西峙，共仰喬皋高吟；淮水東環，恰肖迴瀾文筆。青史盡李彪之職，霜臺轉張緬之班。屢進封章，疊膺俞旨。校閲祛領房陋習，鬮分不論優階；遷除杜避調機緣，限定毋虞懸缺。平反秋讞，京畿陳白簡千言；析理春漁，邳泗定子虚一案。帝眷南司之六察，臣邀中尉之三升。左諫議威重東臺，允釐判首；大行丞職司西祀，兼正朝儀。扈蹕青齊，典客之騶儀倍肅；陳詩泰岱，上方之珍果頻頒。旋遷謁者之司，遂贊納言之議。銀臺退直，忽搜古蔓藤根；朱閣餘閑，好咏秋窗夜雨。最愛飛香蜿蜒，後先入雲林墨妙之图；却看題藻連翩，長短徵子美星華之句。宋叔明抒詞，薇省服耀銀青；褚無量代奏，槐廳榮誇舄赤。緬滄洲之舊署，雅琴知清角之操；奉宿衛於禄勛，宴醴進大官之秩。既領樂曹之正，仕重三珪；即從尚書裹行，儀同四院。澤宫教射，陳書敕議章程；闕里受成，執事親釐歌舞。邊秀承恩入學，典禮攸勷；監司分卷維均，科條具備。南隨豹尾，乞歸十五日，而孝擬《瀧岡》；北返蓼城，薦歆二千里，而榮誇《晝錦》。爰繪《春郊》雅幀，重題《歸省》明文。中途擢司憲之階，崇臺晋秩；春榜仰提衡之任，喜宴傳詩。撤幕焚香，遂馳軺於兩浙；建旗拔幟，更視學於八閩。游鼓山以留圖，及瓜期而轉旆。法樞拜命夏官，統制邦軍；理典兼銓少宰，權衡爵秩。阮遥集疊開府地，克荷繼承；劉儀臣重赴木天，仍持清要。仰瞻山斗，高文八代起衰；奥衍洛閩，經義百篇載道。披謝庭之麗藻，已判五花；貽王氏之珍才，應增六穀。兹值履長令節，適逢養國慶辰。仙醞浮盃，間史祥徵張鎮；鶴飛奏樂，喬齡籍考州來。棨等夙荷栽培，恭承提命，欣依化雨桃陰，七次均霑；喜覩祥雲椿瑞，八千叶吉。逐金鵝而抒悃，歲華與歲禄同增；偕珠履以陳詞，門下又門生迭繼。謹序。』

壬子，先生年六十一歲

二月，子鼎枚、媳黄氏卒。鼎枚幼岐嶷，善屬文。己酉，由國學生應鄉試，薦未售。卒之歲，甫弱冠也。媳黄氏産女不育，每閉目輒見鼎枚。閱六日，卒。太守在日，曾以厄於火與盜屬先生轉貸，乃己酉歲除不時之需也。至是，返其未楚之券七百五十金。兩公子不肯受。先生曰：『朱陳有相周之義，不欲以此累後人耳。』

九月，元觀察克中子開入贅。兄觀察公之卒也，遺幼女三。長字祝太守壽子附生錦堂，助奩金嫁之；次之凰字陳撫軍淮子解元梾本，于歸有期矣，壬子春病殁；三之英女史也，向爲先生及何孺人撫，女隨生母周孺人在閩署，字於開，至是開贅，延師課之。

十一月，收之信爲女。同年陸副憲錫熊卒於奉天校書之役，側室陳孺人相繼卒，遺幼女一，無所歸，先生收爲女。嘗語人曰：『予非敢矜古道也。既無以父其父而父予，豈忍不女其女如予女？名以之信，自勖也。』記曰：『忠信以爲寶，故以寶林字之。』字汪觀察如藻子。

癸丑，先生年六十二歲

婿元閶補博士弟子員。閶，開更名也，於其入學之始，作《名説》勉之。

四月，侄鼎雯出知宣化府。

七月，適孔氏妹卒於京邸。先生致昭烜明府書云：『舍妹抵都後，即患腰癰。調治月餘，甫平復，接東信，知大甥瘋症復發、甥媳胎隕各情節，頗悶於懷。六月初，接患傷寒症。延醫王姓，及雲坡司寇所舉黄姓醫，參酌立方，未見轉機。以戚進士通家參黄并用法試之，似得手，專服其方。奈邪雖退而胃不開，延至七月七日戌時辭世。痛哉！骨肉之情，本不容已，送死尤大事。爲購得杉枋及一切附身棺之具，以含以殮，既固既安。十七日移厝尼庵，發引時不用僧道，從孔氏教也。今走信奉聞。存亡離合，大數使然，幸勿過悲，致觸尊慈懷抱。大甥瘋病已久，若遇神清飲痛時，籲請來京扶柩，當力止之，毋令在途滋事。吾妹與大弟結褵三十餘年，僅貽此子。所望怙而兼恃，留心防範，加調治，以冀漸痊。他日得見舅如見母，則幸甚。書至此，泪涔涔下矣！大弟六月暫息，清况素所深悉。老母年高，未可遠離晨昏。俟酌委妥人到京搬柩，自當稍申將伯。吾妹未卒之前一月，第八兒以病夭；後二日，歸韋家孫女亦亡。愚於心緒惡劣，左右支絀，盡區區兄妹之懷，約計前後糜五六百金。力不從心，不忍不及情也。爲作挽聯，有「五十三年往事今情，剩有老兄悲雁序；千二百里生離死別，惟聞嬌女泣萱幃」之句。雙星節到，人遠東山，暮雨瀟瀟，悲深同氣，可想見此時情况矣。吾妹病革時，向東揮泪，以不及與姑言別爲恨。囑寄銀十兩，奉甘旨，作遺念。此項暫爲存貯，與所遺衣飾箱件，令甥女檢明，書单於棺，旋日寄去。魯峰令弟均此，道念不盡言。』又書云：『八月二十三日，畢、蔡二紀來都。接讀手書，一字一泪。大弟以多年伉儷，未及視含，惻焉腸斷，矧先以投杖之感，繼以期功之喪，聞兹惡耗，爲增凄然。來紀扶柩，遵示由陸路東歸。雲坡司寇於戚誼備極關切，所有奠分五十金，額一，及鄭比部東亭奠分三十金，聯額一，余處賻儀百金，奠儀百金，聯額一，與所遺衣飾箱篋、屬呈銀件，統交帶回。照收。來訃分送諸戚，又屬敝通家宋侍御致諸相知。製公幛一，祭文稿爲易數聯，貴切當也。葬期擇定，葬事量力行之，禮以稱爲宜也。吾妹歿後，大弟閨中少一直言匡助之人，總以遇事詳審、脚踏實地爲承家經久之計。大郎抱病，大弟以父兼母道，錢家兒婦加意恤之。六郎讀書亦緊要事，日計不足，月計有餘也。魯峰令弟，至性人也，諸事可以諮商。竊嘗謂人生百行，孝固難，友亦不易。兄弟本同氣也，其後日離日疏，間之以妻子，分之以門户，求無改於童年聚首、推梨讓棗之情味，雖士大夫猶或難之。無他，嗜欲深而骨肉之性易漓也。以余所聞於魯峰，可謂始終如一者。余有感於妹之存亡，而於君兄弟間益神往不置已。前年冬，余六旬初度，劉石庵前輩所贈楹聯，有「松以凌霜還益壽，鶴因警露更高飛」之句，得頌不忘規意。因思半生順境，毫無動忍增益之處。比年來，余與大弟皆有不如意事，未必非天所以玉成晚節。每對楹聯，而慚且奮也。《金剛經》爲儒者所弗道，要其大意，言佛在心頭，受之以戒，成之以忍。與吾儒所言實在工夫，是一是二。願彼此共勉之，勿以泥佛土佛相况也。溯自閩中迎娶，輾轉於悲愉欣戚，忽已黄花暮影。竊附於姻婭關情、愛德贈言之例，由扶柩諸事而瑣及之。願大弟勿馳想於聲華，益敦篤於倫理，即亡妹亦當含笑地下耳。諸希珍攝不宣。』

甲寅，先生年六十三歲

五月，充咸安宫總裁。賜宫扇各種。

自定詩文集。先生詩、古文集共三十二卷，彙爲八册，經鄭贊善虎文批定，於癸卯六月寄京。先生適因典試浙闈，存侄鼎雯太守寓。由浙督學於閩，未及取歸，而太守寓以甲辰三月不戒於火，遂毁焉。兹四處搜輯，文得十分之六，編次十二卷，顔曰《香亭文稿》。紀宗伯昀序之，謂『巖瀨浮嵐，一花一草，皆寥蕭有世外間意，絶勝西湖金碧山水。文肆力於中而得其巧者，殆作如是觀』。曹學士振鏞詩云：『文編自點勘，近始付梨棗。識密心亦超，功邃境逾老。匪尚考據精，肯争字句造。守以法循循，達之氣浩浩。篇成必索評，字疑必易稿。韓柳與歐蘇，精奥恣搜討。胎息於古深，時手一切掃。』宗伯以爲確論。詩得十之二，編次六卷，童廷尉鳳三序之，謂『瑰肆豐縟，詞必醇雅，意必敦篤』，即取錢太傅《題古藤詩思圖》『臭味尊前輩，風流此一燈』之句以贈。蓋詩教正宗云。按，贊善致書云：『公經義力追正嘉以前諸老風格，而散文情文悱惻，可謂醇雅，真歐曾之雲礽也。可傳可傳！數年來，東原甫得一官，遽爾下世；今年又喪笥河學士，此皆吾黨眉目，云亡之嘆，如何可言！聞嗣主壇坫者，公與魚門、覃溪、二雲諸公，宏獎風流，翔譽京華。而秋帆中丞延接名俊，四方之有道而能文者，歸之如流水。天子右文，諸公卿從而翊贊之，人文化成，於斯爲盛。尤望公黼黻其間，黜浮崇實，得敦樸有用之才以事其上。保民利國，實在於是。此固公承先報主之素心，而文有嘉於公之仕學互進而益上，聊復及之，知不嗤其迂闊也。』

十一月，祔葬鼎枚夫婦及侄女之凰於李太夫人塋旁。

乙卯，先生年六十四歲

二月，與謝少宰墉俱以原品休致。先生具摺謝恩，依戀之情不能自已。恭候丙辰大禮慶成，春仲歸里。

得宜園。園故武氏洲，約二畝有奇，在固始縣城南，《志》所載百卉亭也。洲之水出入平易、思善二橋，達於河。環洲以岡，一邱一壑，曠如奥如。較邑之百花洲、君子亭，差擅古木流泉之勝。先生曾於甲戌往游，題其亭曰『問竹』。至是，奉予歸之命，從兄鋭先爲購得之，因名曰『宜園』，作記以申其義。《記》有云：『順正以行其義者，事之宜也。端之以正，而天下莫不一於正矣；濟之以順，而萬物莫不徵於順矣。余老矣，非徒優游於此，治其蕪薈，參其勢之高下疏密而增易焉，觴咏以娱暮景也，惟益修余身以宜余家，俾余子孫恒爲士，恒爲農，不至降爲皂隸，栖息於頹垣敗瓦間，斯已爾。至於推而措諸比閭族黨，左之右之，無不宜之，此則古鄉師大夫順德行而正風俗，超其量於稼圃上者，余蓋嚮往焉，而愧有未逮也。』邵編修玉清書丹，勒諸石。童廷尉鳳三書額，并跋云：『少司馬之才無不宜，茲乃寄其名於園。……以園視園，宜也；不以園視園，亦宜也夫。固言近而旨遠也。』彭參知元瑞《題宜園》句云：『自有烟霞宜供養，可知山水亦因緣。』陸鴻臚伯焜云：『兒童走卒知司馬，碧洛青嵩付樂天。』祝編修曾云：『昌黎北斗文章重，安石東山子弟偕。』粲奉命書『問竹亭』額，吴同門孝顯跋後，謂『夫子一生襟期與香山爲近』。洛社耆英，後先輝映，而宜園與緑野平泉共千古矣！

二月，兄鋭卒於里。鋭，叔士元次子，出嗣學生士良。嗣母鄭孺人以節孝題旌。鋭讀書教子，以子中書貽棟貴，由明經贈如其官。慷慨好義，邑人倚重之。卒之前數月，督修城工，解囊千金竣其事。先生聞信，作挽聯寄奠，云：『兄悲大去，裕後承先，舊日詩書曾共讀；我賦歸來，插萸載酒，宜園風雨不同聽。』

九月，孫以醇、侄炳文同中順天鄉試副榜。癸丑春，炳文授徒於先生寓，有以京外美館薦者，辭不就，曰：『約在前，且可就教於先生也。』至是，先生喜曰：『君弟毓岱又中本省鄉試，雙璧聯登，足慰古蓼書屋當年供師課讀之心。』

嘉慶元年丙辰，先生年六十五歲

正月朔，行授受禮。先生入朝，隨班叩賀。越四日，舉千叟宴，賜御製詩、靈壽杖、大緞、寧綢袍褂、宫包器皿之屬。因銘於杖，紀恩也。《銘》曰：『賜於朝，杖於鄉，傴僂循墻，歷荷三聖恩光。優游乎古蓼國、張仙莊，身江淮，而心繫廟廊。愛此化日之舒長。』維時汪副憲承（沛）〔霈〕匾云『杖錫耆英』。同門秦少司成承業云『福麗尊三』。董相國誥聯云：『濟美台階，地望歸河聲岳色；聯輝蓬島，科名裕桂子蘭孫。』童廷尉鳳三云：『文成圭臬存先正，事立儀型是古風。』羅閣學國俊云：『必到源頭方成學問，能尋樂地即是神仙。』皆書以贈先生歸也。懿哉淵乎！承先燾後，致政遂初，非先生才與福兼，恩叨逾格，豈能以十七科前輩、六十外名卿，賜杖榮旋，康强逢吉，舉廊廟、山林樂事合之而裕如乎！

二月，修本縣城東宅，寄製書室楹聯，云：『再經瀛海，敢曰髦年好學；本是諸生，勿以小善不爲。』

既竣事，批示各工曰：『汝等皆我鄉人也，爲我修敝廬，聊蔽風雨。閱來稟，想見各精爾業、指揮如意時也。從來手藝之事，生計多艱。前諭司事者按日給值，勿得拖欠。如尚有未付，幸速告我。明歲麥秋後，當抵里門，具鷄黍以勞我鄉人，稍慰數月來桑梓辛勤之意耳！』

蔡畫師繼序繪《五岳勝迹圖》，屏諸里居之中庭。棨跋曰：『《五岳勝迹》十幅，蔡仰齋畫師爲少司馬夫子作。竊維夫子以大儒名卿，繼中丞公之後，文章政事，直逼古人，洵希文濟美、河岳鍾靈也。今賜杖言歸，半舫書畫，紹清德以貽子孫。如山有太華、少華，嵩有太室、少室，出雲降雨，綿延弗替，皆徵其祥於《五岳圖》矣，豈獨增卧游於畫錦堂中，與緑野平泉見仁智之性情哉！爰附數語於後，以志私淑歐陽斗山嚮往之忱云爾。』

五月，爲孫以醇娶婦宋氏，吴中宋觀察思仁孫女。觀察送至京邸完姻，乞先生作《文杰公祠記》。文杰，觀察始祖也。《記》有曰：『觀於祠之立，而文杰公捍大患、禦大灾，足以孚輿情而昭令典，如此其昭昭也；觀於奉祀之誠，而諸君子文章勛業，足以廣敦本睦族之願，如此其綿綿而翼翼也！大抵守成易，創始難也。然竊考「積善餘慶」之言，深維盈虛消息之理，又未嘗不嘆古今來高明世胄，振方興之勢，履泰而安，難而易也；挽既盛之機，恒久而不已，易而難也。履者德之基，恒者德之固，在爲人後者自勉之而已。余是以上下五百年間，神往於故國遺勛，馨香弗替，舉祠之興廢與所推廣者，類次其事。文杰公之風，洵有山高而水長者乎！而并以言不盡意，與觀察永杯棬之思焉！觀察少時割股以愈母疾，非庸行也，孺慕有足嘉者，因附記之。』

爲王提舉子音作《宦拾録叙》。《叙》有曰：『譚少宰嘗爲余言：「王心葦、張閏榻，皆吾鄉深於古者也。」今年春，心葦介萬生承風，以所著《宦拾録》來，余受而讀焉，將繼閏榻而爲之序。他日，生過而請曰：「此調不彈，久矣！古文之道難言乎？」曰：「不難，文從字順而已。」「古文之道易言乎？』曰：『不易，惟其是而已。』『何以順？』曰：『言有序。』『何以是？』曰：『言有物。』有序則法備，有物則蘊宏。達之以氣盛，而古文之能事畢矣。近日文人之習有二：曰尚考據，曰造字句。夫徵書數典、瑣碎零星，迹也。形而下者謂之器，形而上者謂之道。捨濂、洛、關、閩所紹述，獨從事於許、鄭諸儒，博則博矣，於文乎何有？至於鑿險句，删虚字，寫《説文》，更諺所謂『假面具，以嚇人』者。歐陽校士，所以力除軋茁之陋；而韓退之《原道》一篇，致戒於『擇焉不精，語焉不詳』。即《進學解》《淮西碑》及《王適》《張徹》諸志銘，閎中肆外則有之，豈專以詰屈聱牙起八代之衰乎？嗣提舉致札：『有繼自今尋根溯源，辯白是非，縱不能追企古人萬一，庶幾求無負推借期勉之盛心。伏冀大人先生以海岳之涵濡，若品物之流形，信其師以及其弟，愛其弟以及其友，使得執贄門下，益聞所不聞，則幸甚幸甚！附奉白玉帶版三件，仰方清德，藉展葵忱。』先生復札，有云：『世之横騖别驅、翹然好异者，陽則謂自立門户，陰則嘆古人不易到，假以覆其所短。獨不思兩漢而下，文起八代之衰，惟昌黎，不逾時而有柳州，又有李習之、孫可之；後二百年而起者，惟廬陵，不逾時而有南豐，又有眉山蘇氏父子。前賢畏後生，猶今人愛古人也。人苦不爲耳，苟志乎此，雖所造淺深不必同，其不戾於古則一也。明府以克勤之學，加以善下之心，求其至是者而歸焉，其又可禦乎！從來衆人易知，國士難知；知一鄉善士易，知一國、知天下善士難；一日之知易，千古之知尤難。君子以文會友，此心同，此理同，此道同。庶幾挽横騖别驅之習，粹然一歸於正；馴而致之，爲國家收寬大和平、敦龐有用之才，則某所欣慰靡窮者。豈獨在明府仕學互進，蒸蒸日上也哉！余今扶賜杖而歸矣，栖敝廬以擁琴書，老力頑健，乃得專一心慮，求古人之所爲。大抵用捨行藏，一息尚存，皆非無事之時；不僅以文貴，而文其一也。願與明府勖之，訂千古而已。』

爲毓漕帥奇作傳。傳中述漕帥損上益下、恤丁便民諸事宜，而於官侍讀時因事進言，爲大學士傅文忠公器重，亟稱之。論曰：『公之受知於文忠也，當其初，不過在官言官而已。乃從其言而重之，而薦之，而大用之，何其速也！夫中書，七品官耳，能以片言取重於宰相，則公之生平識大體、立大政，克迪前光卓卓者，概可想見也。而文忠以人報國，不愧休休有容之度，尤足爲柄政風哉！』任提督承恩跋云：『余與漕帥訂交山左，得悉其生平行事，洵勇於爲善之君子也。兹爲乞傳於司馬，以慰亡友，即夢漕帥衣冠色喜，向余若致謝者然。噫！文章有神，交有道，其信然乎！』

九月九日，同趙少司空佑登陶然亭，坐奎閣，茶話良久。亭中游宴甚夥，或門下士登樓問安，或後輩就見，掀髯噱談，若雙鶴唳雲霄。仰德星之聚者，謂二老風流不讓孟參軍龍山嘉會也。少司空賦詩云：『非山登處儼高山，每到重陽一往還。露葉半乾天尚暖，雲峰遥對意俱閑。塵踪即事供茶話，景物隨宜感鬢顔。不約來同觀自得，升沉全與俗無關。』先生和之云：『亭連高閣挹青山，應節登臨任去還。縹緲雲霄三殿迥，蕭疏風物一鷗閑。吟成白雪傳新句，品到黄花認舊顏。對坐陶然茶話久，江湖廊廟兩相關。』少司空叠韵云：『頻年目疾倦看山，稍喜林亭便往還。勝賞欲消前日夢，清談難得兩人閑。那無藻筆渾忘醜，快捧瓊箋一解顏。會共黄花榮晚節，簪裾未必老鄉關。』先生叠韵云：『邱垤學山未至山，多君吟嘯句頻還。識高於頂千層上，人淡如秋半日閑。自有黄花榮晚節，却慚緑野駐頽顏。明年此日鴻泥判，風雨瀟瀟正掩關。』一時傳和。如胡大司寇季堂句云：『登高應節對看山，愧我無緣共往還。』譚少宰尚忠云：『想見吟聲超越處，花光紛舞鳥關關。』張少司寇若渟句云：『吟到茱萸應念我，湛然心迹本相關。』先生再叠前韵以報之，云：『神游何必亦登山，沈范相傾韵往還。句到工時能用拙，人從忙裏好偷閑。天官排奡傳高調，秋部精華憶少顏。逸興定推清獻鶴，一番吟眺總相關。』

又和趙司空《游崇效寺觀拙和尚青松紅杏卷七古一首》，云：『蕭梁三百六十寺，風雨斷垣任廢置。山門玉帶山下鼎，守器誰矜挈瓶智？崇效寺僧有畫松，畫松并畫紅杏紅。相傳畫者拙和尚，留題一一仰群工。先生來此少憩息，披圖如共詩人席。空中花雨想傳神，紙上雲烟大落筆。南朱北王稱兩家，繼聲喜有初白查。後之視今今視昔，千載題咏誰堪誇。杜陵詩筆曹霸馬，一時雙妙傳風雅。此圖此句此中人，蕉夢何須問真假。於今追溯迹已陳，却從陳迹復翻新。先生之詩如拱璧，長城七字偕長春。詩懷磊落秋懷静，黄菊丹楓相掩映。松曰大夫杏尚書，冲容風度標格正。彼哉釋子哂一毛，我輩韵事傳風騷。《觀海圖》待《靈光賦》，競看鵬背摩天高。時以

《鼓山觀海圖》索題。』又和司空《菊花餅詩》四首，云：『名士愛花多愛菊，菊花開遍好餐英。一丸巧製搓酥餅，千里休思下豉羹。飽歷風霜秋自老，少經烟火氣能清。好憑香鉢添吟興，沁到詩脾句有情。』『郇厨喜共餟秋英，粉餌新炊玉屑輕。雅稱素交惟淡泊，了無俗味本孤清。茶烹北苑供饞語，簾捲西風笑瘦生。爲報西陽羅食品，倩他珍重續芳名。』『曾分綾餅志桓桓，閑坐秋陰問夕餐。味外酸甜惟自得，霜中枝葉未嫌殘。裹糧左史詩多健，乞食陶公徑更寬。老我饔飧香國裏，黄粱有夢記邯鄲。』『充飢何處得靈丸，品到高時畫亦難。未許輕沾寒具手，却宜閑對野蔬盤。注成「楚些」香盈掬，映遍《荀經》字細攢。此後無花花未了，嚼梅時節又憑欄。』蓋先生與少空暨德宗伯明同官太常五六載，政事、文章相知最深，不獨結風雅之緣也。

十一月，爲子鼎輔即申六。娶婦蔣氏。先生擬於本年春仲旋里，因孫婦自南于歸，遲至仲夏。又以朱陳皆官於京，今冬爲六世兄鼎輔成禮，明春爲七世兄鼎銘畢姻，乃作歸計，皆就近以遂向平之願。

趙司空佑《送先生歸里》句云：『官久得閑緣素位，毁來忘校是真賢。』謂先生因紀宗伯戲語流傳，以致改官，始終與宗伯無間，言能知命也。曹同門學士振鏞句云：『子弟不就試，恐以私門墻。』注云：『鏞視學中州，夫子書來，不令子弟歸試，謂課後人以實學也。』『連朝餞别，同此依依。』先生乞善書之劉相國墉、沈冢宰雲椒、胡司冠季堂、譚少宰尚忠、張少寇若渟、汪少農承霈、翁閣學方綱、童廷尉鳳三、平宮端恕、余學士集、玉少宰保、陳中允萬全，書格言十二幅。曰：『歸而屏諸座右，如與諸君子商量舊學，檢我身心，不獨鐵畫鈎，爲藝林墨寶也。』

諸同門公酌於陶然亭，盡歡而散。先生謂棨等曰：『《吕新吾語録》載，一巨卿還鄉，頗有世態炎凉之感。新吾曰：「君自炎凉耳，非獨世態之過也。」旨哉，言乎！炎者知炎，凉者自凉，於我性量何關？炎者見炎，凉者見凉，於我心境何隘？但須與聖門「論貧富」章參看，步步有切磋琢磨實在工夫，方不入曠達一流。願與吾徒共勉之，爲别後息壤可耳。』

蓋自是先生優游珂里，綿世德而蔚國華。棨將於春風遠被之餘，續爲紀述，以慰仰止於無替云。

附跋八篇

乙卯春，孝顯承先生命作《問竹亭跋》，推明《園記》『順正行義』之説。今冬，湘舲侍讀以編次《先生年譜》見示，蓋取《紀略》與詩文集撮舉之，而先生立朝行己，所謂『守之以正，濟之以順』者，已可概見，豈僅爲風雅總持哉！明年先生歸矣，恭讀《賜杖銘》『身江淮而心繫廟廊』，尤得古大臣引退不忘之義。由是俯仰於獨樂園中，在鄉則修其教於鄉，順德行而正風俗，非先生其誰與歸？

嘉慶丙辰臘月八日，雲間受業吴孝顯敬跋。

君子恐修名之不立，故重及時之學。門下士詳出處，紀言動，罔不衷諸實勝於名之義。年譜之作，所由昉乎！古來名臣碩士如韓昌黎、白香山、歐陽永叔，不必盡以譜傳，其傳者皆足爲知人論世之權輿也。先生文章政事，炳炳麟麟，昭然在人耳目間。至生平居處經由，徽言隐德，雖門弟子有不能盡知者。湘舲侍讀同年編次《先生年譜》既成，授承風讀之。華實兼收，本末畢具，益嘆先生仰承家訓，上報主知，立德、立功、立言，於以媲韓歐而接契香山諸老者，淵源固自有在。百世之下，讀斯譜者，猶將興起焉，况親炙夫文獻歷三朝、杖履榮晚節而高山景行者乎！

嘉慶丙辰嘉平望日，受業分寧萬承風謹跋。

錢湘舲庶子同年叙次《先生年譜》一編，授友亮讀之。文章政事，粲然俱備。始於壬子，迄於丙辰，以先生將歸之年也。昔謝太傅功高百辟，心繫一邱；范希文經略西陲，惓惓於圭峰間，志何必不在歸也？文潞公致仕於洛，爲耆英之會；韓魏公歸榮於相，以晝錦名堂，志何嘗專在歸也？今先生奉恩命還里，可以歸矣！讀《賜杖銘》曰『心繫廟廊』，又非急於歸矣！故以歸言歸也可；以不歸言歸也，亦可，此童廷尉所云『以園視園，宜也；不以園視園，亦宜也』之義也。

以歸言歸，而先生可以歸；以不歸言歸，而先生歸猶弗歸，此彭參知所云『可知山水亦因緣』之義也。先生立朝垂四十年，一時賢士大夫敬之信之，樂從其游。而友亮以門下士親炙休光，側聞緒論，大抵因時之用，無乎不宜。即由既歸後續爲紀述於靡窮，總不離乎素位而行之道也！讀斯譜者，於可以歸、可以弗歸，而有得於意言之表。吾師乎，吾師乎！當於古人中遇之矣。

嘉慶丙辰小除日，受業星源王友亮謹跋。

嘉慶丁巳二月，先生將歸，以同年錢湘舲庶子所編次《年譜》示振鏞。振鏞讀之，而益知先生之品與學也。先生通籍後三十七年，立身行己，所以感戴聖天子之知遇者，每飯不忘。而於家庭，則敦孝友；於姻族，則周任恤；於友朋，則厚施報；於後進，則隆獎掖。藴之爲德行，發之爲文章，故文與道合，非離道而爲文也。振鏞竊謂唐宋八家後無古文。今之爲文者，皆以考據爲尚，卒之不精不詳，而其文累矣。本朝惟顧寧人、朱竹垞，能以鄭孔之學，爲韓蘇之文。先生闢近日文人之習，獨抒胸臆，法密理醇，可以見古文之真際焉。夫品不立，則學不邃。先生之學，先生之品也。今先生歸矣，品益竣，學益深。他日取斯譜而續編之，嘉言懿行，更有書之而不勝書者。此則門下士之所樂爲執筆也夫。

嘉慶丁巳春分日，受業歙人曹振鏞謹跋。

紹昱嘗觀新舊《唐書·白居易傳》及《長慶集》，愛其文章衣被天下，政事挂人齒頰。至於賓朋詩酒、園亭歌舞之奉，又極人世之榮。古今儒臣從容進退，罕與比倫。論者以吾師香亭先生足以當之，韙矣。然居易一生天倫多故，才豐於遇，未竟所長。而先生胚胎前光，家門昌盛，後嗣芝蘭林立，文獻三朝，遭逢隆盛，言聽而道行，洎乎賜杖歸田，始終恩眷，又有過於醉吟先生。此湘舲侍讀同年所編年譜，出處本末，犁然畢備。鳳凰芝草，見者知爲上瑞。其間鴻章麗句，時露豹班，雍容揄揚，醇雅典則，可想見名臣風也。度先生行且歸矣，修耆英之故事，續高會於香山，繼自今年躋耄耋，德劭達尊。門下士當有踵是編而成者，紹昱請受而讀之。

嘉慶丁巳三月朔，受業吴紹昱謹跋。

嘉慶二年春，先生將歸宜園。錢湘舲庶子編《先生年譜》成，門下士各爲跋，以志依戀之忱。先生謂曾曰：『吾將歸矣。子，吾鄉人也，可無一言乎？』因思先生承中丞公家學，蚤年登仕版，入詞垣，歷官貳卿，文章政事，昭人耳目，無待曾言。惟憶丙午曾與先生堂弟玉森同舉於鄉，計偕入都，先生於謁見時深器之。己酉，曾再下第，先生又慰之曰：『子其勖哉！必非久屈者。』迨庚戌得以館後進禮見，先生乃驩然喜曰：『吾言驗矣。』其後屢以宅假居，歲除贈金。自曾官京師，五六年如一日。夫以曾蹇劣之材，而先生乃相賞於牝牡驪黄外，則平日汲引人材如飢如渴，足以空冀北之群，可知也。以長安風雪，居多不易，而先生猶爲謀一枝之托，通不時之需，則平日由宗黨以及友朋，其仁不獨贍其三族，又可知也。竊思廊廟、山林，其境不同，非得天厚者，其福每不能相兼。先生歸矣，以行成名立之身，續洛社香山之會，素其位，蓋取諸隨也。抑天之錫福於先生，而有以榮其晚節乎！

姻眷再侄祝曾謹跋。

癸卯，楷舉京兆，出公之侄今宣化太守樸園先生門。每進謁時，述公文章行誼，及平昔撫教之者甚詳。丙午冬，公視閩學還朝，執門下門生禮謁邸第。公勖以時文當宗先輩，嘉惠梓稿。己酉，楷舉禮部試，本房修撰錢先生爲公辛丑所得士。竊幸稠疊淵源，得附私淑之末。今年秋，公將歸，出修撰師所編《年譜》授楷。拜而讀之，於一生報國承家、績學經世之大，披帙了了。夫古之膺美禄、享大年者，如香山、洛社諸老，無不修實行、崇實學，惇龐純固，養其神明。天乃誕畀多福，使之被廊廟之殊榮，飫林泉之勝事，聲名位業，流聞無窮。積善者昌，知足者樂，理固如是！此又十二年侍教以來，可爲操左券而賀者爾。

嘉慶丁巳六月望日，門下晚生錢楷謹識。

讀古人著作之文，必考其出處、歲時，始有以識其用心而窺其實學。先生之詩文集，成憲既受而讀之矣。頃湘舲庶子編次《年譜》成，年經事緯，犁然秩然。自政事文章，以及於孝友睦婣任恤，本末兼賅，足與全集相表裏。年來每謁橫街邸第，堂襟一室，聞吟誦聲，則先生方手一編精心研索，益以信有體有用，非無本之學的能蘄至也！今將以賜杖之殊榮，遂歸田之至樂。春明別後，人切景行，獲展兹譜，如聆謦欬。他日午槁獨樂，安車特徵，盛遇續編，更將屢書不一書爾。

嘉慶丁巳首秋，年侄魏成憲謹跋。

香亭先生年譜續編

吴玉綸自撰

前手抄《生平紀略》，始雍正壬子，迄嘉慶丙辰，屬錢生閣學棨編次《年譜》成卷。自丁巳蒙恩致政歸里，又五年，閣學既去世，而余七十矣！秋夜挑燈，追溯里門近狀，續編《年譜》共若干頁，不勝泡影電光之感。曾致亡友鹿泉總憲書，謂『我輩一息尚存，皆非無事，不以山林、廊廟分也』。細思此言，談何容易！是編也，懷宿草而念餘生，聊以次桑榆歲月云爾。

嘉慶辛酉冬，吴玉綸撰。

丁巳，余年六十六歲

正月，爲子鼎銘娶婦邵氏。鼎銘，何孺人出也。乙巳秋在閩學使署，元配任夫人病革，謂余曰：『余久病，得何孺人扶持。今將逝矣，以醇孫幼，屬孺人撫之。孺人多子女，性忠厚，可以繼室，宜余家也。』醇孫記其事，附録余文稿第九卷暨《年譜前編》。兹距夫人没十有三年，爲兒孫輩娶婦，於廟見日，行復堂禮，以孺人爲余繼室。

初，孺人告余曰：『妾，江南貧家女也。奉巾櫛二十餘年，叨母以子貴之榮，於願已足。先夫人臨終，命撫以醇孫。乙卯京闈，醇中副車，作《記》有「以養以教，情如慈母」之句，適滋慚慟。念昔年知己之恩，不獲終事夫人，何忍攝内政耶？』余曰：『固也，汝辭之屢矣。但中饋久虚，今將歸，凡四時祭掃、三黨往來、婚嫁未了之緣須助理。先夫人遺言，乃酌例準情，量材而授。願勉哉，勿辭。』丁未冬，有爲余作伐者，却之。問諸族親，僉曰：『按《會典》及《律》載，有妻在以妾爲妻之禁，無妻故後不准以妾爲繼室之文，與《左氏傳》「孟子卒，繼室以聲子」義相符也。向來卿士庶民之家，或續娶，或妾爲繼室，酌其宜而已。大夫年過五旬，誠不願再賦「桃夭」，「所謂伊人，宜爾子孫」，何弗從閫署遺言乎？』爰附録以示我後嗣云。

四月，同趙鹿泉少空、按：《年譜前編》，閣學用傳體，人皆書名。此編余自續，故以字稱，不必從同。莫韵亭京兆、祝紹宗編修、家編修弟烜、副車任炳文游崇效寺，賞牡丹賦詩。擬於三月廿四日返里，楚豫軍事未竣，改期秋仲，復有是游。詩云：『歐碧姚黄好信催，尋芳選勝後先來。漫云十户中人賦，却喜連叢古刹栽。富貴雲多真福地，廣寒月上想瑶臺。空空色色諸天净，不與群花一例開。』少空句『浮世幾能長富貴，同人即是坐春臺』，京兆句『香國豈應論價買，花王端藉出群材』，編修句『昨聞先生賡白雪，好遣小令歌紅牙。明年宜園鼠姑放，定張錦幄圍天葩』，編修弟句『追隨前輩同心賞，珍重當年作意栽』，副車任句『最喜香塵隨杖履，還看綉幃護亭臺』，譚古愚少宰句『名真舊出臨芳隊，艷極今從善慧栽』，張壽雪少寇句『色香疑有慈雲護，富貴終須法雨栽』，皆一時傳誦。

六月，游陶然亭，和紹宗編修五古一首。詩云：『積水擁孤亭，不須淩萬頃。初晴喜相招，陶然話秋景。十二韵吟成，風月好管領。仁智愜性情，浮艶一一屏。山容如沐新，遥天列妝靚。敲棋坐忘機，心閑力不猛。前開婪尾筵，吾徒格言警。春暮，諸通家公餞於茲，余坐間舉《新吾語録》一則，示臨別贈言之意。去秋來登高，杯銜黄花影。工部索和章，固陋慚畫餅。去秋與鹿泉少空來游，和《登高》及《菊花餅》諸詩。卅年游踪頻，余自己卯秋始來游，今三十餘年矣。老去歸心騁。大淮日夜流，蓴鱸香味永。何時宜園中，同把釣竿整？謂同游焕然侄。』

閏六月，札覆沈雲椒尚書，送義女寶林於其寓，并致汪鹿園觀察云：『沈雲椒冢宰於乙卯冬言及沈夫人與陸夫人有寶林小姐義女之約，當陸夫人病卒於京，沈夫人在江西學使署，未克相依，兹任滿而歸，欲接小姐過寓云云。弟以沈夫人尚未抵京，擬於今春旋豫，仍携同行，未果。五月，沈夫人來，復理前説。竊思於彼於此，同屬猶女之愛；前因後果，各敦舊好之情。昨雲椒來字，抱歉於圖踐前言已遲兩載，重違其意，且與親家密邇，往來尤便。是以擇吉，閏六月十九日，差接過寓矣。孤露如珠，讀書習禮，已具成人體段。猶以六載相依，欲隨弟秋仲旋里。再三婉諭，灑泪而別。可知靈根夙慧，性情感人者深也。耑此奉報，想親家聞之，亦欣然慰藉者。』致馮星實鴻臚札云：『附啓者：閏六月十九日，送寶林小姐於沈冢宰寓所。所有壬子冬由尊處過敝寓原單開付服物等件，次春存貯汪觀察禮書聘物全分，暨弟續製應用衣飾等件，備録一册，統於往沈日彙收訖。如珠孤露，輾轉因依，彌增今昔之感。』

八月，余將歸。春明親故以詩箋聯語贈行。曹竹虛尚書句：『錫宴元正依壽宇，榮歸重喜踏春郊。』王偉人相國句：『引藤屋接尚書履，問竹亭傳少傅心。』胡雲坡尚書句：『朝端駿望推群彦，林下修名見一人。』王蘭泉侍郎句：『手定詩文傳藝苑，身依花竹樂耆年。』玉少馬保句：『潞國精神，歐陽地望；平泉風月，吏部文章。』朱北野員外句：『書閣向來尊涑水，畫屏隨處寫香山。』任畏齋提督句：『承家風操元清望，同輩公卿幾白頭。』

曹學士振鏞賦百韵詩，題《年譜》後，即送歸里。云：『文編刊始出，年譜訂從新。歷歷當前事，閑閑現在身。聲華天降昴，家世岳生申。陟屺心哀感，趨庭訓恪遵。仙莊鍾氣秀，佛峪課功純。母壤青烏卜，先塋白馬鄰。於宗懷甚摯，則友誼尤真。雨話床聯夜，芹香草夢春。遷居纔返豫，省覲又游秦。整屐凌嵩頂，攜囊過洛濱。境幽函谷路，賦艷曲江津。《曲江春宴賦》，關中傳誦。二華危厓峭，三峰古黛皴。險知逾略彴，高忍躡嶙峋。隨中丞公游華山，因奉『不登高、不臨深』之訓，弗陟其巔。潼陝馳歸候，夷門就試辰。漸磐矜奮翮，擊水喜騰鱗。遂約梁園彦，同爲冀野賓。落名龍榜外，肄業鵠山垠。講藝芟蕪陋，摛詞式雅馴。燕臺旋騁轡，梅塢更移茵。暫別辭官署，重來入帝闉。棘闈喧拔萃，芸館快超倫。戍塞違將父，投荒願代親。中丞公效力巴里坤，具呈請代。義方虔凜凜，卓行見彬彬。孝子兼才子，詞臣且諫臣。領房曾論奏，懸缺并敷陳。疑讞供須確，祥刑法貴均。嘉猷舒藎悃，俞旨捧温綸。手疏緘相接，頭銜换竟頻。九霄輝斗宿，五載閲宵晨。戊子來京，由七品晋階三品，僅閲五年。詩思饒花木，吟懷敞昊旻。蔓緣延愈盛，藤以引逾珍。書屋顔猶續，騷壇迹豈湮？開筵酬縞紵，裝卷咏簪紳。有《古藤詩思》《引藤書屋》二圖。文廟師儒重，邊城俊秀循。藻芹揚茷茷，俎豆飭莘莘。熱河文廟告竣，奉派往典習禮樂。左右時瞻御，東南再扈巡。岱宗雲擘絮，梁父月鎔銀。闕里陪齋祀，宫墻助慶禋。魯齊標奕奕，洙泗溯齗齗。淮浦方迎駕，王營暫駐輪。乞恩當一月，請假得兼旬。晝錦還鄉客，清明上冢人。最難封墓樹，恰傍屬車塵。道舊攀諸族，追歡宴衆姻。隴行看鬱鬱，郊踏聽潾潾。金紫垂庥遠，丹青著色匀。請假省墓，作《春郊歸省圖》。詔遷崇柏府，召對藹楓宸。制藝蒙褒奬，豪英命選掄。星軺剛兩浙，霓旆佇全閩。懲創奸能伏，權衡善必甄。悍强防近粤，質樸爲歌《豳》。博洽材無屈，孤寒氣乃伸。是程皆簡貴，所拔盡清貧。詎惜三薰沐？休輕一笑嚬。昭融開朗鏡，景仰峙高岷。觀海波濤闊，《鼓山觀海圖》在閩所繪。還朝夙夜寅。中樞承簡擢，少宰佐陶鈞。特達由披腹，相稽孰反脣？鑾坡仍儤直，鰲禁匪沉淪。纂校訛長考，編排體益醇。焚餘搜舊篋，删定刻新珉。詩文集留令侄樸園太守寓，不戒於火，焚毁殆盡，因搜輯刊刻。綺語卑温李，昌辭法孟荀。喪朋收弱女，擇婿配良嬪。陸耳山副憲没後，遺幼女無所歸，收以爲女，遂許字。争説酬交渥，無教恨命屯。賜休爰眷眷，引退肯逡逡。正直重光慶，咸歌萬祚臻。耆筵優錫賚，皇極寵咨詢。扶老頒靈杖，延齡祝大椿。歸哉遭舜聖，去矣樂堯民。武氏洲連畝，宜園地闢畛。題亭留妙額，作記叙良因。『洲』即《固邑志》載『百卉亭』，甲戌往游，題曰『問竹亭』，今購得之，名『宜園』，并申其義作《記》。逸韵揺修竹，餘馨動遠蘋。潔貞誰垢濁？堅白不緇磷。恭敬尊桑梓，和平翦艾榛。岩廊惟侃侃，鄉黨定恂恂。懷友尚書履，以所作《雲坡司寇任子録序》寄家大人，兼叙别懷。慚予進士巾。登科恒紀丑，傳鉢恰逢辛。已忝誇曹植，寧嗟後郤詵。提携聲失厲，談笑語忘嗔。持鑒嘗臨蓼，乘輿亟涉溱。側聞培藴厚，早使睦姻淳。鏞視學中州，尤得備聞徽言隱德。潞國充庭瑞，香山比户仁。玉奚堪抵鵲？衣絶少懸鶉。安樂鷄栖櫟，豐盈雀啄囷。此行鈴巘巘，相送轂轔轔。哲嗣推鸞驥，賢孫媲鳳麟。賜書如拱璧，得句自通神。緑野催耘穫，平泉羡釣緡。息機胸倍豁，勸善意偏諄。居處憑斯備，淵源幸未泯。百篇翻了了，四牡肅駪駪。健鶻公誠矯，寒螿我尚呻。道旁傷苦李，世上嘆勞薪。那想鵬圖展，空期鷺羽振。性毋戕杞柳，壽本挺松筠。芳蕙常熏炙，幽蘭每佩紉。先生欣鶴駕，小子嘆烏踆。質鄙寧高蹈？情殷在效矉。陶潛終種秫，張翰亦思蒓。何日迂途訪，飛帆盪小䑳。』

蓋自乙卯蒙恩致仕，留京三載，錫宴賜杖，犬馬矢依戀之忱。即春明親故祖餞南郊，亦惓惓於懷。

九月，自張家灣解纜，過楊柳青，登岸買菊，將作長歌寄送别諸君子，云：『桃花水緑楓林丹，後先歸信今方準。解纜已過楊柳青，籬菊揺曳西風緊。』適見上下船争道，未克終篇。是日，封京信以二韵附寄。　諭諸子曰：『昔陸務觀入蜀，曾記：「過三山磯，便風，擊鼓挂帆而行。有阻風泊浦溆者，見之怒罵。舟人不答，鳴鼓愈厲，作得意狀。蓋兩失之。」今所見類此。水有上下，猶風有順逆，嘵嘵者奚爲乎？是以君子貴因時而行恕。』

過德州糧署，問鹿園觀察病，將告寶林近狀，然卧語內室，已不起矣。越十二日，聞觀察訃音於舟次。

十月，由濟寧州易肩輿行，口占云：『迎送水程次第過，授餐假館又情多。當年小試歸心急，風雪蹇驢憶渡河。』乾隆己巳新正朔九日，自德州糧道署旋里應童子試，計期將誤矣。過東平州，有閻僧言多中，謂余曰：『君等但行，勿急。』十六日雪後渡河，余以道滑墮驢背。譜兄明府龍光亦騎驢落河之涘。廿四日抵里，遂入學。

二十五日抵里門。王信齋邑侯率同城官吏迎於郊。定凝然總鎮、博副將移鎮固陵，皆啓賀。明日，依次答拜。向後，不輕投一刺。

或謂城東居門徑宜修。余曰：『敝廬可栖也。』親族子弟挑燈情話，乃備官中外未易多得之境。趙雲崧同年《故居》句云『老再來時惟後輩，舊曾游處似前生』，不啻道予近况。

十一月，偕同族之順河集省先中丞公墓，行焚黄禮。祭文有云：『玉綸自春郊歸省後，以慎動之懷，守知止之義，今日幸得不辱其先。惟敦前訓，以勵後嗣，恒爲士，恒爲農。不忍不以己所欲者，通諸兄弟子侄之間；更不敢以己所不欲者，施諸鄉黨朋友。萬有不齊之數，庶幾無愧齋頭聯語，勿以小善不爲也。』置晋贈誥身碑，及庶母張孺人墓前石器。

十二月，送二兄退庵封翁殯於高廟集。省二兄弋山觀察公墓於張家營。

戊午，余年六十七歲

正月朔，具朝服，恭設香案，於庭望闕九叩首。嗣後，元旦行禮如前。

二月，偕同族之道堂寺，省祖父母光禄公、王太夫人暨母任太夫人墓。置晋贈誥身碑。之晋家莊，省繼母李太夫人墓。爲側室顧孺人立墓石。之八里棚，省曾祖父母光禄公、楊太夫人、祖母陳太夫人墓。置貤贈誥身碑及石器。俱行焚黄禮。方家橋歷世祖父母置恩榮碑及石器。暨諸父諸兄墓附近者，遞省之。

恭照釋奠禮，於張莊義學率族中子弟暨鄉師、肄業生童，祀先師孔子，飲福分胙。有蝙蝠迴翔於室，經時方散。刺史侄貽桂顧而喜曰：『佳兆乎！』次月，七兒鼎銘、侄孫震之同入泮。

三月，治宜園。童梧岡侍郎前有園額矣。構古柏山房三楹，董蔗林相國書額，鹿泉總憲聯云：『百卉葱蘢開緑野，雙橋活潑引平泉。』修問竹亭，錢生閣學棨書額，劉石庵相國聯云：『竹疏雲補密，梅瘦雪添肥。』循問竹亭而西，泝小洲，結茅亭。夢葛山先生賜『如如』二字，屬刺史侄貽桂書爲額。亭東南印月廊，程鶴嶠編修跋，余書『但覺胸前生意滿，須知世上苦人多』聯語以見志。兩洲烟水較盛處起高軒，翼以長廊，恭貯御賜藝林墨寶。蓋玉綸敬繹先中丞『更有雲霞護賜書』句，顔曰『護雲軒』，以重世守。其後眉亭，跋示兒孫讀書法；其前楹聯，乃陳梅垞侍郎『三朝恩紀歐陽集，九老名傳司馬圖』句。又西『晚香齋』額，定凝然提軍書寄。劉雲房尚書集《蘭亭》『静室幽蘭修竹，虚亭曲水流觴』十二字，平臺題柱也。每與兄弟侄輩過從商度。諭鼎輔等曰：『古人爲學，三年不窺園，汝等亦知之乎？』鼎銘科試入學，始命從游一次。

四月，答鹿泉總憲札，云：『來教「不惟忘人，且以忘我」，誠屬知己之言。第忘人非以絶人，忘我未敢喪我。當爲而爲，得已而已，易地皆然。我輩一息尚存，都非無事。但云樂志林泉，不免墮入嵇阮清流，亦晚節所宜慎。』

五月，王午堂總戎移鎮固陵，余和詩云：『廊廟山林總繫思，蓼園更喜駐旌旗。綸巾羽扇如麟鳳，高壘深溝盡虎羆。蜀北遺氛看雨洗，淮南新稻樂雲彌。雅歌投和知丹悃，報國心同麗澤資。』原唱云：『蒼茫澤國古期思，承命移軍此建旗。但使妖氛消化育，何勞勁旅奮熊羆。固光沃壤曾無警，亳潁澆風或可彌。爲有酬恩心事在，及時籌策仰師資。』

八月，鼎輔兒婦蔣氏生孫女，曰『好官』。

九月，由川楚例，爲鼎輔捐運判即用，鼎銘主事即用，抒暮年報效之忱。四弟玉森、五弟玉堂由孝廉捐主事，分户、兵二部學習。

十月，赴鶴峰橋祭任夫人墓。

午堂總戎贈聯云：『轉愧三生是好友，果然一代有傳人。』出《深柳讀書堂》小照，屬爲序。余自去冬歸，嘗進鄉父老而告之曰：『今春，光、息一帶竄匪竊發，有備乃無患耳。』焚香默禱，惟望軍務早竣，以紓宵旰憂。幸楊柳雨雪之忠勤，無鶴唳風聲之警告。物阜民安，歌咏林下，得與諸君子詩酒文字相往還，差足慰也。

十一月，析産。余與觀察兄向未析産，知會族人，以先中丞所遺鬮分。二門拈『德』分，由觀察兄嗣子鼎颺，孫以醇、戊官等分爨管業；三門拈『福』分管業。諭諸子諸孫曰：『前閲《袁氏世範》，旨哉言乎！同居亦有參差，异財何傷孝友。汝等勉之，見大見小，總關終身福量。』

十二月，鼎銘兒婦邵氏生孫，因夢日，名曰『朝陽』。命爲亡兒鼎枚嗣。方鼎枚病篤時，知不起，諭亡媳黄氏曰：『俟弟輩有先得子者，即命爲汝夫承嗣。』至是，始克遂願。

己未，余年六十八歲

正月十七日，驚聞高宗純皇帝本月初三日龍馭上賓，齋集公所，素服叩首。痛念純皇帝高厚知遇之恩，輒感激哭泣不能止。欽遵禮部傳示，國制儀注，同本縣官吏紳士人等。恭接哀詔，敬謹將事。維時余女之秀將于歸候補主事方琪，札致碧岑觀察，另擇于期年後。

二月，立《道堂寺祖塋續葬禁碑》。按《碑》載：

固始縣正堂王爲曉諭事。據新蔡縣訓導吴山、生員琛、原任兵部侍郎翰林院檢討玉綸、監生玉華、候選主事玉森、主事玉堂、生員玉泉、監生玉藻、鎮平縣教諭廷撰、福建糧道鼎雯、原任甘肅安西直隸州知州貽桂、生員鼎和、兩淮鹽經歷廷奎、四川試用直隸州州判國鴻、原任内閣中書鼎颺、生員涵搢、生員鼎閶、振洛、蔭生候選主簿廷淮、布政司經歷貽椿、監生貽植、候選鹽經歷貽棠、候選運判鼎輔、候選主事鼎銘、之遠、候選從九以約、候選司務鴻經、副榜以醇、生員震之、東林等，爲存案呈頒示永禁續葬事。『竊惟我誥贈資政大夫、太夫人、應贈光禄大夫、淇縣訓導祖牧伯公、正一品太夫人祖母王太夫人合葬於道堂寺之塋。所出後裔，曾有通知族衆遵例附葬者。續於乾隆三十九年十二月、嘉慶二年十一月，又有未經知會族衆，兩次沿夜潛往圖葬者。俱經族衆會勘，葬處與祖塋地脉有碍，當即嚴加戒飭，各於一年限内遷訖。山等因思祖塋歷年久遠，宜安静以培本根，與其戒於事後，毋寧禁於事前。今公同傳單約定：凡我祖塋所出九門子孫，嗣後無論是否有碍，永不許於道堂寺四至界内續葬，以護先塋。如有違禁者，稟官押遷，按律治罪。爲此具呈，公懇批准，鈐印存案，給示以憑永禁』等情。查祖宗墳墓，子孫自應加謹防護，倘於墓地附葬有碍先塋，則忘水源木本之思，忍心害理，莫此爲甚！況律例内開子孫附葬與先塋有碍者，輕則杖徒，重則充發，載在國典，例禁森嚴。兹據宦族紳士人等呈稱道堂寺祖塋，現在公同議定，凡所出九門子孫，嗣後永禁續葬，此誠思患預防、培護根本意也，合行出示嚴禁。爲此仰宦族紳士子孫人等知悉，嗣後若有於道堂寺塋地内陰圖附葬者，立即投交地保，該地保即據實禀明，以憑差拏押遷，按律治罪，各宜凛遵毋違。特示。

嘉慶四年二月初一日發，三月穀旦勒石。

序《方懷園文稿》，略曰：『方渠溪孝廉嘗出其先大夫懷園明府窗稿百餘篇，爲存三分之一。固邑，豫澤國，秀而多文。求其克希正宗、繼響於百二名家後者，恒不數數覯。如閻荆州庶子、家西獵明府與方懷園之文，其庶幾乎！庶子之文清而肆，以「戒過」名其稿，猶侯朝宗以「壯悔」名其堂也。西獵之文清而奥，與先祖光禄公講學，當時士大夫稱西獵、南長兩先生者是也。曾選其稿，還諸履豐觀察而存之。至懷園之文，則清而醇。蓋嘗取三君子稿悉心參之，非不謂肆焉、奥焉者，較諸醇而力似優也，夫亦謂肆焉、奥焉者，釀之以醇，而文彌粹矣；非不謂醇焉者能閑其途於奥與肆，而矢諸正鵠也，夫亦謂醇焉者，必觀其化於奥與肆，而底於大醇矣。三君子各有分量焉，鳴其盛於百二名家後也。余於《戒過稿》擬删其繁而未果，《西獵稿》尚未付梓，兹因所屬而類次及之。皆吾邑文獻所關寸心千古也。』

三月，置生壙於縣城西四十里之胡族鋪。

光州台浄庭刺史因公來固，問政於余。覆札有云：『恭逢聖天子善繼善述，百度維新，仰承恩命，來惠我光郡。不以田間人衰陋，問政玉綸。玉綸而無所見，則已也；玉綸而如有所見，重以今天子穆穆皇皇如此求治之殷，而不以所見告刺史，不惟負吾友，且負吾君也。吾則曷敢，抑又曷忍？爲政之道，本之以誠，受之以漸。漸則張弛無欲速之心，誠則上下有交孚之象，乃徹始徹終實在工夫。刺史他日撫兩河，今日治五屬，皆可持此道，利有攸往耳。』

四月，助侄炳文、鼎和報捐。諭鼎輔、鼎銘等，曰：『子弟入資爲郎，不如以科名致身。但諳練從閱歷中來，何妨即以政學，視其人能取益否耳！余前在都，廷撰就教諭，國鴻就州判，皆助百金。兹於兩侄，如前數助之。近雖綿力不繼，務從所願，譬一簣作爲山基也。此外則家用寧儉，以防貽累。』

前歸里之次年元旦，展謁聖廟，周視宫墻，與本縣父師會議捐修。至是月初九日，興工蕆其事。

九月，作《看菊説》。略曰：『固邑自清、堪、急、曲，水利代興，以迄於今。有大豐，鮮有大歉之歲；無甚富，亦無甚貧之家。是以稻獲千村，菊開三徑，醞釀秋光，人易爲樂。以視「重陽競高會，絃管醉東籬」朱門富貴之習，不啻南轅北轍矣。菊不易治，經主人手種居多。揆諸《豳詩》言農桑不及花，猶得自食其力之意。半年清課，次第開筵。余以桑榆暮影，頹然在座。偕子侄戚友輩，挹魏國之晚香，話淵明之高致，俯仰古今，殆不勝花盡無花之感！而宜園種菊，更就荒。會有佳色分贈者，有以踐文序之約，贈二本尤佳。對花如對諸君也。酌諸君酒，報酒并報花也。凡花與酒，與非花非酒之樂，無不與諸同人樂其樂，暢性情而忘形骸也。何嫌乞諸其鄰，貽笑黄花耶？種宜園菊者，雲卿侄，向所癖也；稍疏，遂至於荒。天下何在不宜？積誠而通，以優游於忠順仁愛之風，如《豳》所咏稱觥而壽祝無疆，蓋三復焉神往也獨看菊乎哉！』

十月，陳蓉裳孝廉館余家，言樞部郎中廷梁以同譜兄弟，葬煜族人五十二棺於高祖之塋旁，蓋乾隆乙卯冬義舉也。應所屬而作記。

庚申，余年六十九歲

二月，鼎銘兒婦邵氏生孫女，以『杏』名。

三月，六兒鼎輔分發浙江，以運判試用。

四月，女之秀適方主政琪，訓以詩云：『春深月吉與時良，珍重郎官六禮詳。罔以高門矜艷麗，菜根風味佐書香。』『曾傳班謝繼家聲，檢點書籤索我評。女慧何關男鈍也，《浣青集》喜續吟成。適讀錢稼軒少寇爲其女序《浣青集》，有『女慧男鈍家多替』之語，固有味乎其言。然漢之班氏、晉之謝氏，子弟同繼家聲，不獨大家與道韞傳也。近時夢蘭攀桂，門第交輝，往往有之，豈可一概論乎？』『紅藥當階百卉情，于歸歸後賦鷄鳴。開門七件經營事，常憶萱堂喚女聲。』『如眉新月挂平林，姊妹催妝次第吟。願了向平還未了，一般兒女總關心。』

閏四月，女賦《于歸詩》云：『鎮日牽衣奉母儀，春風何事速歸期！恩深鞠育源頭水，夢繞長淮悵別離。由水程至定遠。』『曾識有方戒遠游，如何子女不同儔？家分内外情無盡，道是蘋蘩禮待修。』『弱弟執經課有年，家聲克繼盼兄先。聯翩振采梧岡鳳，好報春暉逮眼前。』『雙舟輕泛柳條青，爲戀鄉關却小停。姐妹情多休灑泪，黄花香到便歸寧。』『紅藥翻階爛熳開，宜園榴火又新催。小鬟記取眉亭月，幾度輪圓我未回。』

節書吕新吾先生《呻吟録》，跋云：『先中丞公嘗訓玉綸曰：「我一生得力，大半在新吾先生《語録》中。蓋《録》以「呻吟」名，言簡而該，足以發後學之病而藥之。」玉綸謹識之，不敢忘。乾隆甲戌，受業於沈光禄夫子，蒙書是録一册，以示服膺，不啻百朋之賜也。余年六十有九矣，去日苦多。竊嘆寡過之匪易，爰於『錫杖軒』成，節書原册，揭諸座右。荷君恩於林下，申前訓以勖後昆，抑自警於耄年云爾。』

午堂總戎屬某繪《宜園圖》以贈，爰彙同人唱和之作於後。余題《宜園十咏》五古一章，詩云：『昔作《宜園記》，今讀《宜園詩》。從游即從學，聯吟逮小兒。詩萃兩宗匠，園彙史一支。登臨地彌韵，向榮嘉卉滋。飄然不群意，簇景句搜奇。六章雲箋列，興溢辭外辭。贈言叨逾格，抱愧發幽思。或徒聲華競，或疑烟霞癡。自古行樂者，屈指略可知。香山輝洛社，風流是吾師。譬彼園中樹，培本茂厥枝；譬彼洲中水，觀海逝如斯。萬物誠能動，行藏順乎時。江湖與廊廟，道二曰一之。拳拳得四首，弟昆家訓持。我愛咏有斐，汝好勉下帷。窗前春草緑，窺園如不窺。短篇報宗匠，歌而和者誰？』

《和游宜園詩》：『鳩唤連朝雨沉浪，宜園雅集趁晴光。分陰贏得詩書樂，三徑尋來草木香。桐葉漸生招鳳客，桃花輕泛送漁郎。樓頭好句題崔灝，近水烟巒憶故鄉。』『海棠驚艷映華池，擬取雙株隔院移。到處花飛春盎盎，亞欄人坐影差差。漫誇老馬能知路，最愛新蠶乍吐絲。對景陶然佳趣得，非空非色是真詩。』『唱和方慚李報桃，相投蘭臭托同袍。好看映水開圓鏡，尚有從軍咏大刀。茆舍竹籬聊復爾，妻梅子鶴未爲高。山林廊廟相關也，嘆我飛霜染鬢毛。』

又，午堂總戎詩《近水樓》：『仙人好樓居，樓居剛近水。溪流静以深，南山來屋裏。』《古柏山房》：『古柏植何年，坐對拄笏叟。柏向主人言，伴君當是耦。』《釣臺》：『面面藕花風，拂楊復拂柳。伊誰立釣磯？執定垂綸手。』《問竹亭》：『高亭鬱嵯峨，曩昔題名處。一叢玉笋長，遥上青霄去。』《印月廊》：『皎月映澄波，疏廊引芳榭。愛此圓滿光，清宵話長夜。』《如如亭》：『鐵石本同心，石庵相公題額。鐵石且渣滓。便上如如亭，不道如如旨。』《一葉舟》：『方舟乘長風，大川争利涉。到岸即收帆，閑情寄一葉。』《平岡》：『如眉復如規，重岡擅平遠。壺中別有天，林巒互遁隱。』祝撝存封翁句：『亭臺幾處攢雲樹，滿徑松風落花雨。更借芳尊進一卮，願公常作兹園主。』家侍御紹昱《雙閘》句：『何人築閘留教住，爲恐奔流意未宜。』《一葉舟》句：『筏如初喻纔登岸，劍有餘光尚燭霄。經濟儘伊兒輩事，白頭雲水任逍遥。』方蕖溪孝廉《古柏山房》句：『活水沿階縈綉帶，好山當户列雲屏。』王春帆學博《雙閘》句：『好將畫井通溝意，引入流觴曲水時。』陳蓉裳明府句：『謝氏樓亭三畝足，米家書畫一船牽。』祝東皋參軍句：『冷露高梧澹然清，客至前溪空秋籟。』碧岑觀察句：『一章升初月，華星光繞滋。爲得和者巧，益增原唱奇。』梅垞侍郎《印月廊》句：『此地宜通碧漢水，今宵真見爛銀盤。』葉侍郎紹楏句：『九霄翔瑞鳳，詎容藪澤窺。風流憶東山，繼者非公誰？』祝曠亭封翁句：『吾州人文妙天下，後先相望兩司馬。謂周少司馬之綱及公。豈惟功業著旂常，更使騷壇接風雅。』曾敏園明府句：『一帶疏林含倒影，天香吹下護雲軒。』朱渭川明經《一葉舟》句：『人彈古調琴三叠，魚戲沉潭月一鈎。』朱退齋學博《印月廊》句：『鳶自飛兮魚自躍，道心明處悟同流。』許孝廉準句：『絶妙烟巒供指使，偶然位置亦文章。』方臨川學博句：『藻抒雲錦蒸邦彦，彩焕星街照省郎。』徐畹滋國學句：『益壽祇因勤砥礪，養生早已謝圭刀。』張鴻磐明經《古柏山房》句：『裴度風流開緑野，右軍觴咏憶蘭亭。』沈維亭廣文《問竹亭》句：『如苞我繹《斯干》句，節節虚心總自栽。』許覲坡明府《古柏山房》句：『知應勝地歸名貴，好與騷壇作主張。』《釣臺》句：『勛名宇宙人歸老，别有高風嚴子陵。』《近水樓》

句：『豈祇闌干先得月，望中花木早江南。』祝復亭孝廉《宴護雲軒》句：『畫船簫鼓歌明月，掩映疏林幾處燈。』張學博澐《宴護雲軒》句：『漫道雙洲燈火盛，文章千古重薪傳。』方婿主政琪《游宜園》句：『柏因伴主根彌固，王總戎句：「柏向主人言，伴君當是耦。」鶴以名孫品最高。』劉婿國學逢運《宜園》句：『乾坤真景色，河岳此心期。』侄刺史貽桂句：『非園而園也，個中知未知。』六兒運判鼎輔《一葉舟》句：『輕帆遺韵敲棋子，明月閑情試釣鈎。』七兒主政鼎銘《板橋》句：『莫道長虹方駕水，但憑尺木好騰霄。』葆晋兒《燈宴》句：『就中悟出行文法，萬丈光芒萬點燈。』各載一二言以徵全豹。

五月，侄鼎雯由福建糧道請終養，在途丁母憂，扶櫬歸里。

六月，爲唐太守時明作傳，故明陝西鳳翔知府，固始舉人。唐時明與按察司光州進士黄炯死李自成之亂，相隔旬餘。黄贈太常寺卿，唐以去鼎革近，未議恤，本朝始從祀本縣忠義祠。余書其事，以其子孝子紹光附之，作合傳。緣裔孫元標彙家乘來請，并采《縣志》、陝豫兩省《通志》爲據。

辛酉，余年七十歲

四月初三日，鼎銘兒婦邵氏生孫。是日也，先有以雙鶴來售者，取《左氏》有假之義，以『鶴』名孫。

五月，作《固陵城隍忠祐王序》。廟立漢蓋明裡石坊，捐資修葺，并刻序貭同人。按漢紀將軍信以誑楚被焚，解高祖滎陽之圍。迨明太祖封韓將軍成爲高陽侯，始追封紀將軍爲滎陽、固始城隍忠祐王，永鎮兩邑。父百棟、母黄氏、妻董氏、子潼，俱晋封滎陽將軍。死綏之區，固陵漆井，從龍被厄地也，皆祠以祀之。余閲《縣志》，所載未詳，據廟貯洪武五年詔作序，附録原詔於後，昭忠祐之實迹云。序有云：『且夫高皇帝之勸忠於將軍也，敬之愛之，優禮之。若曰「余一人，念爾孤忠，恨闡揚之晚」云爾，豈謂將軍尚有遺恨哉？將軍知有死耳，死焉而救主志遂者，奇而正，將軍無恨矣！封不封，非所計也。死焉而望君克濟者，其道大光，將軍愈無恨矣！久而封，非所知也。身後顯晦，與生前亮迹丹心，何所加損！封於明，不啻封於漢也，即不啻封高祖三十一功臣，於歷代人心之大同，不獨將軍慰，將軍主與臣俱慰矣，而又何恨焉！』因原詔有『幽魂沉淪，千秋遺恨』之語，是以推言之。或曰城南火焰溝，將軍被焚處。自屬父老訛傳。若《志》載包蕤《紀將軍城隍祠記》，疑將軍即紀成子通，封襄平侯，猶衍陸士衡《高祖功臣頌》與張宴以通爲信子之誤，《文選注》辨之詳矣，序不贅及。

九月，續編《年譜》。

憶丁巳秋歸舟中得『桃花水緑』念八字，適見上下船争道，未克終篇。兹續成七古一章，將寄都門舊雨。詩云：『桃花水緑楓林丹，後先歸信今方準。解纜已過楊柳青，籬菊摇曳西風緊。

回憶水程擾攘間，五年謝客如小隱。宜園林壑恣幽賞，地近山城喧亦泯。掃清餘氛帝曰咨，以不忍心行不忍。稔知宵旰同憂樂，欣傳虞化流徽軫。秋窗風雨筆近踪，幾度晚香香不盡。人磨墨兮墨磨人，續成舊句寄一哂。』

十月，午堂總戎撤兵回壽春鎮。九月，費筠浦制軍奏軍務將竣，請撤固始、商城移鎮兵弁。余林下謝客，總戎一見如素相識。嘗與言京華舊雨，落落晨星。自丁巳歸里後，如古愚侍郎、胡豫堂總憲、畏齋提軍、雲椒尚書、鹿泉總憲、梧岡侍郎、德克齋尚書、竹虚尚書、雲坡尚書、雅慎齋制軍、星實鴻臚，皆後先卒世。每誦『知無後會思前會，感到憐才愧不才』，爲之黯然魂銷。猶幸軍門過從，久相慰藉，咸荷依庇，何忍言别！然總戎具文武才，專閫二十年，入覲天顔，益將大用，與京華諸君子輝映今昔，非一鄉一國所得而私也。故於此日送别南郊，但慶太平有象，不叙離懷。

十一月三十日，七十生辰。戚友致祝，自慚老詩不敢當。陳漢東邑侯七律云：『幾年華要别金扉，屈指椿齡正古稀。松以凌霜還益壽，鶴因警露更高飛。用石庵中堂聯語。鄴侯卷軸孫謀富，裴相功名帝眷歸。簪笏滿庭環拜手，御香猶繞舊朝衣。』『貽謀三立一身支，家學能將國運持。前輩已傳今謝傅，後來端重古鄉師。淡濃直喻花同月，盈歉深思瓮與巵。祇此德言堪不朽，論功豈但祝期頤！』『盛代提衡列宿張，九州文學半門墻。蛇升宵夢雲霞爛，藤引朝簪雨露香。風會於斯真復古，衣冠幾輩許登堂。試看列戟鳴珂處，共進仙人九醞觴。』『乾坤清氣厚相兼，鶴算如今是小還。杖賜延陵推潞國，地傳古蓼又香山。素心映月三千樹，寶墨箴屏十二環。最喜履長徵瑞籙，張仙鎮合號仙寰。』猶得古人贈言遺意。

貽植侄自京捐府通判歸，詢知五弟玉堂禮闈試近，公餘益勤於學。蘭侄孫初登賢書，亦將北上。諭鼎銘曰：『吾族自戊戌後無成進士者，明歲其有望乎？汝等念哉！名者實賓，實者名符，尚以有志竟成之事，慰余暮年願見之懷。』

十二月，劉青垣少空子國學生逢運，來贅余女之學。

鼎輔兒婦蔣氏生孫女，以『來』名。

附録跋三篇

錢湘舲閣學編大人《年譜》，已付梓。兹《年譜續編》，乃丁巳歸里以至辛酉大人手輯者，男鼎輔、鼎銘、葆晋校字。伏思大人蒙恩致仕，錫宴賜杖，留京三載而後歸。展墓焚黄，立《禁碑》，與宗族里黨通情款，惟日孜孜者家政耳。而於州縣父母過問，則告諸爲之以誠，受之以漸，所以敦政體也。總戎駐敝邑、中丞遠歷行臺，每馳札詢軍營近狀，則神往於楊柳雨雪之勤勞，望早蕆事，以舒宵旰憂也。至於倡修學宫、補城堞、進鄉父老勸農講武，以固吾圉，得與諸君子歌頌太平，表揚忠孝，一則曰『尚有從軍咏大刀』，再則曰『江湖廊廟相關也，嘆我飛霜染鬓毛』，皆大人引退不忘，視國政如家政也。爲鼎輔、鼎銘納粟，需次吏部，仰維世受國恩，藉軍儲以申急公之忱，亦以啓後世子子孫孫圖報之階。鼎輔由武林假旋，偕鼎銘、葆晋校刻是卷，統《前編》嘉言懿行，敬志弗諼。

按前編六十五年，共九十五頁；續編五年，積至三十頁，意在垂示後昆，是以義歸平實，語必詳明，篇幅較多於前云。謹跋。

壬戌春，少司馬先生郵寄《年譜續編》，命承風曰：『前湘舲閣學爲予編《年譜》，學士曾綴言於後。兹自丁巳致政歸里，手輯五載居鄉事，其再跋之。』承風盥手讀竟而嘆曰：『美哉，洋洋乎大文也哉！』先生於錫杖軒成，溯中丞公遺訓，節録新吾格言爲座右銘，仕學淵源，具有本末，老年日進之功，均堪想見。抵里後省封墓，通宗族情款，倡修學宫，繕城堞，次第及之。尤惓惓於軍務告竣，早慰天子焦勞，形諸夢想，每飯不忘。是以移鎮者仰師資，問政者奉金鑒。至於惠後進，課兒孫，鶴舫雲軒，表章忠孝，大義必嚴，幽光必發，卓然關風教之文。在朝二三良友過引藤舊屋，緬想宜園觴咏，未嘗不嘆被廊廟之殊榮，飫林泉之勝事，其心同，其理同，其境無不同。曩與湘舲受知門下，同廣先生之教於南邦，特以滇、豫睽隔，不獲如湘舲在日追隨京華，銓次生平。耿耿離懷，又得讀莫大文章，挂名簡末，豈非小子厚幸乎！去冬先生七十壽，聞近狀康强，如五十以外風度。蓋道氣深，抑得天者厚也。由此而耄而期頤，熾而昌，壽而臧，揆諸《自序》『一息尚存，都非無事』之大旨，願操管以俟焉。

嘉慶壬戌孟夏，受業分寧萬承風謹跋。

嘉慶己未冬，先生爲煜授館固陵，携子汝霖來，令執贄門下。得讀錢閣學纂《先生年譜》。又出自記《年譜續編》稿本見示，蓋丁巳解組後居鄉事也。嘗與先生過從宜園，見和之句有云『山林廟相關也，嘆我飛霜染鬢毛』，洵古大臣引退不忘意也。夫引退者，山林之迹；不忘者，廊廟之心。循其迹而心不忘天地之義，感懷於知遇之隆也；不忘其心而安於其迹，進退之理參以行止之時也。白香山優游洛社，與司馬温公召而復起，其迹异，其心同也。先生年已七十，山林之迹有定，廊廟之心無窮。扶杖而談當世之務，撫今追昔，白髮蕭蕭，殆有望北闕而神往者乎！由川楚之例，爲公子枚夫以鹽運判分發武林，循之以候選主政應鄉試，圖報國恩於後嗣也。煜計偕入都，行有日矣。每念晨夕追隨，一言一動，可爲師法，在在與《年譜》相發明。錢閣學編，廊廟之心與迹，業之鴻也；先生自記，以山林之迹繫廊廟之心，德之藴也。先生進以禮，退以義，忠愛之誠，顯晦一致。不特示後嗣爲子爲臣之鵠，即汝霖小子何知，尚其三復先生不忘之旨哉！

嘉慶辛酉，孟春既望，吴興後學陳文煜謹跋。

附録四　參考文獻

一　工作本

清吴玉綸撰，《香亭詩稿》，清乾隆六十年滋德堂刻本，國家圖書館藏。

清吴玉綸撰，《香亭文稿》，清乾隆六十年至嘉慶間滋德堂遞刻本，河南大學圖書館藏。另，國家圖書館、廣東中山圖書館等收藏乾隆六十年初刻本。按，當代各大型清代著作影印版叢書收有《香亭文稿》十二卷者，俱影印滋德堂初刻本。具體情況如下：（一）《四庫未收書輯刊·集部》第一〇輯第二四册，北京出版社，二〇〇〇年；（二）《續修四庫全書·集部》第一四五一册，上海古籍出版社，二〇〇二年；（三）《清代詩文集彙編》第三七八册，上海古籍出版社，二〇一〇年。

清吴貽棠輯，吴益培刊刻，《光州吴氏家塋》，光緒戊子（十四年，一八八八）姑蘇重刻本，天津圖書館藏。

清錢棨編、吴玉綸續編，《香亭先生年譜（鈔本）》，《北京圖書館藏珍本年譜叢刊》第一〇七—一〇八册，北京圖書館出版社，一九九九年。

二　清代詩文集

（一）總集類

後蜀韋縠輯，清殷元勛注，清宋邦綏補注，《才調集補注》，《續修四庫全書·集部》總集類第一六一一册，據乾隆五十八年宋氏思補堂刻本影印。

清董誥等輯，《皇清文穎續編》，《續修四庫全書·集部》總集類第一六六三—一六六七册，據嘉慶武英殿本影印。

清王昶輯，《湖海詩傳》，上海古籍出版社，二〇一三年，據嘉慶八年三泖漁莊刻本影印。

清王昶輯，《湖海文傳》，上海古籍出版社，二〇一三年，據道光十七年經訓堂刻本影印。

清沈粹芬、黄人等輯，《國朝文匯》，《續修四庫全書·集部》總集類第一六七二—一六七六册，據宣統元年上海國學扶輪社石印本影印。

清陶梁輯，《國朝畿輔詩傳》，《續修四庫全書·集部》總集類第一六八一册，據道光十九年紅豆樹館刻本影印。

清法式善等輯，《同館試律彙鈔》，《四庫未收書輯刊·集部》第〇七輯第三〇册，據乾隆五十一年刻本影印，北京出版社，一九九七年。

清王豫輯,《群雅集》,嘉慶間刊本。
清蘇源生輯,《國朝中州文徵》,道光二十五年刊本。
清楊淮輯,張中良、申少春校勘《中州詩鈔》,道光二十三年刊刻,此用中州古籍出版社一九九七年版『中州文獻叢書』。
徐世昌編,《晚晴簃詩匯》,據退耕堂本刻版影印,中國書店,一九八九年。
清龍顧山人編,《十朝詩乘》,福建人民出版社,二〇〇〇年。
馬積高主編,《歷代辭賦總匯》,湖南文藝出版社,二〇一四年。

(二)别集類

《乾隆御製詩五集》,《四庫全書》集部七,别集類。
清錢陳群撰,《香樹齋詩續集》,《清代詩文集彙編》第二六一册,影印乾隆刻同光間遞修本。
清鄭虎文撰,《吞松閣集》,《四庫未收書輯刊》第一〇輯,第一四册,影印清嘉慶十四年馮敏昌等刻本。
清桑調元撰,《弢甫文集》,《清代詩文集彙編》第二七七册,影印乾隆刻本。
清金德瑛撰,《詩存四卷》,《清代詩文集彙編》第二九四册,影印乾隆三十三年如心堂刻本。

清沈廷芳撰，《隱拙齋集·隱拙齋續集》，《清代詩文集彙編》第二九八册，影印乾隆刻本。
清任舉撰，《任勇烈公遺集》，《清代詩文集彙編》第三〇〇册，影印嘉慶九年兩湖書屋刻本。
清申甫撰，《笏山詩集》，《清代詩文集彙編》第三〇七册，影印乾隆五十七年刻本。
清蔡新撰，《緝齋文集》，《清代詩文集彙編》第三〇九册，影印嘉慶刻本。
清錢載撰，《蘀石齋詩集》，《清代詩文集彙編》第三一四册，影印乾隆刻本。
清袁枚撰，《小倉山房文集》，《清代詩文集彙編》第三四〇册，影印乾隆刻增修本。
清程晋芳撰，《勉行堂詩集》，《清代詩文集彙編》第三四三册，影印嘉慶二十三年至二十五年刻本。
清德保撰，《樂賢堂詩鈔》，《清代詩文集彙編》第三四四册，影印乾隆五十六年刻本。
清錢維城撰，《錢文敏公全集》，《清代詩文集彙編》第三四六册，影印乾隆四十一年眉壽堂刻本。
清李友棠撰，《侯鯖集》，《清代詩文集彙編》第三四七册，影印乾隆刻本。
清李中簡撰，《嘉樹山房詩集》，《清代詩文集彙編》第三四八册，影印嘉慶六年嘉樹山房刻本。
清王鳴盛撰，《西沚居士集》，《清代詩文集彙編》第三五〇册，影印道光三年自怡山房刻本。

清梁國治撰，《敬思堂詩集》，《清代詩文集彙編》第三五一册，影印嘉慶梁承雲等刻本。

清戴震撰，《戴氏文集》，《清代詩文集彙編》第三五三册，影印乾隆曲阜孔氏微波榭刻《戴氏遺書》本。

清紀昀撰，《紀文達公遺集》，《清代詩文集彙編》第三五四册，影印嘉慶十七年紀樹馨刻本。

清蔣士銓撰，《忠雅堂詩集》，《清代詩文集彙編》第三五六册，影印清稿本。

清王昶撰，《春融堂集》，《清代詩文集彙編》第三五八册，影印嘉慶十二年塾南書舍刻本。

清阮葵生撰，《七録齋詩鈔》，《清代詩文集彙編》第三六〇册，影印清抄本。

清趙佑撰，《清獻堂集》，《清代詩文集彙編》第三六〇册，影印清代仁和趙氏刻清獻堂全編本。

清褚廷璋撰，《筠心書屋詩鈔》，《清代詩文集彙編》第三六三册，影印嘉慶十一年刻本。

清錢大昕撰，《潛研堂詩集》，《清代詩文集彙編》第三六四册，影印嘉慶十一年刻本。

清胡季堂撰，《培蔭軒文集》，《清代詩文集彙編》第三六五册，影印道光二年胡鏻刻本。

清胡季堂撰，《讀史任子自鏡録》，道光元年培蔭軒藏版，哈佛大學漢和圖書館藏。

清金士松撰，《喬羽書巢詩外集》，《清代詩文集彙編》第三六五册，影印嘉慶七年刻本。

清沈初撰，《蘭韵堂詩集》，《清代詩文集彙編》第三六七册，影印乾隆嘉慶間遞刻本。

清任承恩撰，《二峨草堂遺稿》，《清代詩文集彙編》第三七〇册，影印嘉慶九年刻本。
清王文治撰，《夢樓詩集》，《清代詩文集彙編》第三七〇册，影印道光二十九年重刻本。
清吴省欽撰，《白華前稿》，《清代詩文集彙編》第三七一册，影印乾隆刻本。
清吴省欽撰，《白華後稿》，《清代詩文集彙編》第三七二册，影印嘉慶十五年石經堂刻本。
清宋思仁撰，《有方詩草》，《清代詩文集彙編》第三七二册，影印乾隆三十八年傳經堂刻本。
清曹仁虎撰，《轅韶集》《養愚村農吟稿》，《清代詩文集彙編》第三七三册，影印清抄本。
清張塤撰，《竹葉庵文集》，《清代詩文集彙編》第三七五册，影印乾隆五十一年刻本。
清翁方綱撰，《復初齋詩集》，《清代詩文集彙編》第三八一册，影印清刻本。
清翁方綱撰，《復初齋集外詩》，《清代詩文集彙編》第三八二册，影印民國吴興劉氏嘉業堂刻本。
清陸錫熊撰，《寶奎堂集》，《清代詩文集彙編》第三八三册，影印嘉慶十五年松江無求安居刻本。
清陸錫熊撰，《篁村集》，《清代詩文集彙編》第三八三册，影印道光二十九年陸成沅重刻本。
清戚學標撰，《鶴泉文鈔》，《清代詩文集彙編》第四〇四册，影印嘉慶五年刻本。
清戚學標撰，《鶴泉文鈔續選》，《清代詩文集彙編》第四〇四册，影印嘉慶十八年刻本。

清邵晋涵撰,《南江詩鈔》,《清代詩文集彙編》第四〇五册,影印道光十二年刻本。

清吴錫麒撰,《有正味齋詞集》,《清代詩文集彙編》第四一五册,影印嘉慶有正味齋全集本。

清王子音撰,《宦拾録》,《清代詩文集彙編》第四二〇册,影印嘉慶十一年武寧王瑞鼎京師刻本。

清汪學金撰,《静厓詩初稿》,《清代詩文集彙編》第四二二册,影印乾隆嘉慶間井福堂刻本。

清顧宗泰撰,《月滿樓詩集》,《清代詩文集彙編》第四二五册,影印嘉慶瞻園刻本。

清顧宗泰撰,《月滿樓詩别集》,顧修輯《讀畫齋叢書》庚集,嘉慶四年桐川顧氏刊本。

清石韞玉撰,《獨學廬四稿》,《清代詩文集彙編》第四四七册,影印清寫刻獨學廬全稿本。

清阮元撰,《揅經室二集》,《清代詩文集彙編》第四七七册,影印道光阮氏文選樓刻本。

清梁章鉅撰,《退庵文存》,《清代詩文集彙編》第五一五册,影印清稿本。

清方熊撰,《繡屏風館詩集》,《清代詩文集彙編》第五四五册,影印道光刻本。

清方熊撰,《綉屏風館文集》四卷《别集》一卷,《清代詩文集彙編》第八〇〇册,影印道光刻本。

清吴葆晋撰,《半舫館剩稿》,《清代詩文集彙編》第五七一册,影印光緒十一年固始吴氏刻本。

清馮桂芬撰,《顯志堂稿》,《清代詩文集彙編》第六三二册,影印光緒二年馮氏校邠廬刻本。
清方濬師撰,《退一步齋文集》,《清代詩文集彙編》第七一二册,影印光緒十八年鉛印本。
清常紀撰,《愛吟草》,金毓黻主編《遼海叢書》本,遼海書社,民國間刊本。
清莊大中撰,《織雲樓集》,同治六年姑蘇通志堂刻本。哈佛大學漢和圖書館藏(電子版)。
清莊存與撰,《味經齋遺書》,光緒八年陽湖莊氏重刻本。哈佛大學燕京圖書館藏(電子版)。

(三)詩文評

清張維屏輯,《國朝詩人徵略初編》,《續修四庫全書》第一七一二—一七一三册,影印道光十年刻本。
王夫之等撰,《清詩話》,上海古籍出版社,一九九九年。
郭紹虞編選,富壽蓀校點,《清詩話續編》,上海古籍出版社,一九八三年。

三　清代史料文獻

(一)歷史文獻

《清實録》,中華書局影印本,二〇〇九年。

《欽定蘭州紀略》，《四庫全書》本。
《欽定平定臺灣紀略》，《四庫全書》本。
《钦定平定准噶尔方略》，《四庫全書》本。
清吴鼎雯纂輯，《國朝詞垣考鏡》，乾隆五十八年刊本。
清孔繼汾撰，《闕里文獻考》，乾隆二十七年刻本。
清鄭曉如，《闕里述聞》，同治七年刊本。
清黄安綬編，《國朝兩浙科名録》，影印光緒末增刻本，浙江古籍出版社，二〇一二年。
清趙爾巽等編，《清史稿》，中華書局，一九七七年。
王鍾翰點校，《清史列傳》，中華書局，一九八七年。
清徐珂編撰，《清稗類鈔》，中華書局，二〇一〇年。
顧廷龍等輯，《清代朱卷集成》，台北成文書局，一九九二年。
秦國經輯，《清代官員履歷檔案全編》，華東師範大學出版社，一九九七年。
清朱彭壽著，朱鰲、朱苓珠改編，《清代大學士部院大臣總督巡撫全録》，國家圖書館出版社，二〇一〇年。
清李放撰，《皇清書史》，金毓黻主編《遼海叢書》本，遼海書社，民國間刊行。

李根源著，《虎阜金石經眼録》，《曲石叢書》本。

（二）方志史料

清乾隆《大清一統志》，《四庫全書》本。

清阿思哈纂修，《續河南通志》，乾隆三十二年修，光緒二十八年補刊本。

清高兆煌纂修，《光州志》，乾隆三十六年刊本。

清謝聘等纂修，《重修固始縣志》，乾隆五十一年刊本。

清楊修田纂修，《光州志》，光緒十三年刊本。

清王昶等主修，《直隸太倉州志》，嘉慶間刊本。

清梁啓讓修，《蕪湖縣志》，成文出版社，《中國方志叢書》影印嘉慶十二年重修民國二年印本。

鄭寶謙主編，《福建省舊方志綜録》，福建人民出版社，二〇一〇年。

（三）碑傳年譜

清李桓輯，《國朝耆獻類徵初編》，影印光緒間李氏初刻本，廣陵書社，二〇〇七年。

清錢儀吉纂録,《碑傳集》,光緒十九年江蘇書局刊本。

清國史館纂修,吴忠匡、褚德新等校訂,《滿漢名臣傳》,黑龍江人民出版社,一九九一年。

清沈起元編,《敬亭公年譜》,《北京圖書館藏珍本年譜叢刊》第九二册,影印道光二十七年刻本。

清錢儀吉編,《文端公年譜》,《北京圖書館藏珍本年譜叢刊》第九三册,影印光緒二十年刻本。

清王今遥編,《清詩人王用晦年譜》,《北京圖書館藏珍本年譜叢刊》第九七册,影印光緒二十五年曲周王氏《重刻清白堂文存》本。

清陳景亮編,《望坡府君年譜》,《北京圖書館藏珍本年譜叢刊》第一二一册,影印道光間閩縣陳氏刻本。

舒位等著,錢仲聯、楊揚等整理輯校,《三百年來詩壇人物評點小傳彙録》,中州古籍出版社,一九八六年。

《固始吴氏一綫譜》,思源堂藏版。(固始吴高山提供)

（四）雜史筆記

清郭柏蒼輯，《竹間十日話》，光緒丙戌刻本。

清林昌彝著，王鎮遠、林虞生標點，《海天琴思録·海天琴思續録》，上海古籍出版社，一九八八年。

清法式善等撰，張偉點校，《清秘述聞三種》，《清代史料筆記叢刊》本，中華書局，一九八二年。

清梁紹壬撰，莊葳校點，《兩盤秋雨盦隨筆》，上海古籍出版社，二〇〇七年。

清梁章鉅等編著，白化文、李鼎霞點校，《楹聯叢話全編》，北京出版社，一九九六年。

清方濬師撰，盛冬鈴點校，《蕉軒隨録·續録》，《清代史料筆記叢刊》本，中華書局，一九九五年。

清錢泳撰，張偉點校，《履園叢話》，《清代史料筆記叢刊》本，中華書局，一九七九年。

清陳康祺撰，晋石點校，《郎潛紀聞初筆·二筆·三筆》，中華書局，一九八四年。

清姚元之撰，李解民點校，《竹葉亭雜記》，《清代史料筆記叢刊》本，中華書局，一九八二年。

清陸以湉著，崔凡芝點校，《冷廬雜識》，《清代史料筆記叢刊》本，中華書局，一九八四年。

清福格撰，汪北平點校，《聽雨叢談》，《清代史料筆記叢刊》本，中華書局，一九八四年。
清朱壽彭撰，何雙生點校，《舊典備徵安樂康平室隨筆》，中華書局，一九八二年。

四　當代整理出版的文獻古籍

清蔣士銓著，邵海清校，李夢生箋，《忠雅堂集校箋》，上海古籍出版社，一九九三年。
清程晋芳著，魏世民校點，《勉行堂詩文集》，《安徽古籍叢書》第二十九輯，黄山書社，二〇一二年。
清錢載撰，丁小明整理，《蘀石齋詩集·蘀石齋文集》，上海古籍出版社，二〇一二年。
清王昶著，陳明潔等點校，《春融堂集》，上海文化出版社，二〇一三年。
清汪中著，李金松校箋，《述学校箋》，中華書局，二〇一四年。
清劉奕點校，《王文治詩文集》，張寅彭主編《乾嘉名家别集叢刊》，人民文學出版社，二〇一四年。
清钱大昕著，陳文和主編，《嘉定钱大昕全集（增訂本）》，鳳凰出版社，二〇一六年。
清桑調元著，林旭文點校，《桑調元集》，浙江古籍出版社，二〇一六年。
清法式善著，張寅彭、强迪藝編校，《梧門詩話合校》，鳳凰出版社，二〇〇五年。

清法式善著，劉青山點校，《法式善詩文集》，張寅彭主編《乾嘉詩文名家叢刊》，人民文學出版社，二〇一五年。
清梁章鉅著，陳水雲、陳曉紅校注，《梁章鉅科舉文獻二種校注》，陳文新主編《中國科舉文化通志》本，武漢大學出版社，二〇一五年。
清吴忱、劉青山整理，《法式善所藏詩龕朋舊尺牘》，《歷史文獻》第十六輯，上海古籍出版社，二〇一二年。

五　現當代論著論文

孫殿起輯，《琉璃廠小志》，北京出版社，一九六二年。
徐世昌等編纂，沈芝盈、梁運華點校，《清儒學案》，中華書局，二〇〇八年。
葉德輝撰，《書林清話》，遼寧教育出版社，一九九八年。
王重民、楊殿珣編，《清代文集篇目分類索引》，北京圖書館出版社，二〇〇三年。
錢仲聯主編，《清詩紀事》，鳳凰出版社，二〇〇四年。
漆永祥著，《乾嘉考據學研究》，中國社會科學出版社，一九九八年。
謝正光著，《清初詩文與士人交游考》，南京大學出版社，二〇〇一年。

沈津著，《翁方綱年譜》，中央研究院中國文哲研究所，二〇〇二年。
馮爾康著，《清代人物傳記史料研究》，天津教育出版社，二〇〇五年。
蔣寅撰，《清詩話考》，中華書局，二〇〇七年。
許雋超著，《黄仲則年譜考略》，上海古籍出版社，二〇〇八年。
蔣寅著，《清代文學論稿》，鳳凰出版社，二〇〇九年。
徐雁平編著，《清代文學世家姻親譜系》，鳳凰出版社，二〇一〇年。
馮爾康編著，《清史史料學》，故宫出版社，二〇一三年。
陳寅恪著，《陳寅恪集·寒柳堂集》，生活·讀書·新知三聯書店，二〇一五年。
王宏林著，《乾嘉詩學研究》，百花洲文藝出版社，二〇一七年。
朱則杰撰，《吴省欽『城南聯句會』與曹仁虎刻燭集》，《明清文學與文獻》第三輯。
包杰編著，《清人七言絶句選評》，文彙出版社，二〇一〇年。

六　工具書及書目索引

錢實甫編，《清代職官年表》，中華書局，一九八〇年。
張慧劍編，《明清江蘇文人年表》，上海古籍出版社，一九八六年。

楊廷福、楊同甫編，《清人室名別稱字號索引（增補本）》，上海古籍出版社，二〇〇一年。
江慶柏編著，《清代人物生卒年表》，人民文學出版社，二〇〇五年。
江慶柏編著，《清朝進士題名録》，中華書局，二〇〇七年。
張慧劍著，《明清江蘇文人年表》，人民文學出版社，二〇〇八年。
魏秀梅編，《清季職官表（附人物録）》，中華書局，二〇一三年。
清永瑢等撰，《四庫全書總目》，中華書局，一九六五年。
王紹曾、崔國光等，《訂補海源閣書目五種》，齊魯書社，二〇〇二年。
丁立中编，《八千卷樓書目》，北京圖書館出版社，二〇〇九年。
李時粲等編，《中州藝文録》，《地方經籍志彙編》影印民國刻本，北京圖書館出版社，二〇〇八年。
河南通志館編纂，《河南通志藝文志稿》，民國間刊本。
孫殿起録，《販書偶記續編》，上海古籍出版社，一九八〇年。
章鈺、武作成等編，《清史稿藝文志及補編（附索引）》，中華書局，一九八二年。
中科院圖書館整理，《續修四庫全書總目提要（稿本）》，齊魯書社，一九九六年。
中國古籍善本書目編輯委員會編，《中國古籍善本書目・集部》，上海古籍出版社，一九九八年。
李靈年、楊忠主編,《清人别集總目》,安徽教育出版社,二〇〇〇年。
柯愈春著,《清人詩文集總目提要》,北京古籍出版社,二〇〇一年。
上海圖書館編,《中國叢書綜録》,上海古籍出版社,二〇〇七年。
續修四庫全書總目提要編纂委員會編,《續修四庫全書總目提要·集部》,上海古籍出版社,二〇一四年。
袁行雲著,《清人詩集叙録》,人民文學出版社,二〇一六年。
楊松如編著,《中州歷史人物著作簡目》,中州古籍出版社,一九九一年。
郎煥文主編,《歷代中州名人存書版本録》,中州古籍出版社,一九九九年。
吕友仁、查洪德等編,《中州文獻總録》,中州古籍出版社,二〇〇二年。
馮爾康著,《清代人物傳記史料研究》,天津教育出版社,二〇〇五年。

後記

《吴玉綸集》的整理，大約歷時三年有餘。最大的困難來自兩個方面，一是文獻材料，一是文本解讀。文獻材料中，目前除了《香亭文稿》十二卷和《香亭先生年譜》抄本已有影印公開發行外，其餘作爲館藏古籍散見於一些圖書館中。在搜尋過程中，往往是館藏目録中有，而實地查詢時却不見其書，又或是查詢到之後却遇上許多借閲的不便。而吴玉綸作品的文本解讀，到目前爲止，幾乎是一片空白。又因其交游甚廣，文本文献涉及的大量人物關係和情事需要掌握了解，詩文本身的情思意趣需要細緻體察，爲此而耗費的時間和精力，遠遠超出接受這項工作時的預想。但這也是古籍點校整理的基本前提，更何况還懷有竭盡所能恢復歷史原貌的拳拳之心呢。中國古代文學是前人留下的精神文化遺産，而清朝在時間上又距我們最近，尚未展開研究的工作也最多，身爲從事古代文學研究的人，深感歷史重任在肩，不容懈怠。正因爲整理工作的不易，所以在此書即將付梓之際，對於曾經得到的幫助深懷感激。中州古籍出版社能够允許一再拖延交稿時間，使我得以專心工作。特别是王建新主任熱心地幫助搜集材料文獻，賈保倩主任、何慧婷編輯耐心細致的工作態度，都使我備受感動。國家圖書館、上海圖書館、天津圖書館、廣東中山圖書館、河南大學圖書館、南開大學圖書館也提供了很大幫助。固始兩大吴氏家族在乾嘉時期便相互扶助，現在他們的後人又都熱心提供寶貴的家族材料，使我在感動的同時也深覺責任重大。教研室同事們給了不少鼓勵和幫助，特别是清詩研究專家王宏林教授，早早地便將自己尚未出版的《乾嘉詩學研究》書稿提供給我做基本參考。教過的學生們也爲我付出很多辛勤勞動，尤其是韓中華、袁梅兩位在京津讀書的博士，他們克服種種困難，四處幫我搜尋查找資料，又不辭辛苦地代爲抄寫，往返校對。還有梁雅閣、李剛剛等研究生和詩雲書社的陳瑶，也都在搜集材料和抄寫校對工作中給予我很大幫助。家人的理解和支持，是我工作的最大動力。兒子讀博學業繁重，但在我到上海查材料做調查時，陪著各處奔走，并且爲減輕我的工作量，一回家就幫忙做校對工作。外子的默默支持更讓我感到温暖，忘不了大年初二便驅車帶我到固始做實地調查，忘不了在我不分晝夜忙於工作時給予的理解和照顧。人們説長久的陪伴便是最真情的告白，我爲此而感謝上蒼的眷顧。

馬予静

寫於二〇一九年七月七日